PAUL SUSSMAN

Paul Sussman est anglais. Journaliste, il participe
tous les ans durant quelques mois aux fouilles en
cours dans la Vallée des Rois. Il a conjugué ses
deux passions, l'écriture et l'égyptologie, dans deux
romans : *L'armée des sables* (Presses de la Cité,
2004) – ouvrage s'inspirant de la mystérieuse disparition dans le désert égyptien d'une armée perse
de 50 000 hommes, en 523 avant J.-C. – et *Le secret
du temple* (Presses de la Cité, 2005).

Pat Sussman

L'ARMÉE DES SABLES

PAUL SUSSMAN

L'ARMÉE DES SABLES

Traduit de l'anglais par Christian Molinier

PRESSES DE LA CITÉ

Titre original :
The Lost Army of Cambyses

Ce livre est une œuvre de fiction. Les noms, les personnages, les lieux et les événements sont le fruit de l'imagination de l'auteur ou utilisés fictivement. Toute ressemblance avec des personnes réelles, vivantes ou mortes, des événements ou des lieux serait pure coïncidence.

© Paul Sussman, 2002
Édition originale : Bantam Press, un département
de Transworld Publishers
© Presses de la Cité, 2003 pour la traduction française
et 2004 pour la présente édition
ISBN 2-266-14798-6

À la belle Alicky, qui a la patience de me supporter,
et à maman et à papa,
qui me soutiennent avec délicatesse.

NOTE DE L'AUTEUR

L'Armée des sables a été écrite et publiée bien avant les événements du 11 septembre 2001. Bien que la question du terrorisme proche-oriental soit centrale dans le récit, le livre n'en est pas moins une fiction et doit être lu comme tel. Il ne vise en aucune façon à retracer des faits réels.

Cependant les troupes envoyées contre les Ammoniens, parties de Thèbes avec des guides, atteignirent, on en est sûr, la ville d'Oasis ; [...] De Thèbes à cette ville, il y a sept jours de marche à travers les sables ; [...] L'armée parvint, dit-on, jusque-là ; ensuite, personne n'en peut plus rien dire, sauf les Ammoniens et ceux qui ont été par eux informés de son sort : car elle n'est jamais arrivée chez les Ammoniens et n'est pas davantage revenue sur ses pas. Voici ce que racontent les Ammoniens : partis de la ville d'Oasis pour marcher contre eux, les soldats de Cambyse s'engagèrent dans le désert, et ils avaient fait à peu près la moitié du chemin lorsque, au moment où ils déjeunaient, le vent du sud se mit subitement à souffler avec violence et les ensevelit sous les tourbillons de sable qu'il soulevait, ce qui explique leur totale disparition.

Hérodote, *L'Enquête*, livre III, 26
(Trad. A. Barguet, in *Historiens grecs*,
la Pléiade, Gallimard)

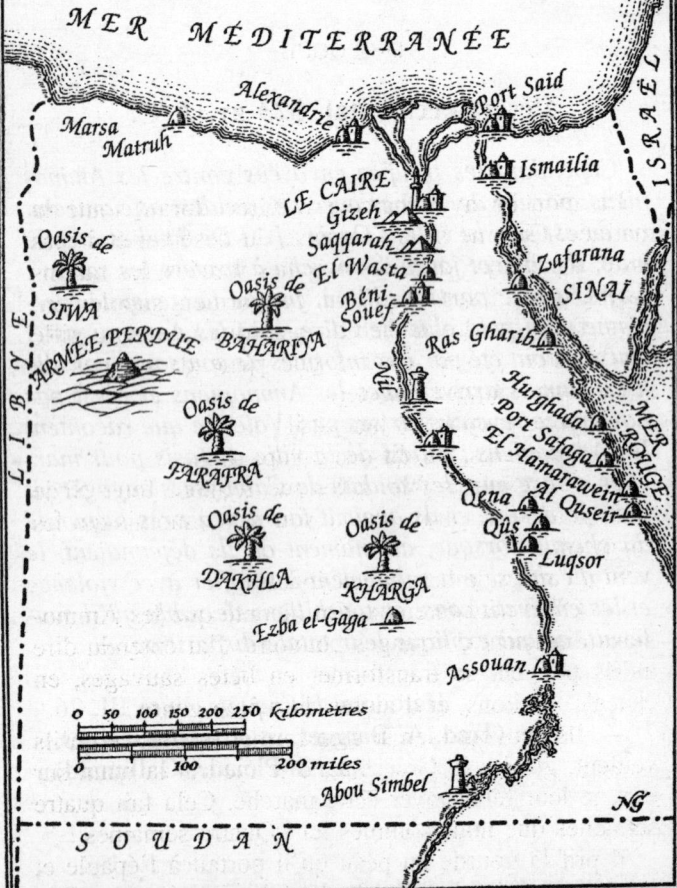

ÉGYPTE

MER MÉDITERRANÉE

ISRAËL

Marsa Matruh

Alexandrie

Port Saïd

Ismaïlia

LE CAIRE
Gizeh
Saqqarah

Oasis de SIWA

Oasis de El Wasta
BAHARIYA
Béni-Souef

Zafarana

SINAÏ

ARMÉE PERDUE

LIBYE

NIL

Ras Gharib

Hurghada
Port Safaga
El Hamaraweïn
Al Quseir

MER ROUGE

Oasis de FARAFRA

Oasis de DAKHLA

Oasis de KHARGA

Qena
Qûs
Luqsor

Ezba el-Gaga

Assouan

| 0 | 50 | 100 | 150 | 200 | 250 | kilomètres |

| 0 | 100 | 200 miles |

Abou Simbel

S O U D A N

Désert occidental, 523 av. J.-C.

La mouche avait harcelé le Grec durant toute la matinée. Comme si la fournaise du désert n'était pas assez accablante, avec les marches forcées, les rations insuffisantes, il fallait qu'il ait ce tourment supplémentaire. Il maudit les dieux et s'appliqua une forte gifle sur la joue, faisant tomber une pluie de gouttes de sueur, mais ratant l'insecte.

— Sales mouches ! lança-t-il.

— Ignore-les, lui dit son compagnon.

— C'est impossible. Elles me rendent fou ! Si je m'écoutais, je croirais que ce sont nos ennemis qui les envoient.

Son camarade haussa les épaules.

— C'est peut-être eux. On raconte que les Ammoniens disposent d'étranges pouvoirs. J'ai entendu dire qu'ils peuvent se transformer en bêtes sauvages, en chacals, en lions, et d'autres du même genre.

— Ils peuvent bien se transformer en tout ce qu'ils veulent, grogna le Grec, quand je mettrai la main sur eux, je leur ferai payer cette marche. Cela fait quatre semaines que nous sommes ici ! Quatre semaines !

Il prit la gourde en peau qu'il portait à l'épaule et but. Le liquide chaud et huileux le fit grimacer. Que ne ferait-il pas pour une coupe d'eau fraîche des sources de la colline de Naxos. De l'eau qui ne donnerait pas l'impression que cinquante prostituées vérolées se sont baignées dedans.

— J'abandonne le métier de mercenaire, grommela-t-il. C'est ma dernière campagne.

— C'est ce que tu dis chaque fois.

— Cette fois, c'est sérieux. Je retourne à Naxos pour y trouver une femme et un joli petit domaine. Les oliviers, ça rapporte, tu sais.

— Tu n'arriverais jamais à y rester.

— J'y arriverai, dit le Grec en essayant une nouvelle fois, en vain, de tuer la mouche. J'y arriverai. Cette fois, c'est différent.

Cette fois, c'était différent. Pendant vingt ans, il avait combattu dans les guerres des autres. C'était trop long, il le savait. Il ne pouvait plus supporter ces marches harassantes. Et cette année, la douleur causée par une vieille blessure de flèche avait empiré. Il pouvait difficilement lever son bouclier au-dessus du niveau de la poitrine. Encore une expédition et c'était fini. Il allait retourner sur son île natale pour y cultiver des oliviers.

— Qui sont-ils, d'ailleurs, ces Ammoniens ? demanda-t-il en prenant une autre gorgée d'eau.

— Aucune idée. Ils ont un temple que Cambyse veut voir détruit. Il semble qu'il y ait un oracle là-bas. C'est à peu près tout ce que je sais.

Le Grec ne continua pas la conversation. À vrai dire, il ne s'intéressait pas beaucoup à ceux qu'il combattait. Libyens, Cariens, Hébreux, même ses compatriotes grecs – pour lui, cela revenait au même. On devait faire face, tuer celui qu'il fallait tuer puis rejoindre une autre expédition, souvent dirigée contre le peuple même qui vous avait engagé juste avant. À présent, son maître était le roi de Perse, Cambyse. Et pourtant, quelques mois auparavant, il avait combattu ce même Cambyse avec l'armée des Égyptiens. C'était comme ça dans ce métier.

Il but encore un peu d'eau, se remémorant la ville de Thèbes et son dernier jour là-bas avant qu'ils pénètrent dans le désert. Avec son ami Phaedis de Macédoine, il avait pris une outre de bière et traversé le grand fleuve Itéru pour aller dans la vallée qu'on appelait la Porte du Mort, où l'on disait que beaucoup de grands rois étaient enterrés. Ils avaient passé l'après-midi à boire et à explorer l'endroit, et ils avaient découvert une ouverture à la base d'un mur pentu de blocs de pierre. Comme s'il s'agissait d'un pari, ils y étaient entrés tous les deux en rampant. À l'intérieur, les murs et le plafond étaient décorés d'images peintes, et le Grec avait entrepris de graver son nom dans le plâtre avec son couteau :

ΔΥΜΜΑΧΟΣ Ο ΜΕΝΕΝΔΟΥ ΝΑΞΙΟΣ ΤΑΥΤΑ ΤΑ ΘΑΥΜΑΣΤΑ ΕΙΔΟΝ ΑΥΡΙΟΝ ΤΟΙΣ ΤΗΙ ΑΜΜΟΝΙΔΙ ΕΔΡΑΙ ΕΝΟΙΚΟΥ ΣΙΝ ΕΠΙΣΤΡΑΤΕΥΩ ΕΙΓΑΡ « Moi, Dymmachos, fils de Ménendès de Naxos, ai vu ces merveilles. Demain, je marche contre les Ammoniens. Puisse... » Mais avant qu'il ait pu finir, ce pauvre vieux Phaedis s'était agenouillé sur un scorpion. Il avait poussé un cri terrible et avait refranchi l'ouverture comme un chat effrayé. Que c'était drôle !

Pourtant, c'était lui, Dymmachos, qui faisait les frais de la plaisanterie, car la jambe de Phaedis était devenue grosse comme une bûche, si bien qu'il avait été incapable de partir avec l'armée le lendemain, ce qui lui avait épargné quatre semaines de souffrances dans le désert. Pauvre vieux Phaedis ? Sacré veinard de Phaedis, plutôt ! Il se mit à rire.

— Dymmachos ! Hé, Dymmachos !

La voix de son camarade le tira de sa rêverie.

— Quoi ?

— Regarde là-bas, gros lourdaud ! Devant, en haut.

Le Grec leva les yeux et parcourut du regard la ligne des soldats en marche. Ils traversaient une large vallée bordée par de hautes dunes, et là, juste en face, ses contours rendus flous par le vif éclat du soleil de midi, s'élevait un énorme bloc pyramidal dont les côtés étaient si uniformes qu'ils donnaient l'impression d'avoir été taillés délibérément. Solitaire et silencieux dans ce paysage sans forme, il avait un aspect vaguement menaçant. Le Grec, instinctivement, prit dans sa main l'amulette représentant Isis qui pendait à son cou et murmura une rapide prière pour chasser les mauvais esprits.

Ils marchèrent encore pendant une demi-heure avant la halte du repas de midi. À ce moment-là, la compagnie du Grec se trouvait devant le roc. Il marcha vers lui et se laissa tomber dans le carré d'ombre qui s'étendait à ses pieds.

— C'est encore loin ? grommela-t-il, ô Zeus, c'est encore loin ?

De jeunes garçons s'approchèrent avec du pain et des figues ; les hommes se mirent à manger et à boire. Ensuite, certains gravèrent leur nom sur le roc. Le Grec, lui, s'y appuya et ferma les yeux pour jouir de la brise qui s'était brusquement levée. Il sentit le picotement d'une mouche qui se posait sur sa joue. C'était celle-là même, il en était sûr, qui l'avait agacé toute la matinée. Cette fois, il ne tenta pas de l'écraser, la laissant aller et venir sur ses lèvres et ses paupières. Elle partit et revint pour le tester. Il ne bougea toujours pas. L'insecte, mis en confiance, finit par s'installer sur son front. Avec beaucoup de précautions, le Grec leva la main, la tint un instant devant son visage, puis la claqua violemment contre sa tempe.

— Je t'ai eue ! s'écria-t-il en contemplant les restes de la mouche écrasés sur sa paume. Enfin !

Mais son triomphe fut de courte durée car au même moment une rumeur d'alarme remonta depuis l'arrière de la colonne.

— Que se passe-t-il ? demanda-t-il en se débarrassant des débris de mouche et en se levant, la main sur le glaive. Une attaque ?

— Je ne sais pas, lui dit son voisin. Il se passe quelque chose derrière nous.

Le tumulte augmentait. Quatre chameaux passèrent dans un bruit de tonnerre, traînant leur charge derrière eux, la bouche dégoulinante d'écume. On entendait des cris et des voix étouffées. La brise était plus forte ; elle soufflait au visage du Grec et faisait danser ses cheveux.

Abritant ses yeux, il regarda dans la vallée, vers le sud. On aurait dit qu'une masse sombre venait vers eux. Une charge de cavalerie, pensa-t-il tout d'abord. Soudain, un furieux coup de vent lui fouetta le visage et il entendit clairement ce qui jusque-là n'avait été qu'un cri indistinct.

— O Isis ! murmura-t-il.

— Qu'est-ce que c'est ? lui demanda son camarade.

Le Grec se tourna vers lui, les yeux remplis de peur.

— Tempête de sable.

Personne ne bougeait ni ne parlait. Tout le monde avait entendu parler des tempêtes de sable du désert occidental. Elles sortaient de nulle part et avalaient tout sur leur passage. On disait qu'elles avaient englouti des cités, que des civilisations avaient disparu à cause d'elles.

« Si vous êtes pris dans une tempête de sable, il n'y a qu'une chose à faire, leur avait dit l'un des guides libyens.

— Quoi donc ? lui avait-on demandé.

— Mourir. »

— Epargnez-nous ! cria quelqu'un. Puissent les dieux nous venir en aide !

Tout à coup, tout le monde se mit à courir et à hurler.

— Epargnez-nous ! Ayez pitié de nous !

Certains se débarrassèrent de leur paquetage et se précipitèrent dans la vallée tels des insensés. D'autres s'efforçaient d'escalader le flanc de la dune, ou tombaient à genoux, ou se recroquevillaient contre le roc en forme de pyramide. L'un des hommes tomba face en avant dans le sable et se mit à pleurer. Un autre fut piétiné par le cheval sur lequel il s'efforçait de monter. Seul le Grec restait sur place. Il ne bougeait ni ne parlait mais demeurait là comme si ses jambes étaient en plomb tandis que le mur de ténèbres avançait inexorablement vers lui, paraissant gagner de la vitesse à mesure qu'il approchait. D'autres bêtes de somme passèrent dans un bruit de tonnerre, des hommes aussi. Ils avaient jeté leurs armes, et leur visage était déformé par la peur.

— Courez ! crièrent-ils. La tempête a déjà pris la moitié de l'armée ! Courez ou vous êtes perdus !

Le vent soufflait avec rage, jetant du sable autour des pieds et de la poitrine du Grec. On entendait un grondement, semblable à celui d'une cataracte. Le soleil s'obscurcit.

— Viens, Dymmachos, partons d'ici, lui cria son camarade. Si nous restons, nous allons être enterrés vivants.

Pourtant il ne bougea pas. Un léger sourire lui déformait la bouche. Il avait imaginé toutes sortes de morts, mais celle-ci ne lui était jamais venue à l'esprit. Et elle survenait pendant sa dernière campagne ! C'était tellement cruel qu'il y avait de quoi rire. Son sourire s'élargit et, malgré lui, il se mit à ricaner.

— Dymmachos, espèce d'idiot ! Qu'est-ce qui t'arrive ?

— Vas-y, lui répondit le Grec en criant pour se faire entendre dans les mugissements de la tempête, cours si tu veux ! Ça ne change rien. Moi, je mourrai là où je me trouve.

Il tira son glaive et le tint devant lui, regardant l'image du serpent lové qui était gravé sur la lame scintillante ; les mâchoires du reptile s'ouvraient à la pointe de l'arme. Il y avait plus de vingt ans de cela qu'il l'avait gagnée au cours de sa première campagne, contre les Lydiens, et depuis il l'avait toujours gardée. Elle lui portait chance. Il passa son pouce sur la lame pour en essayer le fil. Son camarade tourna les talons.

— Tu es fou ! cria-t-il par-dessus son épaule, tu es un pauvre imbécile de fou !

Le Grec ne lui prêta aucune attention. Il empoigna son arme et dirigea son regard vers les grandes ténèbres qui s'approchaient toujours plus. Bientôt, elles seraient sur lui. Il tendit ses muscles.

— Venez donc, dit-il tout bas, voyons de quoi vous êtes faites.

Il se sentit soudain l'esprit léger. C'était toujours ainsi dans la bataille, d'abord la peur, l'impression d'avoir les membres en plomb, et puis le jaillissement de la joie de se battre. Peut-être après tout n'était-il pas fait pour cultiver des oliviers. Il était un *machimos*. Il avait le combat dans le sang. C'était peut-être mieux ainsi. Il se mit à psalmodier une vieille formule égyptienne contre le mauvais œil :

La flèche de Sakhmet est en toi !
La magie de Thot est dans ton corps !
Isis te maudit !
Nephtys te punit !
La lance de Horus est dans ta tête !

Et puis la tempête le frappa avec la force de mille chariots. Le vent le souleva presque de terre et le sable l'aveugla, tira sur sa tunique et lui déchira la chair. Des ombres se profilaient dans les ténèbres, elles battaient des bras et leurs cris se perdaient dans le rugissement assourdissant. L'un des étendards de l'armée, arraché à sa hampe, vint se plaquer contre ses jambes avant d'être emporté et de disparaître dans le tourbillon.

Le Grec frappa avec son glaive, mais le vent, trop fort pour lui, le repoussa en arrière, puis de côté et finalement l'obligea à se mettre à genoux. Un poing de sable s'enfonça dans sa bouche et l'étouffa. Il parvint à se remettre sur pied, mais il fut presque aussitôt terrassé et, cette fois, ne se releva pas. Une vague de sable le recouvrit.

Il essaya encore de lutter un court instant puis il s'étendit. Il se sentait tout d'un coup très fatigué, et très calme, comme s'il nageait sous l'eau. Des images lui traversèrent lentement l'esprit – Naxos où il était né et avait passé son enfance ; le tombeau à Thèbes ; Phaedis et le scorpion ; sa première campagne, il y avait si longtemps, contre les rudes Lydiens, où il avait gagné son glaive. Dans un suprême effort de volonté, il leva l'arme au-dessus de lui afin que, lorsqu'il aurait été enseveli, la lame épaisse continue à se dresser au-dessus des sables, le serpent lové sur elle, marquant ainsi l'endroit où il était tombé.

1

Le Caire, septembre 2000

La limousine qui franchit doucement la porte de l'ambassade, longue, luisante et noire comme une baleine, s'arrêta un instant avant de s'engager dans la circulation. Deux motards de la police prirent position devant elle, deux autres derrière. Le convoi continua tout droit sur une centaine de mètres. De chaque côté défilaient les arbres et les immeubles. Puis elle tourna à droite et encore à droite pour accéder à la corniche El Nil. Les autres conducteurs lui jetèrent des coups d'œil, essayant de voir qui se trouvait à l'intérieur, mais les vitres étaient en verre teinté et ne révélaient rien d'autre que la forme estompée de deux têtes. Une petite bannière étoilée flottait sur l'aile avant gauche.

Au bout de un kilomètre, le convoi parvint à une intersection où s'entremêlaient des routes et des autoponts. Les motos de tête ralentirent, firent retentir leurs sirènes et avancèrent en guidant avec précaution la limousine au travers de ce labyrinthe de bitume jusqu'à une voie surélevée où la circulation était moins dense. Le convoi prit de la vitesse et suivit les panneaux qui indiquaient l'aéroport. Les motards de derrière se penchèrent l'un vers l'autre et se mirent à se parler. La déflagration fut soudaine et tellement étouffée qu'il ne fut pas immédiatement évident qu'une explosion s'était produite. Il y eut un bruit sourd et un souffle ; la limousine se souleva puis traversa la chaussée pour aller buter contre un mur de béton. Ce fut seulement lorsqu'une autre explosion, plus forte celle-là, fit osciller le véhicule et que des flammes se mirent à jaillir sous la carrosserie qu'il devint clair que ce n'était pas un simple accident de la circulation.

Les motos dérapèrent avant de s'immobiliser. La portière avant de la limousine s'ouvrit à la volée et le chauffeur, la veste en flammes, sortit en titubant et en hurlant. Deux des motards l'enveloppèrent dans leurs vestes pour étouffer le feu, les deux autres tentèrent d'approcher des portes arrière où l'on voyait des mains marteler désespérément les vitres. Un champignon de fumée noire s'éleva dans le ciel, l'air se chargea d'une puanteur âcre d'essence et de caoutchouc en combustion. Les voitures ralentirent, s'arrêtèrent ; leurs conducteurs ouvraient de grands yeux. Sur l'aile avant de la limousine, la bannière étoilée s'embrasa et tomba rapidement en cendres.

2

Désert occidental, une semaine plus tard

— Nom de Dieu !

Le conducteur se laissa aller à exprimer son exaltation lorsque son 4 × 4 Toyota franchit le sommet de la dune, décolla et resta suspendu en l'air comme un gros oiseau blanc avant de retoucher le sol de l'autre côté. Un instant, il eut l'impression qu'il allait perdre le contrôle du véhicule, qui fit une dangereuse embardée, mais il parvint à le redresser et, arrivé en bas de la pente, il appuya à fond sur l'accélérateur pour passer le sommet de la dune suivante.

— Youpi ! hurla-t-il.

Il continua ainsi pendant vingt minutes, la musique jaillissant de la stéréo et ses cheveux blonds flottant au vent, avant de s'arrêter en dérapant sur une haute crête sablonneuse et de couper le moteur. Il tira sur son joint, saisit une paire de jumelles et descendit. Le sable crissait sous ses semelles.

Un silence inquiétant régnait dans le désert. L'air surchauffé était épais ; le ciel blanc semblait peser sur la terre. Il contempla un moment le mélange désordonné de dunes et de cuvettes de gravier qui s'étendait tout autour de lui ; paysage étrange, fantastique, sans vie ni mouvement. Puis il tira de nouveau sur son joint, leva les jumelles et les pointa vers le nord-ouest. Il

distingua un escarpement calcaire en forme de croissant et à sa base la bande verte d'une oasis. De minuscules villages étaient éparpillés parmi les palmeraies et
les lacs salés. À l'extrémité ouest des cultures, une
tache blanche plus grosse révélait la présence d'une
petite ville.

— Siwa, Dieu merci, dit l'homme avec un sourire
tout en exhalant par les narines un serpentin de fumée.

Il resta quelques minutes au même endroit, tournant
la molette de ses jumelles, puis il retourna au véhicule
et mit le moteur en route. La stéréo se remit à hurler
sur les étendues sablonneuses.

Il atteignit l'oasis en une heure, quittant le désert
pour un chemin de terre. À sa droite s'élevaient trois
antennes de radio et un château d'eau en ciment. Des
chiens errants vinrent aboyer contre ses enjoliveurs.

— Salut les gars ! C'est bon de vous retrouver !

Il se mit à rire, klaxonna et fit des embardées, soulevant un nuage de poussière qui obligea les chiens à
se disperser.

Il dépassa une paire d'antennes satellites et un camp
militaire de fortune avant de rencontrer une route goudronnée qui le conduisit au centre de la grosse agglomération qu'il avait aperçue depuis le sommet de la
dune : la ville de Siwa.

L'endroit était presque vide. Deux charrettes tirées
par des ânes brinquebalaient le long de la route, et sur
la place principale un groupe de femmes étaient agglu-
tinées autour d'un étal poussiéreux chargé de légumes.
Un voile de coton gris leur recouvrait entièrement le
visage. Tous les autres habitants étaient restés chez eux
à cause de la canicule de midi.

Il s'arrêta sur le côté de la place, tout contre une
butte rocheuse couverte de constructions en ruine, et,
après avoir pris une grande enveloppe en papier kraft

sur le siège arrière, il descendit et traversa la place sans se soucier de verrouiller les portières. Il s'arrêta devant un bazar, dit quelques mots au propriétaire tout en lui tendant un papier et une liasse de billets, et en désignant du regard le Toyota, puis il poursuivit son chemin, tourna dans une rue adjacente et pénétra dans un bâtiment d'aspect vétuste sur le mur duquel on pouvait lire : *Hôtel Bienvenue*. Dès qu'il eut franchi le seuil, l'homme qui se trouvait à la réception bondit sur ses pieds avec un cri de joie et contourna le bureau pour se précipiter à sa rencontre :

— Ah, *Doktora* ! Vous êtes revenu ! Ça fait plaisir de vous revoir !

Il s'exprimait en berbère. Le jeune homme lui répondit dans la même langue :

— Ça fait plaisir de te revoir aussi, Yakoub. Comment vas-tu ?

— Bien, et vous ?

— Je suis sale, j'ai besoin de prendre une douche, dit le jeune homme en chassant la poussière de son tee-shirt sur lequel était inscrit : « J'aime l'Égypte. »

— Bien sûr, bien sûr. Vous savez où elles sont. Il n'y a pas d'eau chaude, je suis désolé, mais prenez autant d'eau froide que vous voulez. Mohammed ! Mohammed !

Un jeune garçon sortit d'une pièce voisine.

— Le *Doktora* John est revenu. Va lui chercher une serviette et du savon pour qu'il puisse prendre une douche.

Le garçon détala en faisant sonner bruyamment ses babouches sur les dalles.

— Vous voulez manger quelque chose ? demanda Yakoub.

— Bien sûr que je veux manger. Cela fait huit semaines que je me nourris de haricots et de pilchards en boîte. Chaque nuit, j'ai rêvé du poulet au curry de Yakoub.

L'homme se mit à rire.

— Vous voulez des chips avec ?

— Je veux des chips, du pain frais, un Coca glacé. Je veux tout ce que tu pourras me donner.

Le rire de Yakoub redoubla.

— Ce bon vieux *Doktora*, toujours le même !

Le gamin réapparut avec une serviette et une petite savonnette.

— D'abord il faut que je téléphone, dit le jeune homme.

— Aucun problème, venez, venez.

Le propriétaire le conduisit dans une pièce en désordre avec un présentoir de cartes postales écornées appuyé contre un mur et un téléphone placé sur un classeur. Après avoir posé son enveloppe sur une chaise, le jeune homme prit le récepteur et composa un numéro. Il y eut quelques sonneries, puis une voix au bout du fil.

— Bonjour, dit le jeune homme en employant l'arabe cette fois, pourriez-vous me passer...

Yakoub fit un geste de la main et s'en alla. Deux minutes plus tard, il réapparut avec une bouteille de Coca, mais son hôte continuait à parler, alors il la posa sur le classeur et partit préparer le repas.

Une demi-heure plus tard, douché, rasé, les cheveux ramenés en arrière pour dégager son front bronzé, le jeune homme était assis dans le jardin de l'hôtel à l'ombre d'un palmier noueux et dévorait.

— Eh bien, que s'est-il passé dans le monde, Yakoub ? demanda-t-il en prenant un morceau de pain pour essuyer la sauce sur le pourtour de son assiette.

Yakoub sirotait son Fanta.

— Vous avez entendu parler de l'ambassadeur américain ?

— Je n'ai rien entendu sur quoi que ce soit. C'est comme si j'avais été sur Mars ces deux derniers mois.

— Il a sauté sur une bombe.

Le jeune homme fit entendre un long sifflement.

— Il y a une semaine, au Caire, dit Yakoub. L'Epée de la Vengeance.

— Il a été tué ?

— Non, il a survécu. De justesse.

Le jeune homme poussa un grognement.

— C'est une honte. Si on liquidait tous les bureaucrates, le monde irait bien mieux. Ce curry est délicieux, Yakoub.

Deux filles, des Européennes, se levèrent de leur table à l'autre bout du jardin et passèrent devant eux. L'une d'elles se retourna pour regarder le jeune homme avec un sourire. Il la salua d'un hochement de tête.

— Je pense que vous lui plaisez, dit Yakoub en riant quand elles se furent éloignées.

— Peut-être bien, répondit son compagnon avec un haussement d'épaules, mais je vais lui dire que je suis archéologue et elle s'enfuira à des kilomètres. En archéologie, Yakoub, la première règle, c'est de ne jamais dire à une femme ce que vous faites. Le baiser de la mort.

Il termina son plat de poulet et de chips et se recula. Les mouches bourdonnaient dans l'arbre au-dessus de sa tête. Une odeur d'atmosphère surchauffée, de feu de bois et de viande grillée imprégnait l'air.

— Alors, vous restez combien de temps ? demanda Yakoub.

— À Siwa ? Encore une heure, à peu près.

— Ensuite vous retournez dans le désert ?

— Ensuite je retourne dans le désert.

Yakoub hocha la tête.

— Ça fait une année que vous êtes là-bas, *Doktora*. Vous revenez, vous prenez des provisions et vous disparaissez à nouveau. Que faites-vous donc là-bas, au milieu de nulle part ?

— Je prends des mesures, répondit le jeune homme en souriant, et je creuse des trous. Je dresse des relevés. Et certains jours particulièrement intéressants, il m'arrive aussi de prendre quelques photos.

— Et qu'est-ce que vous cherchez ? Une tombe ?

— On peut appeler ça comme ça.

— Et vous l'avez déjà trouvée ?

— Comment savoir, Yakoub ? Peut-être. Peut-être pas. Le désert joue des tours. On croit avoir trouvé quelque chose et il apparaît que ce n'est rien du tout. Et puis on pense n'avoir rien trouvé et soudain on s'aperçoit que c'est quelque chose. Le Sahara, comme on dit une fois rentré chez soi, est un grand fils de pute.

Il était revenu à l'anglais pour formuler cette appréciation. Yakoub répéta les mots en essayant de bien articuler.

— Un grand fils de poute.

Le jeune homme se mit à rire en sortant de la poche de sa chemise des cigarettes et un sachet d'herbe.

— Tu y arrives, Yakoub. « Un grand fils de poute. » Et encore, c'est ce qu'on dit dans un bon jour.

Il se roula un joint rapidement et, après l'avoir allumé, en inhala profondément la fumée, appuya sa tête contre le tronc du palmier et la rejeta avec satisfaction.

— Vous fumez trop de cette cochonnerie, *Doktora*, ça va vous rendre fou.

— Au contraire, mon ami, souffla le jeune homme en fermant les yeux. Quand je suis dans le désert, c'est à peu près la seule chose qui m'empêche de devenir fou.

Il quitta l'hôtel une demi-heure plus tard, tenant fermement dans sa main l'enveloppe en papier kraft. L'après-midi commençait et le soleil avait glissé vers l'ouest en passant d'un jaune délavé à un orange prononcé. Il retraversa la place pour regagner son véhicule, à présent rempli de provisions. Après s'y être installé, il mit le moteur en marche et roula doucement jusqu'au seul garage de la ville, situé cinquante mètres plus loin.

— Fais le plein, dit-il au pompiste. Remplis les jerrycans. Mets aussi de l'eau dans les conteneurs en plastique. De l'eau du robinet, ça ira.

Il jeta les clés à l'homme et continua à pied sur une centaine de mètres pour atteindre la poste. Une fois à l'intérieur, il ouvrit l'enveloppe en papier kraft, en retira une série de photos, les vérifia, les remit dans l'enveloppe et lécha le rabat avant de fermer le pli.

— Je voudrais envoyer ceci en recommandé, dit-il au guichet.

L'homme prit l'enveloppe, la pesa et, après avoir extrait un formulaire d'un tiroir, entreprit de le remplir.

— « Professeur Ibrahim az-Zahir », dit-il en lisant le nom inscrit sur l'enveloppe et en articulant bien pour ne pas faire d'erreur. « Université du Caire ».

Le jeune homme paya, prit un reçu et retourna au garage. Les jerrycans et les conteneurs étaient remplis. Après un dernier regard à la place du marché, il monta dans son véhicule, démarra et sortit de la ville à petite vitesse.

Il s'arrêta un court instant là où commençait le désert pour jeter un regard rêveur en direction de la ville. Puis, allumant la stéréo, il accéléra et lança le véhicule rugissant à l'assaut des sables.

On découvrit son corps deux mois plus tard. Ou du moins ce qu'il en restait. Il avait grillé dans la fournaise de son 4 x 4 complètement carbonisé. Un groupe de touristes qui participaient à un safari dans le désert trouva le véhicule à environ cinquante kilomètres au sud-est de Siwa, renversé au pied d'une dune. Il ne restait plus qu'un tas de métal broyé avec, à l'intérieur, quelque chose qui ressemblait à une forme humaine. Il avait dû se retourner en franchissant la dune, bien qu'elle ne fût pas particulièrement pentue, et, chose curieuse, on voyait d'autres traces de pneus dans les parages, comme s'il n'avait pas été tout seul quand l'accident s'était produit. Le corps était en si mauvais état qu'il ne put être identifié que grâce à son empreinte dentaire, envoyée aux États-Unis.

3

Londres, quatorze mois plus tard

Le docteur Tara Mullray écarta de ses yeux une mèche de cheveux cuivrés et continua son chemin le long du portique. Il faisait chaud là-haut, sous les lampes. Un voile de sueur luisait sur son front pâle. À travers les ouvertures de ventilation placées en haut des cages, elle jetait de brefs coups d'œil aux serpents, sans pour autant leur accorder plus d'attention qu'ils ne lui en accordaient. Cela faisait plus de quatre ans qu'elle travaillait au département des reptiles et l'intérêt de la nouveauté s'était depuis longtemps estompé.

Elle dépassa le python des rochers, la vipère clotho, le python d'Australie et la vipère du Gabon. Finalement, elle s'arrêta au-dessus du cobra à cou noir. Il était lové dans un coin de sa cage, mais dès qu'elle fut là, il dressa la tête en faisant jaillir sa langue tandis que son corps épais de couleur marron se balançait de gauche à droite et de droite à gauche comme un métronome.

— Salut, Joey, dit-elle après avoir posé la boîte et la pince à serpent qu'elle avait apportées et s'être accroupie sur le portique. Comment te sens-tu aujourd'hui ?

Le serpent, curieux, s'approcha du bord de la cage. Elle enfila une paire de gants en cuir épais et aussi des

29

lunettes de protection car les cobras pouvaient cracher leur venin.

— Bon, mon doux ami, dit-elle en saisissant la pince à serpent, c'est l'heure de ton médicament.

Elle se pencha pour ôter le couvercle de la cage. Quand la tête du serpent vint à sa rencontre, le capuchon légèrement dilaté, elle se recula. D'un seul mouvement bien orchestré, elle ouvrit le couvercle de la boîte, souleva le serpent avec la pince et, sans le quitter des yeux, le laissa tomber dans la boîte dont elle referma le couvercle. De l'intérieur provenait le bruit de glissement doux du cobra qui explorait son nouveau milieu.

— C'est pour ton bien, Joey, lui dit-elle, ne te mets pas en colère.

Le cobra à cou noir était le seul serpent de la collection qu'elle n'aimait pas. Avec les autres, même le taïpan, elle se sentait parfaitement à l'aise. Mais le cobra la rendait toujours nerveuse. Il était rusé, agressif, et il avait mauvais caractère. Il l'avait mordue une fois, un an auparavant, au moment où elle le retirait de sa cage pour le nettoyer. Elle l'avait saisi trop bas et il était parvenu à se retourner et à lancer sa tête sur le dos de sa main dénudée. Heureusement, la morsure était à sec, sans venin, mais cela lui avait fait un choc. En presque dix ans de travail avec des serpents, elle n'avait jamais été mordue. Depuis lors, elle avait fait preuve avec lui de la plus grande prudence et portait toujours des gants lorsqu'elle devait s'en occuper, ce qu'elle ne faisait pas avec les autres serpents.

Elle s'assura que le couvercle était bien fermé, souleva la boîte et repartit en faisant bien attention sur les marches situées à l'extrémité du portique, puis elle s'engagea dans le couloir qui conduisait à son bureau. Elle sentait que le serpent se déplaçait à l'intérieur du récipient, aussi ralentit-elle son pas pour ne pas trop le secouer. Il ne fallait pas le perturber plus que nécessaire.

Alexandra, son assistante, l'attendait à l'intérieur du bureau. Toutes deux retirèrent le cobra de la boîte et l'étendirent sur un banc. Alexandra le maintint à plat tandis que Tara s'accroupissait pour l'examiner.

— Cela devrait être guéri, soupira-t-elle en examinant la partie centrale du dos, où les écailles étaient enflées et sensibles. Il s'est encore frotté contre son rocher. Je pense qu'on devrait vider sa cage pendant quelque temps, jusqu'à ce que ça s'arrange.

Elle prit un antiseptique dans un placard et se mit à nettoyer doucement la blessure. La langue du serpent jaillissait sans cesse et ses yeux noirs la regardaient d'un air menaçant.

— À quelle heure est ton avion ? demanda Alexandra.

— À cinq heures, répondit Tara en jetant un coup d'œil à la pendule fixée au mur. Je vais devoir partir dès que j'aurai fini.

— J'aimerais que mon père vive à l'étranger. Cela rendrait nos relations tellement plus exotiques.

Tara eut un sourire.

— On pourrait décrire mes relations avec mon père de bien des manières, Alexandra, mais certainement pas comme exotiques... Fais attention à sa tête.

Elle acheva de nettoyer la partie malade puis, après avoir pressé sur son doigt une goutte de crème, elle l'appliqua sur le flanc du serpent.

— Pendant mon absence, il faudra le nettoyer tous les deux jours. D'accord ? Continue les antibiotiques jusqu'à vendredi. Je ne veux pas que son phlegmon s'étende.

— Pars vite et amuse-toi bien, répondit Alexandra.

— J'appellerai à la fin de la semaine pour m'assurer qu'il n'y a pas de complications.

— Cesse donc de t'inquiéter. Tout ira bien. Le zoo peut survivre sans toi pendant deux semaines.

Cette remarque fit sourire Tara. Alexandra avait raison. Elle s'impliquait trop dans son travail. Elle avait hérité ce trait de son père. C'étaient les premières véritables vacances qu'elle prenait depuis deux ans, il fallait en profiter le plus possible. Elle serra le bras de son assistante.

— Désolée. Je réagis trop vivement.

— Ce que je veux dire, c'est que ce n'est pas comme si tu allais manquer aux serpents, tu comprends ? Ils n'éprouvent pas de sentiments.

Tara prit un air outragé.

— Comment peux-tu parler comme ça de mes bébés ? Pendant mon absence, ils vont pleurer toutes les nuits.

Toutes deux éclatèrent de rire. Tara prit la pince et, ensemble, elles remirent le cobra dans sa boîte.

— Tu arriveras à le ramener ?

— Bien sûr ! dit Alexandra. Allez, vas-y.

Tara s'empara de son manteau et de son casque et se dirigea vers la porte.

— Souviens-toi. Antibiotiques jusqu'à vendredi.

— Sauve-toi !

— Et n'oublie pas de retirer la pierre de sa cage.

— Bon Dieu, Tara !

Alexandra attrapa un morceau de tissu et le lui lança. Tara se baissa puis, tout en riant, partit en courant dans le couloir.

— Et n'oublie pas les lunettes de protection en le remettant dans sa cage, cria-t-elle par-dessus son épaule, tu sais comment il est après les soins !

La circulation de l'après-midi était dense, mais elle louvoyait habilement entre les voitures sur son vélomoteur. Elle traversa la Tamise par Vauxhall Bridge et mit ensuite les gaz jusqu'à Brixton. De temps en temps, elle consultait sa montre. Son avion partait dans trois heures ; elle n'avait même pas encore fait ses bagages.

« Zut, zut et zut », murmura-t-elle sous son casque.

Elle vivait seule dans un sous-sol obscur à la lisière de Brockwell Park. Cinq ans auparavant, elle avait acheté cet appartement avec l'argent que lui avait laissé sa mère. Jenny, sa meilleure amie, s'était installée dans la deuxième chambre comme locataire. Pendant deux ans, elles avaient vécu telles des bohémiennes insouciantes, organisant des petites fêtes, nouant et rompant des relations qu'elles ne prenaient pas au sérieux. Et puis Jenny avait rencontré Andrew et quelques mois plus tard ils avaient décidé de vivre ensemble. Tara était restée seule dans l'appartement. Les mensualités étaient ruineuses, mais elle n'avait pas pris d'autre locataire. Elle aimait se sentir chez elle. Parfois, elle se demandait si elle pourrait jamais s'établir avec un garçon comme l'avait fait Jenny. Une fois, des années auparavant, il y avait eu quelqu'un dans sa vie, mais c'était terminé depuis bien longtemps. Globalement, elle se sentait heureuse toute seule.

Quand elle y entra, l'appartement était en désordre. Elle se servit un verre de vin, mit un CD de Lou Reed, traversa le salon et appuya sur le bouton de son répondeur. Une voix de femme annonça avec une sonorité métallique : « Vous avez six messages. »

Deux venaient de Nigel, un vieux copain d'université. Le premier pour l'inviter à dîner le samedi suivant, le second pour annuler l'invitation car il s'était souvenu qu'elle partait en voyage. Il y avait un message de Jenny pour la mettre en garde contre les excursions à dos de chameau, tous les chameliers étant des pervers. Une école avait appelé pour confirmer la date d'un exposé sur les serpents ; ainsi que Harry, un agent de change qui la poursuivait de ses assiduités depuis deux mois et auquel elle ne répondait jamais. Le dernier message venait de son père.

« Tara, ici ton père. Je me demandais si tu pourrais m'apporter un peu de scotch. Et le *Times*. S'il y a le moindre problème, appelle-moi, sinon je te retrouverai à l'aéroport. Je, euh... t'attends impatiemment, oui, euh... vraiment, je t'attends avec impatience. Alors, à bientôt. »

Elle sourit. Il avait toujours l'air si maladroit quand il essayait de dire quelque chose d'affectueux. Comme la plupart des universitaires, le professeur Michael Mullray ne se sentait vraiment à l'aise que dans le monde des idées. Les émotions brouillaient la pensée claire. C'est pourquoi la mère de Tara et lui s'étaient séparés. Il ne parvenait pas à faire face à son besoin à elle de sentiments. Même lorsqu'elle était morte, six ans auparavant, il avait dû faire un effort pour manifester un peu d'émotion. Aux funérailles, il était resté assis, seul, sans expression, perdu dans ses pensées, et il était parti aussitôt après la cérémonie pour donner un cours à Oxford.

Elle finit son vin et retourna dans la cuisine pour remplir à nouveau le verre. Elle savait qu'elle aurait dû nettoyer l'appartement, mais le temps manquait, alors elle se contenta de sortir les ordures et de faire la vaisselle avant d'aller dans sa chambre pour préparer ses affaires.

Il y avait presque un an qu'elle n'avait pas vu son père ; depuis son dernier séjour en Angleterre. De temps à autre, ils se parlaient au téléphone, mais les conversations étaient plus factuelles que chaleureuses. Il lui parlait d'un nouvel objet qu'il avait exhumé, ou de ses élèves. Elle racontait une anecdote sur ses amis ou son travail. Les communications duraient rarement plus de quelques minutes. Chaque année, il lui envoyait une carte pour son anniversaire, et chaque année elle arrivait avec une semaine de retard. Par conséquent, elle avait été surprise, le mois précédent, qu'il l'appelle de but en blanc pour l'inviter à venir séjourner chez lui. Cela faisait cinq ans qu'il vivait à l'étranger et c'était la première fois qu'il lui suggérait de venir le voir.

« La saison est presque terminée, lui avait-il dit, pourquoi ne prendrais-tu pas un billet d'avion ? Tu pourras séjourner dans la maison du chantier de fouilles et je te montrerai quelques sites. »

Sa première réaction avait été de s'inquiéter. À plus de soixante-dix ans, il avait des problèmes cardiaques qui l'obligeaient à prendre des médicaments en permanence. Peut-être était-ce une manière de lui dire que sa santé déclinait et qu'il voulait faire la paix avec elle avant qu'il soit trop tard. Cependant, quand elle lui avait posé la question, il avait assuré qu'il allait parfaitement bien et qu'il pensait simplement qu'il serait agréable pour un père et sa fille de passer quelque temps ensemble. Cela ne lui ressemblait pas ; elle s'était méfiée. Mais en fin de compte elle avait envoyé ses inquiétudes au diable et réservé une place dans l'avion. Lorsqu'elle lui avait téléphoné pour lui indiquer la date de son arrivée, il avait semblé éprouver une joie sincère.

« Magnifique ! lui avait-il répondu. Nous allons nous amuser comme au bon vieux temps. »

Elle éparpilla les vêtements sur son lit, prenant ce qu'elle voulait emporter pour le jeter dans un grand fourre-tout. Elle avait envie d'une cigarette, mais résista à la tentation. Elle n'avait pas fumé depuis presque un an et ne voulait pas s'y remettre, notamment parce que, si elle tenait douze mois complets, elle gagnerait le pari qu'elle avait fait avec Jenny et recevrait cent livres. Comme elle le faisait toujours quand elle ressentait le besoin de fumer, elle prit un glaçon dans le réfrigérateur et se mit à le sucer.

Elle se demanda si elle aurait dû acheter un cadeau pour son père, mais il était trop tard, et de toute façon, même si elle lui avait apporté quelque chose, elle était presque certaine qu'il ne l'aurait pas trouvé à son goût. Elle se souvenait des vives déceptions des Noëls de son enfance. Pendant des semaines, elle réfléchissait à ce qu'elle allait lui offrir. Et lui, il ouvrait le cadeau qu'elle avait soigneusement choisi, marmonnait sans conviction un « Très joli, ma petite fille, c'est exactement ce que je voulais », puis disparaissait à nouveau dans ses papiers. Elle allait lui prendre une bouteille de whisky détaxée, le *Times*, peut-être une lotion après-rasage, et ça irait bien comme ça.

Après avoir jeté les dernières affaires dans le sac, elle alla prendre une douche. Une part d'elle-même craignait ce voyage. Elle savait qu'ils finiraient par se disputer, quels que soient leurs efforts pour l'éviter. En même temps, elle ne pouvait s'empêcher de ressentir de l'excitation. Cela faisait longtemps qu'elle n'était pas allée à l'étranger et, de toute façon, si les choses tournaient vraiment mal, elle pourrait toujours se promener toute seule pendant quelques jours. Elle n'était plus une enfant, ne dépendait plus de son père, pouvait faire ce qu'elle voulait. Elle augmenta le débit de l'eau chaude, rejeta la tête en arrière pour que le jet tombe sur sa poitrine et son estomac, et se mit à fredonner.

Ensuite, après s'être habillée et avoir fermé toutes les fenêtres, elle sortit avec son fourre-tout en claquant la porte derrière elle. La nuit était tombée et une légère bruine faisait luire les trottoirs sous les réverbères. Habituellement ce genre de temps la déprimait, mais pas ce soir.

Elle vérifia qu'elle avait bien son passeport et ses billets d'avion, et se dirigea vers la station de métro en souriant. Au Caire, d'après la météo, la température dépassait vingt-cinq degrés.

4

Le Caire

— Il est temps de fermer pour la nuit, ma petite, dit le vieil Iqbar, et pour toi, il est temps de rentrer chez toi, où que ce soit.

La fillette ne bougeait pas. Elle jouait avec ses cheveux. Son visage était sale et un écoulement de morve luisait sous son nez.

— Allez, va-t'en, dit Iqbar, tu peux revenir m'aider demain, si tu veux.

L'enfant ne répondit rien. Elle se contentait de le regarder. Il fit un pas vers elle en boitant fortement, le souffle court.

— Allez, ce n'est pas le moment de s'amuser. Je suis vieux et fatigué.

L'obscurité envahissait la boutique. Une unique ampoule nue jetait une faible lueur, mais dans les coins les zones d'ombre augmentaient. Des monticules de bric-à-brac s'enfonçaient lentement dans les ténèbres. De l'extérieur parvenaient les coups de Klaxon d'un vélomoteur et le bruit d'un marteau.

Iqbar fit un autre pas en avant, le ventre proéminent sous sa djellaba. Ses dents gâtées et son bandeau noir sur l'œil lui donnaient un air menaçant. Pourtant sa voix était amicale et la gamine ne paraissait pas avoir peur de lui.

— Tu rentres chez toi, oui ou non ?

La fillette fit non de la tête.

— Dans ce cas, dit-il en se retournant et en traînant les pieds vers l'entrée du magasin, il va falloir que je t'enferme pour la nuit. Et, bien sûr, c'est durant la nuit que les fantômes se montrent.

Il s'arrêta sur le pas de la porte pour tirer de sa poche un trousseau de clés.

— Est-ce que je t'ai parlé des fantômes ? Oui, j'en suis sûr. Il y en a dans tous les magasins d'antiquités. Par exemple, dans cette vieille lampe, là-bas...

Il désigna une lampe de cuivre posée sur une étagère.

— ... vit un génie nommé al-Ghul. Il est âgé de dix mille ans et il peut se transformer en tout ce qu'il veut.

La petite fixa la lampe, les yeux vides.

— Et tu vois ce vieux coffre en bois là-bas, dans le coin. Celui avec la grosse serrure et les armatures de fer. Eh bien, il y a un crocodile dedans, un grand crocodile vert. Le jour il dort, mais la nuit il sort pour chercher des enfants. Pourquoi ? Pour les manger, bien sûr. Il les prend dans sa bouche et les avale d'un seul coup.

L'enfant se mordit la lèvre, le regard dirigé entre le coffre et la lampe.

— Et ce couteau, là-haut sur le mur, avec une lame courbe. Il appartenait à un roi. Un homme très cruel. Toutes les nuits, il revient, reprend son couteau et coupe la gorge de tous ceux qui tombent entre ses mains. Oh ! oui, il y en a des fantômes dans cette boutique. Alors, si tu veux rester là pour la nuit, ma petite, tu es chez toi.

Riant tout seul, il ouvrit la porte, ce qui fit tinter les clochettes de cuivre. La fillette s'avança de quelques pas, croyant qu'elle allait se trouver enfermée. Dès qu'il l'entendit bouger, Iqbar se retourna, tendit les mains comme si c'étaient des pinces et rugit. La gamine poussa un cri et se mit à rire avant de se sauver dans les profondeurs obscures de la boutique, où elle s'accroupit derrière une paire de vieux paniers en osier.

— Elle veut jouer à cache-cache, c'est ça ? grogna le vieil homme en clopinant derrière elle avec le sourire. Eh bien elle va avoir du mal à échapper à Iqbar. Il ne lui reste peut-être qu'un seul œil, mais il voit bien. Personne ne peut se cacher du vieil Iqbar.

Il la voyait se tapir derrière les paniers et l'épier par une ouverture entre les deux objets, mais il voulait faire durer le plaisir de la petite fille. Délibérément, il passa devant elle et alla ouvrir les portes d'un vieux buffet.

— Je me demande si elle n'est pas là ?

Il fit mine de regarder à l'intérieur du buffet.

— Non, pas dans le buffet, elle est plus intelligente que je ne le croyais.

Il referma le buffet et passa dans l'arrière-boutique, où il fit tout le bruit possible en ouvrant des tiroirs et en tapant sur des classeurs.

— Es-tu là, petit monstre ? cria-t-il tout heureux. Tu te caches dans mon bureau privé ? Oh, comme elle est rusée !

Il farfouilla encore un moment puis sortit brusquement pour se placer juste devant les paniers. Il entendait un fou rire étouffé.

— Réfléchissons ! Elle n'est pas dans le buffet, elle n'est pas dans le bureau, et je suis sûr qu'elle n'est pas assez sotte pour se cacher dans le coffre en bois, là où se trouve le crocodile. Si je ne me trompe pas, il ne reste plus qu'un seul endroit où elle pourrait être. C'est ici, derrière ces paniers. Voyons donc si le vieil Iqbar a raison.

Il entreprit de se pencher. Au même instant, les clochettes de la porte se mirent à tinter, et quelqu'un pénétra dans le magasin. Iqbar se redressa et se retourna. L'enfant resta dissimulée.

— Nous allions fermer, dit Iqbar en s'avançant vers les deux hommes qui se tenaient sur le pas de la porte, mais si vous voulez regarder, prenez votre temps.

Les deux hommes ne lui répondirent pas. Ils étaient jeunes, à peine plus de vingt ans, portaient la barbe et étaient vêtus d'une robe noire crasseuse. Un *imma*[1] placé bas entourait leur front. Ils examinèrent la boutique comme pour en estimer les dimensions puis l'un des deux sortit et fit un signe. Il rentra, suivi peu après par un autre homme à la peau blanche.

— Puis-je vous aider ? demanda Iqbar. Vous cherchez quelque chose en particulier ?

Le nouveau venu était haut de taille et costaud, bien trop corpulent pour son costume bon marché qui était étiré sous la pression de ses cuisses et de ses épaules massives. Il tenait dans une main un cigare à demi consumé et dans l'autre un attaché-case dont le cuir usé portait les initiales CD. La partie gauche de son visage était marquée par une tache lie-de-vin qui, depuis la tempe, descendait presque jusqu'à sa bouche. Iqbar fut traversé par un frisson de frayeur.

— Puis-je vous aider ? répéta-t-il.

L'immense individu ferma doucement la porte, tourna la clé dans la serrure et fit un signe de tête à ses compagnons qui se dirigèrent vers Iqbar avec des visages sans expression. Le boutiquier recula jusqu'à ce qu'il soit arrêté par le comptoir.

— Que voulez-vous ? demanda-t-il en toussant. Je vous en prie, que voulez-vous ?

Le grand visiteur s'avança vers Iqbar et se tint devant lui, presque à lui toucher le ventre. Il le regarda

1. Turban.

un instant avec le sourire puis, levant son cigare, il l'écrasa sur le bandeau du vieil homme. Iqbar poussa un cri en mettant ses mains devant son visage.

— Je vous en prie, je vous en prie, dit-il en toussant, je n'ai pas d'argent, je suis pauvre.

— Tu as quelque chose qui nous appartient, dit le géant, une antiquité. Tu l'as reçue hier. Où est-elle ?

Iqbar était plié en deux, les mains au-dessus de la tête.

— Je ne sais pas de quoi vous parlez, dit-il d'une voix haletante. Je ne possède pas d'antiquités, leur commerce est illégal.

Le géant fit un signe à ses deux hommes de main. Ils saisirent le vieil homme par les coudes et le forcèrent à se redresser. Il se tenait la tête sur le côté, la joue contre son épaule, comme pour essayer de se cacher. Le turban de l'un des deux hommes s'était relevé légèrement et révélait en plein milieu du front une grosse cicatrice lisse et pâle comme une sangsue accrochée à sa peau. Cette vision parut terrifier le vieil homme.

— Je vous en supplie, gémit-il.

— Où est-elle ? demanda celui qui posait les questions.

— Je vous en supplie.

Le géant grommela quelque chose pour lui-même, posa son attaché-case sur le sol et en sortit un objet qui ressemblait à une petite truelle. La lame en forme de diamant était terne, sauf sur les bords, où le métal brillait comme s'il avait été affûté.

— Sais-tu ce que c'est ? demanda-t-il.

Le vieil homme, muet de terreur, gardait les yeux fixés sur la lame.

— C'est une truelle d'archéologue, dit le géant avec un sourire. On s'en sert pour gratter le sol délicatement, comme cela...

41

Il fit une démonstration en faisant passer l'instrument dans un sens et dans l'autre devant le visage terrorisé du vieil homme.

— ... mais il existe d'autres utilisations possibles.

D'un mouvement vif, étonnamment vif de la part d'un homme de sa taille, il leva la truelle et la passa sur la joue d'Iqbar. La peau s'ouvrit comme une bouche et le sang se mit à dégouliner sur la robe du vieil homme. Iqbar poussa un hurlement et se débattit d'une manière pathétique.

— Eh bien, dit le géant, je te repose la question : où est la pièce ?

Derrière les paniers, la fillette se mit à prier pour que le génie sorte de la lampe et vienne au secours du vieil homme.

Il était minuit passé quand l'avion de Tara toucha le sol.

— Bienvenue au Caire et bon séjour, lui dit l'hôtesse au moment où elle quittait la cabine pour entrer dans un souffle d'air chaud mêlé de fumée de moteur Diesel.

Le vol s'était déroulé sans histoire. Elle avait eu un fauteuil près du couloir central, à côté d'un couple aux visages rougeauds. Ils avaient passé la moitié du temps à la mettre en garde contre les maux d'estomac que lui donnerait la cuisine égyptienne et l'autre moitié à dormir. Elle avait bu deux vodkas, regardé la moitié du film projeté, acheté une bouteille de scotch lors du passage du chariot des produits détaxés, puis elle avait incliné son siège et regardé le plafond. Elle aurait bien aimé fumer comme elle le faisait chaque fois qu'elle prenait l'avion, mais elle avait préféré demander une provision de glaçons.

Son père travaillait en Égypte depuis qu'elle était enfant. Selon les spécialistes, il était l'un des égyptologues les plus distingués de son temps. Un collègue de son père avait dit un jour à Tara : « Parmi les contemporains, je ne connais personne qui ait fait avancer plus que lui notre connaissance de l'Ancien Empire. »

Elle aurait dû être fière de lui. Mais le fait est que les travaux universitaires de son père l'avaient toujours laissée de glace. Tout ce qu'elle savait, et tout ce qu'elle avait su depuis sa plus tendre enfance, c'est qu'il paraissait se plaire davantage dans un monde disparu depuis quatre mille ans qu'avec sa propre famille. Même son nom, Tara, avait été choisi parce qu'il contenait celui de Râ, le dieu égyptien du Soleil.

Chaque année, il se rendait en Égypte pour y faire des fouilles. Au début, c'était seulement pour un mois. Il partait en novembre et rentrait juste avant Noël. Ensuite, tandis qu'elle grandissait, les relations de ses parents s'étaient lentement dégradées et ses séjours là-bas s'étaient prolongés.

« Ton père aime une autre femme, et cette femme s'appelle Égypte », lui avait dit un jour sa mère.

C'était censé être une plaisanterie, mais ni l'une ni l'autre n'avait ri.

Et puis le cancer était arrivé, et sa mère avait commencé à décliner rapidement. Ce fut au cours de cette période que Tara en était vraiment venue à haïr son père. Alors que la maladie dévorait les poumons et le foie de sa mère, et que son père gardait ses distances, incapable de prononcer ne serait-ce que quelques mots de réconfort, elle avait ressenti une fureur dévorante envers cet homme qui paraissait accorder plus d'importance à des tombeaux et à de vieilles poteries qu'à sa propre famille. Quelques jours avant la mort de sa mère, elle lui avait téléphoné en Égypte et lui avait hurlé des insanités dans l'appareil, surprise elle-même de la violence de sa rage. Pendant les funérailles, ils avaient à peine fait attention l'un à l'autre, et, juste après, il s'était installé définitivement en Égypte, enseignant huit mois de l'année à l'université américaine du Caire et faisant des fouilles les quatre mois restants. Pendant deux ans, ils ne s'étaient pas parlé. Cependant, elle avait aussi de bons souvenirs de lui. Une fois, par exemple, alors qu'elle était toute petite, elle s'était mise à pleurer, et pour la consoler il lui avait fait un tour de magie. Il paraissait enlever son pouce de sa main. Elle avait ri aux éclats et l'avait pressé de recommencer, encore et encore. Les yeux écarquillés, elle l'avait regardé à plusieurs reprises séparer son pouce de sa main en faisant semblant de gémir de douleur tout en agitant en l'air le pouce coupé.

Une autre fois – c'était le souvenir favori qu'elle avait de lui –, le matin de son quinzième anniversaire, elle avait trouvé sur le manteau de la cheminée une lettre qui lui était adressée. En l'ouvrant, elle y avait trouvé la première indication d'une course au trésor qui l'avait conduite à travers toute la maison et dans le jardin, et finalement jusqu'au grenier, où elle avait découvert un très joli collier en or dissimulé au fond d'une vieille malle. Chaque indication avait la forme d'un poème et était écrite sur du parchemin, accompagnée de symboles et de dessins qui la rendaient encore plus mystérieuse. Son père avait dû passer des heures à tout préparer. Ensuite, il l'avait emmenée dîner avec sa mère et les avait beaucoup amusées en leur racontant de merveilleuses histoires de fouilles, de découvertes et d'universitaires excentriques.

« Tu es belle, Tara, lui avait-il dit en se penchant pour réajuster le collier d'or qu'elle avait mis à son cou, tu es la plus belle fille du monde. Je suis fier, très fier de toi. »

C'étaient de pareils moments – aussi rares et espacés fussent-ils – ui contrebalançaient quelque peu la réserve et la froideur de son père et créaient un lien entre eux. C'est la raison pour laquelle elle lui avait téléphoné deux ans après les funérailles de sa mère pour lui offrir de se réconcilier au terme de leur long silence. Et, en un sens, c'était aussi pour cela qu'elle faisait ce voyage en Égypte. Parce qu'elle savait qu'au fond de lui-même, à sa façon et en dépit de ses travers, c'était un homme bon et qu'il l'aimait, et aussi qu'il avait besoin d'elle tout comme elle avait besoin de lui. Évidemment, il y avait aussi l'espoir – comme chaque fois qu'elle le voyait – que leur rencontre se déroulerait différemment. Peut-être ne se chamailleraient-ils pas, ne hurleraient-ils pas, ne bouderaient-ils pas, mais seraient-ils heureux et détendus, comme un père et une fille le sont normalement. Peut-être que, cette fois, ils pourraient faire en sorte que tout se passe bien.

Au moment où l'avion avait amorcé sa descente, elle s'était dit avec un sourire : « Il y a quelques chances pour que tu sois contente de le voir pendant cinq minutes, et après tu recommenceras à te disputer avec lui. »

« Vous savez sans doute, lui avait dit son voisin d'un air jovial, que la plupart des accidents surviennent au moment de l'atterrissage. »

Tara avait manifesté une vague apparence d'intérêt et demandé un supplément de cubes de glace à l'hôtesse.

Finalement elle accéda au hall d'arrivée de l'aéroport presque une heure après que l'avion eut touché le sol. Il y avait eu une interminable attente au contrôle des passeports, suivie d'une autre attente à la réception des bagages, où des gardes effectuaient des vérifications au hasard.

« Sayf al-Tha'r, lui avait dit l'un des passagers en opinant du chef. Il en cause des problèmes. À lui tout seul, il peut paralyser le pays. »

Avant qu'elle ait pu lui demander ce qu'il voulait dire par là, il avait aperçu son bagage et, après avoir fait signe à un porteur de s'en charger, avait disparu dans la foule. Quelques minutes plus tard son propre sac était apparu. Oubliant tout le reste, elle l'avait chargé sur son épaule et avait franchi la douane, le cœur battant à la pensée de revoir son père.

Comme il lui avait dit qu'il viendrait à l'aéroport, elle s'était vue sortant de la porte des arrivées pour le trouver là en train de l'attendre. Tous deux auraient poussé un cri de joie et se seraient jetés dans les bras l'un de l'autre. En réalité, la seule personne qui l'attendait était un chauffeur de taxi en quête de clients. Elle jeta un coup d'œil à la rangée de visages qui s'alignaient devant les arrivées, mais son père n'était pas parmi eux.

Même à cette heure tardive, le terminal était plein de monde. Des familles accueillaient ou disaient au revoir bruyamment à l'un des leurs, des enfants jouaient parmi les fauteuils en plastique, des groupes de touristes s'agglutinaient autour d'accompagnateurs à l'air harassé. Des policiers en uniforme noir étaient bien visibles, le pistolet-mitrailleur en travers de la poitrine.

Elle attendit un instant à la porte des arrivées puis se mit à aller et venir dans le hall. Lorsqu'elle décida d'en sortir, un accompagnateur la confondit avec une personne de son groupe et voulut la pousser dans un car. Elle retourna dans le hall, déambula encore un peu puis alla changer de l'argent, demanda un café et s'installa sur un siège d'où elle pouvait voir à la fois l'entrée du hall et la porte des arrivées.

Après une heure d'attente, elle appela son père d'une cabine, mais personne ne répondait, ni dans la maison du chantier ni à son appartement au centre du Caire. Supposant qu'il avait pris un taxi, car il n'avait jamais appris à conduire, elle se demanda si par hasard la voiture n'avait pas été prise dans un embouteillage, ou bien s'il n'était pas tombé malade, ou si tout simplement il n'avait pas oublié qu'il devait venir la chercher, ce qui était toujours possible avec lui.

Mais non, il n'aurait pas oublié. Pas cette fois-ci. Pas après qu'il avait paru tellement content qu'elle vienne. Il était en retard. C'est tout. Juste en retard. Elle commanda un autre café, se cala sur sa chaise et ouvrit un livre.

Zut, pensa-t-elle, j'ai oublié de lui prendre son *Times*.

5

Louqsor, le lendemain matin

L'inspecteur Youssouf Ezz el-Din Khalifa se leva
avant l'aube et, après avoir pris une douche et s'être
habillé, se rendit dans le salon pour dire ses prières du
matin. Il se sentait fatigué et irritable, comme tous les
matins. Le rituel religieux, le fait de se tenir debout,
de s'agenouiller, de s'incliner et de réciter, tout cela
lui éclaircissait les idées. Quand il eut fini, il se sentit
dispos, calme et fort. Comme tous les matins.

Wa lillah al-shukr', se dit-il en allant dans la cuisine
pour se préparer du café, que Dieu soit remercié, son
pouvoir est grand.

Il mit de l'eau à bouillir, alluma une cigarette et
regarda une femme qui étendait du linge sur la terrasse
d'en face, juste en dessous de la fenêtre de la cuisine,
à environ trois mètres. Il se demandait souvent s'il
serait possible de sauter de son immeuble sur le sien
par-dessus l'étroite ruelle qui les séparait. Quand il était
plus jeune, il aurait sans doute essayé. Son frère Ali
aurait certainement été prêt à tenter le coup. Mais Ali
était mort, et lui avait à présent des responsabilités. La
terrasse était à vingt mètres du sol. Avec une femme
et trois jeunes enfants, il ne pouvait se permettre de
prendre un tel risque. À moins que ce ne soit qu'une
excuse. Après tout, il n'avait jamais aimé les hauteurs.

Il versa du café et du sucre dans l'eau bouillante en laissant le liquide monter jusqu'au bord du récipient puis il le versa dans un verre et alla dans le hall d'entrée, vaste espace obscur sur lequel donnaient toutes les chambres de l'appartement. Cela faisait six mois qu'il avait entrepris d'y construire une fontaine. Le sol était jonché de sacs de ciment, de carreaux et de tuyaux en plastique. Ce n'était qu'une petite fontaine qui n'aurait dû nécessiter que deux semaines de travail. Mais il y avait toujours quelque chose pour venir le détourner de sa tâche, si bien que les semaines étaient devenues des mois et qu'elle n'était pas encore terminée. Il n'y avait pas vraiment de place pour l'installer, et sa femme s'était plainte amèrement du désordre et de la dépense, mais lui, il avait toujours voulu avoir une fontaine et, de toute façon, elle apporterait une note colorée dans leur appartement plutôt triste. Il s'accroupit et enfonça son doigt dans un tas de sable en se disant qu'il aurait peut-être le temps de placer quelques carreaux avant d'aller au bureau. À ce moment-là, le téléphone sonna.

— C'est pour toi, lui dit sa femme d'une voix ensommeillée lorsqu'il entra dans la chambre à coucher, Mohammed Sariya.

Elle lui tendit le récepteur, se glissa hors du lit, prit le bébé dans son berceau et disparut dans la cuisine. Leur fils entra dans la pièce et se mit à faire des sauts sur le lit à côté de lui.

— *Bass*, Ali ! dit-il en repoussant le garçon. Arrête ! Allô, Mohammed, il est tôt, que se passe-t-il ?

La voix de son adjoint résonna à l'autre bout de la ligne. Khalifa prit le téléphone de la main droite et se servit de la gauche pour écarter son fils.

— Où ? demanda-t-il.

Son adjoint lui répondit. Il avait l'air tout excité.

— Où te trouves-tu actuellement ?

Le fils de Khalifa riait et essayait de le frapper avec un oreiller.

— Je t'ai dit d'arrêter, Ali. Désolé, à quel endroit ? D'accord, reste où tu es. Et ne laisse personne s'approcher. J'arrive tout de suite.

Il reposa le récepteur et, saisissant son fils, il lui mit la tête en bas et embrassa tour à tour ses pieds nus. Le garçonnet s'étouffait de rire.

— Fais-moi tourner, papa, cria-t-il, fais-moi tourner.

— Je vais te faire tourner et te lancer par la fenêtre, dit Khalifa, peut-être que tu vas te mettre à voler et me laisser un peu tranquille.

Il laissa tomber le garçonnet sur le lit et se rendit dans la cuisine, où sa femme Zenab préparait encore du café tandis que le bébé tétait. Du salon provenait la voix de sa fille en train de chanter.

— Comment va-t-il ce matin ? demanda-t-il en embrassant sa femme et en chatouillant les doigts de pied du nourrisson.

— Il est affamé, répondit-elle avec un sourire, il a toujours faim, comme son père. Tu veux prendre le petit déjeuner ?

— Pas le temps, dit Khalifa, il faut que j'aille sur la rive ouest.

— Sans même déjeuner ?

— Il est arrivé quelque chose.

— Quoi ?

Il regarda la femme qui étendait son linge sur la terrasse d'en face.

— On a trouvé un corps. Je ne serai probablement pas rentré pour le déjeuner.

Il traversa le Nil sur l'une des vedettes peintes de couleurs vives qui faisaient l'aller-retour entre les deux berges. En temps normal, il aurait pris le ferry, mais il était pressé et paya un supplément pour avoir un bateau.

Juste au moment où ils partaient, un vieil homme arriva en courant, une boîte en bois coincée sous son bras. Il s'agrippa au bastingage et monta à bord.

— Bonjour inspecteur, dit-il essoufflé en posant sa boîte aux pieds de Khalifa. Je les cire ?

Khalifa sourit.

— Tu ne perds jamais une occasion, pas vrai, Ibrahim ?

Le vieillard eut un petit rire qui révéla deux rangées de dents en or disparates.

— Il faut bien manger. Et il faut aussi avoir des chaussures propres. Alors, on s'aide mutuellement.

— Eh bien, vas-y, mais rapidement. Un travail m'attend de l'autre côté et je ne veux pas lambiner quand nous accosterons.

— Vous me connaissez, inspecteur. Je suis le cireur le plus rapide de Louqsor.

Il sortit des chiffons, une brosse et du cirage, et tapa sur le haut de sa boîte pour inviter Khalifa à y poser son pied. Un jeune garçon était assis silencieusement à l'arrière, tenant le moteur hors-bord, le visage impassible.

Ils glissaient sur une eau lisse. Devant eux s'élevaient les collines de Thèbes dont la couleur passait du gris au marron puis au jaune à mesure qu'augmentait la lumière du jour. D'autres vedettes faisaient la traversée de chaque côté de la leur. L'une d'elles, loin à droite, transportait un groupe de touristes japonais. Ils allaient probablement faire un tour en ballon au-dessus de la Vallée des Rois au lever du soleil, se dit Khalifa. Il avait toujours désiré le faire, mais il ne pouvait se permettre de payer le ticket à trois cents dollars. Le salaire d'un policier étant ce qu'il était, il ne le pourrait probablement jamais.

Le bateau atteignit la rive occidentale en se glissant entre deux autres vedettes et monta sur le gravier avec un crissement. Le vieillard donna un dernier coup de chiffon sur le cuir et claqua de ses deux mains tachées de cirage pour indiquer qu'il avait terminé. L'inspecteur lui tendit une livre égyptienne ; il fit de même avec le jeune garçon et sauta sur la berge.

— Je vous attendrai, dit le garçon.

— Non, ne t'inquiète pas pour moi. À bientôt, Ibrahim !

L'inspecteur se retourna et monta jusqu'en haut de la berge, où une grande foule attendait le ferry. Il se fraya un chemin, se glissa dans une ouverture entre un mur et un grillage rouillé et s'engagea sur un étroit chemin qui longeait le fleuve. Les fermiers travaillaient dans les champs. Ils faisaient la moisson du maïs et de la canne à sucre. Deux hommes étaient immergés jusqu'à la ceinture, occupés à arracher les mauvaises herbes dans un canal d'irrigation. Des groupes d'enfants, vêtus de chemises bien blanches, le dépassèrent à pas pressés pour se rendre à l'école. Il commençait à faire chaud. Khalifa alluma une autre cigarette.

Il lui fallut vingt minutes pour arriver auprès du corps. Les immeubles de Louqsor ne formaient plus qu'une tache lointaine et ses chaussures bien cirées étaient couvertes de poussière. Sortant d'une forêt de roseaux, il se trouva face au sergent Sariya, accroupi sur la berge à côté de ce qui avait l'air d'un tas de chiffons mouillés. En voyant approcher Khalifa, il se releva.

— J'ai appelé l'hôpital, ils envoient quelqu'un, dit-il.

Khalifa approuva et descendit jusqu'au bord de l'eau. Le corps était allongé sur le ventre, les bras écartés, le visage enfoncé dans la boue. Sa chemise était déchirée et tachée de sang. La partie sous la ceinture était encore immergée et le mouvement de l'eau la faisait bouger, comme quelqu'un qui se balance en dormant. Une légère odeur de décomposition montait aux narines de l'inspecteur.

— Quand l'a-t-on trouvé ?

— Juste avant l'aube, répondit son adjoint. Il a probablement descendu le fleuve en flottant et il a dû être pris dans l'hélice d'un bateau, c'est pourquoi il y a tant de coupures sur les bras.

— Il était comme ça quand tu es arrivé ? Tu n'as touché à rien ?

Sariya fit « non » de la tête.

Khalifa s'accroupit auprès du corps en examinant le sol aux alentours. Il souleva le poignet du cadavre et remarqua un tatouage au milieu de l'avant-bras.

— Un scarabée, dit-il avec un léger sourire. Parfaitement inapproprié.

— Pourquoi inapproprié ?

— Pour les anciens Égyptiens, le scarabée était le symbole de la renaissance et du renouveau. Ce n'est pas ce qui va arriver à notre ami ici présent, à en juger par son état.

Il laissa retomber le poignet.

— Tu ne sais pas qui l'a signalé ?

— Il n'a pas voulu donner son nom. Il a appelé le commissariat d'une cabine publique et a dit qu'il l'avait trouvé en venant pêcher par ici.

— Tu es sûr que ça venait d'une cabine ?

— Oui. La communication a été coupée au milieu d'une phrase, comme s'il n'y avait plus de crédit.

Khalifa se tut un moment pour réfléchir, puis, levant la tête, il désigna à cinquante mètres de là un bosquet derrière lequel on apercevait le toit d'une maison et le mince fil noir d'une ligne téléphonique sous la corniche. Sariya haussa les sourcils.

— Et alors ?

— La cabine la plus proche est à deux kilomètres,

en direction de la ville. Pourquoi n'a-t-il pas appelé de cette maison ?

— Je suppose qu'il était en état de choc. Ce n'est pas tous les jours que des cadavres viennent faire trempette sur ces rives.

— Justement. Il aurait dû vouloir le signaler le plus vite possible. Et pourquoi a-t-il refusé de donner son nom ? Tu connais les gens d'ici. Ils ne ratent jamais une occasion de figurer dans les nouvelles.

— Tu crois qu'il savait quelque chose ?

Khalifa haussa les épaules.

— C'est quand même étrange. C'est comme s'il ne voulait pas qu'on sache qu'il avait trouvé le corps. Comme s'il avait peur.

Un héron prit son envol bruyamment parmi les roseaux, s'éleva lourdement et s'éloigna vers l'aval. Khalifa l'observa un instant puis revint au cadavre. Il fouilla les poches du pantalon et en retira un canif, un briquet à deux sous et une feuille de papier détrempée, pliée. Il la posa sur le dos du mort et la déplia soigneusement.

— Billet de train, dit-il en se penchant tout près afin de déchiffrer l'écriture estompée. Un aller-retour pour Le Caire datant d'il y a quatre jours.

Sariya lui tendit un sac en plastique dans lequel l'inspecteur laissa tomber les objets.

— Viens, donne-moi un coup de main.

Tous deux s'accroupirent à côté du corps en pataugeant dans la boue et, après avoir placé leurs mains sous lui, le firent rouler sur le dos. Sariya, pris de violentes nausées, s'écarta en titubant.

— *Allah u akbar*, dit-il d'une voix étouffée. Dieu est grand !

Khalifa se mordit la lèvre et se força à regarder. Il avait déjà vu des cadavres, mais jamais aussi mutilés que celui-ci. Malgré le masque de boue, on voyait bien qu'il ne restait plus grand-chose du visage. L'orbite gauche était vide, le nez se réduisait à des lambeaux de chair et de cartilages. L'inspecteur s'efforça de relier ce qu'il voyait à quelque chose qui avait pu être une réalité vivante. Puis, se relevant, il se dirigea vers Sariya et lui mit la main sur l'épaule.

— Ça va ?

Sariya acquiesça, appuya avec son doigt sur l'une de ses narines, souffla fort et projeta sa morve sur le sable.

— Qu'est-ce qui lui est arrivé ?

— Je ne sais pas. Peut-être une hélice, comme tu l'as dit, mais je ne vois pas comment une hélice aurait pu lui arracher un œil ou causer ce type de blessures.

— Tu prétends que quelqu'un lui a fait ça délibérément ?

— Je ne prétends rien. Simplement une hélice aurait retourné la chair, elle ne l'aurait pas coupée de cette façon. Regarde comment la peau a...

Voyant que son adjoint était menacé de nouvelles nausées et ne voulant pas le mettre plus longtemps mal à l'aise, il s'arrêta à mi-phrase.

— Attendons l'autopsie, dit-il après un silence.

Il alluma deux cigarettes et en tendit une à Sariya, qui tira une longue bouffée puis jeta la cigarette, escalada la berge et se remit à vomir.

Khalifa retourna au bord du fleuve, les yeux fixés sur l'autre rive. Une série de vedettes fluviales étaient alignées le long de la berge opposée. Derrière, à peine visible, on distinguait le premier pilier du temple de Karnak. Une felouque entra dans son champ de vision. Son immense voile triangulaire fendait le ciel comme une lame. Il jeta sa cigarette dans l'eau avec un soupir. Un bon bout de temps allait passer avant qu'il ait de nouveau l'occasion de travailler à sa fontaine.

Tandis que l'inspecteur Khalifa restait au bord du fleuve, un groupe de touristes juchés sur des ânes se dirigeaient vers les collines situées derrière lui. Ils étaient vingt, principalement des Américains, en file indienne. Un jeune Égyptien leur servait de guide et un autre, à l'arrière, veillait à ce que personne ne s'égare. Certains s'agrippaient nerveusement à leur selle, mal à l'aise sur ce sentier périlleux, et grimaçaient à chaque cahot. Notamment une grosse femme avec un coup de soleil sur les épaules. Elle n'avait pas du tout l'air d'apprécier cette promenade.

— On ne nous a pas dit que ce serait en pente comme ça. On nous a dit que ce serait facile. Oh mon Dieu ! ne cessait-elle de clamer.

Néanmoins les autres paraissaient plus détendus. Ils se tournaient et se retournaient sur leurs selles pour admirer la vue spectaculaire. Le soleil était haut. Au-dessous d'eux, la plaine vibrait et chatoyait dans l'air chaud. Plus loin, on pouvait voir les méandres argentés du Nil, plus loin encore, la masse confuse de la partie est de Louqsor, et au-delà le désert et les montagnes qui ne formaient qu'une masse confuse se détachant sur un ciel blanc. Le guide s'arrêtait de temps à autre pour signaler un monument : les colosses de Memnon, de la taille d'un jouet vus à cette distance ; les ruines de Ramesseum ; le vaste ensemble du temple mortuaire de Ramsès III à Médinet Habou. Ceux qui n'étaient pas trop nerveux levèrent leur appareil et prirent une photo. Mis à part le claquement des sabots des ânes et la voix de la femme au coup de soleil, ils montaient en silence, impressionnés par le site.

— Le Minnesota, à côté, c'est de la rigolade, murmura un homme à sa femme.

Finalement, ils parvinrent en haut des collines. Le sentier s'élargit sur le terrain plat et resta uni avant de plonger dans une large vallée pierreuse.

— Devant nous se trouve la Vallée des Rois ! hurla le guide. Tenez-vous bien, la pente est très raide.

— Dieu du ciel ! s'exclama une voix aiguë derrière lui.

Ils venaient de commencer à descendre et les ânes zigzaguaient entre les roches éparses, lorsqu'un homme bondit soudain d'un bloc derrière lequel il était couché. Sa djellaba était sale et déchirée, et ses cheveux emmêlés descendaient plus bas que ses épaules, ce qui lui donnait un air négligé et sauvage. Il se jeta vers eux en brandissant un objet enveloppé dans du papier brun.

— Bonjour, bonjour, bon matin, bonne nuit, baragouina-t-il d'une voix précipitée. Regardez, mes amis, ici chose bonne que vous aimez, je sais.

Le guide l'interpella en arabe, mais l'homme n'en tint aucun compte et se dirigea vers l'une des touristes, une jeune femme avec un grand chapeau de paille. Il leva l'objet, ôta le papier brun et révéla un chat sculpté dans de la pierre noire.

— Vous voyez, madame, très jolie sculpture. Vous acheter. Moi très pauvre, besoin de manger. Vous belle madame, vous acheter !

Il tendit la sculpture vers elle d'une main tandis qu'il portait l'autre à sa bouche et faisait le geste de manger.

— Vous acheter, vous acheter. Moi pas mangé depuis trois jours. S'il vous plaît, vous acheter. Faim, faim.

La femme regardait droit devant elle sans se préoccuper de lui. Après l'avoir accompagnée sur quelques mètres, l'homme renonça et porta son attention sur le cavalier suivant.

— Regardez, monsieur, jolie sculpture. Très bonne qualité. Combien vous payer, donnez prix, donnez prix.

— Ne faites pas attention à lui ! cria le guide pardessus son épaule. Il est fou.

— Oui, oui, fou, ricana l'homme en haillons qui se mit à tourner deux fois sur lui-même en frappant le sol du pied dans une sorte de danse. Moi homme fou. S'il vous plaît acheter. Pas à manger moi faim. Meilleure qualité, donnez prix monsieur.

L'homme l'ignora également, et la silhouette dépenaillée se mit à remonter et descendre la file avec des cris de plus en plus rauques et désespérés.

— Vous pas aimer chat, j'ai d'autres sculptures. Beaucoup beaucoup sculptures. S'il vous plaît s'il vous plaît vous acheter. Antiquités ? J'ai antiquités. Trois mille pour cent authentiques. Il vous faut guide, moi très bon guide, moi connaître toutes les collines très bien. Moi montrer Vallée des Rois et Vallée des Reines pas cher. Je montre tombe très belle. Nouvelle tombe, personne connaît. Faut manger. Moi pas manger trois jours.

Il se trouvait à l'arrière de la file. Poussant son âne en avant, le garçon qui fermait la marche le poussa à l'écart en le gratifiant d'un coup de pied dans les côtes. L'homme tomba dans un tourbillon de poussière, et les touristes continuèrent leur chemin.

— Merci merci merci ! cria-t-il en roulant sur lui-même comme un animal blessé tandis que ses cheveux voltigeaient d'un côté et de l'autre. Gentil touriste m'aider. Veut pas chat, veut pas voir tombe, veut pas guide. Je meurs ! Je meurs !

Il enfonça son visage dans le sol en pleurant et en martelant le sable de ses poings.

Cependant les touristes ne le virent pas, car ils avaient déjà bifurqué derrière une saillie rocheuse et commencé à descendre vers la Vallée des Rois. C'était raide, comme avait prévu le guide, avec un à-pic presque vertical sur la droite. La femme au coup de soleil s'agrippa au cou de son âne en tremblant, trop effrayée pour songer à se plaindre. Les gémissements du fou diminuèrent d'intensité et finirent par s'éteindre complètement.

6

Le Caire

Tara attendit à l'aéroport jusqu'à dix heures du matin. Ses yeux étaient rougis par le manque de sommeil, et la fatigue lui faisait tourner la tête. Toutes les demi-heures, elle avait appelé son père. Elle avait arpenté de long en large le hall des arrivées et elle avait même pris un taxi pour aller au terminal des vols intérieurs pour le cas où il se serait trompé. Tout cela n'avait rien donné. Il n'était pas à l'aéroport. Il n'était pas à la maison du chantier. Il n'était pas dans son appartement du Caire. Ses vacances avaient mal tourné avant même d'avoir commencé.

Elle grimpa sur son siège pour la énième fois afin de regarder autour d'elle. Mais il y avait une telle foule que même si son père s'était trouvé là elle n'aurait pu l'apercevoir. Elle sauta à terre, alla au téléphone public et appela une dernière fois la maison du chantier ainsi que l'appartement. Puis, ayant jeté son sac sur son épaule et mis ses lunettes de soleil, elle sortit et héla un taxi.

— Au Caire ? demanda le chauffeur, un homme à forte carrure avec une épaisse moustache et des doigts tachés de nicotine.

— Non, à Saqqarah, répondit-elle en s'installant avec lassitude sur la banquette arrière.

59

Pendant la majeure partie des cinquante dernières années, son père avait mené des fouilles à Saqqarah, la nécropole de l'ancienne capitale de l'Égypte, Memphis.

Il avait également effectué des recherches sur d'autres sites un peu partout, depuis Tanis et Saïs au nord jusqu'à Qustul et Nauri au Soudan, mais Saqqarah avait toujours été son site préféré. Chaque année, il s'installait dans sa maison de chantier et y restait trois ou quatre mois d'affilée, travaillant sans relâche sur un petit périmètre de ruines recouvertes de sable, et mettant au jour une nouvelle parcelle d'histoire. Certaines années, il ne creusait pas, mais se consacrait à un travail de restauration ou bien enregistrait les découvertes de l'année précédente.

C'était une existence frugale, presque monastique. Il vivait seul avec un cuisinier et un petit groupe de volontaires, mais c'était le seul endroit au monde où il se sentait vraiment heureux. Ses lettres épisodiques révélaient, dans la description minutieuse des progrès de son travail, une satisfaction qui paraissait complètement absente des autres domaines de son existence. C'est pourquoi elle avait été tellement surprise lorsqu'il lui avait demandé de venir séjourner auprès de lui. C'était son monde, son endroit à lui, et il avait certainement fallu une raison profonde pour qu'il l'invite à y venir.

Le trajet depuis l'aéroport ne fut pas des plus rassurants. Le chauffeur ne paraissait avoir aucune notion de la sécurité routière. Il n'hésitait pas à doubler dans les virages ni quand de nombreux véhicules arrivaient en face. Sur un segment de route qui longeait un canal rempli d'une eau verte à l'odeur fétide, il entreprit de dépasser un petit camion alors qu'un gros poids lourd arrivait sur eux. Tara pensa qu'il allait se rabattre derrière le camion. Au lieu de cela, il se mit à klaxonner à grands coups de paume et appuya à fond sur l'accélérateur pour dépasser le camion, lequel à son tour accéléra comme s'il s'agissait d'une course. Le poids lourd devenait de plus en plus gros à mesure qu'il approchait et Tara, persuadée que l'accident était inévitable, avait l'estomac noué. Pourtant à la dernière minute, au moment où il semblait qu'une collision frontale allait se produire, le chauffeur tourna le volant à droite, se rabattant devant le camion et évitant le poids lourd de quelques pouces.

— Vous avez peur ? demanda-t-il en remettant les gaz.

— Oui, répliqua sèchement Tara, j'ai peur.

Enfin, à son grand soulagement, ils quittèrent la route principale en bifurquant sur la droite et, après avoir suivi une petite route bordée d'arbres sur quelques kilomètres, arrivèrent au pied d'un escarpement de sable au-dessus duquel s'élevait la partie supérieure d'une pyramide en escalier.

— C'est là qu'on vend les tickets, lui dit le chauffeur en désignant le guichet dans un bâtiment sur la droite.

— Est-ce que j'ai besoin d'un ticket ? demanda-t-elle. Mon père travaille ici. Je suis venue lui rendre visite.

Le chauffeur se pencha hors de la portière et cria quelque chose à l'homme installé au guichet. Ils eurent une brève conversation en arabe, puis un autre homme, plus jeune, sortit du bâtiment.

— Votre père travaille ici ? demanda-t-il dans un anglais laborieux.

— Oui, c'est le professeur Michael Mullray.

— Mais pourquoi pas le dire ! s'exclama l'homme avec un large sourire. Tout le monde connaît le docteur. Lui le plus célèbre égyptologue au monde. Lui mon ami. Il m'apprend l'anglais. Je vous conduis à maison de chantier.

Il fit le tour du taxi, s'installa sur le siège du passager avant et donna les indications au chauffeur.

— Je m'appelle Hassan, dit-il tandis que le taxi repartait. Je travaille ici au *teftish* principal. Vous bienvenue.

Il tendit une main que Tara serra.

— Je devais retrouver mon père à l'aéroport, dit-elle. Nous avons dû nous manquer. Savez-vous s'il est ici ?

— Moi désolé. Je viens juste d'arriver. Lui probablement dans maison de chantier. Vous ressemblez à lui, vous savez.

— Vous lui ressemblez, dit Tara en souriant. Je lui ressemble. Pas besoin de « à ».

L'homme se mit à rire.

— Vous lui ressemblez, articula-t-il. Et vous êtes bon professeur, comme à lui.

Ils suivirent un chemin jusqu'en haut de l'escarpement, puis tournèrent à droite dans une piste cahoteuse qui longeait le bord du plateau désertique. La grande pyramide se trouvait derrière eux, accompagnée de deux autres, plus petites, toutes deux en ruine et en partie effondrées, si bien que Tara eut l'impression qu'elles formaient les images d'un même monument à différents stades de décrépitude. Les champs colorés de la plaine du Nil scintillaient dans la chaleur du matin ; sur la droite, le désert ondulait jusqu'à l'horizon, dénudé, vide et désolé. Au bout d'une centaine de mètres sur la piste, ils traversèrent un petit lotissement, et Hassan fit signe au chauffeur de s'arrêter.

— Ici *teftish*, dit-il en désignant un grand bâtiment jaune sur la droite. Bureau principal de Saqqarah. Je descends ici. *Beit Mullray*, maison chantier votre père, plus loin. Je dis au chauffeur comment aller. Si vous avez problème, vous revenir ici.

Il descendit, dit quelques mots au chauffeur, et la voiture repartit. Elle roula sur encore deux kilomètres avant de stopper devant une maison basse à un seul niveau située tout au bord de l'escarpement.

— *Beit Mullray*, dit le chauffeur.

C'était une longue construction délabrée, peinte en rose poussiéreux et disposée autour des trois côtés d'une cour de sable au centre de laquelle trônait un énorme tamis de pelleteuse. À l'une des extrémités de la maison, il y avait une tour en bois branlante portant un réservoir d'eau, et, à l'autre, un entassement de caisses de bois à l'ombre desquelles un chien somnolait. Toutes les fenêtres étaient closes et les persiennes fermées. Il semblait n'y avoir personne dans les parages.

Le chauffeur lui dit qu'il allait attendre, pour la ramener au Caire si son père n'était pas là. Il connaissait quantité de bons hôtels. Elle déclina l'offre, retira son sac du coffre, paya la course puis se dirigea vers la maison. Le taxi fit demi-tour derrière elle et s'éloigna dans un nuage de poussière.

Elle traversa la cour, remarquant au passage dans un coin une rangée de blocs de pierre peints sous une bâche, alla à la porte et y frappa. Pas de réponse. Elle essaya d'entrer. La porte était verrouillée.

— Papa ! appela-t-elle. C'est moi, Tara !

Rien.

Elle fit le tour de la maison. Sur l'arrière, une terrasse ombragée, ornée de pots de géraniums et de cactus, de quelques citronniers noueux et de deux bancs en ciment, courait sur toute la longueur du bâtiment. Vers l'est, du côté de la plaine du Nil, la vue était magnifique, mais elle n'y prêta aucune attention. Elle ôta ses lunettes de soleil et s'approcha de l'une des fenêtres pour regarder par les fentes des persiennes à la peinture écaillée. Il faisait sombre à l'intérieur et, à part un livre posé sur le coin d'une table, elle ne vit rien. Elle regarda par une autre persienne un peu plus loin, distinguant un lit et une vieille paire de bottes en dessous, puis elle revint sur le devant et frappa à nouveau à la porte. Toujours rien. Elle s'avança sur la piste en regardant à droite et à gauche avant de revenir sur la terrasse pour s'asseoir sur l'un des bancs en ciment.

Elle était inquiète. En de nombreuses occasions – trop nombreuses pour qu'elle se souvienne de toutes – son père lui avait fait faux bond, mais elle sentait que cette fois-ci c'était différent. Il était peut-être tombé malade ou un accident avait pu survenir. Toutes sortes d'hypothèses lui traversaient l'esprit, plus bouleversantes les unes que les autres. Elle se leva pour aller frapper une nouvelle fois contre les persiennes, plus par frustration que par espoir d'être entendue.

— Où es-tu, papa ? Où peux-tu bien être ? maugréa-t-elle.

Elle attendit devant la maison pendant presque deux heures, allant et venant, regardant par les fentes des persiennes, frappant à la porte de temps en temps, le front perlé de sueur, les yeux lourds de fatigue. Des enfants qui jouaient dans le village en contrebas la remarquèrent et se mirent à escalader la pente poussiéreuse qui montait derrière le bâtiment en criant : « Des crayons pour l'école ! Des crayons pour l'école ! » Elle prit quelques crayons dans son sac et les leur tendit en leur demandant si l'un d'entre eux avait aperçu un homme de haute taille avec des cheveux blancs. Ils n'eurent pas l'air de comprendre. Dès qu'ils eurent pris leurs crayons, ils dévalèrent l'escarpement et disparurent en la laissant seule avec les mouches, la chaleur et la maison fermée.

Finalement, comme le soleil était à son zénith et qu'elle était tellement fatiguée qu'elle avait du mal à rester éveillée, elle décida de s'en aller et se mit à la recherche de Hassan, l'homme qu'elle avait rencontré un peu plus tôt. Elle savait que si son père avait été retardé quelque part, il serait furieux qu'elle en ait fait toute une affaire, mais elle était trop inquiète pour s'en soucier. Avec son dernier crayon, elle griffonna un mot pour expliquer ce qu'elle allait faire et le coinça dans la porte d'entrée. Après quoi, elle repartit sur la piste qui s'éloignait en direction de la masse dentelée de la pyramide à degrés. Le soleil était écrasant et la terre silencieuse, hormis le crissement de ses pas et le bourdonnement occasionnel d'une mouche.

Elle marchait depuis cinq minutes, la tête baissée, quand un scintillement fugitif attira son attention, assez loin vers la droite. Elle s'arrêta et regarda dans cette direction en s'abritant les yeux derrière sa main. Il y avait du monde là-bas, à environ deux cents mètres dans le désert, sur un tertre de sable. Ils étaient trop éloignés et le soleil était trop brillant pour qu'on pût en apprendre beaucoup sur leur compte, si ce n'est qu'il y avait un homme très grand et vêtu de blanc. Il y eut un autre scintillement qui lui fit comprendre qu'il devait la regarder avec des jumelles dont les lentilles reflétaient les rayons du soleil.

Elle se détourna, pensant qu'il ne devait s'agir que de touristes en train d'explorer les ruines. Puis elle se dit soudain que l'un d'eux était peut-être un archéologue qui connaissait son père. Elle se retourna une nouvelle fois avec l'intention de les héler mais les inconnus avaient disparu. Elle scruta les ondulations de sable et de débris ; il n'y avait plus personne. Aussi, après un moment, se remit-elle en route en se demandant si ce qu'elle avait vu n'était pas le produit d'une hallucination due à son inquiétude et à son épuisement. Elle avait le tournis et ressentait des élancements dans les tempes. Si seulement elle avait emporté un peu d'eau !

Il lui fallut encore vingt minutes pour atteindre le *teftish*. Son chemisier était trempé de sueur et elle avait mal aux jambes. Elle trouva Hassan, à qui elle expliqua ce qui se passait.

— Je suis sûr tout va bien, lui dit-il en la conduisant

jusqu'à une chaise dans son bureau. Peut-être votre père allé se promener, ou bien faire des fouilles.

— Sans même laisser un mot ?

— Il attend peut-être au Caire ?

— J'ai appelé à son appartement. Il n'a pas répondu.

— Il savait que vous arriver aujourd'hui ?

— Bien sûr qu'il le savait, répliqua-t-elle vivement.

Puis, après un silence, elle ajouta :

— Excusez-moi, je suis fatiguée et inquiète.

— Je comprends, mademoiselle Mullray. Gardez votre calme, nous le retrouver.

Il s'empara du talkie-walkie posé sur son bureau, pressa un bouton sur le côté et se mit à parler en articulant bien les mots « Doktora Mullray ». On entendit un grésillement puis plusieurs voix répondirent les unes après les autres. Le fonctionnaire écouta, dit quelques mots et reposa le talkie-walkie.

— Lui pas sur le chantier et personne n'a vu lui. Attendez ici, je vous prie.

Il se rendit dans une autre pièce située de l'autre côté du hall d'entrée. On entendit une conversation à voix basse et il revint une minute plus tard.

— Lui allé au Caire hier matin, ensuite revenu à Saqqarah dans l'après-midi. Depuis, plus personne n'a vu lui.

Il décrocha le téléphone. Il y eut à nouveau une brève conversation où revenaient les mots « Doktora Mullray ». Lorsqu'il raccrocha, il avait les sourcils froncés.

— Cet Ahmed, qui conduit taxi pour votre père, il dit que votre père demandé à lui venir à *Beit Mullray* hier soir pour l'emmener aéroport, mais quand Ahmed est arrivé, votre père pas là. Maintenant, inquiet moi aussi. Cela pas ressembler à *Doktora*.

Il garda le silence en tapotant son bureau des doigts puis, ouvrant un tiroir, il en sortit un trousseau de clés.

— Voici doubles des clés maison, expliqua-t-il. Allons voir.

Ils quittèrent le bureau et se dirigèrent vers une vieille Fiat blanche parquée dehors.

— On prend voiture. Plus vite.

Il conduisit rapidement, faisant cahoter la voiture sur la piste inégale, puis freina en dérapant pour s'arrêter devant la maison. Ils allèrent à la porte d'entrée et Tara remarqua aussitôt que le petit mot qu'elle y avait laissé n'y était plus. Elle eut un coup au cœur et se précipita sur la poignée. Mais la porte était toujours verrouillée. Les coups qu'elle donna sur le panneau de bois n'obtinrent aucune réponse. Hassan choisit une clé dans le trousseau, l'introduisit dans la serrure, tourna deux fois, ouvrit la porte et entra. Tara le suivit.

Ils se trouvaient dans une longue pièce blanchie à la chaux avec une table rectangulaire devant eux et, à l'autre bout, deux sofas mangés par les mites et une cheminée. Il y avait d'autres pièces, à droite et à gauche. Dans l'une d'elles, Tara devina le coin d'un cadre de lit en bois. Il faisait sombre et frais, et une légère odeur douceâtre flottait dans l'air. Au bout d'un instant, Tara se rendit compte que c'était une odeur de cigare.

Hassan traversa la chambre pour ouvrir une fenêtre. Le soleil illumina le sol. Elle aperçut aussitôt le corps, affaissé contre le mur opposé.

— Oh, mon Dieu ! s'écria-t-elle en suffoquant. Oh non !

Elle se précipita, tomba à genoux et saisit la main de son père. Elle était froide et raide. Tara n'essaya même pas de lui faire reprendre conscience.

— Papa, murmura-t-elle en caressant ses cheveux gris. Oh, mon pauvre papa.

7

Louqsor

Tout en regardant le cadavre, l'inspecteur Khalifa se souvint du jour où on avait ramené le corps de son père à la maison.

Il avait six ans à l'époque et n'avait pas bien compris ce qui se passait. On avait transporté le corps dans le salon et on l'avait étendu sur la table. Sa mère, en pleurs et tirant sur sa robe noire, s'était agenouillée au pied du cadavre, tandis que son frère Ali et lui, l'un à côté de l'autre à la tête, se tenaient par la main et regardaient le pâle visage couvert de poussière.

— Ne t'inquiète pas, mère, avait dit Ali. Je veillerai sur toi et sur Youssouf. Je le jure.

L'accident s'était produit à quelques centaines de mètres de l'endroit où ils habitaient. Un car de touristes qui roulait trop vite dans ces rues étroites avait heurté l'échafaudage branlant sur lequel travaillait son père, entraînant l'effondrement de toute la structure. Trois hommes, dont son père, avaient péri écrasés sous une tonne de briques et de bois. L'agence touristique avait refusé toute responsabilité et n'avait versé aucune indemnisation. Les passagers du car s'en étaient sortis sans dommage.

À l'époque, ils habitaient Nazlat al-Sammam, au pied du plateau de Gizeh, dans un taudis exigu en brique crue dont le toit donnait directement sur le sphinx et sur les pyramides.

Ali avait six ans de plus que lui. Il était costaud, intelligent et n'avait peur de rien. C'était l'idole de Khalifa, qui le suivait partout, imitait sa façon de marcher et tenait les mêmes propos que lui. Lorsqu'il était contrarié, il marmonnait « Dammit ! » comme il avait entendu dire son frère, lequel l'avait pris à un touriste anglais.

Après la mort de leur père, fidèle à sa promesse, Ali avait quitté l'école pour travailler afin de leur permettre de vivre. Il avait trouvé un emploi à la chamellerie. Il nettoyait et réparait les selles, et conduisait les chameaux sur le plateau pour les excursions des touristes. Le dimanche, Khalifa était autorisé à l'aider, mais pas pendant la semaine. Il avait supplié Ali de lui permettre de travailler avec lui à temps complet, mais Ali l'avait exhorté à se consacrer à ses études.

— Apprends, Youssouf, avait-il insisté, remplis ton esprit. Fais ce que je ne peux pas faire. Je veux pouvoir être fier de toi.

Ce n'est que bien des années plus tard qu'il avait découvert que chaque jour, en plus des achats de nourriture et du paiement du loyer, Ali mettait de côté une fraction de son maigre salaire afin que lui, Youssouf, le moment venu, puisse aller à l'université. Il avait une grande dette envers son frère. Il lui devait tout. C'est pourquoi il avait donné son nom à son premier fils, pour bien montrer qu'il était conscient de sa dette.

Pourtant son fils n'avait jamais vu son oncle et ne le verrait jamais. Ali s'en était allé pour toujours. Comme il lui manquait ! Comme il aurait voulu que les choses tournent différemment !

Il remua doucement la tête et revint au travail en cours. Il se trouvait dans une pièce garnie de carreaux blancs au sous-sol de l'hôpital général de Louqsor, et le cadavre qu'on avait découvert le matin même était étendu nu devant lui. Un ventilateur tournait au-dessus de sa tête ; un néon ajoutait une note froide à l'atmosphère stérile. Le docteur Anwar, le médecin légiste local, était penché sur le corps et le tâtait avec ses mains recouvertes de gants en caoutchouc.

— Très étrange, marmonnait-il, très étrange. Je n'ai jamais rien vu de semblable.

On avait photographié le corps à l'endroit où il avait échoué sur le bord de la rivière, puis on l'avait placé dans un sac fermé et transporté à Louqsor par bateau. Il avait fallu remplir bien des paperasses avant qu'on pût procéder à l'examen, et l'après-midi touchait à sa fin. Il avait envoyé Sariya se renseigner pour savoir si une personne était portée disparue dans un rayon de trente kilomètres, ce qui évitait à son adjoint la tâche peu agréable d'assister à l'autopsie. Lui-même avait du mal à retenir ses haut-le-cœur. Il avait terriblement envie d'une cigarette et portait la main à sa poche pour y prendre le paquet de Cleopatra, mais il ne le sortait pas. Il était bien connu que le docteur Anwar interdisait strictement que l'on fume dans la morgue.

— Alors, qu'en pensez-vous ? demanda Khalifa en s'appuyant sur le carrelage froid du mur et en jouant avec un bouton de sa chemise.

— Eh bien, répondit Anwar qui s'interrompit un moment comme pour réfléchir, il est catégoriquement mort.

Il s'esclaffa en se tapotant le ventre. Ses plaisanteries douteuses étaient aussi célèbres que son aversion pour le tabac.

— Excusez-moi, continua-t-il, c'est de très mauvais goût.

Il ne put retenir un nouveau gloussement, puis son visage redevint sérieux :

— Que voulez-vous savoir ?

— Son âge ?

— Difficile à dire, un peu moins de la trentaine, peut-être un peu plus.

— Depuis quand est-il mort ?

— Environ dix-huit heures. Peut-être vingt. Vingt-quatre tout au plus.

— Et pendant tout ce temps il est resté dans l'eau ?

— Je le pense.

— À votre avis, sur quelle distance a-t-il pu dériver pendant ces vingt-quatre heures ?

— Absolument aucune idée. Je m'occupe des corps, pas des courants.

Khalifa sourit.

— Soit. La cause de la mort ?

— J'aurais cru qu'elle était évidente, répondit Anwar en abaissant son regard vers le visage mutilé.

La face avait été nettoyée de la boue qui la couvrait et elle paraissait encore plus grotesque que lorsque Khalifa l'avait aperçue pour la première fois. On aurait dit un morceau de viande tailladé de part en part. Il y avait d'autres lacérations sur le corps également, sur les bras et les épaules, sur le ventre, sur le haut des cuisses. Il y avait même une petite perforation sur le scrotum, qu'Anwar avait pris grand plaisir à signaler. Parfois, cet homme pratiquait son métier avec trop d'enthousiasme.

— Ce que je voulais dire...

— Oui, oui, je sais, reprit le médecin légiste. Je plaisantais. Vous voulez savoir ce qui a causé ces blessures.

Il s'écarta de la table d'opération et retira ses gants dont le caoutchouc produisit un bruit sec en se détachant des mains.

— Bien, commençons par le commencement. Sa mort est due à un choc et à la perte de sang, tous deux résultant des blessures que vous avez devant vous. Il y avait assez peu d'eau dans les poumons, ce qui veut dire qu'il ne s'est pas d'abord noyé pour recevoir les blessures ensuite. Ce qui lui est arrivé est survenu sur la terre ferme, après quoi le corps a été plongé dans le fleuve. Sans doute à peu de distance de l'endroit où il a été trouvé.

— Ce n'est donc pas une hélice de bateau ?

— Certainement pas. Les blessures seraient complètement différentes. Moins nettes. Les chairs auraient été déchiquetées.

— Un crocodile ?

— Ne soyez pas stupide, Khalifa. Cet homme a été mutilé délibérément. Et d'ailleurs, pour votre information, il n'y a pas de crocodiles au nord d'Assouan. Et aucun ne fume.

Il désigna les bras, la poitrine et le visage de l'homme.

— Trois marques de brûlure. Là, là et là. Probablement un cigare. Trop grosses pour une cigarette.

Il fouilla dans ses poches, en sortit un sachet de noix de cajou et en proposa à Khalifa. L'inspecteur déclina l'offre.

— Comme vous voulez, dit Anwar en relevant la tête et en versant dans sa bouche une poignée de noix.

Khalifa le regarda en se demandant comment il pouvait manger à quelques mètres de ce visage défiguré.

— En ce qui concerne les coupures, qu'est-ce qui les a causées ?

— Aucune idée, grommela Anwar en mâchant. Un objet métallique, tranchant évidemment. Peut-être un couteau, mais j'ai vu toutes sortes de blessures par couteau et aucune ne ressemblait à celles-là.

— Que voulez-vous dire ?

— Eh bien, les blessures ne sont pas assez nettes. C'est difficile à expliquer. Plus une question d'intuition que de science à proprement parler. C'était certainement une lame aiguisée, mais pas de celles que je connais. Regardez cela, par exemple.

Il désigna une coupure sur la poitrine de l'homme.

— Si c'était un couteau qui avait causé cette blessure, elle aurait été plus fine et pas aussi... comment dire... grossière. Regardez bien, elle est plus profonde à une extrémité qu'à l'autre. Ne m'en demandez pas plus, Khalifa. Acceptez simplement le fait que nous avons affaire à une arme inhabituelle.

L'inspecteur tira un petit calepin de sa poche et y inscrivit quelques notes. On n'entendait dans la pièce que le bruit que faisait Anwar en mâchant.

— Pouvez-vous me dire autre chose sur lui ?

— Il aimait bien boire. Fort taux d'alcool dans le sang. Et il devait s'intéresser à l'Égypte ancienne.

— Le tatouage de scarabée ?

— Exactement. Un dessin assez rare. Et puis regardez ceci.

Khalifa s'approcha.

— Vous voyez cette marque autour du bras ? Ici et ici, là où la chair est décolorée. L'homme a été maintenu comme ceci.

Anwar se plaça derrière Khalifa et lui saisit les bras en serrant fortement.

— La marque sur le bras gauche est plus large et s'étend plus autour du bras, ce qui indique qu'il était probablement tenu par deux personnes plutôt que par une seule, chacune le saisissant d'une manière légèrement différente. On voit à la profondeur de l'hématome qu'il s'est beaucoup débattu.

Khalifa opina du chef, penché sur son calepin.

— Donc, ils étaient au moins trois, dit-il. Deux le tenaient et un autre maniait l'arme.

Anwar approuva puis, traversant la pièce, il passa la tête dans le couloir et appela quelqu'un à l'autre bout.

Un instant plus tard, deux hommes poussant un chariot firent leur apparition. Ils y placèrent le corps, le couvrirent d'un drap et l'emportèrent hors de la pièce. Anwar finit ses noix et, s'étant approché d'un petit lavabo, entreprit de se laver les mains. On n'entendait rien d'autre dans la pièce que le ronronnement du ventilateur.

— Je suis remué, vraiment, dit le médecin légiste d'un ton qui avait soudain perdu sa jovialité habituelle. Cela fait trente ans que je pratique ce métier, et je n'ai jamais rien vu de semblable. C'est...

Il s'interrompit pour se savonner lentement les mains en tournant le dos à Khalifa.

— C'est impie, dit-il enfin.

— Je ne vous imaginais pas religieux.

— Je ne le suis pas. Mais on ne peut exprimer autrement ce qui est arrivé à cet homme. Je veux dire qu'on ne s'est pas contenté de le tuer. On l'a massacré, le pauvre bougre.

Il ferma le robinet et se mit à s'essuyer les mains.

— Trouvez ceux qui ont fait ça, Khalifa. Trouvez-les vite et enfermez-les.

Khalifa fut surpris par le ton sérieux du médecin.

— Je ferai de mon mieux, répondit-il. Si vous obtenez d'autres informations, veillez à me les transmettre.

Ayant rangé son calepin, il se dirigea vers la porte. Il était à mi-chemin lorsque Anwar le rappela :

— Ce n'est qu'une impression, mais je pense qu'il pouvait être sculpteur. L'un de ceux qui fabriquent des statuettes pour les touristes. Il y avait de la poussière d'albâtre sous ses ongles, et ses avant-bras étaient très musclés, ce qui pourrait indiquer qu'il utilisait beaucoup le marteau et le ciseau. Je peux me tromper, mais c'est par là que je commencerais mes recherches. Dans les boutiques d'objets en albâtre.

Après l'avoir remercié, Khalifa s'engagea dans le couloir et tira son paquet de cigarettes de sa poche. La voix d'Anwar retentit derrière lui :

— Et ne fumez pas avant d'être sorti de l'hôpital !

8

Le Caire

— Il détestait les cigares, dit Tara.

Le fonctionnaire de l'ambassade la regarda :

— Pardon ?

— Les cigares. Mon père les détestait. Le tabac sous toutes ses formes, d'ailleurs. Il disait que c'était une habitude répugnante, comme de lire le *Guardian*.

— Ah, dit l'homme, perplexe. Je vois.

— Lorsque nous sommes entrés dans la maison, il y avait une odeur. Tout d'abord, je ne l'ai pas bien identifiée. Puis j'ai compris que c'était de la fumée de cigare.

Le fonctionnaire, un jeune attaché nommé Crispin Oates, se remit à regarder la route, klaxonnant bruyamment à l'intention d'un camion qui roulait devant eux.

— Est-ce que cela peut avoir une importance ?

— Comme je vous l'ai dit, mon père détestait le tabac.

— Dans ce cas, je suppose que ce devait être quelqu'un d'autre, dit-il en haussant les épaules.

— C'est précisément le point important. Il était interdit de fumer dans la maison. C'était une règle absolue. Je le sais parce que, un jour, il m'a dit dans une lettre qu'il avait renvoyé un bénévole qui l'avait enfreinte.

Une moto les dépassa sur la droite et se rabattit devant eux, obligeant Oates à écraser la pédale de frein.

— Imbécile !

Ils roulèrent en silence pendant quelque temps.

— Je ne suis pas sûr de comprendre où vous voulez en venir, finit-il par dire.

— Moi non plus, soupira Tara. Simplement... il n'aurait pas dû y avoir cette odeur de cigare dans la maison. Ça ne me sort pas de l'esprit.

— Je suis sûr que c'est seulement... vous savez bien... le choc.

Tara soupira.

— Oui, dit-elle d'un ton las, c'est sans doute cela.

Ils se trouvaient sur une voie surélevée qui pénétrait au centre du Caire. Il faisait presque nuit et les lumières de la ville s'étendaient loin tout autour d'eux et en dessous. Pourtant, l'air était encore chaud, aussi Tara baissa-t-elle sa vitre, ce qui fit voler ses cheveux derrière elle. Elle se sentait étrangement détachée de tout, comme si les événements des dernières heures avaient été une sorte de rêve.

Ils avaient attendu pendant une heure auprès du corps de son père, jusqu'à l'arrivée d'un médecin. Celui-ci avait examiné rapidement le cadavre avant de leur annoncer ce qu'ils savaient déjà – que le vieil homme était mort, probablement d'un infarctus, mais qu'il fallait procéder à un examen plus approfondi. Une ambulance était arrivée, suivie peu après de deux policiers en civil qui avaient posé à Tara une série de questions de pure forme sur son père : âge, santé, nationalité, profession. (« C'était un archéologue, avait-elle répondu, irritée. Que diable vouliez-vous qu'il fasse d'autre dans cet endroit ! ») Elle avait mentionné la fumée de cigare, leur expliquant, comme elle devait le faire plus tard avec Oates, qu'il était interdit de fumer dans la maison. Les policiers avaient pris des notes, mais n'avaient pas paru trouver ce point très important. Elle n'avait pas insisté. À aucun moment, elle n'avait pleuré. En fait, la mort de son père n'avait provoqué chez elle aucune réaction. Elle avait vu son corps transporté dans l'ambulance et n'avait rien ressenti, absolument rien, comme s'il s'était agi de quelqu'un qu'elle ne connaissait pas.

— Papa est mort, avait-elle murmuré comme pour essayer de trouver une sorte de réponse. Il est mort. Mort.

Ces mots ne lui avaient fait aucun effet. Elle avait essayé de se remémorer les bons moments qu'ils avaient passés ensemble – les livres que tous deux avaient aimés, les sorties au zoo, la course au trésor qu'il avait organisée pour son quinzième anniversaire – mais avait été incapable d'éprouver la moindre émotion. La seule chose qu'elle ait ressentie – et elle en avait eu honte –, c'était le vif désappointement que son voyage soit gâché.

Je vais passer les quinze prochains jours à remplir des formulaires et à organiser les obsèques, avait-elle pensé. Mes vacances sont à l'eau.

Oates était arrivé au moment où l'ambulance partait, l'ambassade ayant été prévenue de la mort de son père dès la découverte du corps. Blond, le menton fuyant, la trentaine, Anglais jusqu'au bout des ongles, il avait formulé des condoléances polies mais sans conviction, d'une manière qui suggérait qu'il avait souvent connu ce genre de situation.

Il s'était entretenu avec le médecin dans un arabe approximatif et avait demandé à Tara où elle demeurait.

— Ici, lui avait-elle dit. Ou du moins c'est ce qui était prévu. À présent, ce n'est plus très approprié.

Oates avait acquiescé :

— Le mieux serait que je vous ramène au Caire et que je vous loue une chambre là-bas. Permettez-moi de passer un ou deux coups de fil.

Il avait sorti un téléphone portable de la poche de sa veste – « Comment font les gens pour porter des costumes par cette chaleur ? » s'était demandé Tara –, et il avait fait quelques pas dehors avant de revenir un instant plus tard.

— Bon, avait-il annoncé, nous avons réservé une chambre au *Ramsès Hilton.* Je ne pense pas qu'il y ait grand-chose de plus à faire ici, alors quand vous serez prête...

Elle s'était attardée un moment dans la maison, regardant les rayonnages de bibliothèque et les sofas mangés par les mites, imaginant son père se reposant ici après une journée de fouilles, puis elle avait rejoint Oates dans sa voiture.

— C'est drôle, avait-il dit en démarrant, cela fait trois ans que je suis au Caire et c'est la première fois que je viens à Saqqarah. Il faut dire pour être honnête que l'archéologie ne m'intéresse pas beaucoup.

— Moi non plus, avait-elle répondu d'une voix triste.

Il faisait nuit quand ils arrivèrent à l'hôtel. C'était un affreux gratte-ciel en béton au bord du Nil, près d'un entrelacement de routes encombrées. L'intérieur était brillamment éclairé, agrémenté d'une entrée en marbre qui menait à divers bars, salons et boutiques, et traversé par un flux constant de garçons en livrée rouge chargés de bagages de luxe. Il faisait frais, presque froid, ce qui soulagea Tara après la touffeur du dehors. Sa chambre se trouvait au quatorzième étage. Elle était spacieuse, propre, et tournait le dos au fleuve. Après avoir jeté son sac sur le lit, Tara se débarrassa de ses chaussures.

— Je vous laisse vous installer, dit Oates qui attendait à la porte. Le restaurant est bon, sinon vous avez un service en chambre.

— Merci, je n'ai pas très faim.

— Bien sûr, je comprends.

Il posa la main sur la poignée de la porte.

— Il y aura diverses formalités à accomplir demain, aussi, si vous le voulez bien, je viendrai vous chercher, disons à onze heures, et je vous conduirai à l'ambassade.

Tara approuva.

— Encore une petite chose. Il vaut mieux que vous ne sortiez pas la nuit toute seule. Je ne voudrais pas vous alarmer, mais l'endroit est un peu risqué pour les touristes en ce moment. Il y a eu de l'agitation fondamentaliste. Des agressions, vous savez. Mieux vaut prévenir que guérir.

Tara pensa à l'homme qu'elle avait rencontré à l'aéroport près du retrait des bagages.

— Sayf al-Tamar, dit-elle en se rappelant le nom qu'il avait prononcé.

— Al-Tha'r, corrigea Oates. Al-ta-ar. Oui, il semble bien que ce soit lui. Sacrés cinglés. Plus les autorités essaient de les attraper, plus ils causent de désordre. Des parties entières du pays sont maintenant des zones interdites.

Il lui tendit sa carte.

— En tout cas, appelez-moi si vous avez besoin de quelque chose et reposez-vous bien.

D'une manière quelque peu officielle, il lui serra la main, ouvrit la porte et sortit dans le couloir.

Après son départ, Tara prit une bière dans le minibar et s'affala sur le lit. Elle appela Jenny en Angleterre, laissant un message sur son répondeur pour lui indiquer où elle se trouvait et lui demander de la rappeler dès que possible. Elle savait qu'elle avait d'autres coups de fil à donner – à la sœur de son père, à l'université américaine où il enseignait l'archéologie du Proche-Orient en tant que professeur associé –, mais elle décida de les reporter au lendemain. Elle sortit sur le balcon et se mit à regarder la rue.

Une Mercedes noire venait de s'arrêter devant l'hôtel, bloquant en partie la circulation et obligeant les cars qui attendaient derrière à déboîter pour la dépasser, ce qu'ils firent sans plaisir à en juger par les coups de Klaxon.

Tout d'abord, Tara ne prêta pas attention à cette voiture. Puis la porte du passager s'ouvrit et une silhouette sortit sur le trottoir. Elle se figea brusquement. Sans pouvoir en être certaine, elle crut reconnaître l'homme qu'elle avait aperçu à Saqqarah – celui qui l'avait observée tandis qu'elle marchait le long de la corniche. Quelque chose lui disait que c'était bien lui. Il portait un costume clair et, même depuis cette hauteur, il paraissait immense, dominant largement les piétons qui l'entouraient.

Il se pencha pour parler au conducteur de la Mercedes, qui se réinséra dans la circulation. L'homme regarda la voiture s'éloigner puis, soudain, se retourna et leva la tête, droit vers elle, bien que, en réalité, il fût à une trop grande distance pour qu'elle pût juger avec précision sur quoi ses yeux étaient dirigés. Cela ne dura qu'un instant. Après quoi il baissa la tête et se dirigea vers l'entrée latérale de l'hôtel en portant à sa bouche ce qui ressemblait à un gros cigare. Tara frissonna. Elle rentra dans sa chambre, ferma la porte-fenêtre coulissante et la verrouilla.

Le Nil, entre Louqsor et Assouan

De l'écume se formait à l'avant du SS *Horus* qui remontait lentement le fleuve. Ses lumières jetaient sur l'eau une lueur sinistre. De sombres forêts de roseaux défilaient sur chaque rive, avec de temps à autre une hutte ou une petite maison, mais il était minuit passé et il restait peu de monde sur le pont pour les voir. Un jeune couple était à l'avant, joue contre joue, et un groupe de vieilles dames jouaient aux cartes sous une tente. En dehors d'eux, les ponts étaient vides. La plupart des passagers s'étaient retirés dans leur cabine ou bien assistaient à un spectacle de cabaret dans le salon, où un Égyptien ventru chantait des airs à la mode avec un accompagnement enregistré.

Il y eut deux explosions, presque simultanées. La première se produisit à la proue du navire et emporta le jeune couple. La seconde eut lieu dans le salon. Elle fit voler les tables, les chaises et des débris de verre dans toutes les directions. Le chanteur fut repoussé contre sa sono, le visage noirci ; un groupe de femmes, près de la scène, était éparpillé sous une avalanche de morceaux de bois et de métal. On entendait des pleurs, des gémissements, et les cris perçants d'un homme dont les jambes avaient été arrachées au-dessous des genoux. Les joueuses de cartes, indemnes, restaient figées sous leur tente. Puis l'une d'elles se mit à pleurer.

À distance du fleuve, au-delà des roseaux, accroupis sur un petit tertre rocheux, trois hommes observaient le bateau. La lueur de ses ponts en flammes éclaira leurs visages barbus, révélant une profonde cicatrice verticale sur leurs fronts. Ils souriaient.

— Sayf al-Tha'r, murmura l'un d'entre eux.
— Sayf al-Tha'r, répétèrent ses compagnons.

Ils approuvèrent de la tête et, s'étant relevés, disparurent dans la nuit.

9

Le Caire

Ainsi qu'il le lui avait dit, Oates retrouva Tara dans le vestibule de l'hôtel à onze heures et la conduisit à l'ambassade, où ils arrivèrent dix minutes plus tard.

Malgré son état d'épuisement, elle n'avait pas bien dormi. Elle ne pouvait oublier l'homme de haute taille, qui la rendait inexplicablement nerveuse. Elle avait fini par glisser dans un sommeil léger, mais le téléphone l'avait réveillée. C'était Jenny.

Elles avaient parlé pendant presque une heure, son amie lui offrant de prendre le premier avion pour la rejoindre. Tara avait été tentée d'accepter, mais finalement elle lui avait dit de ne pas s'inquiéter. L'ambassade allait s'occuper de tout et elle serait probablement de retour dans quelques jours, une fois toutes les formalités remplies. Elles étaient convenues de se rappeler le lendemain et la conversation s'était arrêtée là. Tara avait un peu regardé la télévision, passant distraitement de CNN à MTV Asia puis à BBC World avant de s'assoupir.

La nuit était bien avancée lorsqu'elle s'était réveillée pour la seconde fois, brusquement, avec le sentiment qu'il se passait quelque chose d'anormal. Tout était silencieux. La chambre était plongée dans l'obscurité. Seul un rayon de lune passait par une ouverture entre les rideaux et envoyait une lueur fantomatique sur le miroir accroché au mur, en face du lit.

Elle était restée allongée en essayant de découvrir ce qui la troublait, puis s'était retournée pour se rendormir. À cet instant, elle avait perçu un léger grincement du côté de la porte. Elle avait écouté pendant plusieurs secondes avant de comprendre que c'était le bruit de la poignée qui tournait.

— Oui ? avait-elle dit d'une petite voix.

Le grincement s'était arrêté et avait repris un instant plus tard. Le cœur battant, elle était allée à la porte et là elle avait vu la poignée bouger précautionneusement de haut en bas en un mouvement lent. Elle avait été tentée de crier, mais au lieu de cela elle avait saisi la poignée et l'avait maintenue. De l'autre côté de la porte, il y avait eu une brève résistance puis un bruit de pas rapides. Après avoir compté jusqu'à cinq, elle avait ouvert la porte, mais le couloir était vide. Ou plutôt presque vide, car il y restait au moins une chose : une odeur de cigare.

Après cela, elle avait laissé la lumière allumée tout le reste de la nuit et ne s'était endormie qu'à l'aube. Lorsque Oates lui avait demandé si elle avait passé une bonne nuit, sa réponse avait été abrupte :

— Absolument pas.

À l'entrée de l'ambassade, Oates franchit la grille qui fermait le mur extérieur en montrant sa carte au garde. Il gara la voiture et conduisit Tara dans le bâtiment, où ils entrèrent par une porte latérale. Ils suivirent un long couloir, montèrent un escalier et accédèrent à une succession de bureaux au premier étage. Là, ils furent accueillis par un homme mince à la mise un peu négligée qui avait des cheveux blancs, d'épais sourcils et une paire de lunettes suspendue à son cou.

— Bonjour, mademoiselle Mullray, dit-il avec un sourire en lui tendant la main. Charles Squires, attaché culturel.

L'intonation était pleine de gentillesse, paternelle, à la différence de la poignée de main très ferme.

— Crispin, allez donc nous chercher des cafés. Nous serons dans mon bureau.

Il fit franchir à Tara une double porte et l'introduisit dans une grande pièce claire qui comportait quatre fauteuils disposés autour d'une table. Un autre homme se tenait près de la fenêtre.

— Voici le docteur Sharif Jemal, du Grand Conseil des antiquités, dit Squires. Il a instamment demandé à être présent ce matin.

C'était un homme court et large avec un visage fortement grêlé. Il s'avança.

— Permettez-moi de vous présenter mes condoléances pour la mort de votre père, déclara-t-il solennellement. C'était un grand universitaire et un véritable ami de ce pays. Nous le regretterons beaucoup.

— Merci, répondit Tara.

Ils s'assirent tous les trois.

— L'ambassadeur m'a chargé de vous transmettre ses excuses, continua Squires. Étant donné la notoriété de votre père, il aurait aimé être ici en personne. Malheureusement, comme vous l'avez peut-être appris, il y a encore eu un acte terroriste la nuit dernière près d'Assouan et deux des victimes étaient anglaises, c'est pourquoi il est plutôt occupé en ce moment.

Il s'exprimait très tranquillement, ses fines mains glabres croisées sur son ventre.

— Néanmoins, je m'exprime en son nom, et en fait au nom de toute l'ambassade, en vous disant combien nous avons été attristés d'apprendre la mort de votre père. J'ai eu le plaisir de le rencontrer en plusieurs occasions. C'est une grande perte.

Oates revint, porteur d'un plateau.

— Lait ? demanda Squires.

— Noir, sans sucre, dit Tara. Merci.

Squires acquiesça à l'intention d'Oates, lequel remplit les tasses et les offrit. Il y eut un silence embarrassé.

— Lorsque j'étais étudiant, finit par dire Jemal, j'ai eu la chance de passer une saison avec votre père à Saqqarah. C'était en 1972. L'année où nous avons découvert la tombe de ×ah-hotep. Je n'oublierai jamais notre excitation quand nous avons pénétré pour la première fois dans la chambre funéraire. Elle était intacte, personne n'avait touché à rien depuis le jour où elle avait été scellée. Près de l'entrée, il y avait une magnifique statue en bois, à peu près de cette hauteur – il l'indiqua avec la main –, merveilleusement réaliste, avec des yeux incrustés, en parfait état. Elle est exposée au musée du Caire. Il faut que je vous emmène la voir.

— J'aimerais beaucoup, dit Tara en s'efforçant de paraître enthousiaste.

— Votre père m'a appris beaucoup de choses, continua Jemal. Je lui dois beaucoup. C'était un homme plein de bonté.

Il prit un mouchoir et se moucha bruyamment, apparemment submergé par l'émotion. Tous quatre burent leur café en silence. Au bout d'un moment, Squires reprit la parole :

— Le médecin m'assure que le décès de votre père a été rapide et sans douleur. Le cœur, apparemment. La mort a dû être presque instantanée.

— Il prenait un médicament pour le cœur, dit Tara.

— Ne le prenez pas mal, intervint Jemal, mais je pense que si votre père avait dû choisir un endroit où mourir, cela aurait été Saqqarah. Il se sentait toujours heureux là-bas.

— Oui, dit Tara, c'est là qu'il se sentait vraiment chez lui.

Oates se mit à remplir de nouveau les tasses.

— Il y a malheureusement diverses formalités à accomplir, dit Squires sur un ton d'excuse. Crispin ici présent peut vous y aider.

Il refusa le café que lui proposait Oates.

— Pas pour moi, merci. Et il va falloir que vous décidiez ce que vous voulez que nous fassions du corps de votre père. Doit-il rester en Égypte ou être ramené en Grande-Bretagne ? Toutefois, pour l'instant, je tiens seulement à vous dire que, si vous avez besoin de quoi que ce soit en cette période difficile, il vous suffit de le demander.

— Merci, dit Tara.

Elle resta silencieuse un moment, jouant avec sa tasse.

— Il y avait... hum...

Elle s'interrompit, ne sachant comment poursuivre. Squires haussa les sourcils.

— Je ne sais comment l'expliquer. Cela paraît tellement ridicule. C'est simplement...

— Oui ?

— Eh bien... Quand je suis entrée pour la première fois dans la maison, hier, j'ai remarqué une odeur de cigare, ce qui m'a paru étrange parce que mon père ne permettait à personne de fumer en sa présence. Je l'ai indiqué à la police. Et à M. Oates.

Celui-ci acquiesça. Jemal tira de sa poche un chapelet de perles en jade et se mit à les déplacer une par une avec son pouce. Tara sentait peser sur elle le regard des trois hommes.

— Un peu auparavant, j'avais aperçu cet homme, un homme grand...

— Grand ? demanda Squires en se penchant légèrement en avant.

— Oui, grand, plus grand que la normale. Excusez-moi, cela paraît idiot de présenter les choses ainsi...

L'Anglais jeta un regard à Jemal et fit signe à Tara de continuer.

— Il paraissait m'observer ; avec des jumelles.

— L'homme grand ? s'enquit Jemal.

— Oui. Et puis, la nuit dernière, j'ai vu le même homme, du moins il avait l'air d'être le même, qui entrait dans l'hôtel, et je suis sûre qu'il fumait le cigare. Ensuite, au milieu de la nuit, j'ai entendu qu'on essayait d'entrer dans ma chambre. Quand j'ai ouvert la porte, il n'y avait personne, mais cela sentait le cigare dans le corridor.

Elle eut un sourire las, bien consciente que tout cela paraissait relever de la paranoïa. Des événements qu'elle avait vécus comme suspects et inquiétants paraissaient de pures coïncidences maintenant qu'elle les racontait à d'autres personnes.

— Je vous avais bien dit que ça semblait ridicule, marmonna-t-elle.

— Pas du tout, dit Squires en se penchant en avant pour poser la main sur son bras. C'est un moment bouleversant pour vous. Étant donné les circonstances, il n'est pas surprenant que vous ayez l'impression de ne pas être en sécurité. Après tout, vous vous trouvez dans un pays étranger et l'un de vos proches est décédé. Dans de telles situations, il est facile d'avoir une perception des choses perturbée.

On pouvait penser qu'il s'exprimait ainsi par politesse.

— J'ai eu le sentiment qu'il se passait quelque chose, dit-elle. Quelque chose...

— De menaçant ?

— Oui.

Squires sourit finement.

— Je ne pense pas que vous deviez vous inquiéter

pour vous-même, mademoiselle Mullray. L'Égypte est l'un de ces pays où il est facile d'imaginer que quelque chose se passe dans notre dos alors qu'il n'en est rien. N'est-ce pas, docteur Jemal ?

— Assurément. Il ne se passe pas de jour sans que j'imagine que quelqu'un est en train de comploter contre moi. Ce qui est d'ailleurs habituellement le cas au département des antiquités !

Les trois hommes se mirent à rire.

— Je suis sûr que tout ce que vous avez mentionné a une explication parfaitement innocente, dit Squires.

Après un instant, il continua :

— À moins, bien sûr, que vous ne nous disiez pas tout.

Il avait l'air de plaisanter, mais il y avait dans son ton une vague menace, comme s'il l'accusait de dissimuler une information.

— Nous avez-vous tout dit ? demanda-t-il.

Bref silence.

— Je le pense, répondit Tara.

Squires la fixa un instant, puis il se remit à rire.

— Eh bien voilà ! Je pense que vous pouvez dormir tranquille dans votre lit, mademoiselle Mullray. Pouvons-nous vous offrir un biscuit ?

Ils eurent une conversation polie pendant une dizaine de minutes, puis Squires se leva, imité par les deux autres hommes.

— Nous avons suffisamment abusé de votre temps. Crispin va vous conduire à son bureau et il vous aidera à remplir les papiers nécessaires.

Il lui tendit sa carte en la raccompagnant à la porte.

— N'hésitez pas à m'appeler si vous désirez encore vous entretenir avec moi. C'est ma ligne directe. Nous ferons tout ce qui est en notre pouvoir pour vous aider.

Il lui serra la main et la fit passer dans l'antichambre. Jemal leva la main en signe d'adieu.

— Venez, dit Oates. Allons déjeuner.

Squires et Jemal restèrent d'abord silencieux. Le premier regardait par la fenêtre, le second jouait avec son chapelet. Ce fut finalement Jemal qui prit la parole.

— Est-ce qu'elle dit la vérité ?

— Oh ! oui, je le crois, répondit Squires, un vague sourire au coin de ses lèvres fines et pâles. Elle ne sait rien. Ou du moins elle ne sait pas qu'elle sait quelque chose.

Il mit la main dans sa poche et en sortit un bonbon dont il commença à enlever lentement le papier.

— Que se passe-t-il ? demanda Jemal.

Squires haussa les sourcils.

— C'est là toute la question, n'est-ce pas ? Il semble bien que Dravic soit sur la piste, mais comment Mullray s'est-il trouvé mêlé à tout ça ? Je n'en sais pas plus que vous. C'est tout à fait mystérieux.

Il acheva d'ôter l'enveloppe du bonbon, le mit dans sa bouche et le suça d'un air songeur. On n'entendait dans la pièce que le bruit des perles du chapelet.

— En avez-vous parlé à Massey ? s'enquit Jemal. Il faut que les Américains soient informés.

— Je m'en suis chargé, mon vieux. Ils ne sont pas particulièrement contents, mais il fallait s'y attendre.

— Alors qu'est-ce qu'on fait maintenant ?

— Il n'y a pas grand-chose à faire. On ne peut pas les informer que nous sommes au courant au sujet de la tombe. Cela aurait des conséquences fatales. Il faut seulement se tenir tranquille en espérant que tout va bien marcher.

— Et si ce n'est pas le cas ?

Squires secoua la tête sans rien dire. Jemal continua à jouer avec ses perles.

— Je n'aime pas ça, dit-il. Nous devrions peut-être laisser tomber.

— Allons, allons. Il n'y a qu'une occasion comme celle-là dans toute une vie. Pensez au résultat.

— Je ne sais pas. Je ne sais pas. Cela nous échappe.

L'Égyptien se leva et se mit à arpenter la pièce.

— Et la fille ?

Squires tapota délicatement le bras du canapé tout en faisant tourner le bonbon avec sa langue.

— Il me semble, dit-il après un long silence, qu'elle pourrait bien s'avérer utile. Elle nous aidera à... clarifier la situation. À condition qu'elle ne se mette pas à faire du scandale, ce qui ne serait pas productif du tout. Je pense que vous pouvez faire le nécessaire de votre côté, n'est-ce pas ?

— La police fait ce que je lui dis de faire, grommela Jemal. Ils ne poseront pas de questions inutiles.

— Parfait. Dans ce cas, je pense pouvoir veiller sur Mlle Mullray. Crispin la surveille. Et j'ai d'autres personnes qui s'en occupent aussi. Le plus important, c'est qu'ils ne devinent pas que nous nous servons d'elle.

Il se leva et alla à la fenêtre, où il se mit à contempler les pelouses bien taillées du jardin de l'ambassade.

— Il suffit que nous jouions notre main en faisant bien attention. Dès lors que nous le faisons, je crois fermement que nous atteindrons notre but.

— Je l'espère, dit Jemal. Pour nous tous. Parce que si nous échouons, nous serons dans la merde jusqu'au cou.

— Vous avez des expressions délicieuses, mon vieux, dit Squires avec un petit rire.

On entendit le bruit de ses dents qui écrasaient le bonbon.

10

Louqsor

Khalifa ne se doutait pas qu'il y avait tant d'ateliers d'albâtre à Louqsor. Il savait qu'il y en avait beaucoup, bien sûr, mais ce n'est qu'en commençant à leur rendre visite un à un qu'il comprit que ce serait une tâche immense de retrouver celui qui l'intéressait.

Sariya et lui avaient commencé la veille en fin d'après-midi, juste après l'autopsie, lui sur la rive ouest, Sariya sur la rive est, allant de boutique en boutique avec une photo du scarabée tatoué pour demander si on le reconnaissait. Ils avaient continué jusque tard dans la soirée et repris à six heures le matin même. Il était midi et Khalifa avait déjà visité plus de cinquante ateliers sans succès. Il était en train de se demander si Anwar ne les avait pas envoyés sur une fausse piste.

Il s'arrêta devant une nouvelle boutique : « Albâtre de la reine Tiyi. Meilleur atelier de Louqsor. » Sur la devanture étaient peints un avion et un chameau, auprès du cube noir de la Ka'aba, signe que le propriétaire était devenu *hadjdj* en effectuant le pèlerinage de La Mecque. Un groupe d'ouvriers étaient assis jambes croisées à l'ombre d'un auvent. Les bras et le visage blancs de poussière, ils ciselaient des morceaux d'albâtre. Khalifa les salua et, tout en allumant une cigarette,

pénétra à l'intérieur. Un homme émergea de l'arrière-
boutique pour l'accueillir, le sourire aux lèvres.

— Police ! dit Khalifa en montrant sa carte.

Le sourire s'effaça.

— Nous avons une licence, dit l'homme.

— Je voudrais vous poser quelques questions. Au
sujet de vos ouvriers.

— Au sujet des assurances ?

— Ce n'est pas au sujet des assurances, et ce n'est
pas non plus au sujet de la licence. Nous recherchons
une personne disparue.

Il sortit une photo de sa poche et la tendit :

— Vous reconnaissez ce tatouage ?

L'homme prit la photo et l'examina.

— Alors ?

— Peut-être.

— Qu'est-ce que vous entendez par « peut-être » ?
Ou vous le reconnaissez ou vous ne le reconnaissez
pas.

— Bon d'accord, je le reconnais.

Enfin ! pensa Khalifa.

— C'est l'un de vos ouvriers ?

— Oui, jusqu'à ce que je le vire, il y a une semaine.
Pourquoi ? Il a des ennuis.

— On peut le dire. Il est mort.

L'homme regarda à nouveau la photo.

— Assassiné, ajouta Khalifa. Nous avons trouvé
son corps dans le fleuve hier.

Après un silence, l'homme rendit la photo et se
tourna :

— Vous feriez mieux de venir par ici.

Ils franchirent un rideau de perles pour accéder à
une vaste pièce à l'arrière de la boutique. Il y avait un
lit bas contre l'un des murs, un téléviseur sur un sup-
port et une table installée pour le déjeuner avec du
pain, des oignons et une tranche de fromage. Au-dessus

93

du lit était accrochée une photo sépia d'un vieil homme portant barbe et djellaba – un ancêtre du propriétaire, supposa Khalifa – sous laquelle était encadrée la première sourate du Coran. Une porte ouverte donnait sur une cour où d'autres hommes travaillaient. Le propriétaire la ferma d'un coup de pied.

— Il s'appelait Abou Nayar, dit-il en se tournant vers Khalifa. Il a travaillé ici pendant à peu près un an. C'était un bon artisan, mais un buveur. Il arrivait en retard, ne se concentrait pas sur son travail. Toujours des ennuis.

— Vous savez où il habitait ?

— Dans le vieux Qurna. Du côté du tombeau de Rekhmirê.

— De la famille ?

— Une femme et deux enfants. Des filles. Il traitait sa femme comme un chien, il la battait. Vous voyez.

Khalifa tira sur sa cigarette en regardant un buste en calcaire peint de Néfertiti, copie de la célèbre statue du musée de Berlin. Il avait toujours désiré voir l'original. Depuis qu'il était enfant, il la contemplait dans les vitrines des boutiques de Gizeh et du Caire. Mais il était peu probable qu'il puisse un jour le voir. Il ne pouvait pas plus se permettre d'aller à Berlin que de survoler en ballon la Vallée des Rois. Il revint au propriétaire.

— Cet Abou Nayar, est-ce que vous savez s'il avait des ennemis ? Quelqu'un qui lui en voulait ?

— Par quoi voulez-vous que je commence ? Il devait de l'argent à droite, à gauche et au centre, il insultait tout le monde, se mêlait à des bagarres. Il y a au moins cinquante personnes qui souhaitaient sa mort. Cent.

— Qui en particulier ? Une vengeance ?

— Pas que je sache.

— Était-il impliqué dans un trafic ? La drogue ? Les antiquités ?

— Comment savoir ?

— Parce que par ici chacun sait tout sur tout le monde. Allez, ne jouez pas au plus fin.

L'homme se gratta le menton et s'assit lourdement sur le bord du lit. Dehors, les ouvriers s'étaient mis à chanter. Une chanson traditionnelle. L'un d'eux chantait un couplet et les autres reprenaient le refrain.

— Pas la drogue, dit-il après un long silence. Il ne s'occupait pas de drogue.

— Et les antiquités ?

L'homme haussa les épaules.

— Et les antiquités ? insista Khalifa. Est-ce qu'il en trafiquait ?

— Diverses petites choses, peut-être.

— Quelle sorte de petites choses ?

— Rien d'important. Quelques *shabtis*[1], quelques scarabées. Tout le monde trafique, grâce à Dieu. Ce n'est pas bien grave.

— C'est illégal.

— C'est de la survie.

Khalifa écrasa sa cigarette dans un cendrier.

— Rien de valeur ?

Le propriétaire haussa les épaules et, se penchant en avant, tourna le bouton du téléviseur.

— Rien qui mérite qu'on le tue, dit-il.

Une émission de jeu se mit à clignoter sur l'écran noir et blanc. Il s'assit pour la regarder. Au bout d'un moment, il poussa un soupir.

— Il y avait des rumeurs.

— Des rumeurs ?

---

1. Petit objet en forme de momie qui était placé dans la tombe afin d'effectuer dans l'après-vie certaines tâches à la place du défunt.

— Selon lesquelles il avait trouvé quelque chose.

— Trouvé quoi ?

— Dieu seul le sait. Un tombeau. Quelque chose de gros.

L'homme se pencha pour régler le son et continua :

— Mais il y a toujours des rumeurs, n'est-ce pas ? Chaque semaine on découvre un nouveau Toutankhamon. Qui peut savoir lequel est le vrai ?

— Celui-là était-il vrai ?

— Peut-être. Peut-être pas. Je ne m'en mêle pas. J'ai un bon métier et c'est tout ce qui m'intéresse.

Il demeura silencieux, concentré sur l'émission. Dehors, les ouvriers continuaient de chanter. Le bruit de leurs outils retentissait dans l'atmosphère tranquille de l'après-midi. Quand l'homme reprit la parole, il le fit à voix basse. C'était presque un murmure :

— Il y a trois jours, Nayar a acheté à sa mère un téléviseur et un nouveau réfrigérateur. Cela fait beaucoup d'argent pour un homme sans travail. À vous d'en tirer les conclusions.

Il partit d'un grand éclat de rire.

— Regardez-le, s'écria-t-il en désignant un concurrent du jeu télévisé qui n'avait pas donné la bonne réponse. Quel imbécile !

On sentait que son éclat de rire était un peu forcé. L'inspecteur remarqua que ses mains tremblaient.

Khalifa avait toujours été passionné par l'histoire de son pays. Il se souvenait que, dans son enfance, il montait sur le toit de la maison pour regarder le soleil se lever sur les pyramides. Les autres enfants du village considéraient les monuments comme si leur présence était naturelle. Ce n'était pas le cas de Khalifa. Pour lui, depuis toujours, ces grands triangles se profilant dans la brume du matin, ces arches conduisant à un autre temps et à un autre monde relevaient d'un univers magique. Le fait de grandir près d'eux lui avait donné un désir insatiable d'en savoir plus sur le passé.

Il avait partagé ce désir avec son frère Ali, lequel était, si c'était possible, encore plus passionné par l'histoire. Elle lui offrait un refuge contre la dureté de sa vie quotidienne. Chaque soir, il revenait du travail épuisé et crasseux. Après avoir pris un bain et s'être restauré, il s'installait dans un coin de la pièce et se plongeait dans l'un de ses livres d'archéologie. Il en avait accumulé toute une collection. Certains avaient été empruntés, ou plus probablement volés, à l'école coranique locale, et le jeune Khalifa n'avait rien aimé autant que de s'asseoir auprès de son frère tandis que celui-ci lisait tout haut à la lumière vacillante d'une bougie.

— Parle-moi de Ramès, Ali, suppliait-il en se nichant contre l'épaule de son frère.

— Ramsès, corrigeait Ali en riant. Eh bien voilà, il y avait une fois un grand roi qui s'appelait Ramsès II et il était l'homme le plus puissant de toute la terre. Il possédait un char en or et une couronne de diamants...

Comme ils avaient de la chance d'être égyptiens ! se disait Khalifa. Quel autre pays au monde possédait un tel trésor d'histoires à raconter aux enfants ? Sois remercié, Allah, de m'avoir fait naître sur cette terre merveilleuse !

Tous deux avaient réalisé de petites fouilles sur le plateau de Gizeh, extrayant des pierres et de vieux débris de poterie, et se prenant pour de grands archéologues. Un jour, peu de temps après la mort de leur père, ils avaient découvert une petite tête de pharaon en calcaire, près de la base du sphinx. Khalifa était resté muet d'excitation à l'idée que, pour une fois, ils avaient trouvé un objet vraiment ancien et de valeur. Ce n'est que des années plus tard qu'il avait découvert que c'était Ali qui l'avait enterré afin de détourner l'esprit de son petit frère de la disparition de leur père.

Ils se rendaient en auto-stop à Saqqarah, à Dhashour et à Abousir, et au centre du Caire. Là, ils entraient en fraude dans le musée des antiquités en s'insinuant dans des groupes scolaires. À ce jour, il pouvait encore effectuer mentalement la visite du musée tout entier, tant il le connaissait bien après ces excursions enfantines. Au cours de l'une de ces visites, ils avaient été pris en amitié par un vieil universitaire, le professeur al-Habibi. Touché par leur enthousiasme juvénile, il leur avait présenté les collections et stimulé leur intérêt. Des années plus tard, lorsque Khalifa avait pu entrer à l'université pour apprendre l'histoire ancienne, le même professeur était devenu son tuteur.

Oui, il aimait le passé. Il y avait là une dimension mystique, scintillante, une chaîne d'or qui remontait tout le chemin jusqu'à l'origine des temps. Il l'aimait pour ses couleurs et ses proportions gigantesques, et aussi parce que parfois il enrichissait le présent.

Cependant, il l'aimait principalement parce que Ali l'avait aimé. Ils avaient partagé cette passion, et de cet amour commun ils avaient tous deux tiré force et goût de vivre. À travers le temps, leurs mains se tendaient et se touchaient, bien qu'Ali soit mort et parti pour toujours. Le monde antique était pour Khalifa, par-dessus tout, une affirmation de son amour pour son frère disparu.

« Quels étaient les rois de la XVIIIᵉ dynastie ? » demandait souvent Ali pour vérifier ses connaissances.

Khalifa récitait lentement :

« Ahmosis, Amenhotep Iᵉʳ, Thoutmosis Iᵉʳ et II, Hatshepsout, Thoutmosis III, Amenhotep II, Thoutmosis IV, Amenhotep III, Akhenaton, euh, euh, je l'oublie toujours celui-là... euh...

— Semenkhkarê, lui disait Ali.

— Je le savais ! Semenkhkarê, Toutankhamon, et...
Horemheb.

— Apprends, Youssouf ! Apprends et grandis ! »

Le bon temps.

Il lui fallut un moment pour trouver la maison de Nayar. Elle était dissimulée derrière un groupe d'habitations, à mi-pente d'une colline, et avant une rangée de fosses qui avaient autrefois contenu des tombes anciennes mais étaient maintenant remplies de détritus en décomposition. Une chèvre maigre, dont les côtes saillaient sous la peau comme les barres d'un xylophone, était attachée à l'extérieur.

Il frappa à la porte. Peu après, elle fut ouverte par une petite femme avec de grands yeux verts.

Elle était jeune, pas plus de vingt-cinq ans, et avait dû être jolie. Mais comme tant de femmes *fellaha*, les maternités et les difficultés de la vie quotidienne l'avaient fait vieillir avant l'heure. Khalifa remarqua une trace de coup sur sa joue gauche.

— Je suis désolé de vous déranger, dit-il aimablement en montrant sa carte. J'ai...

Il s'interrompit pour trouver les mots appropriés. Il avait fait ce genre de démarche bien des fois, mais ne s'y était jamais habitué. Il se souvenait de la réaction de sa mère quand on lui avait annoncé la mort de son père, comment elle s'était effondrée et avait tiré sur ses cheveux en geignant comme un animal blessé. Il éprouvait de l'horreur à l'idée de causer pareille douleur.

— Quoi ? dit la femme. Il s'est encore saoulé, c'est ça ?

— Puis-je entrer ?

Elle lui tourna le dos et le conduisit dans la pièce principale où deux petites filles jouaient ensemble sur le sol en béton. À l'intérieur, il faisait sombre et frais comme dans une cave. Il n'y avait pas de meuble, à part un canapé contre le mur et un téléviseur posé sur une table dans un coin. Un téléviseur tout neuf, remarqua Khalifa.

— Alors ?

— Je vous apporte malheureusement une mauvaise nouvelle, commença l'inspecteur. Votre mari est...

— Il a été arrêté ?

Khalifa se mordit la lèvre.

— Mort.

Tout d'abord elle ne fit que le regarder, puis elle s'assit lourdement sur le canapé en cachant son visage dans ses mains. Il pensait qu'elle pleurait et s'approcha pour la réconforter. Ce n'est qu'une fois près d'elle qu'il comprit que les sons étouffés qui s'échappaient de ses doigts n'étaient pas du tout des sanglots mais des éclats de rire.

— Fatma, Iman, dit-elle en faisant signe aux deux petites filles de venir vers elle. Il est arrivé une chose merveilleuse.

11

Le Caire

Ayant terminé ce qu'elle avait à faire à l'ambassade, Tara voulut se rendre à l'appartement de son père afin d'examiner ses affaires.

Il avait emporté peu de choses durant sa saison de quatre mois à Saqqarah – des vêtements de rechange, quelques cahiers, un appareil photo. La plus grande partie de ses affaires était restée dans son appartement du Caire. C'est là qu'il conservait ses journaux, ses diapositives, ses vêtements et divers objets anciens que les autorités égyptiennes l'avaient autorisé à garder. Et, bien entendu, ses livres. Il possédait plusieurs milliers de volumes, tous reliés pleine peau ; résultat d'une vie entière de passion bibliophilique. « Avec des livres, avait-il l'habitude de dire, même le plus pauvre des taudis devient un palace. Ils rendent tout tellement plus supportable. »

Oates proposa de la conduire en voiture, mais l'appartement ne se trouvait qu'à quelques minutes de marche et, de toute façon, elle avait envie d'être un peu seule. Il téléphona pour s'assurer que le concierge avait bien un double des clés, lui dessina un plan et l'accompagna jusqu'à la grille de l'ambassade.

— Appelez-moi lorsque vous serez de retour à votre hôtel, lui dit-il. Et, encore une fois, essayez de ne pas rester dehors après la tombée de la nuit. Surtout après cette affaire du ferry.

Il lui fit un sourire et retourna dans l'ambassade.

C'était la fin de l'après-midi. Le soleil à son déclin dessinait des formes tachetées sur le trottoir inégal. Elle regarda autour d'elle, nota les emplacements réservés à la police le long du mur de l'ambassade, un mendiant accroupi au bord de la chaussée, un homme qui tirait une charrette où s'empilaient des pastèques, puis, après un coup d'œil à son plan, elle se mit en route.

Oates lui avait expliqué que cette partie du Caire s'appelait la Cité-Jardin. En traversant ce labyrinthe d'avenues verdoyantes, elle comprit pourquoi. C'était un quartier plus silencieux et plus calme que le reste de la ville, un reste estompé de l'ère coloniale avec de grandes villas poussiéreuses et des arbres et des massifs un peu partout ; des hibiscus, des lauriers-roses, des jasmins, des jacarandas violets. Les oiseaux gazouillaient et l'air était chargé d'une forte senteur d'herbe coupée et de fleur d'oranger. Il y avait apparemment peu de monde aux alentours. Deux femmes qui poussaient des voitures d'enfant et un homme bizarrement habillé. Devant beaucoup de villas, une limousine était garée et des policiers se tenaient devant les portes.

Elle marcha pendant environ dix minutes avant d'atteindre Shari Ahmed Pasha. L'immeuble de son père était au coin de la rue. C'était une construction 1900 avec d'immenses fenêtres et des balcons en fer forgé. Il avait dû posséder autrefois une agréable teinte jaune, mais à présent sa façade était grise de poussière et de saleté.

Elle franchit les marches et ouvrit la porte pour pénétrer dans une fraîche entrée en marbre. Sur le côté, assis derrière un bureau, se trouvait un vieil homme, sans doute le concierge. Elle s'approcha de lui et, après une conversation laborieuse par signes, parvint à faire comprendre qui elle était et pourquoi elle était venue. L'homme se mit sur ses pieds en grommelant, tira un trousseau de clés d'un tiroir avant de se diriger vers la cage d'ascenseur. Il ouvrit la porte et la fit entrer.

L'appartement était situé au troisième étage, tout au bout d'un couloir sombre et silencieux. Devant la porte, le concierge essaya trois clés avant de trouver la bonne.

— Merci, dit Tara alors qu'il tournait la clé dans la serrure.

Il ne bougea pas.

— Merci, répéta-t-elle.

Il ne fit pas mine de vouloir partir. Il y eut un silence embarrassé, puis, comprenant ce qu'on attendait d'elle, Tara fouilla dans son sac et lui tendit deux billets. Il les regarda, grogna et s'éloigna dans le couloir en laissant le trousseau sur la porte. Elle attendit qu'il ait disparu pour entrer dans l'appartement, gardant les clés à la main et refermant le verrou derrière elle.

Elle se trouvait dans un vestibule obscur dont le sol était en parquet. Il conduisait à cinq pièces : une chambre à coucher, une salle de bains, une cuisine et deux autres pièces où s'empilaient des livres. Toutes les fenêtres étaient fermées, volets clos, ce qui donnait à l'endroit un air abandonné. Cela sentait le renfermé. Un bref instant elle crut percevoir une odeur stagnante de cigare, mais trop ténue pour qu'elle en soit sûre. Après avoir reniflé deux ou trois fois, elle abandonna cette idée. C'était peut-être la cire, se dit-elle.

Elle traversa la pièce principale, allumant l'électricité au passage. Il y avait des livres et des papiers partout, par piles, comme des amoncellements de feuilles. Au mur étaient suspendues des représentations de chantiers de fouilles et de monuments. Dans un coin à l'autre bout de la pièce, il y avait un meuble de rangement poussiéreux, rempli de pots en terre craquelés et de *shabtis* en faïence. Sans plantes.

Cela ressemblait à un endroit préservé pour la postérité, se dit-elle. Pour montrer comment les gens vivaient à une autre époque.

Elle fureta un peu partout, prenant un objet pour l'examiner, regardant dans les tiroirs, cherchant ce qui lui rappelait son père. Elle trouva l'un de ses journaux du début des années soixante, à l'époque où il faisait des fouilles au Soudan. On y voyait sa petite écriture précise entrecoupée de pâles dessins au crayon des objets qu'il avait déterrés. Dans l'une des pièces, elle découvrit quelques-uns des livres qu'il avait écrits – *La Vie dans les nécropoles : fouilles à Saqqarah, 1955-85* ; *De Snéfrou à Shepseskaf, essais sur la quatrième dynastie* ; *Le Tombeau de Mentou-Nefer* ; *Parenté et troubles sociaux pendant la première période intermédiaire*. Elle parcourut un album de photos. C'étaient des vues d'une longue tranchée qui au fil de l'album devenait de plus en plus profonde jusqu'à ce que, à la dernière page, commence à émerger ce qui ressemblait à un mur de pierre. L'appartement donnait l'impression de ne contenir rien d'autre que son travail. Rien qui exprime la chaleur de l'amour, des sentiments. Rien d'actuel.

Et puis, juste au moment où elle commençait à se sentir oppressée par l'endroit, elle eut deux surprises. Près du lit de son père – dur et étroit comme un lit de prison – elle trouva une photographie de ses parents le jour de leur mariage. Son père riait, une rose blanche à la boutonnière.

Et dans le meuble de rangement du salon, coincé entre deux pots de terre, il y avait un dessin d'enfant représentant un ange dont le bord des ailes était décoré de papier argent. Elle l'avait confectionné à l'école, pour Noël. Son père l'avait conservé pendant tout ce temps. Elle le prit, le retourna et y lut son écriture enfantine : « Pour mon papa. »

Elle le contempla un moment et soudain se mit à pleurer d'une manière incontrôlable. Elle s'effondra sur une chaise, secouée de sanglots.

— Oh papa, pardonne-moi, pardonne-moi.

Plus tard, quand ses pleurs se furent apaisés, elle prit la photo dans la chambre et la mit dans son sac avec le dessin. Elle prit aussi une photo où l'on voyait son père à côté de la longue pierre d'un sarcophage, flanqué de deux ouvriers égyptiens. Elle se souvenait que, alors qu'elle était enfant, il lui avait expliqué que le mot « sarcophage » voulait dire « mangeur de chair » en grec, et cette image l'avait tellement troublée qu'elle n'avait pu dormir cette nuit-là.

Elle était en train de se demander si elle devait emporter aussi quelques-uns de ses livres lorsque le téléphone sonna. Devait-elle répondre ? Au bout d'un moment, elle se dit qu'il le fallait et traversa rapidement le salon jusqu'au bureau. Le téléphone était posé sur une pile de manuscrits. À l'instant même où elle l'atteignait, le répondeur se déclencha et la pièce fut emplie de la voix de son père.

« Bonjour, ici Michael Mullray. Je suis absent jusqu'à la première semaine de décembre, aussi ne laissez aucun message. Vous pouvez soit me rappeler à mon retour, soit, s'il s'agit d'une question universitaire, prendre directement contact avec la faculté au 794 39 67. Merci. Au revoir. »

Elle arrêta son geste, surprise par la voix, comme si une part de son père n'était pas véritablement morte mais restait suspendue dans quelque limbe électronique, ni tout à fait de ce monde, ni tout à fait disparue.

Le temps qu'elle reprenne ses esprits, le bip avait retenti et la machine commençait à enregistrer.

Tout d'abord, elle crut que le correspondant avait raccroché, car on n'entendait pas de voix au bout du fil. Puis elle perçut un très léger susurrement, rien de plus qu'un bruit de respiration, ce qui lui fit comprendre que le correspondant était toujours là. Il ne parlait pas. Elle tendit la main vers le récepteur, mais suspendit son geste. Il ne raccrochait pas – elle savait instinctivement que c'était un homme –, il se contentait d'attendre, de respirer, d'écouter, comme s'il savait qu'elle était dans l'appartement et voulait qu'elle sache qu'il le savait. Le silence se prolongea interminablement avant qu'un clic et le rembobinage du répondeur se produisent enfin. Elle fut d'abord paralysée, puis elle rassembla ses affaires, se précipita hors de l'appartement et referma la porte à clé. L'immeuble lui paraissait brusquement menaçant : l'intérieur sombre, l'ascenseur qui craquait, le silence. Elle se déplaçait rapidement dans le couloir, n'ayant qu'un seul désir, s'en aller. À mi-chemin, elle aperçut quelque chose, un gros scarabée sur le sol en marbre bien propre. Elle ralentit pour mieux le regarder. Ce n'était pas un scarabée, mais une cendre de cigare, grosse comme un jeton de backgammon. Elle se mit à courir.

L'ascenseur n'était pas à l'étage. Plutôt que de l'attendre, elle prit l'escalier, descendant les marches deux à deux, aspirant désespérément à retrouver l'air extérieur. Elle atteignit le rez-de-chaussée, tourna au coin de l'entrée et fut bloquée par quelqu'un. Surprise, elle poussa un cri, mais ce n'était que le concierge.

— Excusez-moi, lui dit-elle hors d'haleine, j'ai été surprise.

Elle lui tendit les clés, qu'il prit. Il lui dit quelque chose à voix basse d'un ton bourru.

— Quoi ?

Il répéta.

— Je ne comprends pas.

Elle parlait plus fort, n'ayant qu'une seule envie : sortir.

Il baragouina à nouveau avant de mettre la main dans sa poche. Elle fut soudain saisie par la peur irrationnelle qu'il fasse apparaître une arme. Quand il sortit sa main et la dirigea vers son visage, elle s'écarta vivement et leva le bras pour se protéger. Mais il ne lui tendait qu'une enveloppe. Une petite enveloppe blanche.

— Professeur Mullray, dit-il en l'agitant devant elle. Arrivée pour professeur Mullray.

Elle le regarda un instant, respirant fort, et enfin se mit à rire.

— Merci, dit-elle en prenant la lettre. Merci.

Le concierge retourna s'installer derrière son bureau. Elle se demanda s'il attendait d'elle un second pourboire, mais comme il n'en avait pas l'air, elle se précipita vers la porte d'entrée, sortit, prit à gauche et avança dans la rue, heureuse d'avoir de l'espace autour d'elle et de sentir la douceur du grand air. Elle dépassa deux écoliers en chemise blanche amidonnée et un militaire qui portait toute une série de décorations sur la poitrine. De l'autre côté de la rue, un jardinier en salopette arrosait un parterre de rosiers avec un tuyau.

Au bout de vingt mètres, elle regarda l'enveloppe qu'elle avait à la main. Aussitôt, le sang reflua de son visage.

— Non ! murmura-t-elle en fixant l'écriture familière. Pas après tout ce temps. Pas maintenant.

Le jardinier la suivit du regard, puis, penchant la tête sur le côté, il se mit à parler dans son col.

12

Nord-Soudan,
près de la frontière égyptienne

Le jeune garçon sortit de la tente et se mit à courir en projetant du sable avec ses pieds. Un troupeau de chèvres se dispersa devant lui. Il dépassa un feu de camp éteint, un hélicoptère recouvert d'un filet, des piles de caisses, avant de s'arrêter devant une autre tente installée un peu à part du campement principal. Il tira un bout de papier de son vêtement et, après avoir écarté le rabat, entra dans la tente.

Il y avait un homme à l'intérieur. Debout, les yeux fermés, il remuait les lèvres comme s'il se récitait quelque chose. Il avait un visage long et fin, un nez busqué, une barbe et, entre les yeux, une profonde cicatrice verticale d'un aspect lisse qui luisait comme si la peau avait été soigneusement cirée. Il arborait un léger sourire qui évoquait l'extase.

Il se mit à genoux, posa les mains sur le tapis et y appuya le nez et le front sans se préoccuper du jeune garçon qui demeurait à la même place et observait la scène avec une expression admirative. Une minute passa, puis deux, puis trois, et l'homme au nez busqué continuait toujours ses prières en se prosternant, en se relevant et en récitant, avec le même sourire d'extase.

On aurait pu croire qu'il ne cesserait jamais, et le garçon était sur le point de se retirer quand l'homme abaissa une dernière fois la tête jusqu'au sol, marmonna une dernière parole, se releva et se tourna. Le jeune garçon s'avança pour lui tendre le morceau de papier.

— Il est arrivé ceci, maître. De la part de *Doktora* Dravic.

L'homme prit le papier et le lut. Ses yeux verts luisaient dans la pénombre.

Il y avait en lui une violence contenue qui effrayait, et en même temps une étrange gentillesse dans sa façon de poser sa main libre sur la tête du jeune garçon pour le rassurer. Celui-ci regarda ses pieds, apeuré tout autant qu'admiratif.

L'homme acheva de lire et rendit le papier.

— Allah, que son nom soit béni, accorde, et Allah, que son nom soit béni, refuse.

Le garçon continuait à fixer le sol.

— S'il vous plaît, maître, je ne comprends pas.

— Il ne nous appartient pas de comprendre, Mehmet, dit l'homme en lui prenant le menton afin de le regarder dans les yeux.

Le garçon avait lui aussi une profonde cicatrice au milieu du front.

— Nous devons seulement savoir que Dieu a un but et que nous faisons partie de ce but. On n'interroge pas le Tout-Puissant. On lui obéit. Sans poser de questions. Sans hésitation.

— Oui, maître, murmura le garçon subjugué.

— Il nous a fixé une grande tâche. Une recherche. Si nous réussissons, la récompense sera grande. Si nous échouons...

— Que se passera-t-il, maître, si nous échouons ? demanda le garçon qui paraissait terrifié.

L'homme lui tapota les cheveux pour le rassurer.

— Nous n'échouerons pas, dit-il avec un sourire. La route sera peut-être dure, mais nous parviendrons au bout. Ne te l'ai-je pas dit ? Nous avons été choisis par Dieu.

Le garçon sourit et entoura spontanément la taille de l'homme avec ses bras. L'homme le repoussa.

— Nous avons du travail. Appelle le docteur Dravic. Dis-lui qu'il doit trouver la pièce manquante. Tu comprends ? Il doit trouver la pièce manquante.

— Il doit trouver la pièce manquante, répéta le garçon.

— Et tout continue comme prévu. Rien ne change. Tu t'en souviendras ?

— Oui, maître.

— Nous levons le camp dans une heure. Allez, vas-y.

L'enfant quitta la tente et partit à toutes jambes. Sayf al-Tha'r le regarda s'éloigner.

Ils l'avaient trouvé quatre ans auparavant. C'était un orphelin des rues qui, comme un animal, cherchait sa nourriture dans les dépôts d'ordures du Caire. Illettré, sans parents, sauvage, ils l'avaient lavé et nourri, et avec le temps il était devenu l'un des leurs. Il avait reçu le signe de la foi sur son front et avait promis de ne porter que du noir, la couleur de la force et de la loyauté.

C'était un bon garçon, simple, innocent, dévoué. Il y en avait beaucoup comme lui dans les environs, des centaines, des milliers. Tandis que les riches se remplissaient le ventre et adoraient leurs fausses idoles, des enfants comme Mehmet mouraient de faim. Le monde était malade. Plongé dans l'obscurité. Submergé par les *kufr*. Mais lui, il combattait pour retrouver la ligne droite. Pour relever les opprimés. Pour repousser les infidèles. Pour restaurer la règle des croyants.

Et voilà que soudain, comme par magie, les moyens

de réaliser sa tâche lui avaient été indiqués. Seulement indiqués. Dieu accordait et Dieu refusait. C'était frustrant. Et pourtant il savait que cela répondait à une intention. Dieu a toujours une intention. Et dans le cas présent ? Mettre son serviteur à l'épreuve, bien sûr. Mettre à l'épreuve sa résolution. Une vie facile conduit à une foi superficielle. C'est dans l'adversité que l'on découvre la profondeur de sa croyance. Allah mettait sa dévotion au défi. Il ne le décevrait pas. La chose serait trouvée. Quel que dût être le nombre des morts. Lui, le serviteur, ne ferait pas défaut à son maître. Et le maître, il le savait bien, ne lui ferait pas non plus défaut aussi longtemps qu'il resterait loyal. Aussi longtemps qu'il ne faiblirait pas. Il continua à regarder le garçon pendant un moment puis, revenu dans sa tente, il se mit à genoux, se prosterna et reprit ses prières.

13

Le Caire

Dès qu'elle fut de retour dans son hôtel, Tara ouvrit l'enveloppe. Elle savait qu'elle n'aurait pas dû, qu'elle aurait dû la jeter, mais elle ne pouvait faire autrement. Même après six années, il y avait une part d'elle-même qui ne pouvait pas le laisser partir.

« Maudit sois-tu, marmonna-t-elle en glissant son doigt sous le rabat pour l'ouvrir. Maudit sois-tu d'être revenu. Maudit sois-tu. »

Salut Michael,
Je suis en ville pour quelques semaines. Es-tu déjà revenu de Saqqarah ? Si oui, permets-moi de t'offrir un verre. Je suis à l'hôtel Salah al-Din (753 127), mais tu me trouveras presque tous les soirs au salon de thé qui est au coin des rues Ahmed Maher et Bursa'id. Je crois qu'il s'appelle Ahwa Wadood.

J'espère que la saison a été bonne et que nous pourrons nous voir.

Daniel L.

P.-S. Es-tu au courant au sujet de Schenker ? Il croit avoir découvert la tombe d'Imhotep ! Quel con !

Elle ne put s'empêcher de sourire. C'était bien Daniel d'affecter le sérieux pour conclure par un juron. Pour la première fois depuis une éternité, elle sentit à nouveau ce serrement dans sa gorge et ce creux dans l'estomac. Dieu, comme il l'avait blessée !

Elle relut le petit mot, puis le froissa et le jeta à travers la chambre. Elle prit une vodka dans le minibar et sortit sur le balcon, mais rentra presque aussitôt pour se jeter sur son lit et regarder le plafond. Cinq minutes s'écoulèrent, puis dix, puis douze. Elle se releva, saisit son sac et quitta la chambre.

— Salon de thé *Ahwa Wadood*, dit-elle au premier des taxis qui attendaient en file devant l'hôtel. C'est au coin de Ahmed Maher et...

— Bursa'id, je connais, répondit l'homme en étendant le bras vers l'arrière pour lui ouvrir la portière.

Elle monta et la voiture partit.

Pauvre idiote, se dit Tara en regardant les vitrines brillamment éclairées. Triste et faible idiote !

De l'autre côté de la rue, une Mercedes couverte de poussière sortit du créneau et suivit le taxi, comme une panthère s'élance vers sa proie.

Elle se souvenait parfaitement de sa première rencontre avec lui. Combien de temps cela faisait-il ? Mon Dieu, presque huit ans.

Elle était à l'époque en deuxième année de zoologie à l'université de Londres. Elle partageait un appartement avec trois amies. Ses parents habitaient Oxford et leur mariage approchait de sa fin. Un soir, elle était revenue pour dîner avec eux.

Cela devait être une réunion de famille où ils ne seraient que tous les trois, ce qui était déjà de mauvais augure étant donné que ses parents se parlaient peu à cette période. Mais, à son arrivée, son père lui avait dit qu'un de ses collègues viendrait les rejoindre.

« Un garçon intéressant, avait-il ajouté. Moitié anglais, moitié français, pas tellement plus âgé que toi. Il prépare un doctorat sur les pratiques funéraires de la période tardive dans la nécropole de Thèbes. Il revient de trois mois de fouilles dans la Vallée des Rois. Un vrai génie. Il en sait plus sur l'iconographie tombale et sur les livres des morts que tous ceux que j'ai rencontrés.

— Ça a l'air fascinant, avait grommelé Tara.

— Oui, je pense qu'il te plaira, avait dit son père en souriant et sans relever le sarcasme. C'est un drôle de type. Passionné. Bien sûr, nous le sommes tous plus ou moins, mais lui l'est particulièrement. On a l'impression que, s'il pensait que cela pourrait améliorer sa connaissance du sujet, il se couperait les mains. Ou les mains de quelqu'un d'autre, d'ailleurs. C'est un fanatique.

— Qui se ressemble s'assemble.

— C'est vrai, je suppose, mais au moins, moi, j'ai toi et ta mère. Daniel n'a personne, semble-t-il. Je me fais du souci pour lui. Franchement. Il est trop obsédé. S'il ne fait pas attention, il va prendre prématurément le chemin du tombeau. »

Tara avait fini la vodka qu'elle prenait en guise d'apéritif. Les pratiques funéraires de la période tardive dans la nécropole de Thèbes. Doux Jésus.

Il avait presque une heure de retard et ils venaient de commencer une discussion pour savoir s'ils allaient commencer sans lui, lorsque la sonnerie retentit. Tara alla ouvrir, légèrement ivre et s'encourageant à se montrer polie.

Avec un peu de chance, il partirait tout de suite après le dîner, pensa-t-elle. Pourvu qu'il parte juste après le dîner !

Elle s'arrêta pour retrouver son calme, puis alla ouvrir la porte.

« Oh mon Dieu ! Vous êtes magnifique ! »

Elle se contenta de le penser, heureusement, et ne l'exprima pas, bien que son visage ait dû révéler une sorte de surprise. Il était exactement le contraire de ce à quoi elle s'attendait : grand, brun, avec de hautes pommettes et des yeux qui paraissaient presque noirs, comme l'eau d'une tourbière. Elle resta à le regarder sans rien dire.

« Je suis navré d'être en retard, dit-il avec un léger accent gallois qui adoucissait les voyelles. J'avais un travail à finir.

— Les pratiques funéraires de la période tardive dans la nécropole de Thèbes », répondit-elle avec un embarras qui était lui-même embarrassant.

Il se mit à rire.

« En fait, c'était une candidature pour une bourse d'études. »

Il lui tendit la main :

« Daniel Lacage.

— Tara Mullray. »

Ils demeurèrent ainsi, un peu plus longtemps qu'il n'était nécessaire, puis pénétrèrent dans la maison.

Le dîner fut merveilleux. Les deux hommes eurent une discussion sur un point obscur de l'histoire du Nouveau Royaume. Il s'agissait de savoir s'il y avait eu une régence entre le règne d'Amenhotep III et celui de son fils Akhenaton. De telles controverses, elle en avait déjà entendu des centaines et elle n'y prêtait plus attention. Mais, avec Daniel, l'argumentation prenait une curieuse actualité, comme si cela les concernait ici et maintenant au lieu d'être un débat académique relatif à une période tellement éloignée que même l'histoire n'en avait rien retenu.

« Je suis désolé. Cela doit être mortellement ennuyeux pour vous, lui dit-il avec un sourire alors que sa mère servait le pudding.

— Pas du tout. C'est la première fois de ma vie que l'Égypte me paraît un sujet intéressant.

— Merci beaucoup », dit son père d'un ton bourru.

Après le dîner, Tara et Daniel se rendirent au jardin pour fumer une cigarette. C'était une soirée douce. Le ciel était chargé d'étoiles. Ils se promenèrent sur la pelouse, puis s'assirent sur un vieux fauteuil à bascule rouillé.

« Je pense que ce que vous avez dit était pure politesse, ce n'était pas nécessaire », dit-il.

Il alluma deux cigarettes et lui en offrit une.

« Je ne suis jamais polie, répondit-elle en acceptant, du moins je ne l'étais pas ce soir. »

Ils se balancèrent en silence, l'un tout près de l'autre mais sans se toucher véritablement. Il avait une odeur bien à lui. Ce n'était pas une eau de toilette mais un parfum plus riche, moins artificiel.

« Papa dit que vous avez effectué des fouilles dans la Vallée des Rois.

— Juste au-dessus, en fait. Dans les collines.

— Vous cherchiez quelque chose de précis ?

— Oui, des tombeaux de la période tardive. Vingt-sixième dynastie. Rien de très intéressant.

— Je pensais que vous étiez passionné par tout cela.

— Je le suis. Mais pas ce soir. »

Ils se mirent à rire, échangeant un regard avant de détourner les yeux vers le ciel. Au-dessus d'eux, les branches d'un vieux pin s'entremêlaient comme des bras.

« C'est un endroit magique, vous savez, la Vallée des Rois, reprit-il à voix basse, presque en murmurant, comme s'il s'adressait à lui-même plutôt qu'à elle. Cela donne le frisson de penser à tous les trésors qui ont dû être enfouis autrefois à cet endroit. Pensez à tout ce qu'on a trouvé avec Toutankhamon. Et ce n'était qu'un pharaon mineur. Imaginez ce qui a dû être enterré avec

116

un dirigeant de première grandeur, un Amenhotep III, ou un Horemheb, ou un Séti Iᵉʳ. »

Il renversa la tête en arrière en souriant, perdu dans ses pensées.

« Je me demande souvent quel effet cela doit faire de découvrir un trésor de cette sorte. Évidemment, cela ne se reproduira jamais. Toutankhamon a été un cas unique. Il y avait une chance sur un milliard pour qu'on retrouve sa tombe. Pourtant, je ne peux m'empêcher d'y penser. L'excitation, l'émotion intense, rien ne peut se comparer à cela. Rien sur terre. Mais, bien sûr... »

Il poussa un soupir.

« Quoi ?

— Eh bien, cette excitation ne durerait probablement pas. C'est cela, l'archéologie. Une découverte ne suffit jamais. Il faut toujours essayer d'aller plus loin. Voyez ce qui est arrivé à Carter. Après avoir fini de dégager le tombeau de Toutankhamon, il a passé les dix dernières années de sa vie à dire à tout le monde qu'il savait où Alexandre le Grand était enterré. On aurait pu croire que la plus grande découverte de l'histoire de l'archéologie lui aurait suffi, mais non. Vous consacrez votre vie à exhumer les secrets du passé et en même temps vous vous inquiétez à la pensée qu'un jour il n'y aura plus de secrets à découvrir. »

Il resta silencieux un moment, les sourcils froncés, puis il écrasa sa cigarette sur l'accoudoir du fauteuil et se mit à rire.

« Écoutez, je parie que vous auriez préféré rester à l'intérieur pour aider à faire la vaisselle. »

Leurs yeux se rencontrèrent à nouveau, comme s'ils agissaient indépendamment de leurs corps ; leurs mains se rapprochèrent sur le siège et se touchèrent. C'était un geste innocent, presque négligeable, et en même temps chargé d'intention. Ils détournèrent leurs regards.

Cependant leurs doigts ne se séparèrent pas, établissant entre eux un lien irréversible.

Ils se rencontrèrent à Londres trois jours plus tard et, avant la fin de la semaine, ils étaient devenus amants.

Cela avait été la plus belle période de sa vie. Il avait un logement près de Gower Street – une mansarde minuscule avec deux lucarnes sombres et sans chauffage. Cela avait été leur repaire. Ils avaient fait l'amour jour et nuit, joué au backgammon, mangé des sandwichs sur les draps, refait l'amour sans parvenir à éteindre la soif qu'ils avaient l'un de l'autre.

Comme il dessinait très bien, elle avait posé pour lui, nue sur le lit, pudique et rougissante, pendant qu'il la dessinait au crayon, au fusain, aux crayons de couleur. Il couvrait de son image les feuilles de papier les unes après les autres, chaque dessin formant en quelque sorte une affirmation officielle de leur union.

L'un des amis de Daniel possédait une vieille moto, une Triumph, avec laquelle ils partaient à la campagne pendant le week-end. Tara s'accrochait à sa taille et ils se mettaient en quête d'endroits secrets où ils pourraient être seuls – une forêt silencieuse, le bord désert d'une rivière, une plage vide.

Il l'emmena au British Museum pour lui montrer les objets qui l'intéressaient particulièrement en lui disant son enthousiasme et en lui parlant de leur histoire : une tablette cunéiforme d'Amarna ; un hippopotame recouvert d'un vernis bleu ; un ostracon du temps de Ramsès avec le dessin d'un homme prenant une femme par-derrière.

« "Calme est le désir de ma peau", traduisit-il d'après le texte hiéroglyphique figurant au revers de la pierre.

— Pas le mien », dit-elle en plaisantant.

Elle prit son visage dans ses mains et l'embrassa

avec passion, sans tenir compte des touristes qui les entouraient.

Ils visitèrent d'autres musées, le Petrie, le Bodleian, le Sir John Soane pour y voir le sarcophage de Séti Ier. Et de son côté elle l'emmena au zoo de Londres où l'un de ses amis qui y travaillait mit un python dans les mains de Daniel, expérience qui ne lui plut pas du tout.

Les parents de Tara avaient fini par rompre, mais sa vie avec Daniel l'occupait tellement que leur séparation l'affecta à peine. Elle obtint ses diplômes et s'inscrivit en doctorat, se rendant à peine compte de son environnement, comme s'il appartenait à un monde parallèle, bien loin de sa relation avec Daniel. Elle se sentait tellement heureuse. Tellement épanouie.

« Qu'existe-t-il d'autre au monde ? Que pourrais-je désirer d'autre ? lui avait-elle demandé un soir tandis qu'ils étaient allongés l'un près de l'autre après une étreinte particulièrement intense.

— Que pourrais-tu désirer d'autre ?

— Rien. Rien du tout », avait-elle répondu en se blottissant contre lui.

Lorsqu'elle parla de sa relation avec Daniel à son père, celui-ci lui dit :

« Daniel a beaucoup de valeur. C'est l'un des meilleurs étudiants auxquels j'aie eu le privilège d'enseigner. Vous formez un très beau couple. »

Après un temps, il ajouta :

« Mais fais bien attention, Tara. Comme toutes les personnes douées, il y a une part d'ombre en lui. Prends garde qu'il ne te fasse pas de mal.

— Il ne m'en fera pas, papa. Je sais qu'il ne m'en fera pas. »

Curieusement, le fait que cela se soit produit était une chose dont elle avait toujours, au fond d'elle-même, fait grief à son père plutôt qu'à Daniel, comme si c'était la mise en garde qui avait brisé leur relation plutôt que la personne contre laquelle il l'avait mise en garde.

Le salon de thé *Ahwa Wadood* était un local miteux avec de la sciure répandue sur le sol et des tables autour desquelles se pressaient des hommes âgés qui sirotaient leur thé en jouant aux dominos. Elle le vit dès qu'elle entra, tout au bout de la salle, en train de tirer sur une pipe *chicha*[1], la tête penchée sur un plateau de backgammon, concentré sur son jeu. Il n'avait pas beaucoup changé depuis la dernière fois qu'elle l'avait vu, six ans auparavant. Ses cheveux étaient un peu plus longs et son visage plus hâlé. Elle le regarda un instant, luttant contre un accès de nausée, puis elle s'avança. Ce n'est que lorsqu'elle fut juste devant lui qu'il leva les yeux.

— Tara !

Ses yeux noirs s'ouvrirent tout grands. Ils se regardèrent un long moment sans rien dire, puis, se penchant au-dessus de la table, elle leva la main et le gifla en pleine face.

— Salaud !

Louqsor, sur les collines de Thèbes

Accroupi devant son feu, le fou remuait les tisons avec un bâton. Autour de lui s'élevaient les falaises, hautes et silencieuses. Le seul signe de vie, en dehors de lui-même, était le hurlement intermittent d'un chien

1. Pipe à eau.

sauvage. Par-dessus son épaule le croissant de la lune, d'un blanc éblouissant, était suspendu dans la nuit.

Le visage creux et couvert de poussière, il regardait les flammes vacillantes. Des mèches de cheveux crasseux oscillaient sur sa djellaba usée. Il percevait des dieux dans les flammes, d'étranges formes avec des corps humains et des têtes de bêtes sauvages. L'un avait une tête de chacal, un autre celle d'un oiseau, un autre encore une haute coiffure et la face allongée d'un crocodile. Ils l'effrayaient et en même temps l'enchantaient. Il se mit à se balancer sur ses hanches, les lèvres tremblantes, fasciné par les figures flamboyantes qu'il avait à ses pieds.

Et voilà que les flammes lui révélèrent d'autres secrets : une pièce obscure, un cercueil, des joyaux, des objets empilés contre un mur, des glaives, des boucliers, des poignards. Sa bouche s'ouvrit d'étonnement.

Les flammes s'étouffèrent, mais rien qu'un instant. Quand elles rejaillirent, la pièce avait disparu, remplacée par autre chose. Un désert. Des kilomètres et des kilomètres de sable brûlant sur lequel défilait une grande armée. Il entendit le bruit des sabots, le tintement des cuirasses, le rythme d'un chant. Et puis un autre bruit aussi, comme le rugissement d'un lion. Il semblait provenir de dessous le sable et augmentait jusqu'à engloutir tous les autres bruits. Les paupières de l'homme se mirent à trembler et sa respiration se fit plus rapide. Il leva ses mains fines pour se boucher les oreilles, car le rugissement devenait assourdissant. Les flammes bondirent, le vent se mit à souffler, puis, devant ses yeux horrifiés, le sable du désert commença à bouillonner comme de l'eau. Il oscillait et montait puis s'éleva haut devant lui, comme une grande vague, et engloutit toute l'armée. L'homme poussa un cri et se recula, comprenant qu'il serait recouvert par le sable s'il ne se sauvait pas. Il se mit debout et s'enfuit par les collines comme un insensé en agitant les bras.

Ses cris retentissaient dans la nuit :

— Non ! Qu'Allah me protège ! Qu'Allah ait pitié de mon âme ! Nooon !

14

Le Caire

Jenny avait appelé cela la semaine « Mike Tyson »
de Tara. D'abord, Daniel l'avait quittée, puis, presque
aussitôt après, elle avait appris que sa mère souffrait
d'un cancer inopérable. Ces deux mauvais coups, venus
de nulle part, l'un après l'autre, l'avaient mise K.-O.

« Ça ressemble à ce que fait Mike Tyson », avait dit
Jenny.

Rétrospectivement – et depuis six ans, elle n'avait
rien fait d'autre que regarder rétrospectivement en tournant et retournant dans son esprit ce qui s'était passé,
comme on repasse la même vidéo –, on voyait pourtant
que depuis le début les signes avant-coureurs étaient
présents.

En dépit de leur proximité, une part de Daniel s'était
toujours tenue à l'écart. Juste après avoir fait l'amour,
il disparaissait dans une lecture, comme si la profondeur des sentiments qu'il venait d'exprimer lui faisait
peur. Ils pouvaient parler et parler, et pourtant, d'une
certaine façon, il ne révélait jamais rien de lui-même.
En plus d'une année, elle n'avait presque rien découvert de son passé, comme un extracteur qui essaie de
creuser le sol mais trouve tout de suite le rocher sous
la surface. Il était né à Paris, avait perdu ses parents
dans un accident d'avion lorsqu'il avait dix ans, était

venu vivre chez une tante en Angleterre, avait obtenu la mention très bien à Oxford. Et c'était à peu près tout. C'était comme s'il s'immergeait dans l'histoire de l'Égypte pour compenser le défaut de son propre passé.

Oui, il y avait eu des signes. Mais elle les avait écartés. Elle avait refusé de les reconnaître. Elle l'aimait tellement.

La fin était venue sans prévenir. Elle était arrivée à son logement un soir – ils se connaissaient depuis dix-huit mois – et il l'avait prise dans ses bras, l'avait même embrassée, puis s'était écarté.

« J'ai eu des nouvelles du Grand Conseil des antiquités aujourd'hui, lui dit-il en baissant les yeux vers elle mais sans vraiment croiser son regard. J'ai obtenu l'autorisation de creuser dans la Vallée des Rois. De mener ma propre expédition.

— Daniel, c'est merveilleux ! s'était-elle écriée en s'approchant pour le serrer dans ses bras. Je suis fière de toi. »

Elle s'agrippa à ses épaules un instant puis s'écarta, sentant qu'il ne répondait pas à son étreinte et qu'il avait autre chose à lui dire.

« Qu'y a-t-il ? »

Ses yeux paraissaient encore plus noirs qu'à l'accoutumée.

« Cela veut dire que je vais aller vivre en Égypte pendant quelque temps. »

Elle se mit à rire.

« Bien sûr que ça veut dire que tu vas aller vivre en Égypte. Qu'est-ce que tu pensais faire ? Rentrer tous les soirs ? »

Il rit, mais il y avait une certaine réserve dans son expression.

« C'est une énorme responsabilité, Tara, de pouvoir fouiller l'un des plus grands sites archéologiques du monde. Un immense honneur. Il va falloir que... j'y consacre toute mon attention.

— Bien sûr, il va falloir que tu y consacres toute ton attention.

— Toute mon attention. »

Sa façon d'insister sur « toute » lui donna une légère secousse, comme l'annonce d'un tremblement de terre. Elle fit un pas en arrière, cherchant son regard mais incapable de le trouver.

« Qu'est-ce que tu essaies de me dire, Daniel ? »

Silence. Elle se rapprocha et prit ses mains dans les siennes.

« C'est d'accord. Je peux vivre sans toi pendant quelques mois. Tout ira bien. »

Il y avait une bouteille de vodka sur le bureau derrière lui. Dégageant ses mains, il la prit et se servit un verre.

« C'est plus que cela. »

Une autre secousse la traversa, plus forte que la première.

« Je ne comprends pas. »

Il vida le verre d'un trait.

« C'est fini, Tara.

— Fini ?

— Je suis désolé d'être si direct, mais je ne sais pas comment le dire autrement. J'ai attendu une occasion comme celle-là toute ma vie. Je ne peux permettre à quoi que ce soit de se mettre en travers de mon chemin. Pas même toi. »

Elle le fixa un instant puis, comme si elle avait reçu un coup de poing dans l'estomac, recula en vacillant et se retint au montant de la porte. Autour d'elle, la chambre devenait indistincte.

« Comment pourrais-je... me mettre en travers ?

— Je ne peux te l'expliquer, Tara. Je dois simplement me concentrer sur mon travail. Je ne dois avoir aucune... gêne.

— Gêne ! dit-elle en s'efforçant de contrôler sa voix et de trouver ses mots. Est-ce cela que je suis pour toi, Daniel ? Une gêne ?

— Ce n'est pas ce que je voulais dire. Il faut simplement que... je sois libre pour me consacrer à mon travail. Je ne peux avoir de liens. Je suis désolé. Je le suis vraiment. L'année qui vient de s'écouler a été la meilleure période de ma vie. Il y a simplement que...

— Que tu as trouvé quelque chose de mieux. »

Il se tut puis dit :

« Oui. »

Elle s'accroupit, ayant honte de ses larmes mais ne pouvant les retenir.

« Oh, mon Dieu ! dit-elle en suffoquant. Oh, mon Dieu, Daniel ne me fais pas ça. »

Quand elle partit, vingt minutes plus tard, elle avait l'impression que son intérieur avait été arraché. Elle n'eut aucune nouvelle pendant deux jours et puis, incapable de s'en empêcher, elle retourna à son logement. Elle frappa. Personne ne répondit.

« Il a déménagé, lui dit un étudiant qui habitait à l'étage en dessous. Il est parti en Égypte ou quelque chose comme ça. Un nouveau locataire va emménager la semaine prochaine. »

Il n'avait même pas laissé un mot.

Elle avait eu envie de mourir. Elle avait même été jusqu'à acheter cinq boîtes d'aspirine et une bouteille de vodka.

Mais, cette même semaine, elle avait appris que sa mère avait un cancer, et cela avait d'une certaine façon diminué le chagrin que lui causait le départ de Daniel, une douleur chassant l'autre.

Elle avait soigné sa mère pendant les quatre mois que celle-ci avait encore à vivre et, dans le tourment de la voir s'éteindre, elle s'était résignée à la fin de sa relation avec Daniel. Quand sa mère était morte, c'est Tara qui avait organisé les funérailles. Ensuite, elle était partie à l'étranger pendant un an, d'abord en Australie puis en Amérique du Sud. À son retour, elle avait acheté un appartement, trouvé un travail au zoo et rétabli une sorte d'équilibre.

La douleur, cependant, ne l'avait jamais complètement quittée. Elle avait eu d'autres relations, mais elle avait toujours conservé une certaine réserve, ne voulant pas connaître à nouveau ne serait-ce qu'une partie de la souffrance que lui avait causée Daniel.

Elle ne l'avait jamais revu, ni eu de ses nouvelles. Jusqu'à ce soir.

— Je suppose que je l'ai mérité, dit-il.
— Oui, tu l'as mérité.

Ils avaient quitté le salon de thé en sentant dans leur dos les regards et les murmures, et ils suivaient la rue Ahmed Maher en direction du quartier islamique, passant devant des étalages de lampes, de pipes *chicha*, de vêtements et de légumes. Une lourde odeur douce-amère d'épices, de crottin et d'ordures flottait dans l'air ; une centaine de bruits différents les assaillaient : des coups de marteau, de la musique, des coups de Klaxon et, sortant d'une boutique, le grincement lent et rythmé d'une énorme machine à fabriquer les vermicelles.

Ils parvinrent à un carrefour où ils tournèrent à gauche en passant sous une porte en pierre ornée de sculptures. Une paire de minarets s'élevait au-dessus d'eux. Devant, il y avait une rue étroite, encore plus fréquentée que celle qu'ils venaient de quitter. Cinquante mètres plus loin, ils tournèrent dans une ruelle et s'arrêtèrent devant une lourde porte en bois. On lisait sur le mur : *Hôtel Salah al-Din*. Daniel ouvrit la porte et ils traversèrent une petite cour poussiéreuse avec une fontaine sans eau au centre et une galerie en bois qui courait au-dessus de leurs têtes.

— Enfin chez soi ! dit Daniel.

Sa chambre, simple et propre, se trouvait à l'étage et donnait sur la galerie. Il alluma la lumière, ferma les volets et servit deux verres de whisky bien remplis. On entendait, venant d'en bas, le raclement des roues de charrette et un brouhaha de voix. Il y eut un long silence.

— Je ne sais que dire, déclara-t-il.

— Que tu es désolé, peut-être.

— Est-ce que cela pourrait être bénéfique ?

— Ce serait un commencement.

— Eh bien, Tara, je suis désolé, je le suis vraiment.

Il y avait un paquet de petits cigares sur la table derrière lui. Il en prit un, l'alluma et rejeta une fumée dense. Il paraissait mal à l'aise, énervé. Ses yeux se posaient sur elle et s'en écartaient constamment. Dans la lumière froide de la chambre, elle s'aperçut qu'il paraissait plus vieux qu'elle n'en avait d'abord eu l'impression. Ses cheveux bruns avaient des mèches grisonnantes et son front était creusé de rides. Mais il était toujours beau. Oh oui, comme il était beau !

— Quand as-tu commencé à fumer ces cigares ?

Il haussa les épaules.

— Il y a quelques années. Carter en fumait. J'ai pensé qu'il allait me transmettre un peu de sa chance.

— Et ça s'est produit ?

— Pas vraiment.

Il remplit à nouveau son verre, et aussi celui de Tara. De dehors venait le bruit du Klaxon d'un vélomoteur qui se frayait un chemin à travers la foule.

— Eh bien, comment m'as-tu retrouvé ? demanda-t-il. Je suppose que tu n'es pas entrée par hasard dans le salon de thé.

— J'ai vu le mot que tu as laissé à mon père.

— Bien sûr. Comment va-t-il ?

Elle le lui dit.

— Je suis navré. J'étais loin d'imaginer cela. Vraiment, je ne savais pas.

Il posa son verre et s'approcha d'elle, comme pour la prendre dans ses bras. Mais elle leva la main pour l'arrêter.

— Je suis navré, Tara. S'il y a quelque chose que je puisse faire...

— On s'est occupé de tout.

— Bon, si tu as besoin...

— On s'est occupé de tout.

Il acquiesça et s'écarta. Il y eut un autre long silence. Elle se demandait ce qu'elle faisait à cet endroit, ce qu'elle essayait d'obtenir. La fumée du cigare tournoyait autour de la lampe.

— Eh bien, qu'as-tu fait pendant ces six ans ? lui demanda-t-elle enfin, consciente que cette question semblait superficielle.

Daniel vida son verre.

— Ce qui se fait habituellement. Des fouilles. Quelques conférences. J'ai écrit aussi quelques livres.

— Tu vis ici, maintenant ?

— Oui, à Louqsor. Je ne suis au Caire que pour quelques jours. Pour le travail.

— Je ne savais pas que tu voyais encore papa.

— Je ne le voyais pas. Nous ne nous sommes pas parlé depuis...

Il s'interrompit pour se servir un autre verre.

— ... Je pensais simplement que ce serait bien de le revoir. Je ne sais pas pourquoi. Souvenirs du bon vieux temps et tout ça. Je pense qu'il ne m'aurait pas répondu. Il me haïssait pour ce que j'ai fait.

— Nous étions deux.

— Oui, sans doute.

Ils finirent la bouteille de whisky en échangeant des nouvelles, glissant à la surface des choses. Dehors, le bruit de la rue augmenta, atteignit un pic et s'éteignit à mesure que les boutiques fermaient pour la nuit et que la foule se dispersait.

— Tu ne m'as même pas écrit, dit-elle en tenant son verre contre elle.

Il était tard. Son esprit se faisait lourd à cause de la boisson et de la fatigue. La rue était vide et silencieuse. Des bouts de papier voletaient dans l'air comme si la chair de la ville partait en flocons.

— Aurais-tu voulu que je le fasse ?

Elle réfléchit et remua la tête négativement.

Elle était assise sur le bord du lit. Daniel était installé sur un sofa poussiéreux contre le mur opposé.

— Tu as foutu ma vie en l'air, lui dit-elle.

Il leva les yeux vers elle et leurs regards se rencontrèrent, brièvement, avant qu'elle se détourne pour finir son verre.

— De toute façon, c'est le passé. Terminé.

Mais en même temps qu'elle le disait, elle savait que ce n'était pas vrai. Il y avait encore quelque chose. Une conviction plus profonde.

Dehors, sous la grande porte en pierre qu'ils avaient franchie plus tôt dans la journée, la Mercedes noire était rangée, silencieuse, contre le trottoir. Elle attendait.

15

Louqsor

— Et vous ne savez rien au sujet d'une nouvelle découverte ? demanda Khalifa d'une voix fatiguée en écrasant sa cigarette dans la tasse à café vide.

L'homme qui était en face de lui fit non de la tête.

— Un tombeau ? Une cache ? Quoi que ce soit qui sorte de l'ordinaire ?

Nouveau signe de dénégation.

— Allons, Omar. S'il y a quelque chose, nous finirons par le découvrir, alors autant nous le dire.

L'homme haussa les épaules et se moucha dans la manche de sa tunique.

— Je ne sais rien, dit-il. Absolument rien. Vous perdez votre temps avec moi.

Il était huit heures du matin et Khalifa avait travaillé toute la nuit. Ses yeux étaient douloureux, il avait la bouche sèche et la tête lui tournait. Depuis plus de dix-sept heures, avec quelques brèves interruptions pour les prières et pour manger, Sariya et lui avaient interrogé toutes les personnes de Louqsor qui pouvaient être en relation avec le commerce d'antiquités, dans l'espoir de trouver une piste pour l'affaire Abou Nayar. Tout l'après-midi de la veille, toute la nuit et le matin, un flot continu de vendeurs connus était passé par le commissariat de police de Sharia el-Karnak, et tous avaient donné exactement la même réponse à ses questions : non, ils ne savaient rien au sujet de nouvelles découvertes ; non, ils n'avaient pas connaissance de nouvelles antiquités sur le marché ; et oui, s'il y avait du nouveau, ils reprendraient contact. C'était comme s'il fallait réentendre continuellement la même bande magnétique.

Khalifa alluma une autre cigarette. Il n'en avait pas vraiment envie. C'était seulement pour rester éveillé.

— Comment se fait-il, à votre avis, que quelqu'un comme Abou Nayar ait pu offrir un téléviseur neuf et un réfrigérateur à sa mère ?

— Comment diable pourrais-je le savoir ? Je le connaissais à peine, grommela Omar, un petit homme frêle avec des cheveux coupés court et un nez bulbeux.

— Il a découvert quelque chose, n'est-ce pas ?

— Si vous le dites.

— Il a trouvé quelque chose et c'est pour cela qu'il est mort, et vous savez ce que c'est.

— Je ne sais rien du tout.

— Vous êtes un Abd el-Farouk, Omar ! Rien n'arrive à Louqsor sans que votre famille en soit informée.

— Eh bien, dans le cas présent, nous ne l'avons pas été. Combien de fois faut-il vous le répéter ? Je ne sais rien. Rien. Rien.

Khalifa se leva et alla vers la fenêtre en tirant sur sa cigarette. Il savait qu'il perdait son temps. Omar ne lui dirait rien. L'entretien était terminé. Il pouvait poser des questions jusqu'à en avoir le visage bleu, ça ne servirait à rien. Il poussa un profond soupir.

— D'accord, Omar, dit-il sans se retourner, vous pouvez partir. Si vous apprenez quelque chose, faites-le-moi savoir.

— Bien entendu ! Je vous téléphone aussitôt, dit Omar en se dirigeant vivement vers la porte.

Il disparut, laissant Khalifa seul avec son adjoint.

— Combien en reste-t-il ?

— C'est fini, répondit Sariya en se penchant en avant et en se frottant les yeux. On les a tous faits. Il ne reste personne.

Khalifa s'effondra dans un fauteuil et alluma une autre cigarette sans remarquer qu'il avait laissé la précédente brûler dans le cendrier sur le rebord de la fenêtre.

Peut-être qu'il s'était trompé, que la mort de Nayar n'avait rien à voir avec les antiquités. D'après ce qu'il avait appris, il y avait bien d'autres raisons pour lesquelles quelqu'un pouvait souhaiter sa mort. Il n'avait pas le moindre commencement de preuve lui permettant d'associer cette mort aux antiquités. Pas le moindre.

Et pourtant, sans pouvoir expliquer vraiment pourquoi, il sentait au fond de lui-même que la mort de Nayar était en relation avec le commerce d'objets anciens, de la même façon que certains archéologues sentent au fond d'eux-mêmes qu'ils sont proches d'une importante découverte. C'était un sixième sens, un instinct. Dès qu'il avait vu le scarabée tatoué sur le corps de l'homme, il avait su ; ce serait une affaire où le présent ne pourrait être expliqué que par le passé.

Il y avait des indices. Suffisamment du moins pour que la direction qu'il donnait à l'enquête n'ait pas l'air totalement absurde. Nayar avait effectivement été mêlé au commerce d'antiquités. Il avait vraiment reçu de l'argent récemment – plus d'argent, sans aucun doute, que ne pouvaient lui en rapporter les divers métiers qu'il exerçait pour nourrir sa famille. Sa femme, quand il l'avait interrogée brièvement l'après-midi précédent, avait affirmé ignorer que son mari ait possédé quelque objet ancien que ce soit. Ce qui n'était pas surprenant, à ceci près qu'elle l'avait fait avant même qu'il mentionne ces objets, comme s'il s'agissait d'un sujet sur lequel on lui avait fait la leçon. Et puis, il y avait eu les réactions des vendeurs qu'ils avaient interrogés.

— La peur, dit-il en soufflant un rond de fumée vers le plafond et en le regardant s'élever, s'élargir et se dissiper lentement.

— Quoi ?

— Ils étaient effrayés, Mohammed. Les vendeurs. Tous. Terrifiés.

— Je n'en suis pas surpris. Ils pourraient prendre cinq ans pour recel d'objets volés.

Khalifa souffla un autre rond.

— Ce n'est pas de nous qu'ils avaient peur. C'est de quelque chose d'autre. Ou de quelqu'un.

Sariya plissa les yeux.

— Je ne comprends pas.

— Quelqu'un est allé les voir, Mohammed. Ils ont essayé de le cacher mais ils étaient comme pétrifiés. On le voyait quand on leur montrait les photos de Nayar. Ils devenaient blancs, comme s'ils se voyaient eux-mêmes subir le même sort. Tous les revendeurs d'antiquités de Louqsor font dans leur froc. Je n'ai jamais rien vu de semblable.

— Tu crois qu'ils savent qui l'a tué ?

— Ils le soupçonnent, certainement. Mais ils ne parleront pas. Le fait est qu'ils ont sacrément plus peur de ceux qui ont découpé Nayar que de nous.

Sariya bâilla. Khalifa se fit la remarque que sa bouche paraissait contenir plus de plombages que de dents.

— Alors, à qui crois-tu qu'ils ont affaire ? demanda le sergent. À la pègre locale ? À des gars du Caire ? Aux fondamentalistes ?

Khalifa haussa les épaules.

— Cela pourrait être les uns ou les autres, ou aucun d'entre eux. Mais une chose est sûre, c'est une grosse affaire.

— Tu crois qu'il aurait pu trouver un nouveau tombeau ?

— Peut-être. Ou bien quelqu'un d'autre l'a trouvé et Nayar en a eu vent. Ou peut-être ne s'agit-il que de quelques objets. Mais de grande valeur. Quelque chose qui justifie qu'on l'ait tué.

Il jeta sa cigarette par la fenêtre. Sariya se remit à bâiller.

— Excuse-moi. Je n'ai pas beaucoup dormi ces derniers temps, surtout avec le bébé.

— C'est vrai, dit Khalifa avec un sourire. J'avais oublié. Ça t'en fait combien maintenant ?

— Cinq.

— Je me demande où tu trouves toute cette énergie. Avec trois, je suis presque mort.

— Tu devrais manger plus de pois chiches. Ça donne de l'endurance.

Le sérieux avec lequel son adjoint lui donnait ce conseil fit rire Khalifa. D'abord Sariya eut l'air vexé, puis il se mit à rire lui aussi.

— Rentre chez toi, Mohammed, lui dit Khalifa. Mange des pois chiches, fais un bon somme, détends-toi. Ensuite tu pourras aller sur la rive ouest pour parler à la femme de Nayar et à sa famille. Vois ce que tu peux déterrer.

Sariya se leva et prit sa veste sur le dossier de sa chaise. Il se dirigea vers la porte mais se retourna.

— Qu'y a-t-il ? demanda l'inspecteur.

Le sergent jouait avec la manche de sa chemise sans regarder Khalifa.

— Est-ce que tu crois aux malédictions ?

— Les malédictions ?

— Oui, les anciennes malédictions. Tu sais, comme celle de Toutankhamon.

Khalifa esquissa un sourire :

— « Ceux qui troublent le sommeil des morts connaîtront une fin terrible », c'est bien ça ?

— À peu près.

— Tu crois que c'est à cela que nous pourrions avoir affaire ? À une malédiction ?

Son adjoint eut un haussement d'épaules évasif.

— Non, Mohammed, je ne crois pas aux malédictions. Ce n'est qu'un tas de superstitions stupides, si tu veux le savoir...

Il prit son paquet de cigarettes mais, comme il était vide, il en fit une boule qu'il projeta dans un coin de la pièce.

— ... mais je crois au mal. Une force obscure qui s'empare de l'esprit et du cœur d'un homme, et en fait un monstre. Je l'ai vu. Et c'est contre le mal que nous nous dressons ici. Le mal à l'état pur...

Se penchant en avant, il entreprit de se masser les paupières avec les pouces.

— Qu'Allah nous guide, murmura-t-il. Qu'Allah nous donne la force.

Plus tard, après avoir mangé deux œufs à la coque et un peu de fromage en guise de petit déjeuner, Khalifa traversa le fleuve et fit signe à un taxi. Il le conserva jusqu'à Dra Abou el-Naga, où il descendit, paya les vingt-cinq piastres de la course et s'engagea sur la route qui montait au temple de Hatshepsout à Deir el-Bahari.

Ce temple avait toujours été l'un de ses monuments favoris. C'était un ahurissant ensemble de salles, de terrasses et de colonnades taillé dans le roc à la base d'une falaise de cent mètres de haut. Chaque fois qu'il le voyait, il était stupéfié par l'audace de sa construction. On avait là l'une des merveilles de Louqsor, de l'Égypte et même du monde.

Mais une merveille entachée par un drame. En 1997, soixante-deux personnes, principalement des touristes, avaient été massacrées par les fondamentalistes. Au même moment, Khalifa était en train d'interroger quelqu'un dans un village avoisinant et il avait été l'un des premiers policiers arrivés sur les lieux. Pendant des mois, il s'était réveillé la nuit couvert de sueur, entendant encore le clapotement de ses pas sur le sol couvert de sang. Désormais, chaque fois qu'il revoyait le temple, son plaisir était gâché par un accès de nausée.

Il monta jusqu'à un endroit où une série de boutiques de souvenirs poussiéreuses se dressaient sur la partie droite de la route. Devant chacune d'elles, les propriétaires hélaient les touristes qui passaient pour les inviter à venir voir leurs cartes postales, leurs bijoux, leurs chapeaux de toile et leurs sculptures en albâtre, chacun insistant sur le fait que ses produits étaient de loin les moins chers et les meilleurs de toute l'Égypte. L'un d'eux se dressa devant Khalifa en brandissant un tee-shirt orné d'un hiéroglyphe criard sur le devant, mais l'inspecteur l'écarta et, après avoir tourné à droite, traversa le parking bitumé et s'arrêta devant des toilettes mobiles.

— Suleiman ! appela-t-il. Hé, Suleiman, es-tu là ?

Un petit homme portant une djellaba vert pâle apparut en boitant légèrement. Une longue cicatrice lui traversait le front en diagonale. Elle partait de l'œil gauche et disparaissait sous les cheveux.

— Inspecteur Khalifa, est-ce vous ?

— *Salaam Alekum.* Comment vas-tu, mon ami ?

— *Kwayyis, hamdu-lillah*, je vais bien, grâce à Dieu, répondit l'homme en souriant. Voulez-vous du thé ?

— Merci.

— Asseyez-vous, asseyez-vous !

L'homme indiqua à Khalifa un banc à l'ombre d'un bâtiment tout proche et fit chauffer une bouilloire. Quand le thé fut prêt, il en versa dans deux verres et

les apporta en avançant avec précaution sur le sol inégal comme s'il avait peur de trébucher. Il tendit un
verre à Khalifa et s'assit, posant son propre verre sur
le banc auprès de lui. Khalifa prit la main de l'homme
et y mit un sac en plastique.

— Quelques cigarettes.

Fouillant dans le fond du sac, Suleiman en sortit une
boîte de Cleopatra.

— Vous n'auriez pas dû, inspecteur. C'est moi qui
vous dois quelque chose.

— Tu ne me dois rien.

— À part la vie.

Quatre ans plus tôt, Suleiman travaillait au temple
comme gardien. Lorsque les fondamentalistes étaient
arrivés, il avait reçu une balle dans la tête en essayant
de protéger des femmes et des enfants suisses. Après
l'attaque, tout le monde avait cru qu'il était mort, jusqu'à ce que Khalifa s'aperçoive que son pouls battait
encore et fasse venir un médecin. Pendant plusieurs
semaines, il était resté entre la vie et la mort, mais
finalement il s'en était sorti. Cependant, il était resté
aveugle et n'avait pu reprendre son travail de gardien.
À présent, il s'occupait de l'une des toilettes du site.

— Comment va la tête ? demanda Khalifa.

Suleiman haussa les épaules et se frotta les tempes.

— Comme ci, comme ça. Aujourd'hui, ça fait un
peu mal.

— Tu vas voir le médecin régulièrement ?

— Les médecins ! pouah ! Des minables !

— Si ça te fait mal, tu devrais aller te faire examiner.

— Je suis bien comme je suis, merci.

Suleiman était un homme fier et Khalifa préféra ne
pas insister. Il l'interrogea au sujet de sa femme et de
sa famille et le taquina parce que l'équipe de Suleiman,

el-Ahli, avait perdu contre la sienne, el-Zamalek, lors d'un récent match au Caire. Puis ils restèrent silencieux. Khalifa, toujours assis, regardait un groupe de touristes qui descendaient de leur car.

— J'ai besoin de ton aide, Suleiman, finit-il par dire.

— Bien sûr, inspecteur. Tout ce que vous voulez. Vous savez que vous n'avez qu'à demander.

Khalifa but une gorgée de thé. Il avait mauvaise conscience d'impliquer son ami en se servant du sentiment de reconnaissance de ce dernier, qui avait déjà eu suffisamment d'ennuis comme ça. Mais il avait besoin d'informations. Et Suleiman laissait toujours traîner son oreille partout.

— Je pense qu'on a découvert quelque chose, dit-il. Un tombeau, ou une cache. Quelque chose d'important. Personne ne parle, ce qui n'a rien de surprenant, si ce n'est que ce n'est pas l'appât du gain qui leur ferme la bouche, mais la peur. Les gens sont terrorisés.

Il termina son thé.

— As-tu entendu parler de quoi que ce soit ?

Son compagnon ne répondit pas. Il continuait à se masser les tempes.

— Ça ne me fait pas plaisir de te demander ça, crois-moi. Mais un homme est déjà mort, et je ne veux pas qu'il y en ait d'autres.

Suleiman continua à se taire.

— Y a-t-il un nouveau tombeau ? demanda Khalifa. Il ne se passe pas grand-chose par ici sans que tu en entendes parler.

Suleiman réajusta sa position et se mit à boire lentement son thé.

— J'ai eu certains échos, dit-il en regardant droit devant lui. Rien de précis. Comme tu le dis, les gens sont effrayés.

Il tourna soudain la tête en direction des collines, balayant de ses yeux aveugles les parois scintillantes de roche jaune-marron.

— Tu penses qu'on nous observe, demanda Khalifa en suivant le geste de Suleiman.

— Je sais que nous sommes observés, inspecteur. Ils sont partout, comme les fourmis.

— Qui est partout ? Que sais-tu exactement, Suleiman ? Qu'as-tu entendu ?

Suleiman continua à boire son thé. Khalifa remarqua que ses yeux s'étaient mis à pleurer.

— Des rumeurs, murmura-t-il. Des indices. Un mot ici, un mot là.

— Qui disent ?

La voix de Suleiman devint à peine audible.

— Qu'on a trouvé un nouveau tombeau.

— Et ?

— Et que ce qu'il contient est extraordinaire. Sans prix.

Khalifa fit tourner le reste du thé dans le fond de son verre.

— Tu as une idée de l'endroit où ça se trouve ?

Suleiman désigna les collines :

— Quelque part par là.

— Par là, c'est très vaste. Rien de plus précis ?

Dénégation de la tête.

— C'est sûr ?

— C'est sûr.

Long silence. Le bitume du parking ondulait dans la canicule. Un âne se mit à braire quelque part derrière eux. Tout près, un couple d'Européens discutaient du prix de la course pour aller jusqu'au fleuve.

— Pourquoi ont-ils tous tellement peur, Suleiman ? demanda doucement Khalifa. Qui est allé les voir ?

Silence.

— À qui ai-je affaire ?

Suleiman se mit debout et prit les deux verres vides, comme s'il n'avait pas entendu la question.

— Suleiman ? Qui sont ces gens ?

Le préposé se dirigea vers les toilettes. Il parla sans tourner la tête :

— Sayf al-Tha'r, dit-il. C'est de Sayf al-Tha'r qu'ils ont peur. Désolé, inspecteur, j'ai du travail. Vous avez été gentil de venir me voir.

Il monta les marches et disparut dans les toilettes en refermant la porte derrière lui.

Khalifa alluma une cigarette avant de s'appuyer contre le mur.

— Sayf al-Tha'r, murmura-t-il. Pourquoi avais-je le pressentiment que ce serait toi ?

Abou-Simbel

Le jeune Égyptien se mêla à la foule, sa casquette de base-ball enfoncée sur les yeux. Il ne différait pas des autres touristes qui tournaient autour du pied des quatre statues géantes, si ce n'est qu'il avait l'air de marmonner et de ne pas s'intéresser aux énormes figures assises qui le dominaient. Son attention était concentrée sur les trois gardiens en uniforme blanc installés sur un banc tout proche. Il jeta un coup d'œil à sa montre, dégagea son sac à dos et se mit à en défaire les attaches.

C'était le milieu de la matinée. Deux cars de touristes qui venaient d'arriver déversaient un flot de passagers sur le bitume. Ils portaient tous des tee-shirts jaunes. Une nuée de vendeurs de cartes postales et de marchands de breloques les entoura.

141

Le jeune homme avait ouvert son sac. Il mit un genou à terre pour fouiller à l'intérieur. À sa gauche, un groupe de touristes japonais étaient rassemblés autour de leur guide, laquelle brandissait un tue-mouches pour qu'on puisse la repérer.

— Ce grand temple a été construit par le pharaon Ramsès II au XIIIe siècle av. J.-C., cria-t-elle. Et il était consacré aux dieux Rê-Horakhty, Amon et ×ah...

L'un des gardiens regardait la silhouette qui marmonnait. Ses deux camarades fumaient et parlaient ensemble.

— Les quatre statues assises représentent le roi-dieu Ramsès. Chacune est haute de plus de vingt mètres...

Les touristes américains commençaient à arriver en riant et en bavardant. L'un d'eux tenait un Caméscope et donnait des instructions à sa femme en lui demandant d'avancer, d'aller à gauche, de lever la tête, de sourire. Le jeune Égyptien se releva, un bras toujours à l'intérieur de son sac. Le gardien continua à l'observer, puis donna un coup de coude à ses compagnons qui cessèrent leur conversation et se mirent à le regarder eux aussi.

— Les statues plus petites entre les jambes de Ramsès représentent la mère du roi, Muttuya, et son épouse préférée, Néfertiti, ainsi que quelques-uns de ses enfants.

La voix du jeune homme s'éleva soudainement. Plusieurs personnes se retournèrent. Il ferma brièvement les yeux et puis, avec un large sourire, il retira du sac sa main qui tenait un pistolet-mitrailleur Heckler & Koch. Du même mouvement, il ôta sa casquette, révélant une profonde cicatrice verticale entre ses sourcils.

— Sayf al-Tha'r ! se mit-il à crier.

Et, pointant l'arme en direction de la foule, il pressa la détente. Il y eut un clic, mais pas de coup de feu.

Les trois policiers bondirent sur leurs pieds en saisissant leurs carabines. Tout le monde restait sur place, horrifié, les pieds cloués au sol. Pendant un instant, tout fut tranquille tandis que le tireur agrippait désespérément son arme. Puis il appuya à nouveau sur la détente, et cette fois le Heckler & Koch fit feu.

On entendit une furieuse pétarade. Les balles se mirent à gicler dans la foule, déchirant les chairs, brisant les os, éclaboussant le sable de sang. Les gens se mirent à courir comme des fous. Certains en s'éloignant du tireur, d'autres, l'esprit égaré, droit sur lui. Des cris de douleur et de terreur retentissaient. L'homme au Caméscope s'effondra. Les trois gardiens furent projetés en arrière et couchés sur le sol. Pardessus les coups de feu et les cris de détresse, on pouvait entendre le jeune homme chanter et rire.

Ce déluge de feu dura environ dix secondes. Ce fut suffisant pour laisser un champ de corps ensanglantés au pied des grandes statues. Puis le Heckler & Koch s'enraya à nouveau, et tout devint étrangement silencieux. Le tireur commença par s'acharner sur son arme, puis il la jeta et s'enfuit dans le désert.

Il n'alla pas loin. Cinq vendeurs de colifichets le poursuivirent, le traînèrent sur le sol et se mirent à le frapper de leurs pieds nus. Sa tête était ballottée de droite et de gauche.

— Sayf al-Tha'r ! cria-t-il en riant tandis que du sang jaillissait de son nez et de sa bouche. Sayf al-Tha'r !

16

Le Caire

Tara s'éveilla en sursaut. Elle se redressa, chancelante, et, regardant autour d'elle, elle s'aperçut qu'elle se trouvait dans la chambre de Daniel. Un moment, horrifiée, elle pensa que peut-être... Puis elle vit qu'elle était encore tout habillée et remarqua des draps sur le sofa, où il avait probablement dormi. Elle jeta un coup d'œil à sa montre. Il était presque midi.

— Saleté de whisky, maugréa-t-elle en se levant.

Elle avait des élancements dans la tête. Une bouteille d'eau minérale était posée près de son lit. Elle dévissa le bouchon et en but une longue rasade. Du bruit provenait de la rue. Aucun signe de Daniel. Il n'avait pas laissé de mot.

Elle se sentait inexplicablement souillée par la rencontre de la veille, comme si, en venant ici, elle s'était elle-même trahie. Elle voulait s'en aller rapidement, avant son retour. Elle finit la bouteille d'eau, griffonna un petit mot pour s'excuser de s'être endormie, prit son sac et partit. Elle ne lui indiqua pas où elle demeurait.

Une fois dans la rue, elle se dirigea vers l'énorme porte en pierre sous laquelle ils étaient passés le soir précédent. Puis, craignant de se trouver nez à nez avec Daniel, elle fit demi-tour et partit dans la direction opposée en suivant la rue étroite qui s'enfonçait dans le quartier islamique.

L'air était chaud et poussiéreux, et la foule la côtoyait de toute part – des femmes portant sur la tête des paniers de pains chauds, des marchands vantant leur marchandise, des enfants oscillant sur des ânes. En d'autres circonstances elle aurait pu apprécier ce spectacle : les odeurs et les sons si particuliers, les étals colorés avec leurs paniers de dattes et de pétales d'hibiscus séchés, les cages pleines de lapins, de canards et de poussins.

Mais elle se sentait fatiguée et désemparée. Des bruits violents l'agressaient – le choc des marteaux, le hurlement d'un Klaxon de vélomoteur, un éclat de musique produit par une radio. Tout cela lui pénétrait dans la tête et la désorientait. L'odeur des détritus et des épices lui donnait une légère nausée, et il y avait quelque chose d'oppressant dans cette foule qui la cernait de tous côtés et l'entraînait dans son mouvement. Elle dépassa un groupe de jeunes garçons qui déchargeaient des feuilles de cuivre d'un camion, une fille juchée sur une pile de sacs de jute, et deux vieillards qui jouaient aux dominos sur le trottoir. Tous donnaient l'impression de la dévisager. Un homme sur un échafaudage en bois l'interpella, mais elle l'ignora et poursuivit son chemin à travers la foule, heurtant les gens, ayant du mal à respirer, aspirant à retrouver sa chambre d'hôtel fraîche, tranquille et sûre.

Au bout de dix minutes, elle rencontra un boucher qui tuait des poulets dans le caniveau. Il les tirait un par un d'une cage, leur relevait le bec avec son pouce et leur tranchait la gorge avant de les jeter, battant faiblement des ailes, dans un baril en plastique bleu. Un demi-cercle de badauds s'était formé pour observer et Tara se plaça parmi eux. La scène la rendait malade, mais elle ne pouvait s'en détacher.

Tout d'abord, elle ne remarqua pas les hommes, fascinée qu'elle était par la vue du couteau du boucher qui coupait la gorge rose des poulets. Ce n'est qu'au bout d'un moment qu'elle leva les yeux et les vit tous les deux, avec leurs barbes, leurs djellabas noires et leurs *immas* attachés sur l'arrière de leurs crânes. Tous deux la fixaient.

Elle soutint leur regard un instant, puis reporta son attention sur le boucher. Deux autres volatiles furent tués. Elle redressa la tête. Ils la regardaient toujours avec une expression dure, impassible. Se détachant du groupe, elle reprit son chemin dans la rue. Les deux hommes attendirent un peu puis la suivirent.

Cinquante mètres plus loin, elle s'arrêta devant une boutique qui vendait des plateaux de backgammon. Les deux individus s'arrêtèrent également sans faire le moindre effort pour dissimuler le fait qu'ils l'observaient. Elle repartit et ils se mirent aussi en mouvement, à trente mètres de distance, sans la quitter des yeux. Elle força l'allure et tourna à droite dans une autre rue. Dix, quinze, vingt pas, ils étaient à nouveau derrière elle. Son cœur se mit à battre plus fort. Cette rue-là était encore plus étroite que la précédente et semblait se rétrécir à mesure qu'elle avançait. Les façades des immeubles se resserraient comme les mâchoires d'un étau et la foule devenait de plus en plus compacte. Elle sentait que ses poursuivants se rapprochaient. Comme une autre ruelle apparaissait devant sur la droite, elle joua des coudes et s'y engagea.

Celle-là était déserte. Elle se sentit d'abord soulagée, heureuse de s'être dégagée de la foule. Mais ensuite elle se demanda si elle n'avait pas commis une erreur. Ici, elle était exposée. Elle ne pouvait appeler personne à l'aide. Ce vide devenait menaçant. Elle fit demi-tour avec l'intention de rejoindre les passants, mais les deux hommes s'étaient rapprochés plus vite qu'elle ne l'avait pensé. Ils étaient à dix mètres d'elle. Elle les regarda, comme paralysée, puis se retourna et se mit à courir. Au bout de cinq secondes, elle entendit le bruit des pas qui la poursuivaient.

— À l'aide ! cria-t-elle.

Mais sa voix était étouffée et faible, comme si elle appelait au travers d'une étoffe.

Cinquante mètres plus loin, elle tourna à gauche dans une autre rue, puis à droite, et encore à gauche, sans plus se soucier de la direction qu'elle prenait. Elle voulait seulement s'échapper. De lourdes portes en bois se succédaient de chaque côté de la rue. À un moment, elle s'arrêta pour frapper, mais il n'y eut aucune réponse. Au bout de quelques secondes, elle repartit en courant, terrifiée à la pensée qu'elle pourrait être rejointe si elle s'attardait. Le bruit des pas de ses poursuivants résonnait partout, amplifié et déformé par les rues étroites. Il semblait venir aussi bien de devant que de derrière. Elle ne savait plus du tout où elle était. Sa tête lui faisait mal. Elle se sentait malade de peur. Elle continua sa course pendant un temps qui lui parut infini, en s'enfonçant en zigzag de plus en plus profondément dans un dédale de ruelles. Finalement, elle déboucha dans une petite place inondée de soleil d'où partaient plusieurs rues dans différentes directions. Au milieu de la place était planté un palmier chétif, à l'ombre duquel se tenait un vieil homme. Elle courut vers lui.

— S'il vous plaît, implora-t-elle, pouvez-vous m'aider ?

L'homme leva la tête. Ses deux yeux étaient d'un blanc laiteux. Il tendit la main.

— Bakchich, dit-il, bakchich.

— Non, pas de bakchich, s'écria-t-elle d'une voix désespérée. Aidez-moi !

— Bakchich, répéta-t-il en s'agrippant à sa manche. Donner bakchich.

Elle essaya de se dégager, mais il ne la laissait pas partir. Ses doigts s'agrippaient à sa chemise comme des griffes.

— Bakchich ! Bakchich !

On entendit un cri et un bruit de course. Elle regarda, le cœur battant. Quatre rues aboutissaient à la place, dont celle par laquelle elle était venue. Elle les scruta l'une après l'autre en essayant de déterminer de quel côté venait le bruit. Toute la place résonnait du claquement des pas, comme si quelqu'un jouait du tambour. Elle resta d'abord immobile, sans pouvoir décider quelle direction prendre. Puis, la terreur lui donnant une force inattendue, elle dégagea son bras de l'emprise de l'aveugle et partit à toutes jambes vers la rue opposée à celle qui l'avait amenée. Seulement, en s'approchant, elle vit les deux barbus tourner un coin de rue et foncer sur elle. Elle bifurqua vers l'une des autres rues, mais ensuite, poussée par un instinct qu'elle n'aurait pu expliquer, elle bifurqua encore et courut vers la rue par laquelle elle était arrivée.

Elle s'arrêta à l'entrée et se retourna hors d'haleine. Les deux hommes en noir débouchaient sur la place. Ils la virent et ralentirent, jetant un coup d'œil à droite, du côté de la rue qu'elle avait failli prendre. Il en sortit une immense silhouette. La même que celle qu'elle avait vue à Saqqarah et devant son hôtel. Son complet était froissé et son visage était couvert de sueur. Il resta d'abord immobile en reprenant son souffle, puis il mit sa main dans sa poche pour en sortir ce qui ressemblait à une petite truelle.

— Où est-elle ? cria-t-il d'un ton dur en se dirigeant vers Tara. Où est la pièce ?

— Je ne sais pas de quoi vous parlez. Vous vous trompez de personne.

— Où est-elle ? répéta-t-il. La pièce manquante. Les hiéroglyphes. Où sont-ils ?

Il était presque parvenu au palmier.

— Bakchich ! geignit l'aveugle en agrippant la veste de lin du géant. Bakchich !

L'inconnu essaya de se dégager d'une bourrade mais n'y parvint pas. Il jura et, levant sa truelle, l'abattit sur le nez de l'aveugle. Il y eut un fort bruit de craquement, comme un rameau qui se brise, et un cri de douleur assourdissant. Tara ne s'attarda pas. Elle s'enfuit en entendant derrière elle les pas de ses poursuivants.

Elle courut, courut, courut. Le sang lui battait dans les oreilles. Elle s'engagea à gauche sous un porche qui, par une sorte de tunnel, conduisait à une cour pleine de femmes qui lavaient du linge. Elle passa devant elles et ressortit par une porte de l'autre côté. Cette rue était plus animée. Elle prit à droite dans une autre rue et là, brusquement, il y avait des boutiques, des étals et du monde partout. Elle ralentit momentanément pour reprendre son souffle, puis continua. Mais presque aussitôt de fortes mains la saisirent et la firent pivoter.

— Non ! cria-t-elle. Non ! Laissez-moi !

Elle se débattait en frappant de ses poings.

— Tara !

— Laissez-moi !

— Tara !

C'était Daniel. Au-dessus de lui, les minarets jumeaux se détachant sur le ciel pâle de l'après-midi, s'élevait la grande porte, près de l'hôtel. Elle avait effectué un cercle complet.

— Ils essaient de me tuer, dit-elle haletante, et je pense qu'ils ont tué papa.

— Qui ? Qui essaie de te tuer ?

— Eux.

Elle se retourna pour désigner ses agresseurs. Mais il y avait tant de monde dans la rue que, même s'ils y avaient été mêlés, il aurait été impossible de les distinguer. Elle les chercha un instant puis, revenant vers Daniel, enfouit son visage dans son épaule et se serra contre lui.

Louqsor

Tandis que Khalifa s'éloignait du temple de Hatshepsout en réfléchissant à ce que lui avait dit Suleiman, il croisa deux jeunes garçons qui montaient de Dra Abou el-Naga à dos de chameaux. Ils riaient, frappaient les bêtes avec leurs badines et incitaient les animaux dégingandés à avancer avec les cris traditionnels des chameliers : *Yalla besara !* et *Yalla nimsheh !* Plus vite ! Allons, avance ! Il se retourna pour les regarder, et soudain le présent parut s'évaporer. Il était à nouveau enfant, dans la chamellerie de Gizeh avec son frère Ali, au temps où tout allait bien.

Khalifa n'avait jamais su précisément quand Ali avait rejoint Sayf al-Tha'r. Cela n'avait pas été une adhésion immédiate. Plutôt une assimilation graduelle, une lente dérive qui avait écarté inexorablement son frère de ses amis et de sa famille pour le placer entre les mains de la violence. Khalifa avait souvent pensé que, si seulement il avait remarqué plus tôt comment Ali changeait, s'endurcissait, il aurait peut-être pu agir sur son frère. Mais il n'avait rien vu. Ou du moins il avait essayé de se convaincre que ce n'était pas aussi grave que ça en avait l'air. Et c'est pour cela qu'Ali était mort. À cause de lui.

L'islam avait toujours fait partie de leur vie et, comme d'autres grandes croyances, il contenait une part de colère. Khalifa se souvenait de l'imam de leur mosquée qui, dans son *khutbar* du vendredi, fulminait contre les sionistes, les Américains et le gouvernement égyptien, mettant en garde les fidèles contre le *kufr* qui essayait de détruire l'*ummah*, la communauté des musulmans. Il ne faisait aucun doute que ses paroles avaient germé dans l'esprit d'Ali.

Pour être honnête, elles avaient aussi germé dans l'esprit de Khalifa, car ce que disait l'imam était globalement vrai. Il y avait du mal et de la corruption dans le monde. Ce que les Israéliens étaient en train de faire aux Palestiniens était impardonnable. Les pauvres et les nécessiteux étaient abandonnés tandis que les riches se remplissaient les poches.

Cependant, Khalifa n'avait jamais pu établir une relation entre cette situation et l'usage de la violence. De son côté, Ali avait lentement construit un pont entre les deux.

Cela avait commencé plutôt innocemment. Par des conversations, des lectures, des rencontres occasionnelles. Ali était allé à des réunions où il distribuait des tracts et où il prenait même la parole. Il avait passé de moins en moins de temps avec les livres d'histoire et de plus en plus avec les ouvrages religieux. « Qu'est-ce que l'histoire sans la vérité ? avait-il dit un jour à Khalifa. Et la vérité se trouve non dans les faits des hommes, mais dans la parole de Dieu. »

Mais il agissait pour le bien, et c'était ce qui avait persuadé Khalifa qu'il n'y avait pas à craindre les changements qui s'opéraient en lui. Il avait collecté de l'argent pour les pauvres, consacré du temps à aider des enfants illettrés, pris la parole pour ceux qui n'étaient pas capables de s'exprimer.

Pourtant, peu à peu, son discours devenait plus dur et la colère montait en lui. Il avait adhéré à des organisations fondamentalistes, rejoignant d'abord l'une puis une autre et ainsi de suite, chacune étant un peu plus extrémiste que la précédente, et il s'enfonçait chaque fois un peu plus dans un tourbillon où la limite entre la foi et la fureur devenait moins distincte. Jusqu'à ce qu'il finisse, inévitablement, par rejoindre Sayf al-Tha'r.

Sayf al-Tha'r. Ce nom était fiché dans l'esprit de Khalifa comme une banderille dans le dos d'un taureau. C'était lui qui avait dévoyé Ali. Lui qui lui avait fait faire ce qu'il avait fait. Et enfin lui qui l'avait envoyé à la mort en ce terrible jour, quatorze ans auparavant.

Et voilà qu'avec cette affaire tout était revenu au point de départ. Il ne se contentait plus d'enquêter sur une mort, il cherchait une revanche. Sayf al-Tha'r. Il avait tout de suite su que c'était lui. Le passé finit toujours par vous rattraper, aussi vite que l'on coure pour lui échapper.

Un coup d'avertisseur impérieux le ramena à la réalité. Il était resté au milieu de la route, et un car de touristes descendait vers lui en klaxonnant. Il sauta sur le bas-côté, chercha les deux chameaux, mais ils avaient disparu dans un virage. Il alluma une cigarette, laissa passer le car, puis continua son chemin. Devant lui, la route tremblait dans la chaleur de midi.

Le Caire

— Je n'aurais jamais dû te quitter, dit Daniel.
— Ce matin ou il y a six ans ?
Il la regarda.
— Je pense tout particulièrement à ce matin.
Ils étaient revenus dans la chambre d'hôtel. Tara était sur le canapé, les genoux remontés jusqu'au men-

ton. Daniel se tenait près de la fenêtre. Elle avait pris un whisky mais tremblait toujours, le souvenir de ses récentes expériences encore présent à l'esprit.

— Je devais rencontrer quelqu'un au musée, continua-t-il. Ça m'a pris plus de temps que je ne pensais. J'aurais dû te prévenir au sujet des ruelles de ce quartier. Cela peut être dangereux pour les étrangers, surtout les femmes. Il y a des voleurs, des pickpockets...

— Ceux-là n'étaient pas des pickpockets, dit Tara en appuyant son front sur ses genoux. Je les connaissais.

Daniel haussa les sourcils.

— Du moins l'un d'entre eux. Je l'ai aperçu à Saqqarah le jour où j'ai trouvé le corps de papa. Et puis plus tard, à l'hôtel. Ce n'est pas un Égyptien.

— Tu penses qu'on t'a suivie délibérément ?

— Oui.

Il resta d'abord silencieux, puis, traversant la pièce, il s'assit auprès d'elle et lui prit la main.

— Écoute, Tara, ces deux derniers jours ont été une épreuve pour toi. D'abord ton père et maintenant cela. Je pense que peut-être tu interprètes un peu trop...

Elle repoussa sa main.

— Ne me fais pas la leçon, Daniel. Ce n'est pas le produit de l'imagination d'une hystérique. Cet homme me suit. Je ne sais pas pourquoi, mais il me suit.

Elle se releva et alla à la fenêtre, à l'endroit où Daniel s'était tenu, et regarda les toits entremêlés. L'air était chaud. Elle sentait des gouttes de sueur descendre le long de sa poitrine.

— Il a parlé d'une pièce manquante. Il ne cessait de me demander où elle était. Il a l'air de penser que j'ai quelque chose qui lui appartient. Dieu sait ce que c'est, mais il croit que je l'ai...

Elle se retourna.

— Et il pensait que mon père l'avait aussi. Il est allé dans la maison du chantier. Et sans doute dans l'appartement de mon père. Il a laissé derrière lui une odeur de cigare. Il se passe quelque chose, Daniel. Il faut que tu me croies. Quelque chose de terrible.

Il ne répondit rien, se contentant de s'asseoir sur le canapé et de poser sur elle le regard intense de ses yeux marron-noir. Il tira un petit cigare de la poche de sa chemise et l'alluma.

— Il se passe quelque chose, répéta-t-elle en se détournant. Je t'en prie, crois-moi.

Il y eut un bref silence. Puis elle l'entendit se lever et revenir vers elle. Il posa la main sur son épaule. Elle se dégagea. Mais il la remit et cette fois elle ne réagit pas. Elle sentait sur elle la force et la chaleur de sa main.

— Je te crois, Tara, dit-il gentiment.

Il la fit se retourner et la prit dans ses bras. Elle résista, mais pas longtemps. Il était si fort, si rassurant. Elle enfouit son visage dans son épaule et laissa couler ses larmes.

— Je ne sais pas quoi faire, Daniel. Je ne sais pas ce qui se passe. Quelqu'un veut me tuer et je ne sais même pas pourquoi. J'ai essayé de leur en parler, à l'ambassade, mais ils ne me croient pas. Ils pensent que ça vient de mon imagination, mais ce n'est pas ça. Ce n'est pas ça.

— D'accord, d'accord. Tout va bien se passer.

Il la serra dans ses bras sans qu'elle s'y oppose. Elle savait combien il était dangereux d'être si près de lui, mais elle était incapable de s'en défendre. Dehors, on entendit le fort coup de Klaxon d'un car qui se frayait un chemin à travers la foule.

Ils restèrent un moment ainsi avant qu'il la relâche doucement en passant ses doigts sur ses paupières pour en effacer les larmes.

— Ils étaient trois, m'as-tu dit.

Elle acquiesça :

— Deux Égyptiens et un Occidental. Ce type était immense et portait une tache de naissance sur le visage. Comme je te l'ai dit, je l'avais déjà vu. À Saqqarah et devant mon hôtel.

— Répète-moi ce qu'il t'a dit exactement.

— Il m'a demandé où elle était. Il ne cessait de dire : « Où est-elle ? Où est la pièce qui manque ? »

— Quelle pièce ?

— Il a dit quelque chose au sujet de hiéroglyphes.

Les yeux de Daniel se plissèrent.

— De hiéroglyphes ?

— Oui. Il a dit : « Où sont-ils ? Où sont les hiéroglyphes ? »

— Il a bien utilisé ce mot ? Hiéroglyphes ? Tu en es sûre ?

— Je crois, oui. Tout était tellement confus...

Il tira lentement sur le cigare. Un ruban de fumée gris-bleu monta en spirale depuis le coin de sa bouche.

— Les hiéroglyphes ? dit-il plus pour lui-même que pour elle. Les hiéroglyphes ? Quels hiéroglyphes ?

Il tira à nouveau sur le cigare et se mit à aller et venir dans la chambre.

— Tu n'as rien acheté depuis ton arrivée en Égypte ? Pas d'antiquités ou quoi que ce soit d'autre ?

— Je n'en ai pas eu le temps.

— Et tu dis que cet homme est allé dans la maison de chantier de ton père ?

— Oui, j'en suis sûre.

Il s'assit sans rien dire, en se frottant les tempes et en réfléchissant. Une guêpe entra par la fenêtre et se posa sur le bord du verre de whisky de Tara.

— Il est évident qu'ils sont persuadés que tu détiens un objet qui leur appartient, dit-il au bout d'un moment. Et ils croient sans doute que tu l'as parce que ton père l'a eu avant toi. Nous devons donc répondre à deux questions. La première : quel est cet objet ? Et la seconde : pourquoi ont-ils pensé que ton père l'avait ?

Il se dirigea vers le canapé et s'assit, perdu dans ses réflexions. Elle se souvint de l'avoir vu comme cela lorsqu'ils étaient ensemble. Il s'asseyait dans une sorte d'état second, concentré sur un problème, l'esprit tournant comme une machine avec une expression qui tenait à la fois de la grimace et du sourire, comme s'il souffrait tout en éprouvant du plaisir. Il resta silencieux une minute avant de se relever.

— Viens.

Il prit son paquet de cigares et se dirigea vers la porte.

— Où allons-nous ? À la police ?

Il grogna.

— Pas si tu cherches une réponse à tes questions. Ils se contenteront de prendre ta déclaration et n'y penseront plus. Je sais comment ils sont.

— Alors où allons-nous ?

Il atteignit la porte et l'ouvrit.

— À Saqqarah. À la maison de chantier de ton père. C'est par là que nous allons commencer. Tu viens ?

Elle le regarda dans les yeux. Elle y reconnaissait tant de choses ! La force, la détermination, le pouvoir. Mais il y avait aussi autre chose, qu'elle n'avait pas remarquée chez lui auparavant. Il lui fallut un moment pour préciser ce que c'était : la culpabilité.

— Oui, j'arrive, dit-elle en prenant son sac et en le suivant dans le couloir.

Louqsor

En rentrant de Deir el-Bahari pour aller chez lui, Khalifa s'arrêta afin d'aller voir le docteur Masri al-Masri, directeur des antiquités de Thèbes-ouest.

Al-Masri était célèbre dans le service des antiquités. Il y était entré tout jeune homme et, étant donné qu'il avait presque soixante-dix ans, il aurait dû légitimement occuper un rang plus élevé que celui qu'il possédait. En de nombreuses occasions, on lui avait offert des postes plus importants, mais il les avait toujours refusés. Il était né dans cette partie du monde et ressentait une affinité particulière avec ces monuments. Il avait consacré sa vie à leur préservation et à leur protection, et, bien qu'il n'eût aucun titre universitaire, tout le monde l'appelait le Docteur, à la fois par respect et par peur. On disait que le caractère d'Al-Masri était pire que celui de Seth, le dieu égyptien du Tonnerre.

Il était en rendez-vous quand Khalifa arriva, aussi l'inspecteur s'assit-il contre un mur devant le bureau. Il alluma une cigarette et se mit à contempler, de l'autre côté de la rue, les restes du temple funéraire d'Amenhotep III. Derrière lui s'élevaient les éclats de voix d'une dispute.

Il y eut un temps où Khalifa lui-même avait voulu entrer au service des antiquités. Il y serait entré si Ali ne leur avait pas été enlevé, ce qui faisait reposer sur ses seules épaules la responsabilité d'entretenir leur mère. Il était à l'université à l'époque. Pendant un certain temps, il avait essayé de continuer ses études tout en gagnant sa vie comme guide. Mais cela n'avait pas suffi. Surtout lorsqu'il avait épousé Zenab et qu'elle avait été enceinte de leur premier enfant.

C'est ainsi qu'il avait abandonné l'égyptologie pour entrer dans la police. Sa mère et Zenab lui avaient demandé de ne pas le faire, tout comme son tuteur, le professeur al-Habibi, mais il n'avait pas trouvé d'autre moyen d'assurer une vie convenable à sa famille. Le salaire n'était pas bien brillant, mais il était meilleur que celui de jeune inspecteur des antiquités et, au moins, la police lui assurait une certaine sécurité pour l'avenir.

Cela avait été une triste décision. Il en était encore attristé, d'une certaine façon. Il aurait été agréable de travailler parmi les objets et les monuments qui lui étaient chers. Cependant, il n'avait jamais regretté son choix de faire passer avant tout les personnes qu'il aimait. Et puis, il n'y avait pas tant de différences entre l'archéologie et le travail d'enquêteur. Dans les deux cas, il fallait suivre des pistes, analyser des preuves, résoudre des mystères. La seule véritable différence, c'était que les archéologues déterraient des choses merveilleuses, alors que le plus souvent l'inspecteur en exhumait d'horribles.

Il tira sur sa cigarette. La dispute devenait de plus en plus bruyante. On entendait des coups, comme si quelqu'un martelait le bureau de son poing, et brusquement la porte s'ouvrit à la volée et un homme fluet vêtu d'une djellaba malpropre sortit. Il se retourna pour crier :

— J'espère qu'un chien ira crotter sur ta tombe !

Et il quitta l'immeuble en gesticulant, plein de fureur.

— J'espère que deux chiens crotteront sur la tienne ! Et pisseront aussi ! lui lança al-Masri.

Khalifa sourit intérieurement puis, après avoir jeté sa cigarette, il se leva. La porte du bureau était ouverte. Il s'approcha et passa la tête :

— *Ya Doktora ?*

Le vieil homme était assis derrière un petit bureau en contreplaqué sur lequel se dressaient de hautes piles de papiers. Il était grand et mince avec un long visage à la peau foncée et des cheveux bouclés, presque ras. Le type même du natif de la haute Égypte. Il leva les yeux.

— Khalifa, grommela-t-il. Eh bien, entrez, entrez donc.

L'inspecteur entra. Al-Masri lui désigna l'un des fauteuils alignés contre le mur.

— Imbécile de paysan, dit-il en désignant la porte. Nous avons découvert sur l'un de ses champs ce qui ressemble à une annexe du temple mortuaire de Séti Ier, et il veut le labourer pour y planter de la *molochia*[1].

— Il faut bien manger, dit Khalifa en souriant.

— Pas si ça implique qu'on détruise notre histoire, n'est-ce pas ? Qu'il crève de faim, ce barbare ignorant.

Il frappa son bureau des deux mains, ce qui fit tomber une liasse de papiers sur le sol. Il se pencha pour les ramasser.

— Thé ? demanda-t-il, la tête sous le bureau.

— Oui, merci.

Al-Masri appela et un jeune homme entra.

— Apporte-nous deux verres de thé, Mahmoud, s'il te plaît.

Il manipula les feuilles, les plaça sur une pile, puis sur une autre, puis les divisa en deux tas pour mettre chaque moitié sur une pile différente, avant, finalement, d'ouvrir un tiroir et de les y fourrer.

— Au diable ces foutus papiers. De toute façon, je ne les lirai pas.

Il se cala dans son fauteuil et se mit à regarder Khalifa, les mains croisées derrière la tête.

— Alors, que puis-je faire pour vous ? Vous venez me demander un emploi, c'est ça ?

---

1. Plante utilisée dans la cuisine égyptienne.

Le Docteur connaissait l'histoire de Khalifa et il aimait le taquiner, mais toujours avec gentillesse. Bien qu'il n'en parlât pas, il admirait l'inspecteur. Khalifa était l'une des rares personnes qu'il connaissait dont la passion pour l'Antiquité se rapprochait de la sienne.

— Pas précisément, répondit Khalifa en souriant.

Il se pencha en avant, écrasa sa cigarette dans un cendrier posé sur le bureau, puis informa al-Masri du meurtre d'Abou Nayar. Le vieil homme l'écoutait tranquillement en faisant craquer ses doigts derrière sa tête.

— Je suppose que vous n'avez entendu parler de rien ? demanda Khalifa lorsqu'il eut fini.

— Bien entendu, je n'ai entendu parler de rien, grogna al-Masri. Quand par hasard on fait une découverte par ici, nous sommes toujours les derniers à le savoir. On est mieux informé sur la lune.

— Mais il est possible que quelque chose ait été découvert ?

— Bien sûr que c'est possible. Je dirais qu'à ce jour nous n'avons découvert que vingt pour cent de ce que nous a laissé l'Égypte ancienne. Peut-être moins. Les collines thébaines sont remplies de tombeaux qui n'ont pas été découverts. On va en trouver pendant encore cinq cents ans.

Mahmoud revint avec le thé.

— Je pense que cette fois-ci il pourrait s'agir de quelque chose d'important, dit Khalifa en prenant un verre sur le plateau qu'on lui présentait et en y portant les lèvres. Une chose pour laquelle on est prêt à tuer. Ou à garder le secret.

— Par ici, il y a des gens qui tueraient pour deux *shabtis*.

— Non, c'est plus important que ça. Les gens sont effrayés. Nous avons interrogé tous les revendeurs d'antiquités de Louqsor, et ils font dans leur culotte. C'est très important.

Le vieil homme prit son thé et le porta à ses lèvres. Il paraissait détendu, mais Khalifa était sûr qu'il s'intéressait à l'affaire. Al-Masri prit une autre gorgée de thé, posa le verre, se leva et se mit à arpenter la pièce.

— Troublant, marmonna-t-il pour lui-même. Très troublant.

— Avez-vous une idée de ce que cela pourrait être ? demanda Khalifa. Une tombe royale ?

— Hum, non, peu probable. Et même très improbable. La plupart des grandes sépultures royales sont déjà connues, sauf celles de Thoutmosis II et de Ramsès VIII. Et peut-être de Semenkhkarê, si on admet que le corps trouvé en KV 55 est celui d'Akhenaton, ce que personnellement je ne crois pas.

— Je croyais que le tombeau d'Amenhotep Ier était encore inconnu.

— Balivernes. Il est enterré en KV 39, comme le savent tous les archéologues. De toute façon, s'il s'agissait d'une grande sépulture royale, elle se trouverait presque à coup sûr dans la Vallée des Rois, et, là-bas, on ne peut pas dissimuler une découverte, quel que soit le nombre de personnes que l'on tue. Il y a tellement de touristes qu'on peut à peine bouger.

Il tenait ses mains derrière son dos en faisant lentement tourner les pouces. De temps à autre, sa langue sortait pour passer sur sa lèvre inférieure.

— Et la Vallée occidentale ? demanda Khalifa en se référant à une gorge plus étroite, moins fréquentée, qui partait de la vallée principale en son milieu.

— Bien sûr, elle est moins animée, mais néanmoins nous sommes informés quand on fait une découverte par là-bas. Ce n'est pas un coin perdu.

— Une cache de momies ?

— Il n'en reste plus. Des grandes, du moins, hormis quelques-unes de la fin de la dynastie des Ramsès, et je ne vois pas qui pourrait considérer qu'elles méritent qu'on en vienne au meurtre.

— Une sépulture royale mineure, alors. Un prince, une princesse. Une seconde épouse.

— Encore une fois, ils auraient été enterrés dans la Vallée des Rois ou dans la Vallée des Reines. Près du centre de la nécropole. Ces gens aimaient être ensemble.

Se penchant en avant, Khalifa alluma une cigarette.

— Un ministre ? Un noble ?

— C'est plus probable, admit le vieil homme, mais ça me surprendrait tout de même. Presque tous les tombeaux officiels que nous avons découverts se trouvent dans la vallée ou à proximité. Trop proches pour effectuer des fouilles clandestines. Et ces sépultures contiennent rarement des objets de valeur. Des objets qui ont une valeur historique, certainement, mais pas d'or ou de choses comme ça. Ou du moins pas suffisamment pour qu'on en vienne à tuer quelqu'un. Yuya et Tjuju constituent une exception manifeste, mais c'est la seule.

Il s'arrêta devant la fenêtre, le mouvement de ses pouces ralentissant au point de s'arrêter presque.

— Vous avez réussi à m'intriguer, Khalifa. Que quelqu'un mette au jour une nouvelle tombe n'est pas surprenant en soi. Comme je l'ai dit, les collines en sont pleines. Mais que quelqu'un exhume une tombe dont le contenu vaille qu'on tue et que cette même tombe soit suffisamment à l'écart pour qu'on puisse la garder complètement sous le boisseau, voilà qui sort de l'ordinaire.

— Alors vous n'avez aucune idée de l'endroit où elle pourrait se trouver ?

— Aucune. Bien sûr, on raconte qu'il y a des trésors fabuleux enterrés là-haut dans les collines. On dit que les prêtres de Karnak ont caché tout l'or du temple dans une grotte, quelque part sous le Qurn, pour éviter qu'il ne tombe entre les mains des envahisseurs perses. Dix tonnes, d'après ce qu'on rapporte. Mais ce ne sont que des contes de bonne femme. Non, inspecteur, j'ai bien peur d'être dans le noir tout autant que vous.

Retournant à son bureau, le Docteur s'assit lourdement. Khalifa finit son thé et se leva. Il n'avait pas dormi la nuit de l'avant-veille et il se sentait brusquement épuisé.

— D'accord, d'accord, dit-il. Si vous entendez parler de quelque chose, faites-le-moi savoir. Et pas d'enquête sauvage. C'est un travail pour la police.

Al-Masri eut un geste vague de la main.

— Pouvez-vous sérieusement imaginer que je vais aller tout seul vadrouiller dans ces collines pour essayer de trouver votre tombe ?

— C'est exactement ce que j'imagine, dit Khalifa en adressant un sourire affectueux au vieil homme.

Agacé, al-Masri le fixa d'un air contrarié, puis il eut un ricanement ironique.

— D'accord, inspecteur. Faites comme bon vous semble. Si j'entends parler de quelque chose, vous serez le premier informé.

— *Ma'a salama, ya Doktora.* Que la paix soit avec vous, dit Khalifa en se dirigeant vers la porte.

— Et avec vous, inspecteur. Bien que, si ce que vous m'avez dit de cette affaire est vrai, la paix soit la dernière chose qui vous attende.

Khalifa acquiesça et sortit.

— Oh, inspecteur !

Khalifa tourna la tête.

— Si un jour vous veniez vraiment pour me demander un emploi, je serais très heureux de vous l'accorder. Au revoir.

17

Saqqarah

À Saqqarah, ils prirent un taxi pour sortir de la ville, empruntant presque le même parcours que celui de Tara, deux jours plus tôt. Hassan, l'homme avec qui elle avait trouvé le corps de son père, n'était pas dans son bureau. Mais l'un de ses collègues la reconnut et lui tendit les clés de la maison de chantier. Ils roulèrent le long de l'escarpement, s'arrêtèrent devant la maison et dirent au chauffeur de les attendre.

L'intérieur était sombre et frais. Daniel ouvrit deux fenêtres et poussa les persiennes. Tara promena son regard avec tristesse sur les murs blanchis à la chaux, sur le canapé élimé, sur les frêles rayonnages de la bibliothèque. Elle imaginait combien son père avait dû être heureux ici, et se disait que cette maison faisait maintenant partie de son monde à elle, comme elle avait appartenu au sien. Elle s'essuya les yeux avec sa manche et se tourna vers Daniel, qui examinait un imprimé dans un cadre accroché au mur.

— Que cherchons-nous exactement ? lui demanda-t-elle.

— Un objet d'aspect antique. Avec des hiéroglyphes dessus.

Il s'écarta de l'imprimé pour se mettre à parcourir l'un des rayonnages de la bibliothèque. Tara jeta son sac sur une chaise et entra dans l'une des chambres qui donnaient sur la pièce principale. Il y avait un lit étroit dans un coin, une armoire contre le mur et, accrochée à la porte, une vieille veste de safari tout usée. Elle plongea la main dans les poches et en retira un porte-feuille. Elle se mordit la lèvre. C'était celui de son père.

— La chambre de papa est ici, cria-t-elle.

Il entra et tous deux inspectèrent les affaires de son père. Il n'y avait pas grand-chose, juste quelques vête-ments, des équipements de photographie, deux carnets et, sur une chaise près du lit, un journal intime relié de cuir. Les notes étaient brèves et peu instructives. Elles concernaient presque exclusivement les progrès de son travail de la saison. Tara, désignée par la lettre T, y était plusieurs fois mentionnée. La dernière datait du jour de son arrivée en Égypte :

Au Caire ce matin. Rendez-vous à l'Université amér. pour le cours de l'année prochaine. Déjeuné au service des antiquités. Courses l'après-midi Khan al-Khalifi pour l'arrivée de T. Retour à S en fin d'après-midi.

Et c'était tout. Il n'y avait rien qui puisse jeter quel-que lumière sur les événements récents. Ils reposèrent le journal.

— Peut-être ont-ils déjà trouvé ce qu'ils cher-chaient, dit-elle.

— J'en doute. Dans ce cas, pourquoi t'auraient-ils poursuivie ?

— Comment savons-nous que c'est ici et pas au Caire ?

— Nous ne le savons pas. Je suppose simplement que, quel que soit cet objet, ton père ne l'avait que depuis quelques jours. Et comme il a vécu ces trois derniers mois à Saqqarah, il est logique de commencer par chercher ici. Allons voir les autres pièces.

Ils passèrent une heure à fouiller la maison en regardant dans chaque tiroir, dans chaque meuble, se mettant même à genoux pour jeter un coup d'œil sous les lits. Sans succès. À part le matériel photographique, il n'y avait rien qui puisse intéresser ne serait-ce qu'un voleur ordinaire.

— J'ai dû me tromper, finit par dire Daniel sur un ton qui laissait percer la déception.

Tara se trouvait dans l'une des chambres. Pendant toute la durée de la recherche, elle s'était sentie stimulée. À présent, elle se sentait accablée par une fatigue soudaine. La peine que lui causait la mort de son père, un instant oubliée, revenait plus intense que jamais, avec un sentiment envahissant de perte et d'abandon. Elle se passa les mains dans les cheveux, s'assit lourdement sur le lit et s'appuya contre l'oreiller. Il y eut un bruit de froissement. Elle se redressa pour écarter l'oreiller. Sur le drap, il y avait un morceau de papyrus plié avec son prénom, Tara, écrit à l'encre noire. Elle l'ouvrit et le lut.

— Daniel ! appela-t-elle. Viens voir !

Quand il entra dans la chambre, elle lui tendit la feuille. Il lut à haute voix :

Un parmi huit, premier maillon d'une chaîne,
Clé pour clé, comme les marches d'un escalier,
Au bout, une récompense, une chose cachée,
Mais est-ce trésor ou seulement vieux ossements ?
Les dieux pourraient t'aider, si tu le leur demandes
poliment,
Imhotep, peut-être, ou bien Isis ou Seth,
Mais moi je chercherais un peu plus près de la maison,
Car personne n'en sait plus que le vieux Mariette.

— Tu n'es pas un peu vieille pour les chasses au trésor ? demanda-t-il.

— Lorsque j'avais quinze ans, mon père a organisé une chasse au trésor pour mon anniversaire, dit-elle en souriant tristement à l'évocation de ce souvenir. Cela a été l'une des rares occasions où j'ai senti qu'il s'intéressait vraiment à moi. Je pense que c'est sa façon d'essayer de guérir les vieilles blessures. D'offrir la paix, en quelque sorte.

Daniel se pressa contre son épaule pour regarder à nouveau le papyrus.

— Je me demande... dit-il pour lui-même.

— Tu penses que, peut-être...

— La récompense dont parle ton père est la chose que nous cherchons ? Je ne sais pas. Mais ça mérite tout de même qu'on en ait le cœur net.

Il retourna dans la pièce principale.

— Mariette, c'est Auguste Mariette, dit-il par-dessus son épaule. L'un des pères fondateurs de l'égyptologie. Il a beaucoup travaillé ici, à Saqqarah. Il a découvert le Serapeum.

Tara le suivit. Il était devant l'imprimé qu'il avait examiné auparavant.

— Auguste Mariette, dit-il.

L'image représentait un homme portant la barbe, en costume, avec la coiffure traditionnelle des Égyptiens. Daniel prit le cadre et le retourna. Il y avait un autre papyrus plié, fixé par du ruban adhésif.

— Bingo, dit-il les yeux brillants.

— Allez, vas-y, ouvre-le, dit Tara que l'excitation ranimait.

Il détacha et déplia la feuille sur laquelle on lisait :

Une reine pour un pharaon, mais pharaon elle-même,
Régna entre son mari et le fils de son mari,
Néfertiti est son nom, un beau nom,
Et avec elle la belle est arrivée.
Mari hérétique, maudit Akhenaton,

*Abandonné par les dieux parce qu'il avait abandonné
les dieux,
Ils ont vécu ensemble, mais où a-t-elle vécu ?
La réponse, tu la trouveras peut-être dans un livre.*

— Qu'est-ce que ça peut bien vouloir dire ?
demanda Tara.

— Néfertiti était l'épouse principale du pharaon
Akhenaton, expliqua-t-il. Son nom voulait dire : « la
belle est arrivée ». Après la mort d'Akhenaton, elle prit
le nom de Semenkhkarê et exerça le pouvoir en tant
que pharaon de plein droit. C'est Toutankhamon, le fils
d'un autre lit d'Akhenaton, qui lui succéda.

— Évidemment, grommela Tara.

— Les générations suivantes ont reproché à Akhenaton d'avoir abandonné les dieux traditionnels de
l'Égypte et d'y avoir substitué la croyance en un seul
dieu : Aton. Néfertiti et lui ont construit une nouvelle
capitale à deux cents kilomètres au sud d'ici. Elle
s'appelait Akhetaton, l'horizon d'Aton, mais aujour-
d'hui on la désigne par son nom arabe, Tell el-Amarna.
J'y ai fait des fouilles.

Il se dirigea vers la bibliothèque.

— J'ai l'impression que nous devons trouver un
livre sur Amarna.

Elle le rejoignit et tous deux parcoururent rapidement les livres du regard. Plusieurs titres comprenaient
le mot « Amarna », mais ils ne contenaient aucun message. Il y avait une étagère garnie de livres dans l'une
des chambres, mais leur recherche n'aboutit pas davantage. Tara exprima sa déception :

— Ça, c'est typique de papa. Si je ne parviens pas
à trouver les messages avec l'aide d'un égyptologue,
quelles chances aurais-je eues de les trouver toute
seule ? Il n'a jamais pu comprendre que rien de tout
ça ne m'a jamais intéressée.

Daniel n'écoutait pas. Il était accroupi, les yeux plissés.

— Où a-t-elle vécu ? marmonnait-il. Où Néfertiti a-t-elle vécu ?

Soudain, il bondit sur ses pieds.

— Je suis un imbécile ! s'écria-t-il.

Il se précipita dans la pièce principale, s'agenouilla devant la bibliothèque et parcourut du doigt les rangées de livres. Il en sortit un, un mince volume.

— Je cherchais trop loin. L'indication était plus littérale qu'elle n'en avait l'air.

Il leva le livre en indiquant son titre : *Néfertiti a vécu ici.* Il souriait, content de lui.

— C'est sans doute le meilleur livre jamais écrit sur les fouilles. Par Mary Chubb. Je l'ai rencontrée une fois. Une femme fascinante. Voyons ce que dit le message.

Les vers, qui concernaient les dynasties de l'Égypte ancienne, furent plus faciles à décrypter. Ils les conduisirent dans la cuisine, à un poster représentant le masque mortuaire de Toutankhamon. Le cinquième message se trouvait à l'intérieur d'une amphore, dans l'une des chambres à coucher. Le sixième était fixé dans le conduit de la cheminée et le septième caché derrière la chasse d'eau. Le huitième et dernier se trouvait à l'intérieur d'un rouleau de papier calque, dans un meuble de la pièce principale. Leur curiosité était à son comble. Ils lurent ensemble la dernière série de vers en butant sur les mots dans leur hâte d'en découvrir le sens.

Le dernier enfin, huitième sur huit,
Le plus dur de tous. Sers-toi de ta tête.
Près de là où tu es, mais pas à l'intérieur,
Un banc pour les morts, vieux de cinq mille ans,
Quinze pas au sud (ou quinze au nord),

Frappe au centre, et sers-toi de tes yeux,
Cherche le signe d'Anubis le Chacal,
Car c'est Anubis qui garde la récompense.

— Le banc pour les morts ? demanda-t-elle.

— Le mastaba. C'est une tombe rectangulaire en brique crue. C'est aussi un banc en arabe. Allons, viens.

Elle prit son sac et le suivit à l'extérieur. Après la fraîcheur de la maison, la canicule de dehors lui fit faire la grimace. Le chauffeur du taxi avait placé sa voiture dans une zone d'ombre devant le bâtiment et il s'était endormi, le siège incliné, les deux pieds nus à la fenêtre.

Daniel examina les alentours, se protégeant les yeux avec la main, puis il désigna un monticule oblong qui émergeait du sable à cinquante mètres devant eux, sur la gauche.

— C'est sans doute là, dit-il. Je n'aperçois pas d'autres mastabas.

Ils traversèrent la piste et se dirigèrent vers le monticule. Tandis qu'ils s'en approchaient, Tara vit qu'il était constitué de briques crues marron, usées par les intempéries. Daniel se plaça à l'un des coins et compta quinze pas le long de son côté. Le sommet du mastaba lui arrivait à hauteur du cou.

— C'est quelque part par là, dit-il en montrant le milieu du mur. Cherchons une image de chacal.

Ils s'accroupirent et parcoururent du regard la surface inégale. Tara la trouva presque tout de suite.

— Je l'ai !

Gravée sur l'une des briques, à peine distincte, on voyait l'image d'un chacal allongé, les pattes en avant, les oreilles dressées. La brique ne tenait pas bien. En la saisissant avec ses doigts, Tara se mit à l'extraire du mur. Il était évident qu'elle avait déjà été retirée, car elle sortit facilement et révéla une cavité profonde.

Daniel releva sa manche, vérifia qu'il n'y avait pas de scorpions et passa sa main dans le trou. Il en retira une boîte plate en carton, la posa sur ses genoux et défit la ficelle qui l'entourait.

— Qu'est-ce que c'est ? demanda Tara.

— Je ne sais pas. C'est lourd. Je pense que ce pourrait être...

Une ombre venue d'en haut les recouvrit tandis qu'un déclic se faisait entendre. Surpris, ils regardèrent. Debout sur le mastaba, pistolet-mitrailleur à la main, se tenait un homme barbu, vêtu d'une djellaba noire, avec un turban qui lui couvrait le front. Il leur fit signe de se relever en criant quelque chose en arabe.

— Que dit-il ? demanda Tara d'une voix nouée par la peur.

— La boîte, répondit Daniel. Il veut la boîte.

Il se redressa en tendant la boîte à l'homme. Tara retint son bras.

— Non !

— Quoi ?

— Pas avant que nous sachions ce qu'elle contient.

L'homme parla à nouveau en agitant son arme. Daniel essaya de tendre le bras, mais Tara le ramena en arrière.

— J'ai dit « non ». Pas avant que nous sachions pourquoi ces gens font tout ça.

— Nom d'un chien, Tara, ce n'est pas un jeu ! Il va nous tuer. Je les connais !

L'homme commençait à s'agiter. Il pointa le pistolet-mitrailleur vers la tête de Tara, puis vers celle de Daniel, puis vers le sommet du mastaba. Il tira une brève rafale dans les briques, ce qui projeta de la poussière sur ses pieds et sur le visage de Tara et de Daniel. Celui-ci dégagea son bras et jeta la boîte sur le haut de la tombe.

— Laisse, Tara. Je veux savoir ce qu'il y a dedans

tout autant que toi, mais fais-moi confiance, il vaut mieux la laisser.

Gardant son arme braquée sur eux, l'homme s'accroupit et se mit à chercher la boîte d'une main. Elle était légèrement sur sa gauche, si bien qu'il ne la trouvait pas. Il baissa les yeux. Au même instant, sans se rendre compte de ce qu'elle faisait, Tara lança son bras en avant, saisit la djellaba et tira. L'homme poussa un cri et bascula en avant par-dessus le bord du *mastaba*. Il tomba la tête la première sur le sable entre eux deux. Son cou tordu formait un angle bizarre.

Tout d'abord, ils restèrent immobiles. Puis, après avoir jeté un coup d'œil à Tara, Daniel s'agenouilla et prit le poignet de l'homme, cherchant le pouls.

— Il est évanoui ? demanda-t-elle en murmurant sans savoir pourquoi.

— Il est mort.

— Oh, mon Dieu !

Elle mit ses mains devant sa bouche. Daniel regarda le corps, puis il tendit le bras pour relever l'*imma* en laine noire. Une profonde cicatrice verticale apparut sur le front de l'homme. Il la contempla quelques secondes, se releva brusquement et prit Tara par le bras.

— On s'en va d'ici.

Il se mit à la tirer mais, au bout de deux mètres, elle se libéra et revint d'un bond vers le mastaba, où elle s'empara de la boîte.

— Pour l'amour du ciel ! s'écria Daniel en la prenant par l'épaule. Laisse-la ! Il se passe quelque chose ici... Tu ne comprends pas... Ils sont certainement plusieurs...

Elle se dégagea.

— Ils ont tué mon père, répliqua-t-elle d'un ton de défi. Fais ce que tu veux, mais je ne leur laisserai pas cette boîte ! Tu comprends, Daniel ? Ils ne l'auront pas.

Ils se regardèrent dans les yeux, puis elle l'écarta et

se dirigea vers la maison, glissant la boîte dans son sac tout en marchant. Daniel la regarda partir, le visage contracté par une rage impuissante. Il finit par la suivre en bougonnant.

Les coups de feu avaient réveillé le chauffeur. Il les regardait, debout sur la piste.

— Que se passe-t-il ? demanda-t-il lorsqu'ils furent près de lui.

— Rien, lança Daniel. Emmène-nous au Caire.

— J'ai entendu pistolet.

— Démarre donc !

Il y eut une brève rafale. Ils virent deux hommes en noir qui couraient vers eux sur la piste. Une autre brève rafale, de derrière cette fois. Deux silhouettes étaient sorties du désert et se dirigeaient vers eux, formant deux taches noires sur le jaune éblouissant du sable. Le chauffeur poussa un cri et se jeta à terre.

— Je t'avais bien dit qu'il y en avait d'autres ! hurla Daniel. À la maison ! Vite !

Il lui prit le bras et ils coururent jusqu'à la maison. Une balle frôla la tête de Tara, une autre souleva de la poussière juste devant eux. Ils atteignirent le côté de la maison et bondirent sur la terrasse. Au-delà, une pente de sable très raide descendait vers un village dont les habitants étaient sortis de leurs maisons pour regarder d'où venait le vacarme.

— Descends, cria Daniel.

— Et toi ?

— Descends, je te suivrai.

— Je ne veux pas te quitter.

— Dépêche-toi !

On entendit un bruit de course. Daniel chercha éperdument autour de lui, aperçut une vieille *touria* appuyée contre un banc. Il la prit et courut en rasant le mur de la maison. Le bruit de pas était plus fort. Il leva la houe, respira et la balança aussi fort qu'il put

173

au moment où l'un des poursuivants passait le coin. La pointe de fer frappa le visage de l'homme avec un craquement sinistre et le rejeta en arrière dans les broussailles. Sa main tenait toujours le Heckler & Koch. Daniel bondit en avant et le lui arracha.

— Allons-y ! cria-t-il. Tant que nous avons une chance !

Ils allèrent jusqu'au bout de la terrasse, sautèrent et dévalèrent la pente dans une pluie de poussière. Tara serrait son sac contre elle. En bas, il y avait une bande de sable, puis une piste et le village qui s'étendait à la lisière d'une plantation de palmiers. Une voiture venait vers eux en cahotant. Daniel lui fit de grands signes. Le chauffeur ralentit puis freina brutalement quand il vit le pistolet-mitrailleur. Des coups de feu retentirent. Daniel se retourna et tira. Les villageois s'égaillèrent en poussant des cris. Il tira encore en balayant l'escarpement, laissant son doigt sur la détente jusqu'à ce que le magasin soit vide, puis il jeta l'arme et retourna à la voiture. Le chauffeur s'en était extrait en laissant le moteur tourner. Daniel se mit d'un bond derrière le volant.

— Monte ! cria-t-il à Tara. Monte vite !

Elle grimpa sur le siège du passager, et il écrasa l'accélérateur. La voiture partit sur la piste en projetant des graviers. Une balle brisa la vitre arrière, une autre troua le capot. Ils dérapèrent sur un nid-de-poule et un instant ils crurent qu'ils allaient heurter un mur, mais Daniel parvint à redresser et ils s'éloignèrent à toute vitesse tandis que les pistolets-mitrailleurs continuaient à crépiter derrière eux et que la maison disparaissait dans un nuage de poussière.

— Je ne sais pas ce qu'il y a dans ta boîte, dit Daniel d'une voix haletante, mais après tout ce cirque j'espère que ça en vaut la peine !

18

Louqsor

Quand Khalifa arriva à son domicile au milieu de l'après-midi, il se sentait tellement épuisé qu'il pouvait à peine garder les yeux ouverts.

Dès qu'il eut franchi la porte, son fils lui sauta dessus.

— Papa ! Papa ! Est-ce que je peux avoir une trompette pour Abou el-Haggag ?

Les festivités d'Abou el-Haggag devaient commencer deux jours plus tard. Pendant des semaines, Ali et ses camarades d'école avaient décoré un char pour la procession des enfants, et le jeune garçon pouvait à peine contenir son excitation.

— Je peux ? cria-t-il en s'accrochant à la veste de Khalifa. Mustapha en a eu une. Et aussi Saïd.

Khalifa l'attrapa et lui ébouriffa les cheveux.

— Bien sûr que tu peux.

Ali se mit à s'agiter dans ses bras, ravi.

— Maman ! cria-t-il. Papa dit que je peux avoir une trompette pour Abou el-Haggag !

Khalifa balança l'enfant sur son épaule, passa devant le matériel de construction dans la pièce de devant et entra dans le salon. Zenab était sur le canapé avec le bébé. Auprès d'elle se trouvaient sa sœur Sama et le mari de celle-ci, Hosni. Khalifa pesta intérieurement.

— Bonjour Sama ! Bonjour Hosni ! dit-il en posant son fils.

Hosni se leva et les deux hommes s'étreignirent. Ali les contourna pour aller se cacher derrière le canapé.

— Ils reviennent à l'instant du Caire, dit Zenab sur un ton qui comportait un léger reproche.

Elle demandait sans cesse à Khalifa de l'emmener passer quelques jours dans la capitale, mais il avait toujours une bonne raison pour ne pas organiser le voyage. De toute façon, ils n'en avaient pas vraiment les moyens.

— Nous y sommes allés en avion, c'est tellement plus rapide que le train, dit Sama qui voulait leur en mettre plein la vue.

— C'était pour affaires, ajouta Hosni. Je devais rencontrer de nouveaux fournisseurs.

Hosni travaillait dans les huiles de table et il parlait rarement d'autre chose.

— Je te le dis, continua-t-il, nous devons nous battre pour faire face à la demande en ce moment. Les gens ont besoin de manger et pour manger il leur faut de l'huile de table. C'est un marché captif.

Khalifa prit un air qui, espérait-il, exprimait l'enthousiasme.

— Je ne sais pas si Zenab te l'a dit, mais nous allons lancer une nouvelle huile de sésame. Elle est un peu plus chère que l'huile normale, mais la qualité est exceptionnelle. Je pourrai t'en envoyer deux bidons, si tu veux.

— Je te remercie, dit Khalifa. Cela nous ferait un grand plaisir, n'est-ce pas, Zenab ?

Il regarda sa femme, qui souriait avec suffisance. Elle était toujours amusée de le voir faire des efforts pour paraître s'intéresser au travail de Hosni.

— Viens, Sama, dit-elle en se levant, laissons les

hommes parler entre eux. Veux-tu un verre de *karka-day*[1], Hosni ?

— Très volontiers.

— Youssouf ?

— S'il te plaît.

Les deux sœurs disparurent dans la cuisine. Khalifa et Hosni restèrent assis en s'évitant du regard, embarrassés. Il y eut un long silence.

— Alors, comment vont les forces de police ? demanda Hosni. Tu as attrapé des assassins aujourd'hui ?

Son beau-frère s'intéressait encore moins au travail de Khalifa que ce dernier ne s'intéressait à celui de Hosni. À dire vrai, il faisait preuve d'une certaine condescendance envers l'inspecteur. Travailler durant toutes les heures que Dieu nous donne pour un aussi maigre salaire ! Il était évident que Zenab avait épousé un homme au-dessous de sa condition. Bien entendu, elle aurait pu trouver pire. Mais elle aurait pu aussi trouver bien mieux. Quelqu'un travaillant dans les huiles de table, par exemple. Là était l'avenir. Un marché captif. Et avec cette nouvelle huile de sésame, ça pourrait vraiment décoller.

— Non, pas aujourd'hui, disait Khalifa.

— Pardon ?

— Je n'ai pas attrapé d'assassins aujourd'hui.

— Bon, dit Hosni. C'est bien, ou plutôt c'est mal.

Il s'arrêta, gêné, pour tenter de retrouver le fil de la conversation.

— Hé, j'ai entendu dire que tu avais fait une demande d'avancement. Tu penses que tu vas l'avoir ?

Khalifa haussa les épaules.

— *Inch Allah*. Si Dieu le veut.

1. Infusion de fleurs d'hibiscus.

— J'aurais cru que ça dépendait plutôt de ton patron !

Hosni se mit à rire bruyamment de sa propre plaisanterie tout en frappant le canapé.

— Sama ! appela-t-il. Hé, Sama ! Youssouf a dit qu'il obtiendrait une promotion si Dieu le veut et je lui ai répondu que c'était plutôt si son patron le veut.

Un grand éclat de rire parvint de la cuisine. À l'évidence, Sama trouvait elle aussi le commentaire très drôle. Ali sortit de derrière le canapé et se prépara à frapper la tête de Hosni avec un coussin. Mais Khalifa le regarda, et l'enfant disparut.

— Où en est la fontaine ? demanda Hosni en cherchant quoi dire après un long silence.

— Pas mal. Tu veux voir ?

— Pourquoi pas.

Les deux hommes se rendirent dans l'entrée et se tinrent parmi les sacs de ciment et les pots de peinture, le regard baissé sur le bassin en plastique d'aspect plutôt minable qui, selon les espoirs de Khalifa, deviendrait un jour une fontaine.

— C'est un peu exigu, fit observer Hosni.

— Il y aura plus de place quand toutes ces cochonneries seront enlevées.

— Par où arrive l'eau ?

— Par un tuyau branché sur la cuisine.

Hosni se gratta le menton. Cette entreprise le déconcertait.

— Je ne comprends pas pourquoi tu ne...

Il fut interrompu par Ali qui choisit ce moment pour débouler derrière eux en renversant un pot où des pinceaux trempaient dans du white-spirit. Un liquide visqueux et grisâtre se répandit sur le sol de ciment.

— Fais attention, Ali ! s'écria Khalifa. Zenab ! Apporte une serpillière, veux-tu ?

Sa femme vint voir le désordre.

— Je ne vais pas gâcher une serpillière pour éponger ça. Prends un journal.

— Je n'ai pas de journal.

— J'ai un vieux *al-Ahram* dans mon sac, dit Hosni. Tu peux t'en servir.

Il alla chercher le journal dans l'autre pièce et se mit à l'étendre feuille par feuille sur la mare de white-spirit.

— Tu vois, dit-il, ça éponge bien. Merveilleusement absorbant.

Il prit une autre feuille et s'apprêta à la poser. Khalifa lui retint le bras.

— Attends !

Le policier se mit à genoux.

— De quand date ce journal ?

— Hum...

— De quel jour ?

Sa voix était pressante.

— Hier, répondit Hosni nerveusement.

L'un des genoux de Khalifa reposait dans le white-spirit, mais il n'y faisait pas attention. Il était penché en avant, tendu, et lisait un article en bas de la page en suivant les lignes du doigt. Ali vint s'agenouiller auprès de lui et, pour imiter son père, se mit à suivre du doigt les lignes du journal détrempé.

— Hier, dit Khalifa pour lui-même quand il eut fini l'article. Hier. Voyons. Nayar a été tué vendredi, ils sont montés le même jour... Bon Dieu ! s'écria-t-il en sautant sur ses pieds.

Une tache sombre s'étendait lentement sur son genou.

— Bon Dieu ! s'écria Ali en sautant lui aussi.

— Quoi ? dit Hosni. Qu'y a-t-il ?

Khalifa ne lui répondit pas et se précipita dans la cuisine, oubliant complètement sa fatigue.

— Zenab, il faut que je parte.

— Partir ? Où ça ?

— Au Caire.

— Au Caire ?

Elle parut d'abord vouloir lui faire une scène. Mais elle s'approcha et lui posa un baiser sur le front.

— Je vais t'apporter un pantalon propre.

Dans l'entrée, Hosni regarda l'article que Khalifa avait lu. On y voyait la photo d'un horrible vieillard avec un bandeau sur l'œil et, au-dessus, le chapeau suivant : « Un marchand d'antiquités du Caire sauvagement assassiné. » Il opina du chef. Ce genre de chose n'arrivait jamais dans les huiles de table.

19

Le Caire

Ni l'un ni l'autre ne parla pendant le retour au Caire. Daniel se concentrait sur la conduite, regardant nerveusement dans le rétroviseur pour vérifier qu'ils n'étaient pas suivis. Tara gardait les yeux baissés vers le sac posé sur ses genoux. Ce n'est que lorsqu'ils atteignirent la route Gizeh-Le Caire et s'engagèrent dans le flot dense des véhicules qui se dirigeaient vers le centre de la grande ville que Daniel rompit le silence.

— Excuse-moi de te le dire, Tara, mais tu ne comprends pas combien tout cela est dangereux. Ces hommes, c'étaient des partisans de Sayf al-Tha'r. La cicatrice sur le front, c'est leur marque.

Elle jouait distraitement avec la fermeture Éclair de son sac.

— Qui est ce Sayf al-Tha'r ? Je n'arrête pas d'entendre ce nom.

— Un dirigeant fondamentaliste, dit Daniel en faisant un écart pour éviter un cycliste qui zigzaguait sur la route avec un plateau de pâtisseries sur la tête. Son nom veut dire « Epée de la vengeance ». Il prêche un mélange de nationalisme égyptien et d'islamisme fanatique. Personne ne sait grand-chose sur lui, sinon qu'il est apparu à la fin des années quatre-vingt et que depuis il n'a cessé de tuer. Des Occidentaux, principalement.

181

Il a fait sauter l'ambassadeur américain, il y a un an environ. Le gouvernement a mis sa tête à prix pour un million de dollars.

Il jeta un regard vers Tara avec un sourire pincé.

— Beau travail, Tara. Tu t'es fait un ennemi de l'homme le plus dangereux d'Égypte.

Ils restèrent silencieux pendant deux kilomètres, tandis que la ville se refermait sur eux, puis ils atteignirent une voie surélevée et furent pris dans un embouteillage. Au bout de cinq minutes, Daniel poussa un juron, changea de file et se gara dans une rue adjacente encombrée d'ordures. Ils descendirent.

— On devrait essayer de continuer à pied, dit-il en regardant autour de lui. Nous sommes trop exposés. Je ne pense pas qu'ils nous aient suivis, mais on ne sait jamais. Ils sont partout.

Ils se mirent à marcher et arrivèrent à un grillage qui entourait ce que Tara crut d'abord être un grand parc. Elle comprit bientôt que c'était en réalité un zoo. Il y avait une entrée, trente mètres plus loin. Daniel la prit par le bras et la dirigea dans cette direction.

— Entrons ici. Nous courrons moins le risque d'être aperçus. Et il y a un téléphone.

Ils payèrent les vingt piastres des billets d'entrée et franchirent les tourniquets. Le bruit de la ville parut s'arrêter. Soudain tout devenait tranquille. Les oiseaux gazouillaient dans les arbres. Il y avait des familles groupées et des amoureux assis sur les bancs, se tenant la main. D'un endroit proche venait un gargouillis d'eau courante.

Ils prirent une allée ombragée en regardant devant et derrière eux par crainte d'être suivis. Ils passèrent devant un enclos de rhinocéros, une cage aux singes, un bassin d'éléphant de mer et une mare remplie de flamants roses avant d'arriver devant un banian sous lequel se trouvait un banc. Ils s'y assirent. À cinq mètres de là, il y avait une cabine téléphonique et, en face, un éléphant à l'air morose dans une cage. Sa jambe était attachée aux barreaux par une lourde chaîne. Daniel inspecta les allées avoisinantes, puis il prit le sac, l'ouvrit et en retira la boîte.

— Première chose à faire : voir de quoi il s'agit, dit-il.

Il regarda une nouvelle fois autour de lui avant de dénouer la ficelle et d'enlever le couvercle. Un objet plat, enveloppé dans du papier, était posé sur un lit de paille. Un bristol y était collé, avec ces mots :

Tara. J'ai pensé que ça te conviendrait. Affectueusement, comme toujours. Papa.

Il jeta un coup d'œil à Tara, puis retira l'objet de la boîte et déchira le papier. C'était un fragment qui semblait être en plâtre, de forme à peu près carrée avec des bords inégaux. Sa surface était peinte en jaune pâle et comportait trois colonnes de hiéroglyphes noirs ainsi qu'une partie d'une quatrième colonne. Une ligne de serpents à la tête dressée figurait en bas. Tara se dit que c'était pour cela que son père avait choisi ce cadeau.

Daniel retourna la pièce dans sa main avec un air de connaisseur.

— Tu sais ce que c'est ? demanda Tara.

Il ne répondit pas tout de suite, si bien qu'elle dut répéter la question.

— C'est du plâtre de gypse, répondit-il d'un air distrait. Il provient d'une décoration tombale. Les hiéroglyphes appartiennent à un texte plus long. Tu vois, ces mots-là ont été coupés. C'est un travail soigné. Excellent, en fait.

Il souriait comme pour lui-même.

— Est-il authentique ?

— Sans aucun doute. Période tardive, à première vue. Grecque, peut-être, ou romaine. Peut-être occupation perse, pas plus ancienne. Mais ça vient presque certainement de Louqsor.

— Comment peux-tu le dire ?

Il désigna le morceau de papier qui avait servi à emballer l'objet. On y lisait une inscription en arabe.

— *Al-Uqsur*, traduisit-il. Louqsor. Ça vient du journal local.

Elle lui prit le fragment pour le regarder.

— Je ne comprends pas pourquoi papa l'aurait acheté s'il est authentique. Il méprisait le commerce des antiquités et n'arrêtait pas de parler de tous les dommages qu'il causait.

— Il a dû penser que c'était un faux. Après tout, ce n'est pas sa période. À moins d'être un expert de l'art funéraire des dynasties tardives, il est bien difficile de voir la différence. S'il provenait du royaume ancien, il l'aurait tout de suite reconnu.

— Pauvre papa, soupira-t-elle. Il aurait été catastrophé s'il avait su.

Elle lui rendit le fragment.

— Alors, que disent les hiéroglyphes ?

Il posa l'objet sur ses genoux et examina le texte.

— Ils se lisent de droite à gauche. La première colonne signifie *abed*, qui veut dire « mois », et puis ces marques désignent le chiffre « trois », ensuite il y a *peret*, qui est l'une des divisions de l'année égyptienne et correspond à peu près à l'hiver. Donc, *au troisième mois de peret.* Après, nous avons... on dirait une sorte de nom propre, *ib-wer-imenty*, « Grand Cœur de l'Ouest » ; *ib-wer*, « grand cœur » ; *imenty*, « de l'ouest ». Ce n'est pas vraiment un nom, plutôt un surnom. Certainement pas celui d'une personne de rang royal. Je n'en ai jamais entendu parler.

Il réfléchit, en se répétant le nom, puis déplaça son doigt sur la deuxième colonne.

— Ce mot en haut est *mer*, qui signifie « pyramide ». Puis *iteru*, qui est une ancienne unité de mesure, et le nombre « quatre-vingt-dix ». Donc, *la pyramide de quatre-vingt-dix iteru*. Après, la colonne suivante commence avec ce qui ressemble à *kheper-en*, bien que les deux hiéroglyphes du haut ne soient pas entiers.

Il leva le fragment à la lumière.

— Non, c'est bien *kheper-en*, « il advint », et ensuite *dja wer*, « une grande tempête ». Après, ce signe tronqué sur la gauche semble être un autre nombre, bien qu'il soit impossible de dire lequel. Et c'est tout.

Il continua à regarder le fragment en le retournant dans ses mains et en remuant la tête, puis il le remit dans sa boîte et glissa celle-ci dans le sac de Tara.

— S'il provient bien d'une tombe thébaine de la période tardive, c'est certainement un objet rare, dit-il. Il n'y a pas beaucoup de décorations tombales peintes postérieures au nouveau royaume. Mais, malgré tout, je doute qu'il vaille plus de quelques centaines de dollars. On ne tue pas pour cela.

— Alors pourquoi ces gens le veulent-ils ?

— Dieu seul le sait. Ils veulent peut-être la version complète d'un texte dont il fait partie. Quant à savoir pourquoi ce texte a tant d'importance, je n'en ai aucune idée.

Il tira un petit cigare de la poche de sa chemise, l'alluma et se leva en exhalant la fumée.

— Attends-moi ici.

Il alla à la cabine téléphonique, décrocha le récepteur, introduisit une carte dans la fente et composa un numéro. Tout d'abord il la regarda, puis il se détourna et se mit à parler. Cela dura presque trois minutes. À un moment, il parut faire des gestes de colère, après quoi il raccrocha et retourna vers le banc. Tara remarqua que son front était couvert de sueur.

— Ils sont allés à mon hôtel. Ils étaient trois. Ils ont mis la chambre sens dessus dessous. Le propriétaire était terrifié, pauvre diable. Quelle histoire !

Il se pencha en avant et se frotta le visage avec les mains. Une petite fille arriva en courant, les regarda et partit en riant. Quelque part dans les environs, un singe hurlait.

— Nous devrions alerter la police, dit Tara.

— Après avoir volé une voiture et tué deux citoyens égyptiens ? Elle est bien bonne.

— Nous nous défendions ! C'étaient des terroristes !

— Ce n'est pas nécessairement comme cela que la police verrait les choses. Crois-moi. Je sais comment ils raisonnent.

— Il le faut...

— Je t'ai dit non, Tara. Ça ne fera qu'aggraver la situation. Si toutefois elle peut être plus grave.

Il y eut un silence tendu.

— Alors quoi ? dit-elle. On ne peut pas se contenter de rester assis sur ce banc.

Autre silence.

— L'ambassade, dit-il enfin. Allons à l'ambassade. C'est le seul endroit sûr.

Tara approuva.

— Tu as le numéro ? demanda-t-il.

Elle fouilla dans sa poche et en sortit la carte que Squires lui avait remise la veille.

— C'est bon, appelle-le. Raconte-lui ce qui se passe. Dis-lui que nous avons besoin d'aide. D'urgence.

Il lui tendit sa carte de téléphone. Elle alla à la cabine et composa le numéro. On décrocha au bout de deux sonneries.

— Charles Squires.

Elle reconnut sa voix apaisante.

— Monsieur Squires ? C'est Tara Mullray.

— Bonjour, mademoiselle Mullray.

Il ne paraissait pas particulièrement surpris de l'entendre.

— Est-ce que tout va bien ?

— Non. Non, pas du tout. Je suis avec un ami et nous...

— Un ami ?

— Oui. Un archéologue. Daniel Lacage. Il connaissait mon père. Écoutez, nous avons des ennuis. Je ne peux vous l'expliquer au téléphone. Il est arrivé quelque chose...

— Pouvez-vous préciser ?

— Quelqu'un essaie de nous tuer.

— Vous tuer !

— Oui, nous tuer. Nous avons besoin de protection...

— Est-ce que cela est en rapport avec l'homme dont vous m'avez parlé hier ? Cet homme dont vous disiez qu'il vous suivait ?

— Oui. Nous avons découvert quelque chose et ils essaient de nous tuer pour cela.

Elle se rendait bien compte que ce qu'elle disait n'était pas clair.

— Bon, dit-il d'un ton apaisant. Essayez de rester calme. Où êtes-vous ?

— Au Caire. Au zoo.

— Où dans le zoo ?

— Hum... près de la cage de l'éléphant.

— Et vous avez l'objet avec vous ?

— Oui.

Il resta silencieux un moment. Elle eut l'impression qu'il avait posé sa main sur le récepteur pour parler à quelqu'un qui se trouvait à côté de lui.

— Bon. Je vous envoie Crispin tout de suite. Vous et votre ami, restez où vous êtes. Vous me comprenez bien ? Restez exactement là où vous êtes. Nous allons venir aussi vite que possible.

— Bien.

— Tout va bien se passer.

— Oui, merci.

— À bientôt.

Et il raccrocha.

— Alors ? demanda Daniel lorsqu'elle se rassit.

— Il envoie quelqu'un. Il dit qu'on doit rester ici.

Il acquiesça, et ils gardèrent le silence. Daniel tirait sur son petit cigare. Tara regardait son sac. Elle ne s'était pas attendue à ce que ce mystérieux objet apporte une réponse à ce qui se passait, mais il paraissait rendre les choses encore plus obscures, comme si un code déjà compliqué était renforcé par une clé supplémentaire. Elle se sentait déroutée et effrayée.

— Peut-être le docteur Jemal peut-il nous aider, dit-elle enfin.

Daniel haussa les sourcils d'un air interrogateur.

— C'est un ancien collègue de mon père, expliqua-t-elle. Je l'ai rencontré hier à l'ambassade. Il saura peut-être pourquoi le fragment a tellement d'importance.

Daniel haussa les épaules.

— Jamais entendu parler de lui.

— Il est directeur adjoint du service des antiquités.

Daniel tira sur son petit cigare.

— Jemal ?

— Oui. Le docteur Sharif Jemal.

— Je n'ai jamais entendu parler d'un docteur Sharif Jemal.

— Tu aurais dû ?

— S'il occupe un poste important au service, oui, bien sûr. Je rencontre ces gars-là tous les jours.

Il leva à nouveau son petit cigare, mais se contenta de le laisser se consumer devant lui.

— Qu'a-t-il dit d'autre, ce docteur Jemal ?

— Pas grand-chose. Il a dit qu'il travaillait avec mon père à Saqqarah. Ils ont trouvé un tombeau ensemble. En 1972. L'année de ma naissance.

— Quel tombeau ?

— Je ne m'en souviens pas. Hotep...

— Ptah-hotep ?

— Oui, c'est ça.

Le petit cigare était toujours suspendu devant la bouche de Daniel. Il la regarda.

— À qui as-tu parlé exactement, Tara ?

— Quoi ?

— À l'ambassade, à qui as-tu parlé exactement ?

— Pourquoi ? Qu'est-ce qui ne va pas ?

Les gouttes de sueur s'étaient multipliées sur le visage de Daniel. On lisait un malaise dans son regard.

— Ton père a découvert le tombeau de ×ah-hotep en 1963. L'année de *ma* naissance. Et l'a trouvé à Abydos, pas à Saqqarah.

Il jeta brusquement son cigare et se leva.

— À qui as-tu parlé exactement ? demanda-t-il d'un ton pressant.

— Charles Squires. L'attaché culturel.

— Et que t'a-t-il dit ?

— Il a simplement dit d'attendre ici. Ils vont envoyer quelqu'un pour nous prendre.

— Tu lui as dit où nous étions ?

— Bien sûr que je lui ai dit où nous étions. Sinon, comment pourraient-ils nous trouver ?

— Et le fragment ? As-tu parlé du fragment ?

— Oui, j'ai...

— Qu'y a-t-il ?

Tara sentit un frisson lui parcourir le dos.

189

— Il m'a demandé si nous avions toujours l'objet avec nous.

— Et alors ?

— Je ne lui ai pas dit que c'était un objet. J'ai simplement dit que nous avions découvert quelque chose.

Il resta d'abord immobile, puis lui prit le bras.

— Partons d'ici.

— Mais c'est incroyable ! Incroyable ! Pourquoi l'ambassade nous mentirait-elle ?

— Je ne le sais pas. Mais ce docteur Jemal n'est manifestement pas celui qu'il prétend être, et il semblerait bien que ton ami l'attaché culturel ne le soit pas non plus.

— Mais pourquoi ? Pourquoi ?

— Je te l'ai dit. Je ne sais pas. Il faut partir d'ici. Viens !

Sa voix trahissait de l'inquiétude. Il prit le sac et ils s'éloignèrent rapidement en contournant la cage de l'éléphant et en suivant un chemin qui conduisait sur un tertre couvert d'arbres. Une fois au sommet, ils s'arrêtèrent pour regarder derrière eux.

— Tu vois !

Il désigna trois hommes, faciles à remarquer à cause de leurs complets et de leurs lunettes de soleil, qui venaient d'arriver devant le banc où Tara et Daniel s'étaient trouvés un instant plus tôt. L'un d'eux alla regarder à l'intérieur de la cabine téléphonique.

— Qui sont-ils ? murmura Tara.

— Je ne sais pas. Mais ils n'ont pas l'air d'être là pour se promener. Ça c'est sûr. Allons-nous-en avant qu'ils nous aperçoivent.

Ils descendirent précipitamment de l'autre côté du tertre et sortirent du zoo. Une fois dans la rue, Daniel héla un taxi dans lequel tous deux s'engouffrèrent.

— J'ai l'impression que nous sommes dans de sales draps, Tara, dit Daniel. Dans de très sales draps.

Squires décrocha avant même la fin de la première sonnerie.

— Oui ?

À l'autre bout du fil, l'autre voix parla rapidement. Il écouta en tenant le récepteur d'une main tandis que de l'autre il défaisait le papier d'un caramel. Lui-même ne parla pas et son visage demeura impassible. Quand son correspondant eut fini, il dit :

— Merci. Continue.

Et il raccrocha.

Le caramel était dégagé de son enveloppe. Au lieu de le mettre dans sa bouche, il le posa soigneusement devant lui sur le bureau, reprit le récepteur et appela rapidement trois numéros. Dans les trois cas, quand on décrocha, il dit simplement :

— Elle est allée le chercher.

Ce n'est qu'après avoir raccroché pour la troisième fois qu'il prit le caramel et le glissa sur sa langue.

Il resta sans bouger, les yeux mi-clos, le bout des doigts joints devant son visage comme s'il était en prière. Quand le caramel fut entièrement dissous, il se pencha en avant, ouvrit un tiroir et en sortit un livre relié. La couverture représentait un mur couvert de hiéroglyphes et avait pour titre : *Les Pratiques funéraires de la période tardive dans la nécropole thébaine.* L'auteur était Daniel Lacage.

Il mit ses lunettes, se cala dans son fauteuil et ouvrit le volume en croisant les jambes et en souriant pour lui-même.

20

Louqsor

— Il y a un lien entre les meurtres, insista Khalifa.
J'en suis sûr.

Il était assis dans un grand bureau d'une propreté
méticuleuse au premier étage du quartier général de la
police à Louqsor. Devant lui, son chef, le commissaire
Abdul ibn-Hassani, était installé dans un extravagant
fauteuil de direction en cuir noir. Khalifa, lui, était sur
un tabouret bas. Cette disposition avait pour but de
souligner la position supérieure de Hassani dans la hiérarchie de la police. Le chef manquait rarement une
occasion de montrer à ses hommes qui détenait le
commandement.

— Bon, répétez-moi tout ça, soupira Hassani. Lentement, cette fois.

C'était un homme corpulent avec des épaules de lut-
teur et des cheveux coupés ras. Il ressemblait vaguement au président Hosni Moubarak, dont le portrait
était accroché au mur derrière lui.

Khalifa et lui ne s'étaient jamais entendus. L'inspecteur n'aimait pas l'obsession de son chef pour
le règlement. Hassani, lui, se méfiait de la formation
universitaire de Khalifa, de sa tendance à suivre son
intuition plutôt que les faits concrets, et de sa fascination pour l'Antiquité. Le chef était un pragmatique. Il

n'avait pas de temps à consacrer à ce qui s'était passé des milliers d'années auparavant. Son affaire, c'était de résoudre des crimes ici et maintenant. On y parvenait par un travail obstiné, par l'attention aux détails, par le respect pour les supérieurs, et non pas en rêvant tout éveillé à des gens aux noms imprononçables qui étaient morts depuis trois millénaires. L'histoire était une distraction, un luxe. Et, à son avis, Khalifa était une personne distraite et portée au luxe. C'est pourquoi il bloquait sa promotion. L'homme n'était pas à sa place. Il aurait dû travailler dans une bibliothèque, pas dans un commissariat de police.

— D'après le journal, dit Khalifa, cet Iqbar a été découvert dans son magasin avec le visage et le corps sévèrement tailladés.

— Quel journal ?

— *Al-Ahram.*

Hassani eut une expression de mépris et lui fit signe de continuer.

— Des blessures identiques ont été trouvées sur notre homme. Nayar vendait des antiquités. Iqbar aussi. Ou du moins il possédait un magasin d'objets anciens, ce qui revient au même. Deux hommes, qui faisaient le même travail, tués de la même façon, à vingt-quatre heures d'intervalle. C'est plus qu'une coïncidence. Surtout si on tient compte du billet de train de Nayar. Il était au Caire la veille du jour où Iqbar a été tué. Il y a forcément un lien.

— Mais avons-nous une preuve concrète ? Je ne veux pas de supposition, je veux des faits.

— Je n'ai pas encore vu le rapport médical du Caire...

— Il se pourrait donc que la façon dont ils ont été tués ne soit pas la même. Vous savez à quel point les journaux exagèrent. Surtout les torchons comme *al-Ahram.*

— Je n'ai pas encore vu le rapport médical du Caire, répéta Khalifa, mais je sais qu'il établira qu'ils ont été tués de la même façon. Les deux affaires sont liées. J'en suis certain.

— Continuez, soupira Hassani d'un air las. Quelle est votre théorie ?

— Je pense que Nayar a découvert un tombeau...

— J'aurais dû me douter qu'on trouverait des tombeaux quelque part !

— Ou bien quelqu'un d'autre en a découvert un et Nayar en a eu vent. En tout cas, il s'agissait d'une grosse affaire. Il est allé au Caire. Il a vendu quelques objets à Iqbar. Il a été payé. Il est rentré chez lui. Il a jeté l'argent par les fenêtres. Il pensait probablement qu'il tenait un filon. Sauf que quelqu'un d'autre savait au sujet du tombeau. Et ce quelqu'un d'autre n'avait nulle envie de partager le butin.

— C'est de la spéculation, Khalifa, de la pure spéculation.

L'inspecteur fit comme s'il n'entendait pas et continua :

— Peut-être Nayar a-t-il pris quelque chose de grande valeur qu'ils ont voulu récupérer. Peut-être le simple fait qu'il ait été au courant au sujet du tombeau a-t-il suffi pour signer son arrêt de mort. Peut-être les deux. En tout cas, ces gens l'ont rattrapé, l'ont torturé pour savoir qui d'autre avait eu vent de la découverte, puis ils sont allés au Caire et ont fait de même avec Iqbar. Et si nous ne les attrapons pas, ils vont s'en prendre à quelqu'un d'autre.

— Et qui sont ces gens ? Qui sont ces fous qui, d'après vous, sont prêts à massacrer les gens pour quelques vieux objets poussiéreux ?

Il avait l'air de se moquer d'un enfant à l'imagination trop fertile. Khalifa attendit avant de répondre :

— J'ai des raisons de soupçonner que Sayf al-Tha'r est impliqué dans l'affaire.

Hassani explosa :

— Pour l'amour de Dieu, Khalifa ! Comme si ce n'était pas assez que nous ayons un tueur en série en maraude sur les bras, voilà que vous ajoutez ce foutu Sayf al-Tha'r. Quelle preuve avez-vous ?

— J'ai une source.

— Quelle source ?

— Quelqu'un qui travaille à Deir el-Bahari. Au temple. Il a été gardien.

— À été ?

— Il a été blessé lors de l'attentat.

— Et maintenant ? Que fait cette source ?

Khalifa se mordit la lèvre. Il savait quelle serait la réaction de Hassani.

— Il s'occupe des toilettes du site.

— Oh, merveilleux ! rugit le chef. La grande source de Khalifa : un préposé aux toilettes.

— Il en sait plus sur ce qui se passe à Louqsor et aux alentours que n'importe qui. On peut lui faire entièrement confiance.

— Je suis sûr qu'on peut, s'il s'agit de gratter la merde. Mais pour un travail d'enquête ? Pardonnez-moi...

Khalifa alluma une cigarette et se mit à regarder par la fenêtre. Le bureau du chef donnait directement sur le temple de Louqsor. C'était l'une des meilleures vues qu'on en puisse avoir dans la ville. Quel dommage qu'on la gâche en la donnant à un imbécile comme Hassani ! se dit-il. De dehors venait l'appel du muezzin invitant les fidèles à la prière de l'après-midi.

— Tous les revendeurs de la ville ont peur, dit Khalifa. Tous ceux à qui j'ai parlé de cette affaire avaient peur. Il se passe quelque chose.

— Il se passe très certainement quelque chose. Dans votre tête, lança Hassani.

— Si je pouvais seulement monter au Caire pour une journée, fouiller à droite, à gauche...

— C'est une fausse piste. Ce Naydar ou quel que soit son nom a été tué par quelqu'un à qui il devait de l'argent... Vous m'avez dit qu'il avait des dettes, n'est-ce pas ?

— Oui, mais...

— Ou par quelqu'un qu'il avait insulté... Vous m'avez bien dit qu'il insultait les gens ?

Khalifa haussa les épaules.

— Et Iqbar a été saigné par un voleur, si toutefois il a été saigné. Ce qu'il n'a pas été, probablement, quand on connaît les reportages d'*al-Ahram*. Ils n'ont pas été saignés par la même personne. Vous y voyez trop de choses.

— J'ai simplement le sentiment...

— Les sentiments n'ont rien à voir avec le travail d'un policier. Les faits, oui. La pensée claire, oui. Les sentiments ne font qu'embrouiller le problème.

— Comme dans l'affaire al-Hamdi ?

Hassani lui jeta un regard furieux.

L'affaire Ommaya al-Hamdi les avait tous marqués. Même Hassani. Son corps avait été trouvé au fond d'un puits. Elle était nue, étranglée. Elle n'avait que quatorze ans.

Un garçon de son entourage, un faible d'esprit, avait été arrêté et, après un interrogatoire serré, il avait avoué. Pourtant, Khalifa avait eu l'impression que les choses n'étaient pas aussi claires qu'il y paraissait. Ses doutes lui avaient valu la colère de Hassani et les quolibets de ses collègues, mais il n'en avait pas tenu compte et avait poursuivi l'enquête tout seul. Il avait fini par établir que le coupable était en fait le cousin de la jeune fille, qui s'était épris d'elle. Son travail ne

196

lui avait apporté aucune considération, mais depuis lors ses intuitions avaient été traitées avec un peu plus de respect.

— D'accord, dit le commissaire. Que demandez-vous exactement ?

— Je veux aller au Caire, répondit Khalifa qui sentait que son patron fléchissait. Me renseigner sur le meurtre d'Iqbar, voir si cette affaire peut éclairer celle dont nous nous occupons. Il ne me faut qu'une journée.

Hassani pivota sur son fauteuil vers la fenêtre. Il tapotait sur le bureau. On frappa à la porte.

— Un moment ! hurla-t-il.

— Je prendrai le train de nuit, dit Khalifa. Ce sera moins cher que l'avion.

— Bien sûr que vous allez prendre le train de nuit, lança Hassani. Nous ne sommes pas une agence de voyages !

Il pivota à nouveau pour faire face à l'inspecteur.

— Un jour. C'est tout ce que vous avez. Seulement un jour. Partez ce soir. Rentrez demain soir. Et je veux trouver un rapport sur mon bureau le lendemain matin. C'est clair ?

— Oui, monsieur.

Khalifa se leva et se dirigea vers la porte.

— J'espère que vous avez raison, gronda Hassani. Pour vous. Car si ce n'est pas le cas, je vais avoir une opinion de vous encore plus mauvaise que celle que j'ai déjà.

— Et si j'ai raison ?

— Foutez le camp !

21

Le Caire

— Vous allez où ? demanda le chauffeur de taxi.
— N'importe où, répondit Daniel. Dans le centre.
— Place Tahrir ?
— Oui, c'est parfait.

Au bout de deux minutes, Daniel se pencha en avant :

— Non, pas place Tahrir. Zamalek. Conduisez-nous à Zamalek. Shari Abdul Azim.

Le chauffeur acquiesça et Daniel reprit sa position.

— Où allons-nous ? demanda Tara.
— Voir mon intermédiaire, Mohammed Samali. Probablement la dernière personne au Caire en qui on puisse avoir confiance, mais je ne vois personne d'autre qui puisse nous aider.

Ils regardèrent par les vitres. Le taxi se frayait lentement un chemin dans la circulation. Au bout d'un moment, Daniel prit la main de Tara. Ils ne parlèrent pas et ne se regardèrent pas.

Zamalek était un luxueux et verdoyant quartier de villas et d'immeubles de grand standing. Ils s'arrêtèrent devant une construction moderne très chic, avec des espaces verts bien entretenus et une entrée vitrée. Après avoir payé, ils montèrent les marches qui donnaient accès à la porte principale. Il y avait un interphone en métal encastré dans le mur. Daniel appuya sur le numéro 43.

Ils attendirent trente secondes et appuyèrent encore. Nouvelle attente, puis une voix retentit dans l'interphone :

— Oui ?

— Samali ? C'est Daniel Lacage.

— Daniel, quelle merveilleuse surprise !

La voix était douce, musicale ; elle zézayait légèrement.

— Vous me trouvez à un mauvais moment. Vous serait-il possible de...

— C'est urgent. Je dois vous parler. Tout de suite.

Il y eut un silence.

— Attendez en bas cinq minutes puis montez. C'est au quatrième, vous le savez.

Au déclic, ils ouvrirent la porte et pénétrèrent dans une entrée garnie d'un tapis. L'air était frais, conditionné. Ils attendirent cinq minutes, comme on le leur avait demandé, et prirent l'ascenseur jusqu'au quatrième. L'appartement de Samali se trouvait au milieu d'un couloir moquetté où des reproductions de monuments anciens étaient accrochées sur les murs. Ils frappèrent, attendirent et perçurent un bruit léger de pas qui approchaient.

— Fais attention à ce que tu dis, murmura Daniel. Et ne sors pas la boîte du sac. Il vaut mieux qu'il ne la voie pas. Samali vendrait sa propre mère s'il pensait pouvoir en tirer un profit. Moins nous lui donnons de précisions, mieux ça vaudra.

Plusieurs verrous furent actionnés et la porte s'ouvrit toute grande.

— Toutes mes excuses pour vous avoir fait attendre. Entrez, je vous prie.

Grand et très mince, Samali était complètement chauve, avec une peau légèrement luisante, comme s'il se servait d'une crème hydratante. Il les conduisit jusqu'à un grand salon sobrement aménagé avec des meubles en cuir et métal. Le plancher était en bois pâle, les murs blancs. Par une porte sur le côté, Tara aperçut deux jeunes garçons dont l'un était vêtu d'un peignoir de bain. Mais la porte se referma aussitôt et ils disparurent de sa vue.

— Je ne pense pas que nous nous connaissions, dit Samali avec un sourire.

— Tara Mullray, dit Daniel, une amie de longue date.

— Enchanté.

Il s'avança d'un pas, prit sa main et la porta à ses lèvres. Ses narines se dilatèrent comme s'il reniflait sa peau. Il lui rendit sa main et leur fit signe de s'installer sur un grand canapé en cuir.

— Un verre ?

— Whisky, dit Daniel.

— Mademoiselle Mullray ?

— La même chose, merci.

Il se tourna vers un coffret à liqueurs. Prenant une carafe, il remplit deux verres, y fit tinter un cube de glace, leur tendit les boissons et s'installa en face d'eux en prenant un fume-cigarette de jade sur lequel il adapta une cigarette.

— Vous ne prenez rien ? demanda Daniel.

— Je préfère regarder, répondit Samali en souriant.

Il alluma la cigarette et aspira longuement. Ses sourcils étaient fins et noirs. Tara remarqua qu'ils étaient soulignés au crayon.

— Eh bien, s'enquit-il, qu'est-ce qui me vaut le plaisir... ?

Daniel lui jeta un regard puis tourna ses yeux vers

la fenêtre tout en tapotant nerveusement le bras du canapé.

— Nous avons besoin d'aide.

— Ça va de soi, dit Samali en continuant à sourire.

Il se tourna vers Tara en croisant les jambes et en lissant son fauteuil de la main.

— Je suis ce qu'on appelle vulgairement un entremetteur, un intermédiaire qui arrange des affaires pas très légales. C'est une espèce très décriée, jusqu'à ce qu'on ait besoin de ses services. Alors, brusquement, il devient indispensable. Cette vocation a ses avantages, dit-il en indiquant le luxueux appartement d'un geste de la main, mais elle est démoralisante. Dans ma profession, on apprend vite qu'on n'est jamais l'objet d'une visite purement amicale. Il y a toujours, comment dire, un sujet à l'ordre du jour.

Il avait dit cela sur le ton de la plaisanterie, mais ses yeux conservaient une lueur froide comme s'il avait bien compris que leur politesse était de pure forme et qu'il ait voulu leur faire savoir que la sienne l'était également. Il renversa la tête en arrière et tira lentement sur sa cigarette en regardant le plafond.

— Alors, dit-il. De quoi avez-vous besoin, Daniel ? Des problèmes avec votre permis de fouilles, c'est ça ? Ou bien peut-être Steven Spielberg a-t-il exprimé le désir de filmer votre travail et vous avez besoin d'aide pour les autorisations nécessaires.

Il gloussa de sa propre plaisanterie. Daniel finit son whisky et posa le verre.

— J'ai besoin d'informations, dit-il sèchement.

— D'informations ? roucoula Samali. Comme il est flatteur qu'un universitaire de votre réputation vienne me voir pour un conseil. Je ne vois vraiment pas ce que je pourrais savoir que vous ne sachiez pas, mais allez-y, posez la question.

Daniel se pencha en avant, ce qui fit craquer le cuir sous lui. Une nouvelle fois il jeta un regard à Samali et une nouvelle fois le détourna vers la fenêtre.

— Je veux m'informer sur Sayf al-Tha'r.

— Quelque chose en particulier ? Ou simplement un aperçu général ?

— C'est au sujet de Sayf al-Tha'r et des antiquités.

Il y eut comme une hésitation de la part de Samali.

— Puis-je vous demander pourquoi ?

— Il vaut mieux que je n'entre pas dans les détails. Pour votre sécurité aussi bien que pour la nôtre. Il existe une antiquité particulière, nous savons qu'il la veut. Nous avons besoin de savoir pourquoi.

— Vous faites bien des mystères, Daniel.

Il leva sa main gauche et se mit à en examiner les ongles. Tara eut l'impression qu'elle entendait murmurer dans la pièce voisine.

— Cette mystérieuse antiquité, ai-je raison de penser qu'elle est dans la boîte qui se trouve dans le sac de Mlle Mullray ?

Ni Tara ni Daniel ne parlèrent.

— Je déduis de votre silence qu'elle y est.

Il s'adressa à Tara.

— Puis-je la voir, s'il vous plaît ?

Elle le regarda, puis elle regarda Daniel et enfin le sac sur ses genoux.

Samali fit entendre un rire venu du fond de sa gorge.

— Il ne fait pas de doute que le docteur Lacage vous a dit de ne pas me la montrer. Une autre leçon que l'on apprend vite dans ce métier, c'est qu'on vous fait très rarement confiance.

Il les observa un instant, puis eut un geste évasif de la main.

— Cela ne porte pas à conséquence. Gardez-le pour vous si vous préférez qu'il en soit ainsi. Simplement, il est plus difficile de répondre à votre question. C'est comme essayer de jouer au poker sans voir toutes les cartes que l'on a en main.

Il se remit à examiner ses ongles.

— Alors vous voulez vous informer sur l'Epée de la vengeance et les antiquités, c'est ça ? Un sujet d'enquête extrêmement dangereux et je me demande ce que...

— Ça va vous rapporter ?

Daniel se leva, prit son verre et alla au coffret à liqueurs pour se servir un autre whisky. Ses mains paraissaient trembler.

— Rien, continua-t-il. Je fais appel à la bonté de votre cœur.

Samali haussa les sourcils.

— Bien, bien. D'abord je deviens la source de toute sagesse, ensuite un grand philanthrope. À la fin de l'entretien, je ne saurai plus qui je suis.

— Je peux vous donner quelques centaines de dollars. Trois, peut-être quatre. Si c'est ce que ça coûte.

— S'il vous plaît, Daniel ! s'exclama Samali. Je me suis peut-être fait moi-même, mais du moins je me suis fait avec un certain style. Je ne suis pas une de ces putains ordinaires qui prennent de l'argent en échange des services rendus. Vous pouvez garder vos quatre cents dollars.

Il tira lentement une fois encore sur son fume-cigarette avec un léger sourire, comme pour savourer l'embarras de Daniel.

— Néanmoins, cela va de soi, rien n'est jamais tout à fait gratuit dans la vie. Et notamment des informations sur quelqu'un d'aussi dangereux que Sayf al-Tha'r. Alors disons simplement que vous me devez quelque chose. Un jour, je vous rappellerai ma dette. D'accord ?

Ils se regardèrent, puis Daniel vida son verre.

— D'accord.

Et il se resservit un autre verre bien tassé avant de regagner le canapé.

La cigarette de Samali était entièrement consumée. Il se pencha pour l'écraser dans un cendrier en métal.

— Il va de soi que je n'ai aucun lien avec l'organisation de Sayf al-Tha'r. Que cela soit bien clair dès le début. Tout ce que je vous rapporte, je ne le sais que par ouï-dire.

— Allez-y.

— Eh bien, dit-il en lissant le cuir de son fauteuil, il semblerait que depuis quelques années notre cher homme finance ses opérations par le commerce clandestin d'antiquités.

Il fixa une autre cigarette sur son fume-cigarette.

— Tout le monde dit qu'il en sait plus sur les objets égyptiens que bien des experts. Ainsi, c'est là une source de revenus pour lui. La seule source, étant donné que ses activités lui ont aliéné à peu près tous les groupes fondamentalistes d'Égypte. Même al-Jihad ne veut pas avoir affaire à lui.

Il se leva et se dirigea lentement vers la fenêtre. Le soleil de l'après-midi se reflétait sur son crâne de sorte que sa tête avait l'air d'être en cuivre bien astiqué.

— C'est une véritable entreprise artisanale, d'après ce qu'on dit. Les objets sont volés lors des fouilles, prélevés dans les tombes récemment découvertes, ou retirés des réserves des musées. Ils sont envoyés vers le sud, au Soudan, et de là ils sont expédiés à des professionnels en Europe ou en Extrême-Orient, qui les vendent à des collectionneurs. L'argent recueilli revient dans la région où il sert à... Bon, je pense que vous savez à quoi il sert.

— Il y a un homme de haute taille, dit Tara, avec une marque de naissance sur le visage.

Samali resta à la fenêtre, à regarder dans la rue.

— Dravitt, dit-il, Drakich, Dravich, quelque chose comme ça. C'est l'œil et l'oreille de Sayf al-Tha'r ici, en Égypte. J'ai bien peur de ne pas pouvoir vous en apprendre beaucoup sur lui. Si ce n'est que ce qu'on dit de lui n'est pas agréable.

Il se retourna vers eux.

— Je ne sais pas ce qu'il y a dans votre boîte, Daniel, mais si, comme vous le dites, Sayf al-Tha'r le veut, alors je peux vous assurer que tôt ou tard Sayf al-Tha'r l'aura. Les antiquités sont sa chair et son sang. Quand il s'agit de s'en procurer, il ne fait pas de sentiment.

— Mais ça n'a même pas de valeur, dit Daniel. Pourquoi veut-il à tout prix mettre la main sur cette chose ?

Samali haussa les épaules.

— Comment puis-je vous le dire puisque vous ne voulez pas me la montrer ? Je ne peux que vous répéter ce que je vous ai déjà dit : si Sayf al-Tha'r la veut, Sayf al-Tha'r l'aura.

Il retourna lentement vers son fauteuil et, ayant sorti son briquet, il alluma sa cigarette.

— Je vais peut-être prendre un verre, après tout, dit-il. L'après-midi est particulièrement chaud.

Il alla au coffret à liqueurs et se servit un verre d'un liquide jaune opalescent.

— Que savez-vous sur l'ambassade britannique ? demanda Tara.

Il y eut un silence puis le son du cube de glace tombant dans le verre.

— L'ambassade britannique ?

Le ton paraissait innocent, mais il s'était élevé à un registre légèrement supérieur, comme si on lui serrait le cou.

— Il semblerait qu'ils veuillent cette chose eux aussi. Du moins l'attaché culturel la veut.

Autre tintement. Samali posa la pince, leva son verre et but une longue gorgée en continuant à leur tourner le dos.

— Qu'est-ce qui peut bien vous faire penser que l'attaché culturel veut votre antiquité ?

— Parce qu'il nous a menti, dit Tara.

Samali but une autre gorgée et retourna à la fenêtre. Il resta longtemps silencieux, puis leur dit :

— Je vais vous donner un conseil, un conseil gratuit. Débarrassez-vous de cette antiquité, quelle qu'elle soit, et quittez l'Égypte. Faites-le vite. Faites-le aujourd'hui. Parce que sinon vous allez mourir.

Un frisson parcourut l'épine dorsale de Tara. D'un geste involontaire, elle prit la main de Daniel. Celui-ci avait la paume moite.

— Que savez-vous, Samali ? demanda-t-il.

— Très peu de chose. Et je suis heureux que cela reste ainsi.

— Mais vous savez quelque chose ?

— S'il vous plaît, dit Tara.

Samali finit lentement sa liqueur, puis se leva en tenant le verre au bout de son bras et en tirant sur sa cigarette. Les fenêtres devaient avoir des carreaux épais car aucun bruit ne parvenait de la rue. Dans la chambre d'à côté, le murmure avait cessé.

— Il existe... comment dire... une voie de passage, dit-il lentement. Pour les antiquités volées. *Via* l'ambassade britannique. Et aussi l'ambassade américaine, si ce que j'ai entendu dire est exact, ce qui n'est peut-être pas le cas. Ce sont de simples rumeurs, vous comprenez. Des rumeurs de rumeurs. Des ombres chinoises. Des objets sont retirés des musées, dit-on. Ils quittent le pays par la valise diplomatique. Sont vendus à l'étranger. Et l'argent est versé sur des comptes secrets. Ça ressemble à un roman d'espionnage.

— Incroyable ! marmonna Daniel.

— Oh, ce n'est que la moitié de l'histoire, dit Samali en se tournant. Les ambassades assurent l'exportation des objets. Cependant, en premier lieu, ce sont nos propres services de sécurité qui organisent leur vol. Ou du moins un élément à l'intérieur de ces services. Cela remonte très haut. Ces gens ont des contacts partout. Ils savent tout. Il se pourrait très bien qu'ils soient en train de nous observer et de nous écouter en ce moment même.

— Il faut prévenir la police, dit Tara. Il le faut.

Samali eut un rire amer.

— Vous n'écoutez pas ce que je vous dis, mademoiselle Mullray. Ces gens *sont* la police. Ils sont la classe dirigeante. Je ne saurais trop insister sur l'étendue de leur pouvoir. Ils vous manipulent sans même que vous vous en aperceviez. En comparaison, Sayf al-Tha'r est notre plus proche allié.

— Mais pourquoi ? demanda Daniel. Pourquoi s'intéressent-ils à cette seule pièce ?

Samali haussa les épaules.

— Comme je vous l'ai dit, je ne peux pas répondre à cette question. Ce que je vois, c'est que d'un côté il y a les ambassades et les services secrets... (il leva la main qui tenait le verre), de l'autre côté Sayf al-Tha'r... (il leva l'autre main) et au milieu, sur le point d'être écrasés en mille morceaux...

— Nous, murmura Tara, l'estomac noué.

Samali sourit.

— Que pouvons-nous faire ? demanda-t-elle. Où pouvons-nous aller ?

L'Égyptien ne répondit pas. Daniel était assis, penché en avant, les yeux fixés au sol. Tara eut l'impression que la boîte posée sur ses genoux pesait une tonne. Elle lui faisait mal aux jambes. Le silence aussi était pesant.

— Nous avons besoin d'un moyen de transport, finit

par dire Daniel. Une voiture, une moto, n'importe quoi. Pouvez-vous nous trouver ça ?

Samali les regarda puis, légèrement adouci, il traversa la pièce, prit un téléphone, composa un numéro et parla rapidement. On entendit un faible murmure à l'autre bout du fil et il raccrocha.

— Il y aura une moto en bas dans cinq minutes, dit-il. Les clés seront sur le contact.

— Combien ? demanda Daniel.

— Oh, c'est gratuit, dit Samali avec un sourire. Je ne voudrais tout de même pas être assez mercenaire pour prendre l'argent d'un homme condamné.

Il faisait tiède dans la pièce, mais Tara tremblait d'une manière incontrôlable.

La moto – une vieille Jawa 350 orange – les attendait comme Samali le leur avait dit. La personne qui l'avait amenée avait disparu. Daniel la fit démarrer. Tara se plaça derrière lui, le sac sur son dos et la boîte dans le sac.

— Alors, où allons-nous ? demanda-t-elle.

— Au seul endroit où nous pouvons découvrir pourquoi ce fragment est si important, dit-il.

— C'est-à-dire ?

— Là d'où il vient. Louqsor.

Il passa une vitesse, mit les gaz, et ils s'éloignèrent dans un rugissement, les cheveux de Tara flottant derrière elle.

Depuis la fenêtre de son appartement, Samali les regarda disparaître au coin de la rue, puis il alla vers le téléphone et composa un numéro.

— Ils viennent juste de partir, dit-il. Et ils ont la pièce avec eux.

Nord-Soudan

L'hélicoptère survola directement le campement et descendit sur une zone aplanie, à une centaine de mètres des tentes. Le souffle des pales faisait voler le sable et le gravier, qui allaient frapper les tentes comme de la grêle. Le jeune garçon qui s'était avancé pour l'accueillir tourna le dos et se couvrit le visage avec son bras. Ce n'est que lorsque l'hélicoptère se fut posé et que le rotor fut presque arrêté qu'il se retourna, courut vers l'appareil et fit glisser la porte latérale.

Un homme en costume froissé en sortit d'un bond, un attaché-case dans une main, un cigare dans l'autre. Le garçon paraissait tout petit auprès de lui.

— Il vous attend, *ya Doktora.*

Tous deux se dirigèrent vers le camp. Le garçon gardait les yeux obstinément baissés pour ne pas voir le visage de l'homme, qui l'effrayait ; surtout cette terrible tache violette sur le côté gauche. L'homme marchait à côté de lui en balançant son attaché-case, indifférent.

Ils contournèrent le camp pour atteindre une tente un peu à l'écart des autres. Le garçon ouvrit le rabat et entra. L'homme, après avoir jeté son cigare, le suivit en s'inclinant pour franchir le seuil.

— Soyez le bienvenu, docteur Dravic, dit une voix. Prendrez-vous du thé ?

Sayf al-Tha'r était assis, jambes croisées, au centre de la tente, le visage dans la pénombre. Il y avait un livre auprès de lui, mais il faisait trop sombre pour voir de quoi il s'agissait.

— Je préférerais une bière, répondit Dravic sur un ton irrité.

— Comme vous le savez, nous ne buvons pas d'alcool, ici. Mehmet, apporte du thé au docteur Dravic.

— Oui, maître.

Et le garçon sortit.

— Asseyez-vous, je vous en prie.

Le géant se pencha en avant et s'assit sur le sol couvert de tapis. On voyait bien qu'il n'en avait pas l'habitude, car il se tortilla pour trouver une position confortable. Finalement, il mit une jambe repliée sous lui et releva l'autre contre sa poitrine.

— Je ne comprends pas pourquoi vous ne pouvez pas vous procurer des chaises, maugréa-t-il.

— Nous préférons vivre simplement.

— Eh bien pas moi.

— Dans ce cas, je vous suggère d'apporter votre propre chaise la prochaine fois.

La voix de Sayf al-Tha'r n'était pas irritée ; elle était ferme seulement. Dravic marmonna quelque chose, mais ne continua pas sur ce sujet. Devant son hôte, il était réservé, déconcerté. Il tira un mouchoir de sa poche et s'essuya les sourcils, qui, durant les deux minutes qui s'étaient écoulées depuis sa sortie de l'hélicoptère, s'étaient imprégnés de sueur.

— Alors ? demanda Sayf al-Tha'r. Est-ce que nous l'avons ?

À l'inverse de Dravic, il restait calmement assis, les mains posées sur les genoux.

— Non. Il était à Saqqarah, comme je l'avais dit, mais la fille est partie avec avant qu'on ait pu l'en empêcher. Deux de nos hommes ont été tués.

— C'est la fille qui a fait ça ?

— Elle, et un type qui était avec elle. Un archéologue. Daniel Lacage.

— Lacage ?

Les yeux verts de Sayf al-Tha'r se mirent à luire dans la pénombre.

— Comme c'est... intéressant. Son livre sur l'ico-

210

nographie funéraire de la période tardive est l'un de mes préférés.

Dravic haussa les épaules.

— Jamais lu.

— Vous devriez, c'est un excellent travail universitaire.

Une ombre d'ennui passa sur le visage du géant. Ce n'était pas la première fois qu'il se demandait pourquoi cet homme faisait appel à ses services alors qu'il avait lui-même une connaissance si étendue de l'Égypte ancienne. C'était comme s'il se moquait de lui, en insistant sur le fait que lui, un Égyptien, en savait bien plus sur son pays que ce qu'un étranger pourrait jamais connaître. Connard de basané. Si ça ne tenait qu'à lui, l'Égypte n'aurait plus de passé. Elle aurait été retournée depuis longtemps et vendue au plus offrant. Son poing se ferma et s'ouvrit, les jointures blanches.

Mehmet revint avec le thé. Il tendit un verre à Dravic et plaça l'autre sur le sol auprès de son maître.

— Merci, Mehmet, attends dehors.

Le garçon ressortit en évitant de regarder Dravic.

— Pourquoi ce Lacage aide-t-il la fille ? demanda Sayf al-Tha'r.

— Dieu seul le sait. Elle est restée avec lui la nuit dernière, ils sont allés à Saqqarah cet après-midi, ont pris la pièce et ont disparu.

— Et maintenant ?

— Je ne sais pas.

— Ont-ils averti la police ?

— Non. En tout cas, nous n'en avons pas entendu parler.

— L'ambassade ?

— Non. Nous l'avons surveillée toute la journée.

— Où sont-ils alors ?

— Dans la lune, peut-être. Comme je vous l'ai dit, ils ont disparu. Ils peuvent se trouver n'importe où.

— Est-ce qu'eux-mêmes sont à la recherche de la récompense ? C'est ça ?

— Écoutez, je n'en sais rien, vous comprenez ! Je ne lis pas dans le marc de café.

La bouche de Sayf al-Tha'r se contracta légèrement. C'était le premier signe de mécontentement qu'il laissait paraître.

— Il est bien dommage que vous n'ayez pas fait plus attention à Saqqarah, docteur Dravic. Si vous aviez été moins brutal avec le vieil homme, nous nous serions peut-être épargné bien des ennuis.

— Je vous l'ai dit. Ce n'était pas ma faute, répondit le géant. Je n'ai pas posé le petit doigt sur ce vieux crétin. Nous l'avons attendu dans la maison, mais, avant même qu'on ait pu lui poser des questions, il a eu cette attaque cardiaque. Il a jeté un regard sur la truelle et il est tombé mort juste devant moi. Je ne l'ai pas touché.

— Alors il est bien dommage que vous n'ayez pas fouillé la maison plus complètement.

— La pièce n'était pas dans la maison. C'est pour cela qu'on ne l'a pas trouvée. Il l'avait cachée à l'extérieur, dans le mur de l'un des mastabas.

Sayf al-Tha'r hocha lentement la tête puis, sans quitter Dravic des yeux, il prit son verre de thé. Il le leva jusqu'à sa bouche et trempa ses lèvres dans le liquide, rien de plus. Dravic prit son propre verre et but bruyamment. La sueur coulait sur son visage. La chaleur était tellement forte qu'il avait du mal à respirer.

— Nous allons les retrouver, dit-il. Ce n'est qu'une question de temps.

— Le temps, c'est précisément ce que nous n'avons pas, docteur Dravic. Vous le savez bien. On ne peut garder éternellement tout cela sous le manteau. Il nous faut la pièce tout de suite.

— Nous surveillons les gares, les gares routières, l'aéroport. Nos hommes sont partout. Nous allons les retrouver.

Dravic paraissait une fois de plus faire un effort pour se contenir. Puis, comme pour détourner sa fureur, il se mit à rire doucement en s'essuyant les sourcils avec son mouchoir.

— Dieu du ciel, si nous réussissons, nous serons tous millionnaires !

Cette remarque parut intriguer Sayf al-Tha'r. Il se pencha légèrement en avant.

— Est-ce que cela vous intéresse, docteur Dravic, d'être millionnaire ?

— Vous plaisantez ? Bien sûr que ça m'intéresse. Pas vous ?

— Avoir un million de livres à dépenser pour moi-même ? Gaspiller l'argent en luxe inutile, alors que les enfants des taudis ont faim ? Non, cela ne m'intéresse pas. Cela ne m'intéresse pas du tout. Cela m'ennuie, dit-il en souriant.

Il leva son verre de thé et y trempa encore les lèvres.

— Mais d'un autre côté, continua-t-il avec un large sourire, disposer d'un million de livres pour répandre la parole de Dieu, d'un million de livres pour abattre les oppresseurs et restaurer la charia, pour nettoyer la terre et accomplir la volonté de Dieu, oui, cela m'intéresse, docteur Dravic. Cela m'intéresse beaucoup.

— Nom de Dieu ! ricana Dravic en essuyant la sueur qui coulait sur sa nuque. Moi, je prendrais l'argent pour moi, n'importe quand !

Le sourire de Sayf al-Tha'r s'éteignit brusquement.

— Faites attention à ce que vous dites. Faites très attention. Il y a des insultes qu'on ne devrait pas prononcer.

Ses yeux verts étaient rivés sur Dravic, sans ciller,

comme s'il n'avait pas de paupières. Le géant épongea ses sourcils, incapable de soutenir ce regard.

— D'accord, d'accord, dit-il, vous avez vos priorités, j'ai les miennes. Restons-en là.

— Oui, approuva Sayf al-Tha'r d'une voix dure. Restons-en là.

Ils demeurèrent un instant silencieux, puis Sayf al-Tha'r appela le jeune garçon.

— Mehmet, raccompagne le docteur Dravic à son hélicoptère.

Dravic se releva en faisant la grimace à cause de ses jambes raides et il se dirigea vers la porte, soulagé de s'en aller.

— Je vous appellerai dès que j'aurai des nouvelles, dit-il. Je serai à Louqsor. S'ils réapparaissent quelque part, ce sera là.

— Espérons-le. Ici, tout est prêt. Nous pouvons traverser la frontière et nous mettre en place en quelques heures. Il suffit que nous sachions où.

Le géant acquiesça, et il s'apprêtait à sortir de la tente quand la voix de Sayf al-Tha'r le rappela :

— Trouvez la pièce manquante, docteur Dravic. Des occasions comme celle-là, on n'en a qu'une fois dans sa vie. Nous devons la saisir pendant qu'il est encore temps. Trouvez la pièce.

Dravic émit un grognement et partit. Deux minutes plus tard, le moteur gémit puis rugit, l'hélicoptère décolla et s'éloigna au-dessus du désert.

Quand il fut seul, Sayf al-Tha'r se leva pour aller à un grand coffre au fond de la tente. Prenant une clé dans sa longue robe, il ouvrit le cadenas et souleva le couvercle.

Il avait honte de devoir s'associer à un *kufr* comme Dravic, mais il n'avait pas le choix. Traverser la frontière était trop risqué pour lui. Ils le surveillaient. Il fallait attendre. Toujours attendre. Bientôt, peut-être, quand le fragment serait retrouvé, mais pas avant. S'il avait pu faire appel à quelqu'un d'autre, à n'importe qui d'autre, il l'aurait fait, mais seul Dravic possédait la qualification, et, chose plus importante encore, le manque de scrupules. C'est pourquoi il devait s'appuyer sur lui. La lie de l'humanité. Les voies d'Allah étaient vraiment mystérieuses.

Il se pencha et, de l'intérieur noir du coffre, retira un petit collier. Quand il l'éleva au mince rayon de lumière qui entrait dans la tente, l'objet se mit à scintiller. De l'or. Il l'agita et les tubes délicats qui le composaient produisirent un tintement harmonieux. L'ayant remis en place, il retira d'autres objets. Une paire de sandales. Une dague. Une cuirasse finement travaillée qui avait encore sa courroie de cuir. Une amulette en argent représentant un chat. Il leva chacun d'eux à la lumière et les regarda, fasciné.

Il ne faisait aucun doute qu'ils étaient authentiques. Au début, lorsque Dravic lui avait parlé du tombeau, il avait refusé de le croire. C'était par trop incroyable. On ne pouvait en espérer autant. Et puis Dravic s'était déjà trompé auparavant. On ne pouvait pas toujours se fier à son jugement en la matière.

Ce n'est que lorsqu'il avait tenu les objets dans ses mains, comme il le faisait à présent, et qu'il les avait vus de ses propres yeux, qu'il avait eu la certitude de leur réalité. Que le tombeau était bien ce que Dravic avait prétendu. Qu'Allah leur souriait vraiment. Leur souriait et leur accordait la plénitude de sa faveur.

Il remit les objets dans le coffre, en referma le couvercle et replaça le cadenas. Au loin, on entendait toujours les rotors de l'hélicoptère.

Le tombeau n'était que le début. Et serait aussi la fin s'ils ne trouvaient pas la pièce manquante. Tout dépendait d'elle. Cette pièce manquante était le point d'appui dont dépendait leur destin.

Il sortit de la tente. L'éclat du soleil lui fit légèrement plisser les yeux mais, à part cela, il ne parut pas gêné par la température brûlante. Contournant le camp, il alla sur le sommet d'une petite dune et regarda vers l'est, au-delà des collines de sable moutonnantes, un point noir solitaire au milieu de l'immensité vide. C'est quelque part par là, pensa-t-il. Quelque part dans cette mer infinie de canicule et de vide. Quelque part. Il ferma les yeux pour tenter d'imaginer ce qui avait pu se passer.

22

Le Caire

Le trajet depuis Louqsor dura dix heures. Le train étant bondé, Khalifa passa tout le voyage dans le coin d'un wagon plein de courants d'air entre une femme qui transportait un panier rempli de pigeons et un vieillard affligé d'une toux chronique. En dépit de cet entourage et des soubresauts asthmatiques du train, il dormit profondément pendant tout le trajet, la veste roulée derrière sa tête en guise d'oreiller, les pieds posés sur un grand sac de dattes séchées. Lorsqu'il se réveilla, après qu'un cahot particulièrement violent eut cogné sa tête contre la barre de la fenêtre, il se sentit frais et dispos. Il récita tout bas ses prières du matin, alluma une cigarette et se mit à dévorer, après les avoir partagés avec le vieil homme assis auprès de lui, le pain et le fromage de chèvre que Zenab lui avait donnés pour le voyage.

Ils atteignirent les faubourgs du Caire juste avant six heures. Il ne devait rencontrer Mohammed Tauba, l'inspecteur chargé de l'affaire Iqbar, qu'à neuf heures, ce qui lui laissait trois heures de liberté. Plutôt que de rester dans le train jusqu'au centre du Caire, il descendit à Gizeh et prit un taxi devant la gare pour monter jusqu'à Nazlat al-Sammam, le village de son enfance.

Ce n'était que la troisième fois qu'il y revenait depuis qu'il l'avait quitté, treize ans auparavant. Durant son enfance, il pensait qu'il vivrait toujours dans son village. Mais après la mort d'Ali, et celle de sa mère, survenue peu après, l'endroit avait pris pour lui un autre aspect. Chaque rue lui rappelait comment tout avait mal tourné. Chaque maison, chaque arbre. Il éprouvait une impression envahissante de vacuité et de perte. C'est pourquoi il avait accepté le poste à Louqsor et avait déménagé. Ses seuls retours avaient été motivés par des funérailles.

Il laissa le taxi à un carrefour encombré et, avec un regard pour la pyramide de Chéops, à demi voilée par un rideau de brume matinale, prit la grande route qui conduisait au village. Il se sentait tendu et nerveux.

L'endroit avait bien changé depuis le temps de son enfance. À l'époque, c'était un vrai village, une petite agglomération de boutiques et de maisons qui s'étendait au pied du plateau de Gizeh, sous le regard du sphinx silencieux.

À présent, avec l'accroissement de l'industrie du tourisme et l'inexorable avancée des faubourgs ouest de la ville, il avait presque perdu son identité. Les boutiques de souvenirs se succédaient dans les rues, et les vieilles habitations en brique crue avaient laissé place à des constructions en béton dépourvues de caractère. Il se promena en regardant les immeubles, dont certains lui étaient familiers et la plupart inconnus, et en se demandant pourquoi il était venu. Il savait seulement qu'il avait besoin de revoir son village. Il dépassa son ancienne maison, ou plutôt l'endroit où elle s'était trouvée – elle avait été démolie pour laisser place à un hôtel de trois étages en béton – et regarda la cour de la chamellerie où son frère et lui avaient travaillé. De temps à autre, il croisait un visage familier, et un salut était échangé. C'était un salut poli plutôt que chaleureux, et même dans certains cas distant et froid. Ce qui n'était guère surprenant après ce qui était arrivé à Ali.

Il y resta environ une heure, en se sentant de plus en plus mélancolique et en se demandant pourquoi il avait commis l'erreur de revenir. Puis, après un rapide coup d'œil à sa montre, il sortit du village pour s'engager sur le sable du plateau. Le soleil montait et la brume s'estompait. Le contour des pyramides devenait plus net de minute en minute. Il s'arrêta pour les regarder, puis il prit sur la gauche en direction d'un cimetière entouré de murs, blotti au pied d'un escarpement calcaire, en face du sphinx.

La partie inférieure du cimetière était sur un terrain plat. Les tombes décorées recevaient l'ombre de pins et d'eucalyptus. En allant vers l'escarpement, le terrain montait et les tombes devenaient plus simples, plus ternes, et aucune végétation ne les protégeait des éléments, comme les faubourgs pauvres à la périphérie d'une ville opulente.

C'était dans cette partie du cimetière que Khalifa montait en se frayant un chemin entre des tombes rectangulaires et plates, jusqu'à ce qu'il parvienne tout en haut de l'enclos, devant deux tombes toutes simples faites de parpaings crépis. Sans ornement, et recouvertes d'une pierre en haut de laquelle était peint en lettres passées un verset du Coran. C'étaient les tombes de ses parents.

Il les regarda, puis s'agenouilla et les embrassa. D'abord celle de sa mère, ensuite celle de son père, en murmurant une prière pour chacun d'eux. Il s'attarda un moment, la tête baissée, puis se releva et, lentement, comme si ses jambes étaient devenues subitement lourdes, il monta la pente vers la partie la plus haute du cimetière, à l'endroit où le mur d'enceinte s'effondrait et où le sol était jonché de détritus et de crottes de chèvres.

Dans ce coin-là, il n'y avait qu'une seule tombe, contre le mur, comme si elle avait été mise à l'écart par les autres tombes. Elle était encore plus simple que celles de ses parents. Un rectangle de ciment, sans inscription ni citation du Coran. Il se souvenait de la façon dont il avait dû plaider auprès des autorités pour qu'elles lui accordent une place. Il l'avait creusée de ses propres mains, tard dans la soirée, à un moment où personne dans le village ne risquait de l'apercevoir et, tout en creusant, il avait versé des larmes.

Il s'agenouilla devant la tombe, se pencha en avant et posa sa joue sur sa surface froide.

— Oh, Ali, murmura-t-il. Mon frère, ma vie. Pourquoi ? Pourquoi ? S'il te plaît, dis-moi pourquoi.

Mohammed abd el-Tauba, l'inspecteur chargé de l'affaire Iqbar, ressemblait à une momie. Il avait la peau sèche et parcheminée, les joues enfoncées, la bouche serrée en un éternel rictus qui tenait à la fois du sourire et de la grimace.

Il travaillait dans un immeuble lugubre de la rue de Port-Saïd, où il disposait d'un bureau dans un coin d'une pièce enfumée qu'il partageait avec quatre autres policiers. Khalifa y arriva un peu après neuf heures. Après avoir échangé quelques plaisanteries et bu un verre de thé, les deux hommes en vinrent directement à l'affaire en cours.

— Ainsi, vous vous intéressez au vieil Iqbar, dit Tauba en écrasant une cigarette dans un cendrier débordant de mégots tandis qu'il en allumait une autre.

— Je pense qu'il pourrait y avoir un lien avec une affaire que nous avons à Louqsor.

Tauba expulsa deux jets de fumée par ses narines.

— Vilaine affaire. Nous avons notre lot de meurtres par ici, mais rien qui ressemble à ça. Ils l'ont massacré, ce pauvre vieux.

Il prit un dossier dans un tiroir et le jeta sur le bureau.

— C'est le rapport du médecin légiste. Multiples lacérations sur le visage, les bras et le torse. Des brûlures aussi.

— Des brûlures de cigare ?

Tauba eut un grognement affirmatif.

— Et les coupures ? demanda Khalifa. Qu'est-ce qui a causé les coupures ?

— C'est étrange, répondit Tauba. Le médecin légiste n'a pu avoir aucune certitude. Un objet métallique, mais pas un couteau. Il pense que ça pourrait être une truelle.

— Une truelle ?

— Vous savez bien, comme une truelle de maçon. L'une de celles dont on se sert pour faire les joints de ciment, pour boucher les fissures. C'est dans le rapport.

Khalifa ouvrit le dossier et se mit à le parcourir. Il fit la grimace en voyant les photos du vieil homme effondré sur le sol de sa boutique, puis celle du cadavre nu étendu comme un poisson sur la table de la morgue. Les commentaires du médecin légiste correspondaient presque mot pour mot à ceux du rapport d'autopsie d'Abou Nayar.

« La nature de l'instrument utilisé pour infliger les blessures n'est pas établie », concluait-il dans le langage concis et déshumanisé de ce type de document. « La pathologie des lacérations ne correspond pas à des blessures au moyen d'un couteau. La forme et l'angle des blessures suggèrent qu'il pourrait s'agir d'une truelle, comme celles utilisées par les maçons, les archéologues, etc., bien qu'aucune preuve ne permette de l'affirmer avec certitude. »

Khalifa s'arrêta au mot « archéologues » avant de demander à Tauba :

— Qui a découvert le corps ?

— Le boutiquier d'à côté. Il a été intrigué de ne pas voir arriver Iqbar. Il a essayé d'ouvrir la porte. Elle n'était pas verrouillée. Il est entré, et Iqbar était là, comme sur les photos.

— Et c'était ?

— Samedi matin. Dieu seul sait comment le journal l'a appris aussi vite. Je me demande si ce n'est pas eux qui commettent la moitié des crimes qui se produisent au Caire, simplement pour avoir quelque chose à raconter.

Khalifa sourit.

— Est-ce qu'Iqbar faisait du trafic d'antiquités ?

— Probablement. Ils en font tous, pas vrai ? Nous n'avons pas de dossier sur lui, mais ça ne veut rien dire. Nos moyens nous obligent à nous occuper des gros seulement. Quand il s'agit de quelques objets, nous laissons couler. Sinon on devrait remplir toutes les prisons d'ici à Abou-Simbel.

Khalifa se remit à parcourir le rapport et revint au mot « archéologues ».

— Vous n'avez pas eu vent récemment de quelque chose d'inhabituel sur le marché des antiquités ?

— Inhabituel ?

— Vous savez, des choses de valeur. Qui peuvent motiver un meurtre.

Tauba haussa les épaules.

— Je ne vois rien. Il y a eu ce Grec qui exportait des objets en les faisant passer pour des reproductions, mais c'était il y a plusieurs mois. Je ne vois rien de plus récent. À part cette affaire à Saqqarah.

Khalifa le regarda :

— Saqqarah ?

— Hier après-midi. Un couple d'Anglais a été mêlé à une fusillade, après quoi ils se sont enfuis dans un taxi volé. Apparemment, la fille avait pris quelque chose dans l'une des maisons de chantier.

Il interpella l'un de ses collègues, un obèse avec de grandes auréoles de sueur sous les aisselles.

— Hé, Helmi ! Toi qui as un ami au commissariat de Gizeh, où en est-on avec cette fusillade à Saqqarah ?

— On n'a pas grand-chose, grommela Helmi en mordant dans une grosse part de gâteau. Personne ne sait ce qui s'est passé, à part que la fille a fauché quelque chose. Une espèce de boîte.

— On a une idée de son identité ? demanda Khalifa.

Helmi enfonça un autre morceau de gâteau dans sa bouche en faisant couler de la mélasse autour de ses lèvres et de son menton.

— C'est la fille d'un archéologue, apparemment. L'un des inspecteurs, au *teftish*, l'a reconnue. Murray ou quelque chose comme ça.

Murray, pensa Khalifa. Murray.

— Ce ne serait pas Mullray ? Michael Mullray ?

— C'est ça. Il est mort voici deux jours. Crise cardiaque. C'est sa fille qui a trouvé le corps.

Khalifa tira un calepin et un stylo de sa poche.

— Bon, essayons d'y voir clair. La fille trouve le corps de son père il y a deux jours, elle revient hier et prend cette chose dans la maison de chantier.

— Le chauffeur de taxi, dit Helmi, pense qu'ils l'ont prise dans l'une des tombes. Il dit qu'ils sont allés dans le désert et qu'ils ont rapporté comme une boîte de pizza...

— Il y avait sûrement quelque chose à manger dedans, Helmi ! cria l'un de ses collègues.

— Fous-moi la paix, Aziz... Ils ont pris cette boîte, sont revenus, quelqu'un s'est mis à tirer sur eux. Mais ensuite les gens du village en bas disent que c'est le gars qui était avec la fille qui tirait. Personne ne sait ce qui s'est passé exactement.

— Est-ce que nous savons qui est cet homme ?

Helmi fit non de la tête. Khalifa réfléchit un instant sans rien dire.

— Ce serait possible de parler à votre camarade de Gizeh ?

— Bien sûr, mais il ne vous dira rien de plus. Et de toute façon, on lui a retiré l'affaire. Al-Mukhabarat a pris le relais hier soir.

— Les services secrets ? dit Khalifa d'un air surpris.

— Apparemment ils veulent garder l'affaire secrète. Mauvaise publicité pour l'Égypte, d'autant qu'un touriste y est mêlé. On n'en a même pas parlé aux informations.

Khalifa griffonna dans son calepin.

— Il y a quelqu'un d'autre que je pourrais voir ?

Helmi était en train de balayer les miettes sur son bureau.

— Je crois qu'il y a un type à l'ambassade britannique qui connaît la fille. Orts, ou quelque chose comme ça. Un jeune attaché. C'est à peu près tout ce que je sais.

Khalifa nota le nom sur son calepin et le rangea.

— Vous pensez qu'il y a un lien ? demanda Tauba.

— Aucune idée, répondit Khalifa. Je ne vois aucune connexion objective. On a simplement l'impression...

Il s'interrompit et, sans se soucier de terminer sa phrase, il leva le rapport d'autopsie :

— Puis-je en avoir une copie ?

— Bien sûr.

— Je voudrais aussi aller voir le magasin du vieil homme. C'est possible ?

— Aucun problème.

Tauba fouilla dans son bureau et en sortit une enveloppe.

— Adresse et clés. C'est à Khan al-Khalili. Nous

avons pris toutes les empreintes et effectué les prélèvements.

Il la jeta à Khalifa qui l'attrapa et se leva.

— Je devrais être de retour dans deux heures.

— Prenez votre temps. Je resterai tard. Je reste toujours très tard.

Ils se serrèrent la main et Khalifa traversa la pièce. Il avait presque atteint la porte lorsque Tauba le rappela :

— Hé, j'ai oublié de vous demander. Khalifa... Est-ce que votre famille n'est pas de Nazlat al-Sammam ?

Après un silence, Khalifa répondit :

— Port-Saïd.

Et il disparut dans le couloir.

Louqsor

Le plus grand regret de Dravic, son seul regret en fait, c'était de n'avoir pas tué la fille. Après l'avoir baisée, il aurait dû lui trancher la gorge et l'abandonner dans un fossé quelque part. Mais il ne l'avait pas fait. Il l'avait laissée s'éloigner en rampant. Évidemment, elle avait rampé tout droit jusqu'à la police, elle leur avait raconté ce qu'il lui avait fait et bang ! Ça avait été la fin de sa carrière.

D'accord, il avait trouvé un bon avocat qui avait convaincu le jury que la fille était consentante. Mais la boue ne s'en va pas comme ça. Le monde de l'égyptologie est petit. Très vite, tout le monde avait su que Casper Dravic avait violé l'une de ses bénévoles et, pire, qu'il s'en était tiré. Il n'y avait plus eu de postes d'enseignement, les concessions avaient été refusées, les éditeurs n'avaient plus répondu à ses appels. Il avait trente ans et sa carrière était terminée. Pourquoi, mais pourquoi donc ne l'avait-il pas tuée ? C'était une erreur qu'il ne commettrait plus jamais. Qu'il n'avait jamais commise depuis.

Il revint au présent et fit un signe au patron pour lui indiquer qu'il voulait encore du café. Près de lui, un jeune couple, blond, scandinave, était penché sur un guide où ils faisaient des marques avec un stylo. La fille était jolie. Des lèvres pleines, de longues jambes blanches. Il se laissa aller à imaginer comment elle crierait de douleur et d'extase pendant qu'il s'introduirait brusquement dans son petit anus rose et serré, puis il se força à revenir à l'affaire du tombeau.

Ils avaient passé la plus grande partie de la nuit à retirer les derniers objets – les stèles funéraires en bois, l'Anubis en basalte, les vases canopes. Il ne restait plus désormais que le cercueil lui-même, avec ses panneaux peints et ses inscriptions hiéroglyphiques maladroites. Ils sortiraient ça cette nuit. Tout le reste avait été mis en caisses et envoyé au Soudan, pour être expédié vers les marchés d'Europe et d'Extrême-Orient.

C'était une bonne prise, l'une des meilleures qu'il ait vues. Période tardive, vingt-septième dynastie, une centaine d'objets, d'une qualité assez ordinaire mais en bon état – ça devrait monter à quelques centaines de milliers de livres ou plus. Avec sa commission de dix pour cent, il allait toucher un bon petit paquet. Mais, comparé au principal, c'était de la petite monnaie. Comparé au principal, tout ce qu'il avait passé en contrebande était de la petite monnaie. Là, c'était la grosse affaire. Celle qu'il attendait. La fin de tous ses ennuis.

Mais seulement s'il retrouvait la pièce manquante. C'était la clé de tout. Lacage et la fille Mullray tenaient

son avenir entre leurs mains. Où étaient-ils ? Que pré-
paraient-ils ? Que savaient-ils exactement ?

Il avait d'abord craint qu'ils n'apportent la pièce aux
autorités. Qu'ils ne l'aient pas fait était pour lui à la
fois un motif de soulagement et de souci. Soulagement,
parce que cela voulait dire qu'il y avait encore une
chance de la retrouver. Souci, parce que cela indiquait
que ces deux-là pouvaient bien chercher eux aussi le
butin.

C'était ce qu'il craignait désormais. Le temps
s'écoulait, comme l'avait dit Sayf al-Tha'r. On ne pouvait attendre éternellement. Plus ils gardaient longtemps la pièce, plus le trésor risquait de lui glisser entre
les doigts. Tous ces espoirs, tous ces rêves...

— Qu'est-ce que tu fais ? marmonna-t-il pour lui-
même. Mais qu'est-ce que tu fous ?

Il y eut une exclamation désapprobatrice près de lui.
Levant les yeux, il vit que le couple de Scandinaves le
regardait fixement.

— Oui ? gronda-t-il. Il y a quelque chose qui ne va
pas ?

Ils payèrent précipitamment et s'en allèrent.

Son café arriva. Il le but tout en regardant les collines thébaines en face de lui, massives et brunes dans
un ciel bleu pâle.

Ce qu'il ne pouvait pas comprendre, c'était comment, si Lacage et la fille cherchaient le trésor pour
leur propre compte, ils allaient pouvoir le trouver avec
ce seul fragment. Bien sûr, Lacage était l'un des meilleurs égyptologues au monde. Peut-être pouvait-il tout
retrouver à partir de ce seul fragment. Mais Dravic en
doutait. Il leur en faudrait plus. Et, pour en trouver plus,
il faudrait qu'ils viennent à Louqsor. C'est pourquoi il
attendait ici plutôt qu'au Caire. C'était ici qu'ils allaient
réapparaître. Il en était certain. Ce n'était qu'une ques-

tion de temps. Et, bien entendu, du temps, il n'en avait pas beaucoup.

Il termina son café et tira de sa veste un cigare long et épais. Il le fit rouler entre ses doigts, prenant plaisir à entendre le craquement de la feuille de tabac, puis il le mit dans sa bouche et l'alluma. La caresse tiède de la fumée sur son palais le calma et améliora son humeur. Il étendit ses jambes et se mit à penser à cette fille Mullray, à son corps – elle avait les hanches fines, la poitrine ferme, le derrière bien roulé –, à penser aussi à ce qu'il aimerait lui faire, à ce qu'il *allait* lui faire. Cela provoqua un petit roucoulement de plaisir. Elle-même ne roucoulerait certainement pas quand il commencerait à s'occuper d'elle. Il baissa les yeux sur la proéminence qui s'était formée dans son pantalon et éclata de rire.

23

Le Caire

La boutique d'Iqbar se trouvait dans une rue étroite près de shari el-Muizz, la grande artère animée qui traversait le quartier islamique du Caire. Il fallut un peu de temps à Khalifa pour trouver la rue et encore plus pour trouver le magasin dont le rideau métallique sale était baissé et à demi caché par un étalage de noisettes et de sucreries. Il finit pourtant par le découvrir, souleva le rideau, ouvrit la porte et entra en faisant tinter les clochettes au-dessus de sa tête.

L'intérieur était sombre et en désordre. Un bric-à-brac s'empilait du sol au plafond. Des lampes en cuivre, des meubles et des objets dépareillés s'entassaient dans les coins. Des masques en bois le regardaient depuis les murs. Un oiseau empaillé était accroché au plafond. L'air sentait le cuir, le vieux métal et, à ce qu'il sembla à Khalifa, la mort.

Il regarda autour de lui pendant que ses yeux s'habituaient à l'obscurité puis se dirigea vers le comptoir, au fond du magasin, là où une forme avait été dessinée à la craie. Le plancher portait la trace marron du sang d'Iqbar. Plusieurs autres cercles de craie, plus petits, entouraient la forme comme des lunes autour d'une planète. Ils indiquaient la présence de cendre de cigare. Khalifa s'accroupit pour donner un petit coup à l'un

229

de ces tas gris puis, s'étant redressé, il fit le tour du comptoir.

Il n'avait pas beaucoup d'espoir de trouver quoi que ce soit. Si, comme il le soupçonnait, Iqbar avait acheté des antiquités à Nayar, il y avait toutes les chances pour qu'elles aient été soit vendues soit prises par ceux qui l'avaient tué. Même s'il y avait quelque chose ici, il doutait de pouvoir le découvrir. Il était bien connu que les revendeurs d'antiquités du Caire étaient très habiles pour dissimuler les objets de valeur. Néanmoins, cela valait la peine de chercher un peu.

Il ouvrit quelques tiroirs pour farfouiller dans ce qu'ils contenaient. Il souleva le bas d'un grand miroir accroché au mur, dans l'espoir, vain, qu'il masquait un coffre. Se faufilant entre deux vieux paniers en osier, il pénétra dans une pièce à l'arrière du magasin et alluma la lumière.

Elle était petite, encombrée elle aussi, avec une rangée de vieilles armoires à dossiers contre un mur et, dans un coin, une statue grandeur nature noir et or, reproduction bon marché de celles qui gardent le tombeau de Toutankhamon. Khalifa se dirigea vers elle et la regarda dans les yeux.

— Hou ! fit-il.

Les armoires à dossiers débordaient de papiers froissés. Au bout de vingt minutes, il renonça à y trouver un renseignement significatif et retourna dans la boutique.

— Autant chercher une aiguille dans une meule de foin, marmonna-t-il en regardant les étagères chargées de camelote. Et je ne sais même pas s'il y a une aiguille dans la meule.

Il fouilla pendant plus d'une heure, ouvrant une boîte ici, un tiroir là, mais finalement il abandonna. S'il y avait des indices pour élucider le meurtre du vieil homme, ils étaient enfouis dans ce désordre et, à moins de vider complètement le lieu, il n'y avait pas moyen de les trouver.

Il jeta un dernier coup d'œil derrière le comptoir, éteignit la lumière dans l'arrière-boutique et, avec un soupir résigné, prit les clés dans sa poche et s'avança vers la porte.

Un visage le regardait à travers la vitre.

C'était un petit visage sale pressé contre la vitre de sorte que le bout du nez était aplati. Khalifa s'avança pour ouvrir la porte. Une fillette en haillons, âgée de cinq ou six ans, se tenait sur le seuil en jetant un regard intense vers l'intérieur de la boutique. Il s'accroupit.

— Bonjour, dit-il.

La petite fille était tellement concentrée sur l'intérieur du magasin qu'elle fit à peine attention à lui. Il lui prit la main.

— Bonjour, répéta-t-il. Je m'appelle Youssouf, et toi ?

Les yeux marron de la petite fille se fixèrent un instant sur son visage avant de retourner à ce qui se trouvait derrière lui. Elle retira sa main et la tendit en direction de l'obscurité.

— Il y a un crocodile, là-dedans, dit-elle en désignant un vieux coffre en bois muni d'une serrure en cuivre abondamment gravée.

— Vraiment ? dit Khalifa avec un sourire. Comment le sais-tu ?

Il se souvint que, dans son enfance, il avait vraiment cru qu'un dragon était caché sous le lit de ses parents.

— Il est vert, dit-elle en ignorant sa question. Et, la nuit, il sort pour aller manger les gens.

Elle avait les membres fluets et le ventre distendu. Une enfant des rues que ses parents envoient faire les poubelles, n'ayant pas les moyens d'assurer sa subsistance. Dans un geste de pitié, il écarta une mèche de cheveux qui tombait sur les yeux de la fillette. Rien d'étonnant que les fondamentalistes fassent tant d'adeptes, pensa-t-il. Bien que leurs méthodes puissent paraître grotesques, ils essayaient au moins de tendre la main à ces pauvres gens, de leur offrir l'espoir d'un avenir meilleur.

Il se remit debout.

— Tu aimes les gâteaux ? lui demanda-t-il.

La petite fille se mit alors à faire vraiment attention à lui.

— Oui, dit-elle.

— Attends un instant.

Il sortit pour aller jusqu'à un étalage de confiserie devant la boutique, où il acheta deux grosses tranches de cake recouvert de sucre rose. À son retour, il vit que la fillette était entrée dans le magasin. Il lui tendit le cake et elle se mit à le grignoter.

— Vous savez ce qu'il y a là-dedans ? lui demanda-t-elle en désignant une grande lampe en cuivre.

— Non, je ne sais pas.

— Un génie, répondit-elle la bouche pleine. Il s'appelle al-Ghul. Il est âgé de dix millions d'années et il peut se transformer en n'importe quoi. Quand les hommes sont venus, je voulais qu'il aide monsieur Iqbar, mais il ne l'a pas fait.

Elle avait dit cela avec tant d'innocence qu'il s'écoula un moment avant que Khalifa saisisse le sens de ses paroles. Il la tourna vers lui en lui posant doucement la main sur l'épaule.

— Tu étais là quand les hommes sont venus et ont frappé monsieur Iqbar ?

La fillette, concentrée sur sa tranche de cake, ne répondit pas. Plutôt que de la contraindre, il resta à la même place, silencieux, attendant qu'elle ait fini de manger.

— Comment vous vous appelez, déjà ? demanda-t-elle en levant les yeux vers lui.

— Youssouf. Et toi ?

— Maïa.

— C'est un joli nom.

Elle regardait sa seconde tranche de cake.

— Je peux le garder pour plus tard ? demanda-t-elle.

— Bien sûr.

Elle contourna le comptoir, prit un morceau de papier, enveloppa le gâteau et le mit dans la poche de sa robe.

— Vous voulez voir quelque chose ? demanda-t-elle.

— Oui.

— Alors, fermez les yeux.

Khalifa fit ce qu'on lui demandait. Il entendit des petits pas quitter le comptoir et se précipiter vers le fond de la boutique.

— Maintenant, ouvrez-les.

Elle avait disparu.

Il attendit un peu avant de se déplacer lentement vers l'endroit d'où était venue la voix, en regardant à droite et à gauche dans l'obscurité jusqu'à ce qu'il repère le haut de sa tête qui dépassait des vieux paniers en osier.

— C'est une bonne cachette, dit-il en se penchant sur elle.

Elle leva les yeux en souriant. Cependant son sourire s'éteignit lentement et elle se mit soudain à pleurer sans pouvoir s'arrêter. Les larmes traçaient des sillons sur la crasse de son visage, et son petit corps tremblait comme une feuille. Il se pencha, la souleva et la tint contre son épaule.

— Tout va bien, Maïa, murmura-t-il en caressant ses cheveux sales. Tout va bien.

Il se mit à aller et venir dans le magasin en fredonnant une vieille berceuse que sa mère lui chantait et en la laissant pleurer tout son saoul. Finalement, elle cessa de trembler et sa respiration reprit un rythme normal.

— Tu étais cachée derrière les paniers quand les hommes sont venus. C'est ça, Maïa ? demanda-t-il d'une voix calme.

Elle acquiesça.

— Tu peux me parler d'eux ?

Il y eut un long silence, puis elle murmura à son oreille :

— Ils étaient trois.

Encore un silence.

— L'un d'eux avait un trou dans la tête.

Elle s'écarta un peu de lui.

— Ici ! dit-elle en touchant le front de Khalifa avec son doigt. Il y en avait un autre, grand comme un géant, un Blanc, il avait une drôle de tête.

— Drôle ?

— C'était violet, dit-elle en passant sa main sur le visage de Khalifa. Ici, c'était violet. Et ici, c'était blanc. Et il avait quelque chose comme un couteau, et il a blessé monsieur Iqbar avec. Et les deux autres le tenaient. Je voulais qu'al-Ghul sorte et l'aide, mais il ne l'a pas fait.

Elle parlait rapidement. Toute l'histoire venait dans une bousculade de mots : comment les mauvais hommes étaient venus et avaient commencé à poser des questions à Iqbar ; comment elle avait tout observé depuis sa cachette ; comment ils avaient tailladé le vieil Iqbar et avaient continué même une fois qu'il leur avait dit tout ce qu'ils voulaient savoir ; comment elle s'était enfuie par peur des fantômes après leur départ. Elle n'avait rien dit à personne parce que, si sa mère avait appris qu'elle était avec Iqbar au lieu de mendier, elle l'aurait battue.

Khalifa écouta tranquillement en caressant les cheveux de la fillette et en la laissant raconter l'histoire à sa façon. Peu à peu les éléments du récit se mettaient en place. Quand elle eut fini de parler, s'arrêtant au milieu d'une phrase comme un jouet aux piles usées, il la posa sur le comptoir et essuya ses yeux avec son mouchoir. Elle tira de sa poche le second morceau de cake et commença à le grignoter par le coin.

— Il ne faut pas en vouloir à al-Ghul, tu sais, lui dit-il en lui ôtant une crotte sous le nez. Je suis sûr qu'il voulait venir, mais il n'a pas pu sortir de la lampe.

Elle le regarda par-dessus le cake.

— Pourquoi ?

— Parce qu'un génie ne peut sortir de sa lampe que si quelqu'un la frotte. Il faut l'invoquer pour le faire venir dans notre monde.

Elle fronça les sourcils à cette information. Puis un petit sourire s'esquissa sur ses lèvres comme si un ami dont elle avait cru qu'il lui avait fait du tort s'avérait une personne loyale.

— Et si on frottait la lampe maintenant ?

— Nous pourrions, mais tu dois te souvenir qu'on ne peut invoquer un génie que trois fois. Ce serait dommage de l'invoquer pour rien, n'est-ce pas ?

La petite fronça à nouveau les sourcils.

— Oui, finit-elle par dire, avant d'ajouter, comme une réflexion qu'elle se ferait à elle-même : Je vous aime bien.

— Moi aussi je t'aime bien, Maïa. Tu es une très gentille petite fille.

Il attendit un peu avant d'ajouter :

— Maïa, il faut que je te pose quelques questions.

Au lieu de répondre, elle mit un autre morceau de cake dans sa bouche et se mit à balancer les jambes de sorte que ses talons frappaient l'avant du comptoir.

— Tu vois, je veux attraper les gens qui ont fait du mal à monsieur Iqbar. Et je pense que tu peux m'aider. Tu veux bien m'aider ?

Les talons continuèrent à se balancer comme un métronome.

— D'accord, dit-elle.

Il se hissa sur le comptoir et elle se blottit contre lui.

— Tu m'as dit que les mauvais hommes voulaient savoir quelque chose, Maïa. Te souviens-tu de ce que c'était ?

Elle réfléchit un instant puis fit oui de la tête.

— Tu en es sûre ?

Elle acquiesça.

— Te souviens-tu de ce que monsieur Iqbar a dit aux hommes ? De ce qu'il leur a dit pendant qu'ils lui faisaient du mal ?

— Il a dit que c'était vendu, répondit-elle.

— Et il a dit à qui il l'avait vendu ? Tu t'en souviens ?

Elle baissa les yeux d'un air concentré, tout en regardant ses pieds monter et descendre. Elle releva enfin le visage avec une expression d'excuse.

— Ça va, lui dit-il en lui caressant les cheveux. Tu te débrouilles très bien. Très bien.

Il fallait l'aider un peu plus. Lui fournir un élément qui stimule sa mémoire. Il pensa à sa conversation avec Tauba et décida de faire un essai.

— Est-ce que monsieur Iqbar a dit qu'il avait vendu un objet à un Anglais ?

Elle approuva vigoureusement.

— Est-ce qu'il a dit qu'il l'avait vendu à un Anglais qui travaille dans un endroit appelé Saqqarah ?

Il prononça ce dernier mot lentement en articulant bien.

Elle hésita puis fit un signe affirmatif de la tête.

— Maïa, est-ce que tu te souviens d'un homme qui serait venu dans ce magasin il y a quelques jours ?

Il avait assisté à quelques conférences du professeur Mullray à l'Université américaine, des années auparavant. Il fit un effort pour en retrouver l'image.

— Un homme de grande taille, Maïa. Vieux. Avec beaucoup de cheveux blancs et de curieuses petites lunettes rondes et...

Elle l'interrompit tout excitée :

— Il pouvait enlever son pouce ! s'écria-t-elle. C'était drôle.

Il était venu au magasin plusieurs jours auparavant, expliqua-t-elle. Et pendant qu'Iqbar était allé chercher quelque chose dans l'arrière-boutique, il lui avait demandé si elle voulait voir un tour de magie. Quand elle avait répondu oui, il avait pris son pouce et l'avait retiré de sa main. Cela l'avait fait rire.

— Est-ce qu'il a acheté quelque chose à monsieur Iqbar ?

Elle introduisit un doigt dans sa narine.

— Une peinture, dit-elle.

— Une peinture ?

Elle retira son doigt au bout luisant et dessina un carré sur le comptoir.

— C'était comme ça. Il y avait des serpents en bas. Et...

Elle chercha le mot exact.

— Des formes, dit-elle enfin.

Des formes, pensa Khalifa. Des formes. Cela pourrait être des hiéroglyphes. Un objet avec des hiéroglyphes.

— J'ai aidé monsieur Iqbar à l'emballer, continua-t-elle. Dans une boîte. J'aidais toujours monsieur Iqbar à emballer.

Elle mordit dans le gâteau. Khalifa descendit du comptoir et se mit à aller et venir dans le magasin.

Il avait les pièces du puzzle, se dit-il. Nayar vient au Caire et vend un objet à Iqbar. Mullray l'achète et

237

l'emporte à Saqqarah. Nayar est tué. Iqbar est tué. Mullray meurt d'une crise cardiaque, coïncidence ou pas. La fille de Mullray va à Saqqarah et emporte l'objet. Des inconnus tentent de l'en empêcher.

Loin de s'éclaircir, l'affaire devenait plus obscure que jamais. Que faisait Mullray avec des antiquités volées ? Que s'était-il passé exactement à Saqqarah ? Comment la fille de Mullray était-elle mêlée à tout ça ?

L'objet, se dit-il. Voilà la clé. Qu'est-ce que c'est que cette chose que tout le monde veut à tout prix. Qu'est-ce que c'est ?

Il revint auprès de la petite fille. Il était inutile de l'interroger encore au sujet du tableau. Elle lui avait manifestement dit tout ce qu'elle savait. La seule autre possibilité était qu'elle ait connaissance d'autres objets qu'Iqbar avait reçus de Nayar et qui pouvaient, peut-être, se trouver encore dans les lieux.

— Maïa, demanda-t-il gentiment, est-ce que monsieur Iqbar avait une cachette ici, dans le magasin ? Un endroit particulier où il plaçait toutes les choses importantes ?

Elle ne répondit pas. Ses yeux s'écartèrent des siens pour se poser sur ses genoux. Quelque chose dans son attitude – le pincement de ses lèvres, ses poings fermés – lui révéla que sa question avait touché une corde sensible.

— S'il te plaît, Maïa, aide-moi. S'il te plaît.

Elle continua à ne rien dire.

— Je pense que monsieur Iqbar aurait voulu que tu me le dises, dit-il en lui prenant les mains. Parce que, sinon, je ne peux pas attraper ceux qui lui ont fait ces vilaines choses.

Elle resta encore silencieuse un moment puis le regarda.

— Si je sais où c'est, est-ce que je peux avoir la lampe d'al-Ghul ?

Khalifa sourit et la posa sur le sol.

— Ça me paraît juste. Tu me montres la cachette et tu as le génie.

La fillette gloussa, enchantée du marché conclu. Elle prit la main de Khalifa et le tira dans l'arrière-boutique.

— Je suis la seule personne au monde qui la connaisse, dit-elle en montant sur la grande statue en bois dans le coin de la pièce. Même les fantômes ne la connaissent pas. C'est un secret.

La statue était noire, avec une coiffe, un bâton et des sandales dorées, et une jupe déployée, dorée aussi. La fillette mit la main sous la jupe en bois et pressa. Il y eut un petit déclic et un coffre descendit lentement, comme le chargeur d'un pistolet. La fillette le retira et le posa sur le sol, puis elle retourna à la statue et dévissa soigneusement l'un des orteils, révélant une cavité d'où elle retira une petite clé en métal. Elle l'inséra dans la serrure du coffre, tourna deux fois et l'ouvrit.

— C'est bien, non ? dit-elle.

— Très bien, dit Khalifa en s'agenouillant auprès d'elle.

Le coffre était divisé en deux compartiments. Dans l'un, il y avait une épaisse liasse de billets de banque, quelques documents officiels et un bocal rempli de turquoises non taillées. Dans l'autre se trouvait un paquet enveloppé dans un linge et attaché par une ficelle. Khalifa le défit et, quand il vit ce qu'il contenait, il poussa un long sifflement.

Il y avait là sept objets. Un poignard avec une bande en cuir enroulée autour de la poignée ; une amulette en argent ayant la forme d'un pilier Djed[1] ; un pectoral en or ; un petit pot en terre cuite à l'effigie du dieu nain Bes ; et trois faïences *shabtis* bleu pâle. Il examina

1. Pilier qui symbolise Osiris.

les objets un par un, puis se tourna vers la fillette. Elle n'était plus là.

— Maïa ! appela-t-il en se relevant.

N'obtenant pas de réponse, il retourna dans la boutique.

— Maïa !

Elle était partie. Et la lampe d'al-Ghul était partie aussi. Il alla jusqu'à la porte et sortit, mais on ne l'apercevait nulle part.

— Adieu, Maïa, dit-il doucement. Puisse Allah te sourire.

Louqsor

Suleiman al-Raschid somnolait sur une natte derrière ses toilettes mobiles quand il entendit un crissement de pas sur le métal, comme si quelqu'un montait les marches au-dessus de lui.

En temps normal, il aurait fait le tour pour voir si on avait besoin de papier et pour se placer au bon endroit afin de recevoir un pourboire à la sortie. Mais la canicule de midi était trop intense, aussi resta-t-il la tête posée sur son bras, tandis que les pas résonnaient sur le plancher creux des toilettes.

Tout d'abord, il ne remarqua rien d'anormal. Il y avait bien ce bruit de liquide qu'on répand, mais il supposa que le client faisait seulement couler de l'eau dans l'urinoir pour le nettoyer. Ce n'était pas nécessaire car Suleiman mettait un point d'honneur à veiller à ce que les toilettes soient impeccables, mais certains, en particulier les Allemands, avaient l'obsession de la propreté. Roulant sur le côté avec un grognement, il les oublia pour continuer son somme.

Mais ensuite il sentit une odeur d'essence et en même temps il entendit un bruit sourd comme si quelque chose tombait des toilettes sur le sol sablonneux auprès de lui. Il se leva précipitamment.

— Hé ! s'écria-t-il en faisant le tour pour aller à l'entrée des toilettes. Qu'est-ce que...

Un coup violent par-derrière le précipita sur les marches.

— Mets-le ici, dit une voix venue d'en haut.

Deux bras puissants le saisirent par la taille et il se senti hissé en haut des marches. Quelqu'un d'autre le saisit et il fut à la fois tiré et poussé à l'intérieur du local. Il essaya de lutter, mais il était à demi assommé par le coup reçu sur la tête et n'offrait qu'une faible résistance. L'odeur d'essence lui donna la nausée.

— Mets-lui les menottes, dit la voix. Ici, au tuyau.

Il y eut un déclic et quelque chose se referma sur son poignet. Son bras fut brutalement levé et il y eut un autre déclic. Il fit la grimace. Les menottes entraient dans sa chair.

— Maintenant, l'essence.

On lui versa un liquide sur le visage et sur sa djellaba. Il essaya de se dégager, mais les menottes étaient bien serrées. L'essence piquait ses yeux aveugles et lui desséchait la bouche. Il ne pouvait pas voir ses agresseurs, mais il savait qui ils étaient.

On cessa de l'asperger. Il y eut un claquement, le jerrycan vide fut jeté dans un coin et il entendit les pas de ses agresseurs qui quittaient les toilettes. Tout fut silencieux, puis il entendit le craquement d'une allumette. Curieusement, il n'éprouvait pas de peur. De la colère, oui. Et du chagrin pour sa famille. Comment allaient-ils faire pour vivre ? Mais pas de peur.

— *Ibn sharmouta ! Ya kha-in !* lança une voix du dehors. Fils de pute ! Traître ! Voilà ce qui arrive à

241

ceux qui donnent des renseignements sur Sayf al-Tha'r !

Il y eut un bref silence, après quoi Suleiman perçut un bruit d'embrasement et sentit la chaleur monter vers lui depuis le mince plancher en contreplaqué.

— Que Dieu ait pitié de vous ! murmura-t-il en tirant désespérément sur les menottes. Que le Tout-Puissant vous pardonne !

Ensuite les flammes l'avalèrent, et on n'entendit plus que ses cris.

Le Caire

Une heure après avoir quitté la boutique d'Iqbar, Khalifa se trouva assis en face de Crispin Oates dans le bureau de ce dernier à l'ambassade britannique. Il avait négligé de téléphoner pour demander un rendez-vous ; il s'était simplement présenté sans se faire annoncer. Il était clair que Oates n'avait pas été ravi de cette intrusion, mais il n'avait pas eu d'autre choix que de recevoir l'inspecteur. À présent, il prenait sa revanche en se montrant aussi condescendant et aussi peu coopératif que possible, tout en observant une parfaite politesse anglaise.

— Et vous n'avez pas la moindre idée de l'endroit où cette Tara Mullray a pu aller ? demanda Khalifa.

Oates eut un soupir las.

— Pas la moindre, monsieur Khalifa. Ainsi que je vous l'ai expliqué il y a à peine deux minutes, j'ai vu Mlle Mullray pour la dernière fois avant-hier, lorsque je suis allé la chercher à son hôtel pour l'amener à l'ambassade. Depuis, je n'ai plus eu aucun contact avec elle. Hum, pardonnez-moi, mais c'est un bureau non fumeurs.

Khalifa venait de sortir de la poche de sa veste son paquet de cigarettes. Il les y remit en se penchant légèrement en avant. Les objets d'Iqbar pesaient lourd.

— Avait-elle un comportement étrange ? demanda-t-il.

— Mlle Mullray ?

— Oui. Mlle Mullray.

— Qu'entendez-vous par « étrange » ?

— Je veux dire... paraissait-elle soucieuse ?

— Elle venait tout juste de découvrir le corps de son père. Je pense que nous paraîtrions tous soucieux dans des circonstances semblables.

— Ce que je veux dire, c'est... Excusez mon anglais, il n'est pas...

— Au contraire, monsieur Khalifa, votre anglais est excellent. Bien meilleur que mon arabe.

— Quand vous avez vu Mlle Mullray pour la dernière fois, avait-elle l'air d'avoir des ennuis ? Avait-elle peur ? Se sentait-elle menacée ?

— Non, répondit Oates. Pour autant que je m'en souvienne, elle ne paraissait rien éprouver de tel. Vous savez, j'ai déjà dit tout cela aux policiers de Gizeh. Bien entendu, je suis très heureux de coopérer, mais c'est un peu... répétitif.

— Je suis désolé, dit Khalifa. Je vais essayer de ne pas abuser de votre temps.

Il resta encore vingt minutes. Plus il posait de questions, plus il avait la conviction que Oates en savait plus qu'il ne le disait. Mais celui-ci n'avait évidemment pas l'intention de révéler quoi que ce soit. Finalement, Khalifa se dit qu'il en avait tiré tout ce qu'il était possible d'en tirer. Il repoussa sa chaise et se leva.

— Merci, monsieur Orts, dit-il. Je suis désolé de vous avoir dérangé.

— Pas du tout, monsieur Khalifa. Le plaisir était pour moi. Et c'est Oates. OATES.

Il épela.

— Bien entendu. Toutes mes excuses. Et moi, je suis l'*inspecteur* Khalifa.

Ils échangèrent une poignée de main avec raideur et Khalifa se dirigea vers la porte. Mais il n'avait pas fait deux pas qu'il s'arrêta. Il tira son calepin de sa poche et y griffonna rapidement sur une page blanche.

— Une dernière question. Est-ce que cela vous dit quelque chose ?

Il montra la page à Oates. On y voyait un carré approximatif, semblable à celui que la fillette avait dessiné dans la boutique d'Iqbar, avec des hiéroglyphes et en bas une rangée de serpents. Oates y jeta un coup d'œil et sa bouche se contracta légèrement.

— Non, dit-il. Je suis désolé.

Menteur, pensa Khalifa.

Il soutint le regard de Oates puis referma son calepin et le remit dans sa poche.

— Bien, dit-il. C'était juste comme ça. Merci encore pour votre aide.

— Je n'ai pas l'impression de vous avoir été d'une grande aide, dit Oates.

— Au contraire. Vous m'avez apporté beaucoup d'informations.

Et il quitta la pièce avec un sourire.

Dans son bureau, Charles Squires ferma l'interphone grâce auquel il avait suivi l'entretien et se cala dans son fauteuil. Il demeura un moment ainsi, très calme, regardant le plafond avec un visage un peu contracté. Puis il se pencha en avant, prit le téléphone et composa rapidement un numéro. On décrocha à la troisième sonnerie.

— Jemal, dit-il, je pense que nous pourrions avoir un problème.

24

Louqsor

Ils arrivèrent à Louqsor au milieu de l'après-midi, après un voyage de presque vingt heures. Ils auraient pu effectuer le trajet en trois fois moins de temps, mais Daniel avait insisté pour faire un grand détour afin d'éviter de traverser la moyenne Égypte.

« Au sud de Béni-Souef, toute la contrée grouille de fondamentalistes, avait-il expliqué. On ne peut pas cracher sans que Sayf al-Tha'r le sache et, de toute façon, il y a un barrage de police à chaque carrefour. Les étrangers ne doivent pas traverser cette région sans escorte. Nous serions arrêtés avant d'avoir fait dix kilomètres. »

Par conséquent, au lieu d'aller directement au sud en prenant la grande route qui longe le Nil jusqu'à Louqsor, ils avaient bifurqué vers l'est à El-Wasta en direction du désert.

« Nous irons jusqu'à la mer Rouge, lui avait-il dit en lui indiquant l'itinéraire sur une carte, et nous suivrons la côte jusqu'à Quseir. Ensuite, nous pourrons revenir vers l'intérieur et atteindre le Nil ici, à Qûs, juste au nord de Louqsor. De cette façon, nous évitons toute la partie moyenne.

— Cela fait un long détour.

245

— Oui, mais il a des avantages. Comme celui de nous permettre d'arriver vivants. »

D'une manière surprenante, compte tenu des circonstances, Tara avait beaucoup apprécié le voyage. Il n'y avait pas eu beaucoup de circulation, si bien que Daniel avait roulé à 140 tandis que le soleil déclinait rapidement derrière eux avant de disparaître. Ils étaient seuls dans la nuit au milieu du désert. L'air était limpide et d'un froid glacial, et au-dessus d'eux la voûte céleste scintillait d'étoiles.

— C'est merveilleux ! s'écria-t-elle tandis qu'ils traversaient le désert. Je n'ai jamais vu autant d'étoiles.

Daniel ralentit un peu.

— Les Égyptiens pensaient qu'elles étaient les enfants de Nout, la déesse du Ciel. Elle leur donnait naissance chaque soir et les avalait chaque matin. Ils pensaient aussi qu'elles étaient les âmes des morts qui attendaient dans l'obscurité le retour du dieu du Soleil, Râ.

Elle l'étreignit plus fort, heureuse de sentir la chaleur et la force de son corps. Les événements des deux derniers jours parurent s'éloigner.

Ils s'arrêtèrent, pour y passer la nuit, dans un petit village de pêcheurs au bord de la mer où ils trouvèrent, au-dessus d'un café, une chambre avec deux lits et une fenêtre qui donnait sur la plage.

Daniel s'endormit presque tout de suite. Tara resta longtemps éveillée, écoutant le bruit de la mer et regardant le visage hâlé et énergique de Daniel éclairé par la lune. Ses sourcils étaient froncés comme s'il était préoccupé. Il se mit à marmonner. Tara ne put s'empêcher de s'approcher pour écouter. C'était un prénom. Un prénom de femme. Marie quelque chose. Il le répétait sans cesse. Son estomac se serra. Elle s'écarta et se mit à regarder par la fenêtre, inexplicablement triste.

Le matin, elle ne lui en parla pas. Après un rapide

petit déjeuner, ils poursuivirent leur chemin vers le sud tandis que l'aube se levait. Ils passèrent Hurghada, Bûr Safâga et El-Hamarawein avant d'arriver à Quseir où ils prirent vers l'ouest, dans le vent qui leur soufflait au visage au milieu d'un désert pierreux. Daniel roulait à pleine vitesse et Tara se blottissait contre son dos en appréhendant la fin de ce voyage et le retour à la réalité de leur situation.

Ils arrivèrent à Qûs à deux heures et à Thèbes-ouest une demi-heure plus tard. Les voitures les entouraient et les rues se remplissaient de passants. Tara posa sa tête sur l'épaule de Daniel, comme si un lourd fardeau pesait sur elle. Elle poussa un profond soupir. Il lui fallait absolument une cigarette.

— Et maintenant ? demanda-t-elle pendant qu'ils s'engageaient sur l'aire d'un petit garage à la périphérie de la ville.

— Nous allons chez Omar.

— Omar ?

— Un vieil ami. Omar Abd-el-Farouk. C'était mon *rais* dans la vallée. Il y a cent ans, sa famille était célèbre. C'étaient les plus grands pilleurs de tombes d'Égypte. Maintenant, ils travaillent pour les missions archéologiques et ont quelques boutiques de souvenirs. Il se passe peu de chose par ici dont ils ne soient pas informés.

Le pompiste s'approcha et remplit leur réservoir.

— Et s'il ne peut pas nous aider ? demanda Tara. Et si nous ne trouvons rien ?

Daniel lui prit la main.

— Tout ira bien, dit-il. Nous nous en sortirons. Fais-moi confiance.

Mais lui-même semblait loin d'en être convaincu.

Omar habitait une grande maison en brique crue dont l'arrière donnait directement sur le champ de ruines où s'élevait autrefois le palais de Malqata. Quand ils arrivèrent, il était dans le jardin en train de rassembler des feuilles de palmier qu'il entassait dans un coin, où un vieil âne les grignotait d'un air léthargique. Dès qu'Omar les vit, il poussa un cri de joie et se précipita vers eux.

— *Ya Doktora !* s'écria-t-il. Comme ça fait longtemps ! Soyez les bienvenus !

Les deux hommes se donnèrent l'accolade et s'embrassèrent deux fois sur chaque joue. Daniel présenta Tara en expliquant qui elle était.

— J'ai appris ce qui était arrivé à votre père, dit Omar. Je suis désolé. Puisse-t-il reposer en paix.

— Merci.

Il cria quelque chose en direction de la maison et les conduisit jusqu'à une table, à l'ombre d'un bananier.

— J'ai fait des fouilles avec le docteur Daniel pendant de nombreuses années, dit-il tandis qu'ils s'asseyaient. J'ai travaillé avec d'autres archéologues aussi, mais le docteur Daniel est le meilleur. Personne n'en sait autant que lui sur la Vallée des Rois.

— Omar dit cela à tous ceux pour qui il travaille, dit Daniel avec un sourire.

— C'est vrai, répondit l'Égyptien, mais je ne suis sincère qu'avec le docteur Daniel.

Une jolie jeune fille sortit de la maison, apportant trois bouteilles de Coca qu'elle posa sur la table. Elle jeta un regard à Daniel, rougit et rentra précipitamment.

— Ma fille aînée, expliqua Omar avec fierté. Elle a déjà reçu deux propositions de mariage. Des garçons du coin. De bonne famille. Mais elle ne pense qu'à une seule personne.

Il désigna Daniel de la tête et se mit à rire doucement.

— Contente-toi de boire ton Coca, Omar.

Ils bavardèrent un moment d'une manière superficielle ; sur les enfants d'Omar, sur leur voyage depuis
Le Caire, sur les missions qui travaillaient dans la
région. La jolie fille réapparut avec une soupe de lentilles et, quand ils eurent fini, avec un plat de poulet
frit, de riz et de *molochia*. Après quoi la femme d'Omar
apporta une pipe *chicha* qu'elle plaça entre les deux
hommes. Elle reçut leurs remerciements pour le repas,
ramassa les assiettes et, après un curieux regard en
direction de Tara, disparut dans la maison.

— Bien, dit Omar en soufflant la fumée par ses
narines. Vous êtes ici pour une raison précise, je suppose, docteur Daniel ? Pas seulement pour une visite
d'amitié.

Daniel sourit.

— On ne peut rien cacher aux el-Farouk.

— Ma famille travaille avec les archéologues
anglais depuis plus de cent ans, dit Omar en riant et
en faisant un clin d'œil à Tara. Mon arrière-arrière-
grand-père était avec Petrie. Mon grand-père avec Carter. Mon grand-oncle avec Pendlebury à Amarna. Nous
lisons en eux comme dans un livre.

Il passa la pipe à Daniel et continua :

— Eh bien, parlez, mon cher ami. S'il y a quoi que
ce soit que je puisse faire pour vous, je le ferai. Vous
faites partie de la famille.

Il y eut un silence, puis Daniel se tourna vers Tara
et lui dit :

— Montre-le-lui.

Elle hésita un instant puis, se penchant en avant, elle
retira la boîte en carton de son sac et la tendit à Omar.
Celui-ci ôta le couvercle et sortit le fragment qu'il prit
dans ses mains.

— Je pense qu'il vient de quelque part par ici, dit Daniel. Une tombe sans doute. L'avez-vous déjà vu ? Savez-vous quelque chose à son sujet ?

Omar ne répondit pas immédiatement. Il continua à tourner la pièce, examinant ses deux faces avant de la remettre dans la boîte et de refermer le couvercle.

— Où l'avez-vous eu ? demanda-t-il.

— Mon père l'a acheté pour moi, dit Tara.

Puis elle ajouta :

— Sayf al-Tha'r le veut. Et aussi les gens de l'ambassade britannique.

Elle sentit que Daniel changeait de position à côté d'elle et comprit qu'il aurait préféré qu'elle ne mentionne pas tout cela. Omar acquiesça et, reprenant la pipe, se mit à tirer lentement sur l'embout en cuivre.

— C'est la raison pour laquelle vous avez fait un aussi long détour depuis Le Caire ?

— Oui, admit Daniel. Nous avons pensé qu'il valait mieux éviter la moyenne Égypte. Vous savez quelque chose, n'est-ce pas ?

L'Égyptien exhala une épaisse volute de fumée, prenant son temps.

— Hier matin, j'ai été convoqué par la police pour un interrogatoire, dit-il. Rien d'inhabituel en soi. Lorsqu'un crime relatif aux antiquités est commis, la première chose que fait la police, c'est de convoquer un el-Farouk. Nous leur répétons sans cesse que nous ne sommes plus concernés par ce genre d'activité depuis cent ans, mais cela n'y fait rien. Ils continuent à nous convoquer. Mais cette fois, ce n'étaient pas les questions idiotes habituelles. Cette fois, il y avait eu un meurtre. Un homme du coin. L'inspecteur pensait qu'il avait peut-être trouvé une nouvelle tombe. Qu'il avait sorti des objets. Et mécontenté des gens puissants. Il voulait savoir si j'avais des informations à ce sujet.

Il s'arrêta et se pencha en avant pour ranimer les braises du *chicha*.

— Je n'ai rien dit à la police, bien entendu. Ce sont des chiens et je préférerais mourir plutôt que de les aider. La vérité, cependant, c'est que j'ai eu vent de certaines choses. Au sujet d'une nouvelle tombe là-haut dans les collines. Où, je ne sais pas, mais c'est quelque chose d'important. On dit que Sayf al-Tha'r la veut à tout prix.

— Et vous pensez que cette pièce pourrait en faire partie ?

Omar haussa les épaules.

— Peut-être, peut-être pas. Je l'ignore. Ce que je peux vous dire, c'est que, si c'est le cas, vous courez tous les deux un grave danger. Il ne fait pas bon s'opposer à l'Epée de la vengeance.

Son regard alla de l'un à l'autre. L'âne avait cessé de jouer avec les feuilles de palmier et reniflait devant l'ouverture d'un four à pain en argile, au coin de la maison. Il y eut un long silence.

— Il faut que je découvre d'où vient cette pièce, dit Daniel. Nous devons savoir pourquoi elle est tellement importante. Aidez-nous, Omar. Je vous le demande.

L'Égyptien ne répondit rien, il continuait à tirer sur sa pipe. Puis, lentement, il se leva et se dirigea vers la maison. Un instant, Tara crut qu'il les abandonnait. Mais, arrivé à la porte d'entrée, il se retourna.

— Je vais vous aider, cela va de soi, docteur Daniel. Vous êtes mon ami et, quand un ami demande de l'aide, un Abd el-Farouk ne le laisse pas tomber. Je vais faire des recherches. Pendant ce temps, vous resterez ici. Vous êtes mes invités.

Et il leur fit signe d'entrer dans la maison.

25

Le Caire

Debout dans l'entrée du musée des antiquités égyptiennes du Caire, Khalifa regardait la grande coupole de verre qui en formait le toit et les deux grandes statues placées à l'autre bout du hall. Il aurait voulu disposer de plus de temps. Cela faisait deux ans qu'il n'était pas venu et il aurait aimé pouvoir au moins regarder rapidement les collections et aller voir ses pièces préférées : les cercueils de Yuya et de Tjuju, le trésor de Toutankhamon, la statuette en calcaire peint du nain Seneb.

Cependant, l'après-midi était déjà bien avancée et il avait un train à prendre. C'est pourquoi, sans faire plus de manières, il s'engagea à gauche, traversa rapidement la galerie de l'Ancien Royaume en jetant un coup d'œil aux œuvres mais en résistant à la tentation de s'attarder et, tout au bout, il escalada un large escalier.

Arrivé en haut, il ouvrit une porte marquée « privé », monta un autre escalier, en bois celui-là, et suivit un long couloir jusqu'à une porte portant l'inscription « Professeur Mohammed al-Habibi ». Il frappa deux fois. Une voix chaleureuse l'invita à entrer.

Son vieux professeur, debout, lui tournait le dos. Penché au-dessus de son bureau, il examinait attentivement un objet à travers une loupe.

— J'en ai pour un instant, dit-il sans se retourner. Faites comme chez vous.

Khalifa referma la porte et s'y appuya en regardant avec affection le dos du vieil homme. Il savait qu'il était inutile d'essayer d'attirer son attention. Quand le professeur était absorbé par un objet, un troupeau d'éléphants sauvages n'aurait pu le distraire.

Il était exactement comme il avait toujours été. La même silhouette ronde, un cardigan effiloché et un jean qui s'arrêtait à huit centimètres au-dessus de ses chevilles. Les épaules étaient un peu plus voûtées et son crâne chauve un peu plus ridé. Mais cela n'avait rien de surprenant. Après tout, il approchait des quatre-vingts ans.

Khalifa se souvint du jour de leur première rencontre, presque vingt-cinq ans plus tôt. C'était ici, dans le musée. Ali et lui se tenaient devant une table à libations en albâtre en se demandant tout haut ce qu'était une libation. Le professeur, qui passait, s'était arrêté pour le leur expliquer.

Il leur avait plu tout de suite par son apparence négligée, ses manières chaleureuses, et par la façon dont il avait décrit la table en parlant d'elle comme s'il s'agissait d'une personne vivante et non d'un objet inanimé. De son côté, le professeur les avait pris en sympathie. Touché, peut-être, par leur intérêt pour le passé et leur pauvreté, ou bien – mais Khalifa ne l'avait découvert que bien des années après – parce que son propre fils avait l'âge d'Ali lorsqu'il avait été tué dans un accident de voiture, plusieurs années auparavant.

Le professeur était devenu leur guide officieux. Il les accueillait tous les vendredis et leur faisait visiter le musée pendant une heure, avant de leur acheter à chacun un Coca-Cola et une tranche de *basboussa*[1]

---

1. Pâtisserie à base de semoule et de miel.

dans une échoppe de la place Tahrir. Par la suite, le Coca et la *basboussa* avaient été remplacés par un déjeuner cuisiné par la femme du professeur, une personne encore plus rondelette et débraillée que son mari, si tant est que ce soit possible. Il leur avait prêté des livres, leur avait fait prendre dans leurs mains des antiquités, et leur avait permis de regarder sa télévision, ce qui était – bien que ni l'un ni l'autre n'eussent voulu l'admettre – ce qui leur plaisait le plus lorsqu'ils allaient chez lui.

Il en était venu, d'une certaine façon, à combler le vide laissé par la mort de leur père. Lui-même avait certainement considéré les deux garçons d'un œil paternel. La fierté qu'il avait ressentie lorsque Khalifa était entré à l'université était plus celle d'un père pour son fils que celle d'un ami. Il en était de même pour les larmes qu'il avait versées quand il avait appris ce qui était arrivé à Ali.

Il s'écoula plusieurs minutes avant qu'il pose sa loupe et se retourne.

— Youssouf ! s'écria-t-il en regardant Khalifa avec un sourire épanoui. Pourquoi n'as-tu rien dit, espèce d'imbécile ?

— Je ne voulais pas vous déranger.

— Absurde !

Khalifa s'avança et les deux hommes s'étreignirent.

— Comment vont Zenab et les enfants ?

— Bien, merci. Ils vous disent tous leur affection.

— Et le petit Ali ? Travaille-t-il bien en classe ?

En tant que parrain du fils de Khalifa, le professeur s'intéressait de près aux études du jeune garçon.

— Très bien.

— Je le savais. À la différence de son père, le fils a quelque chose dans la tête.

Il lui fit un clin d'œil et, contournant son bureau, décrocha un téléphone.

— Je vais appeler Arwa pour lui dire que tu viens dîner.

— Désolé, je ne peux pas. Je rentre à Louqsor ce soir.

— Tu n'as pas le temps de prendre un petit en-cas ?

Khalifa ne put s'empêcher de rire. Dans la maison du professeur al-Habibi, il n'était pas question de petit en-cas. Dans l'esprit de sa femme, cela consistait à servir cinq plats au lieu de dix.

— Pas le temps. C'est juste un voyage éclair.

— Dommage, dit Habibi en raccrochant. Elle sera furieuse de ne pas t'avoir vu. Et c'est moi qu'elle blâmera. Elle dira que j'aurais dû insister pour t'amener. Te faire venir de force, s'il le fallait. Tu n'as pas idée des ennuis que tu vas me causer !

— Désolé. Tout s'est décidé de manière intempestive.

Le professeur ricana.

— Eh bien, tu devrais venir un peu plus souvent de manière intempestive. On ne te voit pas beaucoup.

Il fouilla dans un tiroir, en sortit une bouteille de xérès et en versa une bonne quantité dans un verre posé sur la table.

— Je présume que les lois d'Allah ne se sont pas assouplies depuis la dernière fois ?

— J'ai bien peur que non.

— Alors je ne t'embarrasserai pas en t'offrant un verre.

Il leva le sien.

— C'est bon de te revoir, Youssouf. Ça faisait long-temps.

Il avala le xérès d'un trait, eut un léger renvoi, puis mit son bras sur les épaules de Khalifa et l'entraîna vers le bureau.

— Regarde ça, dit-il.

Un fragment de papyrus jaune était posé sur le buvard. Très effiloché, il comportait six colonnes de hiéroglyphes noirs et dans un coin, très estompé, une partie d'une tête de faucon surmontée d'un disque solaire. Habibi tendit la loupe à Khalifa.

— Ton opinion, s'il te plaît.

C'était là un jeu auquel ils jouaient depuis toujours. Le professeur présentait un objet ancien et Khalifa devait essayer de l'identifier. L'inspecteur se pencha sur le papyrus pour l'examiner.

— Ma connaissance des hiéroglyphes n'est plus aussi bonne qu'avant. On n'a pas tellement l'occasion de s'en occuper dans la police.

Il suivit les lignes du texte.

— L'un des livres d'après-vie ? suggéra-t-il.

— Très bien ! Mais lequel ?

Khalifa revint au texte.

— *Amduat ?* demanda-t-il avec incertitude.

Puis, avant que Habibi ait le temps de répondre :

— Non, le *Livre des morts.*

— Bravo, Youssouf ! Je suis vraiment très impressionné. Peux-tu le dater ?

Voilà qui était plus difficile. Les prières et les rites du *Livre des morts* étaient d'abord apparus dans les tombes royales de la XVIIIe dynastie et avaient peu changé au cours des mille cinq cents années suivantes. Les hiéroglyphes en eux-mêmes auraient pu donner une indication de date – le style des signes avait pu se modifier au cours des siècles – mais, si toutefois c'était le cas, Khalifa n'avait pas les connaissances nécessaires pour se servir de ce moyen. Le seul indice utilisable était la tête de faucon surmontée d'un disque solaire, ainsi qu'un mot du texte : Amenemheb.

— Nouveau Royaume, hasarda-t-il.

— La raison ?

— La figure de Rê-Harakhty.

Rê-Harakhty était le dieu d'État du Nouveau Royaume. Et Amenemheb était un nom typique de la même époque.

Habibi acquiesça.

— Raisonnement impeccable. Faux, mais néanmoins impeccable. Essaie encore, vas-y.

— Je n'ai vraiment aucune idée, professeur. Troisième période intermédiaire ?

— Faux !

— Période tardive ?

— Faux !

Le professeur s'amusait beaucoup.

— Je te laisse une dernière chance, gloussa-t-il.

— Dieu seul peut savoir. Période gréco-romaine ?

— J'ai bien peur que non, dit-il en riant et en tapant sur l'épaule de Khalifa. En fait, c'est le vingtième.

— Vingtième dynastie ? Mais j'ai dit le Nouveau Royaume !

— Non, pas la vingtième dynastie, Youssouf. Le vingtième siècle.

Khalifa ouvrit la bouche.

— C'est un faux ?

— C'en est bien un. Un très bon, mais assurément un faux.

— Comment pouvez-vous en être sûr ? Il a l'air absolument authentique.

Habibi se mit à rire.

— Tu serais stupéfait de voir comme ces faussaires sont habiles. Pas seulement dans l'imitation mais aussi pour le matériau. Ils savent faire vieillir l'encre et le papyrus afin qu'ils aient l'air de dater de milliers d'années. Ils ont un talent exceptionnel. Dommage qu'ils s'en servent pour tromper les gens.

Il prit la bouteille de xérès et se servit un autre verre.

— Mais comment vous en êtes-vous aperçu, demanda Khalifa. Qu'est-ce qui l'indique ?

Cette fois encore, le xérès disparut d'un trait.

— Eh bien, nous pouvons faire plusieurs tests. Le carbone 14 sur des fragments de papyrus. L'analyse microscopique de l'encre. Mais dans ce cas-ci je n'ai pas eu besoin de faire appel aux scientifiques. J'ai pu m'en apercevoir par un simple examen. Allez, regarde encore une fois.

Khalifa se pencha sur le papyrus et le parcourut à travers la loupe. Mais, malgré toute sa bonne volonté, il ne put rien trouver qui contredise son authenticité.

— Ça me dépasse, dit-il en se redressant et en rendant la loupe au professeur. Il est absolument parfait.

— Exactement ! C'est justement ce qui permet de se prononcer. Regarde les anciens manuscrits égyptiens, les inscriptions, les fresques, ils ne sont jamais parfaits. Il y a toujours au moins une minuscule imperfection : une petite tache d'encre, un hiéroglyphe mal aligné, une figure mal orientée. Aussi minutieusement qu'il ait été exécuté, on peut trouver au moins une erreur. Et c'est cela qui révèle les faux. Ils sont trop bons. Les Anciens n'étaient jamais aussi précis. C'est l'attention au détail qui trahit les faussaires.

Il se pencha vers Khalifa et, après s'être emparé du papyrus, il en fit une boule et le jeta à la corbeille. Ensuite, il regagna son bureau, s'assit lourdement dans son vieux fauteuil en cuir et prit sur l'étagère derrière lui une pipe de bruyère qu'il bourra de tabac.

Khalifa alluma une cigarette, prit dans sa poche les objets enveloppés dans un tissu, défit la ficelle et posa le paquet sur le bureau.

— Bien, dit-il en souriant. Maintenant, c'est votre tour. Que pouvez-vous me dire de ces choses-là ?

Habibi le regarda à travers les volutes de fumée bleue de sa pipe et, avec une expression intriguée, ouvrit le paquet. Devant lui s'étalaient les sept objets que Khalifa avait trouvés dans la boutique d'Iqbar. Le professeur se pencha en avant et posa sur eux ses mains ridées, doucement, avec amour, comme pour les rassurer et gagner leur confiance.

— Intéressant, dit-il. Très intéressant. D'où viennent-ils ?

— C'est à vous de me le dire, répondit Khalifa.

Habibi eut un petit rire et reporta son attention sur les objets. Ayant allumé la lampe de bureau, il prit la loupe. Il saisit les objets un par un et les examina en les présentant à la lumière. Son œil injecté de sang grossissait et rapetissait derrière la loupe. Dans le bureau, on n'entendait que le sifflement de sa respiration.

— Eh bien ? demanda Khalifa quand cinq minutes se furent écoulées.

Habibi reposa le *shabti* qu'il était en train de regarder et se cala dans son fauteuil.

Sa pipe s'étant éteinte, il lui fallut une autre minute pour la remplir à nouveau et la rallumer. Il goûtait cet instant, comme quelqu'un à qui on a demandé d'identifier un vin particulièrement rare et qui, après l'avoir soigneusement dégusté, éprouve la certitude tranquille de connaître la réponse.

— Occupation perse, répondit-il.

Khalifa haussa les sourcils.

— Occupation perse ?

— C'est cela.

Bref silence.

— La première ou la seconde ?

Habibi se mit à rire.

— Examinateur sans pitié ! Il ne m'épargne rien. La première, je dirai, bien que je ne puisse donner une date précise. Entre 525 et 404 av. J.-C. Mais les *shabtis* paraissent un peu plus tardifs.

— Plus tardifs ?

— La seconde occupation, probablement. Bien qu'ils puissent aussi appartenir à la trentième dynastie.

De tels objets sont presque impossibles à dater précisément, en particulier lorsqu'ils sont très simples, comme ceux-là, et ne comportent ni légende ni inscription. Il n'y a pas d'indication stylistique manifeste. On doit se fier à l'intuition.

— Et l'intuition les situe à la seconde occupation perse ?

— Ou à la trentième dynastie.

Khalifa réfléchit un instant en silence.

— Sont-ils authentiques ?

— Oh oui. Il n'y a aucun doute sur ce point. Ils le sont tous.

Il tira une longue bouffée sur sa pipe. Quelque part en dessous, un haut-parleur annonça que le musée fermait dans dix minutes.

— Autre chose ? demanda Khalifa.

— Tout dépend de ce que tu veux savoir. Le pot d'onguent en terre cuite appartenait probablement à un soldat. Nous en possédons plusieurs du même genre. Une production militaire standard de l'époque, semble-t-il. Le poignard aussi suggère une relation avec la vie militaire. Tu vois, ici, la lame est ébréchée et usée. Il n'avait pas un usage cérémoniel ou votif, il a vraiment servi. Le pectoral est intéressant. Il révèle un haut rang. De meilleure qualité que le reste.

— Ce qui veut dire ?

— Eh bien, dit le professeur en suçotant sa pipe, ou bien il provient d'une autre source que les autres objets, ou bien la personne qui a possédé le pot et la dague a connu une magnifique amélioration de sa fortune.

Khalifa se mit à rire.

— Vous auriez dû entrer dans la police. Avec cette capacité de déduction, vous seriez commissaire à présent.

— Peut-être, dit Habibi avec un geste évasif de sa pipe. Mais je pourrais dire des choses complètement idiotes. C'est cela le problème quand on travaille sur l'Antiquité. On peut avancer n'importe quelle théorie farfelue, personne ne prouvera jamais qu'on se trompe. Tout est affaire d'interprétation.

Il saisit la bouteille de xérès et se versa un troisième verre. Cette fois, pourtant, il ne le vida pas d'un trait mais le but lentement.

— Alors, dis-moi, Youssouf, d'où viennent-ils ?

Khalifa tira une dernière fois sur sa cigarette et l'écrasa dans le cendrier.

— De Louqsor, je pense. D'une nouvelle tombe.

Habibi acquiesça lentement.

— C'est en rapport avec l'affaire dont tu t'occupes ?

Ce fut au tour de Khalifa d'acquiescer.

— Je ne te demande pas de détails.

— C'est probablement mieux ainsi.

Habibi prit un crayon sur son bureau et l'introduisit dans sa pipe pour tasser les cendres. Une autre annonce retentit en dessous. Ils demeurèrent un moment silencieux.

— C'est en rapport avec Ali, n'est-ce pas ? dit enfin Habibi.

— Pardon ?

— L'affaire, ces objets, c'est en rapport avec Ali ?

— Qu'est-ce qui vous fait...

— Je peux le lire sur ton visage, Youssouf. Dans ta voix. On ne passe pas sa vie à étudier les morts sans en apprendre un peu aussi sur les vivants. Je le vois, Youssouf. Cela concerne ton frère.

Khalifa ne répondit rien. Le professeur se leva, contourna lentement son bureau et passa derrière Khalifa. D'abord, celui-ci pensa qu'il allait vers la bibliothèque, à l'autre bout de la pièce. Puis il sentit les mains du professeur sur ses épaules. Malgré son âge, la prise était ferme.

— Arwa et moi... commença Habibi d'une voix incertaine. Quand Ali et toi êtes entrés pour la première fois dans notre vie...

Il s'interrompit à mi-phrase. Khalifa se retourna et prit les mains du vieil homme dans les siennes.

— Je sais, dit-il doucement.

— Fais attention, Youssouf. C'est tout ce que je te demande. Fais attention.

Ils restèrent ainsi, puis Habibi retourna à son fauteuil.

— Regardons encore ces choses-là, dit-il d'un ton qui se voulait jovial. Voyons ce que nous pouvons encore te dire. Où donc ai-je mis cette loupe ?

26

Louqsor

Omar les conduisit à une chambre toute simple située à l'étage supérieur de sa maison. Le sol était en béton brut et la fenêtre n'avait pas de vitres. Tandis que sa femme et sa fille aînée apportaient des coussins et des draps, ses trois autres enfants se tenaient à la porte et regardaient les nouveaux venus. Le plus jeune, un garçon, paraissait fasciné par les cheveux de Tara. Quand elle le souleva, il enroula une mèche autour de ses doigts en murmurant quelque chose à sa mère.

— Que dit-il ? demanda Tara.

— Que ça ressemble à la queue d'un cheval, dit Omar.

— Merci, dit-elle en souriant.

Elle pinça doucement le nez du garçon avant de reposer celui-ci sur le sol. Elle trouvait un étrange réconfort dans cette famille qui l'entourait, comme s'ils formaient une barrière invisible de chaleur humaine et d'innocence entre le monde extérieur et elle. Quand il se fut assuré qu'ils avaient tout ce qu'il fallait pour être à l'aise, Omar fit sortir les autres.

— Maintenant, je vais voir en ville ce que je peux trouver, dit-il. En attendant, vous êtes chez vous. Vous serez en sûreté ici. Au moins, à Louqsor, le nom d'el-Farouk apporte une certaine protection.

263

Lorsqu'il fut parti, ils prirent une douche puis montèrent sur la terrasse de la maison, où de la lessive pendait à un fil et où un monceau de dattes séchaient sur un drap. Ils contemplèrent les collines de Thèbes qui les surplombaient comme une grande vague brune. Ensuite, ils se tournèrent vers l'est, du côté du fleuve. De la fumée montait des champs, là où les paysans brûlaient le chaume de leurs moissons de maïs et de canne à sucre. Une charrette chargée de paille se déplaçait lentement, tirée par un attelage de buffles. Deux aigrettes blanches plongèrent vers la surface d'un canal boueux ; un groupe d'enfants jouaient en haut d'un tertre en jetant des baguettes à un chien attaché en contrebas. De quelque part au loin provenait le doux ronronnement d'une pompe d'irrigation.

— Je pense que nous devrions faire quelque chose, dit-elle après un long silence.

— Quoi par exemple ?

— Je ne sais pas. Ça me paraît une erreur de faire tout ce chemin et puis de se contenter de regarder le paysage. Après tout ce qui s'est passé.

— Il n'y a pas grand-chose à faire, Tara. Du moins pas avant le retour d'Omar. Notre prochaine action dépend de ce qu'il va découvrir.

— Je sais, je sais. Mais je me sens impuissante à ne faire qu'attendre. Comme si nous étions à la merci des événements. Mon père est mort. Des gens essaient de nous tuer. Je veux faire quelque chose. Essayer de trouver des réponses.

Il lui toucha l'épaule.

— Je sais ce que tu ressens. Moi aussi, j'ai un sentiment de frustration. Mais nous avons les mains liées.

Ils regardèrent en silence un vieil homme qui passait sur la route en conduisant un chameau. Daniel, perdu dans ses pensées, se tourna à nouveau vers les collines, parcourant du regard le mur rocheux. Soudain, comme

264

s'il venait de prendre une décision, il lui prit la main et l'entraîna vers l'escalier.

— Viens. Cela ne résoudra peut-être pas nos problèmes, mais au moins nous ferons quelque chose.

— Qu'est-ce que nous allons faire ?

— Là.

Il désigna une corniche qui courait comme une lame au sommet des collines.

— Il n'y a pas de meilleur endroit en Égypte pour observer le coucher du soleil.

Ils descendirent les escaliers.

— Et il vaut mieux que tu emportes la boîte.

— Pourquoi ? Tu penses qu'Omar pourrait la voler ?

— Non. Mais je ne veux pas qu'on le tue à cause d'elle. C'est notre affaire à nous, Tara. Nous devons la garder pour nous.

Il leur fallut presque une heure pour atteindre la corniche. Ils montèrent d'abord des marches en ciment puis, quand elles eurent disparu, ils suivirent un sentier poussiéreux très pentu qui montait en zigzag jusqu'à un étroit goulet d'où l'on accédait au sommet des collines. L'ascension n'avait pas été facile. Arrivés en haut, ils étaient trempés de sueur. Ils restèrent un moment debout pour reprendre leur souffle, puis Daniel s'assit sur un grand rocher et il alluma un petit cigare. Il se tapotait la cuisse comme s'il attendait quelqu'un. Tara retira son sac à dos et monta au-dessus de lui, captivée par la vue extraordinaire. Le soleil se couchait, énorme et rouge, comme un immense joyau suspendu dans le ciel turquoise. Le ruban argenté du Nil scintillait à travers la brume, et les collines s'étendaient à l'infini, vides, silencieuses et mystérieuses.

— On appelle ce pic el-Qurn, dit Daniel. La corne. De la plupart des directions, il ressemble simplement à une arête au sommet des collines mais, depuis la Vallée des Rois, il a la forme d'une pyramide. Les anciens Égyptiens l'appelaient Dehenet. Le sommet. C'est la raison pour laquelle ils ont choisi la vallée comme lieu funéraire.

— C'est si tranquille... dit Tara.

— Ils pensaient la même chose il y a trois mille cinq cents ans. Le pic était consacré à la déesse Meret-Seger : « Celle qui aime le silence ».

Il se releva en jetant un bref regard vers le chemin par lequel ils étaient arrivés avant de monter auprès d'elle.

— Regarde là-bas, cet enclos rectangulaire, là sur la droite c'est Médinet Habou, le temple funéraire de Ramsès III. L'un des plus beaux monuments d'Égypte. Et là-bas, là où sont les palmiers, c'est la maison d'Omar. Tu la vois ?

Elle regarda vers le bas en suivant la direction de son doigt.

— Je pense.

— Ensuite, si tu vas vers la gauche, dit-il en se penchant vers elle au point que leurs joues se touchaient presque, là où se trouve un ensemble de bâtiments, c'est le Ramesseum, le temple funéraire de Ramsès II.

Elle sentait son souffle sur son oreille et se recula un peu en tournant la tête vers lui. Il y avait une inquiétude dans son regard, comme le reflet d'un trouble intérieur.

— Qu'y a-t-il ? demanda-t-elle.

— Je...

Il s'arrêta, incapable de trouver ses mots, et baissa les yeux.

— Qu'y a-t-il, Daniel ?

— Je voulais...

Il y eut un bruit de grattement derrière eux. Ils se retournèrent. Encadré par les bords du goulet qu'ils avaient emprunté quelques minutes plus tôt, apparut un visage hirsute et sauvage avec des joues creuses et des yeux égarés, injectés de sang.

— Bonjour, s'il vous plaît, bonjour, s'il vous plaît, balbutia le nouveau venu en se hissant un peu plus haut et en faisant paraître une djellaba tellement usée et effilochée que c'était un miracle qu'elle puisse tenir en un seul morceau.

— Attendez, attendez, attendez, je vous montre quelque chose très bon. Ici, ici, regardez.

Parvenu sur la corniche, il se précipita vers eux et tendit une main squelettique qui tenait un grand scarabée sculpté dans une pierre noire.

— J'ai vu vous monter, baragouina-t-il, très long chemin, très long. Ici, regardez, regardez, meilleure fabrique. Très, très bon, combien vous donner ?

— *La*n dit Daniel avec un mouvement négatif de la tête. *Mish delwa'tee*. Pas maintenant.

— Qualité, qualité ! Combien vous donner ?

— *Ana mish aayiz*. Je n'en veux pas.

— Prix, prix. Donner prix. Vingt livres égyptiennes. Pas cher.

— *La*, répéta Daniel d'une voix dure. *Ana mish aayiz*.

— Quinze. Dix.

Non, fit Daniel de la tête.

— *Antika*, dit l'homme en baissant la voix. J'ai *antika*. Vous vouloir voir. Très bon. Très réel.

— *La*, dit fermement Daniel. *Imshi*. Va-t'en.

L'homme perdait espoir. Il s'accroupit à leurs pieds.

— Bonnes gens. Bonnes gens. Essayez comprendre. Pas d'argent, pas manger, faim, faim, comme chien.

Il rejeta la tête en arrière et poussa un hurlement déchirant.

— Voyez, bredouilla-t-il. Je suis chien. Pas homme. Chien. Animal. Chien.

Et il poussa un autre hurlement.

— *Khalas !* gronda Daniel. Ça suffit !

Il tira de sa poche quelques billets qu'il tendit à l'homme dont les sanglots se transformèrent en un large sourire qui exhiba des dents marron. Il se lança dans une danse maladroite en sautant sur la corniche.

— Homme bon, homme bon, homme bon, chantait-il. Mon ami si bon avec moi.

Tout en sautillant, il regarda Tara.

— Belle madame, vous vouloir visiter tombes ? Voir Hatshepsout ? Vallée des Rois. Vallée des Reines. Tombes spéciales. Tombes secrètes. Moi guide. Pas cher.

— Ça suffit, dit Daniel. Tu as eu ton pourboire. Va-t'en. *Imshi !*

L'homme cessa de danser et, avec un haussement d'épaules, retourna vers le goulet en tenant l'argent et en marmonnant :

— Argent, va-t'en, argent, va-t'en, argent, va-t'en.

Il s'engagea dans l'étroit couloir et commença à redescendre. Cependant, alors que seule sa tête dépassait encore, il se tourna pour regarder Tara droit dans les yeux.

— Ce n'est pas ce que vous croyez, dit-il d'une voix soudain calme et claire. Les fantômes m'ont dit de vous le dire. Ce n'est pas ce que vous croyez. Il y a beaucoup de mensonges.

Puis il disparut et on n'entendit plus que le crissement des pierres sous ses pas pendant qu'il redescendait la pente.

— Qu'a-t-il voulu dire ? demanda-t-elle, remuée par les paroles de l'homme. Ce n'est pas ce que nous croyons ?

— Dieu seul le sait, dit Daniel.

Il sauta du rocher et s'approcha du bord de la corniche pour regarder la Vallée des Rois au-dessous de lui.

— Il est manifestement fou, ce pauvre type. On aurait dit qu'il n'avait pas mangé depuis un mois.

Ils restèrent ainsi en silence. Daniel regardait la vallée et Tara regardait Daniel.

— Tu avais quelque chose à me dire, demanda-t-elle.

— Hum ?

Il se tourna vers elle.

— Oh, ça n'a aucune importance. Viens voir. C'est le meilleur moment de la journée pour regarder la vallée. Elle est vide. Comme elle devait l'être dans les temps anciens.

Elle sauta en bas et vint auprès de lui. Leurs doigts s'effleurèrent. Au-dessous d'eux, l'oued était silencieux et vide, et les vallées de ses affluents formaient comme les doigts d'une main.

— Où est la tombe de Toutankhamon ? demanda-t-elle.

Il tendit la main.

— Tu vois, là où la vallée se rétrécit, à son milieu. Juste à gauche, il y a la forme d'une arche à flanc de colline. C'est KV9, le tombeau de Ramsès VI. Celui de Toutankhamon est juste après.

— Et ton site ?

Après une hésitation, il répondit :

— On ne peut pas le voir d'ici. Il est plus haut dans la vallée, du côté de Thoutmosis III.

— Je me souviens que je suis venue ici une fois avec maman et papa, quand j'étais petite. Papa faisait une conférence au cours d'une croisière sur le Nil, et nous devions l'accompagner. Il était tout excité à l'idée de nous faire visiter toutes les tombes, mais moi, je voulais retourner sur le bateau pour aller à la piscine. Je pense que c'est à ce moment-là qu'il a compris que je ne serais pas la fille qu'il aurait voulu avoir.

Daniel la regarda. Il déplaça légèrement son épaule, comme s'il s'apprêtait à lui prendre la main. Mais il ne le fit pas, et son regard se détourna. Ayant fini son cigare, il le jeta.

— Ton père t'aimait beaucoup, Tara, dit-il d'une voix tranquille.

— Peu importe, répondit-elle en haussant les épaules.

— Crois-moi, Tara. Il t'aimait. Mais il y a des gens qui ont du mal à exprimer ces choses-là. À dire ce qu'ils ressentent.

Et voilà qu'il avait pris sa main. Aucun des deux ne dit quoi que ce soit, aucun ne bougea, comme si le contact qui s'était établi était tellement fragile qu'un rien pourrait le briser. Le soleil était descendu sous l'horizon et la nuit commençait à tomber. Il y avait quelques étoiles ; dans la plaine, les lumières des maisons commençaient à s'allumer. De l'autre côté, sur un col rocheux, ils distinguèrent deux soldats qui sortaient d'une baraque. C'était l'un de ces postes de garde qui avaient été installés sur les collines après le massacre de Deir el-Bahari. Le vent se mit à souffler plus fort.

— Est-ce qu'il y a quelqu'un d'autre ? demanda-t-elle d'une voix calme.

— Des femmes ? répondit-il en souriant. Non, pas vraiment. Il y en a eu. Mais rien de...

Il chercha le mot juste.

— ... significatif. Et toi ?

— Même chose.

Au bout d'un instant, elle ne put s'empêcher de demander :

— Qui est Marie ?

— Marie ?

270

— La nuit dernière, pendant que tu dormais, tu as prononcé son nom.

— Je ne connais pas de Marie.

Il paraissait sincèrement surpris.

— Tu ne cessais de le répéter. Marie quelque chose. Marie. Marie.

Il réfléchit, en prononçant le nom pour lui-même à plusieurs reprises, puis se pencha en arrière et éclata de rire.

— Marie ! Oh, c'est merveilleux ! Serais-tu jalouse, Tara ? Dis-moi, serais-tu jalouse ?

— Non, répondit-elle sur la défensive. Seulement intéressée.

— Pour l'amour de Dieu ! *Mery.* Voilà ce que je disais. Pas Marie. *Mery. Mery-amun.* Aimé d'Amon. Rien qui puisse t'inquiéter, je te le promets. C'est un homme après tout, et cela fait deux mille cinq cents ans qu'il est mort.

Il riait toujours et Tara se joignait à lui, embarrassée par son erreur, mais heureuse. Il serra sa main plus fort, elle fit de même, et puis, sans que ni l'un ni l'autre comprenne ce qui se passait, il la prit dans ses bras et l'embrassa.

Pendant une seconde, elle résista. Une voix intérieure lui disait que c'était un homme dangereux, qui pourrait encore la faire souffrir. Mais cela ne dura pas plus d'une seconde. Elle ouvrit la bouche, l'enlaça et l'attira contre elle. Elle avait besoin de lui, malgré ce qu'il lui avait fait, ou peut-être à cause de cela. Les mains de Daniel lui caressaient le cou et le dos. Elle se pressa contre lui. Elle avait oublié à quel point c'était bon d'être avec lui.

Combien de temps restèrent-ils ainsi ? Elle ne s'en rendit pas compte. Mais, quand ils se séparèrent, le monde environnant était plongé dans l'obscurité. Ils s'assirent sur un rocher et il la prit dans ses bras pour la protéger du vent. Loin sur leur droite, une ligne de lumières marquait sur le flanc de la montagne les marches en ciment par lesquelles ils étaient montés. D'autres lumières clignotaient dans la plaine, blanches pour la plupart, mais certaines étaient vertes. Elles signalaient le minaret d'une mosquée.

— Alors, qui est cette Marie ? demanda-t-elle en nichant son visage au creux de son épaule.

— L'un des fils du pharaon Amasis, répondit-il en souriant. Le prince Mery-amon Sehetep-ib-re. Il vivait vers 550 av. J.-C. Je me plais à penser qu'il est enterré dans la Vallée des Rois. C'est ce que je fais depuis cinq ans. J'essaie de le trouver. Je suis convaincu que sa tombe est encore intacte.

Il sortit un autre petit cigare de la poche de sa chemise et se pencha derrière elle pour abriter son briquet du vent.

— Quand vas-tu reprendre les fouilles ?

Il se pencha en avant, tira sur le cigare et exhala lentement la fumée que le vent emporta comme un ruban déchiré. Il y eut un long silence. Quand il reprit la parole, sa voix avait changé. Elle contenait une pointe d'amertume, de ressentiment.

— Je ne vais pas reprendre les fouilles.

— Que veux-tu dire ?

— Exactement ce que je dis. Je ne reprends pas les fouilles.

— Tu vas chercher ailleurs ?

— Peut-être. Pas en Égypte en tout cas.

Il baissa les yeux, les lèvres pâles et serrées. Elle remarqua qu'il serrait le poing comme s'il allait frapper quelqu'un. Elle se dégagea, alla s'asseoir à califourchon sur le rocher et le regarda de profil.

— Je ne comprends pas, Daniel. Que veux-tu dire ? Tu ne feras plus de fouilles en Égypte ?

— Ce que je veux dire, Tara, c'est que, en fait, ma

carrière d'égyptologue est terminée. Elle est finie.
Morte. Foutue.

Son amertume était évidente. Il leva vers elle des
yeux noirs, comme si la lumière de la vie en avait été
extirpée, puis baissa la tête.

— Ils m'ont enlevé ma concession, marmonna-t-il.
Ces salauds m'ont enlevé ma concession. Et, étant
donné les circonstances, il est peu probable que je la
retrouve un jour.

— Oh, mon Dieu ! Qu'est-il arrivé ? Dis-moi.

Elle avait grandi dans un milieu d'archéologues et
elle savait ce que ce coup devait représenter pour lui.
Elle prit sa main et la serra.

Il tira encore sur son cigare, puis le jeta. Une grimace se forma sur son visage, comme s'il avait un goût
désagréable dans la bouche.

— Il n'y a pas grand-chose à dire. Nous avons
trouvé sur notre site les traces de ce qui ressemblait à
un ancien mur de soutènement, et je voulais poursuivre
les fouilles pour voir où il allait. Malheureusement, il
sortait de notre concession et entrait dans la concession
voisine, qui appartenait à une équipe polonaise. Il est
absolument interdit de pénétrer sur la concession de
quelqu'un d'autre, mais ils ne devaient arriver que deux
semaines plus tard. Je me suis dit « au diable » et j'ai
continué. J'aurais dû prendre contact avec eux, ou en
parler aux Égyptiens, mais... voilà, je ne pouvais pas
attendre. Il fallait que je sache où menait le mur. Je ne
pouvais pas m'en empêcher.

Avec sa main libre, il s'était mis à pianoter nerveusement sur le rocher.

— Quand les Polonais sont arrivés, il y a eu une
sacrée bagarre. Le chef de leur mission m'a dit que
j'étais un irresponsable, que je n'avais aucun respect
pour le passé. J'ai consacré ma vie à l'Égypte, Tara.
Personne n'a plus de respect que moi pour son histoire.

Quand il a dit ça, j'ai perdu la maîtrise de moi-même. Je l'ai agressé. Littéralement. Il a fallu nous séparer. J'ai cru que j'allais le tuer. Bien entendu, il a fait un rapport. L'ambassade de Pologne a rédigé une plainte et l'a présentée au sommet de la hiérarchie. Résultat : ma concession m'a été retirée. Et ce n'est pas tout. J'ai interdiction de travailler avec une mission en Égypte. « Déséquilibré ». C'est ainsi qu'ils m'ont qualifié. « Un danger pour lui-même et pour ses collègues ». « Un gêneur ». Bande d'imbéciles. Je voudrais leur tirer dessus. Un par un.

Il parlait vite, d'une voix haletante et avec un tremblement dans les épaules. Il dégagea sa main, se leva, marcha jusqu'au bord de la corniche et se mit à regarder la vallée au-dessous de lui. Malgré l'obscurité, son fond pâle était encore clair et s'en allait en tournant vers le nord comme une rivière de lait. Peu à peu sa respiration se régularisa et ses épaules s'abaissèrent.

— Excuse-moi, marmonna-t-il. Tout cela me...

Il se frotta les tempes et poussa un profond soupir. Il y eut un long silence que seules les rafales de vent interrompaient.

— C'était il y a dix-huit mois, reprit-il. J'ai été guide, j'ai vendu quelques aquarelles en espérant que les choses allaient s'améliorer. Mais ça n'a pas été le cas. Et ça ne le sera pas. Quelque part par là, il y a une tombe intacte qui attend d'être découverte et je n'ai pas l'autorisation de la chercher. Je ne l'aurai jamais. Peux-tu imaginer à quel point c'est dur ? Combien c'est frustrant ?

Il baissa la tête.

— Je ne sais pas quoi dire, dit-elle sur un ton d'impuissance. Je suis tellement triste pour toi. Je sais à quel point tu tiens à cet endroit.

Il haussa les épaules.

— Tu sais, la même chose est arrivée à Carter. En

1905. Il a été renvoyé du service des antiquités pour une querelle avec des touristes français à Saqqarah. Il a fini comme guide et comme peintre. Ainsi, en un sens, mon rêve de devenir un nouveau Carter s'est réalisé. Bien que ce ne soit pas de la façon que j'imaginais.

L'amertume avait disparu, et aussi la colère. Un profond désespoir les remplaçait. Tara se leva et vint se placer derrière lui, enlaçant sa taille. Il la laissa faire.

— Et sais-tu ce qu'il y a de vraiment drôle ? C'est que le vieux mur de soutènement a en réalité été construit par Belzoni au XIXᵉ siècle. Tout mon univers s'effondre à cause d'un mur construit il y a moins de deux cents ans par un autre archéologue.

Il se mit à rire, mais d'un rire froid, creux, sans humour.

— Je suis désolée.

— Vraiment ?

Il se retourna pour la regarder.

— Je pensais que ça te ferait plaisir. Justice poétique en quelque sorte.

— Bien sûr que ça ne me fait pas plaisir, Daniel. Je ne t'ai jamais rien souhaité de mauvais.

Elle leva les yeux vers lui et soutint son regard, puis elle se hissa sur la pointe des pieds pour poser doucement ses lèvres sur les siennes.

— J'ai envie de toi, dit-elle simplement. J'ai envie de toi tout de suite, ici, sous les étoiles. Au-dessus du monde. Pendant que nous en avons l'occasion.

Il baissa les yeux vers elle, mit ses bras autour d'elle et pressa ses lèvres contre les siennes dans un baiser passionné.

Puis il s'écarta, lui pressa la main et lui dit :

— Je connais un endroit.

Il prit le sac de Tara et ils suivirent un étroit sentier qui longeait le bord de la corniche et s'enfonçait vers l'intérieur des collines. La plaine s'éloigna derrière eux. Le monde était silencieux, à part le bruit des pierres sous leurs pieds. Au bout de vingt minutes, le sentier déboucha sur un large cercle de gravier où se profilaient quatre formes incurvées comme des virgules sur une page blanche. En s'approchant, Tara vit qu'il s'agissait de très petits murs d'environ trois mètres de long qui s'élevaient à la hauteur de ses genoux.

— Des brise-vent, expliqua Daniel. Dans les temps anciens, les patrouilles qui gardaient ces collines s'abritaient derrière eux.

Il se pencha pour prendre ce qui ressemblait à une pierre plate.

— Regarde, dit-il en élevant un objet à la lumière de la lune. Une poterie.

Ils se dirigèrent vers le plus grand des murs et là, sans un mot, ils s'agenouillèrent l'un en face de l'autre. La brise rafraîchissait la partie supérieure de leurs corps, mais à partir de la ceinture l'air était immobile et tiède, comme s'ils étaient agenouillés dans un bassin.

Ils se regardèrent un instant, puis, tendant la main, Daniel défit lentement les boutons du chemisier de Tara et libéra ses seins qui resplendissaient de leur teinte claire à la lumière de la lune. Il se pencha pour les embrasser. Elle rejeta la tête en arrière et ferma les yeux avec un gémissement de plaisir, en oubliant tout.

27

Le Caire

Il était presque sept heures quand Khalifa retourna dans le bureau de Tauba. L'inspecteur était assis à sa table, éclairé par une lampe, en train de taper avec deux doigts sur une machine à écrire d'aspect vétuste. Autour de lui, la cendre de cigarettes formait un mince tapis, comme s'il y avait eu une petite chute de neige dans ce coin du bureau.

Khalifa lui rendit les clés de la boutique d'Iqbar et lui parla de la fillette et des objets. Tauba émit un sifflement.

— Je sais que ce n'est pas réglementaire, ajouta Khalifa, mais j'ai laissé les objets à un de mes amis au musée. Il va les examiner et vous les renverra sans faute demain matin. J'espère que ça ne vous gêne pas.

Tauba eut un mouvement évasif de la main.

— Aucune importance. Je n'en aurais rien fait d'ici là, de toute façon.

— La gamine a donné une bonne description des agresseurs, dit Khalifa. On dirait que deux d'entre eux étaient des hommes de Sayf al-Tha'r.

— Formidable !

— Le troisième n'était pas égyptien. Européen, semble-t-il, peut-être américain. Très grand, avec une

277

cicatrice ou une marque de naissance sur le côté gauche du visage...

— Dravic.

— Vous le connaissez ?

— Tous les policiers du Proche-Orient connaissent Casper Dravic. Je suis étonné que vous n'ayez pas entendu parler de lui. Un vrai fils de pute.

Il interpella l'un de ses collègues à l'autre bout de la pièce. Celui-ci se mit à fouiller dans une armoire.

— Il y a certainement un lien avec Sayf al-Tha'r, dit Tauba. Pour autant que nous le sachions, Dravic travaille pour lui depuis quelques années. Il authentifie les objets anciens et les fait sortir en contrebande. Sayf al-Tha'r n'oserait jamais mettre lui-même un pied dans le pays, alors il reste au Soudan tandis que Dravic s'occupe de tout de ce côté-ci.

Le collègue de Tauba déposa trois épais dossiers sur son bureau. L'inspecteur ouvrit celui du dessus.

— Dravic, dit-il en tendant une grande photo en noir et blanc.

— Bel homme, grogna Khalifa.

— Il a fait quelques mois à Tura, il y a un certain temps, pour possessions d'objets antiques, mais nous n'avons jamais réussi à le coincer pour une affaire importante. Il est intelligent. Il fait faire le sale travail par les autres. Et comme il est avec Sayf al-Tha'r, personne ne va se présenter pour témoigner contre lui. Une fille qu'il avait violée l'a fait une fois, et voilà ce qui lui est arrivé.

Tauba jeta une autre photo sur le bureau.

— Dieu tout-puissant, murmura Khalifa.

— Comme je l'ai dit, un vrai fils de pute.

Tauba repoussa sa chaise, croisa les jambes sur le coin du bureau et alluma une cigarette pendant que Khalifa feuilletait les dossiers.

— Je suis allé voir ce type à l'ambassade britannique, dit-il au bout d'un moment.

— Et ?

— Rien du tout. Il ne m'a rien dit de neuf. Mais j'ai eu l'impression qu'il me cachait quelque chose. Vous avez une idée de ce qui pourrait l'amener à le faire ?

— Qu'est-ce que vous croyez ? Ils ne nous ont jamais pardonné d'avoir nationalisé le canal de Suez et de leur avoir dit d'aller se faire foutre dans leur propre pays. Quand ils peuvent nous mettre des bâtons dans les roues, ils le font.

— C'était plus que ça. Il sait quelque chose sur l'affaire. Et il ne veut pas me dire ce qu'il sait.

Tauba plissa les yeux.

— Vous voulez dire que l'ambassade britannique est impliquée ?

— Pour être honnête, je ne sais plus où j'en suis, soupira Khalifa d'un air las.

Il se pencha en avant et se frotta les yeux.

— Il se passe quelque chose, mais je n'arrive pas à comprendre ce que c'est. Je n'y arrive pas !

Charles Squires, ayant placé ses lunettes sur son nez, se mit à examiner le menu. Il s'y absorba pendant presque deux minutes avant de le poser avec un hochement de tête satisfait.

— La caille, je pense. Oui, la caille est toujours très bonne ici. Et pour commencer, eh bien, la crêpe aux fruits de mer est tentante. Et vous, Jemal ?

— Je n'ai pas faim.

— Allons, allons. Nous ne pouvons pas vous laisser dépérir. Il faut que vous mangiez quelque chose.

— Je suis venu pour parler, pas pour manger.

Squires émit un son désapprobateur et se tourna vers

le personnage assis à sa gauche, un gros homme chauve dont le poignet portait une Rolex.

— Et vous, Massey ? Vous n'allez pas me laisser manger tout seul ?

L'Américain se pencha sur le menu en épongeant avec son mouchoir une nuque couverte de sueur malgré la climatisation du restaurant.

— Ils ont des steaks, ici ? demanda-t-il avec son accent du Sud.

Squires désigna le menu.

— Je pense que le *filet mignon* vous conviendra.

— Il y a de la sauce piquante dessus ? Je ne veux rien avec de la sauce. Juste un simple steak.

Squires fit venir le garçon.

— Le filet mignon, demanda-t-il, est-il servi avec de la sauce ?

— Oui, monsieur. Une sauce au poivre.

— Je ne veux pas de sauce au poivre, insista Massey. Un simple steak. Pas de cochonnerie dessus. Vous pouvez faire un simple steak ?

— Certainement, monsieur.

— O.K., donnez-m'en un, à point, avec des frites.

— Et pour commencer, monsieur ?

— Je n'en sais rien. Vous prenez quoi, Squires ?

— La crêpe aux fruits de mer.

— O.K., donnez-m'en une. Et un steak à point.

— Parfait, dit Squires avec un sourire. La crêpe aux fruits de mer et la caille pour moi. Et pouvez-vous nous apporter la carte des vins ?

Il tendit le menu au garçon, qui s'inclina cérémonieusement et disparut.

Massey prit un petit pain, le rompit en deux et, après avoir tartiné la moitié de beurre, l'enfourna dans sa bouche.

— Alors, qu'est-ce qui se passe ? demanda-t-il en mâchant.

— Eh bien, dit Squires en regardant la bouche de l'Américain avec un mélange de fascination et de dégoût, il semble que nos amis se soient finalement retrouvés à Louqsor. C'est bien ça, Jemal ?

— Ils y sont arrivés cet après-midi, confirma l'Égyptien.

— Tout ce rébus est foutrement ridicule, grogna Massey. Nous savons où est la pièce. Pourquoi est-ce qu'on ne la prend pas ? Arrêtez de tergiverser !

— Parce que le danger est trop grand de nous démasquer, expliqua Squires. Nous ne devons pas montrer notre patte avant que ce soit absolument nécessaire.

— On n'est pas en train de jouer au bridge, dit l'Américain en faisant la grimace. On a misé gros là-dessus.

— J'en suis bien conscient, dit Squires. Mais pour le moment il vaut mieux rester à l'arrière-plan. Pourquoi prendre inutilement des risques puisque Lacage et la fille les prennent pour nous ?

— Ça ne me plaît pas, dit Massey en mâchant. Ça ne me plaît pas du tout.

— Tout va bien se dérouler.

— Je veux dire, Sayf al-Tha'r...

— Tout va bien se dérouler, répéta Squires avec un léger agacement. Du moment que nous contrôlons nos réactions.

Le serveur revint avec la carte des vins, et Squires remit ses lunettes sur son nez pour l'étudier. Massey entreprit de beurrer l'autre moitié de son pain.

— Il y a un petit problème, dit Squires sans lever les yeux.

— Nous y venons, grogna Massey. Qu'est-ce que c'est ?

— Un policier. De Louqsor. Il a découvert quelque chose à propos des hiéroglyphes qui manquent.

281

— Nom de Dieu ! Vous avez une idée de ce qui est en jeu ?

— J'ai toutes mes idées, répondit Squires dont l'agacement était maintenant perceptible. Ce n'est pas pour autant que j'ai l'intention de devenir hystérique sur cette question.

— Ne me parlez pas sur ce ton, espèce de petit branleur d'Anglais.

Jemal tapa du poing sur la table, ce qui fit sauter les couverts et tinter les verres.

— Arrêtez ! Tout cela ne sert à rien.

Les trois hommes s'enfoncèrent dans un silence irrité. Massey dévora le reste de son pain. Squires joua distraitement avec sa fourchette. Jemal sortit son chapelet.

— Jemal a raison, finit par dire l'Anglais. Nous disputer n'est en rien productif. La question est : que faisons-nous au sujet de ce type de Louqsor ?

— J'aurais cru que c'était évident, lança Massey. L'affaire est trop importante pour laisser ce péquenaud tout gâcher.

— Dieu du ciel ! dit Jemal. Vous voulez dire qu'il faudrait le tuer ? Un policier ?

— Non, on va lui acheter un costume et l'emmener danser ! Qu'est-ce que vous croyez ?

L'Égyptien fixa Massey avec un dégoût non dissimulé. Ses doigts se crispaient sur la nappe. Squires laissa la liste des vins et, joignant les mains, il posa le menton sur le bout de ses doigts.

— Une élimination paraît plutôt excessive dans les circonstances présentes, dit-il calmement. C'est se servir d'une masse pour ouvrir une noix. Je ne vois pas pourquoi nous serions incapables de résoudre le problème sans avoir recours à la violence. N'est-ce pas, Jemal ?

— Je vais lui retirer l'affaire. Aucun problème.

— Je crois que cela vaut mieux, approuva Squires. La mort d'un policier pourrait conduire à toutes sortes de complications inutiles. Mais tenez-le à l'œil.

Jemal acquiesça.

— Je persiste à dire que nous devrions l'éliminer, grommela Massey. Il faut faire le ménage.

— Nous pourrions y venir, dit Squires. Mais, pour l'instant, je suggérerais de le tenir simplement en laisse. Cette affaire a déjà causé trop de morts.

— Si vous voulez le prix Nobel de la paix, vous êtes sur la mauvaise voie.

Squires ignora le sarcasme et revint à la carte des boissons en la parcourant du bout du doigt. À l'autre extrémité de la salle quelqu'un se mit à jouer du piano.

— Il y a une chose intéressante au sujet de ce gars de la police, dit-il. Il semble qu'il soit quelque peu relié à Sayf al-Tha'r. N'est-ce pas, Jemal ?

— Apparemment, il a un compte à régler, dit l'Égyptien en poussant ses perles. Une affaire de famille.

Massey poussa un juron.

— Oui, c'est assez extraordinaire, n'est-ce pas ? dit Squires en souriant. Comme le monde est petit ! Ah ! je crois que ce sont nos crêpes aux fruits de mer qui approchent. Une demi-bouteille de chablis pour les faire passer, et ensuite un bourgogne pour le plat principal.

Il déplia sa serviette et la disposa soigneusement sur ses genoux en attendant l'arrivée de son dîner.

Les yeux du professeur Habibi lui faisaient mal. Il les massa lentement, appuyant les phalanges de ses poings fermés sur ses paupières ridées, ce qui atténua momentanément la douleur. Mais, dès qu'il reprit l'examen des objets, elle revint, aussi forte qu'auparavant, en lui donnant des élancements dans les tempes. Cela se produisait souvent ces derniers temps. Il se faisait vieux et ses yeux ne supportaient plus l'effort. Il savait qu'il aurait dû tout ranger et rentrer chez lui pour se reposer, mais il ne pouvait pas. Pas encore. Pas avant d'avoir découvert tout ce que ces objets pouvaient lui apprendre. Youssouf était son ami. Il le lui devait. Et, d'une certaine façon, il le devait aussi à Ali. Pauvre Ali.

Il versa le fond de la bouteille de xérès dans son verre, ralluma sa pipe et, ayant saisi sa loupe, se pencha pour reprendre l'examen du pectoral en or.

Les objets que son jeune ami lui avait apportés étaient déroutants. Pas tant dans leur apparence que dans l'impression qu'ils donnaient. Pour Habibi, les objets antiques étaient comme des êtres vivants. Ils envoyaient des signaux. Ils communiquaient. À condition de savoir les écouter, ils pouvaient dire toutes sortes de choses intéressantes. Pourtant, dans le cas présent, plus il écoutait, plus il devenait perplexe.

Lorsqu'il les avait regardés en présence de Khalifa, il n'avait rien trouvé qui sorte de l'ordinaire. Les objets étaient de facture simple et d'une forme habituelle, aisément datables. Ils étaient semblables à des dizaines d'objets identiques exposés dans le musée.

Ce n'est qu'après le départ de Khalifa qu'il avait commencé à avoir des doutes. Sans raison particulière. Juste une vague intuition que, malgré leur simplicité apparente, ces objets essayaient de lui dire quelque chose de particulier.

— Que dites-vous ? articula-t-il à haute voix en parcourant la surface du pectoral avec sa loupe. Que voulez-vous me faire comprendre ?

Le bureau était plongé dans l'obscurité, à l'exception de la lumière projetée par sa lampe de bureau. De temps à autre, il entendait le pas du garde qui passait dans le couloir, mais, en dehors de cela, le musée était silencieux. Un épais nuage de fumée de pipe stagnait au-dessus de sa tête comme un cumulus.

Il posa le pectoral et prit le poignard. Il le tint par la lame et le fit tourner en présentant le manche à la lumière. C'était un objet ordinaire, parfaitement commun, douze pouces de long, en fer, avec du bronze brut à la base de la lame et une bande de cuir tanné serrée autour du manche pour en améliorer la prise. Typique de cette période. Quelques mois plus tôt, il avait expertisé un poignard presque semblable.

Il termina son xérès et tira sur sa pipe. Un voile de fumée masqua un instant l'objet. Quand il put le revoir en toute clarté, il remarqua que le cuir qui l'enveloppait était un peu relâché près de la garde. Il tira doucement et la bande commença à se dérouler.

Tout d'abord, il crut que c'étaient simplement de petites rayures. Ce n'est qu'en tournant le manche, alors que la lumière ne le frappait plus directement, et en approchant la loupe, qu'il vit que ces marques étaient en réalité des lettres. Ni perses, ni égyptiennes, comme il l'aurait cru, mais grecques. Une succession de petites lettres grecques grossièrement gravées dans le métal du manche. ΔΥΜΜΑΚΟΣΜΕΝΕΝΔΟΥ – Dymmachos, fils de Ménendès. Ses yeux clignèrent de surprise.

— Bien, bien, bien, murmura-t-il. C'est donc ça, votre petit secret ?

Il inscrivit le nom sur un bloc de papier, près de lui, en épelant chaque lettre, en vérifiant et en revérifiant pour s'assurer qu'il ne se trompait pas. Ensuite, il reposa le poignard, prit le bloc et se cala dans son fauteuil.

— Où ai-je déjà vu cela ? dit-il tout haut. Où donc ?

Pendant vingt minutes, il resta sans bouger, le regard fixé dans le vide, levant de temps à autre son verre et le portant à ses lèvres bien qu'il fût vide. Puis, soudain, il jeta le bloc, se leva et se dirigea vers la bibliothèque à l'autre bout de la pièce d'un pas étonnamment rapide pour un homme de son âge.

— Impossible ! dit-il. C'est impossible !

Il parcourut impatiemment du doigt les rangées de livres avant de prendre un volume au milieu du meuble, un vieux volume relié de cuir dont le titre était imprimé en lettres dorées sur le dos : *Inscriptions grecques et latines des tombeaux des rois ou syringes à Thèbes*, par J. Baillet. Il retourna précipitamment à son bureau et, après l'avoir balayé de la main pour faire de la place, posa le livre sous la lampe et se mit à tourner rapidement les pages. Dans le couloir, le garde cria en passant devant la porte :

— Bonsoir, professeur !

Mais le vieil homme ne répondit pas, complètement absorbé par le livre. Le silence de la pièce faisait ressortir sa respiration haletante.

— C'est impossible, marmonna-t-il. Impossible ! Mais, mon Dieu, si ça ne l'est pas...

28

Louqsor, collines de Thèbes

Il faisait trop froid pour rester nu, même à l'abri du mur coupe-vent. Après avoir fait l'amour, ils remirent leurs vêtements et, Daniel ayant pris le sac, ils continuèrent à s'enfoncer dans les collines. Le vent les poussait dans le dos et le paysage était argenté par la lune. Tara s'agrippa au bras de Daniel. Une chaude sensation imprégnait son corps et elle ressentait une délicieuse douleur entre les jambes. Elle avait oublié quel amant fougueux il était.

— Qu'est-ce que tu cherches ? lui demanda-t-elle en le voyant tourner la tête et scruter l'obscurité.

— Hmm ? Oh, rien de précis. Cela faisait longtemps que je n'étais pas venu ici.

Elle lui serra le bras plus fort.

— Tu regrettes ?

— Quoi ? D'avoir fait l'amour ? Non, c'était merveilleux. Pourquoi ? Toi, tu le regrettes ?

Elle le força à s'arrêter, se hissa sur la pointe des pieds et lui donna un baiser passionné.

— Je considère que c'est « non », alors, dit-il en riant.

Ils marchèrent ainsi, enlacés, à travers les collines. Autour d'eux régnait un silence de mort, à part le bruit

287

de leurs pas, le murmure du vent et le hurlement lointain d'un chien errant.

Pour autant que Tara puisse s'en rendre compte, ils traversaient un large plateau au sommet du massif. Sur leur droite, le sol montait légèrement, ce qui leur masquait la vue dans cette direction. Vers la gauche, il s'étendait sur plusieurs centaines de mètres avant de se perdre dans une confusion obscure de falaises et de lits d'oueds. Devant se profilait la ligne lointaine de montagnes plus élevées dont la masse noire se détachait sur le bleu-gris du ciel. Elle n'avait pas la moindre idée de l'endroit où ils allaient, et d'ailleurs elle ne s'en souciait pas vraiment. Elle était heureuse d'être à ses côtés, de le tenir, de sentir sa chaleur, sa force, son pouvoir.

Finalement, après avoir marché pendant plus d'une heure, Daniel ralentit le pas et s'arrêta. À cet endroit, le sentier descendait légèrement. Il croisait le lit à sec d'un cours d'eau peu profond dont les méandres formaient comme la trace d'un énorme reptile. Tara mit son bras autour de la taille de Daniel.

— Tu trembles ! dit-elle.

— J'ai froid. J'avais oublié qu'il fait frisquet la nuit par ici.

Elle enfonça ses mains dans les poches arrière du jean de Daniel et nicha son visage contre son cou.

— Je suppose que nous devrions songer à rentrer. Cela fait presque trois heures que nous sommes partis, Omar pourrait s'inquiéter.

— Oui, tu as raison.

Ni l'un ni l'autre ne bougea. Une étoile filante passa au-dessus d'eux.

— S'il faisait jour, nous pourrions essayer de descendre par un autre chemin, dit-il. Il y a toutes sortes de sentiers qu'on peut emprunter. Mais il vaut mieux ne pas s'y risquer dans l'obscurité. Ces collines sont remplies de vieux tombeaux vides. Si tu t'écartes du sentier et tombes dans l'un d'eux, il est probable que tu n'en ressortiras pas. Il y a quelques années, une Canadienne y a fait une chute, près de Deir el-Bahari. Personne n'a entendu ses cris. Elle a fini par mourir de faim. Quand on a retrouvé son corps...

Il s'arrêta brusquement.

— Qu'y a-t-il ? demanda Tara.

— J'ai cru entendre... Écoute !

Elle tourna la tête mais n'entendit rien, à part le bruit du vent.

— Qu'y a-t-il ? répéta-t-elle.

— Il y a eu un... Là encore ! Écoute !

À présent, elle entendait aussi. Loin vers la gauche, du côté des collines. Un léger tintement de pierres, comme si un marteau tapait doucement sur une enclume. Quelqu'un venait vers eux. Elle essaya de voir, mais il faisait trop sombre.

— Probablement une patrouille de l'armée, dit Daniel en baissant la voix. Il vaut mieux ne pas rester là.

Il la tira dans le lit du cours d'eau jusqu'à un énorme rocher derrière lequel ils s'accroupirent.

— Quel est le problème ? murmura-t-elle.

— Ils se méfient de tous ceux qui sont par ici la nuit. Ils pensent que leurs intentions ne sont pas bonnes. Nous sommes des Occidentaux ; il n'y aurait sans doute pas de difficultés. Mais, dans notre situation actuelle, je crois qu'il vaut mieux éviter tout contact avec les autorités.

Ils jetèrent un coup d'œil par-dessus le rocher.

— Et s'ils nous repèrent ? demanda-t-elle.

— Reste où tu es et fais en sorte qu'ils voient que tu es une touriste. Ces types sont de jeunes conscrits et, d'après ce que j'ai entendu dire, ils ont la détente plus que facile.

On entendait distinctement le bruit des pas. Des voix étouffées aussi. Et le son bas et lugubre de quelqu'un qui chantait. Tara se mordit la lèvre. Quelle poisse ! pensa-t-elle. Après tout ce qu'ils avaient traversé, finir abattus par erreur. Elle sentait la main de Daniel sur son bras. La prise était ferme.

Une minute plus tard, la patrouille apparut. Dans le paysage vide, mélange confus de ténèbres et de clair-obscur, des silhouettes émergèrent, avançant dans le lit du cours d'eau. Tout d'abord, elles parurent fondues en une seule masse qui se détachait sur le fond sombre. Mais, graduellement, leurs formes devinrent plus précises et Tara put les voir distinctement à la clarté de la lune. Neuf hommes marchant en file indienne. Ceux qui étaient à l'arrière portaient quelque chose qui ressemblait à un cercueil. En tête, un peu en avant des autres, venait une silhouette immense en costume clair. Tara eut un coup au cœur.

— Mon Dieu ! souffla-t-elle. C'est lui !

Elle se hissa pour mieux voir. En se déplaçant, son pied fit tomber une pluie de graviers ronds dans le lit de l'oued. Ils eurent l'impression que le bruit remplissait la nuit. Daniel lui saisit le bras et la ramena auprès de lui derrière le rocher en lui mettant une main sur la bouche.

Ils restèrent ainsi, immobiles, osant à peine respirer. Les pas s'approchèrent. Ils retentissaient dans le lit rocailleux et parvinrent si près que Tara pouvait entendre la voix de chaque homme. Il paraissait tellement inévitable que Daniel et elle soient découverts qu'elle tendit ses muscles, prête à courir. Pourtant, au dernier moment, alors que les hommes passaient pratiquement au-dessus d'eux, au point qu'elle pouvait sentir le cigare de Dravic, ils tournèrent à angle droit dans le sentier en s'éloignant de la vallée du Nil. Tandis qu'ils s'enfonçaient à l'intérieur des collines, le bruit de leurs pas diminua progressivement.

Pendant plusieurs minutes, Tara et Daniel demeurèrent à la même place. Puis, lentement, avec précaution, Daniel se releva et regarda par-dessus le rocher. Elle vint auprès de lui pour voir la colonne se dissoudre dans l'ombre.

— Que faisaient-ils par ici ? murmura-t-elle.

— Ils ont été à la tombe.

Elle le regarda d'un air interrogateur.

— Eh bien, oui ! Que pouvaient-ils faire d'autre ? Une promenade de santé ? Avec un cercueil ?

Il quitta le rocher pour observer les hommes.

— Ils doivent connaître un autre chemin pour redescendre, dit-il. Un chemin qui évite les postes de garde établis dans la Vallée des Rois. Comme je te l'ai dit, ces collines sont remplies de sentiers, si on sait les repérer.

Il resta un moment à scruter l'obscurité, puis, après une profonde respiration, il passa les bretelles du sac et le mit sur son dos.

— Je voudrais que tu retournes chez Omar, dit-il en lui prenant le bras et en la reconduisant au sentier. Suis le chemin jusqu'en haut du Qurn et ensuite redescends par où nous sommes venus. Arrivée en bas, va dans la maison d'Omar et attends là-bas.

— Qu'est-ce que tu vas faire ?

— Ne te fais pas de souci pour moi. Vas-y.

Elle se dégagea de son emprise.

— Tu vas aller voir la tombe, n'est-ce pas ?

— Bien sûr que je vais aller voir cette tombe ! C'est bien pour cela que nous sommes venus ! Maintenant vas-y. Je te rejoindrai.

Il essaya de la saisir à nouveau, mais elle lui écarta la main.

— Je vais avec toi.

291

— Tara, je connais ces collines. Il vaut mieux que j'y aille seul.

— Nous y allons ensemble. Je veux savoir tout autant que toi ce que contient la tombe.

— Pour l'amour du ciel, Tara, je n'ai pas le temps de discuter ! Ils peuvent très bien revenir !

— Alors, on ferait mieux de ne pas traîner.

Elle passa devant lui et se mit à descendre le lit. Il la rattrapa, lui saisit l'épaule et la fit pivoter brutalement.

— Je t'en prie, Tara ! Tu ne comprends pas. Ces collines sont dangereuses. J'y ai travaillé. Je les connais bien. Toi, tu seras...

— Qu'est-ce que je serai, Daniel ? lança-t-elle, les yeux brillants de colère. Une gêne ? C'est cela que je serai ?

— Non, pas une gêne. Simplement, je ne veux pas qu'il t'arrive malheur.

On sentait le désespoir percer dans sa voix. Malgré le vent, son front était couvert de sueur. Elle voyait que son corps tremblait.

— Je ne veux pas qu'il t'arrive malheur, répéta-t-il. Peux-tu le comprendre ? Ce n'est pas un jeu.

Ils se regardèrent en silence, puis elle libéra son bras.

— Tu ne me dois rien, Daniel. Tu n'as aucune dette à payer. Rien à prouver. Nous sommes impliqués ensemble dans cette histoire. Si tu y vas, j'y vais. D'accord ?

Il ouvrit la bouche pour lui répondre, mais les yeux de Tara lui firent comprendre que ce serait inutile.

— Tu ne sais pas dans quoi tu mets les pieds, marmonna-t-il.

— Quoi que ce soit, j'y suis déjà, répliqua-t-elle. Alors ça ne rime à rien de prendre des précautions maintenant. Je pense qu'on devrait y aller.

Elle se mit sur la pointe des pieds et l'embrassa sur le menton.

— Je ne veux pas qu'il t'arrive malheur, c'est tout, répéta-t-il d'un air désemparé.

— Est-ce qu'il ne t'est jamais venu à l'esprit que je ne veux pas non plus qu'il t'arrive malheur ?

Ils suivirent le lit à sec de l'oued en prenant le chemin emprunté par Dravic et ses hommes. L'air était froid, des bandes de brume commençaient à se former. Elles flottaient au-dessus du sol et luisaient à la lumière de la lune comme des feux follets. Un chien errant se mit à hurler au loin.

Sur deux cents mètres, le lit serpentait à travers le plateau. Puis le sol commença à descendre et le lit suivit la pente en direction du bord sud du massif.

— De ce côté, les collines se terminent par une série de falaises, dit Daniel en scrutant les ténèbres devant lui. La tombe est probablement creusée dans l'une d'elles, quelque part à côté de l'oued. Mais où ? Il se peut qu'elle soit inaccessible sans instruments d'escalade.

Ils continuèrent à descendre. Le lit, de plus en plus étroit, se transformait en un goulet pentu dont les bords se dressaient comme des murs de chaque côté. Le sol était fait de grosses roches et de schistes instables. Il leur fallait avancer avec précaution. Chacun de leurs pas délogeait une volée de pierres. Daniel tira de sa poche une petite Maglite, l'alluma et la dirigea vers le goulet.

— Si cette partie-là se met à glisser, nous sommes morts. Elle va nous entraîner par-dessus la falaise comme une chute d'eau. Si la pente augmente, il nous faudra rebrousser chemin. Dieu sait comment ils ont fait pour transporter ce cercueil.

Plus ils avançaient, plus le goulet s'inclinait et plus le sol était traître sous leurs pas. De chaque côté, les bords étaient si proches qu'ils pouvaient les toucher en étendant les bras. Par deux fois Daniel demanda à Tara de rebrousser chemin et de le laisser continuer seul, par deux fois elle insista pour rester avec lui.

— Je suis venue jusqu'ici, ce n'est pas pour abandonner maintenant.

Finalement, ils arrivèrent à un endroit où le goulet tombait brusquement à la verticale sur six mètres, avec un sol schisteux glissant comme une patinoire. Après, la pente continuait sur vingt mètres et puis, comme si une porte s'était ouverte, les parois du goulet disparaissaient et il n'y avait plus rien d'autre qu'une colonne de ciel et, bien loin au-dessous, le scintillement lointain d'une plaine argentée.

— C'est le bord de la falaise, dit Daniel en pointant dans cette direction le rayon de sa lampe. Au-delà, il y a une chute verticale de cent mètres. On ne peut pas aller plus loin.

Il s'agrippa à une fissure dans la paroi du goulet, s'assura qu'elle pouvait supporter son poids et se pencha en s'éclairant avec sa torche.

— Il y a quelque chose en dessous ? demanda Tara.

— Il y a une sorte d'ouverture, dit-il. Elle est creusée dans le roc juste sous l'endroit où nous sommes.

Il se pencha un peu plus.

— Je ne vois pas grand-chose. Elle est bouchée par des débris. Mais c'est manifestement une entrée.

Il revint en arrière et lui tendit la torche.

— Tiens-la pour moi. Et dirige-la toujours vers le bas.

En prenant appui sur les parois du goulet, il se pencha par-dessus le rebord et se laissa glisser sur le schiste. Il avançait vite, comme s'il était habitué à ce type de terrain et, en moins de trente secondes, il était arrivé en bas. Tara le suivit, plus lentement, assurant chaque pas avant de faire peser tout son poids et s'agrippant à la roche.

En bas, elle trouva Daniel accroupi devant une petite entrée rectangulaire taillée dans la paroi.

— C'est ça ? murmura-t-elle.

— En tout cas, c'est certainement une tombe, dit-il en reprenant la lampe. Tu vois, la roche a été creusée pour ménager une entrée. On peut voir les vieilles marques de burin.

L'accès était à moitié obstrué par des morceaux de schiste et par des gravats qui ne laissaient qu'une ouverture de un mètre dans la partie supérieure. Daniel y passa la tête et balaya l'intérieur avec sa lampe. Cela déclencha un battement d'ailes, et quelque chose se précipita dehors et se perdit dans la nuit.

— Qu'est-ce que c'est ? demanda Tara le cœur battant.

— Des chauves-souris. Elles adorent les tombeaux. Aucune inquiétude à avoir.

Il jeta encore un coup d'œil à l'intérieur et franchit l'ouverture. Tara se leva, prête à le suivre. En faisant ce geste, elle posa le pied sur une plaque de schiste instable qui glissa sous son poids, ce qui lui fit perdre l'équilibre. Elle oscilla, cherchant désespérément les bords du goulet, puis le lit tout entier céda et elle se retrouva sur le dos en train de glisser vers le bord de la falaise tandis que la pierraille dévalait la pente comme l'eau d'une cataracte.

— Tara ! s'écria Daniel.

Elle agitait les bras, cherchant désespérément une prise. Dans l'étroit couloir de la crevasse, le bruit des pierres qui glissaient était multiplié par dix. C'était comme si elle était emportée par les eaux furieuses d'un torrent. Sous elle, les pierres jaillissaient de la bouche du goulet et disparaissaient dans le néant.

À l'entrée du tombeau, Daniel, impuissant, la regardait glisser de plus en plus bas. Ce ne fut que lorsqu'elle eut presque atteint le bord de la falaise, alors qu'il semblait certain qu'elle allait être entraînée par l'avalanche de pierres, qu'elle réussit à placer son pied sur un rocher saillant et à arrêter sa descente. Il y eut d'abord un long silence, puis le bruit lointain des pierres qui touchaient le sol, tout en bas.

Elle resta immobile, haletante, puis, avec beaucoup de précautions, elle se leva en assurant fermement ses pieds sur les parois du goulet, là où la roche était stable.

— Ça va ? lui demanda Daniel.

— À peu près.

— Reste où tu es. Ne bouge pas.

Il sortit de la tombe, éclaira le schiste et descendit vers elle en faisant bien attention. Il saisit la main qu'elle lui tendait et, en la dirigeant et en la tirant, il la ramena en haut de la pente. Les vêtements de Tara et son visage étaient gris de poussière, sa chemise, déchirée au coude, était tachée de sang.

— Tu es blessée, dit-il.

— Ce n'est rien, répondit-elle en secouant la poussière de ses cheveux. Viens, allons voir ce qu'il y a dans la tombe.

Il eut un sourire malgré lui.

— Et dire que je croyais être obsédé par ce tombeau ! Tu aurais dû être archéologue, Tara.

— Pas assez d'émotions, répondit-elle en souriant.

Après avoir franchi l'entrée, ils se trouvèrent dans un couloir en pente douce. De ce côté, ils pouvaient voir que la moitié de l'ouverture d'entrée était fermée par un muret en brique crue, contre lequel les gravats s'étaient entassés. Daniel resta un long moment à regarder autour de lui.

— À l'origine, toute l'entrée devait être murée, dit-il. Au fil du temps, de plus en plus de débris ont dû s'empiler là en ne laissant apparaître que le haut. Celui qui a trouvé la tombe a démoli cette partie-là et a laissé intacte la moitié de la fermeture.

Il éclaira le côté de la cavité.

— Tu vois, les briques sont là.

Contre le mur du corridor s'entassaient des briques, les unes entières, les autres brisées. Il en prit une, qu'il leva. Sur l'une des faces, on voyait neuf hommes agenouillés, les mains attachées derrière le dos, et, au-dessus d'eux, un chacal assis.

— Qu'est-ce que c'est ? demanda-t-elle.

— Le sceau de la nécropole royale, répondit-il avec un sourire entendu. Neuf captifs attachés, surmontés par Anubis, le chacal. Si la fermeture de la porte était encore en place, avec le sceau de la nécropole, cela veut dire que la tombe était encore intacte quand elle a été découverte. Jamais ouverte depuis l'Antiquité. Plutôt rare.

Il continua à regarder la brique avant de la poser doucement sur le sol et dirigea le rayon de la lampe vers l'intérieur, ce qui fit un petit cercle de lumière entouré de ténèbres. Ils se rendirent compte que le boyau descendait en pente douce sur environ trente mètres avant d'aboutir à ce qui ressemblait à une chambre. Hors du rayon lumineux, les ténèbres étaient les plus denses que Tara ait connues. Ils avancèrent. Daniel dirigeait la lampe sur les murs, le plafond et le sol bien nets. Mais, après quelques pas, il s'arrêta.

— Qu'y a-t-il ? demanda Tara.

— Il y a quelque chose qui bouge un peu plus loin.

— Des chauves-souris ?

— Non, sur le sol. Là.

Il abaissa le rayon lumineux. Quelque chose venait rapidement vers eux.

— Daniel, dit-elle en s'efforçant de prendre une voix calme, ne bouge pas, ne fais pas de mouvement brusque.

Entre Le Caire et Louqsor

Le train de nuit pour Louqsor n'était pas bondé comme celui que Khalifa avait pris dans la direction opposée. Il avait presque un wagon pour lui tout seul. Il retira ses chaussures, alluma une cigarette et se mit à étudier les dossiers sur Dravic que Tauba avait photocopiés pour lui. Derrière, à l'autre bout du wagon, deux randonneurs, un garçon et une fille, jouaient aux cartes. Les dossiers n'étaient pas d'une lecture agréable. Né en 1951, dans l'ancienne Allemagne de l'Est, Dravic était le fils d'un officier SS qui avait ensuite adhéré au parti communiste et gravi les échelons jusqu'à une position importante.

Il avait été un excellent élève, surtout en langues, et, à peine âgé de dix-sept ans, était entré à l'université de Rostock où il avait obtenu un doctorat en archéologie proche-orientale. Il avait publié son premier livre à vingt ans – une analyse de l'écriture minœnne, le linéaire A - et ensuite, il avait réalisé toute une série de travaux, dont l'un, consacré aux colonies grecques dans le delta du Nil à la période tardive, faisait encore référence.

Khalifa finit sa cigarette et en alluma une autre. Il se souvenait qu'il avait lu ce livre sur les colonies grecques à l'occasion d'un devoir à l'université. Il regarda par la fenêtre le paysage plat, sombre et vide, à l'exception de temps à autre de la lumière d'une maison ou d'un village, puis revint aux papiers posés devant lui.

Dès le départ, les résultats scolaires de Dravic avaient été assombris par une tendance à la violence. À l'âge de douze ans, il avait délibérément éborgné un camarade d'école à l'occasion d'une bagarre dans la cour de récréation. Seule l'intervention d'un ponte du parti, ami de son père, lui avait évité une inculpation. Trois ans plus tard, il avait été mêlé au meurtre d'un vagabond qu'on avait trouvé brûlé vif dans un parc, et l'année suivante au viol collectif d'une jeune juive. Dans chaque cas, il avait échappé à la sanction grâce aux relations de son père. Khalifa hocha la tête, consterné.

Dravic avait commencé à fouiller alors qu'il avait un peu plus de vingt ans, d'abord en Syrie, puis au Soudan et ensuite en Égypte, où il avait travaillé pendant cinq saisons consécutives à Naucratis, dans le delta. Malgré des rumeurs persistantes de contrebande, aucune charge n'avait jamais été retenue contre lui et sa carrière avait progressé. Il y avait une photo de lui en train de serrer la main du président Sadate et une autre où Erich Honecker lui remettait un prix.

Il paraissait appelé à une haute destinée. Puis était survenue l'affaire de la bénévole. Bien qu'elle se soit passée en Égypte, il avait été jugé en Allemagne, car la fille était allemande. Il s'en était sorti, mais cette fois la tache était restée. Sa bourse de recherche avait été supprimée, sa concession annulée, il n'avait plus pu publier.

Il y avait vingt ans de cela. Depuis lors, il avait gagné sa vie sur le marché des antiquités en mettant ses connaissances au service de riches commanditaires afin de leur procurer et d'authentifier divers objets. En 1994, il avait été arrêté à Alexandrie pour recel d'antiquités volées et il avait séjourné trois mois à la prison de Tura, au Caire. C'est là que la dernière photo connue de lui avait été prise. Sur le cliché d'identité judiciaire en noir et blanc, Dravic était debout contre un mur. Immense, arborant une expression malveillante, il tenait devant sa poitrine un carton sur lequel était inscrit un numéro. Khalifa frissonna.

Après sa libération de Tura, il avait vécu dans la clandestinité, entrant et sortant du pays illégalement pour organiser la contrebande d'objets anciens qui étaient vendus sur les marchés noirs d'Europe et d'Extrême-Orient. Malgré des mandats d'arrêt dans sept pays, il avait toujours réussi à garder une longueur d'avance sur la loi.

Les détails sur ses récents déplacements étaient maigres. Tout ce qu'on savait, c'est qu'il avait commencé à travailler pour Sayf al-Tha'r au milieu des années quatre-vingt-dix et qu'il était resté avec lui depuis lors. Il y avait des rumeurs de comptes bancaires secrets en Suisse, de liens avec des organisations néonazies, et même d'accointances avec des services spéciaux occidentaux, mais c'étaient surtout des on-dit. Après 1994, il avait gardé profil bas.

Khalifa termina le dossier, puis il se leva pour détendre ses jambes et marcha jusqu'au bout du wagon où les deux randonneurs avaient laissé leurs cartes à jouer et écoutaient une cassette de musique. Il les salua et leur demanda où ils allaient. Ils ne lui répondirent pas. Peut-être croient-ils que je veux leur vendre quelque chose, pensa-t-il, amusé. Il retourna à son siège, alluma une autre Cleopatra et reprit le rapport du médecin légiste qui avait autopsié le vieil Iqbar. La musique des randonneurs se mêlait au rythme des roues du train, comme s'il s'agissait de deux éléments d'un même morceau. Il sentit ses paupières devenir lourdes.

Juste au sud de Béni-Souef, le train s'arrêta en vibrant. Il resta immobile pendant cinq minutes en émettant un bruit d'air comme s'il reprenait son souffle, puis il repartit. Une minute plus tard, il entendit la porte du wagon s'ouvrir derrière lui. Après quoi, il y eut un cri et un bruit de choc. Le lecteur de cassettes s'arrêta brusquement. Khalifa se retourna.

Trois hommes en djellaba noire étaient penchés au-dessus des randonneurs, dont le lecteur de cassettes gisait sur le sol. L'un des hommes attrapa le garçon par les cheveux, lui renversa la tête en arrière et, d'un geste tellement rapide que Khalifa le vit à peine, il lui trancha la gorge d'un coup de couteau. Le sang éclaboussa le plancher du wagon.

L'inspecteur bondit sur ses pieds et porta la main à son arme. Mais il se souvint qu'il l'avait laissée à Louqsor ; il chercha donc désespérément quelque chose qui puisse lui servir d'arme. Quelqu'un avait laissé une pile de livres sur le siège opposé au sien. Il se mit à les jeter sur les hommes.

— Police ! hurla-t-il. Jetez vos armes !

Ils se mirent à rire et se dirigèrent vers lui. Il demeura d'abord sur place, puis tourna les talons et franchit en courant la porte à l'extrémité du wagon. Dans le wagon suivant, il y avait plus de monde, notamment un groupe d'enfants qui tenaient des lampes en cuivre. Il courut entre les sièges, mais glissa sur une flaque d'huile de table et tomba. Une main lui saisit le front pour ramener sa tête en arrière.

— Mon Dieu, aide-moi ! dit-il en suffoquant. Allah, protège-moi !

Un visage apparut au-dessus du sien, énorme comme un ballon de plage, mi-blanc, mi-violet.

— Pauvre petit Ali, ricana l'homme. Ali, Ali, Ali !

Il tenait une truelle en forme de pointe de diamant, dont les bords étaient aiguisés. Avec un éclat de rire, il la leva et l'enfonça dans le cou de Khalifa.

Celui-ci s'éveilla en sursaut.

Le rapport du médecin légiste avait glissé et était éparpillé sur le sol. Derrière lui, il entendait le lecteur de cassettes des randonneurs. Il se retourna. Tous deux dormaient, appuyés l'un contre l'autre. Khalifa hocha la tête, soulagé, et se pencha pour ramasser le rapport.

29

Louqsor, collines de Thèbes

Le serpent remontait le couloir, droit vers eux, les yeux luisant dans le faisceau de la lampe.

— Ne bouge pas, répéta Tara.

— Qu'est-ce que c'est ? grogna Daniel.

— *Naja nigricollis*, répondit-elle. Cobra à cou noir.

— C'est dangereux ?

— Hmm, hmm.

— Dans quelle mesure ?

— Si l'un de nous deux est mordu, nous ne lui ferons pas lâcher prise. Ils sont très agressifs et très, très venimeux. Ils crachent aussi. Donc, pas de geste brusque.

Le ventre du reptile faisait un bruit de glissement sec sur le sol. Daniel essaya de le garder dans le rayon de la torche.

— Foutue bestiole, dit-il en frissonnant.

Le cobra s'avança à quelques pas d'eux et s'arrêta, capuchon dilaté, avec des yeux noirs et menaçants. Il était grand, plus de deux mètres, le corps épais, semblable à un tuyau. Tara se rendit compte que Daniel commençait à trembler.

— Essaie de rester calme, murmura-t-elle. Tout se passera bien.

Le cobra se mit à osciller d'avant en arrière, puis il se coucha et avança à nouveau, droit sur la botte de Daniel. Sa langue noire bifide paraissait lécher le cuir poussiéreux. Il se redressa et commença à explorer la cheville en s'enroulant lentement autour de la jambe.

— Éteins la lampe, dit Tara.

— Quoi ?

— Éteins la lampe. Tout de suite. La lumière l'excite.

La langue du serpent frôlait sa cuisse. La respiration de Daniel se fit haletante.

— Je ne peux pas, balbutia-t-il. Je ne peux pas rester dans le noir avec lui.

— Il le faut !

Il poussa le bouton et ils furent plongés dans une obscurité impénétrable, comme si on leur avait mis un bandeau de velours sur les yeux. Le silence était oppressant. On n'entendait que la queue du cobra qui oscillait et la respiration haletante de Daniel.

— Il monte sur ma jambe, dit-il d'une voix étranglée.

— Reste aussi immobile que tu peux.

— Il va me mordre !

— Pas si tu restes immobile.

— Il est tout autour de ma jambe. Je ne peux pas le supporter. Je t'en prie, Tara, fais quelque chose !

La panique le gagnait. Le serpent sentait certainement sa peur. Cela devait l'inquiéter et l'inciter à mordre.

— Parle-moi de Mery-amon, dit-elle en désespoir de cause.

— Au diable Mery-amon !

— Parle-moi de lui !

Il haletait de terreur.

— Second fils du roi Amasis. Vivait autour de 550 av. J.-C. Grand prêtre d'Amon à Karnak.

— Continue !

— Carter a trouvé un ostracon portant son nom, dans la vallée. Il indiquait l'emplacement de son tombeau. Près de l'allée sud, à vingt coudées de l'Eau dans le Ciel. On pense que l'Eau dans le Ciel est une falaise tout en haut de la vallée.

Il cessa de parler. Il y avait comme une palpitation dans l'air.

— Que se passe-t-il ? demanda-t-elle.

— Je ne sais pas. Il n'est plus sur ma jambe. Pourtant, je le sens encore.

Elle ne dit rien, plongée dans ses réflexions.

— Tara ?

— Bon, rallume la lampe. Mais vers le haut. Pas vers le sol. En haut. Très lentement. Pas de geste brusque.

Une fine colonne de lumière s'éleva vers le plafond. Cela permettait à Tara de distinguer le cobra. Il se trouvait entre les jambes de Daniel, légèrement devant, la tête dressée presque au niveau de l'entrejambe.

— Il t'aime bien, dit-elle.

— Je suppose que je suis son genre, marmonna-t-il les dents serrées.

Elle s'accroupit lentement. La queue du serpent bruissait sur l'arrière de la botte de Daniel.

— Baisse un peu le rayon. Doucement.

Le trait de lumière glissa du plafond sur le sol.

Le cobra oscillait d'avant en arrière, le capuchon dilaté, comme une main qui forme un creux. Ce n'était pas bon signe. Il commençait à s'énerver. Lentement, elle tira de sa poche un mouchoir qu'elle tendit et agita un peu pour attirer l'attention du reptile. Il se balança d'avant en arrière, regarda d'abord le mouchoir, puis elle, puis à nouveau le mouchoir. Il continua à se balancer un moment, se recula et, avec un bruit qui ressemblait à un éternuement, il cracha un jet de venin sur le

305

tissu blanc. Elle sentit des gouttes sur sa main et sur son bras, qui la brûlèrent.

— Que se passe-t-il ? souffla Daniel en essayant de voir sans bouger la tête.

— Reste tranquille. J'essaie de l'écarter.

— Tu ne vas pas le toucher, Tara ! Dis-moi que tu ne vas pas le toucher !

— Ça va aller. Nous avons un cobra au zoo. Je m'en occupe tout le temps.

Mais seulement avec une pince à serpent, ajouta-t-elle intérieurement. Et avec des gants et des lunettes de protection. Elle essaya de chasser le souvenir de la fois où elle avait été mordue et, tout en continuant à agiter le mouchoir avec sa main gauche, elle avança sa main droite vers le collier d'écailles noirâtres situé juste sous la tête, en essayant de ne pas trop trembler. Le sang battait dans ses oreilles.

— Dieu du ciel ! grommela Daniel.

Sans faire attention à lui, elle concentra toute son attention sur le serpent. Par deux fois, il recula sa tête et cracha sur le mouchoir ; par deux fois, elle immobilisa sa main droite et ferma les yeux, attendant dans l'angoisse plusieurs secondes avant de les ouvrir à nouveau pour continuer à avancer les doigts vers le cou du serpent, s'attendant à tout moment à sentir les crochets s'enfoncer dans sa chair. Il faut que je le prenne au bon endroit, pensa-t-elle. Si je le prends trop bas, il pourra se pencher et me mordre. Si c'est trop haut, ma main se retrouvera entre ses mâchoires. Il faut viser juste.

— Que se passe-t-il ? demanda Daniel d'une voix désespérée.

— Ça y est presque, souffla-t-elle. Presque...

Sa main n'était qu'à quelques pouces du cou du cobra. Des gouttes de sueur lui piquaient les yeux. Le bout de ses doigts tremblait très fortement.

— Je t'en prie, Tara. Qu'est-ce...

Le serpent se jeta en avant. Il alla vers le mouchoir plutôt que sur sa main. D'un geste purement instinctif, elle retira sa main gauche tandis que la droite saisit le cobra juste au-dessous de la tête. Il se contorsionna furieusement, frappant la jambe de Daniel avec sa queue.

— Bon Dieu ! hurla celui-ci en bondissant en arrière et en lâchant la lampe.

— Tout va bien, dit-elle. Je l'ai. Je l'ai.

Le cobra s'enroula autour de son bras et se débattit furieusement. Il était fort, mais elle le tenait fermement et il ne put se dégager. En tremblant, Daniel ramassa la lampe pour les éclairer. La gueule du serpent, grande ouverte, montrait des crochets fins comme des aiguilles, d'où tombaient des gouttes de venin.

— Bon sang, je n'arrive pas à croire que tu aies fait ça !

— Moi non plus.

Elle passa devant lui, alla jusqu'à l'ouverture et se pencha dehors. Le cobra fouettait l'air autour de son bras. On aurait dit qu'elle agitait un serpentin. Avec précaution, elle descendit le goulet presque jusqu'au bord du précipice et là, laissant pendre son bras, elle jeta le serpent dans le vide. Il décrivit une spirale, semblable à un trait de plume dessiné sur le ciel, et disparut. Elle remonta le goulet et rentra dans le tombeau, essoufflée.

— Bien, dit Tara d'une voix plus calme qu'elle ne l'était réellement. Allons voir ce qu'il y a là-dedans. Tu viens ?

À l'extrémité du corridor, la chambre était de forme rectangulaire et petite, pas plus de huit mètres de long sur quatre de large. Ses murs étaient décorés par des colonnes de hiéroglyphes noirs et par des scènes peintes en rouge, en vert et en jaune. Le bas du mur comportait une ligne ininterrompue de serpents dressés, semblables à ceux qu'on voyait sur le fragment rapporté de Saqqarah. La pièce était entièrement vide. Il y avait un mètre de dénivellation entre le corridor et le sol de la chambre. Tara y sauta sans attendre. Daniel attendit un moment, balayant le sol de sa lampe, puis il sauta à son tour. Il recommença à parcourir le sol avec le faisceau lumineux, puis leva la lampe et la dirigea lentement le long des murs, faisant apparaître et disparaître les images. Il semblait mal à l'aise et regardait constamment vers le sol et vers l'entrée de la chambre. Pourtant, peu à peu, son attention se concentra sur les images peintes, avec leurs couleurs brillantes, leurs faces étranges, et sur les colonnes de hiéroglyphes. Il retrouva son calme. Un sourire apparut sur son visage et ses yeux se mirent à briller.

— Bon, marmonna-t-il pour lui-même en opinant du chef. Oh, c'est très bon.

Il dirigea la lampe vers l'une des scènes peintes : un personnage à tête de chacal conduisait un homme vers des échelles, au bout desquelles se trouvait un autre personnage, à tête d'ibis, qui tenait un stylet et une tablette dans sa main.

— Qu'est-ce que c'est ? demanda Tara.

— C'est tiré du *Livre des morts*, répondit Daniel en regardant la représentation. Anubis, dieu des Nécropoles, conduit le défunt vers les échelles du jugement. On pèse son cœur et le jugement est inscrit par le dieu Thot. C'est une scène typique des tombeaux égyptiens. Comme celle-là...

Il dirigea la lampe vers d'autres images : un homme à la peau rouge et portant une jupe blanche tenait deux urnes à bout de bras. Face à lui, une femme à la peau jaune avait la tête surmontée de cornes de taureau entre lesquelles était placé un disque.

— Le défunt apporte son offrande à la déesse Isis. La peau de l'homme est rouge, celle de la femme, jaune. Peinture magnifique. Regarde la précision des traits, la richesse des couleurs. Je n'arrive pas à y croire... C'est inimaginable.

Il était fasciné.

— Et celle-là ? demanda Tara en montrant une scène sur l'un des murs latéraux où l'on voyait deux hommes en perruque finement tressée et portant la barbe se faisant face, l'un assis, l'autre à genoux. Ils ont l'air différents.

Daniel les éclaira.

— Tu as raison. Stylistiquement, ils sont perses, pas égyptiens. On le remarque à leur coiffure et à leur barbe. Dans les ruines de Suse ou de Persépolis, on en trouve partout. Mais on n'en voit pas dans les tombeaux égyptiens. Tout comme ceci.

Il dirigea le faisceau de la lampe sur une image du mur opposé : un homme portant la barbe se tenait devant une table sur laquelle étaient empilés des fruits.

— Là, le style est grec, dit-il. Tu vois, il porte une toge et sa peau est claire, et la barbe est plus courte, moins régulière. Il est extrêmement inhabituel de trouver ce genre de figure dans un tombeau égyptien. Cependant ce n'est pas tout à fait inconnu. Le tombeau de Pétosiris à Touna el-Gebel comporte ce type de représentation. Et le tombeau de Si-Amon à Siwa. Néanmoins, c'est très rare. Unique, si on tient compte de la figure perse. C'est comme si trois personnes différentes avaient été enterrées ici. C'est incroyable.

Il tourna lentement sur lui-même en promenant le faisceau le long des murs avec une lueur avide dans le regard, possessive, comme si analyser le tombeau lui en conférait la propriété. Tara alla vers un petit creux au fond de la chambre.

— La niche canope, dit-il en se plaçant derrière elle.
Pour les vases canopes. Quand le défunt était momifié,
ses viscères étaient retirés et placés dans quatre réci-
pients – un pour le foie, un pour les intestins, un pour
l'estomac et un pour les poumons. C'est là qu'ils se
trouvaient.

C'était comme s'il lui servait de guide. Elle sourit
en se souvenant comment il l'avait entraînée au British
Museum, au temps où ils étaient amants, en lui donnant
de longues explications sur chaque objet.

— Et cela, monsieur le Professeur ? demanda-t-elle
en montrant un panneau peint à gauche de la niche. De
quoi s'agit-il ?

Il parcourut le panneau avec le rayon de la torche.
Celui-ci était divisé en trois sections superposées. Sur
la section supérieure, une succession de personnages
marchaient dans un paysage jaune. Sur la suivante, ils
semblaient trébucher et tomber, dominés par une créature à corps d'homme et à tête d'animal, qui brandissait
une massue. Dans la dernière scène, il y avait une
figure, immobile sur le même arrière-plan jaune,
avec derrière elle un jeune homme qui tenait une croix
ansée et portait un couvre-chef semblable à une fleur
de lotus.

— C'est un récit, dit Daniel. Ces figures, en haut,
ce sont des soldats. Tu vois, ils ont des javelots, des
arcs, des boucliers. Ils traversent un désert. Ensuite, ce
personnage avec une massue et une tête d'animal, c'est
Seth, le dieu de la Guerre et du Chaos. Et aussi des
déserts. Il les abat. Il semble qu'ils aient été défaits au
cours d'une bataille, bien que rien n'indique qui était
l'ennemi. Et en bas, cette figure avec une coiffe loti-
forme, c'est Néfertum, le dieu de la Régénération et
de la Renaissance.

— Et ça veut dire ?

Daniel haussa les épaules.

— Peut-être que l'esprit de l'armée s'est maintenu malgré la défaite. Ou que quelques soldats ont survécu à la bataille. Il est difficile d'avoir une certitude avec le symbolisme égyptien. Leur manière de penser était très différente de la nôtre.

Il continua à regarder les images, puis se détourna et éclaira les murs qui encadraient l'entrée du corridor. Ils étaient couverts de colonnes bien nettes de hiéroglyphes noirs. En bas du mur de gauche, à peu près au milieu, il y avait un vide dans le texte.

— C'est de là que provient notre fragment, dit-il. Tu vois, les serpents correspondent exactement.

Il s'accroupit. Tara se mit à côté de lui. L'obscurité était si dense qu'ils avaient l'impression d'être immergés dans un liquide noir. Tara entendait battre son propre cœur.

— Allez, vas-y, replace-le. C'est pour cela que nous sommes venus.

Il la regarda puis dégagea le sac, prit la boîte, retira le morceau de plâtre et le remit sur le mur. Une fois en place, il était impossible de voir qu'il en avait été retiré.

— Alors, qu'est-ce que ça dit ? demanda-t-elle.

Il se leva, fit deux pas en arrière et parcourut les hiéroglyphes à la lumière de la lampe.

— Le texte commence ici, dit-il. À gauche de la porte. Il va de haut en bas et de droite à gauche.

Il regarda le mur un instant puis se mit à lire. Le faisceau de la torche descendait et remontait à mesure qu'il suivait les colonnes de texte. Sa traduction était rapide et assurée. Dans l'espace confiné du tombeau, sa voix résonnait, distante, comme si elle provenait de la nuit des temps. Tara sentit ses cheveux se dresser sur sa nuque.

— *Moi, ib-wer-imenty, étendu ici dans la douzième année du règne du roi de la haute et basse Égypte*

Se-Tut-ra Tar-i-ush... C'est le nom égyptien de l'empereur perse Darius... *quatrième jour, premier mois d'Akhet. Aimé de Darius, véritable serviteur de son affection, protecteur du roi aimé de son seigneur, partisan du roi, contrôleur de l'armée, le légitime, le fidèle, le vrai. En Grèce, j'étais à ses côtés. En Lydie, j'étais avec lui. En Perse, je ne lui ai pas fait défaut. À Ashkalon, j'étais là.*

Il s'arrêta. Ils étaient parvenus en bas de la troisième colonne.

— Qu'est-ce que tout ça veut dire ? demanda-t-elle.

— Eh bien, cela situe la tombe à la première période perse. Les Perses ont conquis l'Égypte sous Cambyse vers 525 av. J.-C. Darius a succédé à Cambyse en 522. Cet ib-wer-imenty est mort durant la douzième année du règne de Darius, donc vers 510.

Elle pouvait presque entendre l'esprit de Daniel travailler.

— Il devait être l'un des généraux de Darius. C'est ce que signifient habituellement des titres comme *shemsu nesu*, « partisan du roi », et *mer-mesha*, « contrôleur de l'armée ». Tu n'as pas idée à quel point c'est important. Le tombeau de l'un des généraux du roi. Et du VIᵉ siècle, en plus. Presque aucune sépulture de cette période n'a été retrouvée à Thèbes. C'est fabuleux.

— Continue. Que dit le reste ?

Il dirigea la lampe vers le haut de la quatrième colonne.

— *Les Nubiens, je les ai détruits à la demande de mon maître, les transformant en poussière et obtenant grande réputation. Les Grecs, je les ai obligés à s'incliner très bas. Les Libyens, je les ai chassés jusqu'au fond de l'horizon et je leur ai fait goûter la mort. Mon glaive était puissant. Ma force était grande. Je ne connaissais pas la peur. Les dieux étaient avec moi.*

Il dirigea un instant la torche vers la base de la colonne.

— Bien. Notre fragment appartient à cette colonne.

Il releva le faisceau et poursuivit :

— *Durant la troisième année du règne du souverain de la haute et basse Égypte Mes-u-ti-ra Kem-bit-jet...* encore un roi d'Égypte, Cambyse, cette fois... *avant que j'acquière grande renommée, au troisième mois de peret, moi, ib-wer-imenty, me rendis dans le désert occidental, à Sekhet-imit, pour détruire les ennemis du roi.*

Il s'arrêta encore, avec un air soudain intrigué.

— Qu'y a-t-il ? demanda-t-elle.

— Sekhet-imit, c'est...

Il se tut, pensif, puis, sans terminer sa phrase, reprit la traduction d'une voix plus basse, plus réfléchie, comme s'il vérifiait et revérifiait chaque mot.

— *À l'endroit de la pyramide, à 90 iteru au sud et à l'est de Sekhet-imit, au milieu de la vallée de sable, alors que nous prenions notre repas de midi, survint une grande tempête. Le monde était noir. Plus de soleil. Cinquante mille hommes furent recouverts de sable. Moi seul fus épargné par la grâce des dieux. J'ai marché seul dans le désert pendant soixante iteru, au sud et à l'ouest vers le pays des vaches. Grande était la chaleur. Grande la soif. Grande la faim. Souvent, j'ai cru mourir. Mais je suis arrivé au pays des vaches. Les dieux étaient avec moi. Ils me tenaient en grande faveur...*

La voix de Daniel s'éteignit. Elle le regarda. Ses lèvres bougeaient, mais aucun son n'en sortait. Même dans les ténèbres, elle put voir une pâleur mortelle sur son visage. Sa main tremblait, ce qui faisait tressauter le faisceau de lumière sur le mur.

— Mon Dieu ! murmura-t-il d'une voix éteinte, comme si les ténèbres avaient envahi sa gorge.

— Qu'y a-t-il ?

Il ne répondit pas.

— Qu'y a-t-il, Daniel ?

— C'est l'armée de Cambyse.

Il avait les yeux pleins d'étonnement et de triomphe.

— Qu'est-ce que c'est que l'armée de Cambyse ?

Une fois de plus, il ne répondit pas tout de suite à sa question. Il regardait le mur, absent, comme dans une sorte de transe. Il s'écoula presque une minute avant qu'il remue la tête, comme s'il voulait s'éveiller. Prenant sa main, il la conduisit vers le panneau qu'ils avaient examiné auparavant et l'éclaira.

— En 525, le roi de Perse Cambyse a conquis l'Égypte et l'a intégrée à son empire.

Il avait du mal à maintenir stable le rayon de la torche.

— Quelque temps après, probablement vers 523, il expédia deux armées depuis Thèbes. Il conduisait lui-même la première pour marcher plein sud sur les Ethiopiens. La seconde devait traverser le désert, au nord-ouest, pour détruire l'oracle d'Amon à l'oasis de Siwa, que les Égyptiens appelaient Sekhet-imit, l'endroit aux palmiers.

Il leva la lampe vers la première des trois images du panneau, où un groupe d'hommes marchait dans le désert.

— Selon l'historien grec Hérodote, qui écrivait environ soixante-quinze ans après, l'armée atteignit une oasis appelée l'île des Bénis, qui est probablement l'actuelle al-Kharga. Mais, quelque part entre cette localité et Siwa, elle fut recouverte par une tempête de sable et toute l'armée fut anéantie. Cinquante mille hommes effacés d'un seul coup.

Il abaissa la torche vers la deuxième section, où l'on voyait les hommes écrasés sous la massue de Seth.

— Personne n'a jamais su si cette histoire était

vraie. Ce texte prouve qu'elle l'est. Il nous apprend en plus qu'un homme au moins, cet ib-wer-imenty, a survécu au désastre. Dieu sait comment, mais il a survécu.

Il éclaira la dernière section.

— Ib-wer-imenty avec Néfertum, le dieu de la Régénération et de la Renaissance. C'est cela que signifie cette dernière scène. L'armée a été détruite, mais notre homme a survécu.

— Mais pourquoi est-ce tellement important ? demanda-t-elle.

Sans détacher les yeux du mur, il tira un petit cigare de sa poche et l'alluma. La flamme de l'allumette illumina un instant toute la chambre.

— Le simple fait qu'il confirme Hérodote est assez important en soi. Mais il y a plus, Tara. Beaucoup plus.

Il lui prit la main et la conduisit vers le texte.

— Regarde. Ib-wer-imenty ne nous dit pas seulement qu'il a survécu à la tempête de sable. Il donne l'endroit précis où elle a recouvert l'armée. Tu vois : *À l'endroit de la pyramide, à 90 iteru au sud et à l'est de Sekhet-imit.* Je ne sais pas ce qu'est « l'endroit de la pyramide », sans doute un affleurement calcaire en forme de pyramide. Mais nous savons qu'un iteru est une ancienne unité de mesure, équivalant à deux kilomètres à peu près. Et plus loin, il y a encore autre chose : *J'ai marché seul dans le désert pendant soixante iteru, au sud et à l'ouest vers le pays des vaches.* Le pays des vaches est la traduction de *ta-ith*, qui est le nom ancien de al-Farafra, une autre oasis entre Kharga et Siwa. Tu comprends, Tara ? Ce qui nous est donné ici, c'est une carte de l'endroit où l'armée de Cambyse a disparu. Soixante iteru au nord-ouest de al-Farafra, quatre-vingt-dix iteru au sud-est de Siwa, à l'endroit de la pyramide. C'est aussi précis que ce qu'on peut espérer trouver dans un texte ancien. C'est fabuleux.

Il faisait très chaud dans le tombeau et son visage luisait de sueur. Il tira sur son cigare, tout excité.

— As-tu une idée de ce que cela représente ? Cela fait des milliers d'années que les gens cherchent l'armée de Cambyse. C'est devenu une sorte de Saint-Graal pour les archéologues. Mais le désert occidental est vaste. Tout ce que dit Hérodote, c'est que l'armée a disparu quelque part en son milieu. Avec ça, nous ne sommes guère avancés. Cela peut être n'importe où. Mais grâce à ces indications on peut situer le lieu avec une certaine précision. Les mesures depuis Siwa et al-Farafra permettent de réduire la zone à quelques dizaines de kilomètres carrés. En étudiant ce secteur d'un avion, il ne devrait pas être trop difficile de localiser un roc en forme de pyramide. Un relief de ce genre doit émerger des dunes comme un pouce. On pourrait le trouver en deux jours. Et même moins.

— Mais seulement si on possède les mesures, dit-elle en commençant à comprendre.

— Exactement. C'est pourquoi notre fragment de texte est si important. Il donne la distance à partir de Siwa et comporte une partie du hiéroglyphe qui indique la distance depuis al-Farafra. Sans lui, on n'a guère plus de chances de trouver l'armée que les centaines de chercheurs qui s'y sont essayés. Pas étonnant que Sayf al-Tha'r le veuille tellement.

— Quelle serait la valeur de cette armée ? demanda-t-elle après un long silence.

— Une armée ancienne tout entière ? Cinquante mille hommes avec tout leur équipement, parfaitement conservés sous les sables du désert ? Ce serait la plus grande découverte de toute l'histoire de l'archéologie. Rien ne serait comparable. Le tombeau de Toutankhamon paraîtrait de la pacotille en comparaison. Il y a quelques années, une cuirasse de cette période a été vendue plus de cent mille dollars. À condition de vendre pièce par pièce pour ne pas inonder le marché, une découverte comme celle-là ferait de Sayf al-Tha'r l'un des hommes les plus riches du Moyen-Orient. Je frémis à la pensée de ce qu'il pourrait faire avec de telles ressources.

Ils restèrent silencieux. Le rayon de la torche commençait à faiblir et sa lumière passait doucement du blanc au jaune.

— Et l'ambassade britannique ? demanda Tara. Squires et Jemal ?

— Ils ont dû découvrir quelque chose au sujet de la tombe. Si ce que Samali a dit est vrai, ils doivent vouloir le fragment manquant tout autant que les fondamentalistes. L'enjeu est incroyablement élevé. Plus élevé que je ne le croyais possible.

Ils regardèrent le mur. Tara s'aperçut que, malgré la chaleur, elle grelottait. Il y eut encore un long silence.

— Que dit le reste du texte ? demanda-t-elle. Tu n'as pas fini.

Il leva le rayon vers l'endroit où il s'était arrêté.

— Où en étions-nous ? Ah, oui. « Mais je suis parvenu au pays des vaches. Les dieux étaient avec moi. Ils m'avaient en grande faveur. » Bien, c'est ici.

Il regarda vers le haut. Ses yeux se plissèrent sous l'effet de la concentration.

— Le mot suivant semble être un nom, mais pas un nom égyptien.

Il s'approcha, scrutant le mur.

— On dirait la version égyptienne d'un nom grec. Il est difficile de savoir lequel exactement. Les Égyptiens n'utilisaient pas de voyelles, rien que des consonnes.

Il épela le nom lentement.

— *Demmichos*. Ou *Dymmachos*. Quelque chose comme ça. *Dymmachos était mon nom, fils de...*

Il s'arrêta puis reprit :

— ... *Ménendès de Naxos. Cependant, quand mes hauts faits ont été connus, on m'a appelé ib-wer-imenty.* Bien sûr !

Il se mit à rire.

— Qu'y a-t-il ?

— Ib-wer-imenty. C'est un jeu de mots. J'aurais dû m'en apercevoir plus tôt. *Ib-wer*, « grand cœur » ; *imenty*, « de l'ouest ». Mais *ib-wer* peut aussi vouloir dire « grande soif ». Cela convient bien à un homme qui a parcouru seul cent vingt kilomètres dans le désert. Cet homme devait être grec à l'origine. Mercenaire, probablement. L'Égypte en était pleine à l'époque. Un soldat grec, au service de la Perse, avec un surnom égyptien.

Il dirigea la lampe vers les images qu'ils avaient regardées auparavant : l'homme à la peau claire devant la table où s'empilaient des fruits ; l'homme aux cheveux tressés, agenouillé devant son roi ; la figure à la peau rouge apportant une offrande à la déesse Isis.

— Voilà pourquoi nous avons trois représentations différentes ici. Elles expriment les trois aspects de la même personne. Grec, Perse, Égyptien. C'est magnifique. Absolument magnifique.

Il tourna le rayon vers le mur et parcourut les cinq dernières colonnes du texte.

— *Quand mes hauts faits ont été connus, comment je suis revenu de chez les morts, Cambyse m'a placé à sa droite, m'a élevé en grade, et a fait de moi son ami bien-aimé, car j'étais revenu vivant du désert et il savait que les dieux étaient avec moi.*

On m'a donné des terres, des titres et des richesses. Sous le règne de Darius, jouissant d'une grande longévité, j'ai prospéré et suis devenu un grand personnage. J'ai dépassé tous mes pairs en dignité et en richesse. J'ai pris une épouse. Elle m'a donné trois fils. J'étais respecté au conseil du roi. Toujours fidèle.

Le cœur ferme. Protecteur sincère. Occupant la pre-mière place dans la maison de son seigneur.

C'est à Waset que j'avais mes domaines... Waset est le nom égyptien de Thèbes, la moderne Louqsor... *À Waset, j'étais content. À Waset, j'ai vécu longtemps. Je ne suis jamais retourné à Naxos, le lieu de ma nais-sance.*

Oh, vous les vivants qui passerez devant cette tombe, qui aimez la vie et haïssez la mort, puissiez-vous dire : « *Qu'Osiris transfigure ib-wer-imenty...* »

Il se tut et abaissa la lampe.

— Le reste, ce sont seulement des prières tirées des livres de l'après-vie.

Il hocha la tête, tirant sur son petit cigare dont l'extrémité rougeoyait dans l'obscurité.

— Quelle histoire incroyable ! Un modeste merce-naire grec qui marchait avec l'armée de Cambyse est revenu de chez les morts pour devenir l'ami et le confi-dent des rois. On dirait que c'est tiré d'un mythe homé-rique. Je pourrais passer le reste de ma vie...

Il y eut un bruit de pierre dehors, dans le goulet. Daniel regarda Tara, éteignit la torche et écrasa son cigare sur le sol. Il y eut un murmure étouffé provenant du haut, puis le bruit de frottement de quelqu'un qui pénétrait dans le tombeau. Ils reculèrent jusqu'au coin, se pressant contre le mur. Tara agrippait l'épaule de Daniel. Elle aurait voulu crier mais aucun son ne sortait de sa gorge.

Ils entendirent d'autres bruits de frottement, et un pâle rayon lumineux traversa le corridor et entra dans la chambre. Les murmures se firent plus forts, puis on entendit des pas lents qui approchaient. Vingt mètres, dix, cinq, et ils furent à l'entrée de la chambre. Une silhouette en robe noire sauta du corridor dans la pièce.

Daniel poussa un cri, sauta sur l'homme et le jeta à terre.

— Sors, Tara ! s'écria-t-il.

Deux autres silhouettes sautèrent dans la chambre et le renversèrent.

— Daniel !

Elle se précipita en criant son nom. Quelqu'un la saisit et la jeta sur le sol. Elle se releva et donna des coups de poing, mais elle fut encore frappée, plus fort cette fois, et elle tomba, le souffle coupé. Il y eut des cris, des mouvements, et soudain la pièce fut inondée d'une lumière blanche qui lui fit fermer les yeux.

— Eh bien voilà, dit une voix avec un rire de triomphe. Les rats sont pris au piège !

Elle cligna des yeux. Quatre hommes étaient debout devant elle, deux tenaient des pistolets-mitrailleurs, un autre un fusil et le dernier un gourdin. Au-dessus, à l'entrée du corridor, une lampe à la main, se tenait Dravic. Plusieurs autres hommes se pressaient dans le passage derrière lui. Tara se remit debout tant bien que mal. Daniel aussi se releva. Il saignait du nez. Il vint auprès d'elle.

— Ça va ? lui demanda-t-elle.

Il acquiesça. Dravic parcourut du regard le sol de la chambre, puis il tendit sa lampe à l'homme qui était auprès de lui et sauta.

— Je vois que notre ami le cobra n'est plus là, remarqua-t-il. Manifestement, ce n'est pas un garde aussi efficace que nous le pensions. C'est dommage. J'aurais aimé voir son venin vous tuer lentement.

Il s'approcha d'eux. Son immense stature parut remplir la moitié de la chambre et fit écran à la lumière de la lampe. Tara se recroquevilla contre le mur. La joue où elle avait reçu un coup lui faisait mal.

— Comment avez-vous su que nous étions ici ? marmonna Daniel, la bouche en sang.

Dravic se mit à rire.

— Avez-vous sérieusement cru que nous nous contenterions de mettre ce serpent ici pour garder la tombe ? Pauvres idiots ! Nous avions un guetteur caché en haut du goulet. Quand il vous a vus, il nous a appelés, et nous sommes revenus tout de suite.

— Qu'allez-vous faire de nous ? demanda Tara d'une voix peu assurée.

— Vous tuer, bien sûr, dit le géant sur le ton de l'évidence. Toute la question est de savoir comment et quand. Et ce que je vais vous faire avant.

Il la regarda avec un sourire, les lèvres luisantes comme deux longs vers roses.

— Et soyez sûre qu'il y a des choses que je veux vous faire avant.

Il tendit la main et passa un doigt sur sa poitrine. Elle l'écarta avec une expression de dégoût.

— Vous avez tué mon père, lança-t-elle.

— Oh, c'est ce que je voulais faire, dit-il en riant. Cela m'aurait bien plu. Malheureusement, il est tombé mort avant que j'en aie eu l'occasion. J'en ai été aussi bouleversé que vous.

Il remarqua la douleur dans ses yeux et son rire redoubla.

— Il est venu droit sur moi, dit-il joyeux. Il était debout et, la minute suivante, il se tortillait sur le sol comme un porc qu'on saigne. Je n'ai jamais vu quelqu'un mourir d'une manière aussi pathétique.

Il se retourna pour dire quelque chose en arabe à ses hommes. Ils se mirent à rire également. Malgré sa peur, Tara sentit une vague de fureur monter en elle. Elle releva la tête et cracha aussi fort qu'elle le put au visage de Dravic. Le rire cessa instantanément. Elle se raidit, s'attendant à recevoir un coup.

Mais il ne vint pas. La salive coulait sur la joue rose du géant, sans qu'il ne bouge. Puis, d'une main, il l'essuya.

— Avez-vous déjà été violée ? demanda-t-il tranquillement en regardant le liquide sur ses doigts. Violentée ? Votre corps servant à d'autres de jouet contre votre volonté ? Vagin, anus, bouche ? Non ? Alors, croyez-moi, c'est une chose à laquelle il faut vous attendre.

— Ne faites pas ça, Dravic, grogna Daniel.

— Oh, ne vous inquiétez pas, Lacage. Vous ne serez pas oublié.

Il se débarrassa de la salive et sortit de sa poche une petite truelle dont les bords aiguisés brillaient à la lueur de la lampe.

— Toutes les violences ne sont pas nécessairement de nature sexuelle, après tout.

Son bras se détendit et la lame de la truelle glissa sur celui de Daniel, qui fit une grimace de douleur tandis qu'une ligne ensanglantée se formait sous sa chemise.

— Néanmoins, ces plaisirs sont pour plus tard, dit le géant en remettant la truelle dans sa poche. Nous avons certaines choses à traiter d'abord.

Il se retourna pour regarder le mur couvert de hiéroglyphes en faisant signe à l'homme qui tenait la lampe de s'approcher.

— Ainsi, nous avons enfin la dernière pièce du puzzle. C'est une honte qu'elle en ait été retirée. Si les choses étaient restées en l'état, nous nous serions épargné beaucoup de temps et de soucis. Et de douleurs.

Il jeta un coup d'œil à Tara avec un sourire lascif, puis alla s'accroupir devant le mur pour examiner le texte.

— Normalement, quand on découvre une tombe dans ces collines, nous sommes les premiers informés. Les gens du coin savent qu'il est de leur intérêt de venir tout de suite nous voir. Sinon, ils risquent d'encourir la colère de Sayf al-Tha'r. Et la mienne. Ils savent que ce n'est pas bon pour eux. Pourtant, dans le cas présent, elle a été trouvée par quelqu'un qui a décidé de jouer seul. Il a payé pour sa cupidité, mais il avait eu le temps de prélever certains objets. Y compris, bien sûr, cette pièce vitale.

Il retira le fragment du mur et le prit dans ses mains.

— L'ironie du sort a voulu qu'il enlève cette partie du texte. Il n'avait aucune idée de son importance, bien entendu. Il voulait seulement avoir un morceau de décoration à vendre. Avec le temps, il aurait dépecé tous les murs. Malheureusement pour lui, il a commencé avec la seule partie qui indiquait l'emplacement précis de l'armée, et ainsi il a condamné non seulement lui-même, mais plusieurs autres à une fin tragique.

Même à trois mètres de distance, Tara pouvait sentir l'odeur lourde et aigre de son corps. Elle avait envie de vomir.

— Mais rien de tout cela n'a plus d'importance désormais, continua-t-il. Nous avons le fragment. Et demain, nous aurons aussi l'armée. Et ensuite...

Il jeta à nouveau un regard moqueur et lascif à Tara.

— Et ensuite, les amusements vont vraiment commencer.

Il cria quelque chose en arabe et deux hommes munis de masses sautèrent dans la chambre. Quand il leur eut désigné de la tête la partie du texte que Daniel avait traduite, ils levèrent leurs outils et se mirent à cogner contre le mur, faisant sauter le plâtre de la roche.

— Arrêtez ! s'écria Daniel en bondissant en avant. Non ! Arrêtez !

Le canon d'une arme s'enfonça dans son estomac et le repoussa.

— Vous ne pouvez pas détruire ça ! dit-il en suffoquant. Vous ne pouvez pas !

— Précaution triste mais nécessaire, dit Dravic. Le reste de la décoration peut rester, mais nous ne pouvons pas prendre le risque que quelqu'un d'autre découvre la tombe et lise ce qui concerne l'armée. Pas encore.

De larges plaques de plâtre couvertes de hiéroglyphes s'effondraient sur le sol dans un nuage de poussière. Tandis que l'un des hommes continuait à cogner sur le mur, l'autre les brisait en des centaines de minuscules fragments. Daniel baissa la tête, désespéré.

Lorsque tout le pan de mur eut été détruit, Dravic fit signe aux hommes de s'en aller. Dans la chambre, l'air était chargé de poussière. Tara se mit à tousser.

— Et maintenant ? soupira Daniel, incapable de détourner les yeux du tas de plâtre.

Dravic se dirigea vers l'entrée de la chambre, le fragment dans la main. Il le tendit à l'un de ses hommes et fut hissé dans le corridor.

— Maintenant, dit-il en se retournant pour les regarder, il va vous arriver quelque chose de plutôt désagréable.

Il leur fit un signe de la main et disparut dans le boyau. L'homme qui se trouvait devant Daniel leva son arme.

— Non ! s'écria Tara, pensant qu'il allait tirer.

Mais au lieu de cela il retourna l'arme et frappa Daniel sur le côté de la tête avec la crosse. Daniel s'effondra sur le sol, inconscient. Un filet de sang coulait sur son cou. Tara s'agenouilla auprès de lui, lui toucha le visage. Elle entendit un mouvement derrière elle, quelque chose qui passait dans l'air, et puis soudain elle se sentit tomber dans ce qui lui parut un immense océan d'eau noire.

Nord-Soudan

Le garçon traversa le campement en courant avec le message radio dans sa main. Un troupeau de chèvres, surpris, se mit sur ses pattes et se dispersa devant lui. Mais il n'y fit pas attention et continua à courir jusqu'à la tente de son maître. Il releva le rabat, exténué par l'effort, et entra.

L'intérieur était faiblement éclairé par une lampe à kérosène. Sayf al-Tha'r était assis en tailleur sur un tapis, un livre à la main tout près de son visage, et il était si tranquille qu'on aurait pu le prendre pour une statue. Le garçon s'approcha.

— Ils l'ont trouvé, s'écria-t-il, incapable de contenir son enthousiasme. Le fragment. *Doktora* Dravic l'a trouvé !

L'homme posa son livre sur ses genoux et leva le regard vers le jeune garçon. Son visage était impassible.

— Il est écrit que nous devons être modérés en toute chose, Mehmet, dit-il d'une voix calme. Aussi bien dans nos joies que dans notre désespoir. Inutile de crier.

— Oui, Sayf al-Tha'r.

Le garçon baissa la tête, contrit.

— Il est aussi écrit que nous devons nous réjouir fortement de la bonté d'Allah. Alors, n'aie pas honte de ta joie. Mais maîtrise-la, Mehmet. Maîtrise-la toujours. C'est la voie de Dieu. Devenir maître de soi-même.

Il tendit la main. Le garçon lui donna le message. Sayf al-Tha'r pencha la tête et lut. Quand il eut fini, il plia soigneusement le papier et le glissa dans une poche de sa robe.

— Ne t'avais-je pas dit que nous étions les élus de Dieu ? dit-il. Tant que nous resterons sincères et que nous aurons confiance en sa grandeur, tout viendra à nous. Et c'est ce qui s'est produit. C'est un grand jour, Mehmet.

Un large sourire s'épanouit sur son visage. Le jeune garçon ne l'avait jamais vu sourire comme cela, et cette vision lui fit battre le cœur. Il aurait voulu tomber à genoux et embrasser les pieds de son maître, lui dire combien il l'aimait, combien il lui était reconnaissant de tout ce qu'il avait fait pour lui.

Mais il résista à cette impulsion. La voie d'Allah est de devenir maître de soi-même. Les paroles de son mentor résonnaient encore à ses oreilles. Il fallait apprendre cette leçon. Il se permit un sourire mais rien de plus, bien que son cœur bondisse de joie.

L'homme parut comprendre ce qui se passait dans la tête du garçon, car il se leva et posa sa main sur son épaule.

— C'est bien, Mehmet, dit-il. Allah récompensera toujours le bon élève. Tout comme il punira toujours le mauvais. Maintenant va dire à notre peuple de se préparer. Dès que nous connaîtrons l'endroit, nous commencerons à transporter le matériel.

Le garçon acquiesça et alla vers l'entrée.

— Maître, dit-il en se retournant, est-ce que les mauvaises choses vont s'arrêter maintenant ? Est-ce que les *kufr* seront détruits ?

Le sourire de l'homme se fit encore plus large.

— Bien sûr qu'ils le seront, Mehmet. Comment pourraient-ils ne pas l'être puisque nous avons toute une armée avec nous ?

— *Allah u akbar*, dit le garçon en riant. Dieu est grand.

— Il l'est. Plus grand même qu'aucun d'entre nous ne pourra jamais le comprendre.

Lorsque le garçon fut parti, Sayf al-Tha'r retourna à sa place auprès de la lampe à kérosène et il reprit doucement dans ses mains le livre à la reliure en cuir usée et déchirée. À l'intérieur, le texte n'était ni en anglais ni en arabe, mais en grec, tout comme le titre sur la couverture : ΗΡΟΔΟΤΟΥ ΙΣΤΟΡΙΑΙ – *L'Enquête d'Hérodote*.

Il augmenta légèrement le débit de la lampe, éleva le livre tout près de son visage et poussa un soupir de plaisir en s'immergeant dans sa lecture.

30

Louqsor

Le train de Khalifa arriva à Louqsor juste avant huit heures du matin. Après son cauchemar, il n'avait plus pu dormir. Il se sentait fatigué, les yeux lourds. Aussi décida-t-il d'aller chez lui pour se rafraîchir un peu avant de se rendre au bureau.

La ville était déjà animée. C'était l'après-midi que devait commencer la fête d'Abou el-Haggag et déjà les gens se rassemblaient, se bousculaient autour des étalages colorés où s'empilaient les sucreries, les gâteaux et les chapeaux de fête. En temps normal, Khalifa aurait préparé les festivités. Mais, ce jour-là, il avait d'autres choses en tête. Après avoir allumé une cigarette, il descendit la rue al-Mahatta sans prêter attention à l'agitation environnante.

Son appartement se trouvait à quinze minutes à pied du centre-ville, dans un morne bloc de béton qui s'insérait comme un domino dans une rangée d'autres mornes blocs de béton. Batah et Ali étaient déjà partis pour l'école quand il arriva, et Youssouf, le bébé, dormait profondément dans son berceau. Il prit une douche. Zenab lui apporta du café avec du pain et du fromage. Il la regarda aller et venir avec plaisir. Ses cheveux descendaient en une cascade noire presque jusqu'à la taille. Elle avait des hanches minces et provocantes.

Parfois il oubliait la chance qu'il avait eue en l'épousant. La famille de Zenab ne voulait pas de lui, un étudiant sans le sou issu d'une famille pauvre. Mais Zenab était une fille volontaire. Il sourit en se souvenant de ce temps-là.

— Qu'y a-t-il de drôle ? demanda-t-elle en lui apportant une assiette de tomates coupées en rondelles.

— Je pensais à l'époque de notre mariage. Tes parents y étaient farouchement opposés et tu leur as dit que c'était moi ou rien.

Elle lui tendit l'assiette et s'assit à ses pieds.

— J'aurais dû les écouter. Si je n'avais pas été aussi entêtée, je pourrais avoir mon Hosni à moi.

Khalifa se mit à rire et, se penchant vers elle, l'embrassa sur le front. Ses cheveux étaient tièdes, parfumés, et, malgré sa fatigue, Khalifa la trouva très désirable. Il écarta l'assiette de tomates pour mettre ses bras autour des épaules de sa femme.

— Comment c'était au Caire ? demanda-t-elle en lui embrassant le bras.

— Comme ci comme ça. J'ai vu le professeur.

— Il va bien ?

— Oui, à ce qu'il semble. Il t'envoie ses amitiés.

Elle se déplaça un peu pour mettre son bras sur le genou de Khalifa. Sa robe avait un peu glissé et découvrait son épaule et le haut de sa poitrine, à la naissance des seins.

— Qu'est-ce que c'est que cette affaire sur laquelle tu travailles, Youssouf ? demanda-t-elle d'une voix douce en dessinant avec son doigt des motifs sur la cuisse de l'inspecteur. C'est une affaire importante ?

— Oui, répondit-il. Je crois qu'elle l'est.

— Tu peux m'en parler ?

— C'est compliqué, dit-il en lui caressant les cheveux.

Elle savait que c'était sa manière à lui de dire qu'il ne voulait pas en parler, aussi n'insista-t-elle pas. Elle s'approcha un peu pour l'embrasser sur les lèvres.

— Le bébé dort, chuchota-t-elle.

Khalifa se mit à lui caresser le cou en respirant le parfum de ses cheveux.

— Il faudrait que j'aille au bureau, dit-il.

Elle l'embrassa encore et, après s'être relevée, elle fit glisser sa robe. Dessous, elle était nue.

— Vraiment ?

Il la regarda, mince, la peau mate, avec des seins fermes et un doux mont de Vénus couvert d'une soyeuse toison noire. Comme elle était belle ! Il se leva et la prit dans ses bras.

— Je pense que ce ne sera pas grave si je suis un peu en retard.

Après l'avoir embrassé, elle lui prit la main pour le conduire dans la chambre à coucher. Là, elle s'assit sur le lit et se mit à déboutonner et à enlever sa chemise et son pantalon. Puis elle lui enlaça la taille. Il l'écarta et s'allongea près d'elle, lui caressa les seins, le ventre, les cuisses, lui embrassa l'épaule et se serra contre elle...

C'est alors que la sonnerie du téléphone retentit.

— Ne réponds pas, dit Zenab en se mettant sur lui, lui massant la poitrine et lui couvrant le visage avec ses cheveux.

Ils continuèrent ainsi un moment, mais la sonnerie du téléphone réveilla le bébé, qui se mit à crier. Avec un grognement de frustration, Zenab se leva et se dirigea vers le berceau. Khalifa se tourna sur le côté pour décrocher le téléphone. C'était le professeur Habibi.

— J'espère que je ne te dérange pas.

— Pas du tout. J'aidais Zenab... à faire quelque chose.

Elle lui jeta un regard amusé, sortit le nourrisson du berceau et l'emmena dans l'autre pièce, en déposant un baiser sur la tête de Khalifa au passage. Il referma la porte du bout du pied.

— Écoute, Youssouf, dit le professeur. Il y a quelque chose que je dois te dire au sujet des objets que tu m'as apportés hier.

Khalifa se pencha pour prendre son paquet de cigarettes dans la poche de son pantalon.

— Continuez.

— Je les ai examinés hier soir après ton départ et j'ai trouvé une inscription sur le manche du poignard, au-dessous de la garniture de cuir. Pas vraiment une inscription. Quelques mots gravés très grossièrement dans le métal. En lettres grecques.

— Grecques ?

— Exactement. Il s'agit d'un nom. Sans doute celui du propriétaire du poignard.

— Continuez.

— Le nom est : Dymmachos, fils de Ménendès.

— Dymmachos ? demanda Khalifa en réfléchissant. Est-ce que ce nom vous dit quelque chose ?

— C'est ça qui est drôle, dit Habibi. J'étais certain de l'avoir vu auparavant. Il m'a fallu un moment avant de me souvenir où, mais je l'ai retrouvé...

Il s'arrêta pour ménager un effet théâtral.

— Oui ?

— Dans la Vallée des Rois. Le tombeau de Ramsès VI. Les murs sont couverts de graffitis anciens, grecs et coptes, et l'un d'eux est d'un certain Dymmachos, fils de Ménendès de Naxos. Je l'ai vérifié dans mon Baillet.

— Ce serait le même homme ?

— Je ne peux pas en être certain à cent pour cent, mais je serais bien surpris qu'il y ait eu deux personnes à Thèbes nommées Dymmachos, dont le père s'appelait Ménendès. Ce ne sont pas des noms très courants.

Khalifa poussa un long sifflement.

— Incroyable, dit-il.

— Oui, vraiment. Mais moins incroyable que ce qui vient ensuite.

À nouveau, il s'arrêta pour ménager son effet et Khalifa dut encore le relancer.

— Ce Dymmachos ne s'est pas contenté d'écrire son nom dans le tombeau. Il a laissé aussi une courte inscription.

— Qui dit quoi ?

— Eh bien, elle paraît incomplète. Soit elle a été recouverte par une autre inscription, soit il s'est arrêté au milieu...

Khalifa entendit un bruit de papier à l'autre bout de la ligne.

— Elle dit : « Moi, Dymmachos, fils de Ménendès de Naxos, ai vu ces merveilles. Demain, je marche contre les Ammoniens. Puisse... » Et c'est là que ça s'arrête.

Khalifa n'avait toujours pas allumé sa cigarette.

— Les Ammoniens, dit-il en réfléchissant tout haut. Est-ce que ce n'était pas le nom que les Grecs donnaient aux habitants de Siwa ?

— Exactement. D'après le nom du dieu Amon, dont l'oracle se trouvait dans cette oasis. Et nous savons qu'il n'y eut qu'une seule expédition militaire contre les Ammoniens durant cette période.

— Laquelle ?

Autre pause théâtrale.

— L'armée de Cambyse.

La cigarette de Khalifa se brisa dans sa main.

— L'armée de Cambyse ! Celle qui a disparu dans le désert ?

— C'est ce que dit l'histoire.

— Mais personne n'a survécu. Comment pouvons-nous avoir un poignard appartenant à l'un de ses soldats ?

— C'est précisément la question.

Khalifa entendit le professeur allumer sa pipe. Il tira une autre cigarette de son paquet et l'alluma.

— Es-tu certain que le poignard provient d'une tombe de Thèbes ? demanda Habibi.

— Je le pense. Oui.

— Alors, il y a plusieurs explications possibles. Peut-être que ce Dymmachos n'est pas parti avec l'armée, finalement. Ou bien il est possible que le poignard soit passé en d'autres mains avant qu'il la rejoigne. Ou encore Hérodote a pu se tromper et l'armée n'a pas été anéantie par une tempête de sable.

— Ou peut-être qu'elle l'a été, mais que ce Dymmachos a survécu.

Le professeur resta d'abord silencieux, avant de répondre :

— Je dirais que c'est la moins probable des hypothèses. Bien que, assurément, la plus curieuse.

Khalifa tira profondément sur sa cigarette. Comme il était censé ne pas fumer dans la chambre à coucher à cause du bébé, il se pencha en avant pour ouvrir la fenêtre. Les idées se précipitaient dans sa tête, trop vite pour qu'il en garde trace ou les organise.

— Je suppose que la découverte de la tombe d'un soldat de Cambyse serait un événement important, dit-il.

— Si elle se révélait authentique, oui, certainement. Un événement considérable.

Était-ce le cas ? Abou Nayar avait trouvé la tombe d'un homme qui avait fait partie de l'armée de Cambyse. Comme le professeur l'avait dit, cela devait être un événement considérable. L'un des plus importants de ces dernières années en Égypte. Pourtant, cela n'expliquait pas pourquoi Dravic se donnait tant de mal simplement pour un petit fragment de texte hiéroglyphique. Après tout, il ne s'était pas soucié des autres

333

objets de la boutique d'Iqbar. Sauf de cette pièce-là. Il y avait une donnée qui manquait. Quelque chose de plus important.

— Et l'armée elle-même ?

La question lui était venue aux lèvres avant même qu'il ait pensé à la poser.

— Que veux-tu dire ?

— L'armée disparue de Cambyse... Quelle serait la valeur de cette découverte ?

Il y eut un long silence.

— Je pense que nous entrons ici dans le royaume des songes, Youssouf. L'armée a été ensablée quelque part au milieu du désert occidental. On ne la retrouvera jamais.

— Mais si on la retrouvait ?

Encore un silence.

— Je pense que je n'ai pas besoin de te dire à quel point ce serait important.

— Non, effectivement.

Il jeta sa cigarette par la fenêtre et agita la main pour dissiper la fumée.

— Youssouf ?

— Oui, excusez-moi, je réfléchissais. Que savez-vous de plus sur cette armée, professeur ?

— Pas grand-chose, je le crains. Ce n'est pas ma période. La personne à qui tu dois t'adresser est le professeur Ibrahim az-Zahir. Il a passé la plus grande partie de sa vie à l'étudier.

— Où puis-je le trouver ?

— Là-bas, à Louqsor. Il passe six mois de l'année à la Maison de Chicago. Mais il se fait vieux. Il a eu une attaque l'année dernière. Il commence à perdre la tête.

Il y eut encore un silence puis, après avoir remercié le professeur et lui avoir promis de venir dîner chez lui à son prochain passage au Caire, Khalifa raccrocha.

Il passa dans le salon. Zenab, toujours nue, berçait le bébé dans ses bras. Il s'approcha et les embrassa tous les deux.

— Il faut que j'aille au bureau.

— Et moi, je dois faire tout ce que je peux pour le rendormir.

— Excuse-moi, c'est...

— Je sais, dit-elle en souriant et en lui donnant un baiser. Vas-y. Et n'oublie pas le défilé des enfants cet après-midi. J'ai dit à Ali et à Batah que nous serions là pour les regarder. C'est à quatre heures. Ne sois pas en retard.

— Ne t'inquiète pas. Je serai de retour, c'est promis.

Désert occidental

Tara se réveilla deux fois durant le voyage – de brèves lueurs de conscience dans un grand voile d'oubli.

La première fois, c'était dans un espace exigu et vibrant qui sentait l'essence. Malgré l'obscurité impénétrable et la douleur qu'elle ressentait à la tête, elle comprit tout de suite qu'elle se trouvait dans la malle arrière d'une voiture. Elle était seule, repliée en position fŪtale, les mains attachées aux chevilles, la bouche bâillonnée. Elle supposa qu'ils devaient se trouver sur une route goudronnée car, bien qu'il y eût des cahots, ils n'étaient pas très violents et la voiture paraissait rouler assez vite. Elle se mit à penser à tous les films qu'elle avait vus dans lesquels des gens enfermés dans le coffre d'une voiture parvenaient à savoir où ils étaient en prêtant attention aux bruits et aux sensations qui survenaient pendant leur voyage. Elle

335

essaya de faire la même chose, à l'affût des bruits extérieurs qui pourraient la renseigner sur le lieu où elle se trouvait. En dehors de coups de Klaxon occasionnels et, une fois, d'un fort bruit de musique, rien ne put lui révéler ni où elle était, ni où elle allait, et elle replongea bientôt dans l'inconscience.

À son second réveil, elle entendit un puissant vrombissement au-dessus de sa tête. Elle l'écouta un moment, puis ouvrit les yeux. Elle était assise, attachée à son siège. Daniel était à côté et sa tête roulait sur sa poitrine. Il avait du sang séché sur la joue et dans le cou. Bizarrement, elle n'éprouva aucune inquiétude pour lui. Elle nota simplement qu'il était là, avant de se détourner pour regarder une étendue infinie de jaune au-dessous d'elle. Elle eut la pensée qu'elle était en train de regarder un immense gâteau de Savoie tout chaud, ce qui la fit rire. Presque aussitôt, elle entendit des voix et on lui mit une sorte de sac sur la tête. Elle sombra à nouveau, non sans avoir auparavant un éclair de lucidité : « Je suis dans un hélicoptère, en train de voler au-dessus du désert vers l'armée disparue de Cambyse. » Après quoi les ténèbres la submergèrent et elle ne se souvint plus de rien.

Louqsor

Khalifa eut deux surprises en arrivant à l'hôtel de police. La première fut de se trouver nez à nez avec le commissaire Hassani dans l'entrée et, loin d'essuyer des hurlements pour son retard, d'être salué d'une manière qui approchait de la cordialité.

— Heureux que vous soyez de retour, Youssouf ! dit le chef en l'appelant par son prénom, ce qu'il n'avait jamais fait jusque-là. Soyez gentil. Dès que vous aurez un moment, venez dans mon bureau, voulez-vous ? Rien de grave. Au contraire, des nouvelles plutôt bonnes.

Il donna une tape dans le dos de Khalifa et s'engagea dans un couloir.

La seconde surprise fut de trouver Omar Abd el-Farouk assis dans son bureau.

— Il n'a pas voulu attendre en bas, expliqua Sariya. Il ne voulait pas qu'on le voie. Il dit qu'il a des informations au sujet de l'affaire Abou Nayar.

Recroquevillé dans un coin du bureau, Omar pianotait sur ses genoux, manifestement mal à l'aise.

— Bien, bien, dit Khalifa en allant s'asseoir derrière son bureau. Je n'imaginais pas que le jour viendrait où je verrais un Abd el-Farouk venir ici spontanément.

— Croyez-moi, répliqua Omar, je ne viens pas de gaieté de cœur.

— Voulez-vous du thé ?

Omar remua négativement la tête, puis il désigna Sariya.

— Et dites-lui de partir. Ce que j'ai à dire vous concerne vous, et vous seulement.

— Mohammed est mon collègue, dit Khalifa. Il est tout autant...

— Je parle à vous seul ou je ne parle pas, lança Omar.

Khalifa soupira et fit signe à Sariya.

— Laisse-nous cinq minutes, veux-tu, Mohammed. Je ferai le point avec toi plus tard.

Son adjoint quitta la pièce en refermant la porte derrière lui.

— Cigarette ?

Khalifa se pencha en avant pour offrir ses Cleopatra. Omar refusa d'un geste de la main.

— Je suis venu pour vous parler, pas pour échanger des amabilités.

Khalifa haussa les épaules et, s'étant calé dans son fauteuil, il alluma une cigarette.

— D'accord, dit-il. Eh bien, parlez.

Le pianotement d'Omar se fit plus rapide.

— Je pense que certains de mes amis sont en danger, dit-il en baissant la voix. Hier, ils sont venus chez moi pour demander de l'aide.

— Et quel est le rapport avec Abou Nayar ?

Omar regarda autour de lui, comme pour s'assurer que personne n'écoutait.

— Il y a deux jours, quand vous m'avez convoqué, vous m'avez demandé si une nouvelle tombe n'avait pas été trouvée dans les collines.

— Et vous m'avez dit que vous n'en saviez rien. Dois-je comprendre que vous vous êtes soudain souvenu de quelque chose ?

Le sarcasme contenu dans la question était perceptible. Omar le regarda.

— Ça doit vous faire plaisir qu'un Abd el-Farouk vienne vous solliciter.

Khalifa ne répondit rien. Il se contenta de tirer sur sa cigarette.

— Bon, Abou Nayar a découvert une tombe. Où, je l'ignore, alors ne me le demandez pas. Mais il a trouvé une tombe. Il a retiré un morceau de décoration murale dans cette tombe. Mes amis avaient ce morceau en leur possession. Et maintenant, ils ont disparu.

Dehors, un pétard éclata. Omar fit un bond sur son siège.

— Et qui étaient ces amis ?

— Un archéologue, le docteur Daniel Lacage. Et une femme. Une Anglaise.

— Tara Mullray.

Omar haussa les sourcils.

338

— Vous la connaissez ?

— Il semblerait que Lacage et elle aient été impliqués dans une fusillade à Saqqarah, il y a deux jours.

— Je sais ce que vous pensez, Khalifa ; mais j'ai travaillé avec le docteur Lacage pendant six ans. C'est un homme bien.

Khalifa acquiesça.

— Je vous crois.

Après un silence, il reprit :

— Je ne pensais pas que le jour viendrait où je dirais cela à un Abd el-Farouk.

Tout d'abord, Omar ne répondit rien. Puis un mince sourire apparut sur son visage. Il se détendit.

— Je vais peut-être prendre cette cigarette.

Khalifa se pencha en avant pour lui tendre le paquet.

— Alors, que s'est-il passé exactement hier, Omar ?

— Comme je l'ai dit, ils sont arrivés chez moi hier pour demander de l'aide. Ils avaient ce morceau de plâtre décoré dans une boîte. La femme a dit que son père l'avait acheté pour elle et que Sayf al-Tha'r le voulait. Et l'ambassade britannique aussi.

— L'ambassade britannique ?

— Elle a dit que des gens à l'ambassade britannique voulaient la pièce, eux aussi.

Khalifa prit un stylo dans sa veste et se mit à griffonner sur un bout de papier.

— Quoi d'autre ? demanda-t-il.

— Ils voulaient savoir d'où provenait ce fragment. Je leur ai dit que c'était dangereux et qu'ils feraient mieux de laisser tomber. Mais ils ne voulaient pas. Le docteur Lacage est un ami. Quand un ami demande de l'aide, je ne refuse pas. J'ai dit que j'allais me renseigner. Je suis sorti vers quatre heures de l'après-midi. Quand je suis rentré, ils étaient partis. Depuis, je ne les ai plus revus. Ils ont dit à ma femme qu'ils allaient au sommet de el-Qurn. Je crains pour leur sécurité, inspecteur. Surtout après ce qui est arrivé à Abou Nayar. Et à Suleiman al-Rashid.

Khalifa cessa de griffonner.

— Suleiman al-Rashid ?

— Vous savez bien, brûlé vif.

Les couleurs se retirèrent du visage de Khalifa.

— Il est mort ?

Omar acquiesça.

— Suleiman ! dit Khalifa.

— Vous l'ignoriez ?

— J'étais au Caire.

Omar baissa la tête.

— Je suis désolé, dit-il. Je pensais que vous étiez au courant.

Et après un silence, il ajouta :

— Tout le monde sait ce que vous avez fait pour Suleiman.

Khalifa enfouit son visage dans ses mains.

— Je vais vous dire ce que j'ai fait pour Suleiman. Je l'ai tué. Voilà ce que j'ai fait pour lui. Si je n'étais pas allé le voir l'autre jour... Comment ai-je pu être aussi stupide ?

Sa voix s'étouffa. Dans la rue, quelqu'un jouait du tambour.

— Je devrais peut-être m'en aller, inspecteur, dit tranquillement Omar. Il faut que je vous laisse à votre douleur.

Il se dirigea vers la porte.

— Le fragment, dit Khalifa.

— Pardon ?

— Le morceau de mur. L'avez-vous vu ?

— Oui, je l'ai vu.

— Il y avait des serpents en bas ? Des hiéro-glyphes ?

Omar acquiesça.

— Les hiéroglyphes, vous vous en souvenez ?

340

Omar réfléchit un instant puis, s'approchant, il prit le stylo de Khalifa et se mit à dessiner sur un morceau de papier.

L'inspecteur regarda.

— Vous êtes sûr que c'est ce que vous avez vu ?

— Je pense. Vous savez ce que c'est ?

— *Mer*, dit Khalifa. Le signe qui désigne la pyramide.

Il regarda le papier puis, l'ayant plié, le mit dans sa poche.

— Merci, Omar, dit-il. Je sais à quel point il vous a été difficile de venir ici aujourd'hui.

— Retrouvez mes amis, inspecteur. C'est tout ce que je demande. Retrouvez mes amis.

Il parut d'abord vouloir tendre la main, mais finalement il inclina courtoisement la tête et quitta la pièce.

Khalifa mit vingt minutes à apprendre à Sariya ce qui s'était passé au Caire et à recueillir les détails de la mort de Suleiman. Ensuite, il monta les escaliers pour aller voir le commissaire.

En temps normal, Hassani se plaisait à le faire attendre au moins quelques minutes avant de l'admettre dans son bureau. Mais ce jour-là il le fit entrer directement. Non seulement cela, mais il se vit offrir une chaise à peu près correcte.

— Le rapport sur l'avancement de l'enquête sera tapé à midi, commença Khalifa avec l'espoir de devancer les questions inévitables sur l'état du rapport.

Mais Hassani eut un geste évasif.

— Ne vous tracassez pas pour cela. J'ai de bonnes nouvelles, Youssouf.

Il se cala dans son fauteuil et avança le menton, prenant une pose qui ressemblait à celle du président Moubarak sur la photographie suspendue derrière lui.

— J'ai le plaisir de vous informer, dit-il solennellement, que votre demande de promotion a été acceptée. Félicitations.

Il sourit, bien que quelque chose dans son expression révélât qu'il n'en était pas aussi enchanté qu'il s'efforçait de le paraître.

— Vous plaisantez, dit Khalifa.

Le sourire diminua un peu.

— Je ne plaisante jamais. Je suis un policier.

— Oui, excusez-moi.

Il ne savait que dire. C'était la dernière chose à laquelle il s'attendait.

— Je veux que vous vous reposiez pour le restant de la journée. Rentrez chez vous. Apprenez la bonne nouvelle à votre femme. Fêtez-la. Demain, je vous envoie à une conférence à Ismaïlia.

— Ismaïlia ?

— Des fadaises sur la police urbaine au XXIe siècle. Cela dure trois jours. Que Dieu vous garde. C'est ce genre de chose qu'il faut bien accepter si vous voulez avancer dans la police.

Khalifa ne dit rien. Il était enchanté, bien entendu. Cependant, en même temps...

— Et pour l'affaire ? demanda-t-il.

De nouveau Hassani eut un geste vague et un sourire pas tout à fait sincère.

— Ne vous inquiétez pas pour cette affaire, Youssouf. Elle peut bien attendre quelques jours. Allez à Ismaïlia, assistez à la conférence et, quand vous reviendrez, vous la reprendrez. Elle attendra.

— Je ne peux pas la laisser comme ça.

— Détendez-vous. Vous avez eu une promotion ! Réjouissez-vous !

— Je sais, mais...

Hassani se mit à rire. Un gros rire bruyant qui emplit la pièce et noya les paroles de Khalifa.

— En voilà une surprise ! Je suis en train de dire à

l'un de mes hommes de travailler un peu moins !
J'espère que vous n'allez pas le répéter. Cela pourrait
ruiner ma réputation !

Khalifa sourit, mais revint à son sujet.

— Trois personnes ont été assassinées. Deux ont
disparu. J'ai pu établir un lien avec Sayf al-Tha'r, et
peut-être avec l'ambassade britannique. Je ne peux pas
laisser tomber.

Hassani continua à glousser. Cependant Khalifa
lisait de la contrariété dans ses yeux. Une contrariété
voisine de la colère.

— Ne voulez-vous pas de cette promotion ? demanda-
t-il.

— Pardon ?

— Vous n'avez pas l'air de vous en réjouir. Ou d'en
être *reconnaissant*.

Il insista sur ce dernier mot, comme s'il voulait inciter Khalifa à prendre bonne note.

— J'ai de la reconnaissance. Mais il y a des gens
dont la vie est en danger. Je ne peux m'en aller comme
ça à Ismaïlia pendant trois jours.

Hassani hocha la tête.

— Vous pensez que nous ne pouvons pas nous en
occuper sans vous, c'est ça ?

— Non, monsieur, simplement...

— Vous pensez que la police ne serait pas capable
d'agir en votre absence ?

— Monsieur...

— Vous pensez être le seul à avoir le souci de la
loi et de l'ordre, du bien et du mal ?

Sa voix se faisait plus forte. Une veine battait sur
son cou.

— Eh bien, laissez-moi vous dire, Khalifa, que j'ai
passé ma vie entière à œuvrer pour le bien de ce pays
et que je ne vais pas rester assis ici à écouter un petit
couillon comme vous déclarer qu'il est le seul à s'en
soucier. À présent, vous avez ce que vous vouliez.

Vous avez votre foutue promotion. Et demain, si vous savez ce qui est bon pour vous, vous allez vous rendre à Ismaïlia. Maintenant, c'est terminé.

Il s'écarta du bureau, se leva et alla à la fenêtre, où il se mit à regarder dehors en tournant le dos à Khalifa et en faisant craquer ses phalanges. Khalifa alluma une cigarette, sans se soucier de demander la permission.

— Qui est intervenu auprès de vous ? demanda-t-il tranquillement.

Hassani ne répondit pas.

— C'était pour cela, la promotion, n'est-ce pas ? Quelqu'un est intervenu. Quelqu'un veut qu'on me retire l'affaire.

Hassani continua à garder le silence.

— C'est un marché. J'obtiens un nouveau travail et en échange j'oublie l'enquête. C'est ça le marché. C'est ça le pot-de-vin.

Les doigts de Hassani craquaient si fort qu'on aurait pu croire qu'ils allaient se briser.

Il se retourna lentement.

— Je ne vous aime pas, Khalifa, grommela-t-il. Je ne vous ai jamais aimé et je ne vous aimerai jamais. Vous êtes arrogant, vous êtes insubordonné, vous êtes un sacré emmerdeur.

Il s'avança d'un pas, la mâchoire saillante, comme un boxeur qui monte sur un ring.

— Vous êtes aussi le meilleur inspecteur que nous ayons ici. Ne croyez pas que je ne le sache pas. Et, croyez-le ou pas, je ne vous ai jamais souhaité aucun mal. Alors, écoutez-moi, écoutez-moi attentivement : acceptez cette promotion, allez à Ismaïlia, oubliez cette affaire. Faites-moi confiance. Sinon, je ne pourrai plus vous protéger.

Il soutint le regard de Khalifa, puis il se retourna vers la fenêtre.

— Et refermez la porte derrière vous.

31

Désert occidental

La première chose que Tara remarqua fut la chaleur. C'était comme si elle remontait des profondeurs d'un lac aux eaux fraîches, qu'à chaque brasse l'eau devenait de plus en plus chaude et qu'elle émergeait dans une atmosphère brûlante comme le feu de l'enfer. Elle était certaine que si elle restait là elle serait brûlée vive, alors elle replongeait et essayait de redescendre dans les sombres et fraîches profondeurs du lac. Mais son corps était devenu insubmersible. Malgré ses efforts, elle ne pouvait descendre que de quelques pouces au-dessous de la surface. Elle fit des efforts pour essayer de replonger, mais cela ne servit à rien et elle finit par abandonner. Elle se mit sur le dos, flottant avec résignation face aux flammes. Ses yeux clignèrent et s'ouvrirent.

Elle était étendue sous une tente. À côté d'elle, le regard baissé, se trouvait Daniel. Il tendit la main pour lui caresser les cheveux.

— Sois la bienvenue, dit-il.

Tara avait mal à la tête. Elle se sentait la bouche sèche et épaisse comme si elle était remplie de papier. Elle resta couchée sans bouger puis réussit à s'asseoir. Deux mètres plus loin, barrant l'ouverture de la tente, un homme était assis avec une mitraillette sur les genoux.

— Où sommes-nous ? murmura-t-elle.

— Au milieu du désert occidental. Dans la Grande Mer de sable. Je dirais à mi-chemin entre Siwa et al-Farafra.

Il faisait si chaud qu'elle respirait avec peine. L'air lui brûlait la bouche et la gorge, comme si elle buvait de la lave. À travers l'ouverture de la tente, elle ne voyait guère qu'une étendue de sable qui montait. Elle entendait à proximité des éclats de voix et le ronronnement d'un générateur. La soif la faisait souffrir.

— Quelle heure est-il ?

Il regarda sa montre.

— Onze heures.

— J'étais dans le coffre d'une voiture, dit-elle en essayant de retrouver ses idées. Et après, dans un hélicoptère.

— Je n'ai aucun souvenir du voyage, seulement de la tombe.

Il leva la main avec précaution et se tâta le côté de la tête. Le sang qu'elle avait vu sur son visage et sur son cou avait été nettoyé, à moins qu'elle n'ait rêvé. Elle déplaça sa main le long du sol et prit la sienne.

— Je suis désolée, Daniel, je n'aurais jamais dû t'embarquer dans cette histoire.

— Je m'y suis embarqué tout seul, répondit-il avec un sourire. Ce n'est pas ta faute.

— J'aurais dû laisser le morceau de mur à Saqqarah, comme tu le disais.

Il se pencha en avant pour l'embrasser sur le front.

— Peut-être. Mais pense à tout ce qu'on aurait manqué si tu l'avais fait. Je ne me suis jamais autant amusé pendant mes fouilles.

Il se passa la main dans les cheveux et continua :

— De toute façon, nous allons être tout près quand

ils vont faire la plus grande découverte de toute l'histoire de l'archéologie. Je pense que ça vaut bien une petite bosse sur le crâne.

Elle savait qu'il essayait de la réconforter et fit de son mieux pour être à la hauteur. Mais, en vérité, elle se sentait souffrante, terrorisée, sans espoir et, malgré ses plaisanteries, elle était sûre que Daniel éprouvait exactement la même chose. Elle le voyait dans ses yeux et à l'affaissement de ses épaules.

— Ils vont nous tuer, n'est-ce pas ?

— Pas nécessairement. Il y a des chances pour que, après avoir découvert l'armée...

Elle le regarda dans les yeux.

— Ils vont nous tuer, n'est-ce pas ?

Il resta un instant silencieux, puis abaissa son regard vers le sol.

— Oui, c'est sans doute ce qu'ils vont faire.

Ils restèrent silencieux. Daniel se pencha en avant, mit ses bras autour de ses jambes et posa son menton sur ses genoux. Tara se leva et s'étira. Elle avait des élancements dans la tête. Le garde continua à poser sur eux un regard sans expression. Il ne faisait aucun effort pour pointer son arme vers eux et Tara imagina un instant qu'ils pourraient le maîtriser et s'échapper. Mais presque aussitôt elle écarta cette pensée. Même s'ils sortaient de la tente, où iraient-ils ? Ils se trouvaient au milieu d'un désert. Elle comprit que le garde n'était là que pour la forme. Leurs véritables gardiens étaient le sable et la chaleur. Elle eut envie de pleurer, mais ses yeux étaient trop secs pour verser des larmes.

— J'ai soif, marmonna-t-elle.

Daniel releva la tête pour s'adresser au garde :

— *Ehna aatzanin. Aazin mayya.*

Le garde les regarda puis, sans détacher d'eux son regard, cria quelque chose à quelqu'un à l'extérieur. Quelques minutes plus tard, un homme entra avec un pot en terre qu'il tendit à Tara. Elle le porta à ses lèvres et but. L'eau était tiède et sentait l'argile, mais elle avala néanmoins la moitié du pot avant de le passer à Daniel, qui but lui aussi.

Un hélicoptère passa au-dessus d'eux en faisant trembler la tente.

La matinée touchait à sa fin. La canicule devint encore plus intense. Sur le visage et le cou de Tara, la sueur séchait aussitôt qu'elle se formait. Daniel s'assoupit, la tête sur les genoux. D'autres hélicoptères passèrent au-dessus de leur tête.

Au bout d'une heure environ, le garde fut relevé et on leur apporta de la nourriture – des légumes, du fromage, des morceaux d'un pain plat sans levain, aigre, sec et difficile à avaler. Elle essaya de manger, mais ne se sentait aucun appétit. Daniel non plus n'avait pas faim, et ils laissèrent la plus grande partie de la nourriture. Le nouveau garde était aussi silencieux et impassible que son prédécesseur.

Elle dut s'endormir car, quand elle se réveilla, la nourriture avait disparu et le premier garde était de retour. Elle le regarda pour essayer d'établir une sorte de lien avec lui. Il se contenta de la fixer avec une expression froide et dure, si bien qu'au bout d'un moment elle détourna son regard.

— Il ne sert à rien d'essayer de communiquer, lui dit Daniel. Pour eux, nous ne valons pas plus que des animaux. Pire, nous sommes des *kufr*. Des infidèles.

Elle se recoucha en tournant le dos au garde et ferma les yeux. Elle essaya de penser à son appartement, au bâtiment des reptiles, à Jenny, aux froids après-midi de décembre à Brockwell Park. À tout ce qui pouvait l'éloigner de la situation présente. Mais elle ne pouvait retenir les images. Elles entraient dans sa tête et se dissipaient aussitôt. Et derrière elles, toujours, apparaissait le visage de Dravic qui lui jetait un regard répugnant. Elle se tourna et se retourna, puis se redressa pour mettre son visage dans ses mains, envahie par le désespoir.

Finalement, au début de l'après-midi, alors que le soleil était à son zénith et que l'air dans la tente était tellement chaud qu'elle pensait ne plus pouvoir le supporter, le rabat s'ouvrit et une tête apparut. Le garde reçut une consigne. Il se leva, pointa sur eux son arme et leur fit signe de sortir. Ils se regardèrent et, après s'être levés, passèrent devant lui. Sous l'éclat du soleil, ils plissèrent les yeux. Leur tente faisait partie d'un vaste campement établi au milieu d'une vallée entourée de hautes dunes. Celle située sur la gauche avait une pente assez raide, l'autre, à droite, montait plus doucement. Partout s'empilaient des fûts de gasoil, des cordes, des balles de paille et des caisses en bois.

Un hélicoptère passa juste au-dessus d'eux avec un filet qui contenait d'autres caisses et fûts. Il descendit dans la cuvette pour se poser sur une étendue plate de sable, où une dizaine de silhouettes en robe noire s'assemblèrent autour de lui pour décharger le matériel et l'emporter.

Cependant Tara ne fit presque pas attention à cela. Ce qu'elle perçut immédiatement, ce ne fut ni l'hélicoptère ni le camp mais plutôt un grand rocher en forme de pyramide qui s'élevait au-dessus d'elle. Son champ de vision était en partie obstrué par les tentes et les caisses, de sorte qu'elle n'en pouvait voir que la partie supérieure, mais cela suffisait pour donner une indication de ses proportions énormes. Il avait un aspect un peu menaçant, là, au milieu du désert, noir et solide, entouré de sable. Elle sentit un frisson lui parcourir l'échine. Les hommes, remarqua-t-elle, faisaient de leur mieux pour éviter de le regarder.

Ils traversèrent le camp, un garde devant eux, deux derrière, dépassèrent sa limite nord et montèrent au sommet d'une éminence de sable où Dravic se tenait sous un parasol, un chapeau de paille posé sur la tête.

— J'espère que vous avez bien dormi, tous les deux, dit-il avec un ricanement quand ils furent devant lui.

— Allez au diable, lança Daniel.

Depuis le sommet du tertre, ils avaient une vue ininterrompue de toute la vallée. Elle s'incurvait légèrement au loin, vers le nord, comme entre les vagues de sable de quelque marée. L'énorme rocher se trouvait juste en face d'eux, parfaitement visible dans son ensemble, jaillissant du flanc de la dune de gauche comme une aiguille plantée dans un tissu jaune. En dessous, écrasés par la masse surplombante, une foule d'hommes brandissaient des lances et des *tourias*, tandis que de sa base partaient cinq tuyaux qui couraient le long de la dune et disparaissaient derrière son sommet. Le bruit des générateurs était bien plus fort. Il emplissait l'air d'un son lourd et rythmé, comme le battement de milliers d'ailes d'oiseaux.

— J'ai pensé que ça vous ferait plaisir de voir cela, dit Dravic. Après tout, ce n'est pas comme si vous aviez l'occasion d'en parler à quelqu'un.

Il eut à nouveau ce ricanement insidieux venu du fond de la gorge. Tara sentait son regard peser sur elle ; il parcourait son corps d'un œil lascif. Elle frissonna de dégoût et recula d'un pas pour placer Daniel entre elle et lui. Dravic poussa un grognement, se tourna vers la vallée, prit un cigare dans la poche de sa chemise et le mit à sa bouche.

— L'endroit a été encore plus facile à trouver que nous ne le pensions, dit-il avec forfanterie. Je craignais que les mesures indiquées dans la tombe ne soient approximatives, comme c'est si souvent le cas dans les textes anciens, mais notre ami Dymmachos a indiqué le lieu à cinq kilomètres près. Chose remarquable, étant donné qu'il ne disposait pas d'instruments modernes.

Il leva son briquet pour allumer le cigare et tira doucement dessus en faisant avec les lèvres un petit bruit de succion.

— Nous avons commencé par un survol de la zone au lever du jour, continua-t-il. Et, en moins d'une heure, nous avions localisé le site. Après toutes les complications des quatre derniers jours, cela a fait un peu retomber la tension. Je m'attendais à des événements plus dramatiques.

À une certaine distance sur leur gauche, deux motos tout-terrain montèrent à flanc de dune, moteur hurlant, en creusant un profond sillon dans le sable, comme si une fermeture Éclair s'ouvrait derrière eux sur la pente.

— Au point où on en est, tout s'est déroulé avec une précision d'horloge, dit Dravic avec un large sourire dans l'intention de les provoquer en faisant étalage de son succès. Mieux qu'une horloge. Nous avons fait venir suffisamment de matériel pour cela : de l'essence pour les générateurs, des caisses d'emballage, de la paille pour protéger les objets. Il en arrive d'autres par chameau. Nous avons déjà trouvé un ensemble d'inscriptions là-bas, sur la paroi du rocher, nous savons donc que l'armée est par ici. Tout ce qu'il nous reste à faire, maintenant, ajouta-t-il en tirant une profonde bouffée sur son cigare, c'est de la trouver. Ce que j'espère avoir fait dans quelques heures.

— Il se pourrait que ce ne soit pas aussi facile que vous le pensez, dit Daniel en le regardant. Ces dunes se déplacent sans cesse. Dieu sait à quel niveau se trouvait le sol, il y a deux mille cinq cents ans. L'armée pourrait très bien se trouver à cinquante mètres de profondeur. Plus, même. Vous pourriez creuser pendant des semaines sans rien trouver.

Dravic haussa les épaules.

— Avec des méthodes traditionnelles, peut-être.

Heureusement, nous avons à notre disposition un équipement un peu plus moderne.

Il montra du doigt les cinq tubes qui partaient de la base de l'énorme affleurement. Tara remarqua que deux hommes étaient placés de chaque côté de leur ouverture. Ils tenaient ce qui ressemblait à des poignées et passaient la bouche du tube sur le sable. Celui-ci était aspiré par le tuyau en plastique.

— Des aspirateurs de sable, expliqua Dravic. Apparemment, ils font fureur dans le Golfe. On s'en sert pour évacuer le sable sur les pistes d'aéroport ou autour des pipe-lines. Ils fonctionnent exactement selon le principe d'un aspirateur ordinaire. Le sable est aspiré, il passe à travers un tube et il est déposé à une certaine distance, dans le cas présent de l'autre côté de cette dune. D'après ce qu'on m'a dit, chacun peut évacuer presque cent tonnes par heure. C'est pourquoi je pense que nous allons trouver notre armée plus vite que vous ne le pensez.

— On va vous voir, dit Daniel. Vous n'allez pas pouvoir garder longtemps secrète une opération de cette taille.

Dravic se mit à rire. Il balaya l'espace d'un large geste du bras.

— Qui va nous voir ? Nous sommes au milieu d'un désert ! La plus proche agglomération est à cent vingt kilomètres, il n'y a pas de route aérienne au-dessus de nous. Vous vous accrochez à un brin de paille, Lacage.

Il envoya une bouffée de fumée au visage de Daniel et son rire redoubla.

— Quel dilemme pour vous ! D'un côté, vous devez souhaiter que j'échoue dans ma tâche. Cependant, en même temps, en tant qu'archéologue, une part de vous-même doit désirer ardemment que je réussisse.

— Je me moque de l'armée, lança Daniel.

— Vous mentez, Lacage ! Vous mentez par tous

vos pores. Vous attendez de savoir ce qu'il y a en dessous aussi anxieusement que moi-même. Nous sommes semblables, vous et moi.

— Ne vous flattez pas.

— Oui, Lacage, nous le sommes ! Nous sommes semblables. Nous vivons tous les deux pour le passé. Nous éprouvons un besoin irrésistible de le fouiller. Il ne nous suffit pas de savoir simplement que, quelque part dans ce désert, une armée est enterrée. Il faut que nous la trouvions. Il faut que nous la voyions. Il faut qu'elle soit à nous. Il nous est intolérable que l'histoire nous dissimule quelque chose. Oh, je vous comprends, Lacage. Mieux que vous ne vous comprenez vous-même. Vous vous souciez plus de ce qui se trouve là-dessous que vous ne vous souciez de votre propre vie. Que vous ne vous souciez de la vie de votre amie ici présente.

— C'est faux ! Complètement faux !

— Vraiment ? ricana Dravic. Je crois que non. Je pourrais lui couper la gorge, ici, devant vous, et une part de vous-même voudrait encore que je réussisse. C'est comme la dépendance à une drogue, Lacage. Et nous en sommes atteints tous les deux.

Daniel le regarda et, pendant un bref instant, il sembla à Tara que les paroles de Dravic avaient touché un point sensible au plus profond de lui. On lisait une sorte de confusion dans son regard, presque du dégoût, comme si on lui avait révélé une part de lui-même qu'il aurait préféré ne pas connaître. Cela disparut presque aussitôt. Secouant la tête, il enfonça les mains dans ses poches d'un air de défi.

— Allez vous faire foutre, Dravic.

Le géant sourit.

— Je puis vous assurer que si quelque chose de ce genre se produit par ici, je suis celui qui l'accomplira.

Il se renversa un peu en arrière et regarda Tara, puis adressa un signe de tête aux trois gardes. Ceux-ci levèrent leurs armes et firent descendre les prisonniers vers le camp.

— Et ne songez pas à vous échapper ! leur cria Dravic. Si la chaleur ne vous tue pas, les sables mouvants le feront certainement. Il y en partout par ici. En fait, c'est peut-être ainsi que je me débarrasserai de vous deux. Bien plus amusant qu'une balle dans la tête.

Il leur adressa un sourire cruel et se tourna vers l'excavation. En dessous, les ouvriers se mirent à chanter.

32

Louqsor, collines de Thèbes

Il y avait un endroit où Khalifa avait l'habitude d'aller quand il avait besoin de réfléchir. Il était situé dans les collines de Thèbes, à l'ombre du Qurn, et c'est là qu'il se rendit.

Il l'avait découvert des années auparavant, quand il était arrivé à Louqsor. C'était un siège naturel dans le roc, dans une falaise à mi-chemin du sommet de la montagne, avec une vue spectaculaire sur la Vallée des Rois. Il aimait rester là des heures entières, seul et paisible. Bien qu'à l'époque il se soit senti désorienté, malheureux, sans espoir et anéanti, ses idées s'éclaircissaient toujours et son moral remontait quand il y venait. Il l'appelait son siège de réflexion. Il n'y avait pas un seul lieu au monde où il se sente plus en accord avec lui-même ou avec Allah.

Lorsqu'il y monta, le soleil avait déjà dépassé son zénith. Il s'assit et appuya son dos contre le calcaire frais en regardant les collines baignées de soleil. Loin en dessous, il voyait les gens aller et venir dans la vallée, petits comme des fourmis. Il alluma une cigarette.

La rencontre avec Hassani l'avait secoué. Sa réaction immédiate, évidemment, avait été de refuser sa promotion et de poursuivre son enquête. La vie de deux personnes était en danger, après tout – si toutefois elles étaient encore en vie –, et il ne pouvait leur tourner le dos comme ça. Il ne pouvait pas non plus oublier ce qu'on avait fait à Suleiman, à Nayar et à Iqbar. Ni, en un sens, à son frère Ali.

Et cependant, en dépit de tout cela, il éprouvait des doutes. Cela lui déplaisait, mais il en éprouvait. Après tout, il ne s'agissait pas d'un film où tout s'arrangerait à la fin. C'était la réalité et, bien qu'il en éprouvât du mépris pour lui-même, il avait peur.

Il était déjà assez dangereux de s'opposer à Sayf al-Tha'r. Et voilà qu'il semblait bien qu'il y eût aussi des ennemis de son côté. Dieu seul savait qui et pourquoi, mais ils étaient puissants. Suffisamment puissants pour faire peur à Hassani.

« Je ne pourrai plus vous protéger », avait dit le chef. Et il ne parlait pas simplement de la carrière de Khalifa. Il parlait de sa vie. Et peut-être aussi de la vie de sa famille. Était-il juste de mettre en danger ceux qu'il aimait le plus au monde ? Après tout, il ne devait rien à Nayar, à Iqbar et à Suleiman, ni au couple d'Anglais. Et Ali ? Eh bien, oui, cela le tourmenterait toujours, mais est-ce que cela en valait la peine ? Il ferait peut-être mieux de laisser tomber cette affaire. Accepter la promotion, aller à Ismaïlia. Bien sûr, il s'en voudrait. Mais au moins il serait vivant. Et ceux qu'il aimait aussi. Il jeta sa cigarette et tourna la tête vers de grossiers hiéroglyphes gravés sur la paroi de la falaise à côté de son siège. Il y avait trois cartouches – ceux de Horemheb, de Ramsès Ier et de Séti Ier.

En dessous, on lisait une brève inscription, laissée par quelqu'un qui se présentait comme le « scribe d'Amon, fils d'Ipu ». L'un des anciens artisans de la nécropole, sans doute, qui avait dû s'asseoir sur ce même siège trois mille ans auparavant, en regardant le même panorama que Khalifa, en écoutant le même silence et peut-être en éprouvant les mêmes sentiments. Il tendit le bras pour toucher l'inscription.

— Que dois-je faire ? soupira-t-il en promenant ses doigts sur les images gravées. Quelle est la bonne décision ? Dis-le-moi, fils d'Ipu. Adresse-moi un signe. Parce que, aussi vrai que l'enfer...

Il fut interrompu par un bruit de pierres. Il se retourna et leva les yeux. Un homme décharné et sale le regardait depuis une saillie, à quelques mètres au-dessus.

— Excusez, excusez, pardonnez-moi, qu'Allah ait pitié ! dit l'homme en arabe tout en se frappant la tête. Pauvre stupide imbécile au mauvais endroit.

Il noua sa djellaba autour de sa taille et, passant ses jambes maigres par-dessus le rebord de la saillie, descendit la paroi inégale.

— Vous parlez aux fantômes ! bredouilla-t-il au cours de sa descente. Moi aussi, je parle aux fantômes. Les collines, pleines de fantômes ! Des milliers de fantômes. Des millions de fantômes. Les uns bons, les autres méchants. Certains, terribles ! Je les ai vus.

Il s'accroupit aux pieds de Khalifa.

— Je vis avec les fantômes. Je les connais. Ils sont partout.

Il indiqua un point derrière la tête de Khalifa.

— Là, il y en a un. Et là un autre. Et là, et là, et là. Bonjour fantômes !

Il fit un salut de la main.

— Ils me connaissent. Ils ont faim. Comme moi. Nous avons tous faim. Tellement faim.

Farfouillant dans les plis de sa robe, il en sortit un paquet enveloppé dans du papier froissé.

— Vous voulez scarabée ? demanda-t-il. La meilleure qualité.

Khalifa refusa de la tête.

— Pas aujourd'hui, mon ami.

— Regardez, regardez, tout meilleur, pas mieux en Égypte. Regardez. S'il vous plaît.

— Pas aujourd'hui, répéta Khalifa.

L'homme jeta un coup d'œil autour de lui, s'approcha un peu plus et dit en baissant la voix :

— Vous aimez les antiquités ? J'ai antiquités. Très bon.

— Je suis policier, dit Khalifa. Prenez garde à ce que vous dites.

Le sourire de l'homme disparut.

— Fausses antiquités, dit-il précipitamment. Pas vraies. Fausses, fausses. Les ai faites moi-même. Fais les faux. Ha, ha, ha !

Khalifa hocha la tête, puis sortit une cigarette et l'alluma. L'homme le regarda, comme un chien qui attend un bon morceau. Pris de pitié, Khalifa lui lança le paquet de Cleopatra.

— Prends-les, et laisse-moi en paix. D'accord ? Je veux être seul.

L'homme prit les cigarettes.

— Merci, dit-il. Gentils, les fantômes, comme vous. Ils m'ont dit de vous dire. Ils vous aiment beaucoup.

Il mit la main à son oreille comme s'il écoutait.

— Ils disent que, si un jour vous avez des problèmes, vous devez venir ici leur en parler et ils vous donneront beaucoup de bonnes réponses. Les fantômes vous protégeront.

Il enfouit les cigarettes dans une poche de sa robe et se leva.

— Vous voulez un guide ? demanda-t-il.

— Je veux qu'on me laisse tranquille.

L'homme haussa les épaules, se moucha sur le revers de sa djellaba et s'éloigna sur le chemin qui longeait la falaise, sans se préoccuper des pierres sur lesquelles il posait ses pieds nus.

— Vous voulez voir la Vallée des Rois, cria-t-il par-dessus son épaule, Hatshepsout, les tombeaux des nobles ? Je connais tous les endroits par ici. Pas cher.

— Une autre fois ! lui cria Khalifa. Pas aujourd'hui.

— Je vous montre des endroits que personne n'a vus. Très bons endroits. Endroits spéciaux.

Khalifa se détourna et se mit à regarder les collines vides. Le fou continua à avancer en trébuchant, jusqu'à une courbe où le sentier disparaissait derrière un gros renflement rocheux.

— Je vous conduis à des endroits secrets !

Khalifa l'ignora.

— Nouvelle tombe que personne d'autre ne connaît ! Très bon !

Il disparut derrière le rocher. Alors, soudain, comme si on lui avait donné un coup de pied par-derrière, Khalifa se leva d'un bond.

— Attends ! hurla-t-il d'une voix amplifiée par la paroi rocheuse. Attends !

Il dévala le chemin pour courir après l'homme qui, ayant entendu son appel, était revenu au tournant.

— Une nouvelle tombe que personne d'autre ne connaît, haleta Khalifa en s'approchant de lui. Tu as dit une nouvelle tombe que personne d'autre ne connaît.

L'homme frappa dans ses mains.

— C'est moi qui l'ai trouvée ! s'écria-t-il. Très secrète. Les fantômes m'y ont emmené. Vous voulez voir ?

— Oui, dit Khalifa le cœur battant. Je veux la voir. Je veux la voir. Conduis-moi.

Il donna une tape sur l'épaule de l'homme et tous deux s'enfoncèrent dans les collines.

Dans un premier temps, Khalifa ne put avoir aucune certitude que la tombe du fou était la même que celle que Nayar avait trouvée. Comme l'avait fait remarquer al-Masri, ces collines étaient pleines de vieux tombeaux. Il était tout à fait possible que son guide soit tombé sur une sépulture complètement différente qui n'avait rien à voir avec l'affaire dont il s'occupait.

Après l'avoir beaucoup cajolé, il persuada l'homme de lui montrer les antiquités dont il avait parlé, et ainsi ses doutes furent levés. Il y avait trois *shabtis*, tous identiques à ceux qu'il avait trouvés dans la boutique d'Iqbar, et une fiole en terre cuite ornée de la tête de Bes, qui elle aussi était semblable à celle d'Iqbar. Il était clair que ces objets provenaient du même lot. Il les rendit et voulut prendre ses cigarettes, mais ce n'est que quand sa main fut dans sa poche qu'il se souvint de les avoir offertes.

— Donne-moi une cigarette, tu veux ? dit-il.

— Non ! répliqua l'homme. Elles sont à moi !

Il leur fallut plus d'une heure pour parvenir en haut du goulet et encore trente minutes pour descendre jusqu'à l'entrée de la tombe. La dernière partie de la descente, quand il fallut passer le rocher de six mètres, au-dessus du tombeau, fut particulièrement pénible pour Khalifa, qui n'avait jamais aimé l'escalade. Le fou se glissa en bas sans la moindre gêne. Khalifa, quant à lui, eut besoin de cinq minutes uniquement pour trouver le courage d'amorcer la descente et, quand il s'y mit enfin, il progressa si lentement et avec tant de précaution qu'il paraissait tout faire au ralenti.

— Qu'Allah me protège, marmonna-t-il en pressant son visage contre la paroi rocheuse d'une solidité rassurante. Qu'Allah ait pitié de moi.

— Venez, venez, venez ! disait le fou en riant et en faisant des bonds au-dessous de lui. La tombe est là, pourquoi vous attendez, je croyais que vous vouliez la voir ?

360

L'inspecteur finit par arriver en bas, se faufila par l'entrée et s'appuya contre le mur du corridor, tout essoufflé.

— Donne-moi une cigarette, dit-il en haletant. Et pas de discussion, sinon je t'arrête pour détention d'antiquités volées.

Le paquet apparut immédiatement et Khalifa prit une cigarette, l'alluma, ferma les yeux et inhala profondément la fumée. Après quelques bouffées, il commença à se détendre et rouvrit les yeux.

Un mince rayon de soleil passait par l'entrée de la tombe, juste suffisant pour éclairer le corridor et, à son extrémité, le puits obscur de la chambre funéraire.

— Comment l'as-tu trouvée ? demanda Khalifa en regardant autour de lui.

— Ce sont les fantômes qui m'ont parlé, répondit le fou. Sept jours, dix jours. Pas longtemps. Ils m'ont dit de descendre ici. Ils disent qu'il y a quelque chose de particulier. Alors je descends et voilà, belle tombe, très secrète, très particulière.

Il sautilla jusqu'à l'entrée et désigna le fossé qu'ils avaient franchi.

— Voyez, ici, quand je suis venu la première fois, il y a un mur, grand mur, bouche toute la porte et empêche d'entrer. Mais j'ai abattu le mur et je suis entré, comme les fantômes me le disent. Très sombre à l'intérieur, très secret, descends, descends, descends. J'ai peur, je tremble de peur, mais je descends parce que je veux voir, comme si quelqu'un me pousse.

Son débit s'accélérait. Il se mit à descendre le corridor. Khalifa le suivit.

— Une chambre, dit-il en montrant l'extrémité. Noire, noire comme la nuit. J'allume une allumette. Beaucoup de choses dedans. Des centaines de choses. Des choses merveilleuses, et terribles. Très magique. Maison de fantômes.

Ils arrivèrent à l'entrée de la chambre mortuaire. Comme les yeux de Khalifa ne s'étaient pas encore adaptés à l'obscurité, il ne put distinguer que de vagues couleurs et des images sur le mur d'en face.

— Trésors, trésors, tellement de trésors, je reste ici toute la nuit. Je dors ici avec les trésors, comme un roi ! Beaucoup de rêves, beaucoup de choses étranges me viennent dans la tête, je vole au-dessus du monde et vois tout, même ce que les gens pensent.

Il sauta à l'intérieur de la pièce.

— Plus tard, j'ai dit à mon ami.

— Ton ami ?

— Quelquefois, il vient dans les collines, quand il a bu, nous parlons, me donne des cigarettes. Il a un dessin. Ici.

Il montra son poignet gauche. À l'endroit où Nayar avait un tatouage de scarabée. L'inspecteur commençait à comprendre.

— Je dis à mon ami ce que les fantômes m'ont montré. Il dit : « Emmène-moi ! » Alors je l'emmène. Il rit très fort. Il dit : « Toi et moi, nous allons être très riches ! Toi et moi, nous allons vivre comme des rois ! » Je dois le laisser faire, il dit. Il va prendre des choses pour les montrer à des gens. Il va m'acheter une télévision. Je ne dois pas revenir ici, il dit. Je ne dois rien dire. Alors, j'attends et attends et attends. Mais il ne revient pas. Et les autres viennent la nuit. Et je suis seul. Et pas de télévision. Et j'ai faim. Et seuls les fantômes sont mes amis.

Il renifla et se mit à tourner tristement dans la chambre en faisant traîner ses mains le long des murs. Khalifa sauta lui aussi dans la chambre et remarqua que la partie du mur située à gauche de l'entrée avait été détruite. Il s'accroupit devant le tas de plâtre brisé en hochant la tête, atterré par ce vandalisme gratuit.

Il voyait clairement la chaîne des événements. Cet homme avait trouvé la tombe par hasard. Il en avait parlé à Nayar, lequel avait pris quelques objets, y compris sans doute le fragment provenant de ce mur qui était démoli. Sayf al-Tha'r avait eu vent de la découverte. Nayar avait été tué. La suite, il la connaissait.

Il se releva et se mit à examiner la chambre. Ses yeux s'étaient accoutumés à l'obscurité, ce qui lui permettait de voir la plus grande partie de la décoration murale, mais les murs latéraux étaient plongés dans une ombre impénétrable. C'était comme si des tentures noires pendaient aux murs. L'homme s'assit sur le sol en regardant Khalifa avec des yeux tristes et en marmottant.

— Est-ce que tu es revenu ici depuis que tu l'as trouvée ?

L'homme fit non de la tête.

— Mais j'ai vu. Caché dans les rochers, très tranquille, comme si j'étais un rocher aussi. Ils viennent la nuit, toutes les nuits, comme des chacals. Ils prennent des choses dans la tombe, une nuit, deux nuits, trois nuits, chaque nuit plus de choses.

— La nuit dernière ?

— La nuit dernière, ils viennent. Puis s'en vont. Puis d'autres viennent.

— D'autres ?

— Homme et femme. Blancs. Je les avais vus avant. Ils entrent dans la tombe. Ils sont mangés.

— Tués ?

Le fou haussa les épaules.

— Tués ? répéta Khalifa.

— Qui sait ? Je ne les ai pas vus avec les fantômes. Peut-être ils sont vivants. Peut-être pas. L'homme, je l'avais vu...

— Quoi ?

Mais il ne voulut rien dire de plus et s'absorba dans les formes qu'il dessinait dans la poussière avec son doigt.

Khalifa se tourna vers les murs. Il fit lentement le tour de la chambre en se servant de son briquet pour éclairer la décoration lorsqu'il faisait trop sombre pour voir à la lumière naturelle. Il demeura longtemps devant le triptyque qui avait tant intéressé Daniel, en regardant attentivement chacune des trois sections. Puis il continua. Il regarda dans la niche canope, contempla l'image des deux Perses et du Grec devant sa table avec les fruits, celle d'Anubis pesant le cœur du défunt. Il examina chaque centimètre des murs tandis que la flamme du briquet devenait de plus en plus faible. Finalement, juste au moment où il avait achevé le circuit, elle s'éteignit complètement, le plongeant dans l'obscurité. Il mit le briquet dans sa poche et s'avança vers la lumière.

— C'est parfait, dit-il d'un ton tranquille. Absolument parfait.

L'homme leva les yeux vers lui.

— Il y avait du sable. Du sable, des hommes, une armée, tous noyés.

— Je sais, dit Khalifa en posant la main sur son épaule. Et maintenant, il faut que je découvre où c'était.

La Maison de Chicago, siège de la mission archéologique de l'université de cette ville, se trouve située au milieu de trois arpents d'un jardin luxuriant sur la corniche el-Nil, à mi-chemin des temples de Louqsor et de Karnak. C'est une construction basse dans le style d'une hacienda, faite de cours, d'allées et de colonnades couvertes. Pendant les six mois de l'année où elle est ouverte, elle abrite une population disparate d'égyptologues, d'artistes, d'étudiants et de conservateurs, certains engagés dans des recherches personnelles, mais la plupart travaillant de l'autre côté du fleuve dans le temple de Médinet Habou dont, depuis presque trois quarts de siècle, la mission s'attache à établir un relevé des bas-reliefs et des inscriptions.

Lorsque Khalifa arriva devant son entrée et montra au gardien sa carte d'identité, c'était déjà l'après-midi. Il y eut un appel dans le bâtiment principal, et trois minutes plus tard une jeune Américaine vint à sa rencontre. Il lui expliqua le but de sa visite et fut invité à pénétrer dans les lieux.

— Le professeur az-Zahir est tellement charmant, dit la jeune fille tandis qu'ils traversaient le jardin. Il vient chaque année. Il aime aller à la bibliothèque. On peut dire qu'il fait partie des meubles.

— J'ai entendu dire qu'il n'allait pas bien.

— Il a les idées un peu brouillées quelquefois, mais dites-moi quel égyptologue ne les a pas. Il va bien.

Ils suivirent une allée bordée d'arbres et montèrent jusqu'à un péristyle à l'avant du bâtiment. L'air était chargé de senteurs d'hibiscus et de jasmin, et de l'odeur de l'herbe fraîchement tondue. Malgré la proximité de la corniche, l'endroit était tranquille. On n'y entendait que le pépiement des oiseaux et le crachotement de l'arrosage automatique.

Après avoir traversé une cour, ils accédèrent au jardin situé à l'arrière du bâtiment.

— Il est là, dit la jeune fille en désignant quelqu'un qui était assis à l'ombre d'un grand acacia. Il fait sa sieste, mais n'ayez pas scrupule à le réveiller. Il adore recevoir des visites. Je vais vous faire porter du thé.

Elle repartit vers la maison. Khalifa s'approcha du professeur, qui était affalé dans son fauteuil, le menton sur la poitrine. C'était un homme petit, chauve et ridé comme un pruneau, avec des taches de vieillesse sur les mains et sur le crâne, et de grandes oreilles que la lumière de l'après-midi rendait translucides. Malgré la chaleur, il portait un épais costume en tweed. Khalifa s'assit auprès de lui et posa la main sur son bras.

— Professeur az-Zahir ?

Le vieil homme marmonna, toussa, puis lentement, l'un après l'autre, ses yeux s'ouvrirent et se tournèrent vers Khalifa. L'inspecteur se dit qu'il ressemblait à une tortue.

— C'est le thé ? demanda-t-il d'une voix frêle.

— On en apporte.

— Quoi ?

— On en apporte, répéta Khalifa d'une voix plus forte.

Az-Zahir leva son bras pour regarder sa montre.

— Il est trop tôt pour le thé.

— Je suis venu vous parler, dit Khalifa. Je suis un ami du professeur Mohammed al-Habibi.

— Habibi ! grogna le vieil homme. Habibi pense que je suis sénile ! Et il a raison.

Avec un gloussement, il tendit une main tremblante.

— Vous êtes ?

— Youssouf Khalifa. J'ai été l'étudiant du professeur Habibi. Je suis policier.

Le vieil homme hocha la tête en se déplaçant légèrement sur son fauteuil. Sa main gauche, nota Khalifa, reposait sur sa jambe comme si elle était morte. Az-Zahir remarqua son regard.

— L'attaque, expliqua-t-il.

— Excusez-moi, je n'avais pas l'intention de...

Le professeur fit un geste évasif de sa main valide.

— La vie nous apporte les pires choses. Comme de recevoir l'enseignement de cet imbécile de Habibi !

Il gloussa encore et son large sourire découvrit une bouche sans dents.

— Comment va-t-il, ce vieux chien ?

— Bien. Il vous envoie ses amitiés.

— J'en doute.

Un homme arriva avec deux tasses de thé qu'il disposa sur une petite table placée entre eux. Comme az-Zahir ne pouvait atteindre sa tasse, Khalifa la lui tendit. Le vieil homme en avala bruyamment le contenu. On entendait, quelque part derrière, les échanges rythmés d'une partie de tennis.

— Quel est votre nom, déjà ?

— Youssouf. Youssouf Khalifa. Je voudrais vous parler de l'armée de Cambyse.

Encore un bruit de succion.

— L'armée de Cambyse, hein ?

— Le professeur Habibi dit que personne ne la connaît mieux que vous.

— Eh bien, je la connais certainement mieux que lui, mais cela ne veut pas dire grand-chose.

Il finit son thé et tendit la tasse vide à Khalifa, qui la posa sur la table. Une guêpe s'approcha et se mit à voler au-dessus du plateau. Pendant un long moment, ils restèrent silencieux. Le menton d'az-Zahir se mit progressivement à s'effondrer sur sa poitrine comme s'il était en cire et que la chaleur de l'après-midi le faisait fondre. On aurait dit qu'il allait se rendormir, puis, soudain, il renifla et redressa la tête.

— Alors, dit-il en sortant un mouchoir de la poche de sa veste pour se moucher. L'armée de Cambyse. Que voulez-vous savoir ?

Khalifa sortit le paquet de cigarettes qu'il avait acheté en cours de route et en alluma une.

— Tout ce que vous pouvez m'en dire. Elle s'est perdue dans la Grande Mer de sable ? C'est ça ?

Az-Zahir acquiesça.

— Pouvez-vous être plus précis ?

— Selon Hérodote, l'armée est allée jusqu'à mi-chemin d'un endroit appelé Oasis, ou île des Bienheureux, et du pays des Ammoniens.

Il renifla à nouveau et plongea son nez dans le mouchoir.

— Pour autant qu'on le sache, Oasis correspond à al-Kharga, dit-il d'une voix étouffée par le mouchoir. Bien que certaines personnes affirment qu'il s'agit d'al-Farafra. Personne n'en sait rien, pour être honnête. Le pays des Ammoniens est Siwa. Quelque part entre les deux. C'est ce que dit Hérodote.

— C'est notre seule source ?

— Oui, malheureusement. Il y a des gens qui prétendent qu'il a tout inventé.

Ayant achevé de se moucher, il glissa sa main le long de sa veste en essayant de mettre le mouchoir dans sa poche. Mais il manqua l'ouverture à plusieurs reprises, abandonna ses tentatives et glissa le mouchoir dans la manche de son bras gauche toujours immobile. Ils entendirent derrière eux le gravier crisser. Deux joueurs de tennis retournaient vers la maison, leur partie terminée.

— Quel jeu ridicule, le tennis, marmonna az-Zahir. Envoyer et renvoyer une balle par-dessus un filet. Aucun intérêt. Seuls les Anglais sont capables d'inventer ce genre de chose.

Sa tête ridée s'agita de dégoût. Puis il se tut.

— Je ne refuserais pas l'une de vos cigarettes, dit-il enfin.

— Excusez-moi, j'aurais dû vous en offrir.

Khalifa lui tendit une cigarette et la lui alluma. Le vieil homme tira une longue bouffée.

— C'est bon, ça. Après l'attaque, les médecins ont dit que je devais cesser, mais je suis sûr qu'une seule ne me fera aucun mal.

Il fuma en silence en tenant la cigarette par son extrémité et en se penchant en avant pour tirer une bouffée, avec sur le visage une expression d'intense concentration. Il ne reprit la parole que quand la cigarette fut presque terminée.

— C'est probablement le *khamsin* qui les a enterrés. Le vent du désert. Il peut être très violent quand il souffle, surtout au printemps. Très violent.

Il chassa une mouche.

— On recherche cette armée presque depuis l'instant où elle a disparu, vous savez. Cambyse lui-même a envoyé une expédition pour la retrouver. Alexandre le Grand l'a fait aussi. Et les Romains. C'est devenu une sorte de quête mystique. Comme l'Eldorado.

— L'avez-vous recherchée ?

Le vieil homme poussa un grognement.

— Quel âge me donnez-vous ?

Embarrassé, Khalifa ne répondit pas.

— Allez, quel âge ?

— Soixante-dix ?

— Vous me flattez. J'ai quatre-vingt-trois ans. Et sur ces quatre-vingt-trois ans, j'en ai passé quarante-six dans le désert occidental à rechercher cette satanée armée. Et au cours de ces quarante-six ans, savez-vous ce que j'ai trouvé ?

Khalifa ne dit rien.

— Du sable. Voilà ce que j'ai trouvé. Des milliers et des milliers de tonnes de sable. J'ai trouvé plus de sable que n'importe quel autre archéologue de toute l'histoire de la discipline. J'en suis devenu un expert.

Il eut un rire forcé. Penché en avant, il termina sa cigarette, l'écrasa sur le bras de son fauteuil et laissa tomber le mégot dans sa tasse de thé.

— Il ne faut pas les jeter sur le sol, dit-il. Cela salit le jardin. C'est un beau jardin, vous ne trouvez pas ?

Khalifa l'admit.

— C'est la principale raison pour laquelle je viens ici. La bibliothèque est magnifique, bien sûr, mais c'est

369

le jardin que j'aime en réalité. Si tranquille. J'espère que je mourrai ici.

— Je suis sûr...

— Epargnez-moi vos platitudes, jeune homme. Je suis vieux et malade, et quand je partirai j'espère que ce sera ici, dans ce fauteuil, à l'ombre de ce merveilleux acacia.

Il se mit à tousser. L'homme qui leur avait apporté le thé vint reprendre le plateau.

— Ainsi, on n'a jamais retrouvé trace de l'armée ? demanda Khalifa. On n'a aucune indication de l'endroit où elle pourrait être ?

Az-Zahir ne l'écoutait plus. Il frottait avec la main le bras de son fauteuil en marmonnant.

— Professeur ?

— Hein ?

— On n'a jamais retrouvé aucune trace de l'armée ?

— Oh, il y a toujours des gens qui prétendent savoir où elle est. Il y a eu une expédition, cette année. Ils croyaient l'avoir trouvée. Ce n'étaient que sottises. Théories biscornues. Quand on leur demande des preuves, ils sont incapables d'en donner.

Il se mit le doigt dans l'oreille et le vrilla d'avant en arrière.

— Toutefois, il y a eu cet Américain, poursuivit-il.

— Un Américain ?

— Gentil garçon. Jeune. Un peu non conformiste. Mais il connaissait son affaire.

Il continua à s'enfoncer le doigt dans l'oreille.

— Il travaillait là-bas en indépendant. Dans le désert. Il avait une théorie au sujet d'une pyramide.

— Une pyramide ? demanda Khalifa en dressant l'oreille.

— Pas une vraie pyramide. Un gros rocher en forme de pyramide, c'est ce qu'il disait. Il avait trouvé des inscriptions dessus. Il était convaincu qu'elles provenaient des soldats de l'armée. Il m'a téléphoné, vous savez. De Siwa. Il disait qu'il avait découvert des traces. Qu'il allait m'envoyer des photographies. Mais elles ne sont jamais arrivées. Et puis, deux mois plus tard, on a retrouvé sa Jeep. Calcinée. Lui à l'intérieur. Tragédie. John. Il s'appelait comme ça. John Cadey. Gentil garçon. Un peu non conformiste.

Le vieil homme retira son doigt de son oreille et se mit à l'examiner.

— Vous souvenez-vous de l'endroit où il fouillait ?

Az-Zahir haussa les épaules.

— Quelque part dans le désert.

Il poussa un soupir avec une expression de fatigue.

— Mais c'est vaste, n'est-ce pas ? J'y ai passé suffisamment de temps moi-même pour le savoir. Près d'une pyramide. C'est ce qu'il a dit. Brave jeune homme. Un moment, j'ai vraiment cru qu'il avait trouvé quelque chose. Et puis il a eu cet accident. Très triste. On ne la retrouvera jamais, vous savez. L'armée. Jamais. C'est un miroir aux alouettes. Une vue de l'esprit. Cadey. Il s'appelait comme ça.

Sa voix devenait de plus en plus faible et finalement elle s'éteignit complètement. Khalifa le regarda. La tête du vieil homme s'était affaissée sur sa poitrine. La peau du menton et des joues remontait en se plissant, de sorte que le visage du professeur ressemblait à une boule couverte de rides. Son bras valide pendait sur le côté du fauteuil et il se mit à ronfler. Khalifa le regarda quelque temps, puis, s'étant levé, il le laissa à son somme et se dirigea vers la maison.

La bibliothèque de la Maison de Chicago, la meilleure bibliothèque d'égyptologie après celle du Caire, occupait deux pièces fraîches, blanchies à la chaux, au rez-de-chaussée du bâtiment. Elle avait de hauts plafonds, des rangées de rayonnages métalliques et une odeur pénétrante de cire et de vieux papier. Khalifa montra sa carte d'identité au bibliothécaire et lui expliqua le but de sa visite.

L'homme, jeune, américain, avec de petites lunettes rondes et une barbe épaisse, se frotta pensivement le menton.

— Eh bien, nous allons certainement avoir des choses qui pourront vous être utiles. Est-ce que vous lisez l'allemand ?

Khalifa tourna la tête négativement.

— C'est dommage. Le livre de Rohlf, *Drei Monate in der libyschen Wüste*, est très bon. C'est probablement ce qui a été écrit de meilleur sur le désert occidental, bien qu'il ait été publié il y a cent ans. Mais il n'a jamais été traduit, alors je suppose qu'il ne vous servira à rien. Néanmoins, il existe quelques petites choses en anglais et en arabe. Et puis nous avons des cartes et des relevés aériens de bonne qualité. Je vais voir ce que je peux trouver.

Il disparut dans une pièce latérale en laissant Khalifa auprès d'une pile de volumes qui dataient des tout premiers temps de l'égyptologie. Les *Researches in Egypt and Nubia* de Belzoni, les *Monumenti dell'Egitto e della Nubia* de Rosellini, l'ensemble des douze volumes des *Denkmäler aus Aegypten und Aethiopien* de Lepsius. Khalifa promena son doigt sur leurs dos et prit un exemplaire des *Ancient Egyptian Paintings* de Davies. Il le posa en haut de la pile et l'ouvrit délicatement. Vingt minutes plus tard, il était toujours plongé dedans quand le bibliothécaire revint et lui tapa doucement sur l'épaule.

— J'ai mis quelques livres pour vous dans la salle de lecture. Sur la table près de la fenêtre. Ce n'est pas tout ce que je possède sur le sujet, mais c'est suffisant pour un début. Appelez-moi si vous avez besoin d'autre chose. Ou plutôt, murmurez, étant donné que nous sommes dans une bibliothèque.

Il rit de sa propre plaisanterie et retourna à son bureau. Ayant reposé le Davies, Khalifa pénétra dans la deuxième pièce dont les deux murs latéraux étaient couverts de rayonnages, tandis qu'une rangée de tables occupait le milieu. Sur l'une des plus éloignées, près d'une fenêtre donnant sur le jardin, avaient été placées deux piles de livres chancelantes. Il s'assit, prit le volume en haut de la pile la plus proche et commença à lire.

Il lui fallut trois heures pour trouver ce qu'il cherchait. Il le découvrit dans un mince ouvrage intitulé *A Journey accross the Great Sea of Dunes*, écrit en 1902 par un explorateur anglais, le capitaine John de Villiers.

De Villiers avait entrepris de refaire, en sens inverse, la célèbre expédition effectuée en 1874 par Rohlf. Partant de Siwa avec des guides indigènes et une caravane de quinze chameaux, il s'était engagé dans le désert en direction de l'oasis de Dakhla, à six cents kilomètres au sud-est. Vingt jours plus tard, la maladie et le manque de vivres les avaient obligés à se dévier vers al-Farafra, où le projet avait été abandonné. Ce qui intéressait Khalifa, ce n'étaient pas les circonstances de l'échec de l'expédition, mais quelque chose qui s'était produit huit jours après le départ :

C'est le matin de ce huitième jour qu'Abou, le jeune garçon dont j'ai déjà parlé, me montra un paysage extraordinaire au-delà des dunes, à peu près à l'est de notre ligne de marche.

Ma première impression fut que cette pyramide, car il s'agissait de cela, devait être un mirage, une illusion d'optique...

Khalifa s'arrêta pour réfléchir à ce qu'il venait de lire, puis il se leva pour aller demander au bibliothécaire un dictionnaire anglais-arabe. Le jeune homme lui en montra un sur les rayonnages. Khalifa le prit, retourna à sa table et se mit à le feuilleter.

— Ah, dit-il en trouvant ce qu'il cherchait. *Sirab. Tawakhum basari.* Je vois.

Il revint au texte en laissant le dictionnaire ouvert près de lui et en s'y référant souvent.

Il paraissait assurément impossible qu'elle eût une provenance naturelle, à la fois à cause de l'extrême précision de ses formes et, plus encore, à cause de l'absence de toute autre formation semblable dans les environs.

Mais, à mesure que nous approchions, je fus forcé de reconsidérer mon premier jugement. Il s'avérait que la pyramide était à la fois réelle et d'origine naturelle. Comment elle s'était formée, et quand, je ne puis le dire, car mes connaissances, malheureusement, ne s'étendent pas à la géologie. Tout ce que je peux rapporter, c'est que c'était un ajout exceptionnel au paysage, énorme au-delà de l'imaginable, émergeant des dunes comme la tête d'un javelot ou peut-être, pourrait-on dire de manière plus appropriée, comme l'extrémité d'un trident, semblable à celui que brandissait Poséidon (après tout, nous étions au milieu de la Mer de sable).

Sans doute une sorte de plaisanterie, pensa Khalifa.

Il nous fallut la plus grande partie de la journée pour atteindre cet objet fantastique, et cela nécessita que nous nous écartions notablement de notre itinéraire. Plusieurs hommes étaient opposés à ce que nous y allions. Ils croyaient que c'était un mauvais présage, un signe avant-coureur de quelque malheur. Ce sont les charmantes billevesées superstitieuses auxquelles l'esprit des Arabes égyptiens est particulièrement porté. (Ils sont, en bien des points, comme l'a si justement indiqué lord Cromer, à peine plus qu'une nation d'enfants.)

Khalifa hocha la tête, à moitié amusé, à moitié agacé par ce commentaire. Sacrément arrogants, ces Anglais !

J'écoutai les préoccupations des hommes et fis de mon mieux pour les apaiser, admettant avec eux qu'un grand rocher pouvait être effrayant, bien que ce soit, selon mon expérience, uniquement pour les femmes et les enfants, et certainement pas pour des hommes aguerris comme eux. Ces paroles eurent l'effet désiré et, malgré quelques ronchonnements, nous continuâmes, atteignîmes notre but en fin d'après-midi et établîmes notre campement au pied du rocher.

Il n'y a pas, je suis sûr que vous l'admettrez, tellement de choses à dire sur un affleurement rocheux, fût-il aussi curieux que celui-là, et je crois avoir épuisé la plus grande part du sujet dans les chapitres précédents. Je voudrais cependant attirer l'attention sur un aspect particulier, plus précisément sur des marques découvertes à sa base, du côté sud, et qui, après avoir été examinées de plus près, se révélèrent être des hiéroglyphes rudimentaires.

Ma maîtrise de l'ancienne langue des Égyptiens est aussi limitée que celle de la géologie. J'en connaissais pourtant suffisamment pour faire la supposition que les signes formaient un nom : « Net-nebu ». Un voyageur antique, sans aucun doute, qui était passé par cet endroit plusieurs millénaires avant nous.

Plus tard au cours de cette même soirée, alors qu'Azab, le cuisinier, servait le dîner, je portai un toast

– avec du thé, hélas, pas du vin – à l'intrépide Net-
nebu, en lui souhaitant rétrospectivement bonne santé,
et en espérant très sincèrement qu'il avait atteint sa
destination sain et sauf. Les hommes levèrent aussi
leurs tasses, en répétant solennellement mes paroles,
sans avoir, je le crains, la moindre idée de ce qu'ils
disaient. Cependant, cela leur redonna courage et tous
eurent une bonne nuit de sommeil.

Khalifa lut la description intégralement deux fois
pour s'assurer qu'il l'avait bien comprise, et recopia
cet étrange passage. Puis il consulta un appendice à la
fin de l'ouvrage, qui contenait des extraits du journal
de l'expédition mentionnant les distances couvertes
chaque jour et les relevés au compas. En rapportant
ces mesures sur une carte élémentaire de l'Égypte, il
put se faire une idée approximative de la position de
la pyramide. Il demanda ensuite au bibliothécaire des
cartes plus détaillées pour la situer avec précision.

Cela lui prit plus de temps qu'il n'aurait cru. Il
consulta directement une carte au 1/150 000, mais ne
trouva la pyramide nulle part. Il y avait quelque chose
qui pouvait la représenter sur un agrandissement d'une
carte satellite de la Mer de sable, mais ce n'était absolument pas clair, tandis qu'une carte d'état-major égyptienne au 1/50 000, où elle aurait certainement été
visible, s'arrêtait juste à l'ouest de la zone qui l'intéressait. Il commença à se dire qu'il ne la trouverait
jamais.

Finalement, il y parvint, sur une carte de pilote de
la RAF de la Seconde Guerre mondiale, que la bibliothèque conservait plutôt comme un document historique que pour les informations géographiques qu'elle
contenait. Elle fournissait une description topographi-
que détaillée de la zone comprise entre 26 et 30 degrés
de longitude aussi bien que de latitude, et là, à peu

près à mi-chemin de Siwa et de al-Farafra, émergeant d'un paysage complètement plat, apparaissait un petit triangle avec cette légende : « Formation rocheuse pyramidale. » D'exultation, Khalifa frappa la table de la paume de sa main, ce qui produisit dans la pièce un son semblable à celui d'un coup de fusil.

— Excusez-moi, murmura-t-il à l'intention du bibliothécaire qui avait passé la tête dans la pièce pour voir ce qui se passait.

Il nota les coordonnées du rocher, les vérifiant et les revérifiant pour s'assurer qu'il ne s'était pas trompé, puis, tout en se demandant si son ami le gros Abdul organisait toujours des visites dans le désert, il se leva et s'étira. C'est seulement alors qu'il remarqua qu'il faisait sombre dehors. Il regarda sa montre. Huit heures passées. Et il avait promis d'être rentré à quatre heures pour le défilé des enfants.

Il ferma son calepin et se précipita à l'extérieur. Zenab ne serait pas contente.

33

Désert occidental

À la tombée de la nuit, il n'y avait toujours aucune trace de l'armée et Dravic était rongé d'impatience.

Toute la journée, il avait surveillé le travail, attendant le signal qui indiquerait qu'on avait trouvé quelque chose. Les heures avaient passé les unes après les autres, sous le soleil brûlant, au milieu des mouches qui tournaient nombreuses autour de son visage, avec cet énorme roc qui s'élevait au-dessus de lui, les contours tremblant dans la chaleur insupportable, et pourtant l'appel n'était pas venu. Les aspirateurs avaient fonctionné sans discontinuer, abaissant le niveau du sol autour de la base du rocher de presque dix mètres, mais il n'y avait rien. Seulement du sable. Des milliers et des milliers de tonnes, comme si le désert se moquait de lui.

À plusieurs reprises, il était descendu lui-même dans l'excavation, sondant ici et là avec sa truelle et injuriant tous ceux qui se trouvaient à proximité. Mais, la plupart du temps, il était resté à l'ombre de son parasol, mâchant son cigare, essuyant la sueur sur ses yeux, et devenant de plus en plus inquiet et mécontent.

Lorsque le soleil eut disparu, que le ciel se fut assombri et que l'air fut plus frais, ils installèrent des lampes à arc géantes tout autour de l'excavation, inondant la vallée de lumière. La probabilité que cette illumination soit remarquée ici, dans l'immensité du désert, était négligeable, et de toute façon c'était un risque qu'il fallait prendre s'ils voulaient que le travail avance. Chaque homme disponible fut envoyé dans la tranchée pour y creuser. Ils étaient désormais toute une armée, travaillant frénétiquement sous l'éclatante lumière blanche. Une armée qui recherchait une armée. Et pourtant, on ne voyait toujours pas le moindre signe de celle-ci.

Il commençait à se demander avec inquiétude si Lacage n'avait pas raison. Peut-être l'armée se trouvait-elle à une plus grande profondeur qu'il ne le pensait. Selon son estimation, elle devait être située entre quatre et sept mètres au-dessous de la surface du désert. C'était ce qu'il avait dit à Sayf al-Tha'r. Entre quatre et sept mètres. Dix au maximum. Mais ils étaient descendus à dix et il n'y avait rien. Absolument rien.

— Où est-elle ? marmonna-t-il en suçant avec colère son cigare. Nous devrions déjà l'avoir trouvée. Où est-elle donc ?

Il ferma les poings et frotta les jointures contre ses tempes. Il avait un terrible mal de tête – ce qui n'était guère étonnant, compte tenu du fait qu'il se tenait là depuis plus de douze heures. Il avait besoin de se détendre, de ne plus penser à tout ça. Il interpella l'un des hommes qui travaillaient en dessous pour lui dire qu'il allait sous sa tente et qu'on devait l'appeler immédiatement s'il se passait quelque chose, puis il redescendit vers le camp. Il avait une bouteille de vodka dans son sac. Deux ou trois verres et il se sentirait beaucoup mieux. Et peut-être qu'il dormirait un peu aussi. Il en avait bien besoin.

Mais, tout en marchant, un autre programme lui vint peu à peu à l'esprit. Un sourire se forma lentement sur son visage. Oui, pensait-il, voilà qui lui changerait vraiment les idées. Il allait se laver, prendre quelques verres, manger, et ensuite...

Il parvint au camp et, se frayant un chemin parmi des piles de matériaux, s'arrêta devant une tente et passa la tête à l'intérieur. Tara et Daniel étaient allongés, repliés sur le sol. Quand ils l'entendirent entrer, ils s'assirent. Il jeta un rapide regard à Tara, puis dit quelques mots au gardien en arabe. Daniel fit la grimace.

— Dravic, lança-t-il, un jour je vous tuerai.

Dravic éclata de rire.

— Alors il va vous falloir revenir de chez les morts pour le faire.

Il parla encore au gardien et partit.

— De quoi s'agissait-il ? demanda Tara.

Daniel ne dit rien. Il regardait la pointe de ses bottes, comme s'il répugnait à répondre.

— Qu'est-ce qu'il a dit ?

Il marmonna quelque chose.

— Quoi ?

— Il leur a dit de te conduire à sa tente dans deux heures.

Elle regarda sa montre. Huit heures quinze. Elle eut l'impression qu'elle allait vomir.

Louqsor

Comme Khalifa s'y était attendu, Zenab n'était pas contente de lui. Elle regardait la télévision avec Ali et Batah quand il rentra, et fixa sur lui l'un de ses regards les plus furieux.

— Tu ne m'as pas vu, papa, lui dit Ali sur un ton de reproche. J'étais sur le char de Toutankhamon. J'étais l'un de ses porte-éventail.

— Excuse-moi, dit Khalifa en s'accroupissant devant son fils et en lui passant la main dans les cheveux. J'avais un travail à terminer. Je serais venu si j'avais pu. Regarde, je t'ai acheté quelque chose. Et à toi aussi, Batah.

Il mit la main dans le sac qu'il avait apporté et en tira un collier de coquillages, qu'il donna à sa fille, ainsi qu'une trompette en plastique.

— Merci, papa ! s'écria Ali en saisissant l'instrument et en soufflant de toutes ses forces dedans.

Batah partit précipitamment pour aller se regarder dans le miroir. Ali la suivit.

— C'est une fois par an, Youssouf, dit Zenab quand ils furent seuls. Un après-midi par an. Ils voulaient tellement que tu sois là.

— Excuse-moi, répéta-t-il en lui prenant la main.

Elle retira la sienne, se leva et alla fermer la porte de la pièce.

— J'ai eu un coup de téléphone ce matin, dit-elle en se retournant. Du commissaire Hassani.

Khalifa ne dit rien. Il sortit simplement son paquet de cigarettes.

— Pour dire combien il était content de ta promotion. Que cela se traduisait par un salaire plus élevé, un appartement subventionné, une nouvelle école pour les enfants. Je lui ai dit : « C'est la première fois que j'en entends parler. » Il m'a répondu que tu allais bientôt rentrer à la maison pour me l'annoncer. Que c'était un changement très favorable dans ta carrière. Et il a continué sur le même thème.

— Le salaud, murmura Khalifa.

— Quoi ?

— Il veut m'acheter, Zenab. M'acheter à travers toi. En te disant tous les avantages que représenterait cette promotion et en espérant que tu me persuaderas de l'accepter.

— Tu ne vas pas l'accepter ?

— C'est compliqué.

— Tu ne te débarrasseras pas de moi ! Pas cette fois. Que se passe-t-il, Youssouf ?

Ali se mit à frapper contre la porte.

— Mam ! Je veux regarder la télévision.

— Ton père et moi sommes en train de parler. Va jouer avec Batah.

— Je ne veux pas jouer avec Batah.

— Ali, va jouer avec Batah ! Et fais moins de bruit, sinon tu vas réveiller le bébé.

Il y eut un coup de trompette plein de défi et le bruit d'une porte qui claque. Khalifa alluma une cigarette.

— Il faut que je retourne au Caire, dit-il. Ce soir.

Elle resta immobile, puis s'approcha et s'agenouilla devant lui en recouvrant les cuisses de son mari avec ses cheveux.

— Qu'y a-t-il, Youssouf ? Je ne t'ai jamais vu comme ça auparavant. Dis-le-moi. Je t'en prie. J'ai le droit de savoir. Surtout quand notre vie en est affectée de cette façon. Qu'est-ce que c'est que cette affaire ? Pourquoi tu ne veux pas accepter la promotion ?

Il mit ses bras autour d'elle et appuya son front sur sa tête.

— Ce n'est pas que je ne veux pas te le dire, Zenab. C'est simplement que j'ai peur. Peur de te mêler à cela. C'est tellement dangereux.

— Alors, j'ai encore plus le droit de savoir. Je suis ta femme. Ce qui te touche me touche aussi. Et aussi nos enfants. S'il y a du danger, je dois en être informée.

— Je ne comprends pas tout moi-même. Tout ce que je sais, c'est que des innocents sont en danger de mort et que je suis le seul qui puisse les sauver.

Ils restèrent ainsi, puis elle le repoussa et le regarda dans les yeux.

— Il y a autre chose, n'est-ce pas ?

Il ne dit rien.

— Qu'est-ce que c'est ?

— Ce n'est pas...

— Qu'est-ce que c'est, Youssouf ?

— Sayf al-Tha'r, répondit-il d'une voix calme.

Elle laissa tomber la tête.

— Oh, mon Dieu, non. C'est le passé. C'est terminé.

— Cela n'a jamais été terminé, dit-il en la regardant à ses genoux. C'est ce que j'ai compris avec cette affaire. C'est toujours en moi, là. J'ai essayé d'oublier, de passer à autre chose, mais je ne peux pas. J'aurais dû les en empêcher. J'aurais dû l'aider.

— Nous avons dépassé tout cela, Youssouf. Tu ne pouvais rien faire.

— Mais j'aurais dû au moins essayer. Et je ne l'ai pas fait. Je les ai laissés l'emmener.

Il sentit les larmes lui monter aux yeux et s'efforça de les refouler.

— Je ne trouve pas les mots, Zenab. C'est comme si je portais un énorme poids sur mon dos. Je pense constamment à Ali. À ce qui est arrivé. À ce que j'aurais pu faire. Et maintenant, avec cette affaire, j'ai une occasion de remettre les choses en ordre. Cela ne fera peut-être pas revenir Ali, mais je pense au moins redresser une partie du mal qui a été fait. Et tant que je n'aurai pas réalisé cela, je resterai incomplet. La moitié de moi-même sera toujours prisonnière du passé.

— Je préfère la moitié d'un mari plutôt qu'un mari mort.

— Je t'en prie, essaie de comprendre. Il faut que j'aille jusqu'au bout. C'est important.

— Plus important que les enfants et moi ? Nous avons besoin de toi, Youssouf.

Elle lui prit les mains.

— Je me fiche de ta promotion. Nous n'avons pas besoin de plus d'argent, d'un bel appartement. Nous nous débrouillons bien. Mais je m'inquiète pour toi. Tu es mon mari, mon amour. Je ne veux pas que tu sois tué. Et tu le seras si tu continues. Je sais que tu le seras. J'en ai le pressentiment.

Elle se mit à pleurer et enfouit son visage sur les genoux de Khalifa.

— Je veux que tu sois là, avec nous, sain et sauf, dit-elle en suffoquant. Je veux que nous restions ensemble, que nous formions une famille.

De la chambre de Batah parvint le son étouffé de la trompette de son fils. Des pétards éclataient dans la rue. Il lui caressa les cheveux.

— Il n'y a rien au monde de plus important pour moi que toi et les enfants, murmura-t-il. Rien. Ni le passé, ni mon frère, et surtout pas ma propre vie. Je t'aime plus que je ne pourrai jamais le dire. Je ferais tout pour toi. Tout.

Il releva la tête de Zenab pour la regarder dans les yeux.

— Dis-moi de laisser tomber l'affaire, Zenab. Dis-le-moi et je le ferai, sans un instant d'hésitation. Dis-le-moi.

— À quelle heure est ton train ? lui demanda-t-elle d'une voix douce.

— Le dernier part à dix heures.

— Alors nous aurons juste le temps de dîner.

Elle ramena ses cheveux en arrière et s'en alla dans la cuisine.

Il sortit de chez lui à neuf heures quinze. Il emportait un fourre-tout contenant du linge de rechange, un peu de nourriture et son Helwan 9 mm, le modèle standard de la police. Il avait aussi huit cent quarante livres égyptiennes, ses économies en vue de son voyage à La Mecque pour devenir *hadjd*. Il était consterné de le prendre, mais c'était le seul argent liquide qu'ils avaient dans l'appartement et il lui était nécessaire pour se rendre là où il allait. Il se promit à lui-même que, quoi qu'il arrive au cours des prochains jours, il reconstituerait cette somme.

En sortant de son immeuble, il tourna à gauche et se dirigea à pied vers la gare, située à un quart d'heure de chez lui. Le bruit des pétards des gens qui célébraient la fête d'Abou el-Haggag retentissait dans la nuit. Il se demanda s'il devait passer par son bureau pour prendre plus de munitions, mais y renonça. Il y avait un trop grand risque de rencontrer l'un de ses collègues. Il lui fallait quitter Louqsor sans que personne le sache. Il regarda sa montre. Neuf heures vingt.

Tandis qu'il pénétrait dans le centre-ville, la foule devint plus dense. Les rues autour du temple de Louqsor grouillaient de monde. Des enfants avec des chapeaux de fête allaient et venaient en lançant des pétards. Des orchestres improvisés – *mizmars*[1] et tambours, principalement – jouaient sur le trottoir. Les vendeurs à la sauvette pouvaient à peine faire face à la demande.

Dans un petit jardin à côté du temple, un groupe de danseurs *zihr*[2] se produisait. Deux rangs d'hommes, face à face, se balançant en cadence au rythme de la mélopée sacrée d'un *munshid*[3]. Une grande foule s'était assemblée pour les regarder. Khalifa s'arrêta aussi. Non pas pour observer les danseurs, mais pour repérer les hommes qui le suivaient.

---

1. Instrument à vent proche du hautbois.
2. Confrérie soufie qui pratique une danse votive proche de la transe.
3. Chanteur religieux.

Il n'était pas sûr de leur nombre, ni du moment où ils avaient commencé leur filature, mais ils étaient bien là. Trois, peut-être quatre, mêlés aux badauds, à l'affût de ses moindres gestes. Il en avait remarqué un alors qu'il s'était arrêté pour acheter des cigarettes, un autre au moment où il avait laissé passer un défilé d'hommes à cheval. Un simple coup d'œil, un regard fugitif, avant qu'ils ne se mêlent à nouveau à la foule. Ils étaient bien entraînés, on pouvait le dire. Services secrets, peut-être. Ou la sécurité militaire. Il se pouvait bien qu'ils l'aient suivi toute la journée.

Dans le jardin, il parcourut la foule des yeux. À dix mètres, un homme était appuyé sur une barrière. Il jetait de brefs coups d'œil dans sa direction, si bien que l'inspecteur se dit qu'il était peut-être l'un d'eux. Puis une femme arriva et tous deux s'en allèrent bras dessus bras dessous. Neuf heures trente. Khalifa alluma une cigarette et partit.

Il ignorait qui ils étaient et ce qu'ils voulaient, mais il savait que, s'ils soupçonnaient dans quel endroit il allait, ils tenteraient de l'arrêter. Et s'ils l'arrêtaient, il n'aurait plus d'autre occasion. Il fallait les semer avant d'atteindre la gare.

Neuf heures trente et une. Il tourna à gauche dans une rue étroite, au-delà d'un groupe d'enfants qui regardaient la télévision sur le trottoir. Il accéléra le pas et tourna à droite dans une autre rue. Deux vieillards jouaient au *siga* [1] dans la poussière en se servant de cailloux comme jetons. Il les dépassa précipitamment et bifurqua une nouvelle fois à gauche dans une ruelle sinueuse. Vingt mètres plus loin, une moto était garée contre un mur. Il regarda dans son rétroviseur. Il n'y avait personne. Il se mit à courir.

1. Sorte de jeu de dames d'origine très ancienne.

Pendant dix minutes, il zigzagua dans les ruelles de Louqsor en tournant brusquement et en regardant constamment derrière lui. Finalement, il déboucha devant la gare, sur la place al-Mahatta, avec son obélisque rouge et sa fontaine toujours vide. Il poussa un soupir de soulagement et s'engagea dans la rue en regardant à droite à cause des voitures. Ce faisant, il remarqua une silhouette en costume, debout sous un porche peu éclairé de l'autre côté de la rue, qui le regardait fixement.

Il poussa un juron.

Le train était déjà à quai, les passagers se bousculaient, et les porteurs soulevaient des sacs pour les faire entrer par les portières. Il n'y avait pas moyen de le prendre sans être vu. Il regarda sa montre. Neuf heures quarante-trois. Dix-sept minutes.

Il resta d'abord immobile, ne sachant que faire, puis il prit à gauche dans la rue al-Mahatta, en s'éloignant à grands pas de la gare. C'était une idée folle, complètement folle, mais il n'avait rien trouvé d'autre. Il fallait retourner à la maison.

Il prit le chemin le plus court, par les petites rues, sans se soucier de regarder derrière lui, sachant bien qu'ils étaient là. Il atteignit son immeuble en dix minutes, monta les escaliers quatre à quatre et fit irruption chez lui.

— C'est toi, Youssouf ? demanda Zenab en sortant du salon. Pourquoi es-tu revenu ?

— Pas le temps de t'expliquer, dit-il d'une voix haletante en la poussant dans la cuisine.

Il leva son poignet. Neuf heures cinquante-trois. Ça allait être terriblement juste. Il ouvrit la fenêtre de la cuisine pour regarder dans la ruelle. Comme il s'y attendait, il y avait deux hommes dans l'ombre, surveillant la sortie de derrière. La hauteur de vingt-deux mètres lui donna le vertige. Il regarda le toit de l'immeuble d'en face, qui se trouvait exactement au niveau de sa fenêtre, à environ trois mètres. C'était une terrasse avec du linge qui séchait sur des cordes et, à l'extrémité, une porte conduisant à l'escalier de l'immeuble. Il s'était souvent demandé s'il était possible de sauter d'un bâtiment à l'autre. Il allait bientôt le savoir.

Il jeta encore un regard vers le bas, puis se pencha pour lancer son fourre-tout de l'autre côté. Il atterrit avec un bruit sourd, surprenant un groupe de pigeons qui s'envola et disparut dans la nuit.

— Youssouf, lui cria Zenab en enfonçant ses doigts dans son bras, qu'est-ce que tu fais ? Pourquoi as-tu jeté ton sac de l'autre côté ?

Il lui prit le visage dans ses mains et l'embrassa sur la bouche.

— Ne pose pas de questions. Parce que si je me mets à réfléchir, je ne vais pas le faire.

Il se hissa sur le montant de la fenêtre et, après avoir agrippé le cadre métallique, se tourna vers elle.

— Je veux que tu fermes bien la porte cette nuit. Si quelqu'un appelle, dis que je suis allé me coucher de bonne heure parce que je vais à Ismaïlia demain.

— Je ne...

— Je t'en prie, Zenab. Je n'ai pas le temps. Si quelqu'un appelle, dis qu'on ne peut pas me déranger. Demain matin, il faut que tu emmènes les enfants chez Hosni et Sama. Et restes-y en attendant de mes nouvelles. Tu comprends ?

Elle acquiesça.

— Je t'aime, Zenab.

Il se pencha pour l'embrasser encore une fois, puis se tourna vers le toit d'en face. Il paraissait très éloigné.

— Et referme la fenêtre derrière moi, murmura-t-il.

Il n'était plus temps d'essayer de prendre son courage à deux mains. Après avoir marmonné une courte prière, il compta jusqu'à trois et sauta en se propulsant en avant de toute sa force et en refoulant un cri de terreur. Le temps parut s'arrêter. Il se trouvait en l'air au-dessus de la ruelle. Puis, avec un bruit discordant, il atterrit sur le toit d'en face et s'étala en s'éraflant le coude sur le ciment.

Il resta un instant sans bouger, encore plus terrifié après le saut qu'avant, puis il se releva et regarda derrière lui. Zenab se tenait devant la fenêtre de la cuisine, le visage bouleversé. Il lui envoya un baiser, récupéra son fourre-tout et se précipita vers la porte qui donnait sur l'escalier. Un coup d'œil à sa montre. Neuf heures cinquante-quatre. Il dévala les marches.

L'entrée principale de cet immeuble donnait sur une autre rue. Son idée reposait sur le fait que, les deux entrées de son immeuble étant surveillées, il n'y avait pas de raison que celle-ci le soit aussi. Il pouvait sortir et s'éloigner sans être vu. Il aurait bien aimé disposer de quelques minutes pour s'assurer que la voie était libre, mais il n'avait pas le temps. Une fois en bas des escaliers, il se jeta directement dans la rue et reprit le chemin du centre-ville. Il lui fallait couvrir à peu près un kilomètre et demi en cinq minutes.

Au bout de deux minutes, il ressentit une douleur terrible au côté gauche et, au bout de trois minutes, il ne pouvait plus respirer. Mais il continua, fonçant en avant, tirant de ses jambes les derniers restes d'énergie dont elles étaient encore capables, jusqu'au moment où il déboucha, en se tenant le côté, sur un passage à niveau. À deux cents mètres sur sa droite, le train du Caire s'ébranlait lentement dans un grincement de roues.

C'est la première fois qu'un train part de Louqsor à l'heure, et il fallait que ce soit ce soir ! se dit-il.

Il resta au même endroit en haletant, jusqu'à ce que le train arrive presque à sa hauteur, puis il passa sous la barrière et courut à côté des wagons. Un haut mur de béton s'élevait sur sa gauche et, sur sa droite, les énormes roues d'acier lui arrivaient presque jusqu'à la poitrine. Il saisit le montant d'une portière, mais ne put tenir sa prise et dut le lâcher. L'espace entre le train et le mur devenait de plus en plus étroit. Encore cinquante mètres et il n'y aurait plus d'espace du tout. D'un geste désespéré, il agrippa un autre montant et cette fois parvint à le tenir. Il se hissa sur le marchepied et fit appel à ses dernières forces pour ouvrir la portière, se faufiler à l'intérieur et claquer la portière juste au moment où le mur de béton vint frôler le côté du train. Khalifa s'effondra sur un siège en essayant de reprendre haleine.

— Vous vous sentez bien ? demanda un homme assis en face de lui.

— Très bien, répondit Khalifa, les poumons en feu. J'ai juste besoin...

— D'un peu d'eau ?

— D'une cigarette.

Dehors, les immeubles de Louqsor se fondaient dans la nuit tandis que le train prenait de la vitesse et filait vers Le Caire.

34

Désert occidental

— Je ne vais pas le laisser me violer, Daniel.

Les deux heures étaient presque écoulées. Les pires de sa vie. Une lente torture pendant que s'égrenaient les minutes qui la rapprochaient de sa rencontre avec Dravic. Elle avait l'impression d'être emportée par une rivière en direction d'une cataracte, sans pouvoir faire quoi que ce soit pour en réchapper. Elle comprenait ce que devait ressentir un prisonnier dans le couloir de la mort lorsque l'heure de l'exécution approche.

— Je ne vais pas le laisser me violer, répéta-t-elle en se levant, trop nerveuse pour rester assise. Plutôt mourir.

Daniel ne dit rien. Il se contenta de la regarder à la lueur de la lampe à kérosène, désireux de lui parler, mais incapable de trouver les mots. Le gardien les observait de ses yeux vides. Elle se mit à aller et venir dans la tente, l'estomac serré, malade d'impuissance et regardant constamment sa montre. Il faisait froid, elle grelottait.

— Nous ne savons pas si c'est ce qui va se produire, dit Daniel pour essayer de la réconforter.

— Bien sûr, lança-t-elle. Il veut peut-être simplement parler d'archéologie.

Sa voix était chargée de colère, pleine d'amertume et de sarcasme. Daniel baissa la tête.

— Excuse-moi. J'ai tellement peur, ajouta-t-elle.

Il se leva et la prit dans ses bras en la serrant fort contre lui. Elle s'accrocha à lui comme une enfant, désespérée, les larmes aux yeux.

— Allez, murmura-t-il. Tout ira bien.

— Non, Daniel. Cela n'ira plus jamais bien s'il me fait ça. Je ne pourrai pas le supporter. Je me sentirai salie pour le reste de ma vie.

Il s'apprêtait à lui dire que cela ne changeait pas grand-chose puisque, de toute façon, ils allaient être tués, mais s'arrêta à temps. Il lui caressa les cheveux et la serra contre lui. Elle ne pouvait s'empêcher de trembler.

Ils restèrent ainsi jusqu'à ce qu'ils entendent des pas qui s'approchaient. Le rabat de la tente s'ouvrit ; quelqu'un s'adressa au gardien. Celui-ci se leva et fit signe à Tara de sortir.

Daniel la plaça derrière lui, se mettant en écran. Le gardien lui intima à nouveau l'ordre de sortir et, ayant fait un pas en avant, avança la main. Daniel l'écarta en levant les poings, prêt au combat. Le garde appela deux autres hommes qui attendaient dehors. Daniel voulut frapper, mais le garde esquiva le coup et, levant la crosse de son arme, fit tomber Daniel sur le sol puis le tint en respect en lui appliquant le canon contre la poitrine. Son camarade saisit le bras de Tara et la tira vers l'entrée.

— Je suis désolé, murmura Daniel.

— Je t'aime, dit-elle d'une voix tremblante. Je t'ai toujours aimé. Toujours.

Et puis elle se trouva dehors, tirée à travers le camp par un gardien qui lui tenait le bras, tandis qu'un autre la menaçait de son arme. Elle se débattit violemment, donna des coups de pied, mordit, mais cela ne servit à rien. L'homme la tenait fermement. En face, la pyramide s'élevait dans la nuit, vaste et silencieuse, éclairée par les lampes à arc placées à sa base.

Ils allèrent dans une autre tente, plus grande que celle où Daniel et elle étaient gardés. L'un des hommes dit quelque chose, elle fut poussée à l'intérieur et le rabat se referma derrière elle. Il ne fit qu'un bruit très léger en retombant, celui du frottement de la toile contre la toile, mais ce fut un bruit terriblement définitif, comme si la porte d'une cellule se refermait derrière elle en claquant.

— Bonsoir, ricana Dravic. Je suis très heureux de vous voir.

Il était assis sur une chaise pliante auprès d'une table en bois montée sur tréteaux. Dans une main, il tenait un cigare à demi consumé, dans l'autre, un verre. Une bouteille de vodka aux trois quarts vide était posée sur la table à côté de lui. La partie blanche de son visage avait pris une teinte rose vif, comme si sa tache de naissance s'écoulait sous le nez pour aller colorer l'autre joue. La tente empestait le cigare et la sueur. Tara frissonna de dégoût.

Dravic cria quelque chose et on entendit des pas s'éloigner. Les gardiens la laissaient à ses soins.

— Un verre ?

Elle refusa d'un mouvement de la tête, tellement effrayée qu'elle avait l'impression que sa poitrine allait se fendre en deux. Il termina son verre et s'en servit un autre. Il le finit également avant de tirer sur son cigare.

— Pauvre petite Tara, dit-il en souriant. Je parie que vous voudriez ne jamais avoir été mêlée à tout ça. Ce n'est pas vrai ? Et si ce n'est pas le cas maintenant, ça le sera dans quelques minutes.

Il se mit à rire bruyamment.

— Pourquoi m'avez-vous fait venir ici ? demanda-t-elle d'une voix enrouée.

Il devina sa peur et rit encore plus fort.

— Je n'ai certainement pas besoin de vous l'expliquer !

Il remplit une nouvelle fois son verre et le vida d'un trait. Sa gorge s'enfla au passage du liquide. Elle chercha désespérément autour d'elle quelque chose qui puisse lui servir d'arme. Apercevant la veste de Dravic, d'où dépassait le manche de la truelle, elle se déplaça légèrement dans cette direction. Il eut un autre éclat de rire.

— Allez-y, dit-il. Essayez de la prendre. Je vous le demande. J'attends cela de vous. Quel intérêt s'il n'y a pas de lutte ?

Elle s'approcha de la veste et prit la truelle, puis recula en dirigeant la pointe de l'outil vers lui.

— Je vous tuerai, lui dit-elle. Si vous approchez de moi, je vous tuerai.

Il posa le verre et se leva en chancelant légèrement. Tara sentit sa gorge se nouer comme si on l'étranglait. Il s'approcha d'elle en tirant sur son cigare. Des volutes de fumée tournoyaient autour de sa grosse tête.

— Je vous tuerai, répéta-t-elle en le menaçant de la truelle.

Il se tenait devant elle, les bras étaient aussi gros que des cuisses et la tête de Tara arrivait tout juste au niveau de sa poitrine. Elle recula contre la paroi de la tente et essaya de le frapper.

— Ecartez-vous !

— Je vais vous faire mal, dit-il tout bas. Je vais vous faire très mal.

Elle essaya encore de le frapper, mais il attrapa son bras sans difficulté et le tordit jusqu'à ce qu'elle lâche la truelle. Elle se recroquevilla contre la paroi de la tente avec l'intention de lui donner un coup de genou dans l'entrejambe, mais elle en fut incapable. Il se pencha vers elle, la dominant comme un monstre, sa main agrippa le devant de sa chemise et la déchira, découvrant sa poitrine. Elle se faufila sur le côté en se couvrant avec son bras.

— Espèce de sale animal, hurla-t-elle. Vous êtes laid et répugnant.

Elle reçut le choc sur le côté de la tête, fort comme un coup de marteau. Il l'envoya rouler sur le sol. À demi assommée, elle l'entendit s'approcher, puis elle sentit sur elle son poids écrasant. Elle ne pouvait plus respirer.

Il ôta son cigare de sa bouche et en appliqua le bout brûlant sur le cou de Tara. Elle poussa un hurlement strident, se débattit, essaya de se dégager, mais il était trop lourd. C'était comme si elle avait une montagne sur elle. Il lui appliqua encore le cigare sur l'avant-bras et en haut de la poitrine. Chaque fois, elle hurla, et chaque fois il rit de plaisir. Il jeta son cigare et se mit à lui palper les seins, à les écraser, à presser la chair blanche. Puis il se pencha et, en grognant comme un cochon, se mit à lui mordre le cou et les épaules. Ses dents laissaient des traces violettes sur sa peau. Elle parvint à libérer une main et, de toute sa force, elle lui enfonça le pouce dans l'œil. Il s'écarta avec un rugissement.

— Sale pute ! hurla-t-il. Je vais t'apprendre !

Il la gifla par trois fois, à toute volée, lui coupant le souffle. Elle sentit qu'on la retournait et entendit le bruit d'une ceinture dont on défait la boucle, bien que le bruit fût étrangement étouffé. Elle avait l'impression d'être sortie de son propre corps et de se tenir à côté de lui, observant ce qui se passait en témoin plutôt qu'en victime du viol. Elle vit Dravic ouvrir son pantalon et glisser sa main sous le ventre de Tara pour dégrafer son jean.

Je vais être violée, se dit-elle avec une sorte de détachement. Dravic va me violer et je ne peux rien y faire.

Elle tendit le bras vers la truelle, tombée sur le sol à trois pas de là, tout en sachant qu'elle ne pourrait jamais l'atteindre.

Je me demande à quel point cela va faire mal, pensa-t-elle.

Il lui saisit les cheveux et lui tira la tête en arrière tout en lui retirant son jean et ses tennis. Elle ferma les yeux et serra les dents.

Mais rien ne se produisit. Elle sentait le poids de Dravic sur elle, sa main sur ses fesses, mais il paraissait s'être immobilisé, comme gelé.

— Allez, dit-elle. Qu'on en finisse.

Mais il ne bougea pas. Elle rouvrit les yeux et tourna la tête. Il regardait vers la porte, la tête dressée, à l'écoute. Elle écouta aussi. D'abord, ce ne fut qu'un bruit confus. Puis, peu à peu, comme une radio dont on augmente le volume, cela devint plus clair. C'étaient des cris. Des dizaines de voix criaient. Dravic resta un moment dans la même position puis, en grommelant, se remit sur pied et reboutonna son pantalon. Les appels devenaient de plus en plus forts et pressants, bien qu'elle ne comprît pas ce qu'ils disaient. Dravic reprit sa truelle, lui lança un regard et, après avoir écarté le rabat, sortit dans la nuit. Elle était seule.

Tout d'abord, elle resta où elle était, le visage lourd, ressentant la douleur aiguë des brûlures. Puis elle roula sur le dos, remit son jean et se releva.

Après plusieurs minutes, un gardien entra dans la tente. Quand il la regarda, une excuse fugitive passa dans ses yeux, comme s'il voulait lui faire savoir qu'il désapprouvait ce que Dravic avait fait. Puis, d'un mouvement de la tête, il lui fit signe de sortir.

On ne voyait Dravic nulle part. Tout le camp était désert, comme une ville fantôme. Le gardien pointa son arme en direction du monticule qui dominait le périmètre des recherches. En arrivant en haut, elle vit que Daniel était déjà là, flanqué de deux gardiens. Il se retourna.

— Oh, mon Dieu, dit-il en apercevant sa chemise déchirée et sa peau tuméfiée. Qu'est-ce que ce salaud t'a fait ?

Il écarta ses gardiens, courut vers elle et la serra dans ses bras.

— Je le tuerai. Je le tuerai !

— Ça va, dit-elle. Je vais bien.

— Est-ce que... ?

Elle fit non de la tête.

— Je t'ai entendue crier. Je voulais faire quelque chose, mais ils pointaient une arme sur moi. Je suis désolé, Tara.

— Ce n'est pas ta faute, Daniel.

— Je le tuerai ! Je les tuerai tous !

Il la serrait si fort qu'il lui faisait mal. Elle le repoussa.

— Je vais bien, dit-elle. Que se passe-t-il ? Il y a eu des cris.

Il fixait les marques de brûlure sur sa peau avec des yeux remplis de dégoût et de culpabilité.

— Je pense qu'ils ont trouvé quelque chose. Dravic est en bas, dans le trou.

Elle lui prit la main et tous deux s'avancèrent jusqu'au bord.

Depuis qu'ils étaient venus là au cours de l'après-midi, un vaste cratère avait été creusé, dégageant la base de la pyramide comme la racine d'une énorme dent. Dravic était au fond, tourné vers eux, à genoux, piochant le sol avec sa truelle. Les hommes étaient en haut, le regardant dans l'expectative. La froide lumière blanche des lampes à arc éclairait la scène d'une manière surnaturelle.

— Qu'ont-ils trouvé ? demanda-t-elle.

— Je ne sais pas, répondit Daniel. Nous sommes trop loin.

Dravic cria et l'un de ses hommes lui lança une brosse. Il la prit et se mit à brosser une surface devant ses genoux en s'arrêtant de temps à autre pour se pencher et regarder le sol. Au bout d'une minute, il posa la brosse et reprit le grattage à la truelle, puis il alterna les deux opérations en évacuant lentement le sable et les gravillons devant lui. Quelque chose apparaissait, mais Tara ne voyait pas ce que c'était.

Plusieurs minutes s'écoulèrent. L'objet était en partie dégagé et elle pouvait voir qu'il avait une forme semi-circulaire, comme la partie supérieure d'une roue. Dravic continua à évacuer le sable autour de lui, puis il posa ses outils, agrippa les bords à deux mains et tira. Ses épaules ployèrent sous l'effort, mais l'objet ne sortit pas, et il dut reprendre la brosse et la truelle pour continuer à enlever le sable. Malgré ce qu'il venait de lui faire, Tara ne put s'empêcher d'être captivée. Daniel lui tenait fermement la main. Penché en avant, il avait subitement oublié sa colère.

Dravic posa une nouvelle fois ses instruments, saisit l'objet et tira dessus. Et une fois encore celui-ci résista. Dravic se recula légèrement pour améliorer l'effet de levier, ajusta sa prise et, rejetant la tête en arrière, souleva de toutes ses forces. Les veines de son cou se gonflèrent. Le monde parut s'arrêter, comme si la scène qui se déroulait devant Tara était une photographie plutôt qu'un événement réel. Puis, lentement, pouce par pouce, l'objet émergea. Il sortait peu à peu, résistant constamment, comme si le désert ne voulait pas céder son trésor, jusqu'au moment où les mâchoires du sol s'ouvrirent et où, dans une projection de gravier et de sable, l'objet fut libéré. C'était un bouclier, immense, rond, lourd, dont la face convexe luisait sous les lampes. Dravic le tint en l'air et les hommes se mirent à l'acclamer frénétiquement. Ils criaient, applaudissaient, frappaient du pied.

— Je t'ai retrouvée ! hurla Dravic. Armée de Cambyse, je t'ai retrouvée !

Il resta un instant ainsi, le bouclier tenu triomphalement au-dessus de sa tête, puis il commença à donner des ordres. Les hommes se répandirent dans la fosse. Le bouclier fut emporté et les aspirateurs furent remis en action, leurs bouches oscillant à vive allure au-dessus du sol.

— Dégagez le sable ! rugit Dravic. Dégagez tout le sable. Au travail !

D'abord, il n'y eut plus rien, seulement du sable et encore du sable formant un puits sans fond de poussière jaune. Comme si le bouclier avait été un objet unique, rejeté par le désert pour les ridiculiser et les frustrer.

Et puis, lentement, d'autres formes se mirent à apparaître. Indistinctes au début, juste des renflements et des arêtes vagues, des distorsions imperceptibles à la surface du désert. Mais, quand on eut retiré une plus grande quantité de sable, les formes devinrent progressivement reconnaissables. Des corps, des dizaines, des centaines de corps aux chairs desséchées et durcies par deux millénaires et demi d'enfouissement, ce qui leur donnait l'aspect non pas de cadavres, mais plutôt de vieillards. Une armée de vieillards. Vieux au-delà de toute estimation, mais néanmoins vivants, émergeant péniblement des sables, clignant des yeux dans la lumière vive, désorientés, tenant encore fermement leurs armes dans leurs mains squelettiques. Ils avaient des cheveux sur la tête, portaient une cuirasse autour de leurs torses, mais le plus extraordinaire, c'était l'expression de leurs visages, une expression de terreur, de douleur et de fureur. L'un d'eux poussait un cri, un autre pleurait, un autre encore était pris d'un rire dément, la bouche grande ouverte vers le ciel et la gorge pleine de sable.

— Seigneur, murmura Tara. C'est...

— ... fabuleux, dit Daniel, le souffle coupé par l'excitation.

— C'est horrible.

La plupart des corps étaient aplatis, écrasés par le poids monstrueux de la tempête qui les avait engloutis. Toutefois, quelques-uns étaient à genoux, et d'autres, debout, se tenaient tout droit, les bras levés pour se protéger le visage. Ils avaient été submergés si rapidement qu'ils n'avaient même pas eu le temps de tomber.

À mesure que chaque corps apparaissait, des travailleurs en robes noires se précipitaient en foule comme des vautours, retiraient la cuirasse et les armes et les faisaient passer vers le haut de la fosse, où des caisses d'expédition étaient disposées, prêtes à les recevoir. De temps à autre, un bras ou une jambe se séparait du corps lors d'une manipulation brutale.

— Dépouillez-les ! s'écriait Dravic. Dépouillez-les complètement ! Je veux tout. Tout !

Une heure s'écoula. L'excavation s'étendait dans toutes les directions, révélant de plus en plus de soldats. Dravic allait et venait, aboyant des ordres, examinant les objets, dirigeant les aspirateurs. Finalement, en ressortant du trou, il leva les yeux vers Tara et Daniel.

— Je vous avais bien dit que je la trouverais, Lacage, s'écria-t-il avec allégresse. Je vous l'avais bien dit !

Daniel ne répondit pas. Dans ses yeux, il y avait une lueur de rage. Et aussi, à ce qu'il sembla à Tara, d'envie.

— Je ne pouvais pas vous tuer sans vous donner au moins une occasion de voir cela. Je ne suis pas cruel à ce point !

Il se mit à rire et ordonna aux gardiens de les ramener dans leur tente.

— Mademoiselle Mullray, dit-il derrière eux, notre petite soirée n'est pas annulée, simplement remise à plus tard. Je vous enverrai chercher. Après tout ce travail, je vais avoir besoin de distraction.

Nord-Soudan

Le garçon l'aperçut debout en haut d'une dune, seul, regardant vers l'est dans la nuit. Il monta vers lui.

— Ils l'ont trouvée, maître, dit-il. L'armée. Docteur Dravic vient juste d'envoyer un message radio.

L'homme continua à regarder le désert. À la lumière de la lune, les dunes luisaient d'une couleur argentée. C'était comme une mer de mercure. Quand il parla, enfin, ce fut à voix très basse.

— C'est la fin et le commencement, Mehmet. À partir de ce jour, tant de choses vont être différentes ! Parfois, cela me fait peur.

— Peur, maître ?

— Oui, Mehmet. Même moi, guerrier de Dieu, je peux avoir peur. Peur de la responsabilité qui m'a été confiée. Il y a tant à faire. Parfois, je me dis que je voudrais seulement dormir. Cela fait si longtemps que je n'ai pas dormi, Mehmet. Des années. Depuis mon enfance.

Il croisa les mains dans son dos. Un vent léger se mit à souffler. Le jeune garçon commençait à avoir froid.

— Nous traversons la frontière demain. En milieu de matinée. Préviens le docteur Dravic.

— Oui, maître.

Le garçon redescendit. À mi-pente, il s'arrêta et regarda derrière lui.

— Sayf al-Tha'r, dit-il, vous êtes comme un père pour moi.

L'homme continua à contempler le désert.

— Et toi, tu es comme un fils pour moi, dit-il.

Ce n'était guère plus qu'un murmure et les paroles se perdirent dans la nuit, si bien que le garçon ne les entendit pas.

35

Le Caire

Le Caire était le seul point de départ possible pour le voyage que Khalifa projetait de faire. Une autre solution aurait été d'aller en voiture de Louqsor à Ezba el-Gaga et de suivre la longue boucle de la route du désert qui passe par les oasis d'al-Kharga et de Dakhla, puis de s'engager sur une piste à al-Farafra. C'était un long trajet sur des routes mal entretenues, très surveillées par la police et souvent coupées par le sable. Non, il fallait partir du Caire. Et, de toute façon, c'était là que se trouvait le gros Abdul.

Le train entra dans la gare centrale Ramsès juste après huit heures. Khalifa sauta avant l'arrêt et, après avoir traversé en courant le hall en marbre, il prit un taxi pour se faire conduire à la place Tahrir. Il avait eu dix heures pour réfléchir à ce qu'il allait faire et, plus d'une fois, des doutes avaient surgi. Mais il les avait écartés pour se concentrer sur le voyage qui l'attendait. Il espérait simplement qu'Abdul organisait toujours des excursions dans le désert.

Il traversa la place, se faufilant dans la circulation du matin, s'engagea dans la rue Talaat Harb et s'arrêta devant la vitrine d'une boutique sur laquelle on lisait, écrit au marqueur : « Excursions Abdul Wassami – Les meilleures d'Égypte. » Suivait une liste d'offres, et notamment, au grand soulagement de Khalifa, une « aventure passionnante de cinq jours dans le désert, avec bivouac à la belle étoile, déplacement en 4 × 4 et spectacle exotique de danse du ventre ». Il était clair qu'Abdul n'avait rien perdu de ses talents de vendeur.

Il ouvrit la porte et entra.

Abdul Wassami – le gros Abdul, comme on l'appelait généralement – était un ami de Khalifa depuis l'époque de Gizeh. Voisins, ils allaient à l'école ensemble. Dès son plus jeune âge, il avait manifesté une tendance marquée à l'esprit d'entreprise en vendant des « fortifiants miracles » à base de Coca-Cola et de sirop pour la toux, ou en organisant des excursions clandestines à dix piastres par tête dans la chambre à coucher de sa grande sœur (laquelle, à la différence de son jeune frère, était grande, mince et très jolie).

L'âge adulte avait légèrement modéré ses exploits, mais pas son ingéniosité. Après un bref épisode de vente de dattes libanaises à l'ex-Union soviétique, il s'était installé à la tête d'une agence de voyages. Khalifa ne le voyait plus que de temps à autre, mais la vieille affection était toujours là. Quand il entra, un cri chaleureux retentit au fond de la boutique.

— Youssouf ! Quelle bonne surprise ! Les filles, dites bonjour à Youssouf Khalifa, l'un de mes plus anciens et plus proches amis.

Les trois filles, jeunes et jolies toutes les trois, lui jetèrent un regard accompagné d'un sourire depuis leurs ordinateurs. Abdul s'approcha en se dandinant et serra contre lui le détective, en l'étouffant presque.

— Regarde Rania, lui murmura-t-il à l'oreille. Celle qui est à gauche avec les gros lolos. Epaisse comme une tranche de *basboussa*, mais quel corps ! Mon Dieu, quel corps ! Regarde bien !

Il lâcha Khalifa et se tourna vers les filles.

— Rania, pourrais-tu aller nous chercher du thé ?

Avec un sourire, Rania se leva et alla vers le fond de la boutique en ondulant des hanches d'une manière provocante. Abdul la suivit du regard, fasciné, jusqu'à ce qu'elle ait disparu dans une petite cuisine.

— Les portes du paradis, soupira-t-il. Mon Dieu, quel cul !

Il conduisit Khalifa jusqu'à une rangée de fauteuils et s'effondra à côté de lui.

— Zenab va bien ? demanda-t-il.

— Très bien, merci. Et Djemila ?

— Pour autant que je sache, répondit Abdul avec un haussement d'épaules. Elle passe le plus clair de son temps chez sa mère, ces temps-ci. À manger. Mon Dieu, ce qu'elle mange ! Auprès d'elle, je donne l'impression de faire un régime amaigrissant. Eh, tu sais quoi ? Je suis sur le point d'ouvrir un bureau à New York.

Aussi loin que Khalifa remontât dans sa mémoire, Abdul était sur le point d'ouvrir un bureau à New York. Il sourit et alluma une cigarette. Rania revint avec le thé, plaça les verres devant eux et retourna à son bureau. Le regard d'Abdul se colla sur son postérieur qui s'éloignait.

— Écoute, j'ai besoin d'un service, dit Khalifa.

— Bien sûr, répondit son ami distraitement. Tout ce que tu voudras.

— J'ai besoin d'emprunter un 4 × 4.

— Emprunter ?

Abdul était redevenu pleinement attentif.

— Oui, emprunter.

— Comment ? Comme en location ?

— Comme si tu me le prêtais.

— Gratuitement ?

— Exactement. J'en ai besoin pour quatre, peut-être cinq jours. Un véhicule tout-terrain. Pour le désert.

Abdul avait froncé les sourcils. Prêter gratuitement n'était manifestement pas une idée qui le mettait à l'aise.

— Et pour quand as-tu besoin de ce 4 × 4 ?

— Pour tout de suite.

— Tout de suite !

Abdul éclata de rire.

— J'aimerais beaucoup t'aider, Youssouf, mais c'est impossible. Tous les 4 × 4 sont à Bahariya. Il faudrait au moins un jour pour en ramener un au Caire, plus s'ils sont en expédition, et, maintenant que j'y pense, ils le sont tous. Si nous en avions eu un, évidemment, tu aurais pu le prendre. Nous sommes amis, après tout. Mais les choses étant ce qu'elles sont... Je suis navré, pas moyen.

Il se pencha et but son thé à grand bruit. Un ange passa.

— Il y a celui qui est dans le garage, dit Rania depuis son ordinateur.

Le bruit de succion s'arrêta.

— ... Le nouveau qui a été livré lundi. Le plein est fait, il est prêt à partir.

— Oui, mais ce n'est pas possible, dit Abdul. Il est réservé.

— Non, il ne l'est pas, dit Rania.

— Je suis sûr qu'il l'est, insista Abdul en lui jetant un regard furibond. Loué à ce groupe d'Italiens.

Il parlait avec une lenteur délibérée, en insistant sur les mots, comme s'il soufflait à un comédien qui a oublié son texte.

— Je ne crois pas qu'il le soit, monsieur Wassani. Attendez, je vais regarder sur l'ordinateur.

— Ce n'est pas vraiment...

Les doigts de la fille couraient déjà sur le clavier.

— Voilà ! s'écria-t-elle triomphalement. Je savais bien qu'il ne l'était pas. Personne ne s'en sert pendant les cinq jours qui viennent. Ce qui est juste le temps qu'il faut à votre ami. Ce n'est pas de la chance ?

Elle afficha un large sourire, et Abdul fit de même, avec une expression manifestement forcée.

— Oui, c'est formidable.

Il poussa un soupir et mit son visage dans ses mains. « Epaisse comme une sale tranche de *basboussa*. »

Le 4 × 4, un Toyota, se trouvait dans un garage situé dans une rue voisine. Grand, cubique, solide, avec des barres de protection sur le devant, deux roues de secours fixées à la porte arrière et une rangée de huit jerrycans placés sur le porte-bagages. C'était exactement ce qu'il fallait à Khalifa. Abdul le sortit du garage et le mit au bord du trottoir.

— Tu en prendras soin, n'est-ce pas ? implora-t-il en s'accrochant au volant d'un air protecteur. Il est tout neuf. Cela fait seulement deux jours que je l'ai. Rassure-moi, tu en prendras soin ?

— Bien sûr, j'en prendrai soin.

— Il coûte quarante mille dollars. Et encore avec une remise. Quarante mille. Il faut que je sois fou pour te le laisser. Fou à lier.

Il descendit du véhicule et en fit faire le tour à Khalifa, en lui montrant les différentes parties et en insistant lourdement sur son désir de le voir revenir en un seul morceau.

— C'est un quatre-roues motrices, évidemment. Changement de vitesses manuel, refroidissement par eau, pompe à carburant électrique. C'est ce qu'on peut trouver de mieux.

Il parlait comme un vendeur de voitures.

— Il est équipé de bidons de carburant, de réservoirs d'eau, d'une boîte à outils, de rails, d'une trousse de secours, d'une boussole. Tout ce dont tu as besoin, au fond. Il y a aussi des couvertures, des cartes, des rations alimentaires, des fusées éclairantes, des jumelles et...

Ouvrant la boîte à gants, il en sortit ce qui ressemblait à un grand téléphone portable avec une antenne courte et épaisse et un écran à cristaux liquides sur le devant.

— ... un GPS portable.

— Un GPS ?

— *Global Positioning by Satellite.* Il t'indique ta position exacte à tout moment et, si tu entres les coordonnées d'un endroit où tu veux aller, il te dira à quelle distance il se trouve et dans quelle direction. Il y a un manuel d'instructions dans la boîte à gants. C'est très simple. Même moi, je peux m'en servir.

Il remit le GPS en place et tendit les clés de mauvais gré.

— Et je ne paie pas le carburant.

— Je n'avais pas l'intention de te le demander, Abdul, dit Khalifa en s'installant au volant.

— Nous sommes d'accord. Le carburant est pour toi. Et puis, prends ceci.

Il sortit un téléphone portable de sa poche et le tendit.

— S'il y a un problème, quoi que ce soit, un bruit bizarre ou n'importe quoi, je veux que tu t'arrêtes, que tu coupes le moteur et que tu m'appelles immédiatement. D'accord ?

— Il fonctionnera dans le désert ?

— Pour autant que je sache, il marche partout, sauf au Caire. Maintenant, dis-moi encore que tu feras attention.

— Je ferai attention, dit Khalifa en mettant le moteur en marche.

— Et tu seras de retour dans cinq jours.

— Moins, j'espère. Merci encore, Abdul. Tu es très gentil.

— Je suis un fou. Quarante mille dollars !

Le véhicule se mit à avancer. Abdul l'accompagna.

— Je ne t'ai même pas demandé dans quel désert tu allais.

— Le désert occidental.

— Dans les oasis ?

— Plus loin. La Grande Mer de sable.

Abdul s'accrocha à la portière.

— Attends ! Tu ne m'as jamais parlé de la Grande Mer de sable ! Dieu tout-puissant, ce coin est un cimetière de voitures. Tu ne peux pas emmener ma...

— Merci encore, Abdul ! Tu es un véritable ami !

Khalifa lança le moteur et descendit la rue dans un rugissement. Abdul courut après lui, mais son obésité ne lui facilitait pas les choses et, au bout de quelques enjambées, il s'arrêta en haletant. Dans le rétroviseur, Khalifa le vit qui gesticulait au milieu de la rue. Il klaxonna deux fois et tourna, disparaissant du champ de vision d'Abdul.

36

Désert occidental

L'hélicoptère survola le camp en ronronnant et se posa sur une étendue plane cinquante mètres plus loin. Dès qu'il fut au sol, la porte latérale s'ouvrit et deux personnes en sortirent, un homme et un jeune garçon. L'homme regarda autour de lui, puis il s'agenouilla et embrassa le sable.

— L'Égypte ! s'écria-t-il d'une voix que couvrait le bruit des moteurs. Ma terre, mon pays ! Je suis revenu !

Il resta ainsi plusieurs secondes, étreignant le désert, puis il se releva et marcha vers le campement, le garçon à ses côtés.

Devant lui, l'activité était fébrile. Un flux de caisses étaient transportées dans la vallée, tandis que des containers, plus lourds, étaient ramenés au camp et empilés sur son périmètre. Des hommes en robe noire s'activaient partout.

Les travailleurs étaient tellement concentrés sur leur tâche que les nouveaux arrivants avaient déjà presque atteint les tentes avant que quiconque les remarque. Trois hommes qui faisaient rouler un fût de gasoil levèrent la tête, les aperçurent, interrompirent immédiatement ce qu'ils faisaient et levèrent les bras au ciel.

— Sayf al-Tha'r ! s'écrièrent-ils. Il est ici. Sayf al-Tha'r !

Le cri se répandit rapidement. Partout, les hommes posaient leur fardeau et accouraient pour accueillir leur maître.

— Sayf al-Tha'r ! Il est revenu ! Sayf al-Tha'r !

Celui qui captait l'attention de tous continua son chemin à travers le camp, le visage impassible. Derrière lui, la foule s'étirait comme la queue d'une comète. Le bruit de son arrivée se répandit parmi ceux qui travaillaient dans le trou. Ils laissèrent choir leurs outils et affluèrent vers le camp en criant et en agitant les bras. Les gardiens placés en haut des dunes lâchèrent des rafales en l'air pour exprimer leur admiration.

Ayant atteint le tertre à l'extrémité du camp, Sayf al-Tha'r y monta, toujours accompagné de Mehmet, et contempla ce qui s'étendait devant lui. Le travail s'était poursuivi pendant toute la nuit, et à présent un vaste cratère formait comme une profonde blessure dans la vallée. Sur ses rebords avaient été posées des bandes de plastique où s'empilaient des boucliers, des glaives, des javelots, des casques, des cuirasses. En dessous, dans la tranchée elle-même, comme si la terre s'était fendue en deux et avait rejeté ses entrailles, gisait une masse grouillante de corps émaciés d'hommes et d'animaux dont la peau marron et ridée ressemblait à du papier d'emballage. C'était un spectacle apocalyptique. On aurait dit que la fin du monde était arrivée et que les morts ressuscitaient pour le Jugement dernier. C'était bien approprié, pensa Sayf al-Tha'r, car l'heure approchait où les hommes seraient jugés. Il contempla tout cela un long moment, puis leva les bras en signe de triomphe.

— *Allah u akbar*, rugit-il d'une voix qui retentit dans le désert. Dieu est grand !

— *Allah u akbar !* répondit la foule au-dessous de lui.

411

Ce cri fut répété plusieurs fois, accompagné de rafales provenant du haut des dunes, puis Sayf al-Tha'r fit signe aux hommes de retourner au travail. Ils se dispersèrent immédiatement. Il les regarda reprendre leurs tâches, dégager les objets, les charger, les transporter et les entreposer. Puis, après avoir envoyé Mehmet dans le camp, il descendit dans le trou et s'avança vers Dravic, qui, installé sous un parasol, supervisait l'emballage des objets.

— Désolé de n'avoir pas eu le temps de venir vous applaudir, dit le géant. J'étais occupé ici.

S'il nota le sarcasme contenu dans ces paroles, Sayf al-Tha'r ne le releva pas. Il se tenait tranquillement juste au-delà de l'ombre du parasol, sous le plein éclat du soleil, contemplant la masse des cadavres tordus. Tout proche à présent, il pouvait voir que beaucoup d'entre eux avaient été abîmés dans la hâte mise à les dépouiller de leurs effets. Des membres avaient été arrachés des torses, des mains jetées à l'écart, des têtes séparées des corps, des chairs tannées avaient été déchirées.

— Était-il nécessaire de les détruire de cette façon ? demanda-t-il.

— Non, répondit Dravic d'un ton méprisant. Nous aurions pu le faire selon les règles et il nous aurait fallu une semaine pour déshabiller chacun d'entre eux. Auquel cas nous serions repartis avec quelques javelots et c'est à peu près tout.

À nouveau, Sayf al-Tha'r fit comme s'il ne remarquait pas le sarcasme. Il se pencha en avant, prit un glaive et le tourna dans ses mains en admirant ses lignes gracieuses et sa poignée travaillée. Il n'en avait vu de semblables que dans les musées, enfermés dans des vitrines à serrures, hors d'atteinte. Et voilà qu'il y en avait des centaines posés devant lui. Des milliers. Et ce n'était qu'une partie de ce qui restait enfoui sous les sables. C'était une découverte qui était presque trop énorme pour qu'on puisse la concevoir. C'était plus que ce qu'il aurait pu imaginer dans ses rêves les plus fous. C'était la réponse à ses prières.

— Savons-nous déjà jusqu'où cela s'étend ?

Dravic tira sur son cigare.

— J'ai envoyé des hommes creuser des tranchées d'exploration. Nous avons trouvé la tête de l'armée à presque un kilomètre dans la vallée. Nous cherchons toujours l'arrière. C'est sacrément grand.

Il s'essuya le front avec son bras.

— Quand arrive la caravane de chameaux ? demanda-t-il.

— Après-demain. Peut-être avant.

— Je persiste à dire que nous devrions commencer à envoyer une partie de la marchandise par air dès maintenant.

Sayf al-Tha'r hocha négativement la tête.

— Nous ne pouvons pas prendre le risque d'envoyer des hélicoptères faire l'aller et retour au-dessus de la frontière. Cela attirerait l'attention.

— Nous avons amené les hommes et le matériel sans problème.

— Nous avons eu de la chance. Il fallait commencer le travail tout de suite et Allah nous a accordé sa protection. Il ne recommencera peut-être pas. Nous allons attendre la caravane de chameaux et tout emporter par ce moyen. C'est plus sûr. On a des patrouilles sur la zone ?

— Nous avons des motos tout-terrain qui balaient jusqu'à cinquante kilomètres.

— C'est tout ?

— Qu'est-ce que vous croyez ? Nous sommes au milieu d'un sacré désert. Ce n'est pas comme si quelqu'un allait passer par hasard.

413

Ils se turent. Sayf al-Tha'r posa le glaive et ramassa une petite amulette en jaspe. Elle n'était pas plus grande que l'ongle du pouce, mais joliment ciselée à l'effigie d'Osiris, le dieu du Monde souterrain. Il la lissa doucement entre ses doigts.

— Nous disposons de cinq, peut-être six jours, dit-il. Quelle partie de l'armée pouvons-nous avoir déterrée dans ce délai ?

Dravic suçota son cigare.

— Une petite partie. Une toute petite partie. Nous travaillons nuit et jour et nous n'avons mis au jour que cette petite section. Cela devient plus facile en allant vers le nord parce que les corps sont plus près de la surface, mais nous n'allons en dégager qu'une petite partie. Néanmoins ce sera bien suffisant, n'est-ce pas ? Ce que nous avons déjà représente des millions. Nous allons dominer le marché des antiquités pour les cent prochaines années.

— Et pour le reste, on a pris des dispositions ?

— Nous travaillons à reculons depuis la tête de l'armée. Ne vous inquiétez pas, nous avons la situation bien en main. Et maintenant, si ça ne vous ennuie pas, il faut que je retourne au travail.

Il mit son cigare dans sa bouche et se dirigea vers les aspirateurs. Sayf al-Tha'r le regarda s'éloigner, les yeux obscurcis par un vague dégoût, puis, serrant toujours l'amulette dans sa main, il fit le tour du rebord du trou jusqu'au pied de la grande pyramide, à l'ombre de laquelle il s'accroupit.

La perspective de ce qu'ils allaient faire de l'armée l'attristait. S'il y avait eu une autre solution, il l'aurait choisie. Mais le risque que quelqu'un la trouve était trop grand. Il fallait qu'ils prennent des dispositions. Cela allait à l'encontre de son penchant naturel, mais il n'avait pas le choix. Il fallait qu'il en soit ainsi. C'était comme tuer. Il fallait qu'il en soit ainsi.

Il s'adossa au rocher en frottant l'amulette entre son index et son pouce, et contempla la mer de cadavres. L'un d'eux, remarqua-t-il, enterré jusqu'à la ceinture de telle sorte que son torse émergeait tout droit, fixait son regard sur lui. Il détourna la tête puis revint sur le corps, mais les yeux sans vie du mort étaient toujours tournés dans sa direction. Les lèvres, desséchées, étaient retroussées au-dessus des dents, si bien qu'il paraissait ricaner. Il y avait de la haine sur ce visage, de la fureur, et pour une obscure raison Sayf al-Tha'r sentit qu'elles étaient dirigées contre lui. Il soutint le regard un moment puis, mal à l'aise, il se leva et s'éloigna. Ce faisant, il baissa le regard vers l'amulette et s'aperçut qu'elle s'était brisée en deux dans sa main. Il la regarda puis la jeta dans la fosse avec un grognement.

37

Le Caire

À travers les vitres teintées de la limousine, Squires regarda les deux files de voitures qui n'avançaient pas. À côté de lui, il y avait une petite Peugeot avec neuf personnes à l'intérieur, une famille apparemment, et plus loin un camion chargé à ras bord de choux-fleurs. De temps en temps, l'une des trois files avançait un peu et il avait momentanément à côté de lui d'autres voisins. Presque aussitôt, les autres files avançaient aussi et la configuration familière, limousine, Peugeot, camion, était reconstituée, comme s'ils étaient les figures d'une gigantesque machine à sous qui reprenaient toujours la même position après leur rotation.

— C'était quand, cela ? dit-il dans le téléphone portable.

Une voix crachotante lui répondit.

— Vous ne savez pas comment ? Ou quand ?

La voix répondit encore. Un gamin qui vendait des flacons de parfum s'approcha et frappa à la fenêtre. Le chauffeur se pencha, cria, et le gamin s'éloigna.

— Et sa famille ?

La réponse parvint dans un flot de grésillements.

Il y eut un long silence.

— Bien, bien, inutile de se plaindre une fois que le lait a débordé. Il faut simplement s'adapter. Faites ce que vous pouvez pour le retrouver et tenez-moi informé.

Squires ferma le portable et le remit dans la poche de sa veste. Bien qu'il parût calme, le plissement de ses yeux exprimait de la préoccupation.

— Il semblerait que notre ami l'inspecteur ait disparu, dit-il.

— Bordel de merde ! dit Massey en frappant la banquette de sa main épaisse. Je pensais que Jemal le faisait surveiller.

— Apparemment, il leur a glissé entre les doigts.

— J'avais dit qu'on devait s'en débarrasser. C'est pas vrai ?

— Vous l'avez dit, c'est vrai !

— Merde, merde, merde !

L'Américain frappait la banquette de plus en plus fort, laissant des marques sur le cuir. Il continua à frapper pendant plusieurs secondes avant de s'affaler en arrière en respirant fortement.

— Quand ?

— Ils ne sont pas sûrs, soupira Squires. Apparemment, sa femme et ses enfants sont sortis à sept heures ce matin. À dix heures, il n'était toujours pas apparu, alors ils ont enfoncé la porte et il n'était pas là.

— Des amateurs ! jeta Massey. Des amateurs !

De derrière éclata le hurlement puissant d'un avertisseur ; un chauffeur de bus, sans raison, martelait avec fureur son Klaxon.

— Il paraît qu'il était dans une bibliothèque, hier, dit Squires. Pour regarder des cartes du désert occidental.

— Mon Dieu ! Alors il est au courant au sujet de l'armée.

— À ce qu'il semble.

— Est-ce qu'il en a parlé à quelqu'un ? À la presse ? Au service des antiquités ?

— Je dirai à parts égales qu'il ne l'a pas fait ou que nous n'en avons pas eu d'écho jusqu'à présent, répondit Squires en haussant les épaules.

— Alors, qu'est-ce qu'il fabrique ?

— À ce qu'il semble, il agit en franc-tireur. J'ai bien peur que nous ne devions jouer notre coup plus tôt que prévu.

Pour une fois, Massey ne discuta pas.

— Tout le matériel est prêt ? demanda Squires.

— En ce qui me concerne, vous n'avez pas de souci à vous faire. En ce qui concerne Jemal, aucune idée. Ce type est un sacré clown.

— Jemal fera ce que nous attendons de lui.

L'Américain sortit un mouchoir et se moucha bruyamment.

— Ça ne va pas être facile, dit-il en reniflant. Sayf al-Tha'r va avoir une bonne quantité d'hommes pour protéger cette armée.

— Néanmoins, je suis sûr que nous allons réussir. Vous allez informer vos amis à Washington ?

Massey acquiesça. Ses multiples mentons s'effondrèrent les uns dans les autres comme un gâteau recouvert de plusieurs couches de crème.

— Bon, dit Squires. Alors, nous sommes en bonne voie.

La limousine progressa de quelques tours de roue.

— Ou du moins nous le serons si nous sortons de ce satané embouteillage.

Il se pencha vers le chauffeur.

— Que se passe-t-il ?

— Il y a un camion en travers de la route, fut la réponse.

Avec un soupir, Squires tira de sa poche une confiserie et se mit à tirer sur l'enveloppe, regardant d'un air absent la Peugeot sur la file voisine.

L'itinéraire le plus naturel que Khalifa aurait pu prendre, et le plus direct, aurait consisté à aller vers le sud-ouest jusqu'à l'oasis de Bahariya, et de là à traverser le désert vers l'ouest.

Il renonça à suivre cette route. Ceux qui l'avaient pris en filature le soir précédent devaient savoir qu'il leur avait échappé, et aussi, probablement, qu'il avait pris le train de dix heures pour Le Caire. Il ne fallait pas être un génie pour en déduire qu'il se dirigeait vers le désert et dans ce cas il y avait de fortes chances pour qu'ils tentent de l'intercepter en chemin. Et le chemin qu'ils s'attendaient à le voir prendre était le plus rapide.

Par conséquent, plutôt que de filer vers le sud-ouest, il décida d'aller dans la direction presque opposée, par le nord-ouest vers Alexandrie. Il prendrait la grande voie côtière jusqu'à Marsa Matruh et ensuite bifurquerait vers le sud en direction de l'oasis de Siwa. Bien que plus longue, cette route présentait des avantages évidents. La chaussée était en meilleur état ; il aurait moins de désert à traverser depuis Siwa que depuis Bahariya ; et, plus important encore, c'était le dernier itinéraire que ses poursuivants imagineraient qu'il prendrait. Dès lors, après avoir fait le plein, il sortit du Caire et prit l'autoroute 11 qui remontait vers la côte méditerranéenne.

Il conduisait vite, fumant cigarette sur cigarette, à travers un paysage où alternaient les champs cultivés et le désert. Il y avait un lecteur de cassettes intégré au tableau de bord, mais il ne put trouver qu'une seule cassette, celle de Kazim al-Saher, *My Love and the Rain*. Après l'avoir écoutée quatre fois, il l'éjecta et conduisit en silence.

Il atteignit Alexandrie en deux heures et Marsa en cinq, ne s'arrêtant que deux fois, l'une pour faire le plein, et l'autre, juste après Alexandrie, pour regarder la mer. C'était la première fois de sa vie qu'il la voyait.

Ayant refait le plein à Marsa, il continua vers l'ouest sur vingt kilomètres avant de tourner vers le sud sur la route de Siwa, ruban de bitume vide qui s'enfonçait dans le désert. Le soleil se couchait. Il appuya à fond sur l'accélérateur. Les vieilles constructions en ruine défilèrent, ainsi qu'une succession de panneaux rouillés qui marquaient l'emplacement d'un pipe-line enterré. À part cela, il n'y avait rien, sinon une triste étendue de cailloux plats orange, interrompue ici et là par de lointaines arêtes et corniches. Aucune voiture, aucun signe de vie, à l'exception, de temps à autre, d'un troupeau de dromadaires, avec leur pelage marron et loqueteux, qui grignotaient les broussailles du désert.

À mi-chemin de Siwa, il trouva un café au bord de la route, une baraque de fortune qui se dénommait elle-même avec optimisme le restaurant *Alexandre*. Il s'y arrêta brièvement pour prendre un thé et repartit. La nuit tomba, le désert sombra dans l'obscurité. De temps à autre, il distinguait des lumières sur les étendues plates, des logements, peut-être, ou un camp de l'armée. Une fois, il vit la langue de flamme d'un puits de gaz. Hormis cela, il se trouvait seul dans le vide. Il remit Kazim al-Saher.

Finalement, vers sept heures du soir, il sentit que le sol n'était plus complètement plat. On distinguait de vagues collines, des hauteurs, des escarpements. La route se mit à descendre en serpentant à travers un dédale de rochers et de corniches avant de s'ouvrir brusquement. Devant lui, en contrebas, s'étendait un tapis de lumières scintillantes, comme un bateau sur une mer tranquille. C'était l'oasis de Siwa. Il ralentit pour admirer cette vision, puis continua.

Cela faisait neuf heures qu'il conduisait. Il venait de finir son deuxième paquet de cigarettes.

38

Désert occidental

L'homme parut sortir de nulle part, comme s'il s'était formé au sein des ténèbres. Tara et Daniel étaient assis dans les bras l'un de l'autre, regardant la flamme tremblotante de la lampe à kérosène et, lorsqu'ils levèrent les yeux, il était là, debout dans la tente devant l'entrée, la tête dans l'ombre. Il fit signe au gardien, rien de plus qu'un mouvement du doigt, et immédiatement l'homme se leva et sortit.

— Sayf al-Tha'r, je suppose, dit Daniel.

L'homme se contenta de les regarder sans rien dire. Il y eut un long silence.

— Pourquoi êtes-vous venu ? finit par demander Daniel. Pour nous regarder ou pour nous tuer ? Pour vous délecter de votre triomphe ?

Il désigna de la tête le visage contusionné de Tara et sa chemise déchirée.

— Eh bien, allez vous délecter ailleurs. Je suis sûr qu'Allah est très fier de vous.

— N'invoquez pas le nom d'Allah, vous n'êtes pas croyant, dit l'homme en avançant d'un pas.

Sa voix était calme mais glaciale ; il parlait bien l'anglais. En regardant Tara, il remarqua sa joue enflée et les brûlures sur son cou, sa poitrine et ses bras.

— C'est Dravic qui vous a fait ça ?

Elle acquiesça.

— Cela ne se reproduira plus. C'est... un accident.

— Non, dit calmement Daniel. C'était prévisible. C'est ce que font les gens comme Dravic et vous.

Une grimace imperceptible apparut sur les lèvres de l'homme.

— Ne placez pas Dravic et moi sur le même plan, docteur Lacage. Lui est un instrument, rien de plus. Je sers un maître plus grand.

— Vous me faites rire. Vous massacrez des femmes et des enfants, et vous parvenez à vous convaincre vous-mêmes que tout cela est pour le bien d'Allah.

— Je vous ai dit de ne pas invoquer son nom, dit l'homme d'une voix tendue. Votre bouche le salit.

— Non, dit Daniel en levant les yeux et en rencontrant son regard. C'est vous qui le salissez. Vous le salissez chaque fois que vous vous servez de lui pour justifier ce que vous faites. Croyez-vous vraiment qu'Allah attend...

L'attaque fut soudaine, et tellement vive que les mains de l'homme étaient déjà autour du cou de Daniel avant que l'un et l'autre aient eu conscience d'un mouvement. Il le souleva, les doigts serrés autour du larynx. Daniel se débattit mais ne put se libérer.

— Arrêtez ! s'écria Tara. Arrêtez, je vous en supplie !

Sayf al-Tha'r ne lui prêta aucune attention.

— Vous autres Occidentaux, vous êtes tous les mêmes, gronda-t-il. Votre hypocrisie est extraordinaire. Chaque jour, une centaine d'enfants meurent en Irak à cause des sanctions imposées par votre gouvernement, et pourtant vous avez l'audace de nous faire la leçon sur ce qui est bien et ce qui est mal.

Le visage de Daniel devenait rouge.

— Vous voyez ceci ?

Sayf al-Tha'r leva une main vers la cicatrice qu'il avait sur le front.

— On m'a fait ça dans une cellule de police. Les enquêteurs m'ont tellement donné de coups de pied que je suis resté aveugle pendant trois jours. Mon crime ? J'avais parlé au nom des millions d'hommes de ce pays qui vivent dans la misère et le désespoir. Vous en plaignez-vous ? Vous plaignez-vous que la moitié du monde vive dans la pauvreté afin qu'une minorité privilégiée puisse gaspiller sa vie dans un luxe inutile ? Non. Comme tous ceux de votre espèce, vous êtes sélectif dans votre indignation, vous ne condamnez que ce qui vous arrange. Pour tout le reste, vos yeux sont fermés.

Il continua à serrer, puis relâcha son étreinte. Daniel s'effondra.

— Vous êtes fou, dit-il en suffoquant. Vous êtes un fou et un fanatique.

La respiration de l'homme avait à peine été altérée.

— C'est très possible, répliqua-t-il calmement. Cependant, toute la question est de savoir pourquoi. Vous nous qualifiez, mes partisans et moi, d'extrémistes et de fanatiques, mais pas une seule fois vous n'examinez ce que ces mots recouvrent. Essayez de comprendre quelles sont les forces qui nous ont créés.

Il dominait Daniel, sa robe noire se confondant avec les ténèbres, si bien que seul son visage était visible et flottait, désincarné, au-dessus d'eux.

— J'ai vu des horreurs, docteur Lacage, dit-il d'une voix réduite à un murmure. Des hommes battus et rendus infirmes dans les salles de torture de l'État. Des gens tellement affamés qu'ils en sont réduits à manger des épluchures ramassées dans des poubelles. Des enfants soumis à des viols collectifs parce qu'ils ont la mauvaise fortune d'être des parents éloignés de quelqu'un dont les idées ne coïncident pas avec celles des gens au pouvoir. Ce sont là des choses qui rendent les hommes fous. Ce sont là des choses que vous devriez condamner.

— Et vous pensez que la réponse consiste à aller abattre des touristes à droite et à gauche ? dit Daniel en toussant.

Sayf al-Tha'r esquissa un sourire, les yeux brillants.

— La réponse ? Non. Nous précisons simplement un point.

— Quel point peut-on préciser en tuant des innocents ?

L'homme leva ses mains dont les doigts longs et fins étaient presque squelettiques.

— Que nous n'acceptons plus que vous continuiez à vous mêler de nos affaires. Que vous souteniez un régime impie parce qu'il se trouve servir vos intérêts politiques. Que vous vous serviez de notre pays comme d'un terrain de jeu tandis que nous, les habitants de ce pays, nous continuons à être affamés, à subir l'oppression et les outrages.

La cicatrice sur son front rougeoyait à la lueur de la lampe à kérosène.

— Je me demande souvent comment vous réagiriez en Occident si les rôles étaient inversés. Si c'étaient vos enfants qui mendiaient dans les rues tandis que nous, les Égyptiens, nous étalions notre richesse et nous moquions de vos coutumes. Si la moitié de votre patrimoine national vous avait été arrachée et emmenée dans des musées égyptiens. Si des crimes avaient été commis sur votre sol, contre votre peuple, par des grands patrons égyptiens. Ce serait une expérience intéressante. Cela vous aiderait à comprendre une partie de la colère que nous ressentons.

Sa voix était toujours basse et calme, bien que de l'écume ait commencé à se former aux commissures de ses lèvres.

424

— Savez-vous, continua-t-il, que, quand Carter a découvert le tombeau de Toutankhamon, il a signé un contrat avec le *Times* de Londres selon lequel seul ce journal pouvait livrer des informations sur ce qui se trouvait dans le tombeau ? Lorsque nous voulions être informés sur une découverte faite dans notre propre pays, sur quelque chose qui nous appartenait, sur l'un de nos rois, nous autres Égyptiens devions nous tourner vers un journal anglais.

— C'était il y a quatre-vingts ans, dit Daniel. C'est différent maintenant.

— Non, ce n'est pas différent ! Les attitudes sont les mêmes. On considère que, en tant qu'Égyptiens et musulmans, nous sommes en quelque sorte moins civilisés, moins capables de diriger nos propres affaires. Que vous pouvez nous traiter comme bon vous semble. Ces choses-là persistent. Et ceux qui essaient de les remettre en question sont traités de fous.

Daniel leva les yeux vers lui mais ne dit rien.

— Vous voyez, dit Sayf al-Tha'r, vous n'avez rien à répondre à cela. Et, en vérité, il n'y a pas de réponse. Sinon demander pardon pour la façon dont ce pays et sa population ont été traités. Vous avez pillé notre héritage, sucé notre sang, vous avez pris sans rien donner en retour. Maintenant, le moment est venu de rétablir l'équilibre. Comme il est dit dans le saint Coran : « Vous avez reçu la récompense qui vous revient. »

Son ombre s'étendait sur la toile derrière lui, noire, informe et menaçante. De l'extérieur provenaient les bruits de l'excavation, mais, à l'intérieur de la tente, tout était silencieux et tranquille, comme s'ils se trouvaient dans un autre monde. Tara se leva avec lenteur.

— Je ne sais pas grand-chose sur l'Égypte, dit-elle en se plaçant devant l'homme et en le regardant dans les yeux, mais ce que je sais, c'est que mon père, de la mort duquel vous êtes responsable, aimait ce pays, son peuple et son héritage. Il les aimait bien plus que vous. Regardez ce que vous faites ici. Vous détruisez. Mon père n'aurait jamais fait ça. Il voulait protéger le passé. Vous ne voulez que le vendre au plus offrant. C'est vous l'hypocrite.

L'homme serra les lèvres. Elle pensa qu'il allait la frapper. Mais ses mains demeurèrent immobiles.

— Je ne prends aucun plaisir à piller l'armée comme nous le faisons, mademoiselle Mullray. Parfois il est nécessaire de faire des choses désagréables pour atteindre un but plus élevé. Si une partie de notre héritage doit être sacrifiée pour que nous nous libérions de l'oppression, qu'il en soit ainsi. J'ai la conscience tranquille.

Il soutint son regard, puis s'accroupit lentement devant la lampe.

— J'exécute la volonté de Dieu, et Dieu le sait. Dieu est avec moi.

Il tendit le bras pour poser sa main sur le métal brûlant. Il ne fit aucune grimace, ne cligna même pas des yeux. Une légère odeur de chair calcinée parvint aux narines de Tara. Elle crut qu'elle allait vomir.

— Ne sous-estimez pas la force de notre foi, mademoiselle Mullray. Voilà pourquoi chacun de mes partisans porte la marque de la foi sur son front. Pour montrer la profondeur de ses convictions. Notre adhésion est inébranlable. Nous n'éprouvons aucun doute.

Il resta ainsi un temps qui parut infini. Il regardait Tara pendant que sa main brûlait, le visage impassible. Puis il se releva, la paume d'un rouge livide.

— Vous m'avez demandé pourquoi j'étais venu ici, docteur Lacage. Ce n'est pas, comme vous l'avez suggéré, afin de vous regarder dans l'état de prisonniers. C'est plutôt pour vous permettre, à vous mes prisonniers, de me regarder. Regarder, et comprendre.

426

Il les fixa un long moment, puis alla vers l'entrée.

Daniel le rappela.

— Ça ne marchera jamais, vous savez, d'extraire l'armée comme ça et de la vendre. Vous ne pourrez dégager qu'une petite partie de ce qui est enterré. Quelqu'un d'autre trouvera le reste et la valeur de ce que vous avez s'effondrera. Ça ne sert à rien, à moins de tout prendre.

Sayf al-Tha'r se retourna, un sourire aux lèvres.

— Nous avons un plan, docteur Lacage. Dieu nous a donné l'armée et Dieu fera en sorte que nous seuls en tirions le bénéfice.

Il les salua et disparut dans la nuit.

Oasis de Siwa

Juste au moment où Khalifa pénétrait sur l'aire de l'unique garage de Siwa, une coupure de courant plongea toute l'agglomération dans l'obscurité.

— Si vous voulez du carburant, il faudra attendre, dit le pompiste. Les pompes ne peuvent pas fonctionner tant que l'électricité n'est pas revenue.

— Dans combien de temps ?

L'homme haussa les épaules.

— Peut-être cinq minutes. Peut-être cinq heures. Elle reviendra quand elle reviendra. Une fois, il a fallu attendre deux jours.

— J'espère que ce sera plus rapide.

— *Inch'Allah.*

Khalifa se rangea sur le côté et descendit. L'air était frais. Il alla à l'arrière du véhicule, prit sa veste et l'enfila. Une charrette tirée par un âne passa, chargée de trois femmes. Elles portaient des voiles qui dissimulaient leur visage et leur donnaient un aspect misérable et informe. Il y eut un rugissement, et un générateur se mit en marche en toussotant.

Khalifa fit les cent pas pour se dégourdir les jambes, puis il alluma une cigarette, alla jusqu'à une buvette sur la place et y acheta un verre de thé. Comme il y avait un banc à proximité, il s'y assit, prit le portable d'Abdul dans la poche de sa veste et composa le numéro de Hosni. Son beau-frère décrocha à la quatrième sonnerie.

— Hosni, c'est Youssouf.

Il entendit une profonde inspiration.

— Que se passe-t-il, Youssouf ? Les forces de sécurité sont venues te chercher ici. Où es-tu ?

— À Bahariya, mentit Khalifa.

— À Bahariya ! Qu'est-ce que tu fais là-bas ?

— Une affaire de police. Je ne peux pas te donner de détails.

— Ils sont venus à mon bureau, Youssouf ! Tu comprends ? Les services de sécurité sont venus à mon bureau. As-tu une idée des conséquences que ça peut avoir sur mes affaires ? Les huiles de table sont un petit monde. Les rumeurs vont vite.

— Je suis navré, Hosni.

— S'ils reviennent, il va falloir que je leur dise où tu es. Nous nous trouvons à une étape très délicate de ce projet d'huile de sésame. Je ne peux pas laisser une histoire comme celle-là nous poser des problèmes.

— Je comprends, Hosni. Si tu dois leur dire, tu dois leur dire. Est-ce que Zenab est là ?

— Oui, elle est là. Nous l'avons trouvée sur le pas de la porte ce matin. Il faut que nous en parlions, Youssouf. Quand tu reviendras. D'homme à homme. Il y a des choses qui doivent être dites.

428

— D'accord, d'accord. Quand je reviendrai. Appelle Zenab, veux-tu ?

Il y eut un marmottement, puis le bruit du récepteur qu'on posait et des pas qui s'éloignaient. Peu après, Zenab arriva. Il l'entendit dire :

— Et ferme la porte s'il te plaît, Hosni.

Il y eut d'autres marmottements et le bruit d'une porte qui claquait.

— Ce type est un tel fouineur !

Khalifa sourit.

— Comment vas-tu ?

— Très bien, dit-elle. Et toi ?

— Très bien.

— Je ne te demanderai pas où tu es.

— Il vaut mieux pas. Les enfants ?

— Tu leur manques. Ali dit qu'il ne jouera plus de la trompette tant que tu ne seras pas revenu. Alors, sens-toi libre de rester absent autant que tu voudras.

Ils rirent, mais en se forçant un peu.

— Ils sont sortis avec Sama, continua-t-elle. Pour aller à la fête. Je leur dirai que tu as appelé.

Il avait pensé à elle la plus grande partie de la journée. Pourtant, à présent, il ne trouvait rien à lui dire. Il aurait voulu rester là pendant une heure, à l'écouter respirer.

— De toute façon, c'était juste un petit coup de fil rapide, dit-il. Pour m'assurer que Hosni ne te rend pas la vie trop difficile.

— Il n'oserait pas.

Après un silence, elle reprit :

— Ces hommes, Youssouf...

— Ne pose pas de questions, Zenab. Moins tu en sais, mieux cela vaut. Du moment que tu vas bien, c'est tout ce qui compte.

— Nous allons bien.

— C'est parfait.

Il chercha quelque chose à ajouter, un mot affectueux pour terminer. Tout ce qu'il put trouver, c'est qu'il avait vu la mer.

— Peut-être qu'un jour nous irons là-bas. J'aimerais te voir en maillot de bain.

— Il faudra que tu attendes longtemps avant de me voir enfiler un de ces trucs-là.

Elle rit avec indignation, puis son rire s'éteignit peu à peu.

— Je t'aime, Youssouf.

— Je t'aime aussi. Plus que tout au monde. Embrasse les enfants pour moi.

— Je le ferai. Sois prudent.

Après un dernier silence, ils raccrochèrent tous les deux.

Il termina son thé et se leva. L'électricité n'était toujours pas revenue et la place était remplie d'ombres. En face de lui s'élevait une grande mosquée dont la pierre blanchâtre luisait dans la lumière lunaire comme de la glace. Il avait eu l'intention de manger un morceau, mais au lieu de cela il traversa la place jusqu'à l'entrée de la mosquée. Là, il ôta ses chaussures, puis se lava les mains et le visage à un robinet mural.

L'intérieur était sombre et silencieux. Les quelques chandelles qui avaient été allumées faisaient peu pour dissiper les ténèbres envahissantes. D'abord, il crut qu'il n'y avait personne, puis il remarqua un autre homme dans le fond, à genoux, le front posé sur le sol.

Il resta d'abord debout, se recueillant en silence, et ensuite s'avança sans bruit sur le sol couvert de tapis pour s'arrêter au milieu de l'édifice auprès d'un grand lustre. Des milliers de losanges de verre luisaient dans l'ombre comme si le plafond versait des larmes. Il le contempla un moment, puis se tourna vers le *mihrab*[1], inclina la tête et se mit à réciter :

> *Loué soit Allah, le Seigneur de tous les êtres ;*
> *Le compatissant, le miséricordieux,*
> *Le Maître du Jugement dernier ;*
> *Toi seul nous vénérons, et Toi seul nous appelons à*
> *l'aide ;*
> *Guide-nous sur le droit chemin ;*
> *Le chemin de ceux que tu as bénis,*
> *Et non le chemin de ceux qui t'ont irrité,*
> *Ni le chemin des égarés.*

Tandis qu'il priait, en demandant à Dieu de veiller sur lui et sur sa famille, il sentit ses soucis s'alléger, comme cela se produisait toujours lorsqu'il s'adressait directement à Allah. Le monde extérieur parut s'éloigner, ou plutôt l'intérieur de la mosquée parut tellement s'étendre que son silence et sa tranquillité emplissaient tout l'univers. Sayf al-Tha'r, Dravic, le commissaire Hassani, l'armée de Cambyse, tout cela vacilla jusqu'à n'être plus que des grains de poussière en suspension dans l'éternité divine. Il fut envahi par une sensation de calme.

Il continua ainsi pendant vingt minutes, récitant dix *rek'ahs*, ou cycles de prières. Pendant qu'il se relevait, le lustre s'alluma soudain, faisant apparaître l'intérieur dans toute sa blancheur. Il sourit en y voyant le signe que ses prières avaient été entendues.

Dehors, la place avait retrouvé ses lumières et la pompe à essence fonctionnait à nouveau. Le pompiste remplit le réservoir et les huit jerrycans, tandis que Khalifa remplissait les conteneurs d'eau à un robinet.

---

1. Dans une mosquée, niche indiquant la direction de La Mecque.

Après avoir payé le carburant et acheté trois paquets de Cleopatra, il ne lui restait presque plus d'argent. Il remonta dans la voiture, traversa la ville et s'engagea sur les dunes basses qui, comme des vagues, s'échouaient sur sa limite sud.

Il n'alla pas loin à l'intérieur du désert, à peine quelques kilomètres. Il s'arrêta auprès d'un monticule de sable aplati dont les flancs étaient recouverts d'une fine couche d'herbe sèche. Derrière lui, les lumières de Siwa scintillaient. De l'autre côté, vers le désert, il n'y avait rien, sinon un panorama infini de vide éclairé par la lune. Au loin, un chien hurlait. Il mangea une partie de la nourriture que Zenab lui avait donnée – c'était la première fois de la journée qu'il mangeait – et, après avoir pris des couvertures à l'arrière du Toyota, il inclina le siège et s'en enveloppa en regardant par la vitre les étoiles au-dessus de lui. Il lui vint soudain à l'esprit qu'il avait fait tout ce chemin jusqu'ici sans savoir précisément ce qu'il allait faire quand il aurait atteint l'armée. Il essaya de se concentrer sur ce qu'il y avait plus loin, mais il était trop fatigué. Plus il essayait de se concentrer, plus l'armée, Sayf al-Tha'r et Dravic se dissolvaient jusqu'à ne former qu'une vaste fontaine dont l'eau jaillissait dans le désert et transformait le sable en verdure. Son pistolet était posé sur le siège du passager. Il avait verrouillé les portières.

Désert occidental

Tara se réveilla en sursaut. Elle avait la tête sur les genoux de Daniel et il la regardait.

— Tu étais en train de m'extraire le cœur, lui dit-elle. Tu avais une truelle et tu m'extrayais le cœur.

— Ce n'est qu'un rêve, répondit-il avec douceur en lui caressant les cheveux. Tout va bien.

— Tu allais m'enterrer. Il y avait un cercueil.

Il se pencha pour l'embrasser sur le front.

— Rendors-toi. Tout ira bien.

Elle le regarda, puis ses yeux se refermèrent lentement et elle se remit à dormir, le visage pâle, le corps mou. Daniel se dégagea doucement, posa avec précaution la tête de Tara sur le sol et se leva. Il se mit à aller et venir dans la tente en jetant sans cesse des coups d'œil vers l'entrée. Ses traits paraissaient se déformer à la lueur de la lampe à kérosène, comme s'il portait un masque qui tombait.

— Viens donc, marmonna-t-il. Où es-tu ? Viens donc.

Le garde leva les yeux vers lui, le visage impassible, le doigt sur la détente de son arme.

Désert occidental, près de l'oasis de Siwa

Un baiser de Zenab sur son visage réveilla Khalifa. Ou du moins il crut que c'était Zenab. Quand il ouvrit les yeux, il comprit que ce qu'il avait pris pour la chaleur de son haleine était celle des premiers rayons du soleil à travers la vitre. Il rejeta les couvertures, ouvrit la portière et sortit en grelottant car l'air n'avait pas encore eu le temps de se réchauffer. Il récita ses prières du matin, alluma une cigarette et monta en haut du petit tertre auprès duquel il s'était garé. Vers le nord, le croissant irrégulier de l'oasis était posé sur le sable et son lac salé renvoyait un rose délicat dans la lumière du soleil levant. Des filets de fumée montaient des palmeraies et des oliveraies. Partout ailleurs, c'était le désert, un paysage déchiqueté, concassé de sable, de cailloux plats et d'affleurements rocheux tourmentés. Il le contempla, impressionné par son vide. Après quoi il jeta sa cigarette, retourna au 4 × 4 et prit le GPS dans la boîte à gants.

Comme l'avait dit Abdul, c'était très simple à utiliser. Il entra les coordonnées de la pyramide et appuya sur la touche « Aller à ». D'après l'écran, elle se trouvait à 179 kilomètres selon un angle de 133 degrés. Il entra aussi sa propre position, ainsi que celle de l'oasis d'al-Farafra, et jeta le GPS dans son fourre-tout en même temps que le téléphone d'Abdul et son arme de service. Puis il dégonfla légèrement les pneus pour améliorer la traction, remonta dans la voiture et, après avoir mis le moteur en marche, s'enfonça lentement dans le désert. Derrière lui, les roues laissaient un profond sillon dans le sable.

Comme il n'avait encore jamais conduit sur ce type de terrain, il avança avec précaution à une vitesse faible et constante. Le sol paraissait ferme, mais il y avait des creux et des bosses inattendus et parfois il arrivait en haut d'une dune qui avait l'air en pente douce pour se trouver devant un à-pic presque vertical de vingt mètres. À un endroit, il faillit renverser la voiture mais parvint à la contrôler tandis qu'elle glissait en biais sur une pente en creusant de profondes ornières dans les flancs du désert. Après cela, il réduisit encore sa vitesse.

Pendant les premiers kilomètres, il y avait d'autres traces de pneus sur le sable, sans doute celles de véhicules qui emmenaient des touristes pour une excursion dans le désert à partir de Siwa. Elles s'estompèrent avant de disparaître complètement.

Ici et là, il rencontrait la vivace herbe des dunes et, deux fois, il vit des squelettes, à demi enterrés dans le sable et blanchis par le soleil. Des chacals, pensa-t-il sans en être sûr. À part cela, il n'y avait aucun signe de vie. Juste le sable, la roche, les cailloux et, au-dessus, un ciel immense d'un bleu poudreux. La toison verte de l'oasis recula lentement jusqu'au moment où elle disparut au-dessous de l'horizon.

Il devint bientôt manifeste que, même si le GPS avait calculé qu'il devait couvrir une distance de cent soixante-dix-neuf kilomètres, il lui faudrait en faire beaucoup plus pour atteindre sa destination. Le GPS lui avait donné une mesure en ligne droite. Mais au sol il était impossible d'aller tout droit, car des pentes de sable infranchissables, de hautes arêtes calcaires et de soudains surgissements de rochers pointus l'obligeaient continuellement à se détourner vers la gauche ou la droite pour trouver un chemin praticable. Quelquefois, ces déviations étaient courtes, seulement quelques centaines de mètres, quelquefois elles l'obligeaient à faire un détour de trois ou quatre kilomètres. Il était constamment écarté de son itinéraire, comme si un puissant courant l'entraînait. Après deux heures de conduite, au terme desquelles il avait parcouru selon le compteur soixante-dix kilomètres, l'écran du GPS lui indiqua qu'il ne s'était rapproché de la pyramide que de quarante kilomètres. Il se demanda s'il y arriverait jamais.

Lentement la matinée s'écoula. Il s'arrêta pour se reposer, coupa le moteur et fit quelques pas. Le silence était extraordinaire, plus profond que tous les silences qu'il avait connus. Il comprit combien le bruit du moteur devait se remarquer dans cette grande tranquillité. Si Sayf al-Tha'r avait envoyé des patrouilles, ce qui était presque certainement le cas, elles pourraient l'entendre à des kilomètres de distance.

— Je pourrais aussi bien leur annoncer par radio que j'arrive, murmura-t-il en retournant à son véhicule et en redémarrant.

Il se sentait soudain très exposé.

Le paysage resta à peu près le même pendant deux heures encore. Puis, vers midi, il remarqua devant lui à l'horizon ce qui ressemblait à des collines. Il était impossible de bien les distinguer à cette distance à cause de la chaleur qui les déformait, les dilatait, les diminuait ou les faisait miroiter comme si elles étaient faites d'eau. Lorsqu'il s'approcha, elles se stabilisèrent et il s'aperçut que ce n'étaient pas du tout des collines mais plutôt une grande dune – un mur de sable qui s'étendait droit devant lui en une courbe unique et continue, avec d'autres dunes plus hautes alignées derrière comme des vagues immobilisées au moment où elles allaient se briser sur la plage. C'était la chaîne de dunes de la Grande Mer de sable.

— *Allah u akbar !* Dieu est grand !

Ce fut tout ce qu'il trouva à dire.

Il continua jusqu'au pied de la première dune, qui semblait contenir toutes les autres comme une vaste digue. Il descendit et marcha jusqu'à son sommet. Le sable était mou, si bien qu'une fois arrivé en haut il était essoufflé et avait le front couvert de sueur.

Devant lui, un paysage de dunes s'étendait sans fin jusqu'à l'horizon, ligne après ligne dans le lointain, silencieuses, molles et nettes, complètement différentes du paysage tourmenté qu'il avait traversé jusqu'ici. Il se souvint d'une histoire que son père lui avait un jour racontée selon laquelle le désert était en réalité un lion qui s'était endormi à l'origine des temps et se réveillerait un jour pour dévorer le monde entier. À présent, devant la mer de dunes, il pouvait presque y croire, car le sable jaune orangé avait un aspect velouté qui faisait penser à de la fourrure, tandis que la succession des crêtes évoquait des rides sur le dos d'une bête d'un autre temps. Il éprouva un sentiment irrationnel de culpabilité à jeter sa cigarette sur le sol, comme s'il brûlait la chair d'une créature vivante.

Il contempla un moment le paysage avant de redescendre vers la voiture. Ses pieds s'enfonçaient dans le sable, presque jusqu'aux genoux. Il avait entendu dire qu'il y avait des sables mouvants dans cette zone, surtout au pied des dunes, ce qui le fit frémir à la pensée d'être absorbé par l'un d'eux. Quel que soit le sort qui l'attendait à l'issue de cette aventure, il ne voulait pas finir comme cela.

Revenu à la voiture, il dégonfla encore un peu les pneus. Après quoi, ayant pris trois jerrycans sur le toit du véhicule, il remplit le réservoir qui était plus qu'à moitié vide. Il mit le moteur en marche, passa la première et s'engagea doucement dans la chaîne de dunes. Selon le GPS, il avait encore presque une centaine de kilomètres à parcourir.

Il conduisit tout l'après-midi. Le Toyota formait une minuscule tache blanche auprès des grands murs de sable qui le dominaient. On aurait dit un navire ballotté sur un immense océan. Il conduisit lentement, escaladant chaque dune et s'arrêtant au sommet pour s'assurer que l'autre face était praticable. À certains endroits, les dunes étaient serrées les unes contre les autres. Ailleurs, elles étaient séparées par un terrain plat de plusieurs centaines de mètres. Derrière lui, les traces des pneus s'étendaient au loin comme des points de couture.

Au début, il put conserver une direction à peu près droite. Mais, peu à peu, les dunes se faisaient plus hautes et leur pente plus raide, si bien qu'il lui arrivait, une fois parvenu au sommet de l'une d'elles, de se trouver au-dessus d'un mur de sable presque vertical qui tombait devant lui. Il lui fallait alors suivre avec précaution la ligne de crête jusqu'à ce qu'il trouve un endroit plus facile à descendre, ou bien retourner en arrière pour contourner l'obstacle, ce qui pouvait l'écarter d'une dizaine de kilomètres de son chemin. Même les vitres fermées et la climatisation à fond, il sentait la terrible chaleur qui régnait à l'extérieur.

Plus il progressait, plus il lui semblait que le paysage autour de lui possédait une sorte de conscience rudimentaire. La teinte du sable se modifiait comme si les dunes avaient des humeurs changeantes qui se reflétaient dans des orange et des jaunes instables sur la surface du désert. Il s'arrêta pour boire. Une petite brise se leva, provoquant dans le sable un chuintement, comme si les dunes soupiraient. Il éprouva un vif besoin de crier, de dire au désert qu'il ne lui voulait aucun mal, qu'il ne faisait qu'une intrusion momentanée dans son cœur secret et qu'il s'en irait dès que son travail serait terminé pour ne plus jamais revenir. Jamais dans sa vie, il ne s'était senti si petit, ni si seul. Il essaya de passer la cassette de Kazim al-Saher, mais ce n'était pas ce qui convenait. Il était tellement impressionné par son environnement qu'il en oublia même de fumer.

Vers cinq heures, comme le soleil était déjà bas du côté de l'Occident, il atteignit le sommet d'une très grosse dune et ralentit pour s'assurer de l'état de la pente sur l'autre côté. Ce faisant, penché au-dessus du volant et scrutant l'espace au-delà du pare-brise, il aperçut quelque chose devant lui, un peu à gauche. Il coupa le moteur et descendit.

Il était difficile de distinguer ce que c'était, car l'air était encore instable à cause de la chaleur de l'après-midi. On aurait dit un triangle brumeux flottant au-dessus des dunes à l'horizon. Il se pencha vers l'intérieur du véhicule, prit les jumelles, les porta à ses yeux et tourna la molette pour mettre au point. Dans un premier temps, tout fut indistinct, puis elle surgit dans le champ de vision : une sombre saillie en forme de pyramide qui s'élevait au-dessus du sable comme un énorme iceberg noir. À environ vingt-cinq kilomètres, estima-t-il. Vingt-huit, selon le GPS. Il examina les environs du rocher au-dessus du sommet des dunes, mais ne vit rien qui indiquât une présence humaine, à part deux vagues taches noires qui pouvaient être des guetteurs, ou tout autre chose. Il abaissa les jumelles et ferma les yeux pour écouter. Il ne s'attendait pas vraiment à entendre quoi que ce soit. À sa grande surprise, il perçut le ronronnement lointain mais incontestable d'un moteur. Le bruit semblait intermittent ; il cessait pendant quelque temps puis revenait, chaque fois plus fort que précédemment. Le désert paraissait distordre et étendre ce bruit, de sorte qu'il était difficile de dire d'où il venait. Ce n'est que lorsqu'il l'eut écouté durant presque une minute qu'il comprit qu'il ne provenait pas de la pyramide rocheuse mais de derrière lui, de là d'où il venait. Il se retourna vivement et braqua les jumelles sur la ligne tracée par ses pneus. Au même moment, deux motos jaillirent sur le sommet de la quatrième dune, à moins de deux kilomètres. Elles suivaient sa piste.

Avec un juron, il se pencha pour voir ce qu'il y avait de l'autre côté de la crête de la dune où il se trouvait. Elle tombait presque à pic. C'était bien trop raide pour y engager le 4 × 4. Sautant sur le siège, il mit le moteur en route, passa la marche arrière et redescendit la pente pendant que sous lui les roues patinaient et chassaient. Arrivé en bas, il tourna le volant, passa la première et écrasa l'accélérateur. L'arrière pivota et le Toyota bondit en avant. Au bout de quelques mètres, il s'arrêta et les roues, qui patinaient, firent entendre un sifflement furieux. Elles s'enfonçaient de plus en plus dans le sable.

— Merde ! s'écria-t-il.

Il remit la marche arrière en surveillant le sommet de la dune d'en face, car il s'attendait à voir surgir les deux motos à tout instant.

Le véhicule recula. Khalifa eut l'impression qu'il était sorti de l'ornière. Puis les roues se remirent à patiner en s'enfonçant encore plus profondément qu'avant, presque jusqu'au moyeu.

Il sauta dehors et regarda ce qui se passait. Les pneus avaient presque disparu. Il n'avait pas le temps de creuser pour les dégager. Remontant dans la voiture, il jeta le GPS dans son sac, prit l'un des réservoirs d'eau et se mit à remonter en courant la pente qu'il venait de descendre. Ses pieds s'enfonçaient dans le sable.

À peu près à mi-chemin, la dune commença à se dérober sous lui. Il paraissait ne plus s'approcher du sommet, comme s'il se trouvait sur une énorme roue. Le réservoir d'eau le gênait. Alors, à regret, il le laissa et se servit de sa main libre pour se maintenir en équilibre tandis que le sable glissait sous ses pieds. Il entendait derrière lui les motos escalader la dune qui précédait la sienne. S'ils arrivaient au sommet et l'apercevaient, il était mort.

— Allez ! souffla-t-il. Allez !

Tout d'abord, il continua à ne pas avancer. Puis, juste au moment où il acquit la certitude qu'il allait être aperçu, il trouva une prise et put monter, avec des élancements dans les yeux à cause de l'effort. Parvenu au sommet, il plongea juste au moment où, derrière lui, les motos franchissaient la ligne de crête de la dune précédente et fonçaient vers sa voiture abandonnée. Il resta un moment immobile en essayant de reprendre son souffle, puis, après avoir sorti son pistolet, il se mit à plat ventre et remonta pour pouvoir regarder avec précaution par-dessus le sommet de la dune.

Les motos étaient presque arrivées à la hauteur du 4 × 4. Elles s'arrêtèrent en dérapant et les motocyclistes mirent pied à terre en prenant leur pistolet-mitrailleur. L'un des deux ouvrit la porte, regarda à l'intérieur et prit la veste que Khalifa avait laissée dans la précipitation. L'autre se mit à escalader la dune en suivant la trace de ses pas et celle des pneus. Il s'arrêta devant le réservoir d'eau, pointa son arme, le transperça d'une balle et continua à monter. L'écho du coup de feu se répandit dans le paysage désolé.

Khalifa se retira du sommet. Il ne servirait à rien de se mettre à courir. L'homme le verrait et le tirerait comme un lapin. Khalifa pouvait l'abattre quand il franchirait la ligne de crête, mais il resterait toujours celui d'en bas.

Il regarda autour de lui. À cet endroit, la partie supérieure de la dune formait un léger surplomb. Un creux courait le long du sommet, surmonté par une lourde lèvre de sable semblable à la crête d'une vague qui s'incurve sur elle-même. Quelqu'un qui s'accroupirait sous le surplomb serait invisible pour une personne debout sur le sommet de la dune, bien que se trouvant juste sous ses pieds. Ce n'était pas terrible comme cachette, mais c'était la meilleure que le désert pouvait offrir. Saisissant son fourre-tout, l'inspecteur s'y glissa et s'y plaça sur le dos, le pistolet contre sa poitrine et le regard tourné vers le toit de sable au-dessus de lui.

Dans un premier temps, rien ne se produisit. Puis il entendit le crissement du sable. Il se représentait l'homme montant jusqu'au sommet de la dune, regardant autour de lui, faisant quelques pas et s'arrêtant au-dessus de lui. Un filet de sable s'écoula du rebord du surplomb, ce qui confirmait que l'homme se trouvait presque au-dessus de lui. Le doigt sur la détente de son Helwan, Khalifa s'efforça de ne plus respirer.

Le silence était angoissant. Il entendait presque l'homme réfléchir, essayer de trouver où il était passé. Le filet de sable se fit plus abondant et se transforma en un petit glissement, au point que Khalifa eut l'impression que l'homme allait descendre. Il se rencogna dans le creux. Les secondes passèrent et rien ne se produisit. L'écoulement de sable se tarit peu à peu. L'homme restait à la même place. Il y eut encore un long silence, puis un cri :

— On dirait qu'il est monté ici, mais qu'il est redescendu. Nous avons dû le manquer.

On entendit le crissement des pas qui repartaient. Khalifa poussa un soupir de soulagement et se détendit.

— Merci, Allah.

C'est alors que le portable d'Abdul se mit à sonner.

Ce bruit était tellement inattendu qu'il fallut quelques secondes à Khalifa pour comprendre ce que c'était. Il mit la main dans le fourre-tout pour essayer d'éteindre le téléphone. Trop tard. Il entendait au-dessus de lui l'homme crier et se rapprocher en courant. Il bondit hors du surplomb, leva son arme et tira trois coups rapides. Le premier était trop haut, le deuxième à côté. Le troisième atteignit l'homme en plein front. Celui-ci fut renversé et tomba sur la pente de la dune, hors de la vue de Khalifa.

L'inspecteur escalada le rebord de la dune. Parvenu au sommet, une giclée de balles souleva le sable devant lui, ce qui le força à se rejeter en arrière et à se coucher. Il y eut ensuite une autre rafale, mais elle n'était pas dirigée vers la dune. Khalifa releva la tête. L'homme, en bas, avait tiré dans les pneus de la seconde moto. Khalifa le visa mais le manqua. L'homme se retourna et se remit à arroser la dune, ce qui obligea l'inspecteur à reculer. Un bref silence, et on entendit le bruit d'une moto qui démarre.

442

Khalifa compta jusqu'à trois puis releva la tête. La moto s'éloignait déjà. Il se mit à genoux, visa et vida son chargeur dans le dos du motocycliste. L'homme sursauta mais ne tomba pas. N'ayant plus de cartouches, Khalifa ne put que regarder, impuissant, la moto s'éloigner dans la vallée en rugissant. Au bout d'une centaine de mètres, l'homme s'arrêta et, se retournant sur son siège, envoya une rafale sur le Toyota. Il tira pendant cinq secondes. Avec un grondement assourdissant qui se répandit dans le désert, la voiture se transforma en une boule de feu surmontée par un champignon de lourde fumée noire. La moto s'éloigna rapidement.

Khalifa regarda longuement la fournaise, le souffle court, les mains tremblantes. Ensuite, après quelques profondes inspirations, il se remit lentement sur ses pieds et retourna vers son sac, dans lequel le téléphone continuait de sonner. Il le sortit, appuya sur le bouton et le mit à son oreille.

— Youssouf, vieux filou ! tonna la voix d'Abdul. Qu'est-ce que tu faisais ? Je voulais simplement savoir si tout allait bien pour ma voiture.

Khalifa se retourna vers la colonne de fumée noire qui montait dans l'air en spirale et se sentit le cœur gros.

— Oui, Abdul. Elle est en parfait état.

39

Désert occidental

Sayf al-Tha'r était sur la dune depuis l'aube, observant au-dessous de lui l'armée que l'on déterrait peu à peu. Le soleil s'était levé, avait atteint son zénith et avait décliné, et, pendant tout ce temps, le cratère s'était agrandi inexorablement comme une grande bouche en train de s'ouvrir. À midi, tant de corps avaient été exhumés, et tant d'équipements leur avaient été arrachés qu'il n'y avait plus assez de caisses. D'autres allaient arriver avec la caravane de chameaux dans la soirée, mais cela ne suffirait pas pour emballer les milliers d'objets empilés dans le trou. Le sol de la vallée ressemblait à une immense décharge où des armes anciennes, des cuirasses et des corps s'entassaient partout.

Pourtant, Sayf al-Tha'r s'était détourné de l'armée pour regarder le filet de fumée qui s'élevait au loin. Une heure auparavant, l'une des patrouilles avait envoyé un message radio pour dire qu'elle avait trouvé des traces de roues dans le désert. La fumée voulait sans doute dire qu'elle avait rattrapé le véhicule. Il aurait dû se sentir soulagé. Au lieu de cela, il avait un curieux pressentiment.

Le jeune Mehmet s'approcha de lui.

— Qu'est-ce que c'est ? Que s'est-il passé ?

— Ils ont trouvé une voiture, maître. Ils l'ont détruite.

— Le conducteur ?

— Il s'est sauvé. Il a tué l'un de nos hommes. L'autre revient.

Sayf al-Tha'r resta silencieux. La colonne de fumée s'élevait de plus en plus haut dans le ciel, comme si un gaz nocif s'échappait d'une fissure à la surface du désert. Une brise en déformait la partie supérieure ; elle l'étirait et la tordait.

— Préviens-moi lorsque l'homme de patrouille reviendra, dit-il. Et envoie l'hélicoptère sur place. Le conducteur n'a pas pu aller bien loin.

— Oui, maître.

Le garçon redescendit la dune en courant. Sayf al-Tha'r se mit à aller et venir les mains derrière le dos. Celle qui était brûlée portait un bandage.

Qui donc était cet intrus ? se demandait-il. Que faisait-il par ici, au milieu du désert ? Était-il seul ou accompagné ?

Plus il y pensait, plus ça le mettait mal à l'aise. Non par crainte d'avoir été découvert, mais par une vague intuition. C'était comme si une main venue du passé s'approchait de lui. Il observa la fumée et il lui sembla qu'elle avait pris une forme presque humaine et s'élevait au-dessus du désert comme un génie. Il distinguait une tête, des épaules, un bras, et même deux yeux, là où la brise avait fait deux trous dans la fumée. Ils avaient l'air de le regarder, avec une lueur courroucée. Il se détourna, agacé de s'être laissé aller à imaginer de pareilles choses, mais il continuait à sentir dans son dos la présence de cette forme noire et malveillante. Fermant les yeux, il se mit à prier.

445

— Raccroche, Abdul... Je ne... tu es... c'est...

Khalifa pressa sa bouche contre le téléphone et fit un bruit qui, espérait-il, ressemblait à celui de la friture, puis il éteignit le portable. Pendant un bref instant, il se demanda s'il ne devrait pas demander du secours, mais écarta tout de suite cette idée. Qui appeler ? Le commissaire Hassani ? Mohammed Sariya ? Hosni ? Même s'ils le croyaient, que pouvaient-ils faire ? Non, il était seul. Il jeta le téléphone dans le fourre-tout et monta en hâte sur la dune. L'air était lourd d'une odeur d'essence et de caoutchouc brûlé.

Les flammes sortaient toujours des portières tordues du 4 × 4. Juste au-dessous de lui, en bas de la pente, gisait le corps de l'homme qu'il avait tué, étalé sur le dos dans le sable, un bras tordu d'une manière bizarre sous la tête. Il le regarda et s'arrêta brièvement devant le réservoir. La plus grande partie de l'eau s'était écoulée, mais il en restait un peu dans un coin. Il leva délicatement le récipient jusqu'à ses lèvres, avala ce qui restait et continua à descendre vers la vallée.

Le visage du mort formait un horrible masque de sable et de sang. Le front ouvert révélait un mélange d'os et de cervelle. En essayant de ne pas regarder, Khalifa libéra le pistolet-mitrailleur encore serré par la main de l'homme et se mit à lui enlever ses vêtements. Ça ne lui plaisait pas particulièrement, mais s'il voulait entrer sans qu'on le remarque dans le camp de Sayf al-Tha'r, il en avait besoin. Il roula la robe et le bandeau pour en faire un paquet, prit l'arme et repartit. Au bout d'une dizaine de mètres, sa conscience l'emporta. Il revint sur ses pas et creusa une tombe superficielle dans le sable. Ce n'était pas un enterrement dans les formes, mais au moins il ne laissait pas le cadavre à la merci des vautours, des chacals et des autres créatures de ce désert perdu. Ennemi ou pas, l'homme méritait au moins cette petite marque de respect.

Cependant ce geste faillit lui coûter cher, car, juste au moment où il regagnait le sommet de la dune, il entendit dans le lointain, mais sans erreur possible, un bruit de rotors d'hélicoptère. Vingt secondes plus tard, il aurait été repéré. Il n'eut que le temps de jeter son fourre-tout et de se précipiter sous le surplomb avant que l'hélicoptère ne stationne au-dessus de lui en chassant le sable de la crête de la dune. Il resta là une minute puis s'éleva et partit vers le nord-ouest.

Le plan initial de Khalifa avait été de quitter les lieux aussi vite que possible. Mais avec l'hélicoptère dans les parages, il n'était pas prudent de s'avancer en terrain découvert, aussi décida-t-il de rester où il était jusqu'à la nuit. Il mit sa dernière cartouche dans le pistolet, fourra la robe noire dans son sac et s'allongea dans son alvéole de sable. Après quoi, il alluma une cigarette et contempla la mer de dunes qui disparaissait doucement dans la lumière déclinante de cette journée. Encore une heure, peut-être moins, estima-t-il. Pourvu que la lune ne soit pas trop brillante.

Le soleil était descendu sous l'horizon et les premières étoiles scintillaient faiblement dans le ciel quand la moto franchit d'un bond le sommet de la dune, descendit vers le camp et s'arrêta devant une pile de caisses. Le motocycliste mit pied à terre en se tenant l'épaule et s'effondra. Une foule d'hommes s'assembla autour de lui. Parmi eux se trouvait le jeune Mehmet, qui s'agenouilla auprès de lui, prit quelque chose et, après s'être frayé un chemin dans l'attroupement, se précipita vers la dune où se tenait son maître.

— Eh bien ? dit Sayf al-Tha'r.

— Il a trouvé ceci dans la voiture.

Il tendit le portefeuille de Khalifa et sa carte de police.

— Et l'hélicoptère ?

— Il a fait des recherches mais n'a rien trouvé. L'homme a disparu.

— Il est par ici, quelque part. Je le sens. Que l'hélicoptère continue à survoler le secteur jusqu'à la tombée de la nuit. Et qu'on double les gardes autour de l'armée. Il faudra bien qu'il vienne ici. Il ne peut aller nulle part ailleurs. Dis à chaque homme de se tenir en alerte.

— Oui, maître.

— Et fais venir le docteur Dravic. Tout de suite.

— Oui, maître.

Le garçon redescendit la dune en courant. Sayf al-Tha'r resta d'abord à la même place, les yeux fixés sur la colonne de fumée qui était encore visible dans le crépuscule, puis il ouvrit la carte de police et regarda le nom et la photo. Son visage n'exprima aucune émotion, bien que ses yeux se soient légèrement écarquillés et que sa pomme d'Adam ait tressauté.

Il regarda la carte pendant une minute, puis la glissa dans sa poche et commença à inspecter le contenu du portefeuille. Il en retira une photo de la femme de Khalifa, une autre de ses trois enfants, une autre de ses parents debout bras dessus bras dessous devant les pyramides. Il y avait aussi une carte de téléphone, douze livres égyptiennes et un petit fascicule de versets du Coran. Rien d'autre.

Ou du moins il crut qu'il n'y avait rien d'autre. Puis, dans une poche dissimulée, il découvrit encore une photo. Elle était froissée et passée, les coins étaient écornés, mais on y reconnaissait un jeune homme, un beau garçon qui ressemblait à la photo de la carte de police, avec un visage plus sérieux, plus sévère, des yeux perçants et une tignasse de cheveux noirs qui descendait sur un front haut et intelligent. Il regardait l'objectif en face, une main le long du corps, l'autre posée sur la tête d'un petit sphinx en pierre. On lisait au dos : « Ali devant le musée du Caire. »

Les mains de Sayf al-Tha'r se mirent à trembler.

Il était encore en train de regarder la photo quand Dravic arriva au sommet de la dune.

— Que se passe-t-il ? demanda le géant en soufflant.

— Nous commençons à envoyer les objets par hélicoptère demain, dit Sayf al-Tha'r.

— Comment ?

— Je veux que les hélicoptères soient ici aux premières lueurs du jour.

— Je pensais que vous aviez dit que nous n'utiliserions pas les hélicoptères.

— Les plans ont changé. Nous prenons tout ce que nous pouvons par hélicoptère, le reste part avec la caravane de chameaux. Je veux qu'on ait quitté le site dans les vingt-quatre heures.

— Bon Dieu, on ne peut pas...

— Faites ce que je vous dis !

Dravic lui jeta un regard courroucé puis, ayant pris un mouchoir dans sa poche, il épongea ses sourcils trempés de sueur.

— Il est impossible que tout soit en place pour demain. Absolument impossible. Nous n'avons trouvé l'arrière de l'armée que ce matin. Il est presque à trois kilomètres d'ici. Il nous faudra au moins deux jours pour tout boucler.

— Alors on y mettra davantage d'hommes. Nous y mettrons tous les hommes. À partir de maintenant, nous cessons de creuser et nous nous consacrons à préparer l'armée pour notre départ.

— Quel est le problème, Bon Dieu ?

Sayf al-Tha'r baissa les yeux vers la photo qu'il tenait dans sa main.

— Quelqu'un est au courant. Un policier. Il est là. Dans le désert. Tout près.

Dravic le regarda d'abord d'un œil incrédule avant d'éclater de rire.

— Et c'est pour ça que vous faites dans votre froc ? Un flic est ici tout seul ? On envoie une patrouille, on l'abat, fin de l'histoire. Ce n'est pas comme s'il avait un endroit où se cacher.

— Nous partons demain.

— On n'a pas le temps, je vous dis ! Nous avons besoin d'au moins deux jours pour tout préparer. Si nous ne faisons pas les choses correctement, ce que nous avons pris ne vaudra plus rien. Vous comprenez ? Ça ne vaudra plus rien !

Sayf al-Tha'r lui jeta un regard glacial.

— Nous partons demain. Il n'y a rien à ajouter.

Dravic ouvrit la bouche pour répliquer, mais il comprit que ce serait inutile. Au lieu de cela, il se racla la gorge et envoya un crachat à un centimètre des pieds de Sayf al-Tha'r. Après quoi, il tourna les talons et redescendit la dune.

Un générateur se mit en route et les lampes à arc inondèrent l'excavation de leur lumière froide. Sans y prêter attention, Sayf al-Tha'r abaissa son regard sur la photo qu'il avait dans sa main.

— Ali, murmura-t-il en esquissant une grimace, comme si prononcer ce nom lui donnait un goût amer dans la bouche. Ali Khalifa.

Tout d'abord, il ne bougea pas. Puis, soudain, d'un geste violent, il déchira le portrait et en jeta les morceaux au vent. Ils s'éparpillèrent sur la dune. Des fragments de visage gisaient en désordre à ses pieds, comme les morceaux d'un miroir brisé.

Il faisait nuit quand Khalifa se glissa hors du surplomb. Ou du moins il faisait aussi sombre que c'était possible dans le désert, où ne règnent jamais des ténèbres complètes, mais un demi-jour fantomatique, comme si le paysage était drapé d'une gaze légère. Il regarda les dunes. Ainsi qu'il l'avait espéré, la lune n'était pas trop brillante. Puis il revint à son environnement immédiat. Il avait devant lui une longue marche, et il disposait de peu de temps. Sous lui, le sable tassé descendait à pic sur trente mètres. Il chercha à droite et à gauche, le long de la ligne de crête, un passage en pente plus douce, mais la déclivité était la même dans toutes les directions. Alors, après avoir dit une courte prière à voix basse, il jeta son fourre-tout et, le pistolet-mitrailleur serré contre lui, il se laissa glisser.

Il prit tout de suite de la vitesse. Essayer de freiner avec les pieds ne servait à rien d'autre que remplir ses chaussures de sable. Il allait de plus en plus vite, le vent lui soufflait aux oreilles, le bas de sa chemise s'était relevé, de sorte que le sable lui éraflait le bas du dos. À mi-chemin, il heurta une ondulation solide et se mit à rouler en rebondissant et en agitant bras et jambes dans une pluie de sable. Le pistolet-mitrailleur lui heurtait douloureusement le menton et la poitrine. Il arriva en bas l'épaule la première et fut renversé face contre terre. Il sentit du sable sur ses lèvres et sur sa langue.

— *Ibn sharmouta*, bredouilla-t-il. Fils de pute.

Il resta d'abord étendu, puis, tout en crachant le sable, il se releva tant bien que mal et regarda la pente derrière lui. Elle semblait encore plus raide d'en bas que d'en haut. C'était un mur de sable presque vertical marqué par un sillon sinueux qui indiquait sa ligne de descente. Il murmura une autre prière, pour remercier Dieu d'être encore vivant, et, après avoir chassé le sable de ses cheveux, reprit son sac et s'enfonça dans le désert.

Il marcha toute la nuit. Autour de lui, le monde était silencieux, à part le crissement de ses pas et le son rauque de sa respiration. Il savait bien qu'il laissait des traces faciles à suivre, même dans l'obscurité, mais il ne pouvait rien y faire, aussi se contenta-t-il de progresser du mieux qu'il pouvait. Il gardait le GPS à la main et le consultait de temps à autre pour connaître la distance qu'il lui restait à parcourir. Pour la direction, il n'avait pas besoin d'aide car la pyramide était bien visible et luisait mystérieusement dans l'obscurité. Il supposa que des lampes avaient été installées autour de sa base.

Peu à peu, son pas prit le rythme. Lent lorsqu'il fallait monter une dune, plus rapide à la descente et une allure régulière sur le plat avant la montée suivante. Monter, descendre, avancer, monter, descendre, avancer.

Il lui fallait couvrir vingt-huit kilomètres. Pendant la première moitié du trajet, il parvint à rester concentré sur son environnement, l'œil et l'oreille à l'affût du moindre signe de poursuite. Mais à mesure que les heures passaient et que les kilomètres défilaient, il se mit à penser à autre chose.

À Zenab, à leur première rencontre peu après son entrée à l'université. Un groupe d'étudiants était allé au zoo et Zenab en faisait partie. C'était l'amie d'un ami d'un ami. Ils se promenaient en regardant les animaux. Khalifa était bien trop timide pour lui parler. Et puis, finalement, ils s'étaient arrêtés devant un ours polaire qui nageait tristement dans un bassin d'eau laiteuse.

« Pauvre bête, avait dit Khalifa avec un soupir. Il veut rentrer chez lui, dans l'Antarctique.

— Dans l'Arctique, je pense, avait dit la voix de

Zenab auprès de lui. Les ours polaires viennent de l'Arctique. Il n'y en a pas dans l'Antarctique. Des pingouins, oui, mais pas des ours polaires. »

Il était devenu rouge vif, impressionné par ses longs cheveux et ses yeux immenses, et ne trouva rien d'autre à dire que :

« Oh, je vois. »

Et ce fut tout. Il ne lui avait pas adressé la parole pendant le reste de l'après-midi, la langue nouée par la timidité. Ce souvenir le faisait sourire. Qui aurait pu penser qu'après un début si peu prometteur...

Vers l'ouest, une étoile filante jeta un vif éclat et disparut. Monter, descendre, avancer. Monter, descendre, avancer.

Il pensa aussi à ses enfants. Batah, Ali, le bébé Youssouf. Il se souvint de leurs naissances, comme si elles s'étaient produites la veille. Batah, l'aînée, avait mis presque dix-neuf heures à venir.

« Plus jamais, avait déclaré Zenab. Je ne recommencerai plus jamais. »

Mais elle avait recommencé. Quelques années plus tard, Ali était arrivé, et puis le bébé Youssouf, et, qui sait, il y en aurait peut-être d'autres. Il l'espérait bien. Il imaginait une foule d'enfants en train de jouer autour de la fontaine qu'il construisait dans l'entrée. Ils feraient flotter leurs jouets sur l'eau avec des éclats de rire qui se répandraient dans tout l'appartement.

Une petite brise se leva, produisant un murmure dans les dunes, comme si elles parlaient de lui. Monter, descendre, avancer. Il alluma une cigarette.

Ses enfants s'éloignèrent eux aussi et il se mit à penser à son père et à sa mère. Il revoyait son père l'attraper par les pieds et le faire tourner. Il revoyait sa mère écossant des fèves, assise en tailleur sur le toit de leur maison. Il s'attarda un moment avec eux puis passa encore à autre chose, au professeur al-Habibi et au gros Abdul, au musée du Caire et à la chamellerie, aux affaires qu'il avait eu à traiter, à celles qu'il avait résolues. Les images défilaient dans son esprit, comme s'il était assis dans un cinéma et regardait un film sur sa propre vie.

Et bien sûr, inévitablement, inexorablement, ses pensées en vinrent à son frère.

De bonnes choses, au début. Leurs jeux, leurs aventures, l'épave du vieux bateau de croisière d'où ils plongeaient dans le Nil en montant sur le pont supérieur. Et puis Ali avait commencé à changer, il était devenu plus dur, plus distant, avait eu des ennuis et avait commis de vilaines choses. À la fin, d'une manière inévitable, il pensa au jour où son frère était mort. Ce jour-là, la vie de Khalifa s'était brisée. Tout s'était déroulé si rapidement, sans qu'on s'y attende. Les fondamentalistes étaient venus dans leur village un après-midi pour tuer des étrangers. Il y avait eu une fusillade. Sept personnes étaient mortes, dont trois terroristes. À ce moment-là, Khalifa se trouvait à l'université et il avait appris ce qui s'était passé par la radio. Il s'était aussitôt précipité chez lui, sachant d'instinct qu'Ali était impliqué. Sa mère était assise seule dans un fauteuil face au mur.

« Ton frère est mort, avait-elle simplement dit, le visage livide. Mon Ali est mort. Oh, mon Dieu, mon pauvre cœur est brisé. »

Un peu plus tard, Khalifa était sorti et avait erré dans les rues. Les corps des fondamentalistes n'avaient pas encore été emportés et ils gisaient côte à côte sur le trottoir, une couverture sur leurs visages, gardés par des policiers qui bavardaient et fumaient. Il les avait regardés en essayant de faire le lien entre eux et le frère qu'il aimait tant, et puis il était parti. Il était monté sur le plateau de Gizeh, jusqu'aux pyramides. Bloc après bloc, il avait escaladé la grande pyramide de

Khéops jusqu'à son sommet, là où Ali et lui s'étaient assis dans leur enfance, face au monde qui s'étalait devant eux comme une carte. Sur ce qui ressemblait au point culminant du monde, il s'était effondré et avait pleuré, envahi par la honte et l'horreur, incapable de croire à ce qui s'était passé, incapable de le comprendre, tandis que le soleil de cette fin d'après-midi passait au-dessus de sa tête comme une énorme bulle pleine de pensées, de feu, de douleur et de confusion.

Ali, son frère. Le frère qui était devenu un père. Qui avait fait de lui ce qu'il était, qui l'avait inspiré en toute chose. Doué de tant de force. De tant de bonté. Mort depuis quatorze ans, et pourtant le poids de son souvenir l'accablait encore. Il en serait toujours ainsi, jusqu'à ce qu'il se trouve face à face avec l'homme qui était responsable de cette perte. Jusqu'à ce qu'il se trouve face à face avec Sayf al-Tha'r. C'est pour cette raison qu'il était venu ici. Pour regarder Sayf al-Tha'r dans les yeux. Même s'il devait le payer de sa vie. Pour affronter l'homme qui avait détruit sa famille.

Khalifa parvint en trébuchant au sommet d'une dune et s'aperçut avec surprise qu'il avait presque atteint sa destination. Devant, à moins de deux kilomètres, s'élevait la roche pyramidale, immense et menaçante, recouverte par une patine de lumière brillante. Les vagues petites taches noires, espacées régulièrement sur les sommets des dunes, étaient sans doute des sentinelles. Il se jeta aussitôt à terre par crainte d'être aperçu. Un coup d'œil à sa montre lui apprit qu'il lui restait encore une demi-heure avant l'aube. Il se replia derrière le sommet et, après avoir posé le pistolet-mitrailleur, il prit son automatique dans son fourre-tout et le passa à sa ceinture. Il sortit la robe noire, l'enfila et mit le turban du mort autour de sa tête et de son visage. Le sang séché donnait au tissu une consistance croûteuse désagréable. Puis il plaça le téléphone portable et le GPS dans ses poches, laissa le fourre-tout et, après avoir ramassé le pistolet-mitrailleur, il remonta sur le sommet de la dune et regarda devant lui en avançant droit sur ses ennemis.

— Pour Ali, murmura-t-il.

Tara traversa le camp, suivie de près par le gardien l'arme à l'épaule. Il faisait froid. Elle se tint les bras. Son corps était encore raide et douloureux de l'agression de Dravic. On entendait des cris et des coups de marteau, et, venant de quelque part sur la droite, un bruit de braiments rauques, semblable à celui de trompettes discordantes. Elle inspira profondément, soulagée d'être sortie de la tente où Daniel et elle étaient détenus.

Depuis combien de jours étaient-ils prisonniers ? Elle essaya de se concentrer. Deux ? Trois ? Elle cherca des points de repère, des événements qui puissent lui permettre de mesurer le passage du temps. Sayf al-Tha'r était venu le soir précédent. Dravic l'avait agressée le soir d'avant. Était-ce leur deuxième nuit dans le désert ? Non, seulement la première. Ils étaient arrivés ce matin-là. Donc, trois jours en tout. Cela paraissait plus long. Beaucoup plus long.

Ils continuèrent à avancer parmi les tentes, contournant un mur de caisses et sortant par le sud du campement. Sur la droite, il y avait un troupeau de chameaux, d'où venaient les braiments. Autour d'eux, une foule d'hommes étaient occupés à charger et à décharger des caisses.

Cinquante mètres plus loin, ils s'arrêtèrent et, après avoir baissé son jean, Tara s'accroupit pour uriner. Quelques jours plus tôt, elle n'aurait pas pu concevoir de le faire devant un étranger. À présent, elle ne s'en souciait plus.

Le gardien la regarda, puis il se détourna. Il était jeune ; guère plus qu'un enfant. C'était la première fois qu'elle le voyait.

— Vous aimez Manchester United ? lui demanda-t-il brusquement.

Elle fut surprise d'entendre sa voix. C'était la première fois que l'un de leurs ravisseurs lui parlait.

— C'est une équipe de football, ajouta-t-il.

Elle leva les yeux vers lui, tandis que l'urine coulait entre ses jambes, et ne put s'empêcher de rire. Pouvait-il y avoir situation plus absurde que de pisser au milieu du désert à côté d'un fanatique armé qui voulait parler football ? Cela confinait à la folie. Son rire redoubla, proche de l'hystérie.

— Quoi ? dit le gardien dérouté en se retournant. Qu'est-ce qu'il y a de drôle ?

— Ça, dit Tara en montrant le désert autour d'elle. Tout ça. C'est hilarant.

— Alors, vous pas aimer Manchester United ?

Elle se releva, remonta son jean et s'avança jusqu'à ce que son visage ne soit plus qu'à quelques centimètres du sien.

— Je me fous de Manchester United, lança-t-elle. Tu comprends ? Je m'en tape. J'ai été enlevée, battue et bientôt je vais être tuée. J'emmerde Manchester United. Va te faire foutre.

Le gardien baissa les yeux. C'était lui qui était armé, mais il semblait avoir peur d'elle.

— Manchester United est bon, marmonna-t-il.

Il avait un visage jeune ; c'en était même inquiétant. Elle se demanda quel âge il avait. Quatorze, quinze ans ? Elle se sentit brusquement prise pour lui d'une inexplicable pitié.

— Comment t'appelles-tu ? lui demanda-t-elle d'une voix plus douce.

Il marmonna un nom indistinct.

— Comment ?

— Mehmet.

— Et pourquoi es-tu ici, Mehmet ?

Le garçon parut troublé par la question.

— Sayf al-Tha'r, répondit-il.

— Et si Sayf al-Tha'r te disait de me tuer, tu le ferais ?

Le garçon agita les pieds, mal à l'aise. Il gardait la tête penchée.

— Regarde-moi, dit-elle. Regarde-moi.

Il leva les yeux à contrecœur.

— Si Sayf al-Tha'r te disait de me tuer, tu le ferais ?

— Sayf al-Tha'r homme bon. Il prend soin de moi.

— Mais est-ce que tu me tuerais ? Si Sayf al-Tha'r te le disait, tu le ferais ?

Les yeux du garçon cherchèrent à fuir les siens.

— On retourne, maintenant, dit-il.

— Pas avant que tu me répondes.

— On retourne, répéta-t-il.

— Réponds-moi !

— Oui ! s'écria-t-il en levant son arme et en l'agitant devant le visage de Tara. Oui, je te tue. Je te tue ! Compris ? Compris ? Tu veux que je te tue maintenant ?

Il respirait rapidement. Ses mains tremblaient. Elle préféra ne pas le pousser à bout.

— D'accord, dit-elle d'une voix tranquille. D'accord, on retourne.

Elle fit volte-face et se mit en marche vers le camp. Au bout de quelques secondes, elle entendit le garçon la rattraper. Ils avancèrent en silence jusqu'aux tentes.

— Je m'excuse, murmura le garçon. Je m'excuse beaucoup.

Elle ralentit le pas et se retourna. Que pouvait-elle lui dire ? C'était un enfant. D'une certaine manière, c'étaient tous des enfants ; simples, innocents, en dépit des actes qu'ils commettaient. Des enfants qui avaient compris qu'ils étaient plus puissants que les adultes.

— Chelsea, dit-elle. Je suis une supportrice de Chelsea.

Un large sourire s'épanouit sur le visage du garçon.

— Chelsea, pas bon ! gloussa-t-il. Pas aussi bon que Manchester. Manchester United, très bon.

Et ils rentrèrent dans le camp.

Étendu, Khalifa observait les silhouettes en robe noire devant et au-dessous de lui. Il n'y avait plus qu'une ligne de dunes entre l'armée et lui et l'air était rempli du ronronnement des générateurs et du bruit plus lointain des coups de marteau.

Il ne pouvait pas avancer plus sans se faire remarquer. Un cordon de gardes était disposé sur la dune d'en face et dans la vallée. Ils étaient placés à intervalles réguliers, de sorte qu'il n'y avait aucun moyen de passer au travers sans être repéré. Il pouvait tenter de les contourner, mais cela prendrait du temps et une teinte grise se répandait déjà dans le ciel vers l'ouest. Quoi qu'il arrive, il fallait qu'il ait franchi la ligne au lever du soleil, sinon il se ferait presque certainement attraper par les patrouilles en hélicoptère qui décolleraient à l'aube. Il se retira du sommet de la dune, se mit sur le dos et alluma une cigarette en se demandant ce qu'il allait faire.

Ce fut Ali qui décida de la marche à suivre. Ou plutôt un conseil qu'Ali lui avait donné la première fois qu'ils avaient visité ensemble le musée du Caire. Tandis qu'ils s'approchaient des grilles, son frère s'était arrêté pour lui expliquer comment ils allaient entrer sans payer.

« Nous allons dire que nous sommes avec une classe. Entre directement par la porte principale. »

Khalifa avait demandé s'il ne vaudrait pas mieux essayer de se faufiler par une entrée secondaire, mais Ali avait hoché la tête de gauche à droite.

« S'ils te voient rôder sur le côté, ils vont t'arrêter. Passe toujours par-devant. Aie l'air sûr de toi, comme si tu faisais partie de la maison. Ça ne rate jamais. »

Et cela n'avait jamais raté. Quant à savoir si cela allait marcher à présent, c'était une autre affaire, mais il ne trouvait rien de mieux. Il finit sa cigarette, ajusta le turban sur son front et son visage, se leva, remonta en haut de la dune et se mit à descendre de l'autre côté en faisant des signes aux gardes.

— *Salaam* ? leur cria-t-il. Tout va bien ?

Il y eut des cris confus et trois gardes se précipitèrent, l'arme pointée sur lui, et l'interceptèrent en bas de la dune.

Aie toujours l'air sûr de toi, se dit Khalifa.

— Hé, dit-il en riant et en levant les mains. Tout va bien, les gars ! Je suis de votre côté !

Les hommes continuèrent à braquer leurs armes.

— Que se passe-t-il ? demanda l'un d'eux. D'où viens-tu ?

— D'où crois-tu que je vienne ? J'étais en patrouille.

— En patrouille ?

— En pure perte. J'ai marché toute la nuit et je n'ai rien vu. L'un de vous a une cigarette, les gars ?

Ils hésitèrent, puis l'un des hommes farfouilla dans la poche de sa robe et en sortit un paquet de Cleopatra. Son compagnon, celui qui avait d'abord parlé, le repoussa.

— Il n'y a eu aucune patrouille cette nuit. Des gardes tout autour du camp, c'étaient les ordres. Il n'a pas été question de patrouilles.

— J'aurais bien voulu que quelqu'un me le dise, dit Khalifa en s'efforçant de parler d'une voix assurée. J'ai bien dû faire trente kilomètres.

L'homme le fixa en plissant les yeux, puis, d'un mouvement de son arme, il lui fit comprendre qu'il devait ôter son turban du bas de son visage.

« Hausse le ton s'ils se mettent à te poser des questions, lui avait conseillé Ali ce jour-là. Mets-toi en colère si c'est nécessaire. N'aie jamais l'air de douter de ton bon droit. »

— J'ai été dehors toute la nuit. J'ai froid, dit Khalifa.

— Fais ce que je te dis !

Avec un grognement agacé, Khalifa dégagea lentement son menton en veillant à ce que son front reste couvert. L'homme se pencha en avant pour le regarder.

— Je ne te reconnais pas, dit-il.

— Moi non plus, je ne te reconnais pas ! Je ne reconnais pas la moitié de ceux qui sont ici, ce n'est pas pour ça que je braque mon arme sur eux. C'est complètement idiot !

Après un silence, il prit un risque :

— Si tu ne me crois pas, pourquoi ne vas-tu pas demander à Dravic ? Il me connaît. J'étais avec lui quand il a saigné ce vieux au Caire. Il lui a arraché la moitié du visage avec sa foutue truelle, le vilain animal.

Il y eut un court flottement, puis, avec des signes d'assentiment, les hommes abaissèrent leurs armes. Celui qui avait des cigarettes fit un pas en avant et tendit le paquet à Khalifa, qui en prit une et la porta à sa bouche en espérant qu'ils ne remarqueraient pas à quel point sa main tremblait.

— Tu retournes au camp ? demanda celui qui l'avait interrogé.

Khalifa acquiesça.

— Bon, alors dis-leur d'envoyer du monde ici pour nous relever.

— Bien sûr, répondit l'inspecteur. Et soyez gentils, ce que j'ai dit sur Dravic, gardez-le pour vous.

Ils rirent.

— Ne t'inquiète pas. Nous pensons la même chose de lui.

Khalifa leur adressa un sourire, leva la main en signe d'adieu et se mit en marche. Mais, au bout de quelques pas, une voix le rappela.

— Hé, tu n'as rien oublié ?

L'inspecteur s'immobilisa. Qu'avait-il oublié ? Un mot de passe ? Un signe de reconnaissance ? Il aurait dû se douter qu'il y aurait quelque chose comme ça.

Il se retourna. Les trois hommes le regardaient, la main sur leurs pistolets-mitrailleurs.

— Alors ? dit celui qui lui avait donné la cigarette.

Khalifa avait l'esprit vide. Son cœur battait à se rompre. Il arbora un sourire stupide tandis que son doigt se plaçait instinctivement sur la détente de son arme. Regardant les hommes l'un après l'autre, il fit l'estimation de ses chances. Il y eut un silence pénible, le calme avant la tempête, et puis un éclat de rire rauque.

— La cigarette, espèce d'idiot ! Tu ne veux pas du feu ?

Il lui fallut une seconde pour comprendre ce que cela voulait dire, puis l'air s'échappa de ses poumons en un profond soupir de soulagement. Il leva la main et toucha la cigarette à sa bouche.

— Voilà ce que fait une nuit dans le désert, dit-il en riant avec les autres. On a l'esprit tourneboulé.

L'homme tendit la flamme d'un briquet. Khalifa se pencha et alluma sa cigarette.

— Plus tôt nous partirons d'ici, mieux ça vaudra, dit-il.

Ils lui répondirent par des murmures approbateurs.

Il tira deux autres bouffées, leur adressa un salut et repartit. Cette fois, personne ne le rappela. Il était passé.

À l'ouest, l'horizon était déjà bien gris. Khalifa traversa la vallée et monta en haut de la dune suivante. À sa gauche, le roc monstrueux ressemblait à un pivot qui tenait le ciel tout entier en équilibre. Arrivé au sommet, il passa entre deux sentinelles – aucune des deux ne fit attention à lui – et il vit au-dessous de lui le cratère, les tentes, les chameaux, les piles de caisses et d'objets. Une multitude de silhouettes en robe noire allaient et venaient. La plupart emplissaient et chargeaient des caisses, mais un petit groupe s'affairait à l'intérieur du cratère. Ils tiraient des longueurs de cordon parmi les cadavres entremêlés. Un homme de haute taille avec une chemise blanche supervisait leur travail. C'était probablement Dravic.

Khalifa les regarda quelques instants avant de tourner son attention vers le camp, juste à temps pour apercevoir une femme aux cheveux clairs qui disparaissait dans une tente en plein milieu du campement. Il nota son emplacement, entre une rangée de fûts de carburant et un grand tas de balles de paille. Pendant qu'il entamait sa descente, une voix s'éleva :

— *Allah u akbar ! Allah u akbar !*

C'était l'appel pour la prière de l'aube. Il pressa le pas et réajusta son turban sur son visage.

Une marée humaine traversa le camp pour se diriger vers une aire de sable à sa limite sud, où les fidèles se mirent en rangs, tournés vers l'est. Sayf al-Tha'r se trouvait parmi eux, mais il s'écarta à l'extrémité du camp et entra dans une tente surmontée d'une antenne. Un homme se leva, mais il lui fit signe de se rasseoir devant un puissant appareil de radio.

— Les hélicoptères ?

L'homme lui tendit un papier.

— Ils viennent juste de décoller.

— Pas de problème ?

— Aucun. Ils seront ici dans une heure.

— Et les sentinelles ? Rien ?

L'homme fit non de la tête.

— Tiens-moi informé, dit Sayf al-Tha'r.

Et il sortit de la tente.

Les derniers retardataires se hâtaient vers le lieu de la prière. Le camp était vide. Les sentinelles étaient restées sur place, mais elles se tournaient elles aussi vers l'est en s'inclinant. Sayf al-Tha'r regarda ces petites formes noires réparties sur le haut des dunes comme une rangée de vautours et repartit vers l'intérieur du camp. La prière traversait l'air comme une brise.

Il parvint à sa tente et écarta le rabat. Mais, au moment où il se penchait pour entrer, il s'immobilisa, le corps tendu. Il se redressa lentement et se retourna, scrutant l'espace à droite et à gauche. Il avança d'un demi-pas, fouillant des yeux le labyrinthe de toiles de tente et de matériel, mais il n'y avait rien. Il hocha la tête, se retourna et disparut à l'intérieur de la tente, dont le rabat se referma derrière lui.

Près de la frontière libyenne

Les hélicoptères volaient à basse altitude en suivant le relief du désert. Ils étaient vingt, semblables à des charognards rasant les sables. L'un d'eux volait un peu en avant et les autres suivaient tous ses mouvements. Ils montaient quand il montait, descendaient quand il descendait, et viraient vers la droite ou la gauche après lui. Un ballet aérien parfaitement orchestré. C'étaient de grosses machines, lourdes et pansues, dont l'aspect ne s'accordait pas avec la grâce de leurs mouvements. Dans leurs cockpits, on distinguait des formes humaines. Précédant l'aube, ils fonçaient dans le silence tandis que le ciel prenait peu à peu une teinte rouge.

40

Désert occidental

Khalifa resta dissimulé derrière un amas de bidons d'huile jusqu'à ce que le camp se vide complètement. Après quoi, il se déplaça rapidement dans les allées qui serpentaient entre les tentes et le matériel, à la recherche de celle à l'intérieur de laquelle la fille avait disparu. Il savait qu'il disposait de quinze minutes, vingt tout au plus.

Vu de haut, le camp semblait avoir une disposition parfaitement claire. Une fois dedans, il n'était pas facile de s'y orienter. Tout se ressemblait et les repères qu'il avait remarqués – les rangées de fûts, les balles de paille –, il ne les voyait plus nulle part. Il passa la tête à l'intérieur de quelques tentes mais il n'y avait personne à l'intérieur et il commençait à perdre espoir, lorsqu'il contourna un mur de caisses branlant et aperçut devant lui, auprès d'un gros tas de balles, la tente qu'il cherchait. Il poussa un soupir de soulagement, se précipita, écarta le rabat et se pencha, le pistolet-mitrailleur pointé devant lui.

Ce fut une précaution inutile car, contrairement à ce qu'il pensait, il n'y avait pas de gardien. Et il n'y avait pas non plus de fille. Au lieu de cela, il y avait un homme seul tournant le dos à l'entrée, agenouillé, le front sur le sol. Khalifa s'apprêtait à reculer, comprenant qu'il s'était à nouveau trompé de tente, mais quelque chose l'arrêta. Il ne voyait pas le visage de l'homme, ni son corps dissimulé sous la robe noire. Et pourtant, d'une certaine façon, il savait qui il était : Sayf al-Tha'r. Il leva son arme, le doigt prêt à appuyer sur la détente.

L'homme agenouillé ne parut pas remarquer le policier. Il continua ses prières, indifférent à sa présence. Khalifa pressa la détente jusqu'à la bossette qui précédait le départ. À cette distance, il ne pouvait manquer sa cible. L'intérieur de la tente faisait écho aux battements de son cœur.

L'homme se redressa, se leva, récita un verset, s'agenouilla à nouveau. Une pression sur la détente suffirait, pensa Khalifa. Une pression et celui qui était devant lui serait mort. Il pensa à Ali et releva légèrement le canon en visant la base du crâne. Il respira profondément, se mordit la lèvre, puis abaissa l'arme, relâcha la détente, recula et sortit de la tente.

Tout d'abord, il resta devant le rabat usé, avec une étrange sensation au creux de l'estomac. Il n'avait regardé l'homme que quelques secondes, mais durant ce temps le ciel semblait être devenu beaucoup plus clair. Venant de l'est, l'aube arrivait rapidement, comme une vague. La prière serait bientôt finie. Il s'enfonça rapidement dans le camp.

— Je me demande comment va Joey, murmura Tara.

Elle était assise sur le sol de la tente, étreignant ses genoux et se balançant d'avant en arrière. Étendu derrière elle, Daniel tapotait le sol de ses doigts en levant de temps à autre son bras pour regarder l'heure.

— Qui est Joey ? demanda-t-il.

— Notre cobra à cou noir. Au zoo. Il était souffrant.

467

— Je pensais que tu avais vu assez de cobras pour le restant de tes jours.

Elle haussa les épaules.

— Ce n'est pas que je l'aimais particulièrement, mais... tu sais... quand je pense que je ne le reverrai plus jamais... J'espère qu'Alexandra aura continué les antibiotiques. Et enlevé son rocher. Il a une maladie de peau, tu vois. Il se frottait contre le rocher. Il abîmait ses écailles.

Elle parlait pour parler, comme si la conversation pouvait retarder le moment où on les ferait sortir pour... quoi ? Les abattre d'un coup de feu ? Les décapiter ? Les poignarder ? Elle regarda leur gardien. Ce n'était plus Mehmet, mais un homme plus âgé. Elle l'imagina levant son arme vers sa tête et tirant. Le bruit, la douleur, le sang qui giclait, son sang. Elle se mit à se tordre les mains.

— Qu'est-ce qu'il y a entre les serpents et toi ? marmonna Daniel en s'asseyant avec effort. Je n'ai jamais compris pourquoi ils t'attirent.

Tara eut un sourire triste.

— Ce qui est drôle, c'est que c'est papa qui m'a amenée à m'y intéresser. Il les détestait. C'était le seul défaut de sa cuirasse. J'avais l'impression d'avoir une sorte de pouvoir sur lui. Je me souviens qu'une fois des étudiants en ont dissimulé un en caoutchouc dans sa serviette, et quand il l'a ouverte...

Elle n'alla pas plus loin, comme si elle comprenait qu'il était inutile de finir une histoire qui ne les ferait rire ni l'un ni l'autre. Il y eut ensuite un long silence pesant.

— Et toi ? demanda-t-elle enfin, essayant désespérément de poursuivre la conversation. Tu ne m'as jamais dit pourquoi tu étais devenu archéologue.

— Dieu seul le sait. Je n'y ai jamais réfléchi, dit Daniel en jouant avec le lacet de sa chaussure. C'est peut-être parce que j'ai toujours aimé creuser. Avant la mort de mes parents, quand nous habitions à Paris, nous avions un jardin et je creusais des trous pour chercher des trésors enterrés. Des trous énormes et profonds, comme des cratères. Mon père disait que si je ne faisais pas attention, j'allais arriver en Australie. C'est là que ça a commencé, je pense. Ensuite, on m'a donné un livre sur le trésor de Toutankhamon et ainsi...

Le rabat de la tente s'écarta et un gardien entra, le turban bien ajusté sur son visage dans la fraîcheur du matin. Celui qui était assis commença à se lever. Au même moment, le nouveau venu lui donna un coup violent sur le côté de la tête avec la crosse métallique de son pistolet-mitrailleur. L'homme s'effondra en arrière, inconscient. Daniel sauta sur ses pieds, Tara se mit à côté de lui. Khalifa abaissa son turban pour montrer son visage.

— Nous avons très peu de temps, dit-il en se baissant pour ramasser l'arme du gardien. Je suis policier. Je suis là pour vous sortir d'ici.

Il tendit le pistolet-mitrailleur à Daniel.

— Vous savez vous en servir ?

— Oui.

— Comment êtes-vous venu ? demanda Tara. Combien êtes-vous ?

— Il n'y a que moi, dit Khalifa. Pas le temps de vous expliquer. Dans quelques minutes, ils auront fini leurs prières et le camp sera à nouveau plein de monde. Il faut que vous partiez tout de suite, tant que vous en avez la possibilité.

Il passa sa tête hors de la tente, inspecta les environs et se retourna vers eux.

— Remontez la vallée vers le nord, après le trou. Restez près de la base de la dune est. De cette façon, vous serez en dehors du champ de vision des sentinelles qui sont placées au-dessus. Allez le plus vite que vous pourrez.

— Et vous ? demanda Tara.

Khalifa ne répondit pas. Il sortit de sa poche le GPS et le téléphone.

— Prenez ceci. Une fois que vous serez loin des sentinelles, demandez de l'aide. Vos coordonnées apparaîtront sur l'écran, ici. Appuyez simplement...

— Je sais comment il fonctionne, dit Daniel en prenant le GPS et en tendant le téléphone à Tara.

— Et vous ? demanda-t-elle plus fort.

Khalifa se tourna vers elle.

— Je dois régler une affaire, dit-il. Cela ne vous concerne pas.

— Nous ne pouvons pas vous laisser.

— Allez, dit-il en les poussant vers l'entrée. Partez tout de suite, vers le nord et en longeant la dune de gauche.

— Je ne sais pas qui vous êtes, dit Daniel, mais merci. J'espère que nous nous reverrons un jour.

— *Inch'Allah*. Maintenant, allez-y.

Ils se penchèrent pour sortir. Une fois passée, Tara se retourna et embrassa rapidement Khalifa sur les deux joues.

— Merci, murmura-t-elle.

Il hocha la tête et la repoussa :

— Je suis navré pour votre père, mademoiselle Mullray. J'ai assisté à l'un de ses cours, c'était formidable. Maintenant, partez, je vous en prie.

Ils se regardèrent dans les yeux, puis Tara et Daniel s'éloignèrent en courant parmi les tentes. Khalifa les regarda jusqu'à ce qu'ils aient disparu, ensuite il partit rapidement dans la direction opposée.

Il se dirigea vers l'extrémité sud du camp, s'arrêtant de temps en temps pour écouter le murmure de la prière devant lui et estimant le temps qui lui restait. Quelques minutes. Guère plus. Une bande de lumière rose était apparue sur la crête de la dune est. Elle s'élargissait ; sa lueur se mêlait à celle des lampes à arc et la couvrait peu à peu.

Il continua jusqu'à l'endroit où les tentes laissaient place à des entassements confus de matériel. Plus loin, à cinquante mètres, des rangées d'hommes agenouillés sur le sable récitaient leurs prières. Il se glissa derrière un tas de caisses et chercha autour de lui le moyen de créer une diversion.

Il y avait plusieurs balles de paille et, à côté, un bidon de carburant. Il regarda les caisses derrière lui. Chacune était marquée d'un crâne et de tibias. Il dévissa le bouchon du bidon. L'odeur lui indiqua que c'était du gasoil, comme il l'avait pensé. Il le saisit et le souleva pour en verser le contenu sur la balle la plus proche. Il versa jusqu'à ce que la balle soit bien imprégnée, puis la traîna vers les caisses et la cala contre elles. Il répéta deux fois l'opération malgré le gasoil qui éclaboussait ses chaussures et sa robe.

Il était en train de mettre la troisième balle en place quand un brouhaha lui apprit que la prière prenait fin. En même temps, il y eut un cri depuis le haut de la dune. Il se tourna et ramassa son arme, persuadé d'avoir été repéré. Puis une rafale retentit à l'autre bout du camp et il comprit que ce n'était pas lui qu'on avait vu, mais Tara et Daniel.

— *Fa'r !* dit-il. Merde !

Il se retourna vers le tas de paille imbibé et sortit son briquet. La fusillade s'intensifia. Il y eut aussi de l'agitation devant lui, car la foule des croyants rompit les rangs et retourna en courant vers le camp. Il s'accroupit et approcha le briquet de l'une des balles.

471

— Je ne le ferais pas si j'étais toi.

La voix venait de derrière.

— Laisse tomber le briquet et lève-toi. Pas de geste brusque.

Khalifa resta d'abord immobile, puis il ferma les yeux, respira et fit tourner la molette du briquet. Il y eut un clic, une étincelle mais pas de flamme. Une volée de balles souleva le sable autour de lui.

— Je t'ai dit de laisser tomber le briquet. Je ne le répéterai pas.

Vaincu, Khalifa ouvrit la main et laissa glisser le briquet. À l'autre bout du camp, la fusillade s'intensifiait.

— Maintenant, debout et tourne-toi, ordonna la voix. Gentiment et lentement. Et les bras en l'air.

L'inspecteur fit ce qu'on lui demandait. À dix mètres, un pistolet-mitrailleur à la main, se tenait Dravic.

— Petit con, lança le géant.

Soudain, il y eut du monde partout. Dravic cria un ordre et trois hommes saisirent Khalifa et le forcèrent à s'agenouiller.

— Ainsi, c'est notre brave policier ! dit Dravic en s'approchant.

Il s'arrêta devant Khalifa et le gifla en lui fendant la lèvre.

— Qu'est-ce que tu croyais faire ? Nous arrêter tous à toi tout seul ? Tu es encore plus bête que je ne le croyais.

Khalifa ne répondit rien. Il se contentait de le regarder tandis que le sang coulait sur son menton. La fusillade se faisait de plus en plus intense. Un homme arriva en courant et dit quelque chose à Dravic qui abaissa son regard sur Khalifa.

— Tu vas me le payer, grommela-t-il. Crois-moi, tu vas me le payer.

Il fit un signe à l'un des hommes, qui ramassa le briquet de Khalifa et le tendit à Dravic. Celui-ci le prit et se mit à renifler.

— Qu'est-ce que je sens ? demanda-t-il. Quelle est cette odeur étrange sur ta jolie robe noire. Ne serait-ce pas du gasoil ?

Il arbora un sourire sadique. Les autres se mirent à rire.

— Nous avons fait des saletés, n'est-ce pas ?

Il se recula un peu, tendit le briquet juste devant la poitrine de Khalifa et fit tourner la molette. Une flamme jaune bleuté jaillit.

— Il y a un truc, tu vois. Tout est dans le pouce.

Il avança et recula la flamme en l'approchant de plus en plus du tissu taché de gasoil. Khalifa se débattit, mais les deux hommes qui le tenaient de chaque côté le maintinrent fermement. La flamme était presque sur le bord de la robe.

— Arrêtez ! Arrêtez tout de suite !

La voix venait de derrière la foule, coupante et autoritaire. Dravic leva les yeux au ciel et se recula en marmonnant. Les hommes s'écartèrent pour laisser le passage à Sayf al-Tha'r. Il resta où il était un long moment, les yeux fixés sur Khalifa, puis il s'approcha, se plaça devant l'inspecteur et lui dit :

— Bonjour, Youssouf.

— Vous le connaissez ? demanda Dravic interloqué.

— Certainement, répondit Sayf al-Tha'r. C'est mon jeune frère.

Ils se précipitèrent à travers le camp, filant d'une tente à l'autre, et ils tournèrent au pied de la dune de gauche, comme le leur avait dit Khalifa. Daniel passait devant, Tara le suivait le cœur battant. Son corps douloureux était oublié.

À l'extrémité nord du camp, ils s'arrêtèrent. Devant eux, l'excavation s'étendait sur une longue distance, encore tranquille et silencieuse aux premières lueurs du jour. Des monceaux d'objets étaient éparpillés sur le sol comme si un énorme avion s'était écrasé. Ils apercevaient les sentinelles réparties le long du sommet de la dune sur leur droite, mais elles étaient tournées de l'autre côté, vers l'est, vers le soleil levant. D'autres se trouvaient au-delà de la ligne de crête, invisibles.

— Ça va ? demanda Daniel.

— Ça va.

Ils repartirent en longeant le bas de la pente vers l'énorme pyramide qui s'élevait devant eux. À chaque pas qui les éloignait du camp, chaque pas sans être repérés, Tara avait l'impression que leur chance progressait un peu plus. Elle n'avait plus prié depuis son enfance, et voilà que sans même s'en rendre compte elle se mit à implorer la puissance supérieure qui voudrait bien les écouter, les protéger et leur permettre de s'échapper.

Cela marcha pendant cinquante mètres. Mais ensuite, alors qu'ils arrivaient au niveau de l'excavation, il y eut un cri venu du dessus et une rafale.

— Merde, fit Daniel.

D'autres cris retentirent et d'autres rafales. Quarante paires d'yeux étaient braqués sur eux. Daniel se retourna et fit feu.

— En arrière, cria-t-il. Il faut revenir en arrière.

— Non !

— On ne peut pas s'abriter ici !

Il la prit par le bras et lui fit rebrousser chemin. Des hommes dévalaient les dunes de chaque côté et tiraient comme des fous. Les balles frôlaient la tête de Tara, s'enfonçaient dans le sable, frappaient les caisses et les cuirasses. Daniel lâcha une autre rafale et ils parvinrent aux tentes, perdant leurs poursuivants parmi le dédale de toiles.

— Et maintenant ? demanda Tara, haletante.

— Je ne sais pas. Je ne sais pas.

Sa voix trahissait le désespoir.

Ils foncèrent en avant, parmi les tentes et le matériel, comme du gibier. Les cris se faisaient de plus en plus forts derrière eux. Et aussi devant. Ils étaient pris en tenaille, ne pouvaient aller nulle part. La peur palpitait dans les oreilles de Tara. Tout était devenu confus.

Ils contournèrent une tente. Là, isolée dans un espace vide, il y avait une moto tout-terrain. Ils se précipitèrent. Les clés étaient sur le contact. Sans un mot, Daniel jeta son arme à Tara, sauta en selle et appuya sur la pédale de démarrage. Le moteur crachota, mais ne se mit pas en route. Il appuya encore. Rien.

— Allez ! s'écria-t-il. Démarre.

Les cris n'étaient plus qu'à quelques tentes de distance, tout autour, comme un nœud coulant sonore.

Tara pointa le pistolet-mitrailleur devant elle et tira. L'arme sauta dans ses mains et une volée de balles transperça les tentes et les caisses. Elle relâcha la détente et tira dans l'autre direction en vidant le chargeur. Il y avait un autre chargeur attaché au premier. Elle dégagea le chargeur vide, le jeta et mit l'autre en place. Le moteur de la moto démarra en rugissant.

— Viens ! hurla Daniel.

Elle sauta derrière lui et, avant même qu'elle soit en selle, Daniel mit les gaz. La roue arrière projeta une giclée de sable et ils partirent. Quelqu'un bondit devant eux, mais Daniel le projeta du pied hors de leur chemin. D'autres hommes apparurent devant et de chaque côté. S'agrippant à Daniel d'une main, Tara, les yeux mi-clos comme si cela devait la protéger, tira de courtes rafales dans toutes les directions sans savoir si elle atteignait ses cibles. Quelque part à proximité, une explosion retentit et elle distingua, à la limite de son champ de vision, un homme en flammes qui titubait.

Ils zigzaguèrent entre les tentes, dérapant et glissant, jusqu'à ce qu'ils fassent irruption à la limite nord du camp et filent vers le tertre sur lequel ils s'étaient tenus la nuit où l'armée avait été découverte. Des hommes en robe noire affluaient vers eux de chaque côté du tertre. Daniel ralentit, regarda autour de lui et remit les gaz.

— Accroche-toi !

Ils foncèrent droit sur le tertre. En face d'eux, les hommes restèrent en place puis s'éparpillèrent. Quand elle comprit ce qu'il allait faire, Tara jeta le pistolet-mitrailleur et s'agrippa des deux mains à sa taille.

— On ne passera pas ! cria-t-elle.

Ils atteignirent le bas de la pente, la montèrent, décollèrent, restèrent en l'air pendant un temps qui leur parut interminable, puis atterrirent de l'autre côté, ce qui plaçait le tertre entre les poursuivants et eux. La roue arrière dérapa lorsqu'ils touchèrent le sol et ils crurent perdre l'équilibre, mais ils parvinrent à se rétablir et foncèrent dans la vallée. Il y avait encore des tirs sporadiques venus de derrière, mais rien au-dessus car les sentinelles avaient reflué vers le camp lorsque la fusillade avait éclaté. Ils étaient passés.

— Regarde tous ces objets ! cria Daniel tandis qu'ils longeaient les excavations.

Tara raffermit sa prise autour de sa taille.

— Ne regarde pas, avance !

41

Désert occidental

— Tu n'es pas mon frère, dit Khalifa en regardant l'homme qui était devant lui. Mon frère est mort. Il est mort le jour où ses voyous et lui sont venus massacrer quatre innocents dans notre village. Le jour où il a pris le nom de Sayf al-Tha'r.

Maintenant qu'ils étaient l'un près de l'autre, la ressemblance était évidente. Tous deux avaient les pommettes hautes, les lèvres minces, le nez busqué. Seuls leurs yeux exprimaient une différence fondamentale. Ceux de Khalifa étaient bleu clair ; ceux de Sayf al-Tha'r d'un vert vif.

Ils se regardèrent sans bouger, dans une grande tension, puis Sayf al-Tha'r tendit la main vers Dravic.

— Votre arme.

Le géant s'avança et lui tendit le pistolet-mitrailleur. Sayf al-Tha'r le prit et le braqua sur la tête de Khalifa.

— Emmenez les hommes et remettez-vous au travail, ordonna-t-il. Ramenez aussi les sentinelles. Les hélicoptères seront ici dans trente minutes et il y a encore beaucoup à faire.

— Et les prisonniers ?

— Laissez-les filer. Nous n'avons pas besoin d'eux.

— Et lui ?

— Je vais m'en occuper.

— Nous ne pouvons pas...

— Je vais m'en occuper.

Dravic tourna les talons et s'éloigna. Les hommes le suivirent, les laissant seuls. Sayf al-Tha'r fit signe à Khalifa de se relever. Il était un peu plus grand que son frère cadet.

— Tu aurais dû me tuer quand tu en avais l'occasion, Youssouf. Quand tu es entré dans ma tente tout à l'heure. C'était toi, n'est-ce pas ? Je te sentais derrière moi. Pourquoi n'as-tu pas tiré ? Je sais que c'est ce que tu voulais.

— Je me suis demandé ce que mon frère Ali aurait fait dans une situation semblable, dit Khalifa. Et j'ai compris qu'il n'aurait jamais tiré dans le dos d'un homme. Surtout d'un homme en prière.

Sayf al-Tha'r grogna.

— Tu me parles comme si je n'étais pas ton frère.

— Tu ne l'es pas. Ali était un homme bon. Toi, tu es un boucher.

Les générateurs s'arrêtèrent brusquement et les lampes à arc s'éteignirent, plongeant le camp dans les teintes plus douces, plus subtiles, de l'aube. Vers le nord, une épaisse colonne de fumée noire s'éleva dans le ciel.

— Pourquoi es-tu venu ici, Youssouf ?

Khalifa resta d'abord silencieux.

— Pas pour te tuer, dit-il. Non, pas ça. Pourtant, tu as raison, c'est ce que je voulais faire. Je l'ai voulu pendant quatorze ans. Pour effacer Sayf al-Tha'r de la surface de la terre.

Il fouilla dans ses poches et sortit ses cigarettes. Il en prit une, mais se souvint que Dravic avait emporté son briquet. Il la garda à la main, éteinte.

— Je suis venu parce que je voulais comprendre. Te regarder en face et essayer de comprendre ce qui s'était passé, il y a tant d'années. Pourquoi tu avais changé. Pourquoi Ali devait mourir pour laisser place à cette... méchanceté.

Une lueur traversa le regard de Sayf al-Tha'r et sa main se serra sur son arme. Puis il se détendit et esquissa un sourire.

— J'ai ouvert les yeux, Youssouf, c'est tout. J'ai regardé autour de moi et j'ai vu le monde tel qu'il était. Mauvais et corrompu. La *charia* oubliée. La terre envahie par les *kufr*. J'ai vu et je me suis promis d'agir contre cela. Ton frère n'est pas mort. Il a simplement grandi.

— Et il est devenu un monstre.

— Un fidèle serviteur de Dieu.

Il posa sur Khalifa un regard scrutateur.

— C'était facile pour toi, Youssouf. Tu n'étais pas l'aîné. Tu n'as pas eu à supporter ce que j'ai supporté. À faire face aux mêmes responsabilités. J'ai travaillé dix-huit heures, vingt heures par jour pour vous nourrir, toi et maman. J'ai senti la vie se retirer peu à peu de moi. Et tout autour, les riches Occidentaux dépensaient plus en un seul repas que ce que je gagnais en tout un mois. De telles expériences changent un homme. Elles lui montrent le monde tel qu'il est véritablement.

— J'aurais pu t'aider, dit Khalifa. Je t'ai supplié de me laisser t'aider. Tu n'étais pas obligé de prendre tout le fardeau sur toi.

— J'étais l'aîné. C'était mon devoir.

— Tout comme il est de ton devoir à présent de tuer les gens ?

— Comme dit le Coran : « Combats les incroyants jusqu'à ce qu'ils se soumettent. »

— Il dit aussi : « Ne laisse pas la haine envers un peuple t'inciter à agir injustement. »

— Et aussi : « Ceux qui s'écartent de la voie de Dieu subiront une punition sévère. » Et aussi : « Contre eux, prépare-toi à te servir de toute ta force afin de terroriser les ennemis d'Allah. » Allons-nous rester ici à échanger des versets, Youssouf ? Je pense que je te battrais sur ce terrain-là.

Khalifa baissa les yeux vers la cigarette qu'il tenait à la main.

— Oui, murmura-t-il. Je pense que tu l'emporterais. Je suis sûr que tu pourrais en citer depuis l'aube jusqu'au crépuscule et au-delà. Mais cela ne rendrait pas tes actions justes pour autant.

Il releva les yeux et dévisagea Sayf al-Tha'r.

— Je ne te reconnais pas. Le nez, les yeux, la bouche sont ceux d'Ali. Mais je ne te reconnais pas. Pas là.

Il porta sa main à son cœur.

— Là, tu es un étranger. Moins qu'un étranger. Un vide.

— Je suis toujours ton frère, Youssouf. Quoi que tu puisses dire. Notre sang est le même.

— Non, il ne l'est pas. Ali est mort. J'ai même creusé sa tombe, de mes propres mains, bien qu'il n'y ait eu aucun corps à y ensevelir.

Il leva le bras pour essuyer le sang de ses lèvres avec sa manche.

— Lorsque je pense à Ali, j'éprouve de la fierté. J'éprouve de l'admiration. J'éprouve de l'amour. C'est la raison pour laquelle j'ai donné ce prénom à mon fils aîné. Parce qu'il me remplira toujours de joie et me réchauffera toujours. Mais toi... avec toi, je n'éprouve que de la honte. Quatorze ans. Quatorze ans à éviter d'ouvrir un journal par peur d'y apprendre de nouvelles atrocités. Quatorze ans à dissimuler mon passé. À prétendre que je ne suis pas celui que je suis, parce que je suis le frère d'un monstre.

Une nouvelle fois, une lueur passa dans les yeux de Sayf al-Tha'r et ses mains étreignirent l'arme au point que ses phalanges blanchirent.

— Tu as toujours été faible, Youssouf.

— Tu confonds faiblesse et humanité.

— Non, c'est toi qui confonds humanité et soumission. Pour être libre, il faut parfois prendre des décisions pénibles. Mais comment pourrais-tu comprendre cela ? Après tout, la compréhension naît de la souffrance et j'ai toujours essayé de t'en protéger. C'était peut-être une erreur d'agir ainsi. Tu parles de honte, Youssouf, mais as-tu songé à la honte que j'éprouve ? Mon frère, celui que j'ai aimé, dont je me suis occupé, pour qui je me suis échiné afin de le nourrir, de le vêtir, de l'envoyer à l'université, est devenu un policier. Le serviteur de ceux qui ont fait ça à son propre frère.

Il montra son front balafré.

— Est-ce pour cela que j'ai sué sang et eau ? Que j'ai perdu ma vie ? Crois-moi, tu n'es pas le seul à être déçu. Ni le seul à penser qu'il a perdu un frère. Il ne se passe pas un jour, pas une minute, sans que tu sois dans mes pensées. Et il ne se passe pas un jour sans que ces pensées ne soient assombries par le regret, la colère et l'amertume.

Sa voix était devenue basse et tendue.

— Quand j'ai compris que c'était toi qui étais ici, j'ai pensé que peut-être... juste pour un moment... après toutes ces années...

Ses yeux brillèrent un instant puis s'éteignirent.

— Mais non. Bien sûr que non. Tu n'en as pas la force. Tu m'as trahi. Tu as trahi Dieu. Et tu en seras puni.

Khalifa le regarda.

— Dieu est grand, dit-il simplement. Et Dieu est bon. Et il n'exige pas qu'on tue des gens pour le prouver. Voilà la vérité. Celle que m'a enseignée mon frère Ali.

Ils restèrent les yeux dans les yeux cinq secondes, dix secondes et puis, avec un grognement, Sayf al-

Tha'r appuya sur la détente. Mais il releva le canon, si bien que la rafale partit vers le ciel.

À ce moment-là, Mehmet arriva en courant.

— Surveille-le, dit Sayf al-Tha'r. Surveille-le bien. Ne lui parle pas.

Il se détourna et s'éloigna.

— Tu vas la détruire, n'est-ce pas ? lui cria Khalifa en désignant les caisses entassées derrière lui. Ce sont des explosifs qu'il y a là-dedans.

Sayf al-Tha'r se retourna.

— Ce que nous avons ne sert à rien si le reste de l'armée est conservé. C'est bien dommage, mais il n'y a pas d'autre solution.

Khalifa se contenta de le regarder.

— Pauvre Ali, murmura-t-il.

Ils roulèrent à fond pendant dix minutes. Tara jetait des coups d'œil derrière elle pour s'assurer qu'ils n'étaient pas pourchassés. Quand il devint évident que personne ne les suivait, Daniel ralentit et vira sur la droite pour monter jusqu'au sommet d'une dune, où il s'arrêta. Derrière eux, le camp formait une tache lointaine. Un nuage de fumée se répandait dans le ciel. La pyramide avait pris une teinte orange pourprée dans la première lumière du jour. Ils la contemplèrent en silence.

— On ne peut pas l'abandonner, dit Tara.

Daniel haussa les épaules, mais ne répondit rien.

— Nous pourrions demander du secours.

Elle sortit le téléphone de sa poche.

— La police, l'armée, ajouta-t-elle.

— Perte de temps. Il leur faudrait des heures pour arriver jusqu'ici. À supposer qu'ils nous croient.

Il resta un moment à jouer avec les clés de contact.

— Je vais y retourner, dit-il.

— Nous y retournons tous les deux.

Il eut un sourire.

— J'ai l'impression que nous avons déjà eu une discussion semblable.

— Alors autant ne pas nous répéter. Nous allons y retourner tous les deux.

— Et ensuite ?

Elle haussa les épaules.

— Nous nous en préoccuperons quand nous y serons.

— Bon plan, Tara. Très subtil.

Il lui serra le genou et, avec un soupir, passa une vitesse et descendit de l'autre côté de la dune.

— Au moins, nous aurons une belle journée pour cela, dit-il par-dessus son épaule.

— Pour quoi ?

— Pour le suicide.

Tout d'abord, Daniel se dirigea droit vers l'est, sur environ un kilomètre, jusqu'à ce qu'ils soient séparés de la vallée où l'armée était enterrée par deux grosses dunes. C'est alors qu'il vira vers le sud, mit les gaz et fila vers le rocher, situé en face d'eux et sur la droite.

— Nous allons rouler parallèlement à la vallée jusqu'à ce que nous arrivions à la hauteur du camp, expliqua-t-il. Au moins, de cette façon, nous avons une chance de nous en approcher. Si nous étions revenus par le même chemin, ils nous auraient repérés à un kilomètre de distance.

Ils étaient à l'affût d'un mouvement sur les dunes qui les entouraient. Soudain Daniel s'arrêta et coupa le moteur. Il ferma les yeux et écouta, cherchant à savoir s'ils avaient été repérés. Il n'y avait rien, à part le sable et le silence.

— C'est comme si tout cela n'était qu'un rêve, dit Tara.

— Si seulement c'était le cas...

Ils continuèrent pendant encore cinq minutes jusqu'à ce que Daniel estime qu'ils se trouvaient au niveau du camp. Il tourna alors en direction du sommet de la dune de droite. La pente était raide et ils parvinrent avec peine au sommet dans un hurlement plaintif du moteur. La pyramide s'élevait devant eux et légèrement sur leur gauche, à deux dunes de distance, au-delà desquelles étaient dissimulés le camp et l'excavation. Aucun signe de sentinelles.

— Où sont-ils ? demanda Tara.

— Aucune idée. Ils ont dû redescendre au camp.

Il remit doucement les gaz, descendit la dune et monta sur la suivante. Il ne restait plus qu'une seule dune entre eux et l'armée. Ils entendaient des bruits de voix et des coups de marteau. Mais le paysage restait vide.

— C'est fantastique, dit-elle. On dirait que le désert est plein de gens invisibles.

Daniel coupa le moteur et inspecta le terrain devant eux. Puis, lentement, il relâcha le frein et fila sur la pente en roue libre. L'élan leur fit parcourir encore cinquante mètres sur le plat, puis ils s'arrêtèrent. Ils mirent pied à terre et couchèrent la moto sur le sable.

— À partir de maintenant, nous irons à pied. Je ne veux pas prendre le risque de remettre le moteur en route. Trop de bruit. Si on nous aperçoit... eh bien, il n'y a pas grand-chose à faire. À part courir.

Ils escaladèrent la dune et s'arrêtèrent, les yeux fixés sur le sommet, craignant le moment où quelqu'un pourrait apparaître et les voir. Mais il n'y avait personne. Le cœur battant à cause de l'effort, ils parvinrent au sommet, se jetèrent à plat ventre et rampèrent lentement sur le sable frais jusqu'à ce qu'ils puissent voir la vallée au-dessous d'eux.

Ils se trouvaient juste au-dessus du cratère, en face du grand rocher, le camp étant plus loin sur leur gauche. Une foule d'hommes allaient et venaient dans une grande agitation. Ils emballaient des objets – glaives, boucliers, javelots, cuirasses – et chargeaient les caisses sur des chameaux.

— On dirait qu'ils se préparent à partir, dit Daniel qui fit la grimace en voyant comment les objets étaient manipulés. Regarde, ils ne se servent même plus de paille pour les emballer. Ils les jettent dans les caisses.

Ils restèrent immobiles à observer la scène. Une silhouette immense se déplaçait parmi les ouvriers en criant et en gesticulant. Dravic. Tara eut un spasme de dégoût et détourna le regard.

— Qu'est-ce que c'est que ça ?

Elle lui montra un homme près du bord du cratère, à la base de la pyramide. Il manipulait une petite boîte grise et avait une masse de fils à ses pieds.

Daniel plissa les yeux.

— Oh, mon Dieu ! soupira-t-il.

— Qu'y a-t-il ?

— C'est un détonateur.

— Tu veux dire que...

— Qu'ils vont tout faire sauter, dit-il le visage blême. C'est ce que voulait dire Sayf al-Tha'r, l'autre soir. C'est la seule façon de s'assurer de la valeur de ce qu'ils emportent. C'est la plus grande découverte de l'histoire de l'archéologie, et ils vont la détruire.

Il fit une grimace comme s'il éprouvait une douleur physique.

— Alors, qu'est-ce qu'on fait ?

— Je ne sais pas, Tara. Je ne sais pas. Si nous essayons de descendre par ici, ils vont nous voir tout de suite.

Il détacha son regard du détonateur et se souleva pour regarder vers sa gauche.

— Nous pourrions descendre plus loin, du côté du

camp, mais c'est dangereux. Il suffit que quelqu'un lève les yeux et c'est fini.

— Après avoir fait tout ce chemin, si nous avons une possibilité de descendre, il faut essayer.

— Et ensuite ? Ce policier peut être n'importe où. Il y a une centaine de tentes.

— Eh bien, descendons, nous verrons bien.

Il ne put s'empêcher de sourire.

— C'est ce que j'aime chez toi, Tara. Tu ne réponds jamais à une question que tu peux remettre au lendemain.

Il regarda encore le camp, puis, se retirant du sommet, il se mit debout et partit à flanc de dune. Tara le suivit. Ils avaient parcouru quelques mètres seulement lorsqu'ils entendirent un bruit derrière eux : un bourdonnement lointain, comme si on battait des tambours. Ils s'arrêtèrent, se retournèrent, écoutèrent. Le bruit augmentait.

— Qu'est-ce que c'est ? demanda-t-elle.

— Je ne sais pas. On dirait...

Il tendit l'oreille.

— Merde !

Il l'obligea à se coucher sur le sable.

— Des hélicoptères !

Ils restèrent immobiles, le visage contre la dune, tandis que le bruit se faisait de plus en plus fort. Et bientôt il fut tout autour d'eux, leur emplissant les oreilles. Le sable se mit à s'envoler et à tournoyer. Le souffle les plaquait à terre. Le premier hélicoptère passa en rugissant, à dix mètres du sol. Un autre passa, et encore un autre, et encore un autre. Ils étaient de plus en plus nombreux, semblables à un essaim de criquets géants tournant sans cesse dans le ciel sombre. Et puis ils s'éloignèrent et le souffle cessa.

Tara et Daniel remontèrent en rampant jusqu'à la ligne de crête et regardèrent ce qui se passait.

Trois hélicoptères survolaient la vallée. Les autres atterrissaient, la moitié au sud du camp, l'autre moitié au nord. Dès que leurs roues eurent touché le sol, les ouvriers les entourèrent, prêts à charger les caisses. Les portes de chargement s'ouvrirent toutes ensemble. Les hommes en robe noire se baissèrent pour soulever leurs fardeaux. Soudain, de la fumée et des flammes jaillirent des flancs des hélicoptères et un feu nourri se déclencha.

Les hommes de Sayf al-Tha'r s'enfuirent tandis que les caisses et leur contenu étaient déchiquetés par la mitraille. Le feu s'intensifia, car les hélicoptères en vol s'étaient mis à tirer à leur tour. Les hommes en robe noire s'éparpillaient dans toutes les directions, mais les balles les fauchaient dans leur course. Ceux qui tentèrent de répliquer furent immédiatement abattus par les hélicoptères en vol. Les chameaux éperdus couraient dans tous les sens et piétinaient ceux qui se trouvaient sur leur passage.

— C'est un massacre, murmura Tara. C'est un massacre.

Il y avait des appels et des cris, et le bruit des fûts de carburant qui explosaient. Des hommes vêtus de kaki sautèrent des hélicoptères, s'accroupirent, se déployèrent et se mirent à tirer. Les corps des hommes en robe noire formaient comme des taches d'encre sur le sable.

Daniel se leva.

— Je descends !

Tara se leva aussi, mais il lui mit la main sur l'épaule.

— Reste ici ! Je vais essayer de trouver le policier et de le faire sortir. Fais bien attention !

Avant qu'elle ait pu répondre, il était parti en courant le long de la ligne de crête puis sur la pente en direction du camp. En bas, l'un des hommes de Sayf al-Tha'r sortit d'entre les tentes. Ayant aperçu Daniel, il leva son arme, mais fut fauché par un déluge de feu venu d'au-dessus. Autour de lui, le sable se couvrit de taches de sang. Déviant à peine de sa course, Daniel se pencha, lui prit son arme et entra en courant dans le camp où il disparut derrière un voile de fumée. Tara se pencha pour essayer de voir où il était passé. Soudain, une main tira sa tête en arrière et ses yeux furent face au ciel.

— Je crois que nous avons une affaire à terminer, mademoiselle Mullray.

— Tu aimes Sayf al-Tha'r, n'est-ce pas ? demanda doucement Khalifa.

Il était assis en tailleur sur le sol. À quelques pas à l'intérieur, devant l'entrée, Mehmet était assis, un pistolet-mitrailleur en équilibre sur sa cuisse, les yeux fixés sur le visage de Khalifa.

— Moi aussi, je l'ai aimé autrefois, tu sais. Plus que quiconque au monde.

Le garçon resta silencieux.

— J'étais comme toi. J'aurais donné ma vie pour lui. Avec joie. Mais maintenant...

Il baissa la tête.

— Maintenant, je n'éprouve plus que de la douleur. J'espère que tu ne ressentiras jamais la même chose. Parce que c'est terrible de haïr quelqu'un qu'on a aimé.

Ils restaient assis sans bouger. Khalifa regardait ses mains, le garçon regardait Khalifa. Un léger bourdonnement parvint du dehors puis augmenta progressivement et se fit de plus en plus insistant. Le garçon se leva ; tout en maintenant son arme braquée sur son prisonnier, il écarta le rabat.

— On dirait que vous allez bientôt partir, dit Khalifa.

Dehors les hommes passaient en courant. Le bruit des rotors augmenta en faisant vibrer l'air et finit par tout envahir. Le garçon passa la tête à l'extérieur, regarda en l'air avec un sourire en se réjouissant de la chaleur du soleil et du souffle du vent. Son prisonnier avait raison. Ils allaient bientôt partir. Sayf al-Tha'r et lui. Et bientôt également, tout ce qu'il y a de mauvais dans le monde allait prendre fin. C'est pour cela qu'ils étaient venus ici. Pour réaliser le paradis sur terre. Pour obéir à Dieu. Il ressentit un sursaut d'espoir et de bonheur.

— Je ne le haïrai jamais, dit-il en se retournant vers Khalifa, sachant bien qu'il ne devait pas parler mais incapable de s'en empêcher. Jamais. Quoi que vous puissiez dire. C'est un homme bon. Personne ne s'est jamais occupé de moi, à part lui.

Son sourire s'épanouit.

— C'est vrai que je l'aime. Je resterai toujours à ses côtés. Je ne l'abandonnerai jamais.

Ses yeux étaient brillants d'amour et d'innocence. Brusquement, il y eut un grondement assourdissant et la toile fut déchirée. Le garçon tomba à genoux, le côté du crâne arraché, perdant son sang et sa cervelle sur son épaule. Il resta une seconde ainsi, oscillant, avec le même sourire sur sa bouche ensanglantée, puis il tomba en avant sur Khalifa, le renversant sur le sol. D'autres balles jaillirent d'au-dessus ; elles s'enfoncèrent dans les membres et le torse du garçon en le faisant tressauter comme une marionnette. Ensuite l'hélicoptère partit plus loin et le corps demeura immobile, les doigts repliés comme pour s'accrocher au bord d'un précipice.

Tout d'abord, Khalifa ne put bouger. Puis, lentement, délicatement, il écarta le cadavre et se releva. Le toit de la tente était en lambeaux et le sol percé de cratères. Si le garçon n'était pas tombé sur lui, il aurait été tué, sans aucun doute possible. Il se pencha pour lui prendre le pouls, sachant bien que c'était inutile, puis il passa la main sur les yeux de Mehmet pour lui fermer les paupières.

— Il ne te méritait pas, murmura-t-il.

Des flammes commençaient à lécher l'arrière de la tente et emplissaient l'intérieur de fumée. Tout en toussant, Khalifa ôta sa robe imprégnée de sang et prit l'arme du jeune garçon. Il regarda une dernière fois le cadavre perforé de balles, puis souleva le rabat et se pencha pour sortir.

Le camp était devenu un enfer. Il y avait partout de la fumée et des flammes. À travers l'air embrumé, on devinait des ombres, les unes courant, les autres couchées sans vie sur le sol. Au-dessus tournaient trois hélicoptères qui tiraient sans discontinuer. Un fût explosa. Le vacarme était assourdissant.

Khalifa saisit la situation d'un coup d'œil et se mit à courir. Il n'avait pas fait trente mètres qu'une rafale vint hacher le sable sur sa droite, le forçant à plonger derrière une caisse. Il esquissa un mouvement pour se relever mais se baissa à nouveau, car deux hommes en kaki, qui portaient des masques à gaz, apparaissaient dans la fumée juste devant lui. Il crut qu'ils l'avaient vu. Mais l'un fit signe à l'autre et ils disparurent. Khalifa compta jusqu'à trois, se leva et se remit à courir.

Il contourna une pile de fûts en flammes, sauta pardessus un cadavre fumant avant de regarder au-dessus de lui pour s'assurer de la position des hélicoptères. L'un des hommes de Sayf al-Tha'r apparut en titubant et s'effondra devant lui, les mains pleines de sang agrippées à son estomac. Khalifa se laissa tomber à genoux auprès de lui.

— Sayf al-Tha'r, s'écria-t-il. Où est Sayf al-Tha'r ?

L'homme le regarda. Des bulles de sang se formaient aux coins de sa bouche.

— S'il te plaît ! hurla Khalifa. Où est Sayf al-Tha'r ?

L'homme remuait les lèvres, mais aucun son n'en sortait. De l'une de ses mains, il s'accrocha à la chemise de Khalifa, la tachant de sang. Khalifa lui prit la main.

— Dis-le-moi ! S'il te plaît ! Où est-il ?

L'homme le regarda d'abord sans comprendre. Puis, dans un suprême effort, il retira sa main et la tendit derrière lui vers l'excavation.

— Rocher ! dit-il en étouffant. Rocher !

Il s'effondra en arrière, mort.

Khalifa dit une courte prière, se leva et reprit sa course sans se soucier de ce qui l'entourait. Il atteignit le bord du cratère et se jeta derrière une balle de paille, regardant désespérément vers le rocher, sur sa gauche.

— Où es-tu, frère ? cria-t-il. Où es-tu ?

Dans un premier temps, il ne le vit pas. Il y avait trop d'agitation, trop de confusion. Puis, au moment où il perdait espoir, un rideau de fumée se fendit et il aperçut une petite silhouette penchée à la base du rocher avec, à ses pieds, une boîte d'où sortait un gros câble noir qui serpentait dans la tranchée. C'était à une distance de cent mètres, mais on ne pouvait se méprendre sur ce qu'il était en train de faire.

— Je t'ai trouvé ! cria-t-il.

Il se mit à courir. Il perçut un mouvement sur sa gauche, se tourna et tira. Un homme en robe noire s'effondra sur une pile de boucliers. Un autre homme sortit à demi de derrière une caisse en bois et Khalifa tira encore, l'atteignant à la poitrine. Il ne lui restait que quelques secondes, seulement quelques secondes.

Il entra dans une fumée épaisse et tout devint noir. Il trébucha, perdit l'équilibre, mais parvint à se rétablir et continua en suffoquant, sans savoir s'il était toujours dans la bonne direction. Le nuage de fumée semblait interminable et il commençait à se demander s'il en sortirait jamais lorsque, aussi soudainement qu'il était apparu, le nuage se dissipa. À quelques mètres de distance, alors que la paroi du rocher s'élevait, massive, au-dessus de lui, se trouvait Sayf al-Tha'r, le doigt sur le bouton du détonateur, prêt à détruire les restes de l'armée de Cambyse. Khalifa prit son élan, bondit et projeta son frère contre le rocher.

Tout d'abord, Sayf al-Tha'r resta immobile, recroquevillé, le corps mou. Un filet de sang coulait sur sa tempe, qui avait heurté les aspérités du rocher. Puis, avec un râle de douleur, il retrouva son souffle et s'élança sur Khalifa, la bouche écumante et distordue par un rictus de rage.

— Je vais te tuer, rugit-il. Je vais te tuer !

Il prit la tête de Khalifa et la cogna contre le rocher, une fois, deux fois, trois fois.

— Tu m'as trahi, Youssouf ! Toi, mon frère ! Mon propre frère !

Il le releva pour le mettre à genoux et le frappa sur la bouche.

— Tu ne peux pas te battre contre moi ! Je suis trop fort. J'ai toujours été trop fort. Dieu est avec moi.

Il continua à le frapper, puis il le projeta de côté sur le sable, se redressa et retourna vers le détonateur. Dans un geste désespéré, Khalifa lança sa jambe, accrocha celle de Sayf al-Tha'r et le fit tomber. Il se mit sur lui et immobilisa ses bras.

— Je t'aimais ! cria-t-il, les yeux pleins de larmes. Mon frère, mon sang. Pourquoi fallait-il que tu deviennes ainsi ?

Sous lui, Sayf al-Tha'r se cambrait et se tordait.

— Parce qu'ils sont mauvais ! lança-t-il. Tous. Mauvais.

— Ce sont des femmes et des enfants. Ils ne t'ont rien fait.

— Ils ont tué notre père !

Il libéra une de ses mains et chercha à atteindre les yeux de Khalifa.

— Tu ne comprends pas ça, continua-t-il. Ils ont tué notre père. Ils ont gâché notre vie !

— C'était un accident, Ali ! Ce n'était pas leur faute !

— C'était leur faute ! Ils ont détruit notre famille ! Ils sont mauvais ! Tous ! Des démons !

Avec une force terrible, il repoussa Khalifa et, s'étant relevé, lui donna des coups de pied dans les côtes.

— Je vais les massacrer ! Tu m'entends ? Je vais les massacrer ! Jusqu'au dernier !

Il continua à donner des coups de pied, repoussant Khalifa jusqu'au bord du cratère. L'inspecteur chercha éperdument autour de lui un objet qui puisse servir d'arme. Un poignard ancien, avec une lame verte et ébréchée, était sur le sable à proximité. Il s'en empara et frappa en l'air pour tenir son frère à l'écart. Aussitôt, Sayf al-Tha'r se jeta sur lui, lui saisit le poignet, tout en appuyant sur sa poitrine avec ses genoux, et le tordit lentement pour tourner la pointe du poignard vers la gorge de Khalifa.

— Ils croient qu'ils peuvent nous traiter comme des animaux ! hurla-t-il. Ils croient être au-dessus des lois. Mais ils ne sont pas au-dessus des lois de Dieu. Dieu voit leur méchanceté. Et Dieu exige la vengeance !

Il se mit à pousser le poignard vers le bas. Khalifa tenta de l'écarter. Les bras et les poignets de son frère frémissaient, mais il était le plus fort. Centimètre par centimètre, la pointe s'approchait de la gorge et finalement elle vint presser juste au-dessus de la pomme d'Adam et fendit la peau. Khalifa tint bon encore un peu, puis il lâcha prise. Il regarda son frère dans les yeux. Le bruit de la bataille s'estompa et ils furent seuls tous les deux.

— Vas-y, murmura Khalifa.

Bien qu'il fût seul à tenir le poignard, les mains de Sayf al-Tha'r tremblaient violemment, comme s'il combattait un adversaire invisible.

— Vas-y, répéta Khalifa. Le moment est venu. Je veux en finir avec toi. Retrouver mon frère. Mon grand frère. Vas-y. Vas-y !

Il ferma les yeux. Le poignard s'enfonça d'un cheveu dans sa gorge, un filet de sang se mit à descendre le long de son cou. Puis tout s'arrêta, et le poignard fut retiré. Khalifa entendit le sable crisser près de lui et plus rien ne pesa sur sa poitrine. Il rouvrit les yeux.

Son frère était debout, penché sur lui. Ils se regardèrent, l'un et l'autre cherchant à comprendre, cherchant quelque chose à quoi se raccrocher, puis Sayf al-Tha'r partit vers le détonateur. Il fit un pas, deux pas, une brève rafale le projeta de côté contre le rocher et il tomba. Il resta d'abord assis, appuyé à la paroi. Un filet de sang coulait de sa bouche et ses doigts s'accrochaient mollement au sable. Puis une autre volée de balles le frappa à la poitrine, le fit basculer et rouler jusqu'au fond du cratère, parmi les bras et les jambes desséchés, comme si l'armée le revendiquait comme l'un des siens.

Horrifié, Khalifa aperçut Daniel, à dix mètres de là. Le pistolet-mitrailleur à la main, il s'avança lentement, se pencha et arracha le câble du détonateur. Khalifa se remit sur le dos, les yeux aveuglés par les larmes tournés vers le ciel.

— Ali, murmura-t-il.

Dravic tira Tara à l'écart de la ligne de crête. Les scènes confuses qui se déroulaient en bas disparurent de sa vue, cachées par la dune. Elle lui donna des coups de poing et le griffa, mais il était bien trop fort et la manipulait comme si elle n'était qu'une poupée de chiffon. Elle ne cria pas, sachant bien que cela ne servirait à rien dans le vacarme des coups de feu et des explosions qui emplissait l'air.

— Je vais vous donner une leçon que vous n'oublierez jamais, lui dit-il. Vous avez tout gâché et maintenant vous allez payer.

Il continua à la tirer jusqu'à ce qu'ils soient sous le sommet. Là, il la força à se coucher sur le ventre. Prenant appui sur son pied droit, il lui enfonça son genou gauche au creux des reins. Elle essaya de le frapper à l'entrejambe, mais il était trop grand et son poing s'abattit sans effet sur sa cuisse. Il lui tira la tête en arrière par une mèche de cheveux, faisant apparaître l'arc blanc de son cou. Une odeur de sueur piqua les narines de Tara comme de l'ammoniaque.

— Quand j'en aurai fini avec vous, vous souhaiterez n'avoir été que violée !

— Vous êtes un homme courageux, Dravic ! dit-elle en suffoquant. Tuer les femmes et les enfants. Un vrai héros.

Il rit et lui tira la tête un peu plus en arrière en faisant craquer les vertèbres.

— Oh, je ne vais pas vous tuer. Ce serait bien trop doux. Je vais me contenter de vous faire quelques balafres.

Il tira de sa poche la truelle et la tint devant elle en lui montrant le bord aiguisé.

— J'aime à penser qu'à partir de ce jour vous ne vous regarderez plus jamais dans une glace sans vous souvenir du temps que nous avons passé ensemble. Mais il faudra me demander de vous laisser un œil pour pouvoir vous regarder.

Il passa le plat de la truelle sur sa joue et sur sa poitrine et tapota le mamelon avec l'extrémité. La pointe se durcit un peu.

— Eh bien, eh bien, dit-il en ricanant et en tirant la chemise pour faire apparaître la poitrine de Tara. En voilà une petite salope ! On dirait que vous aimez l'amour vache.

— Allez vous faire foutre, Dravic.

Elle essaya de lui cracher dessus, mais elle n'avait plus de salive.

Il se pencha, presque contre son visage, les lèvres humides et tremblantes.

— Alors, par quoi allons-nous commencer, hein ? Une oreille ? Un œil ? Un mamelon ?

Il porta la truelle à sa bouche, la lécha et l'appliqua sur sa poitrine en se penchant un peu en arrière pour éviter la main de Tara qui essayait vainement d'atteindre son visage. Elle sentait la truelle sur sa peau, convaincue qu'il était sur le point de la mutiler. Elle saisit une poignée de sable et la lui projeta au visage.

— Espèce de pute ! hurla-t-il en lui lâchant les cheveux et en portant ses mains à ses yeux. Espèce de sale pute !

Elle se dégagea de son emprise et roula sur le dos. Il était à moitié debout, à moitié agenouillé, les jambes de part et d'autre du corps de Tara, les yeux larmoyants à cause du sable. De toute la force qu'elle put rassembler, elle le frappa avec son pied droit à l'entrejambe et lui écrasa les testicules. Il poussa un cri – un cri haut perché, hystérique – et se plia en deux en toussant fort.

— Je vais te balafrer, dit-il en bavant. Je vais t'arracher le visage.

Il la frappa avec la truelle, mais elle évita le coup et se précipita sur la pente de la dune. Dravic la suivit, voulut la frapper, la rata, frappa encore, atteignit le pan de sa chemise et soudain ils se trouvèrent tous les deux en train de dévaler la pente, ne formant plus qu'une masse indistincte qui tournait sur elle-même. En bas de la dune, Tara tomba à plat sur le sable. Elle demeura immobile, étourdie et désorientée, puis se mit tant bien que mal sur ses pieds. Dravic avait roulé plus loin sur la partie plane, à dix mètres d'elle. Lui aussi se relevait, la truelle à la main. Il avait le nez qui saignait.

— Pétasse, dit-il en toussant.

Il avança vers elle. Ses pieds s'enfonçaient profondément dans le sable. Tara recula, prête à s'enfuir. Le géant leva la jambe et fit un autre pas, mais s'enfonça encore plus, au niveau du genou. Il se pencha en arrière et tira sur sa jambe, mais elle paraissait retenue par en dessous et ne voulait pas venir.

— Oh, non ! dit-il d'une voix où l'on devinait la peur. Non, pas ça !

Il releva un visage terrorisé vers Tara.

— Pas ça !

Il resta d'abord immobile, les yeux implorants, comme un enfant, puis il se débattit, le visage déformé par un rictus d'effort et de terreur. Il se cambra, se pencha en avant, essaya de libérer ses jambes, mais ne fit que s'enfoncer plus profondément dans les sables mouvants, jusqu'aux cuisses, jusqu'au ventre, et jusqu'à la taille. Il se pencha en arrière, plaça ses mains de chaque côté et poussa, mais ses bras s'enfoncèrent aussi. Il les dégagea, tenant toujours la truelle, et fit un nouvel essai. Avec le même résultat. Le sable lui arrivait aux côtes. Il se mit à pleurer.

— Aidez-moi ! cria-t-il à Tara. Pour l'amour de Dieu, aidez-moi !

Il tendit une main vers elle.

— Je vous en prie, aidez-moi !

Les larmes coulaient sur son visage et il agitait les bras. Il se mit à crier, à pousser un hurlement animal chargé de désespoir, à frapper le sable de ses poings. La partie supérieure de son corps était secouée comme s'il était traversé par un courant électrique. Mais le désert refusait de lâcher prise, le tirait doucement vers le bas, jusqu'au niveau des aisselles, puis des épaules et finalement il ne resta plus que son énorme tête et un avant-bras, la truelle toujours en main. Incapable de regarder plus longtemps, Tara fit demi-tour.

— Non ! hurla-t-il dans son dos. Non ! Ne me laissez pas seul ! Je vous en supplie, ne me laissez pas seul ! Aidez-moi ! tirez-moi de là !

Elle remonta sur la dune.

— Je vous en supplie, implorait-il. Je regrette ce que j'ai fait ! Je le regrette ! Ne me laissez pas comme ça ! Pas tout seul ! Revenez ! Reviens salope ! Je vais te tuer ! Oh, mon Dieu, aidez-moi !

Ses cris continuèrent jusqu'à ce qu'elle arrive à mi-pente, et puis ils cessèrent d'un coup. Arrivée près du sommet, elle se retourna pour regarder. Elle vit seulement le haut de son crâne qui émergeait encore du sable et, à côté, sa truelle. Elle frissonna et continua jusqu'au sommet.

Lorsque Tara parvint en haut de la dune, la bataille était presque terminée. L'incendie faisait rage partout et l'air était chargé de fumée et de vapeurs, mais la fusillade avait cessé et les trois hélicoptères avaient atterri. Des hommes en kaki, manifestement des soldats, avançaient méthodiquement dans les décombres, s'arrêtant ici et là pour lâcher une rafale sur les corps en robe noire qui jonchaient le sol. Les chameaux erraient sans but. Plus aucun homme de Sayf al-Tha'r n'était encore debout.

Elle observa la scène pendant quelque temps, puis remarqua deux hommes à l'écart des autres, près de la base du grand rocher noir. Ils se trouvaient à une certaine distance, mais l'un d'eux portait une chemise blanche et elle eut la certitude que c'était Daniel. Elle se mit à descendre. Arrivée en bas, elle se couvrit le bas du visage avec sa chemise pour se protéger de la fumée et traversa le champ de bataille. Il y avait des soldats partout. Elle essaya d'en arrêter un pour lui demander ce qui se passait, mais il fit comme si elle n'existait pas. Elle essaya avec un autre, sans succès. Elle poursuivit alors son chemin en direction de la pyramide, contournant le cratère pour s'approcher des deux hommes qu'elle avait aperçus du haut de la dune. Daniel était le plus proche. Assis sur le sable, il contemplait le fond de la tranchée, un pistolet-mitrailleur à l'épaule. Khalifa se trouvait plus loin, appuyé contre le rocher, une cigarette à la bouche, le visage enflé et tuméfié, la chemise tachée de sang. Ils levèrent les yeux à son approche, mais ni l'un ni l'autre ne lui adressa la parole.

Elle alla vers Daniel, s'accroupit auprès de lui, lui prit la main et la serra. Il serra la sienne à son tour, mais ne dit toujours rien. Khalifa s'inclina vers elle.

— Vous allez bien ? lui demanda-t-il.

— Oui, merci. Et vous ?

Il acquiesça et tira sur sa cigarette. Elle aurait voulu lui demander ce qui se passait, qui étaient ces soldats, ce que tout cela voulait dire, mais elle sentait qu'il n'avait pas envie de parler.

À proximité, un chameau mâchait de la paille. La caisse qui était sur son dos était criblée de balles. Le soleil était levé et l'air commençait à être plus chaud.

Cinq minutes passèrent, puis dix. On entendit venir au loin un hélicoptère. Il survola la dune, resta quelques instants au-dessus de la vallée, avant d'atterrir à cinquante mètres de l'endroit où ils étaient assis. Ils tournèrent la tête à cause du sable que l'hélicoptère projetait vers eux. Le chameau courut plus loin sur le pourtour du cratère.

Dès qu'il fut au sol, le pilote coupa le moteur et les rotors s'éteignirent. Plusieurs soldats accoururent et tirèrent la porte à glissière de l'autre côté de l'appareil. On entendit un bruit de voix indistinctes, puis quatre hommes firent le tour de l'engin. Tara en reconnut trois – Squires, Jemal et Crispin Oates. Le quatrième, un gros homme chauve qui s'épongeait le front avec un mouchoir, elle ne le connaissait pas. Ils s'avancèrent sur le sable, incongrus dans leurs costumes cravates, et s'arrêtèrent à quelques mètres d'eux.

Tara et Daniel se levèrent.

— Bonjour à vous tous, s'écria Squires d'un ton jovial. Eh bien, quelle aventure, n'est-ce pas ?

42

Désert occidental

Pendant plusieurs secondes, personne ne dit rien.
Puis le gros homme prit la parole.

— Je vous laisse vous en occuper, Squires. J'ai
d'autres choses à faire.

— Au moins, présentez-vous, mon vieux.

— Ce n'est pas un pique-nique.

Il cracha par terre et s'éloigna en s'essuyant la nuque
avec son mouchoir. Squires le regarda partir.

— Pardonnez à notre ami américain. Un excellent
camarade à sa façon, mais un peu sous-éduqué sur le
chapitre de la politesse.

Il leur adressa un sourire d'excuse et sortit de sa
poche un caramel dont il entreprit d'enlever le papier.
Ses longs doigts tiraient sur le Cellophane comme les
pattes d'une grande araignée. Il y eut un silence pro-
longé, que Khalifa finit par rompre.

— C'était un montage, n'est-ce pas ? dit-il d'une
voix calme en jetant sa cigarette dans le cratère. La
tombe, le texte, tout ça...

Il désigna ce qui les entourait.

— Un montage, continua-t-il, pour tromper Sayf al-
Tha'r et le faire rentrer en Égypte, où vous pourriez
l'attraper.

501

Squires haussa légèrement les sourcils, mais se contenta de défaire son caramel en silence et de le mettre dans sa bouche.

Malgré la chaleur, Tara sentit un frisson glacé sur sa peau.

— Vous voulez dire que...

Elle n'arrivait pas à y voir clair.

— La tombe était un faux, dit Khalifa. Pas les objets. Ils étaient authentiques. Mais la décoration murale, le texte, tout cela était d'aujourd'hui. Un appât pour attirer Sayf al-Tha'r. Une idée brillante, quand on y songe.

Tara tourna vers Squires un visage où se lisait un mélange d'indignation et d'incompréhension. Blême, Daniel avait le corps tendu, comme s'il s'attendait à recevoir un coup.

— Alors à quoi appartenez-vous exactement ? demanda Khalifa. À l'armée ? Aux services secrets ?

Squires suçait pensivement son caramel.

— Un peu aux deux. Mieux vaut ne pas trop préciser. Qu'il suffise de dire que chacun d'entre nous représente son gouvernement dans ce qu'on pourrait appeler une opération de renseignement.

Il chassa une poussière sur sa manche, avant de demander à Khalifa :

— Alors, qu'est-ce qui vous a fait comprendre que la tombe n'était pas authentique ?

Khalifa haussa les épaules.

— En premier lieu, les *shabtis* de la boutique d'Iqbar. Ils étaient assurément d'époque, mais d'une période plus tardive que celle de la tombe d'où ils avaient été tirés. Tout le reste appartenait à la première domination perse, eux à la seconde. S'ils avaient été d'une période antérieure, j'aurais pu l'admettre. Ils auraient pu avoir été volés dans une autre tombe et réutilisés. Mais une période plus tardive, ça ne collait pas. Comment un objet du IVe siècle av. J.-C. pouvait-il se trouver dans une tombe qui avait été fermée un siècle et demi auparavant ? On pouvait trouver des explications, mais cela m'a conduit à penser qu'il y avait quelque chose qui clochait. Ce n'est qu'après avoir vu la tombe que j'en ai été certain.

— Vous avez un œil très perçant, dit Squires. Nous étions persuadés que nous l'avions reconstituée d'une manière parfaite.

— Vous l'avez fait, répondit Khalifa. Elle était vraiment parfaite. C'est précisément cela qui était révélateur. Mon vieux professeur m'a dit que, dans l'art de l'ancienne Égypte, rien n'est absolument parfait. Il y a toujours au moins une imperfection, même minime. J'ai parcouru chaque centimètre de la tombe, et je n'y ai pas trouvé une seule erreur. Pas de tache d'encre, pas de hiéroglyphe mal aligné, pas de trace de correction. Elle était impeccable. Trop impeccable. Les Égyptiens n'avaient pas une pareille exactitude. C'était nécessairement un faux.

La main de Daniel quitta celle de Tara et il s'éloigna de quelques pas en hochant la tête, un sourire imperceptible sur les lèvres. Elle aurait voulu aller vers lui, le prendre dans ses bras, lui dire qu'il ne pouvait pas savoir, mais elle sentait qu'il ne tenait pas à ce qu'elle s'approche.

— Même à ce moment-là, je ne comprenais pas bien ce qui se passait, continua Khalifa. Il était évident que quelqu'un s'était donné beaucoup de mal pour fabriquer une tombe. Et le but de cette tombe, c'était de conduire celui qui la trouverait ici, dans le désert. Je me doutais bien que l'un des services secrets était impliqué. C'étaient eux qui me suivaient à Louqsor. Et l'ambassade britannique aussi.

Il jeta un regard à Oates.

— Mais je ne voyais pas comment tout cela était imbriqué. Jusqu'à l'arrivée des hélicoptères, il y a une demi-heure. Alors tout s'est mis en place.

On entendit une rafale, à l'autre bout du camp. Ils sentirent un souffle de vent chaud.

— Quelle ironie, vraiment, soupira Khalifa. La somme d'argent que vous avez dépensée pour monter tout cela aurait suffi à résoudre les problèmes qui, fondamentalement, engendrent des gens comme Sayf al-Tha'r. Combien cela vous a-t-il coûté d'enterrer tous ces corps ici ? Des millions de dollars ? Des dizaines de millions ? Vous avez dû vider toutes les réserves des musées d'Égypte.

Squires continua à sucer son caramel en silence, puis il se mit à rire.

— Mon cher inspecteur, vous avez pris le problème par le mauvais bout. La tombe était un faux, comme vous l'avez intelligemment déduit. Et comme vous l'avez compris aussi, le but était d'attirer celui qui la trouverait dans le désert. Mais nous n'avons pas eu besoin d'enterrer quoi que ce soit. Tout y était déjà.

Il remarqua l'étonnement sur le visage de Khalifa et son rire redoubla.

— Oui, c'est bien l'armée de Cambyse. La vraie. Telle qu'elle a été enterrée il y a deux mille cinq cents ans. Tout ce que nous avons fait a consisté à construire un plan autour d'elle.

— Mais je croyais...

— Que nous l'avions mise ici nous-même ? Je crains que vous n'ayez surestimé nos capacités. Même en associant les ressources des gouvernements égyptien, américain et britannique, nous aurions eu du mal à travailler à cette échelle.

Khalifa regardait dans le cratère, incrédule. Les restes de l'armée s'étendaient à perte de vue – des bras, des jambes, des têtes et des torses, un mélange de chairs et de tendons ossifiés, et, ici et là, un visage aux yeux vides, à la bouche ouverte, émergeant d'une marée humaine saccagée.

— Quand a-t-elle été trouvée ? demanda-t-il dans un murmure.

— Il y a un peu plus de douze mois, dit Squires en souriant. Par un jeune Américain, John Cadey. Il a passé toute une année à travailler ici tout seul. Les gens le traitaient de fou, mais il était convaincu qu'elle se trouvait ici, et c'était bien le cas. C'est l'une des plus grandes découvertes de l'histoire de l'archéologie. Peut-être la plus grande. C'est bien dommage qu'il n'ait pas vécu assez longtemps pour jouir de son triomphe.

Jemal s'était mis à manier ses perles. On n'entendait que leur cliquetis, amplifié par le silence du désert.

— Où en est-on pour le temps, Crispin ? demanda Squires.

Oates regarda sa montre.

— Environ vingt minutes.

— Eh bien, je pense que le moins que nous puissions faire, c'est de donner à nos amis une explication sur les tenants et les aboutissants de ce qui s'est passé, vous ne croyez pas ?

Il mit les mains dans ses poches et s'avança jusqu'au bord du cratère. En bas, le corps de Sayf al-Tha'r gisait dans un entremêlement de bras et de jambes.

— Tout a commencé avec un jeune homme appelé Ali Khalifa.

Il contempla le corps, puis se retourna.

— Oh ! oui, inspecteur, nous savons tout de votre parenté. Je compatis, vraiment. Cela n'a pas dû être facile pour un citoyen respectueux des lois comme vous d'être le frère du terroriste le plus recherché d'Égypte. Pas facile du tout.

505

Khalifa regarda Squires sans rien répondre. À l'autre bout du camp, un fût de carburant explosa.

— Il a commencé à attirer notre attention au milieu des années quatre-vingt. Auparavant, il avait appartenu à toute une série de groupes fondamentalistes secondaires. Il n'y avait pas là de quoi nous inquiéter. Mais en 1987 il prit ses distances et, adoptant le pseudonyme de Sayf al-Tha'r, il créa sa propre organisation. Et il se mit à assassiner des étrangers. Ce qui était jusque-là un problème intérieur devint une affaire internationale. Je m'y suis trouvé impliqué au nom du gouvernement de Sa Majesté. Massey, que vous venez de rencontrer, représentait les Américains.

Les soldats avaient commencé à ramasser les cadavres et les alignaient au bord de l'excavation. Tara les observa ; la voix de Squires lui semblait lointaine. Du coin de l'œil, elle voyait Daniel le regard fixé sur les restes de l'armée de Cambyse, le visage sans expression, le pistolet-mitrailleur toujours à la main.

— Nous avons fait tout ce que nous avons pu pour le capturer, continua Squires. Mais il était intelligent. Il s'arrangeait toujours pour avoir une longueur d'avance. Nous avons failli l'attraper en 1996, dans une embuscade à Assiout, mais il nous a filé entre les doigts une nouvelle fois et est passé de l'autre côté de la frontière avec le Soudan. Après cela, il est devenu impossible de le prendre. Nous avons arrêté ses partisans en grand nombre, mais cela ne servait à rien tant que l'homme lui-même était en liberté. Et tant qu'il restait en dehors de l'Égypte, nous ne pouvions pas espérer l'attraper.

— C'est pourquoi vous avez tendu un piège pour le faire revenir, dit Khalifa.

— À vrai dire, dit Squires avec un sourire, c'est plutôt le piège qui s'est mis en place tout seul. Nous n'avons fait qu'ajouter certains détails.

Il prit son mouchoir pour essuyer les verres de ses lunettes. Les perles de Jemal cliquetaient plus rapidement.

— La crise est survenue il y a un peu plus d'un an quand il a manqué de tuer l'ambassadeur des États-Unis. Cet attentat a vraiment déclenché une tempête. Nous avons été soumis à une pression extraordinaire pour le capturer. Il y avait toutes sortes de projets dans l'air. On parla même d'une frappe nucléaire ponctuelle sur le Nord-Soudan. Et puis voilà que le docteur Cadey a fait sa stupéfiante découverte, et nous nous sommes mis tous ensemble à réfléchir à différents scénarios.

On entendit au loin un cri suivi d'une brève rafale.

— Nous surveillions Cadey depuis quelque temps, expliqua Jemal. Il travaillait près de la frontière avec la Libye et nous voulions nous assurer qu'il ne faisait rien qui puisse porter atteinte à la sécurité nationale. Un jour, nous avons intercepté un pli qu'il avait envoyé, depuis Siwa. Il contenait des photos : un cadavre, des armes, des vêtements. C'était accompagné d'une note. Une seule phrase : « L'armée de Cambyse n'est plus perdue. »

— Au début, nous n'avons pas mesuré les potentialités de cette découverte, dit Squires. C'est Crispin qui nous les a fait pressentir. Qu'avez-vous dit, mon vieux ?

— Que c'était une bonne chose que ce ne soit pas Sayf al-Tha'r qui l'ait découverte, car il serait devenu assez riche pour équiper sa propre armée.

Oates arbora un sourire satisfait.

— Ce fut l'étincelle. Nous nous sommes mis à réfléchir. Et si Sayf al-Tha'r l'avait découverte ? Une trouvaille de cette importance lui assurerait une indépendance complète et mettrait fin à tous ses problèmes de financement. Un don de Dieu. Et il voudrait presque certainement la voir par lui-même. Il était inconcevable qu'un homme passionné comme lui par l'histoire reste au Soudan pendant que ses hommes déterreraient un tel trésor. Il allait certainement revenir. Et quand il le ferait...

Il porta ses lunettes à sa bouche, souffla sur chaque verre et se mit à les frotter lentement avec son mouchoir. De plus en plus de corps étaient alignés sur le bord du trou, comme des rangées de grands dominos noirs.

— Nous avons approché Cadey et lui avons proposé de coopérer, continua Squires, mais il s'est montré peu accommodant et, à la fin, il ne nous a pas laissé d'autre choix que de... le soustraire de l'équation. Désagréable, mais l'enjeu était trop important pour laisser un individu se mettre en travers de notre route.

Tara le regarda avec de grands yeux. Elle hochait la tête. Un mélange d'incrédulité et d'horreur se lisait sur son visage. L'Anglais parut ne pas remarquer son expression. Il leva ses lunettes, les examina et reprit leur nettoyage.

— Le problème était le suivant : comment amener Sayf al-Tha'r jusqu'à l'armée sans qu'il soupçonne qu'on l'y conduisait. C'était le point clé : il fallait qu'il croie qu'il faisait la découverte lui-même. S'il venait un seul instant à penser que la découverte était suspecte, il n'y toucherait pas, même avec une longue perche.

— Mais pourquoi vous donner le mal de fabriquer cette tombe ? demanda Khalifa. Pourquoi ne pas infiltrer dans son organisation quelqu'un qui prétendrait savoir où était l'armée ?

— Parce qu'il n'y aurait jamais cru, répondit Squires. Nous ne sommes pas dans les collines thébaines où les gens font constamment de nouvelles découvertes. Nous sommes au milieu de nulle part. Il est inconcevable que quelqu'un trouve l'armée par hasard.

— Cadey l'a fait.

— Mais Cadey était un archéologue professionnel. Les gens de Sayf al-Tha'r sont des *fellahin*, des paysans. Ils n'ont rien à faire par ici. Cela n'aurait pas sonné vrai.

— Tandis que la tombe d'un soldat survivant... ?

— Étrangement, oui. C'était tellement tiré par les cheveux que ça ne pouvait être que vrai. Sayf al-Tha'r aurait des soupçons, bien sûr. Qui n'en aurait pas ? Mais pas autant que si quelqu'un était venu prétendre qu'il avait découvert l'armée.

Après avoir frotté ses verres une dernière fois, il remit le mouchoir dans sa poche. Khalifa sortit son paquet de cigarettes et en prit une. Une caisse finissait de se consumer, à proximité. S'en approchant, il tint le bout de la cigarette contre le bois rougeoyant.

— Vraiment, mon vieux, je ne peux pas supporter de vous voir allumer vos cigarettes de cette façon, dit Squires.

— Dravic m'a pris mon briquet, dit Khalifa en haussant les épaules.

— Quel manque de délicatesse de sa part.

Squires se tourna vers Jemal.

— Soyez gentil, pourriez-vous prêter des allumettes à l'inspecteur ?

L'Égyptien en tira une boîte de sa poche et la lança.

— Au fait, est-ce que l'un d'entre vous a vu notre ami Dravic ? demanda Squires. Il semble avoir adopté un profil remarquablement bas.

Tara, qui continuait à regarder la rangée de corps en robe noire, dit d'une voix terne, indifférente :

— Il est mort. De l'autre côté de la dune. Les sables mouvants.

Squires se mit à sourire.

— Bon, eh bien cela nous fait un problème en moins.

Il sortit de sa poche un autre caramel et défit l'enveloppe.

— Où en étais-je ?

— La tombe, dit Khalifa.

— Ah oui, la tombe. Il n'était pas possible d'en creuser une. Cela aurait été complètement impraticable. Heureusement, il en existait une qui convenait parfaitement. La bonne période et la bonne configuration. Vide. Sans décoration. Et, ce qui était le plus important, inconnue de tous à l'exception d'une poignée de spécialistes de la nécropole thébaine. Les gens de Sayf al-Tha'r n'en avaient certainement jamais entendu parler, ce qui était le point crucial pour que l'opération réussisse.

Il s'interrompit pour décoller le papier qui adhérait au caramel.

— Mais même avec une tombe déjà prête, il nous a fallu presque un an pour achever le travail, reprit-il en soupirant. Le mal qu'il a fallu se donner est au-delà de toute description. La décoration a dû être créée de toute pièce et ensuite vieillie chimiquement pour qu'elle paraisse âgée de deux mille cinq cents ans. Et, bien entendu, il fallait que ce soit réalisé dans des conditions de secret absolu. Croyez-moi, c'était une énorme opération. Il y a eu des moments où nous avons cru que nous n'en verrions jamais la fin.

Ayant réussi à dégager le caramel, il le glissa dans sa bouche et froissa le papier en une petite boule qu'il mit dans sa poche.

— Néanmoins, nous y sommes arrivés. La décoration a été terminée et la tombe pourvue d'un choix d'objets funéraires prélevés dans les réserves des musées de Louqsor et du Caire, avec quelques pièces provenant de l'armée elle-même. Tout ce qui restait à faire, c'était de prévenir l'un des informateurs de Sayf al-Tha'r et d'attendre que ses hommes décryptent l'inscription.

— Seulement quelqu'un y est allé avant, dit Khalifa.

— C'est la seule chose que nous n'avions pas prévue, dit Squires en hochant la tête. Une chance sur un million. Une sur dix millions. Pourtant, cela même n'était pas nécessairement un désastre complet. Ils auraient pu prendre quelques objets et laisser la décoration intacte. En fait, ils ont arraché la seule partie du texte qui était vraiment importante, si bien que quand les hommes de Sayf al-Tha'r y sont entrés, la tombe ne servait plus à rien. Une catastrophe pour nous.

— Cependant pas autant que pour Nayar et Iqbar, dit tranquillement Khalifa.

— C'est vrai, admit Squires. Leur mort a été très regrettable. Comme celle de votre père, mademoiselle Mullray.

Une lueur de haine brillait dans les yeux de Tara.

— Vous vous êtes servis de nous. Vous les avez laissés tuer mon père et vous n'avez pas hésité à mettre aussi nos vies en danger. Vous êtes aussi mauvais que Sayf al-Tha'r.

Squires afficha un sourire bénin.

— Vous exagérez un peu, je pense. Mais, étant donné les circonstances, c'est parfaitement compréhensible. La mort de votre père, c'est triste à dire, n'a pas dépendu de nous, mais il est vrai que nous nous sommes servis de vous. Comme pour le docteur Cadey, nous avons pensé que le bien-être de l'individu devait être subordonné aux intérêts supérieurs de la société. Déplaisant, mais nécessaire.

Il demeura silencieux un moment en suçant son caramel.

— Au début, nous n'avons pas compris ce qui n'allait pas dans le déroulement de notre plan. Nous savions que Dravic avait découvert la tombe, mais, pour une raison inconnue, il ne mordait pas à l'hameçon. Quand nous avons appris qu'il manquait un fragment de texte, nous nous sommes trouvés devant un dilemme. Il était trop tard pour tout annuler, mais nous ne pouvions pas non plus aider ouvertement Sayf al-Tha'r. Nous n'avions pas d'autre choix que de laisser les événements suivre leur cours.

Un autre coup de vent survint, plus fort que le précédent, produisant sur la dune un sifflement et un gémissement. Le bruit des perles de Jemal se ralentit, puis cessa complètement. Daniel se mordait la lèvre.

— Votre arrivée nous a tout à la fois compliqué la situation et offert une porte de sortie, dit Squires à Tara. Vous aviez manifestement des soupçons quant à la mort de votre père et il y avait le danger que vous vous mettiez à faire du scandale. En même temps, à condition d'être convenablement dirigée, vous pouviez nous aider à retrouver le fragment manquant, et à le restituer à Sayf al-Tha'r sans même qu'il se rende compte de notre implication. Et c'est exactement comme cela que tout s'est déroulé. Vous avez joué votre rôle à la perfection.

La colère se lisait dans les yeux de Tara. Elle se sentait abusée, bafouée. Daniel lui jeta un bref coup d'œil et se détourna à nouveau.

— Il faut bien le reconnaître, l'issue a été incertaine pendant quelque temps. Si vous leur aviez laissé le fragment à Saqqarah, tout se serait déroulé bien plus facilement. En fait, vous avez voulu partir avec, ce qui nous a obligé à jouer finement. Si vous étiez allée voir les autorités, ou si vous étiez venue à l'ambassade, Sayf al-Tha'r se serait retiré tout de suite. Il nous a fallu vous persuader de jouer toute seule. De là notre petit couplet sur la contrebande d'antiquités.

— Samali, dit-elle.

— Oui, c'est l'un de nos agents. Il vous a joué une très belle scène.

Les épaules de Tara s'affaissèrent. Khalifa aurait voulu aller la réconforter, mais il sentit que le moment n'était pas opportun et resta à sa place.

— Même ainsi, notre affaire était sur le fil du rasoir, continua Squires. Tout pouvait encore s'effondrer. L'inspecteur nous a causé plus que de minces soucis, et vous, mademoiselle Mullray, il n'était pas du tout facile de contrôler vos agissements. Mais, heureusement, nous avions quelqu'un sur place et cela a bien facilité les choses.

Il sourit sans en dire plus. Les soldats avaient fini de disposer les corps en rangées et se tenaient, inactifs, à la limite du camp. Tout était devenu tranquille et silencieux. Il y avait comme une attente dans l'air, comme une tension. Les derniers mots de Squires tournaient dans la tête de Tara. Quelqu'un sur place. Quelqu'un sur place. Elle releva son visage. Déjà pâle, il avait pris une sorte de transparence et une expression d'horreur.

— Non, murmura-t-elle, ce n'est pas possible, non.

Elle regarda Daniel.

— C'était toi ?

Il était tourné vers l'excavation, livide, parcourant du regard les corps tordus.

— Tu le savais, dit-elle. Tu savais depuis le début.

Il continua à regarder l'armée, puis se tourna lentement vers elle. On lisait de la culpabilité dans ses yeux, et des regrets, mais derrière cela il y avait un sentiment plus dur, plus brutal. Elle eut brusquement l'impression de ne pas le connaître.

— Excuse-moi, Tara, dit-il d'un ton neutre. Mais c'était pour ma concession. Ils devaient me la rendre, tu vois. Me laisser faire des fouilles à nouveau.

Elle le regarda, incapable de bouger. Elle avait

513

vaguement conscience de la présence des autres, en particulier de Khalifa qui s'était avancé d'un pas, mais même lui s'estompa. C'était comme si elle se trouvait dans un tunnel, avec Daniel à l'autre bout, et tous les autres à l'extérieur. Elle ouvrit la bouche pour parler, mais aucun son ne franchit ses lèvres, sinon une sorte de râle étouffé. Il la regarda, puis se détourna vers la fosse.

— Quand ? parvint-elle à articuler.

— Quand j'ai été impliqué ?

Il haussa les épaules.

— C'était il y a environ un an. Ils sont venus me voir, m'ont parlé de l'armée, m'ont expliqué qu'ils voulaient faire revenir Sayf al-Tha'r en Égypte. Ils m'ont dit que si je les aidais, je pourrais reprendre les recherches dans la vallée. Cela faisait six mois que je n'avais pas fouillé. J'aurais fait n'importe quoi. N'importe quoi.

Son visage fut traversé par un spasme, comme si une partie de lui-même réprouvait ce qu'il était en train de dire. Mais cela disparut tout de suite et il recouvra son air froid. Il se pencha pour prendre un poignard, celui-là même dont s'était servi Khalifa.

— C'est moi qui ai eu l'idée du soldat survivant. Je me suis souvenu de l'inscription en KV9, et j'ai construit une histoire à partir de cela. Je savais qu'il existait dans les collines une tombe qui convenait parfaitement. J'ai tout fait moi-même. J'ai recouvert les murs, un peu chaque jour.

Il se mit à sourire.

— J'étais bizarrement heureux, continua-t-il. D'être seul là-bas. De peindre les murs, de créer le texte, d'inventer l'histoire. Vraiment heureux. Et, à la fin, le résultat m'a surpris moi-même. Je me souviens du jour où j'ai terminé. J'étais assis, je regardais et je me suis dit : c'est un chef-d'œuvre. Un sacré chef-d'œuvre.

Bien sûr, je me rends compte maintenant que c'était un peu trop bien. Et j'aurais dû remarquer que les *shabtis* n'étaient pas de la bonne période. Stupide de ma part. Etourderie.

Il se tourna vers Khalifa qui garda un visage de marbre.

— Il y avait un poignard ! dit l'inspecteur.

— Ah, vous avez remarqué ? Je n'ai pas pu résister. La lanière de cuir était relâchée, alors je l'ai enlevée et j'ai gravé en lettres grecques « Dymmachos, fils de Ménendès » sur le métal du manche. En réalité, c'était juste pour m'amuser un peu. Un élément supplémentaire d'identification.

Khalifa tira sur sa cigarette avec une expression méprisante. Il y eut un long silence.

— C'était tout ce que j'étais censé faire, continua Daniel. Simplement fabriquer la tombe. Mais, ensuite, le fragment de texte a disparu et tu es arrivée, et ils ont découvert que je te connaissais. Ils ont voulu que je prenne contact avec toi, que je te surveille. Cela ne me plaisait pas, mais que pouvais-je faire ? C'était ma concession qui était en cause. Et, pour être honnête, je voulais savoir tout autant qu'eux ce qui n'avait pas marché. La tombe, c'était mon œuvre. Je m'y étais... complètement investi. Alors j'ai laissé un mot à l'appartement de ton père, sachant que tu reconnaîtrais l'écriture.

Les larmes coulaient sur les joues de Tara. Elle avait l'impression qu'on lui avait arraché tous ses vêtements, et aussi sa peau, et qu'elle était complètement nue, que tout le monde pouvait voir l'intérieur de son corps. Elle se tint les bras.

— Si tu les avais laissés prendre le fragment à Saqqarah, tout se serait bien passé. J'ai essayé de te le dire. Mais tu n'as pas voulu écouter. Et après...

Il leva les mains en signe d'impuissance.

Tara, en larmes, avait un air décomposé, brisé, comme si ses traits s'étaient disjoints et mal réassemblés.

— Tu étais au courant au sujet de Samali ? demanda-t-elle d'une voix enrouée.

Daniel acquiesça.

— Dès que j'ai découvert ce qu'était le fragment, j'ai appelé Squires. Du zoo, quand je t'ai dit que j'appelais mon hôtel. Il m'a indiqué ce qu'il fallait faire.

— Et le voyage à Louqsor ? La promenade dans les collines. Tu savais que Dravic serait là ? Que tu nous conduisais dans un piège ?

— Que pouvais-je faire ? Il fallait que je leur restitue le texte. C'était le seul moyen.

Elle entendit la voix de son père venue des profondeurs du passé : « On a l'impression qu'il se couperait la main, ou la main de quelqu'un d'autre. C'est un fanatique. »

— Pourquoi ne m'as-tu pas prévenue ? demanda-t-elle en suffoquant.

Il s'accroupit et reposa soigneusement le poignard sur le sol pour ne pas l'endommager.

— J'ai essayé, répondit-il. Lorsque nous étions au sommet du Qurn. Tu te souviens ? Mais au dernier moment, je n'ai pas pu. J'étais trop engagé.

Il leva les yeux vers elle et, pendant un bref instant, son regard parut exprimer un véritable chagrin.

— Je n'ai jamais voulu que tu sois blessée, Tara, dit-il avec un soupçon de gentillesse dans la voix. Quand nous avons aperçu Dravic dans les collines... même à ce stade avancé, j'ai eu des remords. Je savais qu'ils avaient placé un guetteur pour surveiller la tombe, que si nous y allions, nous serions pris. C'est pourquoi j'ai voulu y aller tout seul, en te laissant en dehors de tout cela. Mais tu n'as pas voulu. Tu as insisté pour venir.

— Toutes ces choses que tu as dites...

516

Elle ne pouvait s'empêcher de trembler.

— ... alors quand tu m'as dit que tu m'aimais encore et toutes ces sottises...

— Ce n'étaient pas des sottises, Tara. J'étais sincère. Simplement...

Il la regarda puis se releva. Comme si une lampe avait été éteinte, tout sentiment disparut de son regard et il n'y eut plus qu'un vide glacé.

— Quoi ? murmura-t-elle. Simplement quoi ?

— Ma concession est plus importante.

Tout d'abord elle le regarda en silence, atterrée. Puis, avec un cri guttural qui exprimait la douleur d'avoir été trahie, elle se précipita vers lui et lui écorcha le visage.

— Quelle sorte d'homme es-tu donc ? hurla-t-elle. Quelle sorte de monstre, pour être capable de faire une chose pareille ? J'aurais pu être violée, espèce de salaud ! Être tuée ! Et pour quoi ? Pour quelques momies ! Pour ta concession ! C'est pour cela que tu m'aurais regardée mourir ! Tu es un malade ! Tu n'es pas un être humain ! Tu es... répugnant ! Tu me dégoûtes ! Tu me dégoûtes !

Il lui saisit les poignets et l'écarta de lui. Elle essaya de lutter, puis sa colère tomba et elle alla s'appuyer contre le rocher en reprenant son souffle, le visage inondé de larmes.

— Espèce de salaud ! Ignoble salaud ! J'aurais pu être tuée !

Khalifa s'approcha d'elle et lui posa doucement la main sur l'épaule, mais elle se dégagea. Oates et Squires échangèrent un bref regard, et on entendit à nouveau les perles de Jemal. Daniel se passa la main sur le visage en la regardant.

Pendant un long moment, personne ne parla ni ne bougea. On entendit des pas sur le sable et Massey arriva.

— Est-ce que j'ai raté quelque chose ? demanda-t-il en les regardant à tour de rôle.

— Le docteur Lacage et mademoiselle Mullray viennent d'avoir une... discussion sur les événements de la semaine passée, dit Squires.

L'Américain remarqua les griffures sur le visage de Daniel et éclata de rire.

— On dirait qu'elle lui a donné une correction, cette petite chatte ! Vous devriez l'engager !

Le vent s'était remis à souffler dans la vallée. Il soulevait du sable autour de leurs chevilles. Oates regarda sa montre.

— Il faudrait y aller.

— D'accord, répondit Squires. J'ai simplement quelques détails à voir. Pourquoi n'iriez-vous pas m'attendre tous les trois dans le Chinook ?

Oates, Jemal et Massey partirent vers l'hélicoptère. Squires remit en place ses cheveux que le vent avait dérangés.

— Il n'y a pas grand-chose à ajouter, dit-il. Une fois que Dravic a connu la position de l'armée, Sayf al-Tha'r a fait venir des hommes et du matériel depuis la Libye. Nous les avons laissés faire en les surveillant par satellite. Il y a quelques jours, nous avons appris qu'il avait traversé la frontière. Initialement, nous avions prévu d'intervenir demain soir. Mais la petite odyssée de l'inspecteur Khalifa nous a obligés à frapper un jour plus tôt. L'armée de l'air égyptienne a intercepté les hélicoptères de Sayf al-Tha'r quand ils ont franchi la frontière. Nous avons pris leur place et... vous connaissez la suite. Sayf al-Tha'r est mort, son organisation détruite. Le monde est pour l'instant un peu plus sûr.

Khalifa poussa un profond soupir.

— Et vous croyez être arrivé au bout ? Vous pensez qu'en le tuant vous résolvez le problème ? Il y a des dizaines de Sayf al-Tha'r par ici. Des centaines. Il serait peut-être temps que vous vous demandiez pourquoi.

Il s'avança pour regarder les rangées de cadavres alignées près du cratère.

— Qu'allez-vous faire d'eux ? demanda-t-il.

— Les corps ? Eh bien, nous allons les enterrer quelque part dans le désert. Dans un endroit où on ne les retrouvera jamais.

— Et l'armée ?

— Nous la laissons comme cela, dit Squires avec un geste dédaigneux de la main. Laissons le désert la recouvrir. Dans quelques mois, elle aura disparu. Alors, qui sait, peut-être qu'un jour quelqu'un viendra et fera la plus grande découverte de l'histoire de l'archéologie. Ou la plus grande redécouverte.

Il jeta un coup d'œil à Daniel, qui le regardait d'un air impassible. La cigarette de Khalifa s'était éteinte. Il prit les allumettes dans sa poche et essaya d'en enflammer une. Mais le vent soufflait trop fort et il ne put y parvenir. Il en frotta une première, une deuxième, une troisième et finalement abandonna.

— Voilà la véritable histoire, dit Squires avec un soupir. La route a été difficile, mais tout a très bien fonctionné, en définitive. À vrai dire, d'une certaine façon, la saga du fragment manquant nous a aidés. Sayf al-Tha'r voulait tellement le retrouver qu'il ne lui est jamais venu à l'esprit que la tombe pouvait être un faux. C'est pourquoi nous devons sincèrement vous en être reconnaissants.

Il eut un sourire chaleureux et mâcha la fin de son caramel.

— Maintenant, je retourne à l'hélicoptère, dit-il en dirigeant son regard sur Daniel. Je vous laisse faire les derniers adieux. Je ne voudrais pas être importun. Mademoiselle Mullray, inspecteur Khalifa, j'ai eu plaisir à vous connaître. Vraiment.

Il leur adressa un salut de la main et partit, les cheveux agités par le vent.

— Et maintenant ? demanda Tara.

— Maintenant, répondit Khalifa, je pense que le docteur Lacage va nous tuer.

43

Désert occidental

Daniel prit le pistolet-mitrailleur qu'il avait à l'épaule et le pointa sur eux.

— Ils ne pouvaient pas nous laisser partir, dit Khalifa. Pas après ce qu'ils nous ont dit. Nous en savons trop. Ils ne peuvent pas prendre le risque que ce soit divulgué.

— Daniel ? demanda Tara d'une voix lasse et perplexe.

— Comme l'a dit l'inspecteur, vous en savez trop.

Il avait la voix dure, le regard vide.

— Je ne peux laisser quoi que ce soit se mettre en travers de ma route. Pas après être allé si loin.

Il leur fit signe avec le canon de son arme d'aller au bord de l'excavation.

— J'aurais peut-être dû refuser quand ils sont venus me demander de les aider, dit-il. Ne pas m'engager. Mais les choses ne devaient pas nécessairement finir ainsi. Si le fragment n'avait pas disparu, tout se serait très bien passé. Qui sait, Tara, nous nous serions peut-être retrouvés dans des circonstances différentes.

Ils étaient parvenus au bord du cratère. Il leur fit signe de se tourner, le dos face à lui. Une mer de corps brisés s'étendait devant eux. Elle montait et descendait, s'enflait et creusait comme agitée par un mystérieux courant. Tara entendit, à côté d'elle, que Khalifa récitait une prière. Sans réfléchir, elle lui prit la main.

— Je ne te demande pas de comprendre, dit Daniel. Je ne me comprends pas moi-même. Tout ce que je sais, c'est qu'il m'était insupportable de ne plus être autorisé à faire des fouilles. De rester sur le bas-côté pendant que d'autres obtenaient des concessions dans la vallée. Dans ma vallée. Des gens qui ne connaissent pas le centième de ce que je connais. Qui n'ont pas le centième de ma passion. Des gens stupides. Des ignorants. Et pendant tout ce temps d'éprouver la crainte qu'ils ne trouvent une nouvelle tombe, qu'ils ne l'emportent sur moi. C'était... horrible.

Le vent agitait furieusement les cheveux de Tara, mais elle n'y faisait pas attention.

Je vais être abattue, pensait-elle. Je vais mourir.

— J'en rêve, tu comprends, dit Daniel en esquissant un sourire, de découvrir une nouvelle tombe. Dravic avait raison. C'est une drogue. Imagine ! Ouvrir la porte d'une chambre qui a été scellée cinq siècles avant la naissance du Christ. Pense à l'intensité d'une émotion comme celle-là. Rien ne pourra jamais s'en approcher.

Loin sur la droite, on entendit le rugissement du moteur du Chinook et le sifflement de ses pales qui commençaient à tourner. Les autres hélicoptères se mettaient également en route. Les soldats affluaient du camp et grimpaient à l'intérieur des appareils.

— C'est drôle, dit Daniel en élevant la voix pour être entendu malgré les moteurs et le vent. Lorsque nous étions dans la tombe, toi et moi, Tara, lorsque je regardais les images sur les murs et traduisais le texte, bien que je sache que c'était un faux, que c'était moi qui l'avais fait entièrement, malgré tout il y avait une part de moi-même qui y voyait une réalité authentique. Comme si je venais de découvrir une tombe véritable et unique, une tombe merveilleuse, des choses merveilleuses.

Il éclata de rire.

— C'est ce que raconte Carter. Quand il a pénétré pour la première fois dans le tombeau de Toutankhamon, Carnarvon lui a demandé : « Que voyez-vous ? » et Carter a répondu : « Des choses merveilleuses. » C'est pour cette raison que j'ai toujours voulu faire des fouilles, tu vois. Parce qu'il y a encore tant de choses merveilleuses à découvrir.

Il y eut un clic quand il arma le pistolet-mitrailleur. Khalifa pressa la main de Tara.

— Essayez de ne pas avoir peur, mademoiselle Mullray, dit-il. Dieu est avec nous. Il nous protège.

— Vous y croyez vraiment ?

— Je suis bien obligé d'y croire. Sinon, que reste-t-il, à part le désespoir ?

Il se tourna vers elle et lui sourit.

— Ayez confiance en lui, mademoiselle Mullray. Ayez confiance en n'importe quoi, mais ne désespérez jamais.

Les hélicoptères commençaient à décoller, ballottés par le vent. Tara et Khalifa se regardaient. Elle n'éprouvait aucune peur, tout juste une sorte d'épuisement résigné. Elle allait mourir. Le moment était venu. Il n'était plus question de discuter ou de lutter.

— Adieu, inspecteur, dit-elle en lui pressant la main tandis que le vent soufflait en rafales. Merci d'avoir essayé de me réconforter.

Un voile de sable s'abattit sur eux et le soleil parut s'éteindre. Elle détourna la tête pour se protéger du vent, ferma les yeux et attendit les balles.

Le désert dispose de nombreuses forces pour soumettre ceux qui s'aventurent dans ses étendues secrè-

tes. Il peut produire une chaleur si torride que la peau
se racornit comme du papier dans le feu, que les yeux
fondent, que les os paraissent se liquéfier. Il peut
assourdir par son silence, écraser par son vide, déformer l'espace et le temps de sorte que ceux qui le traversent oublient où ils sont, à quel moment ils vivent,
et même ce qu'ils sont. Il offrira des paysages d'une
beauté émouvante – une chute d'eau, une oasis embau-
mée – à la seule fin de les faire disparaître à l'instant
même où l'on croit s'en approcher, au point de rendre
fou de désirs inassouvis. Il élèvera de hautes dunes
pour vous barrer le passage, se transformera en un labyrinthe d'où vous n'avez aucune chance de sortir, vous
aspirera dans les profondeurs insondables de son ventre. Mais de toutes les armes de sa terrifiante panoplie,
aucune n'est plus puissante, plus absolue dans son pouvoir destructeur que celle qu'on appelle « la Colère de
Dieu » : la tempête de sable.

Elle frappa d'une manière soudaine, incontrôlable,
imprévisible. Le désert entra en éruption, des millions
de tonnes de sable jaillirent vers le ciel, masquèrent le
soleil et solidifièrent l'atmosphère. Sa puissance était
inimaginable. Les caisses furent éparpillées sur le sol,
les balles de paille désintégrées, les fûts de gasoil aspi-
rés dans l'air et dispersés comme des feuilles. L'un des
hélicoptères fut projeté contre une dune, deux autres
entrèrent en collision ; ils explosèrent en formant une
boule de feu qui fut presque aussitôt éteinte par une
couche de sable. Les hommes furent jetés à terre, un
chameau bascula dans la vallée, des têtes furent arrachées des corps émaciés et allèrent rebondir sur le sol
comme de grosses billes marron. Le bruit était insupportable.

Tara fut projetée dans le cratère, où elle s'écrasa au
milieu d'un enchevêtrement de cadavres. Les os craquaient et se brisaient sous son poids, la peau dessé-

chée se déchirait comme du parchemin, les dents sautaient de leurs alvéoles. Elle fut roulée parmi les bras et les jambes qui paraissaient la bousculer et lui donner des coups ; de tous côtés apparaissaient des visages de morts. Enfin, elle s'immobilisa, le visage dans une cavité stomacale. Une bouche flétrie était pressée contre son cou comme pour l'embrasser. Etourdie, elle resta d'abord sans bouger, puis elle se mit à genoux et essaya de se lever. Le vent la renversa aussitôt. Elle entreprit alors de ramper, les mains plongeant dans des dos et des poitrines, les pieds s'accrochant à une échelle de colonnes vertébrales et de crânes. Elle avançait sur des os qui la frappaient comme des rameaux. Le sable lui grattait la peau, s'introduisait dans ses narines et dans ses oreilles. Elle avait l'impression de se noyer.

Elle parvint tant bien que mal en haut du cratère et s'effondra sur le ventre en se mettant le tissu de sa chemise devant la bouche. Derrière elle, l'armée disparaissait rapidement sous une marée de sable. En même temps, autour du cratère, des dizaines de nouveaux corps apparaissaient. Une main racornie sortit du sable juste devant son visage, les doigts déployés comme si elle était sortie pour l'agripper. Des javelots étaient pointés vers le haut. Un cheval parut bondir hors du flanc de la dune. Une tête émergea puis replongea aussitôt. Le hurlement du vent faisait penser au bruit de cinquante mille voix hurlant dans la bataille.

Elle chercha Daniel et Khalifa en plissant des yeux, mais ne vit rien d'autre qu'un écran de sable. Elle entendit sur sa gauche un grondement étouffé. Elle tourna la tête de ce côté-là en luttant contre la pression du vent. Le grondement augmenta et, brusquement, un hélicoptère passa juste au-dessus d'elle, très bas, en tournoyant sur lui-même. Pendant une fraction de seconde, elle aperçut Squires à l'une des fenêtres, la bouche grande ouverte, hurlant. Et puis l'appareil fut emporté dans une danse démente vers la masse noire que formait le côté de la pyramide. Il y eut un éclair, une bouffée de chaleur, un craquement de métal, et puis plus rien. Elle se mit à genoux, tête baissée, et avança.

Au bout de quelques pas, elle voulut crier, mais la tempête était si intense qu'elle n'entendit même pas sa propre voix. Elle avança encore un peu, s'arrêta et aperçut cette fois comme quelque chose qui bougeait, devant, sur la droite. Elle se dirigea de ce côté-là.

Ils étaient plus près qu'elle ne l'avait cru. Au bout de quelques pas, elle les atteignit. Daniel était à califourchon sur Khalifa. Il tenait des deux mains le pistolet-mitrailleur qu'il essayait de pointer sur la tête de l'inspecteur. Khalifa avait une main sur la bouche de l'arme, qu'il écartait, et l'autre sur la gorge de Daniel. Aucun des deux ne remarqua son arrivée. Elle saisit une poignée des cheveux de Daniel et le fit basculer à terre. Tous les trois se trouvèrent entremêlés, écrasés par la tornade, les yeux et la bouche remplis de sable. Tara et Khalifa immobilisèrent Daniel, mais un furieux coup de vent repoussa l'inspecteur.

Daniel chercha à attraper le pistolet-mitrailleur, qui était tombé à un mètre de là sur sa gauche. Tara se précipita aussi, mais Daniel la projeta d'un coup de poing sur le sol, où sa tête faillit être transpercée par la pointe d'un glaive. Khalifa s'était remis sur ses genoux et rampait vers eux, mais le vent le gênait, ce qui permit à Daniel de prendre l'arme et d'assener un coup de crosse sur la tête de l'inspecteur. Celui-ci bascula sur le côté au-dessus de Tara.

Un tourbillon de sable les aveugla momentanément. Quand ils purent relever la tête, ils s'aperçurent que Daniel avait été emporté presque à la limite de leur champ de vision. Pendant qu'ils regardaient, il réussit à s'agenouiller puis, dans un geste de défi à la tempête qui soufflait face à lui, à se mettre debout. Il titubait comme un homme ivre en braquant l'arme vers eux. Khalifa regarda désespérément autour de lui. Il y avait un bras de squelette sur le sol, arraché d'une épaule. Il le prit par le poignet, le ramena en arrière et le lança vers Daniel. Le geste était faible, mais le vent donna de la vitesse au bras qui tourna en l'air et vint frapper avec la force d'une masse la gorge de Daniel, qui recula en titubant et disparut de leur vue. Khalifa se mit sur le ventre et rampa vers lui. Tara le suivit.

Tout d'abord, ils ne le trouvèrent pas. Puis, au bout de dix mètres, Khalifa la prit par le bras et indiqua quelque chose. Elle suivit la direction de son doigt en s'abritant les yeux avec sa main. Sur le sol devant eux, sortant de l'obscurité comme de sous un rideau, apparurent les jambes de Daniel. L'un des pieds bougeait légèrement. Tout ce qui était au-dessus de la ceinture était plongé dans les ténèbres. Après une hésitation, ils continuèrent à avancer avec précaution et le reste du corps apparut.

— Oh, mon Dieu ! dit Tara quand elle put le voir tout entier.

Il était allongé à plat sur le dos, les bras écartés de chaque côté. La pointe d'un glaive, qui l'avait transpercé quand il était tombé en arrière, sortait de son sternum. Sur la lame était gravé un serpent dont le corps sinueux tournait autour du métal taché de sang comme s'il se glissait hors de la blessure. Tara remarqua les crochets qui, sur la pointe, semblaient vouloir ajouter leur morsure à celle de la lame.

— Oh, mon Dieu, répéta-t-elle en se détournant. Oh, Daniel.

Elle s'assit sur le sol en oubliant le tumulte. Elle avait l'impression que tout dans sa vie s'était brisé et désintégré. Son père était parti. Daniel était parti.

C'était comme si la coquille protectrice de son passé avait été arrachée, la laissant nue et sans défense. Pendant si longtemps elle s'était définie par ses relations avec ces deux hommes, son père et son amant ! Ils n'étaient plus et elle, qu'était-elle à présent ? Inachevée. Brisée. Elle ne voyait pas comment elle pourrait jamais retrouver son unité.

— Mademoiselle Mullray !

Khalifa avait approché sa bouche de son oreille et criait pour qu'elle puisse l'entendre dans le déchaînement de la tempête.

— Nous ne pouvons pas rester ici, mademoiselle Mullray, hurla-t-il. Nous allons être enterrés. Il faut monter. Monter.

Elle ne lui répondit pas.

— Venez, mademoiselle Mullray ! Nous devons monter. C'est notre seule chance.

Il devinait qu'elle avait perdu la volonté d'aller plus loin, qu'elle allait abandonner. Alors, lui prenant le visage dans ses mains, il le tourna vers lui.

— Venez ! cria-t-il d'une voix étouffée par le vent. Soyez forte. Il faut que vous soyez forte !

Elle le regarda. Le sable frottait tellement le visage de Tara qu'elle se disait qu'il allait effacer ses traits. Elle hocha la tête. Il prit sa main et ils s'éloignèrent lentement en rampant. Au bout de quelques mètres, elle se retourna vers le cadavre de Daniel dont la bouche ouverte se remplissait de sable, puis le chaos s'épaissit et il disparut. Elle se força à regarder devant elle et progressa à travers les éléments en furie.

Il paraissait impossible que la tempête puisse devenir plus violente. Pourtant, alors même qu'elle semblait avoir atteint son plus grand déchaînement, elle puisa dans ses réserves et forma un vortex de sable et de vent auprès duquel ce qui s'était produit auparavant avait l'air d'un paisible prélude. Des vents d'une force incroyable faisaient rage autour d'eux. Tara eut l'impression que ses vêtements allaient être arrachés de son corps, sa chair arrachée de son dos, ses muscles arrachés de ses os et que les os eux-mêmes allaient être tordus, brisés et réduits en poussière. Elle ne savait pas où elle allait ni pourquoi. Elle ne savait plus rien du tout, d'ailleurs. Elle avançait d'une manière automatique, poussée par un impératif situé au-delà de la raison et de la pensée. Il fallait monter. C'est tout ce qu'elle savait.

Ils atteignirent le pied de la dune et se mirent à grimper, appuyés sur leurs avant-bras et leurs genoux. Ils s'échappaient de la vallée, mais chacun de leurs gestes s'effectuait dans la douleur de leurs muscles et de leurs tendons à bout de force. L'air était tellement chargé de sable que, s'ils avaient ne serait-ce qu'à peine entrouvert leurs paupières, leurs pupilles en auraient été aussitôt recouvertes. C'est pourquoi ils progressaient les yeux fermés en se fiant seulement à l'inclinaison de la pente. Ils se tenaient la main, avançaient à l'unisson, et avec l'autre main ils plaquaient leurs chemises contre leur bouche et ne respiraient que par des inspirations brèves. La puissance du vent était telle que, même à genoux, ils avaient peine à maintenir leur équilibre.

Tara ne comprenait pas comment elle parvenait à continuer. Elle était épuisée et chaque pouce de terrain l'épuisait un peu plus. Ce qu'elle désirait le plus au monde, c'était se laisser tomber à plat ventre et rester immobile.

Pourtant elle continua à ramper, se contraignant inexorablement à monter, encore et encore, jusqu'au moment où, alors que ses jambes et ses bras commençaient à se dérober, la pente se fit plus douce puis s'aplanit. Elle avança encore quelques mètres puis s'effondra de tout son long sur le sommet. Elle entendit la voix de Khalifa comme si elle était très éloignée.

— Gardez la tête baissée, mademoiselle Mullray. Et essayez de... bouger votre corps le plus possible, pour empêcher le sable de s'accumuler sur vous.

Elle pressa la main de Khalifa pour lui indiquer qu'elle avait entendu et mit son visage au creux de son bras. La tempête hurlait au-dessus d'elle et le sable la piquait de tous côtés comme des milliers d'insectes.

Il faut que je bouge, se dit-elle. Bouge, ma fille, bouge !

Elle agita un peu les jambes et souleva ses hanches plusieurs fois, mais elle était à bout de force ; bientôt son corps s'affaissa et resta immobile. Elle fut envahie par une brusque et délicieuse sensation de paix, comme si elle avait été enveloppée dans du velours noir. Des images lui traversèrent l'esprit : ses parents, Daniel, Jenny, le collier que son père lui avait offert pour son quinzième anniversaire. Elle se souvint de l'enveloppe trouvée à son réveil sur le manteau de la cheminée, de la course au trésor qui l'avait conduite jusqu'au grenier, de son rire et de son ravissement quand elle avait ouvert le vieux coffre et trouvé le collier caché tout au fond. Elle se mit à rire, de plus en plus fort, jusqu'à ce que son rire submerge la tempête et emplisse le monde entier. Elle se laissa emporter par lui, noyer par lui, étouffer par lui. Puis il y eut un éclair de lumière blanche et elle ne se souvint plus de rien.

44

Épilogue

L'inspecteur Khalifa était endormi auprès de sa femme, le visage recouvert par la cascade de ses doux cheveux noirs. Ils étaient si tièdes, ces cheveux, ils sentaient si bon ! Comme il le faisait toujours quand ils étaient ensemble dans leur lit, il y enfouit sa tête en respirant profondément son parfum pour qu'il pénètre jusqu'au fond de ses poumons.

Mais, au lieu de lui apporter calme et plaisir, cela le fit suffoquer. Il toussa et cracha, cherchant l'air, puis il roula sur le côté et se mit maladroitement debout. Du sable se mit à pleuvoir sur sa tête et ses épaules. Sa femme et le lit avaient disparu. Il était en haut d'une dune, au milieu du désert, la bouche pleine de sable, un soleil écrasant au-dessus de lui. La tempête était finie.

Pendant plusieurs secondes, il cracha et toussa pour s'éclaircir la gorge, puis il se souvint de Tara. Elle était à côté de lui lorsqu'ils avaient atteint le sommet de la dune, il en était sûr. Il n'apercevait aucun signe d'elle.

Tout d'abord, il ne trouva rien. Peut-être avait-elle roulé plus loin ? Ou bien avait-elle été emportée jusque dans la vallée ? Il redoubla d'efforts, mais ne la trouva pas. Enfin sa main toucha quelque chose de consistant. Il se mit à gratter frénétiquement et à enlever le sable poignée par poignée. Un petit pied dans une chaussure de sport apparut. Il tira la cheville, mais le corps de Tara était prisonnier de la dune. Il creusa de plus belle, fit apparaître une jambe, puis l'autre.

— Allez, s'encouragea-t-il. Plus vite ! Creuse !

Il saisit les deux chevilles et tira une nouvelle fois, mais le corps ne bougea pas. Il changea d'angle, enlevant le sable sur le dessus plutôt que sur le côté et le chassant entre ses jambes. Il fit apparaître une épaule, le crâne et le bras gauche. Ayant dégagé le poignet, il prit le pouls. Rien.

— Allah, je t'en supplie, fais qu'elle vive ! s'écria-t-il d'une voix dont l'écho se répandit dans le désert.

Il enleva le reste du sable et la mit sur le dos. Elle avait les yeux fermés, et les lèvres couvertes de grains jaunes qui faisaient comme des miettes de gâteau. Il lui prit encore le pouls sans rien trouver, alors il la mit sur le ventre, passa ses bras autour des côtes de Tara et tira en la soulevant. Il répéta ce mouvement plusieurs fois de toute sa force.

— Allez ! Respire ! Respire !

Il plia les genoux et tira encore, et cette fois le corps de Tara eut une convulsion comme si un courant électrique l'avait traversé. Ensuite elle resta immobile et se mit à cracher en suffoquant. Il la tira une dernière fois. Du vomi plein de sable jaillit de sa bouche. Elle toussa, se débattit et aspira une grande goulée d'air. Il la reposa doucement.

— Merci, Allah. Merci, merci, murmura-t-il.

Elle resta étendue en reprenant ses esprits. Ensuite, après s'être essuyé la bouche avec sa manche, elle s'assit et regarda Khalifa qui était accroupi à quelques mètres de là. Il lui fit un signe de tête auquel elle répondit, ils se sourirent puis tournèrent leur regard vers la vallée.

L'armée avait disparu. Tout avait disparu. Il n'y avait plus ni tentes, ni hélicoptères, ni caisses, ni cadavres. Plus rien. Tout était enfoui sous un doux duvet de sable nouveau, comme si rien de tout cela n'avait existé. Il ne restait que la pyramide, haute et silencieuse, qui dirigeait sa pointe vers le ciel pâle du matin au milieu du désert immaculé. Khalifa se dit qu'elle avait l'air contente, comme si elle avait assisté à une grande tragédie et était satisfaite de sa conclusion.

Ils regardèrent ainsi le désert en silence, en repensant à tout ce qui était arrivé. Puis Khalifa s'adressa à elle :

— Vous avez le téléphone ?

Tara se palpa les poches. Elles étaient vides.

— J'ai dû le perdre.

— Et le GPS ?

— C'est Daniel qui l'avait.

Il s'allongea sur le dos.

— Alors je crains que nous n'ayons un problème pour rentrer.

— Nous sommes à quelle distance ?

— Pas très loin. À peu près cent vingt kilomètres de l'agglomération la plus proche. Mais nous ne savons pas dans quelle direction aller. Il suffirait de se tromper d'un demi-degré pour aller vers le Soudan.

— C'est ce qu'a fait Dymmachos.

— Seulement dans l'imagination du docteur Lacage.

— Bien sûr, dit-elle en souriant. J'avais oublié.

Il fouilla dans ses poches et en sortit un paquet de cigarettes qu'il tendit à Tara.

— Vous n'auriez pas des cubes de glace ?

— Des cubes de glace ?

— J'essaie d'arrêter de fumer. Chaque fois que j'ai envie d'une cigarette, je suce un cube de glace à la place.

— Je vois. Non, désolé, je n'ai pas de cubes de glace.

— Alors il va falloir que je me contente d'une cigarette.

Elle en prit une dans le paquet et la mit à ses lèvres.
Khalifa se pencha pour la lui allumer.

— Voilà que je dois cent livres à ma meilleure amie,
dit-elle en fermant les yeux et en aspirant la fumée.
J'avais fait le pari que je tiendrais un an sans fumer.
J'ai tenu onze mois et deux semaines.

— Vous m'impressionnez. Je fume un paquet par
jour depuis l'âge de quinze ans.

— Ciel ! Mais vous êtes en train de vous tuer !

Ils se regardèrent et éclatèrent de rire.

— Je suppose qu'à partir de maintenant le nombre
de cigarettes ne compte plus beaucoup.

— Alors vous pensez que nous n'avons aucune
chance ?

— Non, aucune.

— Je croyais que vous m'aviez dit qu'il ne fallait
jamais désespérer ?

— Je vous l'ai dit. Mais dans le cas présent je ne
vois pas d'autre possibilité.

Ils rirent encore, d'un rire sincère, qui n'avait rien
de contraint. Tara tira encore profondément sur sa cigarette. Elle n'avait jamais rien goûté d'aussi délicieux.

— Vous savez, c'est drôle, dit-elle, mais je me sens
heureuse. Je vais mourir de soif au milieu du désert,
et j'ai envie de rire. C'est comme...

— ... si un poids avait été enlevé, compléta Khalifa.

— Exactement. Je me sens propre. Libre. Je
reprends possession de ma vie.

— Je comprends. C'est pareil pour moi. Les affaires du passé ont été réglées et oubliées. Nous pouvons
aller de l'avant.

— Pas très loin.

— Non, admit-il. Pas très loin. Mais au moins de
l'avant...

Il tira sur sa cigarette.

— Ma femme et mes enfants vont me manquer, ajouta-t-il.

Ils contemplèrent le désert en fumant silencieusement.

Le soleil monta lentement et l'air se mit à trembler. Tout autour, les dunes ondulaient à l'infini. Il était curieux de penser que peu de temps auparavant le monde avait été mis sens dessus dessous. Tout paraissait si serein et si bien ordonné. C'est beau, pensa Tara, cette symétrie parfaite du paysage, ces couleurs changeantes du sable. Auparavant, elle avait considéré le désert comme une prison. Désormais, même si elle était sur le point de mourir à cet endroit, elle se sentait en accord avec lui.

Elle finit sa cigarette qu'elle projeta sur le sol. Le tabac lui avait fait tourner la tête. Le sable avait l'air de bouger. Ou du moins en un point, près de la base du grand rocher. Elle respira plusieurs fois, ferma les yeux et regarda encore. Le mouvement durait toujours. C'était une sorte de gonflement, comme si le désert respirait. Elle toucha le bras de Khalifa et lui indiqua l'endroit. Il fronça les sourcils et se leva. Elle fit de même.

— Qu'est-ce que c'est ? demanda-t-elle.

— Je ne sais pas. C'est étrange. On dirait de l'eau qui bout.

— Est-ce la chaleur ?

— On ne dirait pas.

— Des sables mouvants ?

— Je ne crois pas.

Il regarda encore, puis se mit à descendre avec précaution la pente de la dune. Tara le suivit. Le gonflement augmentait. Le sable se soulevait comme si un pied géant était enfoui dans le sol. Il s'arrêta, reprit, s'arrêta, puis avec un bruit qui ressemblait à un beuglement, la surface du désert s'ouvrit et une grande forme dégingandée se dressa dans la lumière en déversant du sable autour d'elle. Khalifa poussa un cri de stupeur et se mit à courir.

— Dieu soit loué ! s'écria-t-il en riant. Un chameau !

Arrivé en bas de la pente, il ralentit son allure par crainte d'effrayer l'animal. Nullement déconcerté par sa présence, celui-ci laissa Khalifa s'approcher et saisir sa bride.

— Sois le bienvenu, mon ami, dit l'inspecteur, en caressant son museau velouté. Nous sommes heureux que tu sois là.

Il se tourna vers Tara.

— Mon pessimisme était prématuré, mademoiselle Mullray. Mon ami que voici peut sentir l'eau à cinq cents kilomètres de distance. Où que soit la plus proche oasis, il va nous y conduire.

Il se mit sur la pointe des pieds pour susurrer quelque chose à l'oreille du chameau. Celui-ci éternua puis se mit lentement à genoux, les pattes avant d'abord, celles de derrière ensuite. Khalifa défit les caisses qu'il avait sur le dos.

— J'ai travaillé avec les chameaux quand j'étais jeune, dit-il par-dessus son épaule. Une expérience qu'on n'oublie pas.

Il dégagea les caisses et les mit à l'écart, puis ajusta les sangles et le harnais. Le chameau lui mordilla l'oreille.

— Ce sont des animaux délicieux. Infatigables, loyaux et tellement beaux. Le seul inconvénient, c'est que leur haleine n'est pas agréable. Mais nous avons tous nos petits défauts, n'est-ce pas ?

Il leva un petit bidon d'eau qu'il venait de trouver dans une poche de la selle.

— Il n'en reste pas beaucoup, à en juger par le bruit,

mais c'est suffisant, je pense, pour nous empêcher de mourir de soif. Après vous !

Il s'écarta et tendit le bras pour l'inviter à monter. Elle s'approcha en riant et grimpa sur la selle. Khalifa se mit derrière elle.

— Mon amie m'a prévenue de ne pas m'approcher des chameaux, dit-elle. Il paraît que les chameliers sont tous des pervers.

— Je suis un homme marié, mademoiselle Mullray.

— Je plaisantais.

— Ah, je vois. Humour anglais.

Il donna une grande claque sur la croupe du chameau en criant fort. La bête se leva, balançant Tara vers l'avant puis vers l'arrière, et Khalifa prit les rênes en passant ses bras autour de la taille de Tara.

— Nous devrions faire le trajet en deux jours, trois au maximum, dit-il. Le chameau est peut-être le vaisseau du désert, mais j'ai bien peur que ce ne soit pas une croisière de luxe.

— Je m'y ferai.

— Oui, mademoiselle Mullray. Je ne doute pas que vous y arriviez. Vous semblez être une femme remarquable. J'aimerais beaucoup que vous rencontriez ma femme et mes enfants.

Il donna une autre claque sur le flanc du chameau et la bête se mit au pas.

— *Yalla besara !* s'écria-t-il. *Yalla nimsheh !* Dépêche-toi ! Allons !

Ils s'approchèrent de la pyramide qui s'élevait, sombre et monstrueuse, au-dessus d'eux, tel un immense monolithe jaillissant des profondeurs du désert, d'une antiquité impossible à dater, d'une puissance inestimable. Une sentinelle du temps. Elle avait l'air de palpiter légèrement dans la canicule et de produire une sorte de grondement menaçant, comme si elle voulait leur dire qu'ils pouvaient passer, mais en les avertissant de ne plus jamais revenir. Ils la dépassèrent et descendirent dans la vallée.

— Je suis en train de construire une fontaine, vous savez, dit Khalifa un peu plus tard. Je veux qu'on entende dans tout l'appartement le bruit de l'eau qui coule.

— Merveilleux, dit Tara en souriant.

— Il y aura des carreaux bleus et verts, et des coquillages, et aussi des plantes tout autour. La nuit, un éclairage donnera l'impression qu'elle est remplie de diamants. Ce sera très beau.

— Oui, dit-elle en fermant les yeux. Ce sera très beau.

Khalifa claqua les rênes et ils se mirent au trot tandis que la pyramide disparaissait lentement derrière eux comme si elle s'éloignait dans le temps. Tout autour, le désert scintillait et s'enflait dans la chaleur du matin.

— *Besara, besara !* cria-t-il. *Yalla nimsheh, yalla nimsheh !*

REMERCIEMENTS

De nombreuses personnes m'ont aidé à écrire ce livre et il ne serait jamais sorti de ma tête – et moins encore sorti dans les librairies – sans leurs conseils, leur concours et leur soutien.

Je dois remercier tout particulièrement mon agent littéraire, Laura Susijn, qui a cru en moi avant beaucoup d'autres, ainsi que mon éditeur, Simon Taylor, maître dans l'art de la révision indolore.

Nicholas Reeves, Ian Shaw et Stephen Quirke m'ont donné des avis cruciaux sur certains aspects de l'histoire de l'Égypte et de sa langue ; j'ai envers eux une dette immense, mais je leur dois aussi des excuses pour les libertés que j'ai prises avec les informations qu'ils m'ont fournies.

Stephen Ulph et James Freeman ont comblé mes nombreuses lacunes dans, respectivement, la connaissance du monde arabe moderne et de la Grèce ancienne. Je les en remercie de même qu'Andrew « Splodge » Rogerson et Tom Blackmore pour les inestimables remarques qu'ils ont faites sur mon manuscrit.

Parmi les nombreux amis qui m'ont soutenu de leurs encouragements, quatre méritent d'être mentionnés : John Bannon, Nigel Topping, Xan Brooks et Bromley Roberts.

Enfin, deux remerciements tout particuliers. Le premier à ma tante Joan qui, la première, a éveillé l'amour de l'Égypte ancienne dans mon esprit, et l'a ensuite entretenu au cours de beaucoup de joyeux après-midi passés au British Museum.

Le second, très important, à tous mes amis de la République arabe d'Égypte qui m'ont manifesté une indéfectible cordialité, gentillesse et générosité.

Les sables du temps

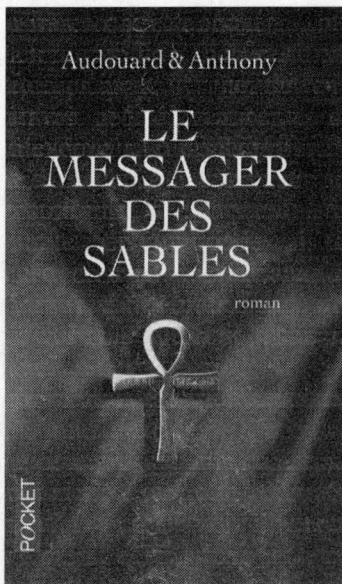

(Pocket n° 12126)

1798. Vincent Jefferson
Herbach, jeune musicien,
embarque pour l'Égypte
en compagnie de Vivant
Denon, dessinateur,
écrivain et collectionneur.
Ensemble, ils bravent les
déserts et les campagnes
de Bonaparte, descendant
le Nil pour explorer les
temples abandonnés.
Au cou de Vincent, une
croix d'argent ornée de
hiéroglyphes offerte par
un chevalier de Malte,
qui lui vaut d'être
reconnu, aimé mais aussi
pourchassé. Le jeune
homme comprend alors
qu'il a été choisi pour une
mission dont il ignore
encore le but…

Il y a toujours un Pocket à découvrir

Le plus célèbre pharaon de la Vallée des Rois

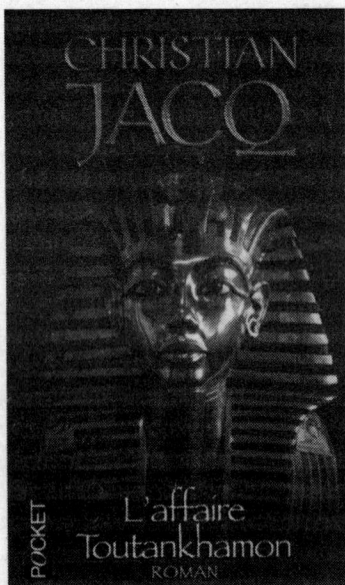

Au début du XXe siècle, un jeune pharaon repose depuis des millénaires, sous son masque d'or, dans les ténèbres d'un tombeau resté inviolé. Deux hommes, Lord Canavon et Howard Carter, vont découvrir sa sépulture et l'arracher à l'oubli. Intrigués par la vie de Toutankhamon, ils vont tenter de résoudre son énigme, déchaînant un demi-siècle de drames et de passions qui prendront la dimension d'une légende.

Il y a toujours un Pocket à découvrir

Mystère millénaire

**Valerio Manfredi
Le pharaon oublié**

(Pocket n° 11637)

L'égyptologue William Blake est contacté pour expertiser une tombe égyptienne fraîchement exhumée aux confins d'Israël. Il comprend avec stupeur qu'il pourrait s'agir d'un puissant pharaon, un pharaon oublié que les Hébreux auraient jadis enseveli en Terre promise… Mais Blake n'est pas au bout de ses surprises : il perce à jour un réseau de terroristes qui depuis l'Irak, veulent anéantir Israël. Décidé à découvrir l'identité du mystérieux pharaon, il devra se jeter dans l'enfer d'une guerre où se jouera l'avenir d'une civilisation millénaire…

Il y a toujours un Pocket à découvrir

Impression réalisée sur Presse Offset par

BRODARD & TAUPIN

GROUPE CPI

29976 – La Flèche (Sarthe), le 18-05-2005
Dépôt légal : juin 2005

POCKET – 12, avenue d'Italie - 75627 Paris cedex 13
Tél. : 01.44.16.05.00

Imprimé en France